차라투스트라는 이렇게 말했다

차라투스트라는 이렇게 말했다

Also sprach Zarathustra

모든 사람들을 위하면서
그 누구를 위한 것도 아닌 책

프리드리히 니체 산문시 김인순 옮김

ALSO SPRACH ZARATHUSTRA
by FRIEDRICH WILHELM NIETZSCHE (1883~1885)

이 책은 실로 꿰매어 제본하는 전통적인 사철 방식으로 만들어졌습니다.
사철 방식으로 제본된 책은 오랫동안 보관해도 손상되지 않습니다.

제1부

차라투스트라의 머리말   11

차라투스트라의 가르침   31

세 가지 변화에 대하여   31

덕의 강좌에 대하여   34

배후 세계를 신봉하는 자들에 대하여   37

육체를 경멸하는 자들에 대하여   42

기쁨과 열정에 대하여   44

창백한 범죄자에 대하여   47

글 읽기와 글쓰기에 대하여   50

산비탈의 나무에 대하여   53

죽음의 설교자들에 대하여   57

전쟁과 전사들에 대하여   59

새로운 우상에 대하여   62

시장의 파리들에 대하여   66

순결에 대하여   70

벗에 대하여   72

천 개의 목표와 한 개의 목표에 대하여　75

이웃 사랑에 대하여　78

창조하는 자의 길에 대하여　80

늙은 여자들과 젊은 여자들에 대하여　84

독사에게 물린 상처에 대하여　87

자녀와 결혼에 대하여　89

자유로운 죽음에 대하여　92

베푸는 덕에 대하여　96

제2부

107　거울을 들고 있는 아이

111　지복의 섬에서

114　동정하는 자들에 대하여

118　성직자들에 대하여

122　도덕군자들에 대하여

126　천민에 대하여

130　타란툴라에 대하여

134　이름 높은 현자들에 대하여

138　밤의 노래

141　춤의 노래

144　무덤의 노래

149　자기 극복에 대하여

153　숭고한 자들에 대하여

157　교양의 나라에 대하여

160　때 묻지 않은 인식에 대하여

165　학자들에 대하여

167　시인들에 대하여

172   큰 사건들에 대하여
177   예언자
182   구원에 대하여
188   처세술에 대하여
192   가장 고요한 시간

제3부

방랑자   201
환영과 수수께끼에 대하여   205
원하지 않는 행복에 대하여   212
해 뜨기 전에   217
왜소하게 만드는 덕에 대하여   221
감람산에서   229
스쳐 지나감에 대하여   233
변절자들에 대하여   237
귀향   243
세 가지 악에 대하여   248
중력의 영에 대하여   255
낡은 서판과 새로운 서판에 대하여   260
회복하는 자   287
위대한 동경에 대하여   296
또 다른 춤의 노래   300
일곱 개의 봉인(또는 〈그렇다〉와 〈아멘〉의 노래)   305

마지막 제4부

315   꿀의 제물

320   도움을 구하는 외침

325   왕들과의 대화

330   거머리

335   마술사

344   실직

350   더없이 추악한 인간

357   비렁뱅이를 자청한 자

363   그림자

368   정오에

372   환영 인사

379   최후의 만찬

382   더 높은 인간에 대하여

396   우울의 노래

402   학문에 대하여

406   사막의 딸들 사이에서

414   소생

419   나귀의 축제

424   밤에 돌아다니는 자들의 노래

434   징조

역자 해설   모든 사람들을 위하면서
그 누구를 위한 것도 아닌 책   439

프리드리히 니체 연보   453

제1부

차라투스트라의 머리말

1

차라투스트라는 나이 서른이 되던 해 고향과 고향의 호수를 등지고 산속으로 들어갔다. 그곳에서 정신을 수양하고 고독을 즐겼으며, 10년의 세월이 흐르는 동안 조금도 지치지 않았다. 그러나 마침내 그의 마음에 변화가 일었다. 어느 날 아침놀이 붉게 물들 무렵, 잠자리에서 일어난 차라투스트라는 태양 앞으로 나아가 이렇게 말했다.

「그대 위대한 성좌여! 그대가 빛을 비추어 줄 자들이 없어도 그대는 행복하겠는가!

지난 10년 동안 그대는 여기 나의 동굴을 찾아 주었다. 내가 없었다면, 나의 독수리와 뱀이 없었다면, 그대는 이곳을 찾아와 빛을 비추어 주는 것에 싫증이 났을 것이다.

우리는 아침마다 그대를 기다렸고, 그대의 넘치는 풍요를 받아들이며 고마워했다.

보라! 나는 꿀을 너무 많이 모은 꿀벌처럼 나의 지혜에 싫증이 난다. 나의 지혜를 향해 손을 내미는 자들이 필요하다.

나는 베풀어 주고 나누어 주고 싶다. 인간들 중에서 지혜롭다고 하는 자들이 새삼스레 자신의 어리석음을 기뻐하고, 가난한 이들이 새삼스레 자신의 풍족함을 기뻐할 때까지.

그러려면 나는 저 아래로 내려가야 한다. 그대가 저녁마다 바다 너머로 내려가 지하 세계를 비추듯이, 그대 넘치게 풍요로운 성좌여!

내가 지금 찾아가려 하는 인간들이 일컫듯이, 나는 내려가 야[1] 한다, 그대처럼.

그러니 나를 축복하라, 더없이 큰 행복도 시샘하지 않고 응시할 수 있는 그대 고요한 눈이여!

넘치는 이 잔을 축복하라! 황금빛 물이 흘러나와 그대의 환희의 빛을 온 누리에 실어 나르도록!

보라! 이 잔은 다시 비려 하고, 차라투스트라는 다시 인간이 되려 한다.」

차라투스트라의 내려감은 이렇게 시작되었다.

2

차라투스트라는 홀로 산을 내려가는 도중 아무와도 마주치지 않았다. 그러다 숲이 우거진 곳에 이르렀을 때, 숲에서 풀뿌리를 캐기 위해 자신의 성스러운 오두막을 나선 노인이 불쑥 나타났다. 노인은 차라투스트라에게 말했다.

「낯익은 나그네로구나. 여러 해 전에 이곳을 지나간 적이 있다. 이름이 차라투스트라였지. 그사이에 많이 변했구나.

그때 그대는 그대의 재를 지고 산으로 갔지. 오늘은 그대의 불을 지고 골짜기로 가는가? 방화범으로 벌받을 일이 두렵지 않은가?

1 독일어 낱말 〈*untergehen*〉에는 〈내려가다〉 또는 〈몰락하다〉라는 의미가 있는데, 여기에서는 두 가지 의미를 모두 내포한다.

그래, 차라투스트라가 분명하다. 눈은 맑고 입가에는 혐오감이 전혀 서려 있지 않다. 걸음걸이가 마치 춤추는 사람 같지 않은가?

차라투스트라는 변했다. 차라투스트라는 어린아이가 되었다. 차라투스트라는 잠에서 깨어났다. 그대는 잠들어 있는 자들에게 무얼 원하는가?

그대는 마치 바닷속 같은 고독 속에서 살았고, 바다는 그대를 품어 주었다. 아아, 그대는 이제 뭍에 오르려 하는가? 아아, 그대의 몸을 다시 끌고 다니려 하는가?」

차라투스트라는 대답했다. 「나는 인간들을 사랑하오.」

「왜 내가 숲과 황야로 갔겠는가?」 성자는 말했다. 「인간들을 너무 많이 사랑한 탓이 아니었겠는가?

이제 나는 신을 사랑할 뿐, 인간은 사랑하지 않는다. 내게 인간은 너무 불완전한 존재다. 인간을 향한 사랑은 내 목숨을 앗아 갈 것이다.」

차라투스트라는 대답했다. 「내가 언제 사랑에 대해 말했소! 나는 인간들에게 선물을 주려 할 뿐이오.」

「그들에게 아무것도 주지 마라.」 성자는 말했다. 「차라리 그들의 짐을 받아 들어 그들과 함께 지고 가라. 그것이 그들을 가장 즐겁게 할 것이다. 다만 그러면서 그대의 마음도 즐거워야 한다!

그들에게 정 주려 한다면, 적선 이상의 것을 베풀지 마라. 그것도 그들로 하여금 구걸하게 하라!」

「아니요.」 차라투스트라는 대답했다. 「나는 적선하지 않소. 나는 그 정도로 구차하지 않소.」

성자는 차라투스트라를 비웃으며 말했다. 「그렇다면 그들이 그대의 보물을 받아들이는지 지켜보라! 그들은 은자들을 불신해서, 우리가 선물을 주러 왔다는 말을 믿지 않는다.

그들의 귀에 골목을 울리는 우리의 발걸음은 너무 고독하게 들린다. 날이 밝으려면 아직 먼 한밤중에 길 가는 사람의 소리를 침대에서 듣게 되면, 그들은 묻는다. 〈저 도둑이 어딜 가려는 걸까?〉

인간들에게 가지 말고 숲에 머물라! 차라리 짐승들에게 가라! 그대는 왜 나처럼 곰들 속의 곰, 새들 속의 새가 되려 하지 않는가?」

「그렇다면 성자께서는 숲에서 무엇을 하시오?」 차라투스트라는 물었다.

성자는 대답했다. 「나는 노래를 짓고 노래를 부른다. 노래를 지으며 웃고 울고 웅얼거린다. 나는 이렇게 신을 찬미한다.

노래하고, 웃고, 울고, 웅얼거리면서 신을, 나의 신을 찬미한다. 그런데 그대는 우리에게 무슨 선물을 가져왔는가?」

이 말을 듣자, 차라투스트라는 성자에게 인사하며 말했다. 「내가 드릴 게 뭐가 있겠소! 그러니 내가 그대들의 것을 빼앗지 않도록 얼른 나를 보내 주시오!」

노인과 남자는 웃으며 헤어졌다. 소년들처럼 웃으며.

그러나 혼자 남은 차라투스트라는 마음속으로 말했다. 「이럴 수가! 이 늙은 성자는 신이 죽었다는 말을 숲 속에서 전혀 듣지 못했구나!」

3

차라투스트라는 숲에서 가장 가까운 도시에 이르러, 군중이 시장에 모여 있는 것을 보았다. 줄 타는 광대의 곡예가 예고되어 있었다. 차라투스트라는 군중을 향해 말했다.

「나는 그대들에게 초인을 가르친다. 인간은 극복되어야 하는 존재다. 그대들은 인간을 극복하기 위해 무엇을 했는가?

지금까지 모든 존재는 자신을 넘어서는 뭔가를 창조했다. 그런데 그대들은 이 거대한 밀물의 썰물이려 하며, 인간을 극복하기보다는 짐승으로 돌아가려 하는가?

원숭이가 인간에게 무엇이더냐? 웃음거리 아니면 고통스러운 수치이다. 초인에게 인간은 바로 그런 것, 웃음거리 아니면 고통스러운 수치일 것이다.

그대들은 벌레에서 인간을 향한 길을 걸었으며, 그대들 안에는 아직도 많은 벌레의 본성이 남아 있다. 그대들은 일찍이 원숭이였고, 인간은 지금도 그 어떤 원숭이보다 더 원숭이답다.

그대들 중에서 가장 지혜로운 자라 해도 결국 식물과 유령이 빚어낸 불화이고 잡종일 뿐이다. 그렇다고 내가 그대들에게 유령이나 식물이 되라고 하겠는가?

보라, 나는 그대들에게 초인을 가르친다!

초인은 지상의 의미다. 그대들의 의지는 초인이 지상의 의미여야 한다고 말해야 한다!

형제들이여, 맹세코 지상에 충실하라. 그리고 그대들에게 천상의 희망에 대해 말하는 자들을 믿지 말라! 그들은 알게 모르게 독을 타는 자들이다.

그들은 삶을 경멸하는 자들, 사멸해 가는 자들, 스스로 독에 중독된 자들이다. 지상은 그런 자들에게 지쳐 있다. 그러니 그들은 떠나도록 내버려 두어라!

예전에는 신에 대한 불경이 최대의 불경이었다. 그러나 신은 죽었고, 그와 더불어 그 불경스러운 자들도 죽었다. 이제 가장 무서운 일은, 지상에 불경을 저지르고 그 불가해한 존재의 내장을 지상의 의미보다 더 높이 존중하는 것이다!

예전에는 영혼이 육체를 경멸의 눈길로 내려다보았다. 당시는 그런 경멸이 최고의 것이었다. 영혼은 육체가 여위고 처참해지고 굶주리기를 바랐다. 그럼으로써 육체와 지상에서 벗어날 수 있다고 생각했다.

오, 훨씬 더 여위고 처참해지고 굶주린 것은 바로 영혼 자신이었다. 잔혹함은 영혼의 쾌락이었다!

그러나 형제들이여, 말하라. 그대들의 육체는 그대들의 영혼에 대해 뭐라 말하는가? 그대들의 영혼은 빈곤이고 더러움이고 가련한 안일이 아니더냐?

진실로, 인간은 더러운 강물이다. 더러운 강물을 받아들이고도 불결해지지 않으려면 먼저 바다가 되어야 한다.

보라, 나는 그대들에게 초인을 가르친다. 초인이 바로 그런 바다이고, 그대들의 커다란 경멸은 그 속으로 가라앉을 것이다.

그대들이 체험할 수 있는 가장 커다란 것은 무엇인가? 그것은 커다란 경멸의 시간이다. 그대들의 행복과 그대들의 이성과 그대들의 덕마저 역겨워지는 시간이다.

그대들이 이렇게 말하는 시간이다. 〈나의 행복이 무슨 소용이냐! 그것은 빈곤이고 더러움이고 가련한 안일이다. 그러나 나의 행복은 삶 자체를 입증해야 할 것이다!〉

그대들이 이렇게 말하는 시간이다. 〈나의 이성이 무슨 소용이냐! 그것은 사자가 먹이를 탐하듯 지식을 탐하고 있는가? 그것은 빈곤이고 더러움이고 가련한 안일이다.〉

그대들이 이렇게 말하는 시간이다. 〈나의 덕이 무슨 소용이냐! 그것은 아직까지 나를 열광시키지 못했다. 나는 나의 선과 나의 악에 얼마나 싫증 났는가! 그 모든 것은 빈곤이고 더러움이고 가련한 안일이다!〉

그대들이 이렇게 말하는 시간이다. 〈나의 정의가 무슨 소용이냐! 나는 이글거리는 화염과 숯이 아닌 것을. 그러나 정의로운 자는 이글거리는 화염이고 숯이다!〉

그대들이 이렇게 말하는 시간이다. 〈나의 동정심이 무슨 소용이냐! 동정심은 인간을 사랑하는 자가 못 박히는 십자가가 아니던가? 그러나 나의 동정심은 십자가 형벌이 아니다.〉

그대들은 이렇게 말한 적이 있는가? 이렇게 외친 적이 있는가? 아, 그대들이 이렇게 외치는 소리를 들었더라면 좋았을 것을!

그대들의 죄가 아니라 그대들의 자기만족이 하늘을 향해 외친다. 그대들의 죄 안에 도사리고 있는 그대들의 인색함이 하늘을 향해 외친다!

혀로 그대들을 핥아 줄 번개는 어디에 있는가? 그대들에게 주입해야 할 광기는 어디에 있는가?

보라, 나는 그대들에게 초인을 가르친다. 초인이 바로 그 번개이고, 초인이 바로 그 광기이다!」

차라투스트라가 이렇게 말하자, 군중 속에서 한 사람이 소리쳤다. 「줄 타는 광대 이야기는 이만하면 충분히 들었다. 그러니 이제 직접 광대를 보여 달라!」 그러자 군중은 모두 차라투스트라를 비웃었다. 줄 타는 광대는 자기에게 한 말인 줄 알고서 곡예를 부리기 시작했다.

4

차라투스트라는 그런 군중을 바라보며 의아해했다. 이윽고 그는 말했다.

「인간은 짐승과 초인 사이에 매인 밧줄, 심연 위에 매인 밧줄이다.

저편으로 건너가는 것도 위험하고, 건너가는 도중도 위험하고, 뒤돌아보는 것도 위험하고, 덜덜 떨며 멈춰 서는 것도 위험하다.

인간의 위대한 점은, 인간이 다리이지 목적이 아니라는 데 있다. 인간의 사랑할 만한 점은, 인간이 건너감이고 몰락이라는 데 있다.

　나는 오로지 몰락하는 자로서만 살아가는 이들을 사랑한다. 그들은 저편으로 건너가는 자들이기 때문이다.

　나는 위대하게 경멸하는 자들을 사랑한다. 그들은 위대한 숭배자이며 저편 기슭을 향한 동경의 화살이기 때문이다.

　나는 몰락하고 희생해야 하는 이유를 별들 너머에서 찾지 않고 지상이 언젠가는 초인의 것이 되도록 지상에 헌신하는 자들을 사랑한다.

　나는 인식하기 위해 살아가는 자, 언젠가는 초인의 세상이 될 수 있도록 인식하려고 하는 자를 사랑한다. 그는 그렇게 몰락하려 한다.

　나는 초인에게 집을 지어 주고 대지와 짐승과 초목을 마련해 주려 애쓰고 고심하는 자를 사랑한다. 그는 그렇게 몰락하려 하기 때문이다.

　나는 자신의 덕을 사랑하는 자를 사랑한다. 덕은 몰락을 향한 의지이고 동경의 화살이기 때문이다.

　나는 한 방울의 정신도 자신을 위해 남겨 두지 않고 오롯이 덕의 정신이려 하는 자를 사랑한다. 그는 그렇게 정신이 되어 다리를 건너간다.

　나는 자신의 덕에서 자신의 성향과 운명을 만들어 내는 자를 사랑한다. 그는 그렇게 자신의 덕을 위해 살고 또 죽으려 한다.

　나는 지나치게 많은 덕을 취하려 하지 않는 자를 사랑한다. 하나의 덕이 두 개의 덕보다 더 많다. 운명이 걸려 있는 매듭에 더 가깝기 때문이다.

　나는 아낌없이 내어 주는 영혼의 소유자, 보답을 바라지 않고 보답에 답하지도 않는 자를 사랑한다. 그는 언제나 베풀 뿐, 자신을 지키려 하지 않기 때문이다.

나는 주사위 놀이에서 행운을 잡고는 부끄러워하며 〈내가 사기 도박꾼이 아닐까?〉 하고 반문하는 자를 사랑한다. 그는 파멸하려 하기 때문이다.

나는 행동하기에 앞서 황금 같은 말을 하고 언제나 약속한 것 이상을 해내는 자를 사랑한다. 그는 자신의 몰락을 바라기 때문이다.

나는 앞으로 다가올 세대를 옹호하고 지나간 세대를 구원하는 자를 사랑한다. 그는 현재 살고 있는 세대 때문에 파멸하려 하기 때문이다.

나는 자신의 신을 사랑하는 까닭에 그 신을 벌하는 자를 사랑한다. 그는 결국 신의 노여움으로 파멸하지 않을 수 없기 때문이다.

나는 상처를 입어도 영혼의 심오함을 잃지 않고 사소한 체험으로 파멸에 이를 수 있는 자를 사랑한다. 그는 그렇게 기꺼이 다리를 건너간다.

나는 스스로를 잊고 만물을 품을 수 있을 만큼 넘쳐 나는 영혼의 소유자를 사랑한다. 그렇게 만물은 그의 몰락이 될 것이다.

나는 자유로운 정신과 자유로운 마음의 소유자를 사랑한다. 그의 머리는 그의 마음의 내장에 지나지 않지만, 그의 마음은 그를 몰락으로 몰아간다.

나는 인간들 위를 덮고 있는 먹구름에서 뚝뚝 떨어지는 굵은 빗방울 같은 모든 이들을 사랑한다. 그들은 번개가 칠 것을 예고하고 예고자로서 파멸해 간다.

보라, 나는 번개를 예고하는 자이며, 구름에서 떨어지는 굵은 빗방울이다. 이 번개는 바로 초인이라 불린다.」

5

차라투스트라는 말을 마치고 묵묵히 다시 군중을 바라보았다. 〈저기 저들이 서 있다.〉 그는 마음속으로 말했다. 〈저기 저들이 웃고 있다. 저들은 나를 이해하지 못한다. 저들의 귀는 내 말을 알아듣지 못한다.

먼저 저들의 귀를 때려 부숴서 저들이 눈으로 듣는 법을 깨우치도록 해야 하는가? 큰 북처럼, 참회를 권유하는 설교자들처럼 수선을 피워야 하는가? 아니면 저들은 더듬더듬 말하는 자들만을 믿는 것인가?

저들에게는 나름대로 자부심을 가지고 있는 것이 있다. 저들은 그런 자부심을 느끼게 하는 것을 무엇이라 부르는가? 저들은 그것을 교양이라 부른다. 그것이 저들을 염소지기와 구별해 준다.

그 때문에 저들은 《경멸》이라는 말을 듣기 싫어한다. 그러니 이제부터 저들의 자부심을 향해 이야기하리라.

그러니 가장 경멸스러운 자에 대해 저들에게 말하리라. 그것은 바로 말인(末人)[2]이다.〉

그래서 차라투스트라는 군중을 향해 말했다.

「지금은 인간이 목표를 세울 때이다. 지금은 인간이 최고의 희망의 싹을 심을 때이다.

아직까지 인간의 토양은 그럴 만큼 충분히 비옥하다. 그러나 이 토양은 언젠가는 메마르고 척박해져서, 나무가 더 이상 크게 자라지 못할 것이다.

슬프다! 인간이 더는 동경의 화살을 저 멀리 인간 너머로 쏘지 못하고 활시위 울리는 법도 잊어버릴 때가 올 것이다!

---

2 초인에 대립되는 존재로, 창조적인 생명력도 자기 극복에의 의지도 없이 현실에 만족해 쾌락만 탐하는 인간을 뜻한다.

나는 그대들에게 말한다, 춤추는 별을 낳으려면 마음속에 혼돈을 품고 있어야 한다. 나는 그대들에게 말한다, 그대들은 아직 마음속에 혼돈을 품고 있다.

슬프다! 인간이 더 이상 별을 낳지 못하는 시대가 올 것이다. 슬프다! 자기 자신을 더 이상 경멸할 줄 모르는 더없이 경멸스러운 인간의 시대가 올 것이다.

보라! 내가 그대들에게 말인을 보여 주리라.

〈사랑이 무엇이냐? 창조가 무엇이냐? 동경이 무엇이냐? 별이 무엇이냐?〉 말인은 이렇게 물으며 눈을 껌벅인다.

지상은 작아졌으며, 모든 것을 작게 만드는 말인이 지상을 경중경중 뛰어다니고 있다. 그 종족은 벼룩만큼이나 근절하기 어렵다. 말인은 누구보다도 오래오래 산다.

〈우리는 행복을 찾아냈다.〉 말인들은 이렇게 말하며 눈을 껌벅인다.

그들은 살기 어려운 고장을 버리고 떠났다. 그들에게는 온기가 필요하기 때문이다. 그들은 아직도 이웃을 사랑하며 이웃에 몸을 맞대고 비빈다. 온기가 필요하기 때문이다.

그들은 몸져눕는 것과 의심하는 것을 죄악으로 여긴다. 발걸음도 아주 조심조심 옮긴다. 돌이나 사람에 발이 걸려 넘어지는 것은 바보나 하는 짓이다!

이따금 약간의 독이 필요하다. 그것은 편안한 꿈을 꾸도록 해준다. 그러다 결국 많은 독을 마시고 편안한 죽음에 이른다.

그들은 여전히 일에 매달린다. 일은 일종의 오락이기 때문이다. 그러나 그 오락이 몸을 해치지 않도록 조심한다.

그들은 더 가난해지지도 더 부유해지지도 않을 것이다. 양쪽 모두 너무 버거운 일이다. 누가 아직도 지배하려 하는가? 누가 아직도 복종하려 하는가? 양쪽 모두 너무 버거운 일이다.

목자는 없고 가축의 무리만 있을 뿐이다! 누구나 같은 것을 원하고 누구나 똑같다. 다르게 느끼는 자는 제 발로 정신병원에 들어간다.

〈예전에는 온 세상이 온통 미쳤었지.〉 그중 가장 섬세한 자들은 이렇게 말하며 눈을 껌벅인다.

그들은 영리해서 무슨 일이 일어났는지 전부 알고 있다. 그래서 끝없이 조롱한다. 그들은 아직도 서로 다투지만 곧 화해한다. 그러지 않으면 위장에 탈이 난다.

그들은 낮에는 낮의 소소한 즐거움을, 밤에는 밤의 소소한 즐거움을 만끽한다. 그러면서도 건강은 무척 소중하게 여긴다.

〈우리는 행복을 찾아냈다.〉 말인들은 이렇게 말하며 눈을 껌벅인다.」

〈머리말〉이라고도 불리는 차라투스트라의 첫 번째 연설은 여기서 끝이 났다. 군중의 고함 소리와 환호성이 이 대목에서 그의 말을 가로막았기 때문이다. 「오, 차라투스트라여, 우리에게 그 말인을 내놓아라.」 군중은 외쳤다. 「우리를 그 말인으로 만들어 달라! 그러면 우리는 그대에게 초인을 선사하리라!」 군중은 모두 환호하며 흐뭇하게 입맛을 다셨다. 차라투스트라는 슬픔에 잠겨 마음속으로 말했다.

〈저들은 나를 이해하지 못한다. 저들의 귀는 내 말을 알아듣지 못한다.

내가 너무 오래 산속에서 살았고, 너무 많이 시냇물과 나무들의 소리에 귀를 기울였나 보다. 나는 지금 염소지기에게 말하듯 저들에게 말하고 있다.

나의 영혼은 의연하고 오전의 산맥처럼 밝게 빛난다. 그런데 저들은 나를 냉혹한 자, 끔찍한 농담을 즐기는 조롱꾼으로 여기고 있다.

지금 저들은 나를 바라보며 크게 웃는다. 웃으면서 나를 증

오한다. 저들의 웃음 속에는 얼음장이 들어 있다.〉

6

바로 그때 일제히 모든 이들의 입을 다물게 하고 시선을
사로잡는 일이 벌어졌다. 그사이 광대가 줄을 타기 시작했던
것이다. 광대는 작은 문에서 걸어 나와, 두 개의 탑 사이에 팽
팽하게 매인, 그러니까 시장과 군중 위를 지나는 줄 위를 걸
었다. 광대가 마침 줄의 한가운데 이르렀을 때, 작은 문이 또
다시 열리더니 어릿광대처럼 알록달록한 옷차림의 사내가
뛰어나와 앞서가는 광대를 빠른 걸음으로 뒤쫓았다. 「어서
가라, 이 절름발이야.」 그는 무시무시한 목소리로 외쳤다.
「어서 가라, 이 굼벵이, 밀수꾼, 희멀건 상판아! 내 발꿈치로
너를 간질이기 전에! 여기 탑 사이에서 무얼 하는 게냐? 너는
저 탑 속에 있어야 마땅하다. 그 속에 너를 가둬 둬야 할 것이
다. 감히 너보다 뛰어난 자의 앞길을 가로막다니!」 그는 한
마디 외칠 때마다 첫 번째 광대에게 점점 더 바싹 다가갔다.
그러다 한 발짝 뒤에 이르렀을 때, 일제히 모든 이들의 입을
다물게 만들고 시선을 사로잡은 끔찍한 일이 벌어졌다. 그는
악마처럼 고함을 내지르며, 앞을 막고 있는 광대를 훌쩍 뛰
어넘었다. 그러자 첫 번째 광대는 경쟁자가 자신을 앞지르는
것을 보고 그만 넋이 나가 발을 헛디디고 말았다. 그는 장대
를 놓치고 팔다리를 마구 휘저으며 장대보다 더 빨리 아래로
곤두박질쳤다. 장터와 군중은 마치 폭풍우에 휩싸인 바다 같
았다. 모두들 이리저리 뒤엉켜 도망치느라 바빴다. 특히 광
대의 몸뚱이가 추락한 곳은 그야말로 아수라장이었다.

그러나 차라투스트라는 꿈쩍하지 않았다. 광대의 몸뚱이는
그의 바로 옆에 떨어졌는데, 뼈가 바스러지고 으스러졌지만

아직 숨은 붙어 있었다. 잠시 후, 크게 다친 광대는 의식을 되찾고서 자신 옆에 무릎 꿇고 있는 차라투스트라를 보았다. 「여기서 뭘 하고 있소?」 이윽고 광대는 말했다. 「나는 악마가 내 발을 걸어 넘어뜨릴 것을 오래전부터 알고 있었소. 이제 악마가 나를 지옥으로 끌고 갈 거요. 그대가 그걸 막아 주겠소?」

「친구여, 맹세코, 그대가 말하는 그런 일들은 일어나지 않는다.」 차라투스트라는 대답했다. 「악마도 지옥도 존재하지 않는다. 그대의 영혼이 그대의 육체보다 더 빨리 죽을 것이다. 그러니 너는 아무것도 두려워하지 말라!」

사내는 믿지 못하는 눈길로 차라투스트라를 올려다보았다. 「그대 말이 진실이라면, 내가 목숨을 잃으면서 더는 잃을 게 없다는 소리요.」 사내는 말했다. 「나는 매를 맞고 주린 배를 근근이 채우며 줄 타는 것을 배운 한낱 짐승이나 다름없소.」

「그렇지 않다.」 차라투스트라는 말했다. 「그대는 위험한 일을 천직으로 삼았다. 그것은 조금도 경멸받을 일이 아니다. 이제 그대는 그 천직 때문에 파멸을 맞이했다. 그래서 내 손으로 그대를 묻어 주려 한다.」

차라투스트라가 이렇게 말하자, 죽어 가는 사내는 더 이상 대답하지 않았다. 그러나 고마움을 표하고 싶어 차라투스트라의 손을 잡으려는 듯 한 손을 움직였다.

7

어느덧 저녁이 되었고, 시장은 어둠에 싸였다. 호기심과 두려움도 싫증 나기 마련인지라, 군중은 뿔뿔이 흩어졌다. 하지만 차라투스트라는 죽은 자 옆에 앉아 깊은 생각에 잠겼다. 그렇게 시간 가는 줄을 몰랐다. 그러다 마침내 밤이 되었고, 그 고독한 자의 머리 위로 차가운 바람이 불었다. 차라투스트라는 몸을 일으키며 마음속으로 말했다.

〈참으로, 오늘 차라투스트라가 멋진 것을 낚았구나! 비록 사람은 낚지 못했지만, 송장은 하나 낚았구나.

인간이란 존재는 으스스하고 여전히 무의미하다. 한낱 어릿광대가 인간의 운명을 좌우할 수 있다니.

나는 인간에게 존재의 의미를 가르치려 한다. 그것은 바로 초인, 인간이라는 어두운 먹구름에서 치는 번개다.

그러나 나는 저들에게서 아직 멀리 떨어져 있으며, 나의 뜻은 저들의 뜻에 이르지 못한다. 나는 인간들에게 아직 바보와 송장 사이의 중간에 있다.

밤은 어둡고, 차라투스트라가 갈 길도 어둡다. 자, 가자, 그대 싸늘하게 굳은 길동무여! 내 손으로 묻어 줄 곳으로 그대를 데려가련다.〉

8

차라투스트라는 마음속으로 이렇게 말했으며, 시신을 들쳐 메고 그곳을 떠났다. 그런데 백 걸음도 채 옮기기 전에, 슬며시 가까이 다가와 귀에 속삭이는 자가 있었다. 보라! 그는 바로 탑에서 나왔던 어릿광대였다. 「오, 차라투스트라여, 이 도시를 떠나시오.」 그는 말했다. 「이곳에는 그대를 미워하는 자들이 너무 많이 있소. 선하고 의로운 자들이 그대를 미워하여, 그대를 자신들의 적이라, 자신들을 경멸하는 자라 부르고 있소. 참된 믿음을 가진 신앙인들이 그대를 미워하여, 그대를 민중의 위험이라 부르고 있소. 사람들이 그대를 비웃어서 천만다행이었소. 참으로 그대는 어릿광대처럼 말했소. 그대가 저 죽은 개와 어울려서 천만다행이었소. 그대가 스스로를 낮추어서 그나마 오늘 목숨을 구할 수 있었소. 그러니 이 도시에서 멀리 떠나시오. 그러지 않으면 내일은 내가 그대를 훌쩍 뛰어넘을 것이요, 산 자가 죽은 자를 훌쩍 뛰어넘게 될 거요.」 그는 이렇게 말을 마치고 사라졌다. 그러나 차라투스트라는 어두운 골목을 계속 걸었다.

성문에 이르러, 그는 무덤 파는 인부들과 마주쳤다. 인부들은 차라투스트라의 얼굴을 횃불로 비추어 보더니 그를 알아보고는 매우 빈정댔다. 「차라투스트라가 죽은 개를 떠메고 가는구나. 차라투스트라가 무덤 파는 인부가 되다니, 잘됐군! 이 고깃덩어리를 만지기에는 우리 손이 너무 깨끗하니까. 차라투스트라가 악마에게서 먹이를 훔칠 셈인가? 그럼어서 훔치라고! 부디 맛있게 드시게나! 다만 악마의 도둑질 솜씨가 더 뛰어나지 않기만을 바랄 뿐이지! 악마가 저 둘을 훔쳐서 한입에 먹어 치울걸!」 그들은 크게 웃음을 터뜨리며 머리를 맞대고 수군거렸다.

차라투스트라는 아무 대꾸도 하지 않고 가던 길을 계속 갔다. 숲과 늪을 지나 두 시간쯤 걸었을 때, 굶주린 늑대들이 요란하게 울부짖는 소리가 들렸다. 차라투스트라도 허기를 느꼈다. 그래서 불빛이 비치는 어느 외딴집 앞에서 발길을 멈췄다.

「허기가 강도처럼 덮치는구나.」 차라투스트라는 말했다. 「숲과 늪지대에서, 그것도 한밤중에 허기가 덮치다니.

나의 허기는 참 별나기도 하다. 툭하면 식후에 찾아오더니, 오늘은 하루 종일 꼬빼기도 비치지 않았다. 도대체 어디 가있었을까?」

그러면서 차라투스트라는 외딴집의 문을 두드렸다. 한 노인이 나타났다. 등불을 든 노인은 물었다. 「누가 잠 못 이루는 나를 찾아왔는가?」

「산 사람 하나와 죽은 사람 하나요.」 차라투스트라는 말했다. 「먹고 마실 것을 좀 주시오. 먹고 마시는 일을 온종일 깜박 잊고 있었소. 굶주린 사람에게 먹을 것을 대접하는 자는 자신의 영혼에 생기를 불어넣는다는 성현의 말도 있소이다.」

노인은 집 안으로 들어갔다가 곧 되돌아와 차라투스트라에게 빵과 포도주를 내놓았다. 「이곳은 굶주린 사람들에게 몹쓸 곳일세.」 노인은 말했다. 「그래서 내가 이곳에 살고 있다네. 짐승들과 사람들이 은자인 나를 찾아온다네. 그대의 길동무에게도 먹을 것과 마실 것을 좀 주게나. 그대보다 더 지친 모양일세.」 차라투스트라는 대답했다. 「내 길동무는 죽었소. 그러니 먹고 마시라고 설득하기는 힘든 일이지요.」 그러자 노인은 퉁명스럽게 말했다. 「그게 나하고 무슨 상관인가. 우리 집 문을 두드리는 사람은 당연히 내가 내미는 것을 받아야 하고말고. 그러니 어서 먹고 편히 가게!」

그러고 나서 차라투스트라는 길과 별빛에 의지해 두 시간을 더 걸었다. 밤길을 걷는 데 이미 익숙해 있었고, 잠든 만물의 얼굴을 바라보는 걸 좋아했기 때문이다. 그러다 날이 밝을 무렵, 차라투스트라는 어디에도 길이 보이지 않는 깊은 숲 속에 이르렀다. 그는 죽은 자를 늑대들로부터 보호하기 위해 머리맡의 속이 빈 나무 안에 눕히고, 자신은 이끼 낀 땅바닥에 누웠다. 그러고는 금방 잠이 들었다. 육신은 피곤했지만 영혼은 평온했다.

9

차라투스트라는 오랫동안 잤다. 아침놀에 이어 오전의 햇살도 그의 얼굴을 스쳐 지나갔다. 마침내 차라투스트라는 눈을 떴다. 그는 깜짝 놀라 숲과 적막을 바라보았다. 깜짝 놀라 자신의 내면을 들여다보았다. 그러더니 돌연히 육지를 발견한 뱃사람처럼 벌떡 일어나 환호성을 질렀다. 새로운 진리를 깨달았기 때문이었다. 그는 마음속으로 말했다.

〈한 줄기 빛이 내게 비쳤다. 내게는 길동무들이 필요하다. 어디를 가든 짊어지고 가야 하는 죽은 길동무와 송장이 아니라 살아 있는 길동무들이 필요하다.

내가 어디를 가든 스스로 원해서 따라오는, 살아 있는 길동무들이 필요하다.

한 줄기 빛이 내게 비쳤다. 차라투스트라는 군중이 아니라 길동무들에게 말해야 한다! 차라투스트라는 가축의 무리를 돌보는 목자나 개가 되어서는 안 된다!

나는 가축의 무리로부터 많은 이들을 꾀어내기 위해 왔다. 군중과 가축의 무리들은 내게 화를 낼 것이다. 차라투스트라는 목자들에게 강도라 불리려 한다.

나는 그들을 목자들이라 말하지만, 그들은 스스로 선하고 의로운 자라 자처한다. 나는 그들을 목자들이라 말하지만, 그들은 스스로 참된 믿음을 가진 신앙인이라 자처한다.

선하고 의로운 자들을 보라! 그들은 누구를 가장 미워하는가? 그들의 가치를 새겨 놓은 서판을 때려 부수는 자, 파괴자, 범죄자를 가장 미워한다. 그러나 그는 바로 창조하는 자다.

모든 신앙의 신도들을 보라! 그들은 누구를 가장 미워하는가? 그들의 가치를 새겨 놓은 서판을 때려 부수는 자, 파괴자, 범죄자를 가장 미워한다. 그러나 그는 바로 창조하는 자다.

창조하는 자는 송장이 아니라, 가축의 무리와 신도들이 아니라 길동무들을 찾는다. 창조하는 자는 함께 창조할 이들을, 새로운 서판에 새로운 가치를 새겨 놓을 이들을 찾는다.

창조하는 자는 길동무들을, 함께 수확할 이들을 찾는다. 모든 것이 창조하는 자 옆에서 무르익어 수확을 기다리기 때문이다. 그러나 그에게는 낫이 백 개 부족하고, 그래서 그는 이삭을 손으로 뜯으며 화를 낸다.

창조하는 자는 길동무들을, 자신의 낫을 갈 줄 아는 이들을 찾는다. 사람들은 그들을 파괴자, 선악을 경멸하는 자들이라 부를 것이다. 그러나 그들은 수확하는 자들, 축제를 벌이는 자들이다.

차라투스트라는 함께 창조할 이들을 찾는다. 차라투스트라는 함께 수확하고 함께 축제를 벌일 이들을 찾는다. 가축의 무리와 목자와 송장을 데리고 무엇을 창조하겠는가!

그리고 그대 내 최초의 길동무여, 잘 있어라! 나는 그대를 속이 빈 나무 안에 묻었다. 늑대들의 눈에 띄지 않도록 잘 숨겨 놓았다.

이제 그대와 헤어질 때가 되었다. 아침놀과 또 다른 아침놀 사이에서 새로운 진리가 나를 찾아왔다.

나는 목자나 무덤 파는 인부여서는 안 된다. 다시는 군중과 이야기하지 않으련다. 죽은 자에게 말하는 것도 이것이 마지막이다.

나는 창조하는 이들, 수확하는 이들, 축제를 벌이는 이들과 함께하려 한다. 그들에게 무지개를 보여 주고 초인에 이르는 모든 계단을 보여 주려 한다.

홀로 은둔하는 이들과 둘이 함께 은둔하는 이들에게 나의 노래를 불러 주려 한다. 그리고 일찍이 들어 보지 못한 말에 귀 기울이는 자의 마음을 나의 행복으로 그득 채워 주려 한다.

나는 나의 목표를 좇아 나의 길을 간다. 나는 망설이는 이들과 머뭇거리는 이들을 훌쩍 뛰어넘을 것이다. 그리하여 나의 길은 그들의 몰락이 될 것이다!〉

10

차라투스트라가 마음속으로 이렇게 말했을 때, 정오의 태양이 중천에 떠 있었다. 그때 그는 무슨 일이 일어났나 의아해하며 하늘을 올려다보았다. 머리 위에서 새의 날카로운 울음소리가 들렸기 때문이다. 보라! 독수리 한 마리가 커다란 원을 그리며 하늘을 날고, 뱀 한 마리가 독수리에 매달려 있었다. 뱀이 독수리의 목을 휘감고 있는 것으로 보아, 먹이가 아니라 동무인 듯싶었다.

「저들은 나의 짐승들이다!」 차라투스트라는 이렇게 말하며 진심으로 기뻐했다.

「태양 아래 가장 자부심 있는 짐승과 태양 아래 가장 총명한 짐승, 저들이 살피러 나왔구나.

차라투스트라가 아직 살아 있는지 살펴보려는 것이다. 참으로, 나는 아직 살아 있는가?

나는 짐승들보다 인간들과 함께 있는 것이 더 위험하다는 것을 깨달았다. 차라투스트라는 위험한 길을 간다. 나의 짐승들이여, 부디 나를 인도해 달라!」

말을 마친 차라투스트라는 숲에서 만난 성자의 말을 떠올리고는 한숨을 내쉬며 마음속으로 말했다.

〈내가 더 총명해질 수 있다면 좋으련만! 나의 뱀처럼 철저하게 총명해질 수 있다면!

하지만 이것은 불가능한 바람이다. 그러니 나의 자부심이 언제나 나의 총명함과 함께하기를 간구한다!

나의 총명함이 언젠가 내 곁을 떠나게 된다면, 아, 총명함은 달아나기를 좋아한다! 그렇게 된다면 나의 자부심도 나의 어리석음과 더불어 날아가 버리길 바란다!〉

차라투스트라의 몰락은 이렇게 시작되었다.

차라투스트라의 가르침

세 가지 변화에 대하여

나는 그대들에게 정신의 세 가지 변화에 대해 말한다. 정신이 어떻게 낙타가 되고, 낙타가 어떻게 사자가 되며, 사자가 어떻게 마침내 어린아이가 되는지.

경외하는 마음을 품은 강인한 정신, 참을성 있는 정신은 많은 무거운 짐을 진다. 정신의 강인함은 무거운, 더없이 무거운 짐을 요구한다.

어떤 것이 무거우냐? 참을성 있는 정신은 묻는다. 그러고는 낙타처럼 무릎을 꿇은 채 짐이 가득 실리기를 바란다.

그대 영웅들이여, 어떤 것이 가장 무거우냐? 참을성 있는 정신은 묻는다. 나는 그걸 짊어지고서 나의 강인함을 기뻐할 것이다.

자신을 낮추어 자신의 오만함에 상처를 내는 것, 자신의 어리석음을 드러내어 자신의 지혜로움을 조롱하는 것이 가장 무거운 짐이 아니더냐?

또는 가장 무거운 짐은 우리의 뜻을 이루어 승리를 만끽하는 순간에 거기에서 손을 떼는 것이더냐? 시험하는 자를 시험하기 위해 높은 산에 오르는 것이더냐?

또는 인식의 도토리와 풀로 연명하며 진리를 위해 영혼의 굶주림을 참고 견디는 것이더냐?

또는 병든 그대를 위로하는 이들은 집으로 돌려보내고, 그대가 무엇을 원하는지 결코 알아듣지 못할 귀머거리들과 우정을 맺는 것이더냐?

또는 진리의 물이라면 더러운 물속에도 마다 않고 뛰어들며 차가운 개구리와 뜨거운 두꺼비도 물리치지 않는 것이더냐?

또는 우리를 경멸하는 자들을 사랑하고, 우리를 위협하려 하는 유령에게 손을 내미는 것이더냐?

참을성 있는 정신은 이런 더없이 무거운 짐들을 모두 짊어진다. 짐을 가득 싣고 사막을 향해 걸음을 재촉하는 낙타처럼, 자신의 사막을 향해 걸음을 재촉한다.

그러나 그 쓸쓸한 사막에서 두 번째 변화가 일어난다. 거기에서 정신은 사자로 변한다. 정신은 자유를 쟁취하여 자신의 사막을 다스리는 주인이 되려 한다.

거기에서 정신은 자신을 다스린 최후의 주인을 찾아 나선다. 최후의 주인, 최후의 신에게 맞서려 하고, 그 거대한 용과 일전을 벌여 승리를 쟁취하려 한다.

정신이 더 이상 주인으로, 신으로 섬기려 하지 않는 거대한 용은 무엇인가? 거대한 용은 〈너는 해야 한다〉라고 불린다. 그러나 사자의 정신은 〈나는 하려 한다〉라고 말한다.

〈너는 해야 한다〉는 황금빛으로 번쩍이며 정신의 앞을 가로막는다. 비늘로 덮인 그 짐승의 비늘 하나하나에서 〈너는 해야 한다!〉라는 명령이 황금빛으로 빛난다.

천 년 묵은 가치들이 그 비늘들에서 빛난다. 모든 용들을 통틀어 가장 막강한 그 용은 말한다. 「사물들의 모든 가치가 내 몸에서 빛난다.」

「모든 가치는 이미 창조되어 있다. 모든 창조된 가치, 그것은 바로 나다. 참으로, 〈나는 하려 한다〉는 더 이상 존재해서는 안 된다.」용은 이렇게 말한다.

나의 형제들이여, 무엇 때문에 정신에게 사자가 필요한가? 왜 체념하고 경외하는 마음으로 짐을 지는 짐승으로 족하지 않은가?

새로운 가치의 창조, 그것은 사자도 해낼 수 없다. 그러나 새로운 창조를 위한 자유의 창출, 그것은 사자의 힘으로 할 수 있다.

나의 형제들이여, 자유를 창출하고 의무를 신성하게 부정하기 위해서는 사자가 필요하다.

새로운 가치를 위한 권리의 쟁취, 그것은 경외하는 마음으로 인내하는 정신에게는 참으로 두려운 쟁취이다. 진실로, 그 정신에게 그것은 강탈이며 강탈하는 짐승의 소행이다.

그 정신은 일찍이 〈너는 해야 한다〉를 더없이 신성한 것으로 사랑했다. 그러나 이제 그 더없이 신성한 것 안의 미망과 자의(恣意)를 찾아내어, 그 사랑으로부터 자유를 탈취해야 한다. 그 자유를 탈취하기 위해 사자가 필요한 것이다.

그러나 나의 형제들이여, 말하라, 사자도 할 수 없는 무엇을 어린아이가 할 수 있겠는가? 강탈을 일삼는 사자가 왜 어린아이가 되어야 하는가?

어린아이는 순진무구이고 망각이며, 새로운 출발, 유희, 저절로 굴러가는 바퀴, 최초의 움직임, 성스러운 긍정이다.

그렇다, 나의 형제들이여, 창조의 유희를 위해 성스러운 긍정이 필요하다. 이제 정신은 자신의 의지를 원하고, 세계를 잃어버린 자는 자신의 세계를 획득한다.

나는 그대들에게 정신의 세 가지 변화에 대해 말했다. 정신이 어떻게 낙타가 되었고, 낙타가 어떻게 사자가 되었으며, 사자가 어떻게 마침내 어린아이가 되었는지.

차라투스트라는 이렇게 말했다. 그때 그는 〈얼룩소〉라고 불리는 도시에 머물고 있었다.

덕의 강좌에 대하여

차라투스트라는 잠과 덕에 대해 뛰어난 설교를 펼친다는 어느 현자의 명성을 들었다. 현자는 그 대가로 높이 존경받고 많은 사례를 받고 있으며, 모든 젊은이들이 그의 강좌 앞으로 모여든다는 것이었다. 차라투스트라는 그를 찾아가, 젊은이들과 함께 강좌 앞에 앉았다. 현자는 이렇게 말했다.

「잠을 존중하고 잠 앞에서 부끄러움을 느껴라! 이것이 으뜸이다! 잠을 이루지 못하고 밤에 깨어 있는 자들을 모두 멀리하라!

도둑도 잠 앞에서는 부끄러워할 줄 안다. 언제나 도둑은 밤에 슬그머니 소리 죽여 다닌다. 그러나 야경꾼들은 부끄러운 줄을 모른다. 부끄러운 줄도 모르고 호각을 들고 다닌다.

잠자는 것은 결코 하찮은 기술이 아니다. 그러려면 온종일 깨어 있어야 한다.

열 번 그대는 낮에 자신을 극복해야 한다. 그것은 적절히 피로를 안겨 주며, 영혼의 양귀비가 되어 준다.

열 번 그대는 다시 그대 자신과 화해해야 한다. 자신을 극복하는 것은 쓰라린 일이고, 자신과 화해하지 않은 자는 잠을 이루지 못하기 때문이다.

열 개의 진리를 그대는 낮에 찾아내야 한다. 그러지 않으면 밤에도 진리를 찾게 되고 그대의 영혼은 굶주림에 시달린다.

열 번 그대는 낮에 웃으며 명랑하게 지내야 한다. 그러지 않으면 위장, 그 비애의 아버지가 밤에 그대를 괴롭힌다.

이것을 아는 자들은 많지 않은데, 잠을 잘 자기 위해서는 모든 덕을 갖추어야 한다. 거짓 증언을 할까? 간음을 범할까?

이웃집 하녀에게 음탕한 마음을 품을까? 이런 일들은 모두 숙면을 방해할 것이다.

그리고 모든 덕을 갖추었다 할지라도, 또 반드시 유념해야 할 일이 한 가지 있다. 이 덕들을 제때에 잠자리에 보내야 한다는 것이다.

이 정숙한 여인들이 서로 다투는 일이 없어야 한다! 그대 불행한 자여, 그대를 두고 다투는 일이 있어서는 안 된다!

신과 화목하고 이웃과 화목해야 한다. 그래야 숙면을 취할 수 있다. 그리고 그대 이웃의 악마와도 화목하게 지내라! 그러지 않으면 악마가 밤에 그대 주변을 어슬렁거린다.

관헌을 존중하고 그에게 복종하라. 설령 뒤틀린 관헌이라 할지라도! 그래야 숙면을 취할 수 있다. 권력이 뒤틀린 다리로 활보하겠다는데 난들 어쩌겠는가?

나는 양 떼를 더없이 푸른 풀밭으로 인도하는 자를 항상 최고의 목자라 일컫는다. 그래야 숙면에 도움이 된다.

나는 높은 명예도 많은 재물도 바라지 않는다. 그것은 비장에 염증을 일으킨다. 그러나 좋은 평판과 약간의 재물이 없으면 잠을 이루기 어렵다.

나는 나쁜 모임보다는 작은 모임을 더 반긴다. 그러나 그런 모임도 들고 나는 때를 잘 맞추어야 한다. 그래야 숙면에 도움이 된다.

나는 마음이 가난한 자들도 무척 좋아한다. 그들은 잠을 잘 이루도록 도와준다. 특히 그들이 옳다고 언제나 인정해 주면 그들은 매우 행복해한다.

덕망 높은 자의 하루는 이렇게 지나간다. 그러다 밤이 오면, 나는 잠을 부르지 않으려 조심한다! 덕의 주인인 잠은 자신을 부르는 걸 좋아하지 않는다!

그 대신 나는 낮에 한 행동과 생각을 되돌아본다. 소처럼 끈기 있게 되새김질하며 묻는다. 나는 무엇을 열 가지 극복했는가?

그리고 내 마음을 흡족하게 해준 열 가지 화해와 열 가지 진리, 열 번의 웃음은 무엇인가?

이런 것들을 헤아리고 마흔 가지 생각에 이리저리 흔들리다 보면, 부르지도 않았는데 덕의 주인인 잠이 갑자기 엄습한다.

잠은 내 눈을 두드리고, 그러면 눈이 무거워진다. 잠은 내 입을 스치고, 그러면 입이 벌어진다.

참으로, 도둑들 중에서도 가장 사랑스러운 도둑인 잠은 내게 가만가만 다가와 내 생각들을 훔쳐 간다. 그러면 나는 이 강단처럼 멍하니 서 있다.

그러나 오래 서 있지는 못한다. 나는 금방 드러눕는다.」

현자가 이렇게 말하는 것을 듣고 차라투스트라는 혼자 마음속으로 웃었다. 그때 문득 깨닫는 바가 있었기 때문이다. 차라투스트라는 마음속으로 이렇게 말했다.

〈내가 보기에, 마흔 가지 생각을 가진 이 현자는 바보다. 그러나 잠에 대해서는 잘 알고 있는 듯하다.

이 현자 가까이에 사는 자들은 그것만으로도 행복하리라! 그런 잠은 전염되기 마련이다. 두꺼운 벽도 뚫고 전염된다.

그의 강좌에도 마력이 깃들어 있다. 젊은이들이 저 덕의 설교자 앞에 괜히 앉아 있는 것이 아니었다.

그가 가르치는 지혜는 잠을 잘 자기 위해 깨어 있어야 한다는 것이다. 그리고 진실로, 삶에 아무런 의미가 없어서 무의미를 선택할 수밖에 없다면, 이것이 가장 선택할 만한 무의미일 것이다.

일찍이 사람들이 덕의 스승을 찾으면서 특히 무엇을 찾았는지, 이제 분명히 알겠다. 숙면과 더불어 양귀비꽃 같은 덕을 찾았던 것이다!

이처럼 잘 가르친다고 칭송받은 현자들은 모두 꿈꾸지 않고 자는 잠을 지혜로 여겼다. 그들은 삶의 더 나은 의미를 알지 못했다.

오늘날에도 이런 덕의 설교자 같은 이들이 몇몇 있지만, 언제나 그처럼 솔직한 것은 아니다. 그들의 시대는 지나갔다. 그리고 그들은 이제 오래 서 있지도 못한다. 그들은 벌써 드러누워 있다.

이렇게 졸린 자들은 행복하리라. 그들은 곧 꾸벅꾸벅 졸게 될 것이다.〉

차라투스트라는 이렇게 말했다.

배후 세계를 신봉하는 자들[3]에 대하여

배후 세계를 신봉하는 자들처럼 차라투스트라도 한때 인간의 피안에 대한 망상을 품은 적이 있었다. 그때는 세계가 고뇌하고 번민하는 신의 작품으로 보였다.

그때는 세계가 꿈으로, 신이 꾸며 낸 것으로 보였다. 불만스러운 신의 눈앞에 피어오르는 오색 연기로 보였다.

선과 악, 쾌락과 고통, 나와 너, 이것들도 창조자의 눈앞에 피어오르는 오색 연기로 생각되었다. 창조자는 자신을 외면하려 했고, 그때 세계를 창조했다.

고뇌하는 자가 자신의 고뇌를 외면하고 자신을 망각하는 것은 쾌락에의 도취다. 세계는 내게 한때 쾌락에의 도취와 자기 망각으로 보였다.

이 세계, 영원히 불완전한 세계, 영원한 모순의 모상(模像), 불완전한 모상, 그것을 창조한 불완전한 창조자에게는 쾌락에의 도취. 세계는 내게 한때 그렇게 보였다.

그래서 나도 배후 세계를 신봉하는 자들처럼 한때 인간의 피안에 대한 망상을 품은 적이 있었다. 진실로 그것은 인간의 피안이었는가?

아, 그대 형제들이여, 내가 창조한 그 신은 다른 모든 신들처럼 인간의 작품이고 인간의 망상이었다!

그는 인간이었으며, 인간과 자아의 빈약한 한 조각에 지나지 않았다. 그 유령은 스스로 타고 남은 재와 불씨에서 나를 찾아왔다. 참으로! 피안의 세계에서 온 것이 아니었다!

나의 형제들이여, 그리고 무슨 일이 있었는지 아는가? 나는 나를 극복하고 고뇌를 극복했다. 나는 나 자신의 재를 산으로 가져가 더 밝은 불꽃을 만들어 내었다. 보라! 그러자 유령이 나를 피해 달아났다!

그런 유령을 믿는 것은 지금 내게 고뇌이고, 치유된 자에게 고통일 것이다. 그것은 지금 내게 고뇌이고 굴욕일 것이다.

3 〈배후 세계를 신봉하는 자들〉을 뜻하는 독일어 낱말 〈*Hinterweltler*〉는 니체의 신조어로, 현실 세계의 배후에 또 다른 현실이 있다고 믿는 종교인이나 형이상학자를 가리킨다.

그러므로 나는 배후 세계를 신봉하는 자들에게 말한다.

고뇌와 무능력, 그것이 모든 배후 세계를 만들어 내었다. 그리고 더없이 고뇌하는 자만이 경험하는 행복의 짧은 망상이 배후 세계를 만들어 내었다.

단 한 번의 도약, 죽음의 도약으로 최후에 이르려는 피로감, 더 이상 아무것도 원하지 않는 가련하고 무지한 피로감, 그것이 바로 온갖 신들과 배후 세계들을 만들어 내었다.

나의 형제들이여, 내 말을 믿으라! 육체에 절망한 것은 바로 육체였다. 육체는 현혹된 정신의 손가락으로 최후의 벽을 더듬었다.

나의 형제들이여, 내 말을 믿으라! 지상에 절망한 것은 바로 육체였다. 육체는 존재의 뱃속이 자신에게 하는 말을 들었다.

그때 육체는 머리로 ── 머리로만이 아니었다 ── 최후의 벽을 뚫고 〈저 세계〉로 넘어가려 했다.

그러나 〈저 세계〉, 탈인간화한 비인간적인 세계는 천상의 무(無)로서, 인간의 눈에 보이지 않게 꼭꼭 숨겨져 있다. 존재의 뱃속은 인간으로서가 아니면 절대 인간에게 말하지 않는다.

진실로, 모든 존재는 증명하기 어렵고 입을 열게 하기도 어렵다. 그대 형제들이여, 말하라. 만물 중의 가장 기이한 것이 가장 잘 증명되지 않았는가?

그렇다. 창조하고 의욕하고 평가하는 자아, 사물의 척도이고 가치인 자아, 이 자아와 자아의 모순과 혼란이 자신의 존재에 대해 가장 정직하게 말한다.

이 가장 정직한 존재인 자아는 육체에 대해 말한다. 이야기를 꾸며 내고 공상에 잠기고 부러진 날개로 퍼덕거릴 때도 육체를 원한다.

자아, 그것은 점점 더 솔직하게 말하는 법을 배운다. 그리고 배우면 배울수록, 육체와 지상을 위한 말과 경외심을 더욱더 많이 찾아낸다.

새로운 자부심을 나의 자아는 내게 가르쳤고, 나는 그 자부심을 인간들에게 가르친다. 더 이상 천상의 일들의 모래밭에 머리를 파묻지 말고 머리를 자유롭게 들라고 가르친다. 지상에 의미를 부여하는 지상의 머리를!

새로운 의지를 나는 인간들에게 가르친다. 인간이 맹목적으로 걸어온 이 길을 스스로 원하고 받아들일 것을 가르친다. 더 이상 병든 자들과 죽어 가는 자들처럼 슬며시 그 길을 벗어나지 말라고!

육체와 지상을 경멸하고 천상과 구원의 핏방울을 생각해 낸 자들은 바로 병든 자들과 죽어 가는 자들이었다. 그러나 그 달콤하고 음울한 독약조차도 육체와 지상에서 얻은 것이다!

그들은 비참한 처지에서 벗어나려 했지만, 별들은 그들에게 너무 멀리 있었다. 그래서 그들은 탄식했다. 「오, 다른 존재와 행복 속으로 슬며시 들어갈 수 있는 천상의 길이 있다면 좋으련만!」 그래서 그들은 샛길과 피의 음료를 생각해 내었다!

그들은, 그 배은망덕한 자들은 자신들의 육체와 지상으로부터 벗어났다는 망상에 빠졌다. 하지만 그런 망상에 빠져서 부르르 떨며 환희를 맛볼 수 있었던 것은 누구 덕분인가? 바로 그들의 육체와 이 지상 덕분이었다.

차라투스트라는 병든 자들에게 너그럽다. 진실로, 그들이 그런 식으로 배은망덕하게 굴고 위로받는 것에 노여워하지 않는다. 그들이 건강을 되찾고 자신을 극복해서 더 고매한 육체를 갖추게 되기를 바랄 뿐이다!

차라투스트라는 건강을 회복하는 이가 자신의 망상을 애틋하게 되돌아보고 자신의 신이 묻혀 있는 무덤 주변을 한밤중에 은밀히 배회해도 노여워하지 않는다. 그러나 그런 자들이 흘리는 눈물도 내게는 여전히 병이고 병든 육체이다.

이야기를 지어내며 신을 갈망하는 자들 가운데는 언제나 병든 사람들이 많이 있었다. 그들은 인식하는 자와 덕 중의 가장 젊은 덕, 정직함이라 불리는 덕을 미친 듯이 증오한다.

그들은 언제나 암흑시대를 되돌아본다. 물론 그때는 망상과 신앙이 지금과는 다른 것이었다. 이성의 광란은 신을 닮은 거룩함이었고 의심은 죄악이었다.

나는 그 신을 닮은 자들을 너무 잘 알고 있다. 그들은 사람들이 자신들을 믿어 주고 의심은 죄악이기를 바란다. 또한 나는 그들 스스로 무엇을 가장 굳게 믿는지도 너무나 잘 알고 있다.

진실로, 그들이 가장 굳게 믿는 것은 배후 세계와 구원의 핏방울이 아니라 육체이다. 그들에게 자신의 육체는 물자체(物自體)[4]이다.

그러나 그들은 그 육체를 병든 것이라 여기고 어떻게든 그 것에서 벗어나고 싶어 한다. 그래서 죽음의 설교자들에게 귀를 기울이고 또 직접 배후 세계에 대해 설교한다.

나의 형제들이여, 차라리 건강한 육체의 목소리에 귀를 기울이라. 이것이 더 정직하고 더 순수한 목소리다.

건강한 육체, 완전하고 반듯한 육체는 더 정직하고 더 순수하게 말한다. 그것은 지상의 의미에 대해 말한다.

차라투스트라는 이렇게 말했다.

4 칸트 철학의 중심 개념. 눈에 보이는 현상을 초월하는 궁극적 실재 또는 선험적 대상.

육체를 경멸하는 자들에 대하여

나는 육체를 경멸하는 자들에게 말한다. 그들이 내게서 새롭게 배우고 새롭게 가르치기를 바라지는 않는다. 다만 자신의 육체에 작별을 고하고 입을 다물기를 바랄 뿐이다.

「나는 몸이고 영혼이다.」 어린아이는 이렇게 말한다. 그런데 왜 우리는 어린아이처럼 말해서는 안 되는가?

하지만 깨달은 자, 인식하는 자는 말한다. 「나는 전적으로 육체이며 그 밖에는 아무것도 아니다. 영혼은 육체의 일부를 표현하는 말에 지나지 않는다.」

육체는 하나의 커다란 이성이며, 하나의 의미를 지닌 다양함이고, 전쟁이자 평화이고, 가축의 무리이자 목자이다.

나의 형제여, 그대가 〈정신〉이라 부르는 그대의 작은 이성도 그대 육체의 도구이다. 커다란 이성의 작은 도구이고 장난감이다.

그대는 〈자아〉라고 말하며 이 말에 자부심을 느낀다. 하지만 믿고 싶지 않겠지만, 자아보다 더 위대한 것은 그대의 육체와 그대 육체의 커다란 이성이다. 그 커다란 이성은 자아를 말하는 대신 자아를 행한다.

감각이 느끼고 정신이 인식하는 것은 결코 그 자체로 목적이 아니다. 그런데도 감각과 정신은 자신들이 만물의 목적인 양 그대를 설득하려 든다. 그것들은 그렇게 허황되다.

감각과 정신은 도구이고 장난감이다. 그것들 뒤에는 자기(自己)[5]가 있다. 이 자기는 또 감각의 눈으로 탐색하고 또 정신의 귀로 귀 기울인다.

5 니체는 정신과 육체를 포함하는 인간의 총체적인 몸을 〈자기 das Selbst〉라고 불렀다.

자기는 항상 귀 기울이고 탐색한다. 자기는 비교하고 강요하고 정복하고 파괴한다. 그것은 지배하는 자이며, 또한 자아의 통치자이기도 하다.

나의 형제여, 그대의 생각과 감정의 배후에는 막강한 명령권자, 미지의 현자가 있다. 그의 이름은 바로 자기이다. 자기는 그대의 육체 안에 살고 있고, 자기는 곧 그대의 육체이다.

그대의 가장 뛰어난 지혜보다 그대의 육체 안에 더 많은 이성이 깃들어 있다. 그런데도 그대의 육체가 무엇 때문에 그대의 가장 뛰어난 지혜를 필요로 하는지 누가 알겠는가?

그대의 자기는 그대의 자아와 그 자아의 자랑스러운 도약을 비웃는다. 「사상의 이런 도약과 비상이 나한테 무엇이겠느냐?」 자기는 혼잣말한다. 「그것은 나의 목적에 이르기 위한 우회로일 뿐이다. 나는 자아를 이끄는 끈이고, 자아의 개념들을 넌지시 일러 주는 자이다.」

자기는 자아에게 말한다. 「여기서 고통을 느껴라!」 그러면 자아는 괴로워하며, 어떻게 괴로움에서 벗어날 수 있을지 숙고한다. 그러기 위해서 자아는 사고해야 한다.

자기는 자아에게 말한다. 「여기서 쾌감을 느껴라!」 그러면 자아는 기뻐하며, 어떻게 앞으로 자주 기뻐할 수 있을지 숙고한다. 그러기 위해 자아는 사고해야 한다.

나는 육체를 경멸하는 자들에게 한마디 하려 한다. 그들이 경멸한다는 사실이 곧 그들을 존중받게 만든다. 존중과 경멸, 가치와 의지를 창조한 것이 무엇이냐?

창조하는 자기가 존중과 경멸을 창조했으며, 기쁨과 슬픔을 창조했다. 창조하는 육체가 자신의 의지의 손으로 삼으려고 정신을 창조했다.

그대 육체를 경멸하는 자들이여, 그대들은 어리석게 육체를 경멸하면서도 그대들의 자기를 섬기고 있다. 나는 그대들에게 말한다. 그대들의 자기는 삶에 등을 돌리고 스스로 죽으려 한다.

그대들의 자기는 그토록 원하는 일, 즉 자신을 넘어 창조하는 일을 더 이상 이룰 수 없다. 그대들의 자기는 무엇보다 그것을 열렬히 바라며, 거기에 온 열정을 바친다.

그러나 이제 그러기에는 때가 너무 늦었다. 그래서 그대들의 자기는 몰락하려 한다, 그대 육체를 경멸하는 자들이여.

그대들의 자기는 몰락하려 하고, 그 때문에 그대들은 육체를 경멸하는 자가 되었다! 그대들은 더 이상 자신을 넘어 창조할 능력이 없기 때문이다.

그 때문에 그대들은 이제 삶과 지상에 노여워하고 있다. 그대들의 삐딱한 경멸의 시선에는 자신도 모르는 시기심이 어려 있다.

그대 육체를 경멸하는 자들이여, 나는 그대들의 길을 가지 않는다! 그대들은 내게 결코 초인에 이르는 다리가 되지 못한다!

차라투스트라는 이렇게 말했다.

기쁨과 열정에 대하여

나의 형제여, 그대에게 덕이 하나 있고 그것이 그대의 덕이라면, 그대는 어느 누구와도 그 덕을 공유하지 않는다.

물론, 그대는 그 덕의 이름을 부르며 그 덕을 어루만지고 싶으리라. 덕의 귀를 잡아당기며 함께 장난치고 싶으리라.

그런데 보라! 이제 그대는 그 덕의 이름을 군중과 공유하게 되었으며, 그대의 덕과 더불어 군중이 되고 가축의 무리가 되었다!

그대는 이렇게 말하는 편이 더 나을 것이다. 「내 영혼에 고통과 감미로움을 안겨 주고 또 내 창자를 굶주리게 하는 것은 말로 표현할 수도 이름 지을 수도 없다.」

그대의 덕은 친밀하게 이름 부를 수 없을 정도로 고매한 것이어야 한다. 그리고 그 덕에 대해 부득이 말할 수밖에 없을 때에는, 더듬거리는 것을 부끄러워하지 말라.

더듬거리며 이렇게 말하라. 「이것은 나의 선(善)이고, 나는 이것을 사랑한다. 그래서 내 마음에 쏙 들며, 오직 나 혼자만이 이 선을 원한다.

나는 이것을 신의 계율로 원하는 것도 아니고, 인간의 규약과 필수품으로 원하는 것도 아니다. 이것이 내게 지상 너머 낙원을 위한 이정표여서는 안 된다.

내가 사랑하는 것은 지상의 덕이다. 여기에는 총명함이 별로 깃들어 있지 않으며, 만인의 이성은 무엇보다 적게 깃들어 있다.

그러나 이 새는 내 곁에 둥지를 틀었다. 그래서 나는 이 새를 사랑하고 꼭 껴안는다. 이제 이 새는 내 곁에서 황금빛 알을 품고 있다.」

그대는 이렇게 더듬거리며 그대의 덕을 찬미해야 한다.

일찍이 그대에게는 열정이 있었고, 그대는 그것을 악하다고 일컬었다. 그러나 지금 그대에게는 오로지 그대의 덕들만이 남아 있으며, 그 덕들은 그대의 열정에서 자라났다.

그대는 이 열정의 심장부에 최고의 목표를 세웠다. 그러자 열정들은 그대의 덕이 되고 기쁨이 되었다.

그대가 성마른 혈통이나 음탕한 혈통, 광신적인 혈통이나 복수심에 불타는 혈통을 이어받았다 할지라도.

결국 그대의 모든 열정은 덕이 되었고, 그대의 모든 악마는 천사가 되었다.

일찍이 그대는 그대의 지하실에 들개들을 길렀다. 그러나 결국 그 들개들은 새로 변하고 사랑스러운 가희(歌姬)로 변했다.

그대는 그대의 독으로 향유를 빚었으며, 비탄이라는 그대의 암소의 젖을 짰다. 이제 그대는 그 암소의 젖가슴에서 짠 감미로운 우유를 마신다.

앞으로는 더 이상 그대에게서 악이 자라나지 않으리라. 그대가 가진 여러 덕들의 다툼으로부터 자라나는 악이 아니라면.

나의 형제여, 그대가 운이 좋다면 오로지 하나의 덕만을 가지리라. 그래서 보다 수월하게 다리를 건너가리라.

많은 덕을 겸비하는 것은 훌륭한 일이지만 견디기 어려운 운명이다. 그래서 어떤 이들은 덕들의 싸움과 싸움터에 지치는 바람에, 사막에 가서 스스로 목숨을 끊었다.

나의 형제여, 전쟁과 싸움은 악인가? 그러나 이 악은 꼭 필요한 것이다. 그대의 덕들 사이에서 벌어지는 시샘과 불신, 비방은 꼭 필요한 것이다.

보라, 그대의 덕들이 저마다 어떻게 최고의 자리를 탐하는지. 그것들은 저마다 그대의 정신을 고스란히 차지해서 자신의 전령으로 삼으려 한다. 그것들은 분노하고 증오하고 사랑하는 그대의 힘을 고스란히 차지하려 든다.

덕들은 제각기 다른 덕을 질투한다. 질투는 무서운 것이다. 덕들도 질투 탓에 파멸에 이를 수 있다.

질투의 불길에 휩싸인 자는 결국 전갈처럼 자기 자신에게 독침을 겨누게 된다.

아, 나의 형제여, 그대는 자기 자신을 비난하고 칼로 찌르는 덕을 아직 보지 못했는가?

인간은 극복되어야 하는 존재다. 그리고 바로 그래서 그대
는 그대의 덕들을 사랑해야 한다. 그대는 그것들 탓에 파멸
에 이를 것이기 때문이다.

차라투스트라는 이렇게 말했다.

창백한 범죄자에 대하여

그대 재판관들과 제사장들이여, 그대들은 짐승이 고개를
끄덕이기 전에는 죽이려 하지 않는가? 보라, 창백한 범죄자
가 고개를 끄덕였다. 그의 눈에서 커다란 경멸이 말한다.

「나의 자아는 극복되어야 하는 것이다. 나의 자아는 인간
에 대한 커다란 경멸이다.」 그의 눈은 이렇게 말한다.

그가 스스로를 심판한 것은 그의 최고의 순간이었다. 그
숭고한 자를 과거의 비천한 상태로 다시는 돌려보내지 말라!

그렇듯 스스로에게 시달리는 자에게는 빨리 죽는 것 말고
다른 구원의 방법이 없다.

그대 재판관들이여, 그대들은 복수심이 아니라 동정심에
서 처형해야 한다. 그리고 처형하면서, 그대들 스스로 삶을
정당화하도록 노력하라!

그대들이 처형하는 자와 화해하는 것으로는 충분하지 않
다. 그대들의 슬픔은 초인을 향한 사랑이어야 한다. 그대들
이 아직 살아 있음을 그렇게 정당화하라!

그대들은 〈적〉이라고 말해야지 〈악인〉이라고 말해서는 안

된다. 〈병자〉라고 말해야지 〈악당〉이라고 말해서는 안 된다. 〈바보〉라고 말해야지 〈죄인〉이라고 말해서는 안 된다.

그리고 그대 붉은 법복 차림의 재판관이여, 만약 그대가 생각 속에서 저지른 모든 것들을 크게 소리 내어 말하려 한다면, 누구나 외치리라. 「이 더러운 자, 독벌레를 쫓아내라!」

그러나 생각과 행위와 행위의 표상은 각기 별개의 것이다. 그것들 사이에는 인과의 수레바퀴가 돌지 않는다.

표상이 이 창백한 인간을 창백하게 만들었다. 그는 행위할 때는 자신의 행위를 감당했다. 그러나 행위를 하고 난 후에 그 행위의 표상은 견뎌 내지 못했다.

그는 언제나 자신을 한 행위의 행위자로 보았다. 나는 이 것을 망상이라 부른다. 예외가 본질로 전도된 것이다.

선 하나가 암탉을 꼼짝 못하게 잡아 둔다. 그가 한 행동은 그의 가련한 이성을 꼼짝 못하게 잡아 두었다. 나는 이것을 행위 이후의 망상이라 부른다.

그대 재판관들이여, 들어라! 또 다른 망상이 있다. 그것은 행위 이전의 망상이다. 아, 그대들은 이 영혼 속으로 충분히 깊이 파고들지 않았다!

붉은 법복 차림의 재판관은 말한다. 「이 범죄자는 어째서 살인을 범했는가? 그는 약탈하려 한 것이다.」 그러나 나는 그대들에게 말한다. 그의 영혼은 피를 원했지 약탈은 원하지 않았다. 그는 칼을 휘두르는 행복을 갈구했다!

그러나 그의 가련한 이성은 그 망상을 이해하지 못하고 그를 설득했다. 「피가 무슨 소용이냐!」 가련한 이성은 말했다. 「이 기회에 최소한 약탈이라도 해야 하지 않겠느냐? 복수를 해야 하지 않겠느냐?」

그는 자신의 가련한 이성의 말에 귀를 기울였다. 이성의 말이 납덩이처럼 그를 짓눌렀다. 그래서 그는 살인을 범하면서 약탈까지 했던 것이다. 그는 자신의 망상을 부끄럽게 여기려 하지 않았다.

이제 죄책감이라는 납덩이가 다시 그를 짓누른다. 그의 가련한 이성은 다시 뻣뻣하게 마비되어 무겁게 내리누른다.

그가 머리를 흔들 수만 있다면, 그 무거운 짐은 아래로 굴러떨어질 것이다. 그러나 누가 그 머리를 흔들겠는가?

이 사람의 정체는 무엇인가? 정신을 통해 세계를 움켜쥐려 하는 질병의 집합. 그 질병들은 먹잇감을 노리고 있다.

이 사람의 정체는 무엇인가? 서로 평화롭게 지내지 못하는 사나운 뱀들이 뒤엉킨 무리. 뱀들은 혼자 떨어져 나와 세상에서 먹이를 찾는다.

이 가련한 육체를 보라! 이 가련한 영혼은 가련한 육체가 무엇으로 괴로워하고 무엇을 탐하는지 해석했다. 살인의 쾌감과 칼의 행복을 향한 욕망으로 괴로워하고 또 이것을 탐한다고 해석했다.

지금 병드는 이는 이 시대 악의 습격을 받는다. 그는 자신을 고통스럽게 하는 것으로 다른 이들을 고통스럽게 하려 한다. 그러나 지금과는 다른 시대가 있었고 지금과는 다른 악과 선이 있었다.

한때는 의심도 자기를 향한 의지도 악한 것이었다. 그 당시 병든 자는 이단자가 되고 마녀가 되었다. 그는 이단자와 마녀로서 고통을 받았으며, 또 고통을 주려 했다.

그러나 이런 말들은 그대들의 귀에 들리지 않는다. 그대들은 이런 말들이 그대들 같은 선한 자들에게는 해가 된다고 말한다. 그러나 그대들 같은 선한 자들이 나와 무슨 상관이겠는가!

그대들 같은 선한 자들은 많은 점에서 나를 구역질 나게 하지만, 그들의 악은 진실로 그렇지 않다. 나는 그들이 이 창백한 범죄자처럼 망상에 사로잡혀 파멸하길 바랐다!

진실로, 나는 그들의 망상이 진리나 신의나 정의라고 불리길 바랐다. 그러나 그들은 추레한 안일함을 누리며 오래오래 살기 위한 그들의 덕을 지니고 있다.

나는 강가의 난간이다. 나를 붙잡을 수 있는 자는 붙잡아라! 그러나 나는 그대들의 지팡이는 아니다.

차라투스트라는 이렇게 말했다.

글 읽기와 글쓰기에 대하여

나는 글로 쓰인 모든 것들 가운데서 오로지 피로 쓰인 것만을 사랑한다. 피로 써라. 그러면 그대는 피가 곧 정신인 것을 알게 되리라.

타인의 피를 이해하기는 쉬운 일이 아니다. 나는 빈둥거리며 책을 읽는 자들을 증오한다.

독자를 잘 아는 자는 독자를 위해 더 이상 아무것도 하지 않는다. 독자들이 판치는 또 한 세기가 온다면 정신 자체가 악취를 풍길 것이다.

누구나 글 읽는 것을 배우게 된다면, 글 쓰는 것만이 아니라 사고하는 것까지 영구히 타락할 것이다.

정신은 한때 신이었고, 그러다 인간이 되었고, 지금은 아예 천민으로 전락하고 있다.

피와 잠언으로 글을 쓰는 자가 바라는 바는 읽히는 것이 아니라 암송되는 것이다.

산속에서 가장 가까운 지름길은 산봉우리에서 산봉우리로 뛰어넘는 길이다. 그러나 그 길을 가기 위해서는 다리가 길어야 한다. 잠언들은 산봉우리여야 하며, 잠언을 듣는 이들은 키가 후리후리하게 커야 한다.

공기는 희박하고 맑아야 하며, 위험은 가까이 있어야 하고, 정신은 즐거운 악의로 가득 차야 한다. 그래야 서로 잘 어울린다.

나는 용감해서 내 주변에 요괴들이 나타나길 바란다. 유령들을 멀리 쫓아 버리는 용기가 스스로를 위해 요괴를 만들어낸다. 용기는 크게 웃고 싶어 한다.

나는 더 이상 그대들과 함께 느끼지 않는다. 내 발밑에 보이는 이 구름, 내가 비웃는 이 두터운 먹구름, 이것은 바로 그대들의 뇌운(雷雲)이다.

그대들은 높이 있고 싶으면 위를 올려다본다. 나는 이미 높이 있기 때문에 아래를 내려다본다.

그대들 가운데 누가 웃으면서 높이 있을 수 있는가?

가장 높은 산에 오르는 자는 모든 비극적인 유희와 비극적인 진지함을 비웃는다.

지혜는 우리들이 용감하고 의연하고 조롱하며 난폭하게 굴기를 바란다. 지혜는 여인이어서 언제나 투사만을 사랑한다.

그대들은 내게 〈삶이 견디기 힘들다〉고 말한다. 그런데 어째서 그대들은 오전에는 자부심에 넘치다가도 저녁이면 체념하는가?

삶은 견디기 힘들다. 그러나 내게 그렇게 연약한 모습을 보이지 말라! 우리는 모두 무거운 짐을 질 수 있는 멋진 암나귀이고 수나귀이다.

우리는 이슬 한 방울만 맺혀도 파르르 떠는 장미 꽃봉오리와 무슨 공통점이 있는가?

우리가 삶을 사랑하는 것은 삶이 아니라 사랑에 익숙해 있기 때문이라는 말은 사실이다.

사랑에는 언제나 약간의 망상이 깃들어 있다. 그러나 망상에는 언제나 약간의 이성도 깃들어 있다.

삶을 좋아하는 내게도 나비와 비눗방울, 그리고 나비와 비눗방울 같은 부류의 사람들이 행복에 대해 가장 많이 알고 있는 듯 보인다.

이 가볍고 어리석고 사랑스럽고 하늘하늘한 작은 영혼들이 파닥거리는 것을 보고 있으면, 차라투스트라는 눈물이 흐르고 노래가 나온다.

나는 오로지 춤출 줄 아는 신만을 믿을 것이다.

나는 나의 악마를 보았을 때, 그가 진지하고 철저하고 심오하고 장엄한 것을 알았다. 그는 중력의 영이었다. 그 영 때문에 만물이 추락한다.

우리는 노여움이 아니라 웃음으로 죽일 수 있다. 자, 우리어서 중력의 영을 죽이자!

나는 걷는 법을 배웠다. 그 이후로 나는 달린다. 나는 하늘을 나는 법을 배웠다. 그 이후로 나는 떠밀리지 않아도 움직인다.

이제 나는 가볍다. 이제 나는 하늘을 난다. 이제 나는 내 발아래의 나를 내려다본다. 이제 신이 나를 통해 춤춘다.

차라투스트라는 이렇게 말했다.

산비탈의 나무에 대하여

차라투스트라는 한 젊은이가 자신을 피하는 것을 본 적이 있었다. 어느 날 저녁, 그는 〈얼룩소〉라 불리는 도시를 에워싼 산속을 홀로 걷고 있었다. 보라, 바로 그때 그 젊은이가 나무에 기대앉아 지친 눈으로 골짜기를 바라보고 있는 것이 아닌가. 차라투스트라는 젊은이가 앉아 있는 나무를 붙잡으며 말했다.

「나는 이 나무를 아무리 두 손으로 흔들고 싶어도 흔들지 못할 것이다.

그러나 우리 눈에 보이지 않는 바람은 이 나무를 제 마음대로 괴롭히고 구부러뜨린다. 우리는 보이지 않는 손길에 의해 가장 모질게 구부러지고 괴롭힘을 당한다.」

그러자 젊은이는 깜짝 놀라 몸을 일으키며 말했다. 「이것은 차라투스트라의 목소리가 아닌가. 나는 마침 그를 생각하고 있었는데.」 이 말에 차라투스트라는 대답했다.

「왜 그리 놀라는가? 인간은 나무와 다를 바 없다.

인간이 높고 밝은 곳으로 오르려 애쓸수록 뿌리는 더욱더 강하게 땅속으로, 아래로, 어둠 속으로, 심연을 향해, 악을 향해 뻗어 나간다.」

「그렇습니다, 악을 향해 뻗어 나갑니다!」 젊은이는 외쳤다. 「당신은 어떻게 나의 영혼을 알아볼 수 있습니까?」

차라투스트라는 미소 지으며 말했다. 「알아보기 전에 먼저 만들어 내야 하는 영혼도 많이 있다.」

「그렇습니다, 악을 향해 뻗어 나갑니다!」 젊은이는 또다시 외쳤다.

「차라투스트라여, 당신은 진리를 말씀하셨습니다. 나는 높은 곳으로 오르려 한 후로 나 자신을 믿지 못하게 되었습니다. 다른 사람들도 더 이상 나를 믿지 않아요. 어쩌다 이 지경이 되었을까요?

나는 너무 빨리 변하고 있습니다. 나의 오늘은 나의 어제를 반박합니다. 나는 위로 오르면서 종종 몇 계단을 뛰어넘는데, 이런 행동을 눈감아 주는 계단은 없습니다.

위에 오르고 나면 언제나 나 혼자입니다. 아무도 내게 말을 걸지 않고, 고독의 냉기는 나를 떨게 만듭니다. 나는 그 높은 곳에서 무엇을 원하는 걸까요?

나의 경멸과 나의 동경이 뒤섞여 함께 자라납니다. 나는 높이 오르면 오를수록, 높이 오르는 자를 더욱더 경멸합니다. 그는 그 높은 곳에서 무엇을 원하는 걸까요?

비틀거리며 올라가는 내 모습이 얼마나 부끄러운지! 내가 헐떡거리는 내 숨소리를 얼마나 조롱하는지! 내가 하늘을 날아다니는 자들을 얼마나 미워하는지! 높은 곳에 있으면 얼마나 피곤한지 아십니까!」

젊은이는 입을 다물었다. 차라투스트라는 옆에 있는 나무를 바라보며 이렇게 말했다.

「이 나무는 여기 산비탈에 외롭게 서 있다. 이것은 인간과 짐승보다 훨씬 높이 자랐다.

나무가 아무리 말을 하고 싶어도, 아무도 그 말을 이해하지 못할 것이다. 나무는 그렇듯 높이 자랐다.

이제 나무는 기다리고 또 기다린다. 도대체 무엇을 기다리는 것일까? 나무는 구름들의 안식처 아주 가까이 살고 있다. 아마도 첫 번개가 치기를 기다리는 것일까?」

차라투스트라가 말을 마치자, 젊은이는 격렬하게 몸을 움직이며 외쳤다. 「그렇습니다, 차라투스트라여, 당신의 말은 진리입니다. 나는 높은 곳에 오르려 했을 때, 나의 몰락을 바랐습니다. 당신은 내가 기다린 번개입니다! 보십시오, 당신이 우리 앞에 나타난 후로 나라는 존재는 무엇입니까? 나를 파멸시킨 것은 당신에 대한 질투심입니다!」 젊은이는 이렇게 말하고는 비통하게 울었다. 차라투스트라는 한 팔로 젊은이를 감싸 안은 채 함께 그곳을 떠났다.

그렇게 한동안 나란히 걷다가, 이윽고 차라투스트라는 말문을 열었다.

「내 마음이 찢어지는 듯하다. 그대가 얼마나 위험에 처했는지 그대의 말보다 그대의 눈이 더 잘 알려 주고 있다.

그대는 아직 자유롭지 못하다. 그대는 아직 자유를 찾아 헤매고 있다. 그대는 자유를 찾아 헤매느라 밤새도록 잠을 자지 못하고 긴장해 있었다.

그대는 자유로운 높은 곳에 오르려 하고, 그대의 영혼은 별들을 갈망한다. 그러나 그대의 저급한 충동들도 자유를 갈망한다.

그대의 들개들은 자유를 원한다. 그대의 정신이 모든 감옥을 열려고 애쓰면, 들개들은 지하실에서 기쁨에 넘쳐 크게 짖는다.

내가 보기에, 그대는 아직 자유를 꿈꾸는 포로이다. 아, 그렇게 갇혀 있는 자들의 영혼은 영리해지지만 또 교활하고 비열해지기도 한다.

정신의 자유를 쟁취한 자라 해도 스스로를 정화해야 한다. 많은 감옥의 흔적과 곰팡이가 아직 그의 안에 남아 있다. 그의 눈은 더 순수해져야 한다.

그렇다, 나는 그대가 처한 위험을 알고 있다. 그러나 나는 나의 사랑과 희망을 걸고 그대에게 간청한다, 부디 그대의 사랑과 희망을 버리지 말라!

그대는 아직 자신이 고결하다고 느끼고 있으며, 그대를 원망하며 악의에 찬 눈길로 바라보는 다른 이들도 아직 그대를 고결하다고 느끼고 있다. 고결한 한 사람이 모든 이들의 길을 가로막는다는 것을 명심하라.

고결한 자는 선한 자들의 길도 가로막는다. 그래서 그들은 고결한 자를 선한 사람이라고 부르면서도 은근슬쩍 제거하려 든다. 고결한 자는 새로운 것과 새로운 덕을 창조하려 한다. 선한 자는 옛것을 원하고 옛것이 유지되기를 바란다.

그러나 고결한 자가 선한 자가 되는 것은 위험하지 않다. 뻔뻔스러운 자, 조롱하는 자, 파괴하는 자가 되는 것이 위험하다.

아, 나는 최고의 희망을 잃어버린 고결한 자들을 보았다. 그러자 그들은 모든 숭고한 희망을 비방했다.

그러고는 뻔뻔하게 덧없는 환락에 취해 살았으며, 아무런 목표 없이 하루하루를 살았다.

〈정신도 쾌락이다.〉 그들은 말했다. 그러자 그들의 정신의 날개가 부러지고 말았다. 이제 그들의 정신은 주변을 기어다니고 닥치는 대로 갉아먹으며 더럽힌다.

한때 그들은 영웅이 되려 생각했는데 이제 탕아가 된 것이다. 이제 그들에게 영웅은 원망과 공포이다.

그러나 나는 나의 사랑과 희망을 걸고 그대에게 간청한다, 부디 그대 영혼 속의 영웅을 버리지 말라! 그대의 최고의 희망을 성스럽게 간직하라.」

차라투스트라는 이렇게 말했다.

죽음의 설교자들에 대하여

죽음을 설교하는 자들이 있다. 그리고 지상은 삶을 등지고 떠나라는 설교를 들어 마땅한 자들로 가득 차 있다.

지상은 쓸모없는 존재들로 가득 차 있고, 삶은 지나치게 많은 존재들로 부패했다. 그들을 〈영원한 생명〉을 미끼로 꼬드겨 이 삶을 떠나게 할 수 있다면 얼마나 좋으랴!

〈노란 자들〉, 죽음의 설교자들은 이렇게 불린다. 또는 〈검은 자들〉이라고 불리기도 한다. 그러나 나는 그대들에게 다른 색깔의 그들도 보여 주려 한다.

마음속에 맹수를 품고 돌아다니며 환락에 빠지거나 자학하는 것 말고는 달리 어쩔 도리가 없는 끔찍한 자들이 있다. 그들에게는 환락도 자학이다.

그들, 그 끔찍한 자들은 아직 인간이 되지 못했다. 그들이 삶을 등지라고 설교하고 스스로 삶을 떠난다면 얼마나 좋으랴!

영혼이 결핵에 걸린 자들이 있다. 그들은 태어나는 순간 이미 죽기 시작해 피로와 체념의 가르침을 갈망한다.

그들은 기꺼이 죽기를 바란다. 우리는 그들의 뜻을 존중해야 할 것이다! 이 죽어 있는 자들을 깨우지 않도록, 이 살아 있는 관들을 훼손하지 않도록 조심하자!

그들은 병자나 노인이나 시체와 마주치면 지체 없이 말한다. 「삶은 반박되었다!」

그러나 오로지 그들 자신이 반박되었을 뿐이고, 오로지 존재의 한 면만을 보는 그들의 눈이 반박되었을 뿐이다.

그들은 짙은 우수에 감싸여, 죽음을 불러올 사소한 우연들을 갈망하며, 이를 악물고 기다린다.

혹은 달콤한 사탕에 손을 내밀며, 자신들의 그런 어린애 같은 짓을 비웃는다. 지푸라기 같은 삶에 매달려, 자신들이 아직 지푸라기에 매달려 있는 것을 비웃는다.

그들의 지혜는 말한다. 「살아 있는 자는 바보다. 그런데 우리가 바로 그런 바보다! 그리고 이것이야말로 삶의 가장 어리석은 점이다!」

「삶은 오로지 고뇌일 뿐이다.」 이렇게 말하는 자들도 있는데, 이것은 거짓말이 아니다. 그러니 그대들은 그만 끝내도록 하라! 한낱 고뇌일 뿐인 삶을 그만 끝내도록 하라!

그대들의 덕은 이렇게 가르친다. 「네 스스로 목숨을 끊어라! 네 스스로 소리 없이 떠나라!」

「육욕은 죄악이다.」 죽음의 설교자들 가운데는 이렇게 말하는 자들이 있다. 「그러니 육욕을 멀리하고 자식을 낳지 말자!」

「아이를 낳는 것은 힘든 일이다.」 이렇게 말하는 자들도 있다. 「그런데도 무엇 때문에 아이를 낳는단 말인가? 그래 봤자 고작 불행한 이들만을 낳을 뿐이다!」 이런 말을 하는 자들도 죽음의 설교자들이다.

「동정심이 필요하다.」 또 이렇게 말하는 자들도 있다. 「내가 가진 것을 받아라! 나 자신을 받아라! 그러면 삶이 나를 덜 속박하리라!」

그들이 진정으로 동정심을 느끼는 자들이라면, 이웃이 삶을 싫어하도록 만들 것이다. 악한 것, 그것이 그들에게 참다운 선일 것이다.

그러나 그들은 삶에서 벗어나려 한다. 그러니 그들이 자신의 사슬과 선물로 다른 이들을 더욱 단단히 묶어 둘 필요가 어디 있겠는가!

그리고 삶을 고된 노동과 불안으로 여기는 그대들도 삶에 지칠 대로 지치지 않았는가? 죽음의 설교를 들을 때가 되지 않았는가?

고된 노동과 빠르고 새롭고 낯선 것을 좋아하는 그대들 모두 자기 자신을 감당하지 못하고 있다. 그대들의 근면은 도피이며 자신을 잊으려는 의지의 표현이다.

그대들이 삶을 더 믿는다면, 자신을 순간에 내맡기는 일이 줄어들 것이다. 그러나 그대들의 내실은 기다리기에 충분하지 않으며, 심지어는 게으름을 피우기에도 충분하지 않다!

죽음을 설교하는 자들의 목소리가 곳곳에 울려 퍼지고 있다. 그리고 지상은 죽음의 설교를 들어 마땅한 자들로 가득차 있다.

아니면 〈영원한 삶〉에 대한 설교라 해도 내겐 상관없다. 그들이 어서 빨리 사라져 주기만 한다면야!

차라투스트라는 이렇게 말했다.

전쟁과 전사들에 대하여

우리는 우리의 가장 뛰어난 적들에게도 우리가 진정으로 사랑하는 이들에게도 보호받길 바라지 않는다. 그러니 나로 하여금 그대들에게 진실을 말하게 하라!

전쟁터의 형제들이여! 나는 그대들을 진심으로 사랑한다. 나는 예나 지금이나 그대들과 같은 부류의 사람이며, 또한 그대들의 가장 뛰어난 적이기도 하다. 그러니 나로 하여금 그대들에게 진실을 말하게 하라!

나는 그대들 마음속의 증오심과 질투심에 대해 잘 알고 있다. 그대들은 증오심과 질투심을 모를 만큼 아직 위대하지는 않다. 그러니 그것들 때문에 부끄러워하는 일이 없도록 위대해져라!

그대들이 인식의 성자가 될 수 없다면 적어도 인식의 전사는 되어야 한다. 인식의 전사는 인식의 성스러움을 지키는 동반자이고 선구자이다.

나는 많은 병사들을 본다. 그러나 나는 많은 전사들을 보고 싶다! 병사들이 입고 있는 것은 〈군복〉이라 불린다. 그러나 그들이 군복으로 감추고 있는 것은 군복처럼 획일적이지 않기를 바란다!

그대들은 언제나 눈으로 적을, 그대들의 적을 찾는 자여야 한다. 그리고 그대들 가운데는 첫눈에 증오심을 느끼는 자들이 몇몇 있다.

그대들은 그대들의 적을 찾아야 하고, 그대들의 사상을 위해 전쟁을 치러야 한다! 설령 그대들의 사상이 패배할 지라도, 그대들의 정직함은 그것을 넘어서 승리를 외쳐야 한다!

그대들은 새로운 전쟁을 위한 수단으로서 평화를 사랑해야 한다. 그리고 긴 평화보다는 짧은 평화를 더 사랑해야 한다.

나는 그대들에게 일이 아니라 전투를 권한다. 나는 그대들에게 평화가 아니라 승리를 권한다. 그대들의 일은 전투여야 하고, 그대들의 평화는 승리여야 한다!

활과 화살이 있을 때에만 침묵을 지키며 조용히 앉아 있을 수 있다. 그렇지 않으면 수다를 떨며 다투게 된다. 그대들의 평화는 승리여야 한다!

그대들은 좋은 명분이 심지어는 전쟁마저 신성하게 만든다고 말하는가? 나는 그대들에게 말한다, 좋은 전쟁이 모든 명분을 신성하게 만드는 것이다.

전쟁과 용기가 이웃 사랑보다 위대한 일들을 더 많이 이룩했다. 지금까지 그대들의 동정심이 아니라 용맹스러움이 불행에 처한 이들을 구해 내었다.

무엇이 선이냐? 그대들은 묻는다. 용맹스러움이 선이다. 〈예쁘고 감동적인 것이 선이다〉라는 말은 어린 소녀들이나 하도록 내버려 두라.

사람들은 그대들더러 무정하다고 말한다. 그러나 그대들의 마음은 순수하고, 나는 그대들이 진심으로 느끼는 부끄러움을 사랑한다. 그대들은 그대들의 밀물을 부끄러워하지만, 다른 이들은 자신들의 썰물을 부끄러워한다.

그대들은 추한가? 좋다, 나의 형제들이여! 그렇다면 숭고한 것을 걸쳐라, 추함을 가리는 외투를!

그대들의 영혼은 위대해지면 오만해지고, 그대들의 숭고함 속에는 악의가 숨어 있다. 나는 그대들을 잘 안다.

오만한 자는 악의를 품고 나약한 자와 만난다. 그러나 그들은 서로를 오해한다. 나는 그대들을 잘 안다.

오로지 증오할 만한 적을 두어라, 경멸하기 위한 적은 두지 말라. 그리고 그대들의 적을 자랑스러워하라. 그러면 적의 성공이 곧 그대들의 성공이 된다.

반항, 이것은 노예들의 고귀함이다. 그대들의 고귀함은 복종이어야 한다! 그대들의 명령조차도 복종이어야 한다!

훌륭한 전사는 〈나는 하려 한다〉라는 말보다 〈너는 해야 한다〉라는 말을 더 듣기 좋아한다. 그러니 먼저 그대들의 마음에 드는 모든 것에 대한 명령을 받도록 하라.

삶에 대한 그대들의 사랑은 최고의 희망에 대한 사랑이어야 하고, 그대들의 최고의 희망은 삶에 대한 최고의 사상이어야 한다!

그러나 그대들의 최고의 사상에 대해서는 내 명령을 따라야 한다. 그대들의 최고의 사상은, 인간이 극복되어야 하는 존재라는 것이다.

이렇게 복종과 전쟁의 삶을 살라! 오래 산들 무슨 소용이 있느냐! 어떤 전사가 보호받길 원하겠느냐!

나는 그대들을 보호하지 않는다. 나는 그대들을 진심으로 사랑한다, 전쟁터의 형제들이여!

차라투스트라는 이렇게 말했다.

새로운 우상에 대하여

어딘가에 아직 민족들과 부족들이 있지만, 우리하고는 상관없는 일이다. 나의 형제들이여, 우리에게는 국가가 있다.

국가? 그것이 무엇이냐? 좋다! 지금부터 그대들에게 민족들의 죽음에 대해 말할 테니 내 말을 귀담아들어라.

국가는 온갖 냉혹한 괴물 중에서도 가장 냉혹한 것이다. 국가는 냉혹하게 거짓말도 늘어놓는다. 그 입에서 이런 거짓말이 슬슬 기어 나온다. 「나, 국가는 곧 민족이다.」

이것은 거짓말이다! 민족들을 창조하고 민족들에게 믿음과 사랑을 제시한 것은 창조하는 자들이었다. 창조하는 자들은 이렇게 삶에 이바지했다.

많은 사람들에게 덫을 놓고 그 덫을 국가라고 부르는 자들은 파괴하는 자들이다. 그들은 사람들에게 한 자루의 칼과 백 가지의 욕망을 제시한다.

아직 민족이 존재하는 곳에서는 국가를 이해하지 못한다. 국가를 사악한 눈길로, 풍습과 법에 대한 죄악으로 여겨 증오한다.

나는 그대들에게 이 징표를 알려 준다. 모든 민족은 제각기 선과 악의 언어를 가지고 있다. 이웃 민족은 그 언어를 이해하지 못한다. 모든 민족은 제각기 풍습과 법 안에서 자신의 언어를 만들어 내었다.

그러나 국가는 선과 악의 온갖 언어로 거짓말을 한다. 국가가 무슨 말을 하든 그것은 전부 거짓말이다. 그리고 국가가 무엇을 가지고 있든 그것은 전부 훔친 것이다.

국가의 모든 것이 거짓이다. 물어뜯기 좋아하는 국가는 훔친 이빨로 물어뜯는다. 심지어는 국가의 내장마저도 거짓이다.

선과 악의 언어적인 혼란. 나는 이것이 국가의 징표라고 그대들에게 알려 준다. 진실로, 이 징표는 죽음에의 의지를 암시한다! 진실로, 이 징표는 죽음의 설교자들에게 손짓한다.

넘치게 많은 사람들이 태어난다. 국가는 그런 불필요한 자들을 위해 만들어졌다!

넘치게 많은 사람들, 국가가 그들을 어떻게 유인하는지 보라! 그들을 어떻게 삼키고 씹고 되새김질하는지 보라!

「지상에서 나보다 더 위대한 것은 없다. 나는 세상을 정돈하는 신의 손가락이다.」 그 괴물은 이렇게 울부짖는다. 그러면 귀가 얇은 자들과 앞을 잘 보지 못하는 자들만이 그 앞에 무릎을 꿇는 것이 아니다!

아, 그대 위대한 영혼들이여, 국가는 그대들에게도 음침한 거짓말을 속삭인다! 아, 국가는 아낌없이 내어 주는 풍성한 마음들을 쉽게 간파한다!

그렇다, 그대 늙은 신을 무찌른 승리자들이여, 국가는 그대들도 쉽게 간파한다! 그대들은 싸우다 지쳤고, 그대들의 피로는 이제 새로운 우상을 섬기고 있다!

새로운 우상은 영웅들과 고매한 자들을 주위에 거느리고 싶어 한다! 그 냉혹한 괴수는 양심이라는 햇볕을 즐겨 쬐인다!

새로운 우상은 그대들이 자신을 숭배하면 그대들에게 모든 것을 주려 한다. 이렇게 새로운 우상은 그대들의 빛나는 덕과 자부심 넘치는 눈빛을 매수한다.

새로운 우상은 그대들을 미끼로 넘치게 많은 사람들을 유인하려 한다! 그렇다, 여기서 끔찍한 예술품, 신적인 명예로 치장하고서 달가닥거리는 죽음의 말[馬]이 고안되었다!

그렇다, 여기서 많은 이들을 위한 죽음, 자신이 삶인 양 거들먹거리는 죽음이 고안되었다. 진실로, 그것은 모든 죽음의 설교자들에 대한 충성이다!

나는 선량한 자든 고약한 자든 모두 독을 마시게 되는 곳을 국가라 부른다. 선량한 자든 고약한 자든 모두 자기 자신을 잃어버리는 곳, 모든 이들이 서서히 스스로 목숨을 끊는 것을 〈삶〉이라 부르는 곳!

이 쓸모없는 인간들을 보라! 그들은 새로운 것을 만들어 내는 자들의 업적과 현자들의 보물을 훔친다. 그러고는 자신들의 도둑질을 교양이라 부른다. 그들에게는 모든 것이 질병이 되고 재앙이 된다!

이 쓸모없는 인간들을 보라! 그들은 늘 병에 시달리며, 쓸개즙을 토해 내고는 그것을 신문이라 부른다. 그들은 서로를 게걸스럽게 삼키면서 제대로 소화조차 하지 못한다.

이 쓸모없는 인간들을 보라! 그들은 재물을 끌어모으는데도 오히려 점점 더 가난해진다. 그들은 권력을 원하고, 무엇보다도 권력의 지렛대인 많은 돈을 원한다. 이 무능한 자들이여!

이 잽싼 원숭이들이 기어오르는 것을 보라! 그들은 서로를 기어 넘어가고 서로를 진흙탕과 심연 속으로 끌어 내린다.

그들은 하나같이 왕좌에 오르려 한다. 그것은 미친 짓이다, 마치 행복이 왕좌에 앉아 있기라도 한 듯! 진흙탕이 왕좌에 앉아 있을 때도 많고, 왕좌가 진흙탕 위에 앉아 있을 때도 많다.

그들은 모두 미치광이들이고, 기어오르는 원숭이들이며, 열에 들뜬 자들이다. 그들의 우상, 그 냉혹한 괴수는 역겨운 냄새를 풍긴다. 그 우상을 섬기는 자들은 모두 역겨운 냄새를 풍긴다.

나의 형제들이여, 그대들은 저들의 주둥이와 욕망의 악취 속에서 숨 막히려 하는가? 차라리 창문을 깨고 밖으로 뛰어내려라!

고약한 냄새를 피하라! 쓸모없는 인간들의 우상 숭배에서 벗어나라!

고약한 냄새를 피하라! 이 인간 제물들이 뿜어내는 후텁지근한 입김에서 벗어나라!

지상은 위대한 영혼들에게 지금도 여전히 활짝 열려 있다. 홀로 아니면 둘이 있는 자들을 위해 잔잔한 바다 냄새 감도는 자리가 아직 많이 남아 있다.

자유로운 삶은 위대한 영혼들에게 아직 활짝 열려 있다. 진실로, 적게 소유한 자는 소유당하는 일도 그만큼 적다. 수수한 가난을 찬미하라!

국가가 사라지는 곳, 그곳에서 비로소 쓸모 있는 인간이 시작된다. 그곳에서 꼭 필요한 자들의 노래, 그 무엇으로도 대신할 수 없는 일회적인 선율이 시작된다.

국가가 사라지는 곳, 그곳을 보라, 나의 형제들이여! 그대들의 눈에는 보이지 않는가, 초인에 이르는 다리와 무지개가?

차라투스트라는 이렇게 말했다.

시장의 파리들에 대하여

나의 벗이여, 그대의 고독 속으로 도피하라! 나는 그대가 위대한 남자들의 소음에 귀먹고, 왜소한 남자들의 가시에 마구 찔리는 것을 본다.

숲과 바위는 그대와 함께 품위 있게 침묵할 줄 안다. 다시 그대가 사랑하는 나무, 가지를 활짝 벌린 나무처럼 되어라. 그 나무는 말없이 귀를 기울이며 바다 위로 뻗어 있다.

고독이 끝나는 곳에서 시장이 시작된다. 시장이 시작되는 곳에서 위대한 배우들의 소음과 독파리들의 윙윙거리는 소리가 시작된다.

제아무리 훌륭한 일이라 해도 보여 주는 사람이 없으면 세상에서 아무 쓸모가 없다. 군중은 그런 연출자들을 〈위대한 남자들〉이라 부른다.

군중은 위대한 것, 다시 말해 창조적인 것을 거의 이해하지 못한다. 그러나 위대한 일들을 보여 주는 연출자들과 배우들에 대한 감각은 있다.

세상은 새로운 가치를 만들어 내는 자들 중심으로 돌아간다. 세상은 눈에 보이지 않게 돌고 돈다. 그러나 군중과 명성은 배우들 중심으로 돌아간다. 세상이란 그런 것이다.

배우에게 정신은 있지만 정신의 양심이란 것은 거의 없다. 배우는 가장 확실히 남들을 믿게 할 수 있는 수단, 즉 자신을 믿게 하는 수단을 언제나 믿는다.

배우는 내일이면 새로운 믿음을 갖게 되고, 모레면 더욱 새로운 믿음을 갖게 된다. 배우는 군중처럼 성급하고 변덕스럽다.

뒤엎는 것이 그에게는 증명하는 것을 뜻한다. 광분하게 하는 것이 그에게는 설득하는 것을 뜻한다. 피가 그에게는 모든 근거 중에서도 최고의 근거이다.

그는 오로지 섬세한 귀에만 들리는 진리는 거짓말이고 헛것이라 부른다. 진실로, 그는 세상에서 시끄럽게 수선 피는 신들만을 믿는다!

시장은 엄숙한 익살꾼들로 가득 차 있다. 그리고 군중은 자신들의 위대한 남자들을 자랑스럽게 여긴다! 군중에게는 그들이 시대의 지배자이다.

그러나 시대는 그들을 다그치고, 그래서 그들은 그대를 다그친다. 그들은 그대에게서도 〈그렇다〉 또는 〈아니다〉라는 답변을 요구한다. 슬프다, 그대는 찬성과 반대 사이에 그대의 자리를 잡으려 하는가?

그대 진리를 사랑하는 자여, 이처럼 무조건 다그치는 자들 때문에 질투하지 말라! 무조건 덤비는 자의 팔에 진리가 매달린 적은 지금껏 한 번도 없었다.

이 갑작스럽게 덤비는 자들을 피해 그대의 안전한 곳으로 돌아가라. 오로지 시장에서만 〈그렇다〉 또는 〈아니다〉의 습격을 받는다.

깊은 우물은 더디게 체험하기 마련이다. 깊은 우물은 무엇이 바닥에 떨어졌는지 알게 되기까지 오래 기다려야 한다.

모든 위대한 것은 시장과 명성으로부터 멀리 떨어진 곳에서 일어난다. 새로운 가치를 만들어 내는 자들은 예로부터 시장과 명성으로부터 멀리 떨어진 곳에서 살았다.

나의 벗이여, 그대의 고독 속으로 도피하라! 나는 그대가 독파리들에게 마구 찔리는 것을 본다. 바람이 매섭고 거세게 부는 곳으로 도피하라!

그대의 고독 속으로 도피하라! 그대는 이 왜소하고 가련한 자들 너무 가까이에서 살았다. 눈에 보이지 않는 그들의 복수로부터 도피하라! 그대는 그들에게 오로지 복수의 대상일 뿐이다.

그들을 향해 더 이상 팔을 올리지 말라! 그들은 헤아릴 수 없이 많고, 그대의 운명은 파리채가 되는 데 있지 않다.

이 왜소하고 가련한 자들은 헤아릴 수 없이 많다. 그리고 빗방울과 잡초들에 무너진 웅장한 건물들이 이미 너무 많다.

그대는 돌이 아니지만, 이미 많은 빗방울들에 의해 움푹 파였다. 그대는 앞으로도 많은 빗방울들에 의해 깨지고 부서질 것이다.

나는 그대가 독파리들 때문에 지친 것을 본다. 그대가 백 군데나 상처 입어 피 흘리는 것을 본다. 그런데 그대의 자부심은 화도 내려 하지 않는다.

그들은 천진난만하게 그대의 피를 원한다. 그들의 핏기 없는 영혼은 피를 탐한다. 그래서 그들은 천진난만하게 찌른다.

그러나 그대 심오한 자여, 그대는 작은 상처에도 심히 괴로워한다. 그런데 상처가 채 아물기도 전에, 그 독벌레는 다시 그대의 손에 기어올랐다.

그 야금야금 피를 빨아먹는 자들을 죽이기에는 그대의 자부심이 너무 강하다. 그러나 그들의 독기 어린 불의를 참아내는 것이 그대의 숙명이 되지 않도록 조심하라!

그들은 그대를 에워싸고 칭송의 노래를 윙윙거리기도 한다. 그들의 칭송은 집요하다. 그들은 그대의 살과 피에 들러붙으려 한다.

그들은 신이나 악마에게 아첨하듯 그대에게 아첨한다. 그들은 신이나 악마에게 애걸하듯 그대에게 애걸한다. 그래서 어쩌란 말인가! 그들은 오로지 아첨하는 자, 애걸하는 자에 지나지 않는다.

또한 그들은 종종 그대에게 호의적인 양 굴기도 한다. 그러나 그것은 항상 비겁한 자들의 책략이었다. 그렇다, 비겁한 자들은 영리하다!

그들은 그 편협한 영혼으로 그대에 대해 많은 생각을 한다. 그들에게 그대는 항상 수상쩍어 보인다! 많은 생각을 하면 수상쩍어 보이기 마련이다.

그들은 그대의 모든 덕 때문에 그대를 벌한다. 그들은 오로지 그대의 실책만을 진정으로 용서한다.

그대는 온유하고 정의로운 심성의 소유자여서 이렇게 말한다. 「저들이 왜소한 삶을 살아가는 것은 저들의 죄가 아니다.」 그러나 그들의 편협한 영혼은 이렇게 생각한다. 「모든 위대한 삶은 죄다.」

그대가 아무리 온유하게 대할지라도, 그들은 그대에게 경멸받는다고 느낀다. 그래서 그들은 그대의 호의에 은밀한 해코지로 답한다.

그대의 말 없는 자부심은 언제나 그들의 기분에 거슬린다. 그대가 한번 허영을 부리며 한심하게 군다면, 그들은 쾌재를 부르리라.

우리가 꿰뚫어 보는 것이 자칫 사람들에게 불을 붙일 수 있다. 그러니 왜소한 자들을 조심하라!

그들은 그대 앞에서 왜소하다고 느낀다. 그러면 그들의 비열함이 그대를 향한 보이지 않는 복수심으로 가물가물 타올라 뜨겁게 달아오른다.

그대가 가까이 다가가면 그들이 자주 입을 다무는 것을 알아채지 못했는가? 마치 사그라지는 불꽃의 연기처럼 그들에게서 힘이 빠져나가는 것을 알아채지 못했는가?

그렇다, 나의 벗이여, 그대는 그대의 이웃들에게 양심의 가책이다. 그들이 그대에게 무가치한 존재이기 때문이다. 그래서 그들은 그대를 증오하고 그대의 피를 빨아먹으려 든다.

그대의 이웃들은 언제나 독파리일 것이다. 바로 그대의 위대한 점이 그들을 더욱더 독기 어렵게 만들고 더욱더 파리답게 만든다.

나의 벗이여, 그대의 고독 속으로, 바람이 매섭고 거세게 부는 곳으로 도피하라. 그대의 운명은 파리채가 되는 데 있지 않다.

차라투스트라는 이렇게 말했다.

순결에 대하여

나는 숲을 사랑한다. 도시에서는 살기 힘들다. 도시에는 음탕한 자들이 너무 많다.

음탕한 여인의 꿈속에 빠져드는 것보다는 차라리 살인자의 손아귀에 걸려드는 것이 더 낫지 않겠는가?

저 남자들을 보라. 저들의 눈은 여자와 동침하는 것보다 더 좋은 것이 세상에 어디 있겠느냐고 말한다.

저들의 영혼 밑바닥은 진흙탕이다. 저들의 진흙탕에 아직 정신이라는 것이 있다면 얼마나 슬프겠는가!

그대들이 최소한 짐승으로라도 완전하다면 좋으련만! 그래도 짐승들에게는 순수함이 있다.

내가 그대들에게 그대들의 관능을 죽이라고 권하는가? 나는 그대들에게 관능의 순수함을 권한다.

내가 그대들에게 순결을 권하는가? 순결이 몇몇 사람들에게는 미덕이지만, 많은 사람들에게는 악덕에 가깝다.

그들은 자제하지만, 그들이 하는 모든 일에서 육욕이라는 암캐가 질투의 눈길로 바라본다.

그 짐승과 그 짐승의 불만은 덕의 높은 경지와 냉철한 정신 깊숙이까지 쫓아온다.

이 육욕의 암캐는 한 조각의 살덩이를 거절당하면 얼마나 공손하게 한 조각의 정신을 구걸하는가!

그대들은 비극과 가슴을 쥐어뜯는 온갖 것을 사랑하는가? 그러나 나는 그대들의 암캐를 믿지 않는다.

그대들의 눈빛은 너무 잔인하며, 그대들은 고통받는 자들을 탐욕스럽게 바라본다. 오로지 그대들의 쾌락이 위장하고 동정심이라 자처하는 것은 아닌가?

나는 그대들에게 이런 비유도 들려준다. 자신의 악마를 몰아내려 하다가 제 발로 암퇘지 무리 속으로 걸어 들어간 자들이 적지 않다.

순결을 지키기 어려운 사람에게는 순결을 포기하라고 충고해야 한다. 순결이 지옥, 즉 영혼의 진흙탕과 욕정에 이르는 길이 되지 않도록 해야 한다.

내가 더러운 일들에 대해 말하는가? 그것보다 더 고약한 일들이 많이 있다.

인식하는 자가 진리의 물 속으로 들어가기를 꺼리는 것은, 진리가 더러울 때가 아니라 얕을 때이다.

진실로, 그 근본이 순결한 사람들이 있다. 그들은 그대들보다 진심으로 더 온유하며 더 다정하고 더 맘껏 웃는다.

그들은 순결도 비웃으며 묻는다. 「순결이 무엇이냐!

순결은 어리석음이 아니더냐? 그러나 이 어리석음이 우리를 찾아왔지, 우리가 이 어리석음을 찾아가지는 않았다.

우리는 이 손님에게 머물 곳과 마음을 제공했다. 이제 그는 우리 곁에 살고 있다. 그가 원한다면 언제까지라도 우리 곁에 머물 수 있다!」

차라투스트라는 이렇게 말했다.

벗에 대하여

〈내 주변에는 언제나 한 사람이 더 있다.〉은자는 이렇게 생각한다. 〈언제나 하나 곱하기 하나, 이것은 시간이 지나면 둘이 된다!〉

나는 나 자신과 언제나 너무 열심히 대화를 나눈다. 만일 벗이 없다면, 어떻게 견디어 낼 것인가?

은자에게 벗은 언제나 제3의 인물이다. 제3의 인물은 둘의 대화가 깊이 가라앉지 않도록 막아 주는 코르크 마개다.

아, 모든 은자에게는 심연이 너무 많다. 그래서 은자들은 벗을 그리워하고 벗의 높은 세계를 그리워한다.

다른 이들에 대한 우리의 믿음은 우리가 우리 스스로의 어떤 점을 기꺼이 믿고 싶어 하는지 드러낸다. 벗을 향한 우리의 그리움은 우리 자신을 드러내는 누설자이다.

인간은 종종 사랑을 통해 오로지 질투심을 뛰어넘으려 한다. 그리고 종종 자신의 빈틈을 감추기 위해 상대방을 공격하고 적을 만든다.

「최소한 내 적이라도 되어라!」진실한 외경심이 감히 우정을 청할 용기가 없는 경우에는 이렇게 말한다.

벗을 원한다면 그 벗을 위해서도 전쟁에 임할 각오를 해야 한다. 그리고 전쟁에 임하기 위해서는 적이 될 수 있어야 한다.

벗 안의 적도 존중해야 한다. 그대는 벗의 입장에 동조하지 않으면서도 벗에게 가까이 다가갈 수 있는가?

벗을 최고의 적으로 삼을 줄 알아야 한다. 그대는 벗과 대적할 때 벗과 진심으로 가장 가까워야 한다.

그대는 그대의 벗 앞에서 전혀 옷을 걸치려 하지 않는가? 있는 그대로의 그대 모습을 보이는 것이 그대의 벗에게 영예로운 일인가? 그러나 그렇게 되면 그대의 벗은 그대가 영원히 악마에게로 사라지기를 바랄 것이다!

자신을 전혀 숨기지 않는 자는 화를 돋운다. 그러니 그대들이 알몸이 되길 두려워하는 데는 충분한 까닭이 있다! 그대들이 신이라면 옷을 입는 걸 부끄러워해도 되겠지만 말이다!

그대가 벗을 위해 아무리 아름답게 치장하더라도 충분하지 않다. 그대는 벗에게 초인을 향한 화살이고 동경이어야 하기 때문이다.

그대는 그대의 벗이 어떻게 생겼는지 알고 싶어 잠든 벗의 모습을 본 적이 있는가? 평소에 그대의 벗의 얼굴은 무엇인가? 그것은 온전하지 않은 울퉁불퉁한 거울에 비친 그대 자신의 얼굴이다.

그대는 잠든 벗의 모습을 본 적이 있는가? 벗의 그런 모습을 보고 깜짝 놀라지 않았는가? 오, 나의 벗이여, 인간은 극복되어야 하는 존재다.

벗이라면 마땅히 미루어 짐작하고 침묵을 지키는 데 대가여야 한다. 그대는 모든 것을 보려고 해서는 안 된다. 그대의 벗이 깨어 있을 때 하는 일을 그대의 꿈을 통해 알아내야 한다.

미루어 짐작하는 것이 그대의 동정심이어야 한다. 그대의 벗이 동정을 원하는지 먼저 알아야 한다. 어쩌면 그대의 벗은 그대에게서 불굴의 눈과 영원의 눈길을 사랑할지도 모른다.

벗을 향한 동정은 단단한 껍데기 속에 숨어 있어야 한다. 그것을 깨물다 이 하나쯤은 부러져 봐야 할 것이다. 그래야 동정이 섬세하고 감미로워질 것이다.

그대는 벗을 위한 맑은 공기이고 고독이고 빵이며 약인가? 많은 사람들이 자신의 쇠사슬은 풀지 못하지만, 벗에게는 구원자가 될 수 있다.

그대는 노예인가? 그렇다면 그대는 벗이 될 수 없다. 그대는 폭군인가? 그렇다면 그대는 벗을 가질 수 없다.

너무 오랫동안 여자의 마음속에는 노예와 폭군이 숨어 있었다. 그 때문에 여자는 아직도 우정을 맺을 줄 모른다. 오직 사랑만을 알 뿐이다.

여자의 사랑에는 자신이 사랑하지 않는 모든 것에 대한 부당함과 몽매함이 깃들어 있다. 그리고 여자의 분별 있다는 사랑에조차 여전히 빛과 더불어 예기치 못한 공격과 번개와 밤이 깃들어 있다.

여자는 아직도 우정을 맺을 줄 모른다. 여자들은 여전히 고양이이고 새이다. 아니면 고작해야 암소이다.

여자는 아직도 우정을 맺을 줄 모른다. 그러나 그대 남자들이여, 말하라, 그대들 가운데 누가 우정을 맺을 줄 아는가?

오, 그대 남자들이여, 그대들의 영혼은 얼마나 가난하고 인색한가! 그대들이 벗에게 주는 만큼, 나는 나의 적에게 주려 한다. 그런다고 더 가난해지지 않을 것이다.

동료 관계라는 것은 있다. 우정이 있다면 좋으련만!

차라투스트라는 이렇게 말했다.

천 개의 목표와 한 개의 목표에 대하여

차라투스트라는 많은 나라와 많은 민족을 보았으며, 그래서 많은 민족들의 선과 악을 발견했다. 차라투스트라는 지상에서 선과 악보다 더 큰 힘은 없다는 것을 알게 되었다.

먼저 평가할 줄 모르고는 그 어떤 민족도 살아남기 어려울 것이다. 그러나 살아남으려면, 이웃 민족이 평가하는 대로 평가해서는 안 된다.

나는 한 민족이 선으로 여기는 많은 것들을 다른 민족은 조소와 수치로 여기는 것을 보았다. 나는 여기서 악이라고 불리는 많은 것들이 저기서 화려한 영예로 장식되는 것을 보았다.

이웃 민족들은 서로를 결코 이해하지 못했으며, 서로 언제나 이웃 민족의 광기와 악의에 놀랐다.

모든 민족의 머리 위에는 저마다 소중하게 여기는 것들을 기록한 서판이 걸려 있다. 보라, 그것은 저마다 극복의 역사를 기록한 판이다. 보라, 그것은 저마다 힘에의 의지의 목소리다.

각 민족에게 어려운 일로 여겨지는 것은 칭송할 만하다. 각 민족에게 없어서는 안 되면서도 어려운 것이 선이라 불린다. 그리고 최고의 고난에서 벗어나게 해주는 것, 가장 어렵고 드문 것이 성스러운 것으로 칭송받는다.

한 민족을 지배와 승리와 영광으로 이끌어 이웃 민족에게 공포심과 질투심을 일깨우는 것. 바로 그것이 그 민족의 고귀한 것, 최고의 것, 만물의 척도이고 의미이다.

나의 형제여, 진실로 그대가 한 민족의 고난과 영토와 하늘과 이웃 민족을 알게 된다면, 그 민족의 극복의 법칙을 짐작할 수 있을 것이다. 그리고 왜 그 민족이 그 사다리를 타고 희망을 향해 올라가는지도 헤아릴 수 있을 것이다.

「너는 언제나 일인자여야 하며 다른 사람들을 능가해야 한다. 너의 질투심 많은 영혼은 친구 이외에는 그 누구도 사랑해서는 안 된다.」이 말은 한 그리스인의 영혼을 전율하게 만들었고, 그래서 그는 위대한 길을 갔다.

「진리를 말하고 활과 화살을 능숙하게 다루어라.」나의 이름[6]이 유래한 민족은 이 말을 소중하고 어렵게 여겼다. 이 이름 또한 내게 소중하고 어려운 것이다.

「어버이를 공경하고 영혼의 뿌리까지 어버이의 뜻을 받들어라.」이런 극복의 서판을 머리 위에 높이 걸어 놓은 민족도 있었다. 그와 더불어 그 민족은 강대하고 영원한 민족이 되었다.

「신의를 지키고, 신의를 위해서라면 악하고 위험한 일에도 명예와 생명을 걸라.」이렇게 가르치며 절제한 민족도 있었다. 이렇게 절제하며 그 민족은 위대한 희망을 무겁게 잉태했다.

진실로, 인간은 스스로에게 모든 선과 악을 부여했다. 진실로, 인간은 선과 악을 받아들인 것도 발견한 것도 아니며, 선과 악이 천상의 목소리로 인간에게 주어진 것도 아니다.

인간은 스스로를 유지하기 위해 사물들에게 먼저 가치를 부여했다. 사물들에게 먼저 의미를, 인간의 의미를 창조한 것이다! 그 때문에 스스로를 〈인간〉, 즉 〈평가하는 자〉라 부른다.

평가하는 것은 곧 창조하는 것이다. 그대 창조하는 자들이여, 잘 들어라! 모든 평가받는 사물들에게는 평가 자체가 보물이고 보석이다.

평가를 통해 비로소 가치가 생겨난다. 평가라는 것이 없다

6 〈차라투스트라〉는 고대 페르시아의 조로아스터교를 창시한 〈조로아스터〉의 독일식 이름이다.

면 존재의 호두는 빈껍데기에 지나지 않을 것이다. 그대 창조하는 자들이여, 잘 들어라!

가치의 변화, 그것은 곧 창조하는 자들의 변화이다. 창조해야 하는 자는 언제나 파괴한다.

처음에는 민족들이 창조자였고, 나중에는 개인이 창조자가 되었다. 진실로, 개인 자체가 아직은 가장 최근의 창조물이다.

일찍이 민족들은 선을 알리는 서판을 머리 위에 높이 걸어놓았다. 지배하려고 하는 사랑과 복종하려고 하는 사랑이 함께 그런 서판을 만들어 내었다.

집단을 향한 욕망이 자아를 향한 욕망보다 먼저 생겨났다. 선량한 양심이 집단을 뜻하는 동안 사악한 양심만은 자아를 말한다.

진실로, 교활하고 사랑이 없는 자아, 다수의 이익을 앞세워 자신의 이익을 도모하는 자아는 집단의 근원이 아니라 집단의 파멸이다.

선과 악을 창조한 자는 언제나 사랑하는 이들이었고 창조하는 이들이었다. 사랑의 불길과 노여움의 불길이 모든 덕의 이름으로 뜨겁게 타오른다.

차라투스트라는 많은 나라와 많은 민족을 보았다. 차라투스트라는 사랑하는 이들이 이룩한 것보다 더 큰 힘은 지상에서 발견하지 못했다. 그것의 이름은 〈선〉과 〈악〉이다.

진실로, 이런 칭송과 비난의 힘은 괴물처럼 엄청나다. 그대 형제들이여, 말하라, 누가 나를 위해 그 괴물을 제압할 것인가? 말하라, 누가 천 개나 되는 이 짐승의 목에 사슬을 채울 것인가?

천 개의 민족이 있었기 때문에, 지금까지 천 개의 목표가 있었다. 다만 천 개의 목에 채울 사슬이 아직까지 없다. 그 한

가지 목표가 없다. 인류에게는 아직 목표가 없다.

그러나 나의 형제들이여, 말하라, 인류에게 아직 목표가 없다면, 인류 자체가 아직 존재하지 않는 것은 아닐까?

차라투스트라는 이렇게 말했다.

이웃 사랑에 대하여

그대들은 이웃 사람 주변에 몰려들어 근사한 말들을 늘어놓는다. 그러나 나는 그대들에게 말한다, 그대들의 이웃 사랑은 그대들 자신에 대한 잘못된 사랑이다.

그대들은 그대들 자신에게서 이웃에게로 도피하여 그것을 그대들의 덕으로 삼고 싶어 한다. 그러나 나는 그대들의 〈헌신〉의 정체를 꿰뚫어 본다.

〈너〉라는 말이 〈나〉라는 말보다 먼저 생겨났다. 〈너〉는 성스러운 것으로 여겨지지만, 〈나〉는 아직 그렇지 못하다. 그래서 사람들은 이웃에게로 몰려간다.

내가 그대들에게 이웃 사랑을 권하는가? 나는 차라리 이웃을 피하고 아주 멀리 있는 자들을 사랑하라고 권한다!

이웃에 대한 사랑보다 아주 멀리 있는 사람, 미래의 사람에 대한 사랑이 더욱 고매하다. 인간에 대한 사랑보다 일과 유령에 대한 사랑이 더욱 고매하다.

나의 형제여, 그대에게로 달려오는 이 유령이 그대보다 더욱 아름답다. 그대는 왜 이 유령에게 그대의 살과 뼈를 주지 않는가? 그대는 겁에 질려 이웃에게로 달려간다.

그대들은 자신을 견디지 못하고 자신을 충분히 사랑하지 않는다. 이제 그대들은 이웃을 유혹해서 사랑하도록 만들고는 이웃의 착각으로 그대들 자신을 금빛으로 치장하려 한다.

나는 그대들이 모든 이웃과 그 이웃의 이웃들을 견뎌 내지 못하길 바랐다. 그렇게 되면 그대들은 그대 자신을 친구로 삼아서 그 가슴을 넘쳐흐르게 할 수밖에 없을 것이다.

그대들은 자신에 대해 좋게 말하고 싶으면 증인을 불러들인다. 그 증인이 그대들에 대해 좋게 생각하도록 유혹하고는, 그대들 스스로도 그렇게 생각한다.

자신이 알고 있는 것에 어긋나는 말을 하는 사람만 거짓말을 하는 것은 아니다. 자신이 알지 못하는 것에 대해 아는 척 말하는 사람이야말로 거짓말을 하는 것이다. 그대들은 이웃과의 만남에서 이런 식으로 자신에 대해 말하며 자기 자신과 이웃을 속인다.

바보는 이렇게 말한다. 「사람들과 사귀면 성격이 망가진다. 특히 성격을 갖추지 못한 경우에 그렇다.」

어떤 자는 자신을 찾기 위해 이웃에게로 달려가고, 또 어떤 자는 자신을 잃어버리고 싶어 이웃에게로 달려간다. 그대들 자신에 대한 잘못된 사랑은 외로움을 감옥으로 만든다.

좀 더 멀리 있는 사람이 그대들의 이웃 사랑에 대한 대가를 치른다. 그대들 다섯 사람이 한데 모이면, 여섯 번째 사람은 죽음을 면할 길이 없다.

나는 그대들의 축제도 좋아하지 않는다. 거기에서 나는 너무 많은 배우들을 보았으며, 구경꾼들도 종종 배우처럼 굴었다.

나는 그대들에게 이웃이 아니라 벗을 가르친다. 벗은 그대들에게 이 지상의 축제여야 하고 초인에 대한 예감이어야 한다.

나는 그대들에게 벗과 벗의 넘쳐흐르는 가슴을 가르친다. 그러나 넘쳐흐르는 가슴의 사랑을 받으려면, 그 사랑을 빨아들이는 스펀지가 될 줄 알아야 한다.

나는 그대들에게 내면에 선(善)을 감싼 껍질, 세계가 완성되어 있는 벗을 가르친다. 언제나 완성된 세계를 선물할 수 있는 창조적인 벗을.

일찍이 그에게서 세계가 펼쳐졌던 것처럼, 이제 다시 그에게로 세계가 모여든다. 악을 통해 선이 생겨나고, 우연에서 목적이 생겨나면서.

가장 멀리 있는 것과 미래가 그대에게는 오늘의 원인이어야 한다. 그대의 벗이 품고 있는 초인을 그대의 원인으로 사랑해야 한다.

나의 형제들이여, 나는 그대들에게 이웃 사랑을 권하지 않는다. 나는 그대들에게 가장 멀리 있는 자들을 사랑하라고 권한다.

차라투스트라는 이렇게 말했다.

창조하는 자의 길에 대하여

나의 형제여, 그대는 고독의 길에 들어서려 하는가? 그대 자신에 이르는 길을 찾으려 하는가? 잠시 걸음을 멈추고 내 말을 들어라.

「찾는 자는 자신을 잃어버리기 쉽다. 모든 고독은 죄이다.」 군중은 이렇게 말한다. 그리고 그대는 오랫동안 군중에 속해 있었다.

군중의 목소리는 여전히 그대 안에서 울릴 것이다. 그리고 그대가 〈나는 더 이상 당신들과 같은 양심을 가지고 있지 않다〉라고 말한다면, 그것은 한탄이고 고통일 것이다.

보라, 바로 그 양심이 이 고통을 낳았다. 그 양심의 마지막 남은 희미한 빛이 그대의 슬픔 위에서 가물가물 빛나고 있다.

그런데도 그대는 그대 자신에 이르는 슬픔의 길을 가려 하는가? 그렇다면 내게 그것에 대한 그대의 권리와 힘을 보여 달라!

그대는 새로운 힘이고 새로운 권리인가? 최초의 움직임인가? 제힘으로 굴러가는 수레바퀴인가? 또한 그대는 별들도 그대 주변을 돌게 강요할 수 있는가?

아, 높은 것을 탐하는 욕망들이 너무나도 많다! 야심에 눈멀어 몸부림치는 자들이 너무나도 많다! 그대가 욕망과 야심에 눈먼 자가 아니라는 것을 내게 보여 달라!

아, 한낱 풀무에 지나지 않는 위대한 사상들이 너무나도 많다. 그것들은 부풀리면서 오히려 더 공허하게 만든다.

그대는 스스로 자유롭다고 말하는가? 나는 그대가 멍에에서 벗어났다는 말이 아니라 그대가 추종하는 사상에 대해 듣고 싶다.

그대는 멍에에서 벗어나도 되었던 자인가? 예속의 굴레를 내던지면서 자신의 마지막 가치까지 내던진 자들이 많이 있다.

무엇으로부터의 자유인가? 그것이 차라투스트라와 무슨 상관인가! 그러나 그대의 눈은 내게 분명히 알려야 한다. 무엇을 위한 자유인지.

그대는 스스로에게 선과 악을 부여하고 그대의 의지를 계명처럼 머리 위에 걸어 놓을 수 있는가? 그대는 그대 자신의 재판관이고 그대 계명의 응징자일 수 있는가?

자신의 계명의 재판관이자 응징자로 홀로 지내는 것은 무서운 일이다. 이렇게 별은 황량한 공간 속에, 홀로 있음의 얼음처럼 차가운 숨결 속에 내던져진다.

그대 홀로 있는 자여, 오늘 아직 그대는 많은 사람들 때문에 고뇌하고 있다. 오늘 아직 그대는 용기백배하고 희망에 차 있다.

그러나 언젠가는 고독이 그대를 지치게 할 것이다. 언젠가는 그대의 자부심이 뒤틀리고 그대의 용기가 꺾일 것이다. 언젠가 그대는 외칠 것이다. 「나는 혼자다!」

언젠가 그대는 자신의 고매함을 더 이상 보지 못하고 자신의 비천함을 너무 가까이에서 보게 될 것이다. 그대의 숭고함조차 유령처럼 그대를 두려움에 떨게 할 것이다. 언젠가 그대는 외칠 것이다. 「모든 것이 거짓이다!」

고독한 자를 죽이려 하는 감정들이 있다. 그 감정들은 뜻을 이루지 못하면 스스로 죽어야 한다! 그러나 그대는 살인자일 수 있는가?

나의 형제여, 그대는 〈경멸〉이라는 말을 아는가? 그리고 그대를 경멸하는 자들을 정의롭게 대하는 그대의 정의의 고통을 아는가?

그대는 그대에 대해 새롭게 생각할 것을 많은 이들에게 강요한다. 그들은 그 점에 대해 그대에게 앙심을 품고 있다. 그대는 그들에게 가까이 다가갔지만 그냥 지나쳐 갔다. 그들은 그것을 결코 용서하지 않는다.

그대는 그들을 넘어 높이 오른다. 그러나 그대가 높이 올라갈수록, 질투의 눈길은 그대를 더욱더 작게 본다. 그리고 원래 비상하는 자가 가장 많이 미움받는다.

「그대들이 어떻게 내게 정의롭겠는가!」 그대는 말해야 한다. 「나는 그대들의 불의를 내게 주어진 몫으로 선택한다.」

그들은 고독한 자에게 불의와 오물을 내던진다. 그러나 나의 형제여, 그대가 별이고자 한다면, 그렇다고 해서 그들을 더 적게 비추어서는 안 된다!

그리고 선하고 의로운 자들을 조심하라! 그들은 스스로 자신의 덕을 만들어 내는 자들을 곧잘 십자가에 못 박는다. 그들은 고독한 자를 증오한다.

신성한 단순함도 조심하라! 그것은 단순하지 않은 것은 전부 신성하지 않다고 여긴다. 그것은 또한 불장난, 화형의 장작더미도 좋아한다.

사랑의 발작도 조심하라! 고독한 자는 우연히 마주치는 사람에게 너무 성급하게 손을 내민다.

그대가 손이 아니라 앞발을 내밀어야 하는 자들이 많이 있다. 나는 그 앞발에 맹수의 발톱이 붙어 있기를 바란다.

그러나 그대가 만날 수 있는 최악의 적은 언제나 그대 자신인 것이다. 그대 자신이 동굴 속과 숲 속에 숨어서 그대를 엿보고 있다.

고독한 자여, 그대는 그대 자신을 향한 길을 간다! 그리고 그 길은 그대 자신과 그대의 일곱 악마를 지나간다!

그대는 그대 자신에게 이단자, 마녀, 예언자, 바보, 회의론자, 불경한 자, 악한일 것이다.

그대는 자신의 불길로 자신을 불사르려 해야 한다. 먼저 재가 되지 않고서 어떻게 새로워지길 바라겠는가!

고독한 자여, 그대는 창조하는 자의 길을 간다. 그대는 그대의 일곱 악마로부터 신을 창조하려 한다!

고독한 자여, 그대는 사랑하는 자의 길을 간다. 그대는 그대 자신을 사랑하고, 오로지 사랑하는 자들만이 경멸하기에 그대 자신을 경멸한다.

사랑하는 자는 경멸하는 탓에 창조하려 한다! 자신이 사랑하는 것을 경멸할 필요가 없는 자가 사랑에 대해 무엇을 알겠는가?

나의 형제여, 창조의 뜻을 품고 그대의 사랑과 더불어 그
대의 고독 속으로 들어가라. 그러면 정의가 뒤늦게 그대의 뒤
를 절뚝절뚝 따라갈 것이다.

나의 형제여, 나의 눈물과 함께 그대의 고독 속으로 들어
가라. 나는 자신을 넘어 창조하려 하고 그러다 몰락해 가는
자를 사랑한다.

차라투스트라는 이렇게 말했다.

늙은 여자들과 젊은 여자들에 대하여

「차라투스트라여, 그대는 왜 그렇듯 조심스럽게 살금살금
황혼 속을 걸어가는가? 외투 속에 무엇을 꼭 감추고 있는가?

선사받은 보물인가? 아니면 어디선가 낳은 아이인가? 아
니면 그대 악한 자들의 벗이여, 이제 그대 스스로 도둑의 길
을 걷고 있는가?」

「나의 형제여!」 차라투스트라는 말했다. 「진실로, 이것은
내가 선사받은 보물이다! 내가 지니고 있는 작은 진리다.

그러나 이 진리는 어린아이처럼 제멋대로 군다. 내가 입을
막지 않으면 시끄럽게 떠들어 댄다.

오늘 해 질 녘에 나는 혼자 길을 가다가 어느 늙은 여인을
만났다. 그 여인은 내 영혼에게 이렇게 말했다.

〈차라투스트라는 우리 여인네들에게도 많은 것을 이야기
했소. 하지만 정작 여자에 관해서는 우리에게 한 번도 이야
기한 적이 없소.〉

나는 그 여인에게 대답했다. 〈여자에 관해서는 오로지 남자들에게만 말해야 한다.〉

〈내게도 여자에 관해 이야기해 주시오.〉 그 여인은 말했다. 〈나는 너무 늙어서 들어도 금방 잊어버린다오.〉

나는 그 늙은 여인의 청을 들어주기로 하고 이렇게 말했다.

〈여자의 모든 것은 수수께끼이고, 여자의 모든 것에 대한 해답은 하나이다. 그것은 바로 임신이다.

남자는 여자에게 하나의 수단이고, 그 목적은 언제나 아이이다. 그렇다면 여자는 남자에게 무엇인가?

진정한 남자는 위험과 유희 두 가지를 원한다. 그 때문에 가장 위험한 장난감으로서 여자를 원하는 것이다.

남자는 전쟁에 임하도록 교육받아야 하고, 여자는 전사에게 휴식이 되도록 교육받아야 한다. 그 밖의 나머지는 모두 어리석은 짓이다.

전사는 지나치게 달콤한 과일을 좋아하지 않는다. 그래서 여자를 좋아하는 것이다. 제아무리 달콤한 여자라 하더라도 씁쓸한 맛이 감돈다.

여자가 남자보다 어린애들을 잘 이해한다. 그러나 남자가 여자보다 더 어린애 같다.

진정한 남자 안에는 어린애가 숨어 있고, 그 어린애는 놀기를 좋아한다. 자, 그대 여자들이여, 남자 안에 있는 어린애를 찾아내라!

여자는 순수하고 섬세한 장난감이어야 한다. 아직 존재하지 않는 세계의 덕들의 빛을 받아 보석처럼 반짝이는 장난감이어야 한다.

그대들의 사랑 속에서 별이 빛나게 하라! 《나는 초인을 낳고 싶다》는 희망을 품어라!

그대들의 사랑 속에서 용기를 내어라! 그대들에게 두려움을 일깨우는 자를 향해 사랑의 힘으로 돌진하라.

그대들의 사랑 속에서 그대들의 영예를 지켜라! 그러지 않으면 여자는 영예를 이해할 줄 모른다. 그러나 언제나 사랑받기보다는 더 많이 사랑하고 결코 둘째가 되지 않는 것을 그대들의 영예로 삼아라.

남자는 사랑을 하는 여자를 두려워해야 한다. 사랑을 하는 여자는 어떤 희생도 마다하지 않으며, 나머지 모든 일들을 무가치하게 여긴다.

남자는 증오하는 여자를 두려워해야 한다. 영혼의 밑바닥에서 남자는 그저 악할 뿐이지만, 여자는 저열하기 때문이다.

여자는 누구를 가장 증오하는가? 쇠붙이가 자석에게 이렇게 말했다. 《나는 너를 가장 증오한다. 너는 끌어당기기는 하지만 붙잡아 둘 만큼 강하지는 않기 때문이다.》

남자의 행복은 자신이 원하는 것에 있다. 여자의 행복은 남자가 원하는 것에 있다.

《보라, 이제야말로 세계가 완전해졌다!》 진심으로 사랑하는 마음에서 순종하는 여자는 모두 이렇게 생각한다.

그리고 여자는 순종하면서 자신의 표피를 채울 깊이를 찾아내야 한다. 여자의 마음은 표피, 얕은 물에서 사납게 요동치는 껍질이다.

그러나 남자의 마음은 깊고, 그 물살은 지하 동굴 속에서 힘차게 흐른다. 여자는 그 힘을 예감하지만 붙잡지는 못한다.〉

그러자 그 늙은 여인은 내게 대답했다. 〈차라투스트라가 좋은 이야기를 많이 들려주었소. 특히 아직 젊은 여자들에게는 좋은 이야기요.

참 희한한 일이구나, 차라투스트라가 여자들에 대해 잘 알지 못하는데도 그 말이 옳다니! 여자들에게는 불가능한 일이 없기 때문일까?

자, 이제 감사의 표시로 작은 진리를 하나 받으시오! 나는 이런 진리를 알 만큼 충분히 나이를 먹었소!

이 작은 진리를 꼭꼭 감싸서 그 입을 틀어막으시오. 그러지 않으면 시끄럽게 떠들어 델 게요.〉

〈여인이여, 그대의 작은 진리를 내게 달라!〉 나는 말했다. 그러자 그 늙은 여인은 이렇게 말했다.

〈그대는 여자들에게 가는가? 그렇다면 채찍을 잊지 말라!〉」

차라투스트라는 이렇게 말했다.

독사에게 물린 상처에 대하여

어느 날 차라투스트라는 더위를 피해 무화과나무 아래서 두 팔로 얼굴을 가린 채 잠이 들었다. 그때 독사 한 마리가 다가와 그의 목을 물었고, 차라투스트라는 아픔을 이기지 못해 비명을 질렀다. 그는 얼굴을 가렸던 팔을 내리고 뱀을 바라보았다. 그러자 뱀은 차라투스트라의 눈빛을 알아보고 어설프게 몸을 돌려 그 자리를 떠나려 했다. 「가지 마라.」 차라투스트라는 말했다. 「너는 아직 나한테 고맙다는 말을 듣지 못했다! 너는 마침 제때에 나를 깨워 주었다. 나는 아직 갈 길이 멀다.」 「그대의 갈 길은 멀지 않다.」 독사는 슬픈 표정으로 말했다. 「내 독은 치명적이다.」 차라투스트라는 미소를 지었다. 「용이 언제 뱀의 독 때문에 죽은 적이 있다더냐?」 그는 말했다. 「네 독을 도로 가져가거라! 너는 내게 그것을 선물할 만큼 넉넉하지 않다!」 그러자 독사는 다시 차라투스트라의 목을 감고 그의 상처를 혀로 핥았다.

차라투스트라가 한번은 이 이야기를 제자들에게 들려주자, 그들은 물었다.

「오, 차라투스트라여, 이 이야기의 도덕적인 교훈은 무엇입니까?」 그러자 차라투스트라는 이렇게 대답했다.

「선하고 의로운 자들은 나의 이야기가 부도덕하다며 나를 도덕의 파괴자라고 부른다.

그대들에게 적이 있다면, 악을 선으로 갚지 말라. 그것은 적을 부끄럽게 만들기 때문이다. 그보다는 차라리 적이 그대들에게 선을 베풀었음을 증명하라.

그리고 적을 부끄럽게 만들기보다는 차라리 화를 내라! 그대들이 저주를 받았는데 축복하려 하는 것은 온당하지 못하다. 차라리 함께 조금 저주를 퍼부어라!

그리고 한 번 크게 부당한 일을 당하면, 다섯 번 소소하게 서둘러 되갚아 주라! 혼자 불의를 당하는 자를 보는 것은 끔찍하다.

그대들은 이것을 알고 있는가? 함께 나누는 불의는 곧 반쪽의 정의이다. 그리고 불의를 감당할 수 있는 자는 불의를 받아들여야 한다!

전혀 복수하지 않는 것보다는 조금 복수하는 것이 더 인간적이다. 그리고 징벌이 법도를 위반한 자에게 권리와 명예가 되지 않는다면, 나도 그대들의 징벌을 좋아하지 않는다.

자신의 정의를 고집하는 것보다는 자신의 불의를 인정하는 것이 더 고매하다. 자신이 정당한 경우에 특히 그렇다. 다만 그렇게 할 수 있을 만큼 스스로 넉넉해야 한다.

나는 그대들의 냉혹한 정의를 좋아하지 않는다. 그대 재판관들의 눈에서는 늘 형리와 형리의 냉혹한 칼날이 번득인다.

말하라, 눈뜬 사랑인 정의는 어디에 있는가?

모든 형벌만이 아니라 모든 죄까지 떠맡는 사랑을 찾아내라!

재판관들을 제외한 모든 이들에게 무죄 판결을 내리는 정의를 찾아내라!

그대들은 이 말도 들어 보려는가? 철저하게 정의로우려고 하는 자에게는 거짓말도 인간에 대한 호의가 된다.

그러나 나는 어떻게 철저하게 정의로우려고 했던가! 내가 어떻게 모든 이들에게 각자의 몫을 줄 수 있겠는가! 나는 모든 이들에게 나의 몫을 주는 것으로 만족해야 한다.

끝으로, 나의 형제들이여, 어떤 은자에게도 불의를 저지르지 않도록 조심하라! 은자가 어떻게 잊을 수 있겠는가! 은자가 어떻게 앙갚음할 수 있겠는가!

은자는 깊은 우물과도 같다. 깊은 우물에 돌을 던지기는 쉬운 일이다. 그러나 말하라, 그 돌이 밑바닥에 가라앉으면, 누가 그것을 다시 꺼내려 하겠는가?

은자를 모욕하지 않도록 조심하라! 그러나 일단 은자를 모욕했다면 차라리 죽여라!」

차라투스트라는 이렇게 말했다.

자녀와 결혼에 대하여

나의 형제여, 내가 오로지 그대에게만 묻고 싶은 것이 있다. 나는 그대의 영혼이 얼마나 깊은지 알기 위해, 이 질문을 추처럼 그대의 영혼 속으로 던진다.

그대는 젊고 자녀와 결혼을 소망한다. 그러나 나는 그대에게 묻는다, 그대는 자식을 소망해도 될 만한 사람인가?

그대는 승리자이고 스스로를 극복한 자이고 관능의 지배자이며 덕의 주인인가? 나는 그대에게 이렇게 묻는다.

아니면 그대의 소망은 짐승으로서의 욕구와 궁여지책의 발로인가? 또는 고독감의 발로인가? 그대 자신에 대한 불만의 발로인가?

나는 그대의 승리와 자유가 자녀를 갈망하길 원한다. 그대는 그대의 승리와 해방을 기리는 살아 있는 기념비를 세워야 한다.

그대는 그대 자신을 넘어서는 기념비를 세워야 한다. 그러기 위해서는 먼저 그대 자신의 몸과 영혼을 반듯하게 세워야 한다.

그대는 앞을 향해서만이 아니라 위를 향해서도 번식해야 한다! 그러려면 결혼의 정원이 그대를 도와야 한다!

그대는 더 고귀한 육체를, 최초의 움직임을, 제힘으로 굴러가는 수레바퀴를 창조해야 한다. 그대는 창조하는 자를 창조해야 한다.

나는 자신들을 능가하는 한 사람을 창조하려는 두 사람의 의지를 결혼이라 부른다. 나는 이러한 의지를 실현하려는 상대방에 대한 경외심을 결혼이라 부른다.

이것이 결혼의 의의이고 진리여야 한다. 그러나 넘치게 많은 사람들, 이 쓸모없는 자들이 결혼이라고 부르는 것. 아, 나는 그것을 무엇이라 불러야 하는가?

아, 함께 있는 두 영혼의 가난함이여! 아, 함께 있는 두 영혼의 더러움이여! 아, 함께 있는 두 사람의 초라한 안일함이여!

그들은 이 모든 것을 결혼이라 부른다. 그리고 자신들의 결혼이 천상에서 맺어진 것이라 말한다.

그런데 나는 그 천상, 쓸모없는 인간들의 천상을 좋아하지 않는다! 아니, 나는 그들, 천상의 그물에 얽힌 짐승들을 좋아하지 않는다.

자신이 맺어 주지 않은 사람들을 축복하려 절름절름 쫓아오는 신도 내게서 멀리 물러나라!

그렇다고 그런 결혼들을 비웃지는 말라! 부모 때문에 울지 않아도 되는 자식이 몇이나 있겠는가?

지상의 의미를 알 만큼 원숙해 보이고 품위 있는 한 남자가 있었다. 그러나 나는 그의 아내를 보았을 때, 이 지상이 정신병자들의 안식처인 양 생각되었다.

그렇다, 나는 성자와 거위가 짝을 지으면 지상이 요동을 치며 경련하길 바랐다.

어떤 남자는 영웅처럼 진리를 찾아 떠나서는 결국 치장한 작은 거짓만을 손에 넣었다. 그리고 그것을 결혼이라 부른다.

또 어떤 남자는 신중하게 사귀고 까다롭게 선택했다. 그러나 그는 한순간에 모든 교제를 영원히 망가뜨리고 말았다. 그리고 그것을 결혼이라 부른다.

또 어떤 남자는 천사의 마음씨를 가진 하녀를 찾았다. 그러나 그 자신이 한순간에 여자의 하인이 되었으며, 이제 그것도 모자라 천사가 되어야 할 판이다.

모두들 물건을 살 때는 신중하게 고른다. 모두들 교활한 눈을 가지고 있다. 그러나 제아무리 교활한 자도 아내만큼은 자루를 열어 보지 않고 사들인다.

수많은 덧없는 어리석음, 그대들은 그것을 사랑이라 부른다. 그리고 그대들의 결혼은 그 많은 덧없는 어리석음에 종지부를 찍는 기나긴 바보짓이다.

여자를 향한 그대들의 사랑과 남자를 향한 여자의 사랑. 아, 그것이 숨어서 고뇌하는 신들에 대한 동정심이라면! 그러나 대개는 두 마리의 짐승이 서로를 탐색하는 것이다.

그러나 그대들의 제아무리 훌륭한 사랑도 한갓 황홀한 비유이고 고통스러운 열정에 지나지 않는다. 그것은 그대들을 더 높은 길로 인도해 줄 횃불이다.

그대들은 언젠가는 자신을 벗어나 사랑해야 한다! 먼저 그렇게 사랑하는 법을 배우라! 그 때문에 그대들은 사랑의 쓰디쓴 잔을 마셔야 했다.

제아무리 훌륭한 사랑도 그 잔은 쓰디쓰다. 그래서 그것은 초인을 향한 동경을 일깨우고, 그대 창조하는 자의 갈증을 부추긴다!

창조하는 자의 갈증, 초인을 향한 화살과 동경. 말하라, 나의 형제여, 이것이 결혼을 향한 그대의 의지인가?

나는 그런 의지와 그런 결혼을 신성하다고 말한다.

차라투스트라는 이렇게 말했다.

자유로운 죽음에 대하여

많은 사람들은 지나치게 늦게 죽고, 몇몇 사람들은 지나치게 일찍 죽는다. 「제때에 죽도록 하라!」이 가르침은 아직도 낯설게 들린다.

제때에 죽도록 하라, 차라투스트라는 이렇게 가르친다.

물론, 결코 제때에 살지 못하는 자가 어떻게 제때에 죽을 수 있겠는가! 그런 자는 아예 태어나지 않았더라면 좋았을 것이다! 나는 쓸모없는 자들에게 이렇게 충고한다.

그러나 쓸모없는 자들도 자신의 죽음은 중요하게 여긴다.

속이 텅텅 빈 호두도 딱 소리 나게 깨지고 싶어 한다.

모두들 죽음을 중요하게 받아들인다. 그러나 죽음은 여전히 축제가 되지 못하고 있다. 사람들은 이 가장 아름다운 축제를 어떻게 벌일 것인지 아직 배우지 못했다.

나는 살아 있는 자들에게 가시가 되고 맹세가 되는 죽음, 삶을 완성하는 죽음을 그대들에게 보여 주려 한다.

삶을 완성하는 자는 희망에 부푼 자들과 맹세하는 자들에 둘러싸여 의기양양하게 자신의 죽음을 맞이한다.

인간은 이렇게 죽는 법을 배워야 한다. 그리고 이렇게 죽는 자가 산 자들의 맹약을 신성하게 하지 않는 곳에서 축제가 벌어져서는 안 된다!

이렇게 죽는 것이 최고로 훌륭한 죽음이다. 그다음으로 훌륭한 죽음은 위대한 영혼을 아낌없이 바쳐 싸우다 죽는 것이다.

그러나 그대들의 히죽히죽거리는 죽음은 싸우는 자나 승리자 모두에게 혐오스러운 죽음이다. 그 죽음은 도둑처럼 슬그머니 다가오면서도 주인 행세를 하려고 한다.

나는 그대들에게 나의 죽음을, 내가 원하기 때문에 나를 찾아오는 자유로운 죽음을 칭송한다.

그렇다면 나는 언제 죽기를 원할 것인가? 목표와 후계자가 있는 자는 그 목표와 후계자를 위해 제때에 죽기를 원한다.

그리고 목표와 후계자에 대한 경외심에서, 더 이상 시든 꽃다발을 삶의 성전에 걸어 놓지 않을 것이다.

진실로, 나는 밧줄 꼬는 사람들처럼 되지 않으려 한다. 그들은 밧줄을 길게 잡아 늘이면서 끊임없이 뒷걸음질 친다.

진리와 승리를 구가하기에는 너무 늙은 자들도 많다. 이 빠진 입은 더는 그 어떤 진리도 말할 권리가 없다.

그리고 명성을 원하는 자는 때를 놓치지 말고 명예에 작별을 고해야 하며, 제때에 떠나는 어려운 기술을 익혀야 한다.

자신이 가장 맛 좋을 때 그만 먹히도록 해야 한다. 오래오래 사랑받길 원하는 자들은 이 점에 대해 잘 알고 있다.

물론 가을의 마지막 날까지 기다리는 운명을 타고난 시큼한 사과들도 있다. 그 사과들은 익으면서 누렇게 쪼글쪼글해진다.

마음이 먼저 늙는 자들도 있고, 정신이 먼저 늙는 자들도 있다. 또 어떤 이들은 젊은 나이에 이미 늙어 버리기도 한다. 그러나 늦게 젊음을 누리는 사람이 오래오래 젊음을 유지한다.

삶에 실패하는 사람들이 많이 있다. 독벌레는 그런 이들의 심장을 갉아먹는다. 그런 이들은 그만큼 더 죽음에 성공하도록 유의해야 한다.

결코 달콤하게 익지 못하는 이들도 많이 있다. 그런 이들은 이미 여름에 썩어 버린다. 그런 이들을 가지에서 붙잡아 두는 것은 비겁함이다.

넘치게 많은 사람들이 살고 있고, 그들은 너무 오랫동안 가지에 매달려 있다. 폭풍이 휘몰아쳐 그 썩고 벌레 먹은 자들을 모조리 나무에서 떨어뜨리면 좋으련만!

서둘러 죽으라고 설교하는 자들이 나타나면 좋으련만! 그런 자들이야말로 삶의 나무를 뒤흔드는 진정한 폭풍우일 것이다! 그러나 내 귀에는 〈지상의〉 모든 것을 감내하며 천천히 죽으라고 설교하는 소리만이 들려온다.

아, 그대들은 지상의 것을 감내하라고 설교하는가? 그대 험담꾼들이여, 바로 이 지상의 것들이 그대들을 참고 감내하고 있다!

진실로, 천천히 죽으라고 설교하는 자들이 숭배하는 저 히브리인은 너무나도 일찍 죽었다. 그의 너무나도 이른 죽음은 그 이후로 많은 이들에게 숙명이 되었다.

그 히브리인 예수는 선하고 의로운 자들의 증오와 더불어 히브리인들의 눈물과 비애만을 알았다. 그래서 죽음을 향한 동경에 사로잡힌 것이다.

그가 황야에 머물러 선하고 의로운 자들을 멀리했더라면 좋았을 것을! 그랬더라면 사는 법을 배우고 지상을 사랑하는 법을 배웠을 것이다. 게다가 웃음도 배웠을 것이다!

나의 형제들이여, 내 말을 믿어라! 그는 너무나도 일찍 죽었다. 그가 내 나이만큼 살았더라면, 자진해서 자신의 가르침을 철회했을 것이다! 그는 자진해서 철회할 만큼 고매했다!

그러나 그는 미처 성숙하지 못했다. 젊은이는 인간과 지상을 미숙하게 사랑하고 미숙하게 증오한다. 젊은이의 마음과 정신의 날개는 아직 무겁게 얽매여 있다.

그러나 젊은이보다 성인 남자의 마음속에 어린아이가 더 많이 깃들어 있고 비애는 더 적게 깃들어 있다. 성인 남자가 삶과 죽음에 대해 더 잘 이해한다.

더 이상 〈그렇다〉라고 말할 시간이 없을 때 〈그렇지 않다〉라고 거룩하게 말하는 자는 죽음 앞에서 자유롭고 죽음을 맞이해서도 자유롭다. 그는 이렇게 삶과 죽음에 대해 이해한다.

나의 벗들이여, 그대들의 죽음이 인간과 지상에 대한 모독이 되지 않도록 하라. 나는 그대들의 영혼의 꿀에게 이 점을 간절히 부탁한다.

죽음을 맞이해서 그대들의 정신과 덕은 지상을 둘러싼 저녁노을처럼 붉게 달아올라야 한다. 그러지 않으면 그대들의 죽음은 실패한 것이다.

나 자신이 이렇게 죽어서 그대 벗들이 나 때문에 대지를 더욱 사랑하기를 바란다. 나는 다시 흙으로 돌아가 나를 낳은 흙의 품속에서 안식을 누리기를 바란다.

진실로, 차라투스트라에게는 하나의 목표가 있었다. 그는 자신의 공을 던졌다. 그대 벗들이여, 이제 그대들이 내 목표의 후계자여야 한다. 나는 그대들에게 황금빛 공을 던진다.

나의 벗들이여, 나는 무엇보다도 그대들이 황금빛 공을 던지는 것을 보고 싶다! 그래서 나는 지상에 좀 더 머물려 한다. 나를 용서하라!

차라투스트라는 이렇게 말했다.

베푸는 덕에 대하여

1

차라투스트라가 그동안 정들었던 〈얼룩소〉라는 이름의 도시를 떠나게 되었을 때, 그의 제자라고 자처하는 많은 이들이 함께 길을 따라나섰다. 그들은 갈림길에 이르렀고, 차라투스트라는 이제부터는 혼자 가려 한다고 말했다. 그는 본래 혼자 다니는 것을 좋아했기 때문이다. 그러자 제자들은 태양을 휘감고 있는 뱀의 그림이 황금빛 손잡이에 새겨진 지팡이를 작별 인사로 그에게 건네주었다. 차라투스트라는 지팡이를 받아 들고 무척 기뻐했다. 그는 지팡이에 몸을 의지하고는 제자들에게 이렇게 말했다.

「말하라, 황금이 어떻게 최고의 가치를 지니게 되었는가? 그것은 황금이 귀하고 쓸모없고 번쩍이면서도 광채가 은은하기 때문이다. 그것은 언제나 자신을 베푼다.

황금은 오로지 최고의 덕을 닮았기에 최고의 가치를 지니게 되었다. 베푸는 자의 눈빛은 황금처럼 빛난다. 황금의 광채는 달과 해 사이에 평화를 맺어 준다.

최고의 덕은 귀하고 쓸모없고 번쩍이면서도 광채가 은은하다. 베푸는 덕이 최고의 덕이다.

나의 제자들이여, 진실로, 나는 그대들을 잘 알고 있다. 그대들은 나처럼 베푸는 덕을 쌓으려고 노력한다. 그대들이 어떻게 고양이나 늑대와 같겠는가?

그대들은 스스로 제물이 되고 선물이 되기를 갈망한다. 그때문에 그대들의 영혼 속에 온갖 부를 쌓아 놓게 되길 갈망한다.

그대들의 덕이 한없이 베풀려 하는 탓에, 그대들의 영혼은 한없이 보물과 보석을 열망한다.

그대들은 만물이 그대들에게로, 그대들 안으로 흘러 들어오게 하고, 그것들이 그대들의 사랑의 선물이 되어 다시 그대들의 샘에서 흘러 나가게 한다.

진실로, 이처럼 베푸는 사랑은 모든 가치를 약탈하는 강도가 되어야 한다. 그러나 나는 이런 이기심을 건전하고 신성한 것이라 일컫는다.

그와는 다른 이기심, 너무 가난하고 굶주려서 항상 훔치려 드는 이기심, 병든 자들의 이기심, 병든 이기심이 있다.

그 이기심은 빛나는 모든 것을 도둑의 눈초리로 바라본다. 먹을 것이 풍성하게 넘치는 자를 굶주림의 탐욕스러운 시선으로 흘끔거리고, 베푸는 자들의 식탁 주위를 항상 어슬렁거린다.

이러한 탐욕은 질병과 눈에 보이지 않는 퇴화의 표시이다. 이러한 이기심의 도둑 같은 탐욕은 병약한 육체의 표시이다.

말하라, 형제들이여. 우리에게 나쁜 것, 가장 나쁜 것은 무엇인가? 그것은 곧 퇴화가 아니겠는가? 우리는 베푸는 영혼이 없는 곳에서는 언제나 퇴화하기 마련이라고 추측한다.

우리의 길은 위를 향해 나아간다. 종(種)을 넘어 초종(超種)을 향한다. 그러나 〈모든 것은 나를 위해 존재한다〉라고 말하는, 퇴화하는 마음은 우리에게 공포의 대상이다.

우리의 마음은 위를 향해 비상한다. 그래서 우리 육체의 비유이고 상승의 비유이다. 덕들의 이름은 그러한 상승의 비유이다.

육체는 생성되는 자이고 투쟁하는 자로서 이렇게 역사를 뚫고 나아간다. 그렇다면 정신은 육체에게 무엇인가? 정신은 육체의 투쟁과 승리를 알리는 전령이고 동지이고 메아리다.

선과 악의 모든 이름은 비유이다. 그것들은 분명히 말하지 않고 암시할 뿐이다. 그것들에게서 지식을 얻으려 하는 자는 바보다.

나의 형제들이여, 그대들의 정신이 비유로 말하려 하는 순간에 언제나 주의를 기울여라. 거기에 그대들의 덕의 근원이 있다.

거기에서 그대들의 육체가 드높아지고 소생했다. 그대들의 육체는 넘치는 기쁨으로 정신을 황홀하게 해서, 정신은 창조하는 자, 평가하는 자, 사랑하는 자, 만물에게 은혜를 베푸는 자가 될 것이다.

그대들의 마음이 강물처럼 드넓고 풍성하게 흘러넘쳐서 가까이 사는 사람들에게 축복이 되고 위험이 되면, 거기에 그대들의 덕의 근원이 있다.

그대들이 칭송과 비난에 초연하고 그대들의 의지가 사랑하는 자의 의지로서 만물에 명령을 내리려 하면, 거기에 그대들의 덕의 근원이 있다.

그대들이 편안함과 푹신한 침대를 경멸하고 유약한 자들에게서 되도록 멀리 떨어져 잠자리에 들면, 거기에 그대들의 덕의 근원이 있다.

그대들이 의지를 한데 모아 반드시 모든 고난을 변화시켜야 한다고 깨달으면, 거기에 그대들의 덕의 근원이 있다.

진실로, 그것은 새로운 선과 악이다! 진실로, 그것은 새로운 깊은 물살과 새로운 샘물의 소리이다!

이 새로운 덕, 그것은 곧 힘이다. 그것은 지배적인 사상이며, 그 주위를 총명한 영혼이 에워싸고 있다. 그것은 황금빛 태양이며, 그 주위를 인식의 뱀이 에워싸고 있다.」

2

여기에서 차라투스트라는 잠시 말을 멈추고 사랑 어린 눈길로 제자들을 바라보았다. 그러더니 지금까지와는 사뭇 다른 목소리로 이렇게 말을 이었다.

「나의 형제들이여, 그대들의 덕의 힘으로 지상에 충실하라! 그대들이 베푸는 사랑과 인식으로 지상의 뜻에 이바지하라! 나는 이렇게 그대들에게 간절히 청하고 부탁한다.

그대들의 덕이 지상적인 것에서 멀리 날아가지 않도록 하라. 그것들의 날개가 영원한 벽에 부딪치지 않도록 하라! 아, 얼마나 많은 덕들이 벌써 날아가 버렸는가!

이미 날아가 버린 덕을 나처럼 지상으로 다시 데려오라. 그렇다, 육체와 삶으로 다시 데려오라. 그 덕이 지상에 의미를, 인간의 의미를 부여하도록 하라!

정신과 덕은 지금까지 수백 번 헛되이 날아가 잘못되었다. 아, 우리의 몸속에는 아직도 이런 모든 망상과 미망이 살고 있다. 거기서 그것들은 몸이 되고 의지가 되었다.

정신과 덕은 지금까지 수백 번 시도하고 길을 잃었다. 그렇다, 인간은 하나의 시도였다. 아, 그 많은 무지와 오류가 우리의 몸이 되었다!

수천 년 이어져 온 이성만이 아니라 수천 년 이어져 온 망상도 우리에게서 분출한다. 그것의 상속자가 되는 것은 위험한 일이다.

우리는 우연이라는 거인과 아직도 한 발 한 발 싸우고 있으며, 지금까지 무의미, 의미 없음이 온 인류를 지배해 왔다.

나의 형제들이여, 그대들의 정신과 덕으로 지상의 뜻에 이바지하라! 그리고 만물의 가치를 새로이 정립하라! 그 때문에 그대들은 투쟁하는 자여야 한다! 그 때문에 그대들은 창조하는 자여야 한다!

육체는 앎을 통해 스스로를 정화한다. 육체는 앎과 더불어 새롭게 시도하면서 스스로를 드높인다. 인식하는 자의 모든 충동은 성스러워지고, 드높아진 자의 영혼은 기쁨에 넘친다.

의사여, 스스로를 구하라. 그래야 그대의 환자도 구하게 된다. 스스로 치유하는 자를 직접 눈으로 보는 것이 최고의 치유책이 되도록 하라.

그 누구도 이제까지 가보지 않은 수많은 길들이 있다. 그리고 수많은 건강이 있고 삶의 수많은 숨겨진 섬들이 있다. 인간과 인간의 지상은 무궁무진해서 아직 다 밝혀지지 않았다.

그대 고독한 자들이여, 깨어나 귀 기울여라! 미래로부터 바람이 은밀히 날개를 치며 불어온다. 귀 밝은 자들에게 좋은 소식이 들려온다.

그대 오늘 고독한 자들이여, 그대 세상을 등진 자들이여, 그대들은 언젠가 한 민족을 이루어야 한다. 그대들 스스로 선택한 그대들로부터 선택받은 민족이 자라나야 한다. 그리고 그 선택받은 민족으로부터 초인이 자라나야 한다.

진실로, 이 지상은 앞으로 치유의 장소여야 한다! 이 지상에 이미 새로운 향기가 감돌고 있다. 치유를 약속하는 새로운 향기가, 그리고 새로운 희망이!

3

차라투스트라는 여기까지 말하고는 최후의 말을 남겨 둔 사람처럼 침묵을 지켰다. 그는 오랫동안 망설이며 손에 든 지팡이를 이리저리 흔들었다. 그러더니 이윽고 지금까지와는 사뭇 다른 목소리로 이렇게 말했다.

「나의 제자들이여! 나는 이제 홀로 길을 떠난다. 그대들도 이제 제각기 홀로 이곳을 떠나라! 나는 그러기를 원한다.

진실로, 나는 그대들에게 충고한다. 내 곁을 떠나서 차라투스트라에게 대항하라! 차라투스트라를 부끄럽게 여기면 더욱 좋으리라! 그가 그대들을 기만했을지도 모른다.

인식하는 자는 적도 사랑할 수 있을 뿐 아니라 벗도 증오할 수 있어야 한다.

언제까지나 오로지 제자로 머무르는 자는 스승에게 올바로 보답하지 못한다. 그대들은 왜 내 월계관을 잡아채려 하지 않는가?

그대들은 나를 숭배한다. 그러나 그대들의 숭배심이 어느 날 무너지면 어쩔 것인가? 무너지는 입상(立像) 아래 깔려 죽지 않도록 조심하라!

그대들은 차라투스트라를 믿는다고 말하는가? 그러나 차라투스트라가 뭐 그리 중요한가? 그대들은 나를 따르는 신도들이다. 그러나 신도들이 뭐 그리 중요한가?

그대들은 그대들 자신을 찾아내지 못했다. 그러던 참에 나를 발견한 것이다. 모든 신도들은 본래 그렇다. 그 때문에 모든 신앙은 하찮은 것이다.

나는 이제 그대들에게 나를 버리고 그대들 자신을 찾아 나서라고 이른다. 그대들이 모두 나를 부인하게 되면, 그때 비로소 나는 다시 그대들에게 돌아오리라.

진실로, 나의 형제들이여, 그러면 나는 다른 눈으로 나의 잃어버린 자들을 찾을 것이다. 다른 사랑으로 그대들을 사랑할 것이다.

그리고 그대들은 언젠가 나의 벗이 되고 유일한 희망의 자녀들이 되어야 한다. 그러면 나는 세 번째로 그대들 곁에서 그대들과 함께 위대한 정오를 찬미하리라.

위대한 정오는 인간이 짐승과 초인 사이의 길 한가운데 서서 저녁에 이르는 길을 최고의 희망으로 찬미하는 때이다. 그것은 곧 새로운 아침으로 향하는 길이기 때문이다.

그때, 몰락하는 자는 자신이 건너가는 자임을 깨닫고 스스로를 축복할 것이다. 그리고 그의 인식의 태양은 중천에 떠 있을 것이다.

〈신들은 모두 죽었다. 우리는 이제 초인이 나타나기를 바란다.〉 이것이 언젠가 다가올 위대한 정오에 우리의 마지막 의지여야 한다!」

차라투스트라는 이렇게 말했다.

제2부

……그대들이 모두 나를 부인하게 되면,
그때 비로소 나는 다시 그대들에게 돌아오리라.
진실로, 나의 형제들이여,
그러면 나는 다른 눈으로 나의 잃어버린 자들을 찾을 것
이다.
다른 사랑으로 그대들을 사랑할 것이다.

『차라투스트라는 이렇게 말했다』,
「베푸는 덕에 대하여」(제1부, 101~102면)

거울을 들고 있는 아이

그 후 차라투스트라는 다시 산속으로, 동굴의 고독 속으로 돌아가 사람들을 멀리했다. 그러고는 씨를 뿌린 농부처럼 기다렸다. 그러나 그의 영혼은 초조했으며 자신이 사랑하는 사람들에 대한 그리움으로 가득했다. 그들에게 줄 것이 아직 많았기 때문이다. 다시 말해, 사랑하는 마음에서 내민 손을 도로 오므리고 베푸는 자로서 수치심을 품고 있기는 참으로 어려운 일이다.

이 고독한 자에게 그렇게 달이 가고 해가 갔다. 그러나 그의 지혜는 더욱 자라났으며, 지혜가 충만해질수록 고통도 더했다.

어느 날 아침, 차라투스트라는 날이 밝기도 전에 잠에서 깨어났다. 그는 잠자리에 누운 채 오랫동안 깊은 생각에 잠겼다가 마침내 마음속으로 이렇게 말했다.

〈나는 무엇 때문에 꿈속에서 소스라치게 놀라 잠에서 깨어났을까? 한 아이가 거울을 들고 내게 다가오지 않았던가?

《오, 차라투스트라여, 거울에 비친 당신 모습을 보세요!》
그 아이는 내게 말했다.

나는 거울을 들여다보는 순간 비명을 질렀다. 내 마음은 큰 충격을 받았다. 거울 속에서 내 얼굴이 아니라 악마의 일그러진 얼굴과 비웃음을 보았기 때문이다.

진실로, 나는 그 꿈이 무엇을 알려 주고 경고하는지 너무나 잘 안다. 나의 가르침이 위험에 처했으며, 잡초가 밀 행세를 하고 있는 것이다!

나의 적들이 막강해져서 내 가르침의 의미를 왜곡시키는 바람에, 내 사랑하는 이들이 내게서 받은 선물을 부끄럽게 여기고 있는 것이다.

나는 나의 벗들을 잃어버렸다. 이제 나의 잃어버린 벗들을 찾아 나설 때가 되었다!〉

차라투스트라는 이 말과 함께 벌떡 일어났다. 그러나 겁에 질려 숨을 헐떡이는 자가 아니라 영감이 떠오른 예언자나 가인(歌人)처럼 보였다. 그의 독수리와 뱀이 놀라 주인을 바라보았다. 장차 다가올 행복이 주인의 얼굴에 아침노을처럼 서려 있었기 때문이다.

「나의 짐승들이여, 내게 무슨 일이 일어났는가?」차라투스트라는 말했다. 「내가 변하지 않았는가? 폭풍 같은 환희가 내게 휘몰아치지 않았는가?

나의 행복은 어리석어서 어리석은 것을 말할 것이다. 나의 행복은 아직 너무 젊다. 그러니 나의 행복을 너그럽게 참아 달라!

나는 나의 행복에게 상처 입었다. 모든 고뇌하는 자들은 내게 의사가 되어 주어야 한다!

나는 나의 벗들과 또한 나의 적들에게로 다시 내려갈 수 있게 되었다! 차라투스트라는 다시 설교하고 베풀고 사랑하는 이들에게 더없이 큰 사랑을 보여 줄 수 있게 되었다!

나의 조급한 사랑은 도도히 흘러넘친다. 일출과 일몰을 향해 흘러내린다. 나의 영혼은 말 없는 산들과 고통의 뇌우로부터 골짜기로 쏟아져 내린다.

나는 너무 오랫동안 먼 곳을 동경하며 바라보았다. 나는 너무 오랫동안 고독에 빠져 있었다. 그래서 침묵하는 법을 잊어버렸다.

나는 완전히 입이 되었고 높은 바위에서 떨어지는 우레 같은 냇물 소리가 되었다. 나는 내 말을 골짜기에 쏟아부으려 한다.

그러면 내 사랑의 강물은 길이 없는 곳으로 질주할 것이다! 강물이 어찌 바다로 흘러가는 길을 찾아내지 못하겠는가!

내 마음속에는 호수가 있다. 은자처럼 스스로에게 만족하는 호수가 있다. 그러나 내 사랑의 강물은 그 호수를 바다로 휩쓸어 간다.

나는 새로운 길을 가고, 내게 새로운 말이 떠오른다. 창조하는 자들이 흔히 그렇듯이, 나는 옛말에 싫증이 났다. 나의 정신은 더 이상 낡은 신발을 신고 돌아다니려 하지 않는다.

모든 이야기가 내게는 너무 느리다. 폭풍이여, 나는 네 마차에 뛰어오르리라! 그리고 나의 악의로 네게도 채찍질하리라!

나는 함성처럼, 환호성처럼 드넓은 바다를 건너가리라. 나의 벗들이 머물고 있는 지복(至福)의 섬들을 찾아낼 때까지.

나의 벗들 틈에는 나의 적들도 섞여 있을 것이다! 나는 말을 건넬 수만 있다면 그 누구라도 얼마든지 사랑하리라! 나의 적들도 나의 행복의 일부이다.

내가 가장 사나운 말에 올라타려 할 때면 언제나 나의 창이 더없이 도움이 된다. 나의 창은 언제든지 내 발을 위해 대기하고 있는 충복이다.

내가 적들에게 힘껏 내던지는 창이여! 마침내 창을 던질 수 있게 해준 나의 적들이 얼마나 고마운가!

내 구름에 팽팽하게 전운이 감돌았다. 나는 번개의 커다란 웃음소리를 뚫고 저 아래로 우박을 쏟아부으리라.

내 가슴이 힘차게 부풀어 올라서, 폭풍우를 힘차게 산 너머로 휘몰아치게 할 것이다. 그러면 내 가슴은 한결 가벼워지리라.

진실로, 나의 행복과 나의 자유가 폭풍우처럼 휘몰아친다! 그러나 나의 적들은 머리 위에서 악마가 미친 듯이 날뛴다고 생각하리라.

그렇다, 나의 벗들이여, 그대들도 나의 사나운 지혜 때문에 소스라치게 놀랄 것이다. 아마 그대들도 나의 적들과 함께 달아날지도 모른다.

아, 목동의 피리로 그대들을 다시 불러 모을 수 있다면 좋으련만! 아, 나의 암사자인 지혜가 다정하게 울부짖을 줄 안다면! 우리는 이미 함께 많은 것을 배우지 않았던가!

나의 사나운 지혜는 외로운 산 위에서 아기를 잉태했으며, 황량한 바위 위에서 사내아이를, 막내아들을 낳았다.

이제 나의 지혜는 바보처럼 삭막한 사막을 달리며 보드라운 풀밭을 찾아 헤맨다. 나의 늙고 사나운 지혜는!

나의 벗들이여, 나의 사나운 지혜는 그대들 가슴의 보드라운 풀밭에, 그대들의 사랑 위에 가장 애지중지하는 자식을 눕히고 싶어 한다!」

차라투스트라는 이렇게 말했다.

지복의 섬에서

무화과 열매들이 나무에서 떨어진다. 그것들은 탐스럽고 달콤하며, 나무에서 떨어지면서 발그스름한 껍질이 터진다. 나는 무르익은 무화과 열매들에 휘몰아치는 북풍이다.

나의 벗들이여, 이 가르침이 그대들에게 무화과 열매처럼 떨어진다. 이제 이 과즙을 마시고 달콤한 과육을 먹어라! 가을은 한창이고 청명한 오후다.

보라, 우리 주변이 얼마나 풍요로운가! 이 넘치는 풍성함 속에서 먼바다를 바라보는 것이 얼마나 아름다운가.

사람들은 일찍이 먼바다를 바라보면서 신을 입에 올렸다. 그러나 나는 그대들에게 초인을 말하라고 가르쳤다.

신은 하나의 추측일 뿐이다. 나는 그대들의 추측이 그대들의 창조적인 의지를 앞서지 않기를 바란다.

그대들이 신을 창조할 수 있겠는가? 그러니 내 앞에서 신들에 대해서는 입을 다물라! 그러나 그대들은 분명 초인은 창조할 수 있을 것이다.

나의 형제들이여, 아마 그대들이 직접 초인을 창조할 수는 없을 것이다! 그러나 그대들은 초인의 조상으로 탈바꿈할 수는 있을 것이다. 이것이야말로 그대들이 해낼 수 있는 최고의 창조이리라!

신은 하나의 추측일 뿐이다. 그러나 나는 그대들의 추측이 사유의 가능성을 벗어나지 않기를 바란다.

그대들은 신을 사유할 수 있겠는가? 진리를 향한 의지는 모든 것을 인간이 사유할 수 있는 것, 인간이 볼 수 있는 것, 인간이 느낄 수 있는 것으로 변화시키는 것을 뜻해야 한다. 그대들 자신의 감각을 끝까지 사유하도록 하라!

지금까지 그대들에게 세계라고 불린 것은 그대들에 의해 새로이 창조되어야 한다. 그것이 바로 그대들의 이성, 그대들의 형상, 그대들의 의지, 그대들의 사랑이 되어야 한다! 그대 인식하는 자들이여, 진실로 그대들의 더없는 행복을 위해 그렇게 되어야 한다.

그대 인식하는 자들이여, 그대들은 이러한 희망 없이 어떻게 삶을 참아 내려 하는가? 도무지 이해할 수 없는 것, 비이성적인 것 속에 그대들이 태어나서는 안 될 것이다.

그대 벗들이여, 나는 그대들에게 솔직히 털어놓는다. 만일 신들이 존재한다면, 나 자신이 신이 아니라는 것을 어떻게 견디어 내겠는가! 그러므로 신들은 존재하지 않는다.

분명 내가 이런 결론을 내렸다. 하지만 이제 이 결론이 나를 잡아끈다.

신은 하나의 추측일 뿐이다. 그러나 이 추측의 모든 고통을 마시고 죽지 않을 자가 어디 있겠는가? 창조하는 자가 자신의 신념을 빼앗기고, 독수리가 멀리 날아갈 수 있는 능력을 빼앗겨야겠는가?

신은 반듯한 모든 것을 구부러뜨리고 똑바로 서 있는 모든 것을 비틀리게 하는 사상이다. 왜냐고 묻는가? 과연 시간은 덧없이 사라져 버리고, 모든 무상한 것은 거짓에 지나지 않는 것인가?

이런 생각을 하면 인간의 몸은 어지럽게 소용돌이치고 위장은 토악질을 한다. 진실로, 나는 그런 추측을 하는 것을 어지럼병이라 부른다.

나는 유일무이하고 완전하고 확고부동하고 충만한 불멸의 것에 대한 이런 모든 가르침을 인간에게 적대적인 사악한 것이라 부른다!

모든 불멸의 것, 그것은 다만 비유에 지나지 않는다! 시인들은 너무 많은 거짓말을 한다.

최상의 비유는 시간과 생성에 대해 말해야 한다. 최상의 비유는 모든 무상함을 찬미하고 옹호해야 한다!

창조, 이것은 고뇌로부터의 위대한 구원이며, 삶을 가볍게 해주는 것이다. 그러나 창조하는 자이기 위해서는 스스로 고뇌하고 많은 변화를 겪어야 한다.

그렇다, 그대 창조하는 자들이여, 그대들의 삶에는 많은 가혹한 죽음이 있어야 한다! 그대들은 이렇게 모든 무상함을 대변하고 옹호하는 자여야 한다.

창조하는 자가 어린아이로 새로 태어나기 위해서는 먼저 스스로 산모가 되어 산고를 참아 내야 한다.

진실로, 나는 수많은 영혼과 수많은 요람과 산고를 뚫고 내 길을 걸었다. 때로는 이별의 아픔도 많이 겪었다. 나는 가슴 찢어지는 듯한 최후의 순간들을 잘 안다.

그러나 나의 창조적인 의지, 나의 운명이 그것을 원한다. 아니 그대들에게 더 솔직히 말하면, 나의 의지가 바로 그런 운명을 원하는 것이다.

나의 모든 감각과 감정은 감옥에 갇혀 시달린다. 그러나 나의 의욕이 언제나 나를 해방시켜 주고 기쁨을 선사하러 온다.

의욕은 우리를 해방시켜 준다. 이것은 의지와 자유에 대한 참된 가르침이다. 차라투스트라는 그대들에게 이것을 가르친다.

더 이상 의욕하지 않는 것, 더 이상 평가하지 않는 것, 더 이상 창조하지 않는 것! 아, 이 커다란 권태는 항상 내게 멀리 있어야 한다!

나는 인식하면서도 오로지 내 의지의 생식욕과 생성욕만을 느낀다. 나의 인식에 순수함이 배어 있다면, 그것은 그 안에 생식에의 의지가 깃들어 있기 때문이다.

그 의지가 신과 신들에게서 멀리 벗어나도록 나를 부추겼다. 신들이 있다 한들 무엇을 창조하겠는가!

그러나 나의 불타오르는 창조의 의지는 언제나 새롭게 나를 인간들에게로 몰아간다. 그렇게 망치를 돌에게로 몰고 간다.

아, 그대 인간들이여. 돌 속에는 형상, 내 형상 중의 형상이 잠들어 있다! 아, 그것이 그토록 단단하고 추한 돌 속에 잠들어 있어야 하다니!

나의 망치가 이제 그 감옥을 잔인하게 내려친다. 돌의 파편들이 뿌옇게 날린다. 그것이 나하고 무슨 상관이겠는가!

나는 그 형상을 완성하려 한다. 그림자 하나가 내게 다가왔기 때문이다. 만물 가운데 가장 조용하고 가장 가벼운 것이 일찍이 내게 다가왔다!

초인의 아름다움이 그림자가 되어 내게 다가온 것이다. 아, 나의 형제들이여! 그런데 신들이 나하고 이제 무슨 상관이겠는가!

차라투스트라는 이렇게 말했다.

동정하는 자들에 대하여

나의 벗들이여, 그대들의 벗은 이런 조롱의 말을 들었다. 「차라투스트라를 보라! 그는 마치 짐승들 사이를 돌아다니듯 우리 사이를 돌아다니고 있지 않은가?」

그러나 이렇게 말하는 편이 더 낫다. 「저 인식하는 자는 짐승 같은 인간들 사이를 돌아다니고 있다.」

인간 자체가 인식하는 자에게는 붉은 뺨을 가진 짐승이다.

인간은 어쩌다 그렇게 되었을까? 너무 자주 수치심을 느껴야 했기 때문이 아닐까?

오, 나의 벗들이여! 인식하는 자는 이렇게 말한다. 「수치심, 수치심, 수치심. 이것이 인간의 역사다!」

그래서 고매한 자는 다른 이들에게 수치심을 느끼게 하지 말라고 자신에게 명령한다. 그는 고뇌하는 모든 이들 앞에서 수치심을 느끼라고 자신에게 명령한다.

진실로, 나는 동정을 베풀며 행복해하는 자비로운 자들을 좋아하지 않는다. 그들은 수치심을 너무 모른다.

나는 동정을 베풀어야 하는 경우에 그것을 동정이라고 말하고 싶지 않다. 그리고 동정을 베풀 때는 멀리 떨어져서 베풀고 싶다.

나는 사람들 눈에 뜨이기 전에 얼굴을 가리고 도망치곤 한다. 나의 벗들이여, 나는 그대들도 그렇게 하라고 이른다!

나의 운명이 그대들처럼 고뇌에서 벗어난 자들에게로 언제나 나를 이끌어 주면 얼마나 좋겠는가! 희망과 음식과 꿀을 함께 나눌 수 있는 자들에게로!

진실로, 나는 고뇌하는 자들을 위해 이런저런 일을 했다. 그러나 내가 더 진심으로 기뻐할 줄 알게 되었을 때, 항상 더 진심으로 좋은 일을 한 것같이 느껴졌다.

인간은 이 세상에 존재한 이래 별로 기뻐할 줄 몰랐다. 나의 형제들이여, 오로지 이것만이 우리의 원죄이다!

우리가 더 진심으로 기뻐할 줄 알게 된다면, 다른 이들을 아프게 하는 일이나 아프게 하려는 생각을 아주 쉽게 그만둘 것이다.

그래서 나는 고뇌하는 이를 도와준 내 손을 깨끗이 씻고, 그래서 내 영혼도 깨끗이 닦는다.

내가 고뇌하는 이들이 고뇌하는 모습을 보고서 그들의 수치심 탓에 수치심을 느꼈고, 고뇌하는 이를 도와주면서 그의 자부심에 심한 상처를 입혔기 때문이다.

커다란 호의는 감사의 마음이 아니라 복수심을 일깨운다. 그리고 작은 친절이 잊히지 않으면 마음을 갉아먹는 벌레가 된다.

「덥석 받지 말라! 그리고 받는 경우에는 자랑스럽게 받아라!」 나는 베풀 것이 없는 자들에게 이렇게 충고한다.

그러나 나는 베푸는 자이다. 나는 벗으로서 벗들에게 즐거이 베푼다. 그러나 낯선 자들과 가난한 자들은 내 나무에서 스스로 열매를 따 먹어야 할 것이다. 그래야 부끄러움을 덜 느끼리라.

그러나 걸인들은 이 세상에서 완전히 사라지게 해야 할 것이다! 진실로, 걸인들에게는 적선해도 화나고 적선하지 않아도 화난다.

죄를 지은 자들과 양심의 가책도 마찬가지다! 내 말을 믿으라, 나의 벗들이여, 죄책감은 남을 물어뜯을 것을 가르친다.

그러나 가장 나쁜 것은 하찮은 생각들이다. 진실로, 하찮은 생각을 하기보다는 차라리 악을 행하는 편이 더 낫다!

그대들은 말한다. 「작은 악의에서 느끼는 기쁨은 커다란 악행을 모면하게 해준다.」 그러나 여기에서 모면하려고 해서는 안 될 것이다.

악행은 궤양과도 같다. 그것은 가렵고 쑤시고 곪아 터진다. 그것은 솔직하게 말한다.

「보라, 나는 질병이다.」 악행은 이렇게 말한다. 이것이 악행의 솔직함이다.

그러나 하찮은 생각은 곰팡이와도 같다. 그것은 숨어서 기어다니며 결코 모습을 드러내려 하지 않는다. 그러다 마침내 그 작은 곰팡이들 때문에 온몸이 썩어 문드러진다.

그러나 나는 악마에게 홀린 자의 귀에 이렇게 말한다. 「그대의 악마를 차라리 크게 키우는 편이 더 낫다! 그대에게도 위대함에 이르는 길이 하나 남아 있다!」

아, 나의 형제들이여, 우리는 모든 사람들에 대해 뭔가를 너무 많이 알고 있다! 그래서 우리 눈에 속이 빤히 보이는 사람들이 더러 있다. 그렇다고 우리가 그들을 마음을 꿰뚫고 지나갈 수 있는 것은 결코 아니다.

침묵을 지키기가 어려운 일이기 때문에, 사람들과 어울려 살기는 그만큼 어려운 일이다.

우리는 우리에게 거슬리는 자들이 아니라 우리와 아무런 상관없는 자들에게 가장 부당하게 행동한다.

그대에게 고뇌하는 벗이 있다면, 그의 고뇌를 위한 쉼터가 되어 주어라. 그러나 말하자면 딱딱한 침대, 야전 침대가 되어 주어야 한다. 그래야 그에게 가장 큰 도움이 될 것이다.

그대에게 몹쓸 짓을 하는 벗이 있으면 이렇게 말하라. 「나는 그대가 내게 저지른 짓은 용서한다. 그러나 그대가 그대에게 그런 짓을 저질렀다는 것을 내가 어떻게 용서할 수 있겠는가!」

위대한 사랑은 용서와 동정까지도 극복한다, 모든 위대한 사랑은 이렇게 말한다.

우리는 자신의 마음을 잘 다잡아야 한다. 마음을 내버려 두면 덩달아 판단력까지도 얼마나 빨리 달아나 버리는가!

아, 자비로운 자들이 저지른 짓보다 더 큰 어리석음이 이 세상 어디에 있었던가? 그리고 자비로운 자들의 어리석음보다 더 큰 고통을 야기한 것이 이 세상 어디에 있었던가?

아직 동정심을 극복하는 경지에 이르지 못하고 사랑하는 자들은 모두 불쌍하다!

일찍이 악마가 내게 이렇게 말했다. 「신에게도 지옥이 있다.

그것은 바로 인간에 대한 신의 사랑이다.」

최근에 나는 악마가 이런 말을 하는 소리를 들었다. 「신은 죽었다. 신은 인간에 대한 동정심 때문에 죽었다.」

그러니 동정심을 조심하라는 내 경고의 말을 들어라. 거기에서 먹구름이 인간에게 몰려온다! 진실로, 나는 기상 변화의 조짐에 대해 잘 안다!

그러나 이 말 또한 명심하라, 모든 위대한 사랑은 모든 사랑의 동정심을 극복한다. 모든 위대한 사랑은 사랑의 대상마저 창조하려 하기 때문이다!

「나는 나 자신을 나의 사랑에 바친다. 그리고 나를 바치듯 나의 이웃도 바친다.」 창조하는 자들은 모두 이렇게 말한다.

창조하는 자들은 모두 가혹하다.

차라투스트라는 이렇게 말했다.

성직자들에 대하여

차라투스트라는 언젠가 손으로 가리키며 제자들에게 이렇게 말한 적이 있었다.

「저기 성직자들이 있다. 저들은 나의 적이지만, 칼날을 세우지 말고 조용히 저들 곁을 지나가라!

저들 가운데에도 영웅이 있다. 저들 중에는 극심한 고통을 당한 자들이 많이 있다. 그래서 다른 이들도 고통받게 하려는 것이다.

저들은 사악한 적이다. 저들의 겸손보다 더 복수심에 불타는 것은 없다. 그러니 저들을 공격하는 자는 더럽혀지기 십상이다.

그러나 나의 피는 저들의 피와 닮았다. 나는 나의 피가 저들의 핏속에서도 존중받는지 알고 싶다.」

성직자들이 지나간 후, 고통이 차라투스트라를 덮쳤다. 그는 고통과 오래 싸우지 않았으며, 곧 이렇게 말문을 열었다.

「나는 저 성직자들을 가엾게 여긴다. 저들은 내 취향에도 맞지 않는다. 그러나 이것은 내가 인간들 틈에서 겪은 일 가운데 가장 사소한 것에 지나지 않는다.

그러나 나는 저들과 함께 고뇌했으며 지금도 고뇌하고 있다. 저들은 갇혀 있는 자들이고 낙인 찍힌 자들이다. 저들에게 구원자라고 불리는 이가 저들에게 굴레를 씌웠다.

그릇된 가치와 허황된 말의 굴레를! 아, 저들을 저들의 구원자로부터 구원할 수 있는 이가 있다면!

저들은 일찍이 사나운 바다에 휩싸였을 때 섬에 상륙했다고 믿었다. 그러나 보라, 그것은 잠자고 있는 괴물이었다!

그릇된 가치와 허황된 말들, 죽음을 면할 수 없는 인간에게 그것들보다 더 사악한 괴물은 없다! 그 괴물들 속에서 재앙이 벌써 오랫동안 잠을 자며 기다리고 있다.

그러다 그것은 마침내 잠에서 깨어나 자신 위에 오두막을 지은 자들을 꿀꺽 삼켜 버린다.

오, 저 성직자들이 지은 오두막들을 보라! 저들은 달콤한 냄새를 풍기는 자신들의 동굴을 교회라 부른다.

오, 이 날조된 빛이여, 이 혼탁한 공기여! 영혼의 드높은 비상을 허락하지 않는 곳이여!

저들의 신앙은 이렇게 명령한다. 〈너희 죄인들이여, 무릎을 꿇고 계단을 오르라!〉

진실로, 나는 저들의 수치심과 경건함으로 뒤틀린 눈을 보기보다는 차라리 수치심을 모르는 자들을 보련다!

누가 그런 동굴과 참회의 계단을 만들어 냈는가? 청명한 하늘 아래서 부끄러움을 느끼고 숨으려 했던 자들이 아닌가?

청명한 하늘이 무너진 천장 사이로 다시 모습을 나타내고 무너진 담장 옆의 풀과 붉은 양귀비꽃을 내려다볼 때, 나는 비로소 다시 그 신의 처소에 나의 마음을 바치리라.

저들은 자신들을 반박하고 자신들에게 고통을 주는 것을 신이라 불렀다. 그리고 진실로, 저들이 신을 숭배하는 데에는 많은 영웅적인 면이 있었다!

저들은 인간을 십자가에 못 박는 것 말고는 달리 신을 사랑하는 법을 알지 못했다!

저들은 송장으로 살려고 작정하고서 자신들의 송장을 검게 감쌌다. 저들이 하는 말에서도 시체 안치실의 고약한 냄새가 풍긴다.

저들 가까이에서 사는 것은 두꺼비가 감미롭고 우울한 노래를 부르는 검은 연못가에서 사는 것이다.

저들이 더 나은 노래를 불러야 내가 저들의 구원자를 믿을 수 있을 것이다. 구원자의 제자들이 좀 더 구원받은 모습을 보여야 할 것이다!

나는 저들의 벌거벗은 모습을 보고 싶다. 오로지 아름다움만이 참회를 설교할 자격이 있기 때문이다. 그런데 저렇게 자신을 꼭꼭 감싼 비애가 정녕 누구를 설득한단 말인가!

진실로, 저들의 구원자들은 자유로부터, 자유의 일곱 번째 하늘[7]로부터 오지 않았다! 진실로, 그들 자신이 깨달음의 양탄자 위를 거닐어 본 적이 없다!

---

7 여기에서 〈일곱 번째 하늘siebenter Himmel〉은 더없이 기쁘고 행복한 상태를 뜻한다. 이것은 초기 기독교 관련 서적에서 〈하느님이 몸소 천사들과 함께 머무는 최고의 천국〉을 〈일곱 번째 하늘〉로 표현한 데서 유래했다고 한다.

그 구원자들의 정신은 많은 빈틈으로 이루어져 있었다. 그러나 그들은 그 모든 빈틈을 자신들의 망상으로 채웠다. 자신들이 신이라 일컬은 미봉책으로.

그들의 정신은 동정심에 빠져 익사했다. 그들이 동정심으로 부풀어 넘쳤을 때, 그 표면에서는 언제나 커다란 어리석음이 떠돌았다.

그들은 고함을 지르며 열심히 양 떼를 좁은 다리 위로 몰았다. 마치 미래로 통하는 다리가 단 하나밖에 없는 듯이. 참으로 그들 목자들도 양 떼의 일부였다!

그 목자들은 작은 정신과 큰 영혼을 가지고 있었다. 그러나 나의 형제들이여, 지금까지 가장 크다고 한 영혼들도 그 영토가 얼마나 작았던가!

그들은 자신들이 걸은 길에 핏자국을 새겼으며, 그들의 어리석음은 피로써 진리를 증명해야 한다고 가르쳤다.

그러나 피는 진리의 가장 조악한 증인이다. 피는 가장 순수한 가르침마저도 오염시켜서 마음을 망상과 증오로 가득 차게 만든다.

누군가가 자신의 가르침을 위해서 불 속을 걷는다 한들, 그것이 무엇을 증명하겠는가! 진실로 자신의 불길 속에서 자신의 가르침을 만들어 내는 편이 더 낫다!

답답한 가슴과 차가운 머리. 이것들이 마주치는 곳에서 〈구원자〉라는 광풍이 생겨난다.

진실로, 군중이 구원자라고 부르는 자들, 이 매혹적인 광풍보다 더 위대하고 고귀하게 태어난 자들이 있었다!

나의 형제들이여, 그대들이 자유에 이르는 길을 찾으려 한다면, 이제까지 존재했던 그 어떤 구원자보다도 더 위대한 자에게 구원받아야 한다!

지금까지 초인은 결코 존재하지 않았다. 나는 가장 위대한 인간과 가장 초라한 인간, 이 둘의 벌거벗은 모습을 보았다.

그들은 서로 너무나 닮았다. 진실로, 나는 가장 위대한 인간도 너무나 인간적인 것을 알았다!」

차라투스트라는 이렇게 말했다.

도덕군자들에 대하여

안일하게 잠들어 있는 마음들에게 천둥과 하늘의 불꽃으로 말해야 한다.

그러나 아름다움의 목소리는 나지막이 말을 걸며 가장 활기 넘치는 영혼 속으로만 스며든다.

나의 방패는 오늘 살며시 떨며 나를 향해 웃었다. 그것은 아름다움의 성스러운 웃음이고 떨림이었다.

그대 도덕군자들이여, 나의 아름다움은 오늘 그대들을 비웃었다. 그리고 그 목소리는 이렇게 말했다. 「저들은 아직도 대가를 바란다!」

그대 도덕군자들이여, 그대들은 아직도 대가를 바란다! 그대들은 덕에 대한 대가로 보수를, 지상에 대한 대가로 천국을, 오늘에 대한 대가로 영원을 바라는가?

그대들은 보수를 지불할 자도 계산할 자도 없다는 나의 가르침에 분통을 터뜨리는가? 진실로, 나는 덕이 그대들 자신의 보수라고는 결코 가르치지 않는다.

아, 슬프다. 대가와 응징이라는 거짓을 사물의 밑바닥에 끌어들이더니, 이제 그것도 모자라 그대들 영혼의 밑바닥에마저 끌어들이느냐, 그대 도덕군자들이여!

그러나 나의 말은 멧돼지의 코처럼 그대들 영혼의 밑바닥을 파헤치리라. 나는 그대들에게 쟁기의 날이 되려 한다.

그대들의 밑바닥에 숨어 있는 모든 비밀이 드러나야 한다. 그대들이 속속들이 파헤쳐지고 부서져서 햇빛에 드러나게 되면, 그대들의 거짓 또한 그대들의 진실에서 떨어져 나갈 것이다.

그대들의 진실은 그대들이 너무 순수해서 복수, 응징, 대가 보복 같은 더러운 말들에 어울리지 않는다는 것이기 때문이다.

그대들은 어머니가 자식을 사랑하듯 그대들의 덕을 사랑한다. 그런데 어느 어머니가 사랑의 대가를 받으려 한다는 말을 들어 본 적이 있는가?

그대들의 덕은 그대들의 가장 소중한 자기(自己)이다. 그대들 안에는 둥근 고리의 갈망이 있다. 둥근 고리는 다시 자기 자신에 이르기 위해 몸부림치며 돌고 돈다.

그대들의 모든 덕행은 빛을 잃어 가는 별과 같다. 그 빛은 언제나 정처 없이 떠돌아다닌다. 떠돌아다니기를 언제쯤 멈출 것인가?

이미 덕행을 완수했는데도 그대들의 덕의 빛은 여전히 이렇게 떠돌고 있다. 덕행은 잊히고 소멸하더라도 그 빛은 계속 살아서 떠돌아다닌다.

그대들의 덕은 곧 그대들의 자기이며 이질적인 것, 껍질, 몸을 감추는 것이 아니다. 그대 도덕군자들이여, 이것은 그대들 영혼의 밑바닥에서 우러나오는 진실이다!

그러나 채찍을 맞으며 몸부림치는 것을 덕이라 일컫는 자들도 있다. 그대들은 그들의 비명 소리를 너무 많이 들었다!

또 자신들의 악덕이 느슨해지는 것을 덕이라 일컫는 자들도 있다. 그들의 증오심과 질투심이 팔다리를 축 늘어뜨리면, 그들의 〈정의〉가 깨어나 잠에 취한 눈을 비빈다.

또 아래쪽으로 끌려가는 자들도 있다. 자신들의 악마에게 끌려가는 것이다. 그러나 그들이 아래로 깊이 가라앉을수록, 그들의 눈과 신을 향한 갈망은 더욱 뜨겁게 불타오른다.

아, 그들이 부르짖는 소리는 그대들의 귀에도 들렸다, 그대 도덕군자들이여. 「내가 아닌 것, 그것이 내게 바로 신이고 덕이다!」

또 돌을 아래로 실어 나르는 수레처럼 무겁게 덜컹거리며 다가오는 자들도 있다. 그들은 품위가 어떻고 덕이 어떻고 이러쿵저러쿵 말이 많으며, 자신들의 제동 장치를 덕이라 부른다!

또 태엽이 감긴 평범한 시계 같은 자들도 있다. 그들은 똑딱거리며, 그 똑딱거림을 덕이라 불러 주기를 바란다.

진실로, 나는 그런 자들을 보면 즐겁다. 나는 그 시계들이 눈에 뜨일 때마다 비웃으며 태엽을 감아 줄 것이다. 그러면 그들은 신나게 윙윙거릴 것이다!

또 한 움큼의 정의를 자랑하며, 그 정의를 위해 온갖 악행을 저지르는 자들도 있다. 그리하여 세상은 그들의 불의 속에서 허우적거린다.

아, 그들의 입에서 나오는 〈덕〉이라는 말은 얼마나 혐오스러운가! 그들이 〈나는 정의롭다〉라고 말하는 소리는 언제나 〈나는 앙갚음을 했다〉라는 소리로 들린다.

그들은 자신들의 덕으로 원수의 눈을 후벼 파려 한다. 오직 남을 깎아내리기 위해서 자신을 드높인다.

그런가 하면 늪에 앉아서 갈대 밖을 향해 이렇게 말하는 자들도 있다. 「덕, 그것은 늪에 조용히 앉아 있는 것이다.

우리는 아무도 물어뜯지 않고, 물어뜯으려 덤비는 자는 피한다. 그리고 매사에 다른 이들이 내놓은 의견을 따른다.」

그런가 하면 몸짓을 좋아해서, 덕이 일종의 몸짓이라고 생각하는 자들도 있다.

그들의 무릎은 언제나 경배하고 그들의 손은 덕을 찬미하지만, 그들의 마음은 그것에 대해 전혀 알지 못한다.

그런가 하면 또 〈덕은 반드시 필요하다〉라고 말하는 것을 덕으로 여기는 자들도 있다. 그러나 엄밀히 말하자면, 경찰이 반드시 필요하다고 믿을 뿐이다.

또 인간의 고귀한 점을 보지 못하는 많은 자들은 인간의 비천한 점을 아주 가까이에서 보는 것을 덕이라 부른다. 그래서 자신들의 악의적인 시선을 덕이라 일컫는다.

또 어떤 자들은 자신들을 교화시켜 똑바로 세워 주길 바라며, 그것을 덕이라 일컫는다. 또 어떤 자들은 내동댕이쳐지길 바라며, 그것 또한 덕이라 일컫는다.

이렇듯 거의 모든 이들이 덕에 관여하고 있다고 믿는다. 그리고 누구나 적어도 〈선〉과 〈악〉에 대해서는 전문가라고 자처한다.

그러나 차라투스트라는 이 모든 거짓말쟁이들과 바보들에게 〈그대들이 덕에 대해 무엇을 안단 말인가! 그대들이 덕에 대해 무엇을 알 수 있단 말인가!〉라고 말하려고 찾아온 건 아니다.

나의 벗들이여, 그보다 나는 그대들이 바보들과 거짓말쟁이들에게 배운 진부한 말들에 염증을 느끼기를 바란다.

〈대가〉, 〈보복〉, 〈응징〉, 〈정의의 복수〉 같은 말들에 염증을 느끼기를.

〈착한 행동은 이기심이 없는 행동이다〉라고 말하는 것에 염증을 느끼기를.

아, 나의 벗들이여! 어머니가 아이 안에 깃들어 있듯이 그대들의 자기가 그대들의 행동 속에 깃들게 하라. 이것을 덕에 대한 그대들의 격언으로 삼으라!

진실로, 나는 그대들의 덕이 제일 사랑하는 장난감들과 백 개의 격언을 그대들에게서 빼앗았다. 이제 그대들은 내게 어린아이들처럼 화를 내고 있다.

아이들은 바닷가에서 놀고 있었다. 그때 파도가 몰려와 아이들의 장난감을 바닷속 깊이 휩쓸어 갔다. 이제 아이들은 울고 있다.

그러나 바로 그 파도가 새로운 장난감들을 아이들에게 가져오고, 오색영롱한 새 조가비들을 아이들 앞에 쏟아부으리라!

아이들은 그렇게 위로받을 것이다. 나의 벗들이여, 그대들도 아이들처럼 위로받으리라. 오색영롱한 새 조가비들을 받으리라!

차라투스트라는 이렇게 말했다.

천민에 대하여

삶은 기쁨의 샘이다. 그러나 천민들이 함께 마시는 샘물은 전부 오염되어 있다.

나는 모든 정결한 것을 좋아한다. 그러나 비죽이 웃는 자들의 주둥이와 불결한 자들의 갈증은 보고 싶지 않다.

그들은 샘물 속으로 시선을 던졌고, 이제 그들의 역겨운 미소가 샘물 속에서 나를 향해 번들거린다.

그들은 신성한 물을 정욕으로 오염시켰다. 그들은 자신들의 추잡한 꿈을 기쁨이라고 부르면서 말까지도 오염시켰다.

그들이 축축한 심장을 불에 쪼이면 불꽃은 질색한다. 천민들이 불 가까이 다가오면, 정신은 부글부글 끓어오르며 연기를 피운다.

과일은 그들의 손에서 달짝지근하게 짓무른다. 그들의 눈길은 과일나무의 가지를 바람에 꺾이게 하고 꼭대기의 잎을 시들게 만든다.

삶에 등을 돌린 많은 이들은 오로지 천민에게 등을 돌린 것이다. 그들은 샘물과 불꽃과 과일을 천민들과 함께 나누고 싶지 않았던 것이다.

그리고 사막으로 가서 맹수들과 함께 갈증에 시달린 많은 이들은 오로지 추잡한 낙타 몰이꾼들과 함께 물통 둘레에 앉아 있고 싶지 않았던 것이다.

그리고 마치 파괴자처럼, 곡식밭을 강타하는 우박처럼 나타난 많은 이들은 오로지 천민들의 입속에 발을 집어넣어 목구멍을 틀어막으려 했던 것이다.

내가 가장 삼키기 힘들었던 음식은, 삶 자체가 적의와 죽음과 고난의 십자가를 필요로 한다는 깨달음이 아니었다.

뭐라고? 삶은 천민들도 필요로 한다고? 나는 일찍이 이렇게 물었고, 이 물음에 거의 숨이 막힐 뻔했다.

오염된 샘물과 악취를 풍기는 불꽃, 불결한 꿈과 생명의 빵을 파먹는 구더기도 필요하단 말인가?

나의 증오심이 아니라 나의 혐오감이 굶주린 듯 내 삶을 갉아먹었다! 아, 천민들에게도 재치 있는 정신이 있다는 것을 알고, 나는 종종 정신에 넌더리가 났다!

오늘날 통치자들이 폭리를 취하며 천민들과 권력을 흥정하는 것을 통치라고 부르는 걸 보았을 때, 나는 그들에게서 등을 돌렸다!

군중들 사이에서 나는 귀를 막고 말이 통하지 않는 채로 살았다. 폭리를 취하는 혀와 권력을 위한 흥정에 익숙해지지 않도록.

나는 어제도 오늘도 코를 싸쥐고 불쾌한 마음으로 걸었다. 진실로, 어제도 오늘도 글쟁이 천민들의 고약한 냄새가 풍긴다!

그래서 나는 오랫동안 귀먹고 눈멀고 말 못하는 불구자처럼 살았다. 권력의 천민, 글쟁이 천민, 쾌락의 천민들과 함께 살고 싶지 않아서.

나의 정신은 조심조심 힘겹게 계단을 올랐다. 기쁨의 적선이 내 정신의 청량제였다. 삶은 지팡이에 의지하여 눈먼 자에게 살그머니 다가왔다.

내게 무슨 일이 일어났는가? 어떻게 나는 혐오감에서 벗어났는가? 누가 나의 눈을 다시 젊어지게 했는가? 나는 어떻게 천민들이 샘가에 앉아 있지 않는 높은 곳으로 날아올랐는가?

나의 혐오감이 내게 날개를 달아 주고 샘을 찾아내는 힘을 주었는가? 진실로, 나는 기쁨의 샘을 되찾기 위해 더없이 높은 곳으로 날아올라야 했다!

오, 나의 형제들이여, 나는 기쁨의 샘을 찾아냈다! 여기 더없이 높은 곳에서 기쁨의 샘이 솟아오른다! 천민들이 함께 마실 수 없는 삶이 여기 있다!

기쁨의 샘이여, 너는 너무나도 맹렬하게 용솟음치는구나! 너는 다시 잔을 채우고 싶어 거듭 잔을 비우는구나!

나는 네게 더욱 겸허히 다가가는 법을 배워야 한다. 나의 마음은 아직도 너무 맹렬하게 너를 향해 흘러간다.

나의 마음에서 나의 여름이, 짧고 뜨겁고 우울하면서도 행복에 넘치는 여름이 불타오른다. 내 뜨거운 여름의 마음은 얼마나 너의 시원함을 갈망하는가!

내 봄날의 우물쭈물 망설이던 비애는 지나갔다! 6월에 흩날리던 내 눈송이의 심술도 사라졌다! 나는 완전히 여름이 되고 여름의 정오가 되었다!

차가운 샘물이 있고 행복의 정적이 감도는 이 드높은 곳에서의 여름. 오, 나의 벗들이여, 이곳으로 오라. 이 정적이 더욱 행복에 넘치도록!

이곳이 우리의 높은 경지이며 우리의 고향이기 때문이다. 우리는 모든 불결한 자들과 그들의 갈증이 미치지 못하는 여기 드높고 가파른 곳에서 살고 있다.

그대 벗들이여, 그대들의 순결한 눈길을 내 기쁨의 샘에 던져라! 어찌 기쁨의 샘이 흐려지겠는가! 기쁨의 샘이 자신의 순결함으로 그대들을 향해 웃으리라.

우리는 미래의 나무 위에 우리의 둥지를 짓는다. 독수리들이 우리 고독한 자들에게 부리로 음식을 물어다 주리라!

진실로, 불결한 자들이 함께 먹을 수 있는 음식은 결코 물어 오지 않을 것이다! 그들은 불을 먹는다고 착각하고 주둥이를 델 것이다!

진실로, 우리는 이곳에 불결한 자들을 위한 거처는 마련하지 않는다! 우리의 행복이 그들의 육체와 정신에게는 얼음동굴 같을 것이다!

우리는 그들의 머리 위에서 강풍처럼 살려고 한다. 독수리의 이웃이 되고, 눈의 이웃이 되고, 태양의 이웃이 되어. 강풍은 그렇게 산다.

나는 언젠가는 바람처럼 그들 사이로 휘몰아쳐, 나의 정신으로 그들의 정신의 숨결을 빼앗으려 한다. 나의 미래는 그렇게 되기를 바란다.

진실로, 차라투스트라는 모든 저지대에 휘몰아치는 강풍이다. 그는 자신의 적들과 침을 뱉는 모든 자들에게 이렇게 충고한다. 「바람을 향해 침 뱉지 않도록 조심하라!」

차라투스트라는 이렇게 말했다.

타란툴라[8]에 대하여

보라, 이것이 타란툴라가 사는 구멍이다! 그대도 직접 눈으로 보려는가? 여기에 거미줄이 쳐져 있다. 이 거미줄이 흔들리도록 건드려 보아라.

저기 타란툴라가 제 발로 순순히 기어 오는구나. 타란툴라여, 반갑다! 그대의 등에 세모꼴의 검은 표식이 있구나. 나는 그대의 영혼 속에 무엇이 도사리고 있는지도 알고 있다.

그대의 영혼 속에는 복수심이 도사리고 있다. 그대가 무는 곳에서 검은 부스럼이 자란다. 그대의 독은 복수심으로 영혼에 현기증이 일게 만든다!

그대 평등의 설교자들이여, 나는 영혼에 현기증 일게 만드는 그대들에게 이렇게 비유로 말한다! 그대들은 내게 타란툴라이고 은밀히 복수심에 불타는 자들이다!

그러나 나는 그대들의 은신처를 폭로하려 한다. 그 때문에 그대들의 면전에서 큰 소리로 고매한 웃음을 터뜨린다.

그 때문에 나는 그대들의 거미줄을 찢는다. 그러면 그대들의 분노는 그대들을 거짓의 동굴 밖으로 꾀어내고, 그대들의 복수심은 〈정의〉라는 말 뒤에서 뛰쳐나오리라.

인간이 복수심으로부터 구원받는 것은 최고의 희망에 이르는

8 이탈리아의 도시 타란토에서 그 이름이 유래한 독거미. 여기에서는 개개인의 다양성을 인정하지 않고 모든 것이 동일하고 동등하다는 평등에의 사상을 좇는 의지를 말한다.

다리이며 오랜 폭풍우 끝에 뜨는 무지개이기 때문이다.

그러나 물론 타란툴라들은 다른 것을 원한다. 「우리에게 는 우리의 복수심이 일으키는 폭풍우에 세상이 휘말리는 것 이 바로 정의를 뜻한다.」 그들은 서로 이렇게 말한다.

「우리는 우리와 평등하지 않은 모든 자들에게 복수를 하 고 모욕을 주려 한다.」 타란툴라의 마음을 지닌 자들은 이렇 게 굳게 맹세한다.

「그리고 〈평등에의 의지〉, 바로 이것이 앞으로는 덕의 이 름이 되어야 한다. 우리는 권력을 가진 모든 것에 대항하여 목청을 높이려 한다!」

그대 평등의 설교자들이여. 무력감에서 오는 폭군의 광기 가 그대들 안에서 이렇게 〈평등〉을 외친다. 그대들의 가장 은밀한 폭군의 욕망은 이렇게 덕의 말로 자신을 위장한다!

울분에 찬 자만심, 억눌린 질투심. 어쩌면 그대들의 선조 들에게서 물려받았을지 모르는 자만심과 질투심이 그대들 안에서 복수의 광기가 되어 불길처럼 분출한다.

아버지가 침묵한 것은 아들을 통해 드러나기 마련이다. 나 는 아들이 아버지의 비밀을 노출하는 것을 종종 보았다.

그들은 열광하는 사람들과 닮았지만, 그들을 열광시키는 것은 심장이 아니라 복수심이다. 그들이 섬세하고 냉정해질 때도, 그들을 섬세하고 냉정하게 만드는 것은 정신이 아니라 질투심이다.

그들의 시기심은 그들을 사상가의 길로 인도하기도 한다. 그들이 느끼는 시기심의 특징은, 그들을 항상 지나치게 멀리 가게 한다는 것이다. 그래서 그들은 결국 지친 나머지 눈 속 에서 잠이 들 수밖에 없다.

그들의 불평 속에서는 언제나 복수심이 울려 퍼지고 그들 의 찬사 속에는 언제나 남을 괴롭히려는 심보가 들어 있다.

그들은 재판관이 되는 것을 더없는 행복으로 여긴다.

그러나 나의 벗들이여, 나는 그대들에게 이렇게 충고한다. 남을 응징하려는 충동이 강한 자들을 절대 믿지 말라!

그들은 혈통과 출신이 비천한 종족이다. 그들의 얼굴에서는 망나니와 사냥개의 기질이 엿보인다.

스스로 정의로운 양 떠벌리는 자들을 절대 믿지 말라! 진실로, 그들의 영혼에 부족한 것은 꿀만이 아니다.

그들은 스스로 〈선하고 의로운 자〉라고 자처하지만, 오로지 권력만 있으면 바리새인이 되고도 남을 자들이라는 것을 잊지 말라!

나의 벗들이여, 나는 나를 다른 사람으로 착각하거나 혼동하기를 바라지 않는다.

삶에 대한 나의 가르침을 설교하는 자들이 있다. 그런데 그들은 평등의 설교자들이고 타란툴라들이다.

그 독거미들이 삶을 등지고 제각기 동굴 속에 들어앉아 있으면서도 삶을 찬미하는 것은 다른 이들을 해치고자 하기 때문이다.

그들은 지금 권력을 거머쥐고 있는 자들을 해치고자 한다. 권력을 거머쥔 자들은 여전히 죽음의 설교와 가장 친숙하기 때문이다.

만일 그렇지 않다면 타란툴라들은 달리 가르칠 것이다. 그들이야말로 과거에 누구보다도 앞장서서 세계를 비방하고 이교도들을 화형에 처한 자들이었다.

나는 나를 이 평등의 설교자들과 착각하거나 혼동하기를 원하지 않는다. 〈인간은 평등하지 않다〉고 정의가 내게 말하기 때문이다.

또한 인간은 평등해져서도 안 된다! 내가 다른 말을 한다면, 초인에 대한 나의 사랑은 어떻게 되겠는가?

인간은 천 개의 다리와 길을 지나 미래를 향해 밀고 나아가야 한다. 더욱 많은 전쟁과 불평등이 인간들 사이에 놓여야 한다. 나의 위대한 사랑이 내게 이렇게 말하도록 시킨다!

인간은 적개심 속에서 많은 형상들과 유령들을 만들어 내야 하며, 그 형상들과 유령들을 빌어 서로 최고의 전쟁을 벌여야 한다!

선과 악, 부와 가난, 고귀와 비천, 그리고 모든 가치의 이름들. 이것들이 무기가 되어야 하고, 삶이 끊임없이 스스로를 극복해야 하는 것을 알려 주는 요란한 표지가 되어야 한다!

삶은 직접 기둥과 계단으로 스스로를 높이 세우려 한다. 삶은 행복한 아름다움을 찾아 저 먼 곳을 바라보려 한다. 그래서 삶은 높이를 필요로 한다.

삶은 높이가 필요하기 때문에, 계단이 필요하고 계단과 계단을 올라가는 자들의 모순이 필요하다! 삶은 높이 올라가려 하고, 높이 올라가면서 스스로를 극복하려 한다.

여길 보라, 나의 벗들이여! 여기 타란툴라의 구멍이 있는 곳에 옛 사원의 폐허가 솟아 있다. 밝은 눈으로 여길 바라보라!

진실로, 이곳에 일찍이 자신의 사상을 돌로 높이 쌓아 올린 자는 최고의 현자처럼 모든 삶의 비밀을 알고 있었다!

그는 아름다움 속에도 투쟁과 불평등, 힘과 우위를 점하기 위한 전쟁이 있어야 한다고 여기에서 더없이 분명한 비유를 들어 우리에게 가르친다.

여기에서 어떻게 궁륭과 아치가 거룩하게 서로 뒤엉켜 싸우는가. 어떻게 빛과 그림자로 서로 맞서 싸우는가. 이 거룩하게 맞서 싸우는 것들.

나의 벗들이여, 우리도 서로 이처럼 당당하고 멋진 적이 되자! 우리도 거룩하게 서로 맞서 싸우려 한다!

아! 나의 오랜 숙적 타란툴라가 직접 나를 물었다! 거룩하게 당당하고 멋지게 내 손가락을 물었다!

「응징과 정의는 반드시 있어야 한다.」 타란툴라는 이렇게 생각한다. 「여기서 적개심을 찬미하는 그의 노래가 헛되어서는 안 된다!」

그렇다. 타란툴라는 복수했다! 아, 이제 타란툴라는 복수함으로써 나의 영혼도 현기증 일게 만들 것이다!

나의 벗들이여, 내가 현기증에 휘말리지 않도록 여기 이 기둥에 나를 단단히 묶어라! 나는 복수심의 회오리바람이 되기보다는 차라리 기둥에 묶인 성자가 되련다.

진실로, 차라투스트라는 소용돌이 바람도 회오리바람도 아니다. 그리고 차라투스트라가 춤꾼이라면, 결단코 타란툴라의 춤꾼은 되지 않으련다!

차라투스트라는 이렇게 말했다.

이름 높은 현자들에 대하여

그대 이름 높은 현자들이여! 그대들은 모두 군중과 군중의 미신을 섬겼다. 진리를 섬기지는 않았다! 바로 그 때문에 그대들은 공경받았다.

또한 그대들의 신앙 없음은 군중에 이르는 익살이고 에움길이었기 때문에 용인되었다. 이렇듯 주인은 노예들이 하는 대로 내버려 두고 그 방자함을 흥겹게 즐긴다.

그러나 군중에게 미움받는 자는 개들에게 미움받는 늑대와도 같다. 그는 자유로운 정신이고 속박을 거부하는 자이고 그 누구도 숭배하지 않는 자이며 숲 속에 사는 자이다.

그를 은신처에서 몰아내는 것은 언제나 군중에게 〈정의감〉을 뜻했다. 군중은 지극히 날카로운 이빨을 가진 개들을 부추겨 그를 공격하게 한다.

「진리가 여기에 있기 때문이다. 군중이 여기에 있지 않은가! 화를 입으리라, 진리를 찾는 자는 화를 입으리라!」 예로부터 이렇게 전해 내려왔다.

그대들은 군중에게 숭배받으며 군중을 정당화하려 했다. 그대 이름 높은 현자들이여! 그대들은 그것을 〈진리를 향한 의지〉라 불렀다.

그대들의 마음은 항상 스스로에게 말했다. 「나는 군중으로부터 왔다. 군중으로부터 신의 목소리도 내게 들려왔다.」

그대들은 항상 군중의 대변자로서 당나귀처럼 고집 세고 영악했다.

군중을 요리조리 능란하게 몰고 싶었던 많은 권력자들은 자신의 말 앞에 작은 노새를 한 마리 더 매었다. 즉, 이름 높은 현자라는 노새를 매었다.

그대 이름 높은 현자들이여, 나는 그대들이 마침내 사자의 가죽을 완전히 벗어던지기를 바랐다!

맹수의 가죽, 얼룩무늬 가죽, 연구하고 탐구하고 정복하는 자의 텁수룩한 털을!

아, 내가 그대들의 〈진실됨〉을 믿게 하려면, 그대들이 먼저 그대들의 숭배하는 의지를 깨부숴야 할 것이다.

진실되다, 나는 신이 없는 사막에 가서 자신의 숭배하는 마음을 깨부순 자를 진실되다고 일컫는다.

그는 누런 모래밭에서 햇볕에 그을리며, 생명체들이 울창한 나무 아래 쉬고 있는, 샘물 넘쳐흐르는 섬들을 목마르게 힐끔거린다.

그러나 그의 갈증도 그 안락한 무리에 섞이라고 그를 설득하지 못한다. 오아시스가 있는 곳에는 또한 우상들도 있기 때문이다.

굶주리고 난폭하고 고독하며 신을 부인하는 것. 사자의 의지는 스스로 이렇게 되기를 원한다.

노예의 행복으로부터 자유로워지고, 신과 신에 대한 숭배로부터 구원받고, 두려워하지 않으며 두려움을 일깨우고, 위대하면서 고독한 것. 진실된 자의 의지는 이런 것이다.

진실된 자들, 자유로운 정신들은 예로부터 사막에서 사막의 주인으로 살았다. 그러나 배를 두둑이 채운 이름 높은 현자들, 그 수레를 끄는 짐승들은 도시에서 산다.

그러니까, 그들은 언제나 노새가 되어 군중의 수레를 끈다!

그렇다고 해서 나는 그들에게 노여워하지 않는다. 그들이 아무리 황금빛 마구에 싸여 번쩍거릴지라도, 내게는 한낱 종이고 마구에 매인 짐승일 뿐이다.

그들은 종종 칭찬받을 만한 충실한 종이었다. 덕은 이렇게 말하기 때문이다. 「네가 종이어야 한다면, 너의 섬김이 가장 득이 되는 주인을 찾아라!」

「너의 섬김을 통해 네 주인의 정신과 덕이 자라나야 한다. 그러면 네 주인의 정신과 덕과 더불어 너 자신도 자라나게 되리라!」

진실로, 그대 이름 높은 현자들이여, 그대 군중의 종들이여! 그대들은 군중의 정신과 덕과 더불어 자라났으며, 군중 또한 그대들을 통해 자라났다! 나는 그대들에게 경의를 표하기 위해 이 말을 한다!

그러나 그대들은 그대들의 덕에 있어서도 여전히 군중에 지나지 않는다. 어리석은 눈을 가진 군중, 정신이 무엇인지 모르는 군중!

정신은 스스로 삶을 깊이 파고드는 삶이다. 삶은 자신의 고통을 통해 자신의 인식을 증대시킨다. 그대들은 이미 이것을 알고 있었는가?

그리고 정신의 행복은 향유를 바르고 눈물을 통해 제물로 봉헌되는 것이다. 그대들은 이미 이것을 알고 있었는가?

장님은 눈이 보이지 않는 가운데서도 더듬더듬 찾아서, 자신이 보았던 태양의 힘을 증명해야 한다. 그대들은 이미 이것을 알고 있었는가?

인식하는 자는 산으로 집을 짓는 법을 배워야 한다! 정신이 산을 옮기는 것은 하찮은 일이다. 그대들은 이미 이것을 알고 있었는가?

그대들은 오로지 정신의 불티만을 알고 있을 뿐이다. 그러나 그대들은 정신인 모루도 보지 못하고 정신의 망치의 잔인함도 보지 못한다!

진실로, 그대들은 정신의 긍지를 알지 못한다! 그러나 정신의 겸손이 언젠가 입을 열게 되면, 그대들은 그 겸손을 더욱 견디지 못할 것이다!

그대들은 그대들의 정신을 결코 눈구덩이에 내던져 보지 못했다. 그러기에는 그대들이 충분히 달구어지지 않았다! 그래서 그대들은 차가움의 환희도 알지 못하는 것이다.

그런데도 그대들은 매사에 정신과 친밀한 듯 굴고 있다. 그리고 지혜를 발휘해 종종 조악한 시인들을 위한 빈민 구호소와 병원을 만든다.

그대들은 독수리가 아니다. 그래서 정신의 공포 속에서 맛보는 행복도 경험하지 못했다. 새가 아닌 자는 심연 위에 자리 잡아서는 안 된다.

그대들은 미지근한 자들이다. 그러나 모든 심오한 인식은 차갑게 흐른다. 정신의 가장 내밀한 샘은 얼음장처럼 차갑다.

그것은 뜨거운 손과 뜨겁게 행동하는 자들에게 청량제이다.

그대 이름 높은 현자들이여, 그대들은 등을 꼿꼿이 세운 채 단정하고 뻣뻣하게 서 있다! 제아무리 강한 바람과 의지도 그대들을 내몰지 못한다.

그대들은 사나운 폭풍을 맞이해 한껏 부풀어 오른 돛이 부르르 떨며 바다를 건너가는 것을 본 적이 없는가?

나의 지혜는 그 돛처럼 정신의 폭풍을 맞이해 부르르 떨며 바다를 건너간다. 나의 사나운 지혜는!

그러나 그대 군중의 종들이여, 그대 이름 높은 현자들이여. 그대들이 어떻게 나와 함께 갈 수 있겠는가!

차라투스트라는 이렇게 말했다.

밤의 노래

밤이다. 솟아오르는 샘물들이 이제 일제히 더욱 큰 소리로 말한다. 나의 영혼도 솟아오르는 샘물이다.

밤이다. 사랑하는 자들의 노래가 이제야 일제히 깨어난다. 나의 영혼도 사랑하는 자의 노래다.

충족되지 않고 충족시킬 수도 없는 것이 내 안에 있다. 그것이 크게 소리를 내려 한다. 사랑을 향한 욕망이 내 안에 있다. 그것이 스스로 사랑의 말을 한다.

나는 빛이다. 아, 내가 밤이라면! 그러나 나는 빛에 둘러싸여 있기 때문에 고독하다.

아, 내가 밤처럼 캄캄하고 어둡다면! 어떻게 나는 빛의 젖가슴을 빨려 했던가!

하늘의 반짝이는 작은 별들과 반딧불들이여, 나는 너희들도 축복하려 했다. 그리고 너희들에게 빛을 선물받고 더없이 행복하려 했다.

그러나 나는 나 자신의 빛 속에서 살아간다. 나는 내 안에서 뿜어 나오는 불꽃을 도로 들이마신다.

나는 받는 자의 행복을 모른다. 그리고 받는 것보다는 훔치는 것이 훨씬 더 행복할 것이라고 종종 꿈꾸었다.

나의 손이 잠시도 쉬지 않고 항상 베풀기 때문에 나는 가난하다. 나는 기대에 찬 눈들과 갈망에 찬 밝은 밤들을 보았기 때문에 시샘한다.

오, 모든 베푸는 자들의 불행이여! 오, 나의 태양의 일식이여! 오, 욕망을 향한 욕구여! 오, 포만 속의 극심한 굶주림이여!

그들은 내게서 받는다. 그렇다고 내가 그들의 영혼에 닿는가? 주는 것과 받는 것 사이에는 틈이 있다. 그리고 가장 작은 틈새 위에 다리를 놓기가 제일 어려운 법이다.

나의 아름다움에서 굶주림이 자란다. 내가 빛을 비추어 준 자들을 괴롭히고 싶고, 내가 선물을 나누어 준 자들에게서 빼앗고 싶다. 나는 이렇게 악의에 굶주려 있다.

그들이 내 손을 향해 손을 마주 내밀면 나는 손을 도로 거두어들인다. 나는 쏟아져 내리면서도 망설이는 폭포수처럼 망설인다. 나는 이렇게 악의에 굶주려 있다.

나의 풍성함은 그런 복수를 생각해 낸다. 나의 고독에서 그런 심술이 샘솟는다.

내가 베풀면서 느낀 행복은 베풀면서 사라졌다. 나의 덕은 지나치게 넘치는 바람에 자신에게 싫증 났다!

항상 베푸는 자의 위험은 수치심을 잃어버리는 데 있다. 항상 나누어 주는 자의 손과 마음은 오로지 나누어 주는 것 때문에 굳은살이 박인다.

나의 눈은 더 이상 간청하는 자들의 수치심 때문에 눈물 흘리지 않는다. 나의 손은 가득 받은 손들의 떨림을 느끼기에는 너무 굳었다.

내 눈의 눈물은 어디로 가버렸고, 내 마음의 솜털은 어디로 가버렸는가? 오, 베푸는 모든 자들의 외로움이여! 오, 빛을 발하는 모든 자들의 침묵이여!

많은 태양들이 황량한 공간을 맴돌고 있다. 태양들은 모든 어두운 것들에게 자신의 빛으로 말을 건다. 그런데 내게만은 침묵을 지킨다.

오, 이것은 빛을 발하는 자에 대한 빛의 적대감이다. 빛은 무자비하게 자신의 길을 간다.

빛을 발하는 자에게 마음속 깊이 부당하게 굴고 다른 태양들을 냉혹하게 물리치며, 태양들은 제각기 자신의 길을 간다.

태양들은 폭풍처럼 자신의 길을 날아간다. 이것이 그들의 여정이다. 태양들은 자신의 냉엄한 의지를 따른다. 이것이 그들의 냉혹함이다.

오, 그대 어두운 자들이여, 그대 밤처럼 캄캄한 자들이여, 빛을 발하는 자들에게서 온기를 만들어 내는 것은 바로 그대들이다! 오, 그대들은 빛의 젖가슴에서 젖과 청량제를 마신다!

아, 얼음이 나를 에워싸고 있다. 내 손이 얼음장에 화상을 입는다! 아, 내 안에 갈증이 있다. 그 갈증은 그대들의 갈증을 애타게 그리워한다!

밤이다. 아, 내가 빛이어야 하다니! 그리고 밤처럼 캄캄한 것을 향한 갈증! 그리고 외로움!

밤이다. 이제 내 안에서 욕망이 샘물처럼 솟구친다. 말하고 싶은 욕망이 치민다.

밤이다. 솟아오르는 샘물들이 이제 일제히 더욱 큰 소리로 말한다. 나의 영혼도 솟아오르는 샘물이다.

밤이다. 사랑하는 자들의 노래가 이제야 일제히 깨어난다. 나의 영혼도 사랑하는 자의 노래다.

차라투스트라는 이렇게 말했다.

춤의 노래

어느 날 저녁, 차라투스트라는 제자들과 함께 숲 속을 지났다. 마침 샘물을 찾고 있었는데, 보라, 나무와 수풀에 고즈넉이 에워싸인 푸른 풀밭이 앞에 나타났다. 풀밭에서 소녀들이 어울려 춤을 추고 있었다. 소녀들은 차라투스트라를 알아보고는 즉시 춤을 멈추었다. 그러나 차라투스트라는 다정하게 소녀들에게 다가가 이렇게 말했다.

「어서 춤추어라, 그대 사랑스러운 소녀들이여! 나는 심술궂은 눈빛으로 흥을 깨는 자도 아니고 소녀들의 적도 아니다.

나는 악마 앞에서 신을 대변하는 자이다. 악마는 중력의 영이다. 그대 경쾌한 자들이여, 내가 어떻게 성스러운 춤에 적의를 품겠는가? 또는 발목이 예쁜 소녀들의 발에?

나는 실로 어두운 나무들의 숲이고 밤이다. 그러나 나의 어둠을 두려워하지 않는 자는 나의 측백나무 아래서 장미꽃 만발한 언덕을 발견할 것이다.

그리고 소녀들이 더없이 사랑하는 꼬마 신[9]도 발견할 것이

---

9 사랑의 신 큐피드를 가리킨다.

다. 꼬마 신은 조용히 눈을 감고 샘가에 누워 있다.

참으로, 밝은 대낮에 잠이 들었구나, 저런 게으름뱅이! 나비들을 너무 많이 쫓아다녔기 때문일까?

그대 아름다운 무희들이여, 내가 이 꼬마 신을 좀 나무라더라도 화내지 말라! 그는 큰 소리로 울음을 터뜨릴 것이다. 그러나 그 우는 모습마저 우리의 웃음을 자아낼 것이다!

그는 눈물 글썽한 눈으로 그대들에게 춤을 청하리라. 그러면 나는 그의 춤을 위해 노래를 부르려 한다.

〈세상의 주인〉이라 불리는 제일 높고 제일 막강한 악마, 중력의 영을 위해 춤의 노래, 조롱의 노래를 부르리라.」

큐피드와 소녀들이 한데 어울려 춤추었을 때, 차라투스트라는 노래했다.

얼마 전에 나는 네 눈을 들여다보았지, 오, 삶이여! 그때 나는 깊이를 헤아릴 수 없는 심연으로 가라앉는 것만 같았네.

그러나 너는 황금빛 낚싯바늘로 나를 끌어 올렸네. 내가 너를 보고 깊이를 헤아릴 수 없는 심연이라 불렀을 때, 너는 조롱의 웃음을 지었네.

「물고기들은 모두 그렇게 말하지.」 너는 말했네. 「자신들이 깊이를 모르는 것은 전부 깊이를 헤아릴 수 없는 것이지.

하지만 나는 변덕스럽고 사나우며 모든 면에서 여자일 뿐이라네, 덕 있는 여자는 아니라네.

내가 그대 남자들에게 〈심오함〉이나 〈신의〉, 〈영원〉, 〈신비로움〉을 뜻한다 할지라도.

하지만 그대 남자들은 우리에게 언제나 덕을 베푼다네. 아, 그대 도덕군자들이여!」

그 여인은, 그 믿을 수 없는 여인은 이렇게 웃었지. 그러나 나는 스스로를 헐뜯는 그 여인의 말과 웃음을 결코 믿지 않는다네.

내가 단둘이서 나의 사나운 지혜와 이야기를 나누었을 때, 나의 지혜는 내게 화를 내며 말했다네. 「그대는 원하고 탐하고 사랑한다. 오로지 그 때문에 그대는 삶을 찬미하는 것이다!」

그때 나는 하마터면 심술궂게 대답할 뻔했지. 화를 내는 지혜에게 진실을 말할 뻔했지. 자신의 지혜에게 〈진실을 말하는〉 것보다 더 심술궂은 대답은 없다네.

우리 셋의 관계를 말하면, 나는 진정으로 오로지 삶만을 사랑하네. 그것도 진실로, 삶을 증오할 때 가장 많이 사랑한다네!

그러나 나는 지혜를 좋아한다네, 때로는 너무 좋아한다네. 지혜가 삶을 아주 많이 상기시켜 주기 때문이라네!

지혜는 눈이 있고 웃음이 있고 심지어는 황금빛 낚싯대도 있다네. 그 둘이 그토록 닮은 것을 난들 어쩌겠는가?

언젠가 삶이 내게 물었지. 「지혜, 그자는 도대체 누구냐?」 그때 나는 열정적으로 말했지. 「아, 그래, 지혜!

사람들은 지혜를 갈망하고 지혜에 싫증 내지 않지. 베일 너머로 지혜를 바라보고 그물 너머로 지혜를 낚아채려 하지.

지혜가 아름다우냐고? 내가 뭘 알겠는가! 그러나 제아무리 노련한 잉어도 지혜를 이용하면 꾀어낼 수 있지.

지혜는 변덕스럽고 고집스럽지. 나는 지혜가 입술을 깨물며 머릿결을 거슬러 빗질하는 것을 종종 보았지.

지혜는 아마 악하고 교활하며 매사에 계집처럼 굴지 모른다네. 하지만 스스로를 깎아내리는 말을 할 때 가장 유혹적이라네.」

내가 이렇게 말하자, 삶은 음흉하게 웃으며 눈을 감았지. 「지금 누구 이야기를 하는 건가?」 그 여인은 물었네. 「내 이야기인가?

설사 그대의 말이 옳다 하더라도, 직접 내 면전에서 그렇게 말하다니! 하지만 이제 그대의 지혜에 대해서도 말해 보아라!」

아, 그러면서 너는 다시 눈을 떴지! 오 사랑스러운 삶이여! 그러자 나는 또다시 깊이를 헤아릴 수 없는 심연으로 가라앉는 것만 같았네.

차라투스트라는 이렇게 노래했다. 그러나 춤이 끝나고 소녀들이 가고 나자, 그는 슬퍼졌다.

「벌써 오래전에 해가 졌구나.」 이윽고 그는 말했다. 「풀밭이 축축하고, 숲에서 차가운 기운이 몰려오는구나.

알 수 없는 뭔가가 내 주위를 에워싸고, 깊은 생각에 잠겨 바라보는구나.

이런! 차라투스트라여, 그대는 아직 살아 있는가?

무엇 때문에? 무엇을 위해? 무엇에 의해? 어디를 향해? 어디서? 어떻게? 아직 살아 있는 것은 어리석은 일이 아닐까?

아, 나의 벗들이여, 저녁이 내 안에서 이런 물음들을 던진다. 나의 슬픔을 용서하라!

저녁이 되었다. 저녁이 된 것을 용서하라!」

차라투스트라는 이렇게 말했다.

무덤의 노래

〈저기 무덤들의 섬, 침묵의 섬이 있다. 저기에는 내 청춘의 무덤들도 있다. 나는 삶의 늘 푸른 화환을 저곳으로 가져가

려 한다.〉

나는 이렇게 마음먹고 바다를 건너갔다.

오, 그대 내 청춘의 환영과 환상들이여! 오, 그대 사랑의 모든 눈길들이여, 그대 거룩한 순간들이여! 어째서 그대들은 그토록 일찍 죽었는가! 오늘 나는 죽은 자들을 회상하듯 그대들을 회상한다.

내 가장 사랑하는 죽은 자들이여, 그대들에게서 달콤한 향기가, 마음을 녹여 주고 눈물을 자아내는 향기가 풍겨온다. 진실로, 이 향기는 고독한 항해자의 마음을 뒤흔들고 녹여주는구나.

내가 여전히 가장 풍족하고 가장 선망받는 자이다. 가장 고독한 자인 내가! 내게는 그대들이 있었고, 그대들에게는 여전히 내가 있기 때문이다. 말하라, 나 아닌 또 누구에게 이런 장밋빛 사과들이 나무에서 떨어진 적이 있었는가?

나는 여전히 그대들의 사랑의 상속자이며 그대들이 화려한 야생의 덕을 기리도록 꽃을 피우는 토양이다. 오, 내 가장 사랑하는 자들이여!

아, 우리는 서로 곁에 머물러야 하는 운명을 타고났다, 그대 사랑스러우면서도 낯선 기적들이여. 그대들은 나와 나의 욕망을 수줍은 새처럼 찾아오지 않았다. 아니, 신뢰하는 자로서 신뢰하는 자를 찾아왔다!

그렇다, 그대들은 나처럼 신의와 다정다감한 영원을 위해 만들어졌다. 이제 나는 그대들을 신의 없는 자라고 불러야 한다, 그대 거룩한 눈길과 순간들이여. 내가 아직 다른 이름을 찾지 못했기 때문이다.

진실로, 그대들은 너무도 일찍 죽었다, 그대 도망자들이여. 그러나 그대들이 내게서 도망친 것도 아니고, 내가 그대들에게서 도망친 것도 아니다. 우리가 서로에게 신의 없었음은 우리의 잘못이 아니다.

그대 나의 희망을 노래하는 새들이여, 사람들이 나를 죽이려고 그대들의 목을 졸랐다! 그렇다, 그대 가장 사랑스러운 자들이여, 악의는 언제나 내 심장을 맞추려고 그대들을 향해 화살을 날렸다!

그리고 그 화살은 명중했다! 그대들은 언제나 나의 가장 소중한 것, 나의 소유, 나를 사로잡은 것이었다. 그 때문에 그대들은 젊어서 죽어야 했다. 너무나도 일찍!

사람들은 내가 소유한, 가장 상처받기 쉬운 것을 향해 화살을 날렸다. 그것은 바로 그대들, 피부가 솜털 같고 단 한 번의 눈길에도 사그라지는 미소 같은 그대들이었다!

그러나 나는 나의 적들에게 이렇게 말하려 한다. 그대들이 내게 저지른 짓에 비하면 사람의 목숨을 앗아 가는 것도 별것 아니다!

그대들은 내게 그 어떤 살인보다도 더 몹쓸 짓을 저질렀다. 그대들은 내게서 다시는 되찾을 수 없는 것을 빼앗아 갔다. 나의 적들이여, 나는 그대들에게 이렇게 말한다!

그대들은 내 청춘의 환상과 더없이 사랑스러운 경이를 살해했다! 그대들은 내게서 내 벗들, 더없이 행복한 정령들을 빼앗아 갔다! 나는 그들을 추모하기 위해 이 화환과 저주의 말을 여기 내려놓는다.

나의 적들이여, 그대들을 향한 이 저주의 말을! 추운 밤이 오지그릇을 산산이 깨뜨리듯, 그대들은 나의 영원을 동강내었다! 영원은 간신히 거룩한 눈의 섬광으로 내게 다가왔을 뿐이었다. 순간으로!

일찍이 행복했던 시절에 나의 순결은 이렇게 말했다. 「모든 존재가 내게는 성스러우리라.」

그때 그대들은 추악한 유령들을 거느리고 나를 습격했다.

아, 그 행복했던 시절은 어디로 사라졌는가?

「내게는 하루하루가 전부 신성하리라.」일찍이 내 청춘의 지혜는 이렇게 말했다. 진실로, 기쁨에 넘치는 지혜의 말이었다!

그러나 그때 그대 적들은 나의 밤들을 훔쳐 내어 잠 못 이루는 고통에게 팔아넘겼다. 아, 그 기쁨에 넘치던 지혜는 어디로 사라졌는가?

일찍이 나는 길조의 징후를 갈망했다. 그때 그대들은 올빼미라는 괴물, 흉조를 보내 내 앞길을 가로막았다. 아, 나의 다정다감한 갈망은 어디로 사라졌는가?

나는 일찍이 모든 혐오스러운 것을 뿌리치기로 맹세했다. 그때 그대들은 나의 가까운 이들과 아주 가까운 이들을 고름 주머니로 변화시켰다. 아, 나의 더없이 고귀한 맹세는 어디로 사라졌는가?

나는 일찍이 장님으로서 더없이 행복한 길을 갔다. 그때 그대들은 장님이 가는 길에 오물을 던졌다. 그래서 나는 예전에 장님으로서 걸었던 길에 혐오감을 느꼈다.

그리고 내가 더없이 어려운 일을 성취하고 그 승리를 축하했을 때, 그대들은 나를 사랑한 이들을 부추겨 내가 그들을 몹시 괴롭힌다고 외치게 했다.

진실로, 그것은 항상 그대들의 소행이었다. 그대들은 나의 가장 달콤한 꿀과 가장 뛰어난 꿀벌들의 노고를 망쳤다.

그대들은 항상 뻔뻔하기 짝이 없는 걸인들을 보내어 내 자선을 구하도록 했다. 그대들은 항상 구제 불능으로 파렴치한 자들을 몰아세워 내 동정심을 구걸하게 했다. 그대들은 이렇게 그들의 신뢰를 내세워 나의 덕에 상처를 입혔다.

그리고 내가 나의 더없이 신성한 것을 제물로 내놓았을 때, 그대들의 〈경건함〉은 더욱 기름진 공물을 얼른 그 옆에 내려놓았다. 그래서 나의 더없이 신성한 제물은 그대들의 기름기가 내뿜는 증기에 질식해 버렸다.

일찍이 나는 그때까지 추어 보지 못한 새로운 춤을 추려 했다. 나는 온 하늘을 넘어 춤추려 했다. 그때 그대들은 나의 가장 소중한 가수를 꼬드겼다.

그러자 그 가수는 귀가 먹먹하게 소름 끼치는 노래를 불러 댔다. 아, 그는 음산한 뿔피리처럼 내 귀를 울렸다!

살인적인 가수여, 악의의 도구여, 더없이 순진한 자여! 나는 이미 최상의 춤을 출 준비를 하고 있었다. 그때 그대는 그대의 음조로 나의 황홀경을 말살했다!

나는 오로지 춤을 출 때에만 최상의 일들을 비유로 말할 수 있다. 이제 나의 최상의 비유는 말로 표현되지 못한 채 나의 사지에 그대로 남게 되었다.

최고의 희망은 말로 표현되지도 못하고 이루어지지도 못한 채 그대로 내게 남았다! 그리고 내 청춘의 모든 환영과 위로는 죽었다!

내가 그것을 어떻게 견뎌 냈을까? 내가 그런 상처를 어떻게 이겨 내고 극복했을까? 나의 영혼이 그 무덤들로부터 어떻게 되살아났을까?

그렇다, 내게는 상처 입힐 수 없고 땅에 묻어 버릴 수 없는 것, 바위를 폭파시킬 수 있는 것이 있다. 그것은 나의 의지라 불린다. 나의 의지는 세월이 흘러도 변하지 않고 묵묵히 걸음을 옮긴다.

나의 해묵은 의지는 나의 발로 길을 가려 한다. 나의 의지는 굳세며 절대로 상처 입지 않는다.

나는 발뒤꿈치만은 상처 입지 않는다. 참으로 참을성 많은 자여, 그대는 여전히 살아 있고 그 무엇에도 변함이 없다! 언제나 그대는 온갖 무덤들을 뚫고 나왔다!

내 청춘의 구원받지 못한 것도 그대 안에 아직 살아 있다.

그대는 삶과 청춘으로서 희망을 품고 여기 누런 무덤의 폐허 위에 앉아 있다.

그렇다, 그대는 여전히 내게 온갖 무덤들을 파괴하는 자이다. 그대 나의 의지여, 성공을 빈다! 무덤들이 있어야 부활도 있는 법이다.

차라투스트라는 이렇게 노래했다.

자기 극복에 대하여

그대 최고의 현자들이여, 그대들은 그대들을 몰아세우고 열렬히 불타오르게 하는 것을 〈진리에의 의지〉라고 부르는가?

모든 존재하는 것을 사유하려는 의지. 나는 그대들의 의지를 이렇게 부른다.

그대들은 먼저 모든 존재하는 것을 사유할 수 있는 것으로 만들려 한다. 그것들이 과연 사유 가능한 것인지 마땅히 불신하고 의심하기 때문이다.

그러나 그것들은 그대들에게 순응하고 굴복해야 한다! 그대들의 의지는 그렇게 되기를 바란다. 모든 존재하는 것은 매끄러워져서 정신을 비추는 거울과 반영이 되어 정신에게 복종해야 한다.

그대 최고의 현자들이여, 그것은 힘에의 의지로서 그대들의 모든 의지다. 그대들이 선과 악, 가치 평가에 대해 이러쿵 저러쿵 말할 때조차 그렇다.

그대들은 그대들이 무릎 꿇을 수 있는 세계를 창조하려 한다. 그것이 그대들의 최후의 희망이고 도취이다.

물론 현명하지 못한 자들, 군중은 나룻배 한 척이 이리저리 떠다니는 강물과도 같다. 나룻배 안에는 가면을 뒤집어쓴 가치 평가들이 엄숙하게 앉아 있다.

그대들은 그대들의 의지와 가치를 생성의 강물에 띄웠다. 군중이 선과 악이라고 믿는 것은 힘에의 낡은 의지를 드러낸다.

그대 최고의 현자들이여, 그 나룻배에 이 손님들을 태우고서 화려하게 꾸며 주고 자랑스러운 이름을 붙여 준 것은 바로 그대들이었다. 그대들과 그대들의 지배하려는 의지였다!

이제 강물은 그대들의 나룻배를 계속 실어 나른다. 강물은 그것을 실어 날라야만 한다. 파도가 거품을 일으키며 부서져 거세게 용골을 때려도 상관없다!

그대 최고의 현자들이여, 강물은 그대들에게 위협도 아니고 그대들의 선과 악의 종말도 아니다. 오히려 강물은 의지 그 자체, 힘에의 의지, 지칠 줄 모르고 생성하는 삶의 의지이다.

그러나 나는 그대들에게 선과 악에 대한 나의 말을 이해시키기 위해서 삶과 살아 있는 모든 것들의 본성에 관해 이야기하려 한다.

나는 살아 있는 것을 뒤쫓았다. 그 본성을 인식하기 위해 가장 큰 길도 가보고 가장 작은 길도 가보았다.

그것이 입을 다물고 있으면, 나는 백 배로 크게 확대해 주는 거울로 그 시선을 붙잡았다. 그 눈이 내게 말을 하도록. 그러면 그 눈은 내게 말했다.

그러나 내가 살아 있는 것을 찾아냈다 하면 순종에 대한 말도 들렸다. 모든 살아 있는 것은 순종하는 것이다.

그리고 두 번째로는 이런 말이 들렸다. 스스로에게 순종하지 못하는 자는 타인의 명령을 받는다. 이것이 살아 있는 것의 본성이다.

그러나 나는 세 번째로 이런 말도 들었다. 명령하는 것이 순종하는 것보다 더 어렵다. 명령하는 자가 모든 순종하는 자들의 짐을 떠맡는 데다가 쉽사리 그 짐에 짓눌릴 수 있기 때문만은 아니다.

모든 것에서 명령은 시도와 모험으로 보였다. 그리고 살아 있는 것은 명령할 때마다 스스로 모험을 하는 것이다.

그렇다, 그것은 스스로에게 명령을 내릴 때조차 그 명령에 대한 대가를 치러야 한다. 자신의 율법에 대한 재판관이 되고 응징자가 되고 희생자가 되어야 한다.

어째서 이런 일이 일어날까! 나는 나 자신에게 물었다. 살아 있는 것이 순종하고 명령하고 또 명령하면서 순종하도록 설득하는 것은 무엇일까?

그대 최고의 현자들이여, 나의 말을 들어라! 내가 삶의 심장 속으로, 심장의 뿌리까지 깊숙이 파고들었는지 진지하게 살펴보아라!

나는 살아 있는 것을 발견한 곳에서 힘에의 의지를 발견했다. 그리고 섬기는 자의 의지 속에서도 주인이 되려는 의지를 발견했다.

더 약한 자의 주인이 되려 하는 약자의 의지는 약자가 강자를 섬겨야 한다고 약자를 설득한다. 약자도 이 기쁨만은 포기하기 어렵다.

작은 자가 가장 작은 자에게 힘을 휘두르는 기쁨을 맛보기 위해 더 큰 자에게 헌신하듯이, 가장 큰 자도 힘을 위해 헌신하고 목숨을 건다.

모험과 위험, 죽음을 건 주사위 놀이가 가장 큰 자의 헌신이다.

희생과 봉사와 사랑의 눈길이 있는 곳에는 주인이 되려는 의지도 있다. 약한 자는 비밀 통로를 통해 강한 자의 성 안으로, 심장 속으로 숨어들어 힘을 훔친다.

삶이 직접 내게 이런 비밀을 알려 주었다. 「보라.」 삶은 말했다. 「나의 본성은 언제나 자신을 극복해야 하는 것이다.

물론 그대들은 그것을 생성의 의지 아니면 목적을 향한 충동, 보다 높은 것, 보다 먼 것, 보다 다양한 것을 향한 충동이라 부른다. 그러나 이 모든 것은 결국 하나이며 하나의 비밀이다.

나는 이 하나를 포기하기보다는 차라리 몰락하려 한다. 그리고 보라, 진실로 몰락하는 곳, 잎이 떨어지는 곳에서 삶은 스스로를 희생한다, 힘을 위해!

나는 투쟁이고 생성이고 목적이고 목적의 반박이어야 한다. 아, 나의 의지를 헤아리는 자는 나의 의지가 어떤 굽은 길을 가야 하는지도 충분히 헤아리리라!

나는 무엇을 창조하든, 그리고 그것을 얼마나 사랑하든, 곧 그것과 그것을 향한 나의 사랑의 반대자여야 한다. 나의 의지는 그것을 원한다.

그리고 인식하는 자여, 그대도 내 의지가 가는 길이고 발자취에 지나지 않는다. 진실로, 힘을 향한 내 의지는 진리를 향한 그대의 의지의 발로도 걷는다!

〈생존에의 의지〉라는 말로 진리의 과녁을 맞히려 한 자는 물론 진리를 맞히지 못했다. 그런 의지는 존재하지 않는다!

존재하지 않는 것이 어떻게 원할 수 있으며, 이미 생존하고 있는 것이 어떻게 생존하기를 원할 수 있겠는가!

오로지 삶이 있는 곳에 의지도 있다. 그러나 그것은 삶에의 의지가 아니라 힘에의 의지다! 나는 그대에게 이렇게 가르친다.

살아 있는 자는 많은 것들을 삶 자체보다 더 높이 평가한다. 그러나 그런 평가에서조차 힘에의 의지가 자신을 표현한다!」

삶은 일찍이 내게 이렇게 가르쳤다. 그대 최고의 현자들이여, 나는 이 가르침을 통해 그대들 마음의 수수께끼를 풀어 주려 한다.

진실로, 나는 그대들에게 말한다. 영원히 변치 않는 선과 악은 존재하지 않는다! 선과 악은 자진해서 끊임없이 자신을 극복해야 한다.

그대 가치를 평가하는 자들이여, 그대들은 그대들의 선악에 대한 가치와 말로써 폭력을 행사한다. 이것이 그대들의 숨겨진 사랑이며, 그대들 영혼의 광채이고 전율이고 분출이다.

그러나 그대들의 가치에서 더 큰 폭력과 새로운 극복이 자라난다. 그래서 알과 알 껍질이 깨어진다.

선과 악의 창조자가 되어야 하는 자는 먼저 파괴자가 되어 가치들을 깨부숴야 한다.

최고의 악은 이렇게 최고의 선에 속한다. 그러나 최고의 선은 창조적인 선이다.

그대 최고의 현자들이여, 이런 말을 하는 것이 나쁘더라도 우리는 말해야 한다. 침묵을 지키는 것은 더욱 나쁘다. 모든 침묵된 진리는 독이 된다.

깨부술 수 있는 진리는 모조리 깨부숴야 한다!

우리는 아직도 지어야 할 집이 많다!

차라투스트라는 이렇게 말했다.

숭고한 자들에 대하여

나의 바다 밑은 고요하다. 그곳이 익살맞은 괴물들을 숨기고 있는 것을 누가 짐작이나 하겠는가!

나의 심연은 요지부동이다. 그러나 그것은 이리저리 떠다니는 수수께끼들과 웃음소리로 반짝인다.

오늘 나는 숭고한 자, 엄숙한 자, 정신의 참회자를 보았다. 오, 나의 영혼은 그의 추악함을 보고 얼마나 웃었던가!

그 숭고한 자는 숨을 가득 들이마시는 사람처럼 가슴을 한껏 내밀고 말없이 서 있었다.

그는 사냥에서 포획한 추한 진리들을 주렁주렁 매달고 갈가리 찢긴 옷들을 덕지덕지 걸치고 있었다. 그리고 몸에는 가시들도 많이 붙어 있었다. 그러나 장미꽃은 하나도 보이지 않았다.

그는 웃음이 무엇이고, 아름다움이 무엇인지 아직 배우지 못했다. 그 사냥꾼은 인식의 숲에서 음울한 표정으로 돌아왔다.

그는 사나운 짐승들과의 싸움에서 집으로 돌아왔지만, 그의 진지한 표정에서는 여전히 사나운 짐승의 모습이 엿보인다. 아직 극복되지 않은 짐승이!

그는 여전히 덤벼들려는 호랑이처럼 서 있다. 그러나 나는 그런 긴장한 영혼들을 좋아하지 않는다. 내 취향은 그처럼 뒤로 물러난 자들을 싫어한다.

벗들이여, 그대들은 취향과 미각에 대해 왈가왈부할 수 없다고 말하는가? 그러나 모든 삶은 취향과 미각을 둘러싼 싸움이다.

취향, 그것은 저울추인 동시에 저울판이고 저울질하는 자이다. 저울추와 저울판과 저울질하는 자들을 둘러싼 싸움 없이 살기를 원하는 자들은 모두 후회하리라!

이 숭고한 자가 자신의 숭고함에 싫증을 느끼게 되면, 그때 비로소 그의 아름다움이 고개를 내밀 것이다. 그때 비로소 나는 그를 맛보고 그가 얼마나 맛 좋은지 알아내려 한다.

그가 자신에게 등을 돌려야 비로소 자신의 그림자를 뛰어넘을 것이다. 그리고 진실로, 자신의 태양을 향해 뛰어들 것이다.

그는 너무 오랫동안 그림자 속에 앉아 있었다. 그 정신의 참회자는 볼이 창백해졌고, 기다림에 지쳐 거의 굶어 죽을 지경에 이르렀다.

그의 눈 속에는 아직 경멸이 어려 있고, 그의 입가에는 혐오감이 서려 있다. 그가 지금 휴식을 취하고는 있지만, 아직까지 햇볕에서 휴식을 취한 적은 없다.

그는 황소처럼 움직여야 하고, 그의 행복은 지상을 경멸하는 냄새가 아니라 지상의 냄새를 풍겨야 할 것이다.

나는 그가 하얀 황소가 되어 숨을 씩씩거리고 울부짖으며 쟁기를 끄는 모습을 보고 싶다. 그의 울부짖음은 모든 지상적인 것을 찬미해야 할 것이다!

그의 얼굴은 아직도 어둡다. 손의 그림자가 얼굴에 어른거리고, 눈빛은 여전히 그늘져 있다.

그의 행동 자체가 아직도 그를 덮고 있는 그림자이다. 손이 행동하는 자를 어둡게 한다. 그는 아직도 자신의 행위를 극복하지 못했다.

나는 그의 황소의 목덜미를 사랑한다. 그러나 이제는 그에게서 천사의 눈도 보려 한다.

그는 이제 자신의 영웅적인 의지도 잊어야 한다. 그는 단순히 숭고한 자가 아니라 드높아진 자여야 한다. 창공이 직접 그를 드높여야 할 것이다, 그 의지 없는 자를!

그는 괴물들을 길들였고 수수께끼들을 풀었다. 그러나 앞으로는 자신의 괴물들과 수수께끼들도 구해서 천상의 아이들로 변화시켜야 할 것이다.

그의 인식은 아직 미소 지을 줄도 모르고 질투심을 떨쳐버릴 줄도 모른다. 그의 흘러넘치는 정열은 아직 아름다움 속에서 진정되지 않았다.

진실로, 그의 욕구는 포만 속에서가 아니라 아름다움 속에서 침묵하고 침잠해야 한다! 우아함은 위대한 사상을 지닌 자들의 관대함에 속한다.

영웅은 팔을 머리 위에 올려놓은 채 휴식을 취해야 할 것이다. 또한 영웅은 그렇게 휴식도 극복해야 할 것이다.

그러나 하필이면 영웅에게는 아름다움이 모든 일 중에서 가장 어려운 것이다. 아름다움은 격렬한 의지로 얻을 수 있는 것이 아니다.

조금 넘치거나 조금 모자라는 것. 바로 이것이 아름다움에 있어서는 많은 것이고, 가장 많은 것이다.

근육의 긴장과 의지의 고삐를 풀고 서 있는 것. 이것이 그대들 모두에게는 가장 어려운 일이다, 그대 숭고한 자들이여!

힘이 자비로워져서 눈에 보이는 곳으로 내려오면, 나는 그러한 하강을 아름다움이라 부른다.

그대 권력을 쥔 자여, 나는 그대 말고는 그 누구에게도 아름다움을 바라지 않는다. 그대의 관용은 그대 최후의 자기극복이어야 한다.

나는 그대가 모든 악을 저지를 수 있다고 믿는다. 그래서 그대에게서 선을 요구하는 것이다.

진실로, 손이 마비된 탓에 스스로 선하다고 믿는 나약한 자들을 나는 자주 비웃었다!

그대는 원주(圓柱)의 덕을 본받아야 한다. 원주는 높이 올라갈수록 더 섬세하고 아름다워지지만, 그 내부는 더욱 단단하고 견고해진다.

그렇다, 그대 숭고한 자여, 그대도 언젠가는 아름다워져서 그대 자신의 아름다움을 거울에 비춰 봐야 한다.

그러면 그대의 영혼은 성스러운 욕망에 전율하리라. 그리고 그대의 허영심에도 숭배하는 마음이 깃들리라!

영웅이 영혼을 버린 후에야 비로소 영웅을 넘어서는 영웅이 꿈속에서 영혼에게 다가간다. 이것이 바로 영혼의 비밀이다.

차라투스트라는 이렇게 말했다.

교양의 나라에 대하여

나는 미래 속으로 너무 멀리 날아갔다. 순간 공포심이 나를 덮쳤다.

주위를 둘러보았을 때, 보라! 시간만이 나와 같은 시대에서 온 유일한 동료였다.

그때 나는 몸을 돌려 도망쳤다. 고향을 향해, 점점 더 속도를 내었다. 그대 현대인들이여, 그렇게 나는 그대들에게로, 교양의 나라로 돌아왔다.

처음으로 나는 그대들을 위한 눈과 선의의 열망을 가지고 왔다. 진실로, 나는 마음속에 동경을 품고 왔다.

그런데 어떻게 되었는가? 나는 몹시 불안했는데도 도저히 웃지 않을 수 없었다! 내 눈은 그렇듯 알록달록한 것을 생전 처음 보았다.

발도 마음도 여전히 벌벌 떨고 있는 동안 나는 웃고 또 웃었다. 「이곳이야말로 온갖 물감통의 고향이구나!」 나는 말했다.

그대 현대인들이여, 그대들은 놀랍게도 얼굴과 몸뚱이 오십 군데에 얼룩덜룩 색칠을 하고 앉아 있었다!

그리고 그대들의 색깔 놀이를 더욱 부추기고 흉내 내는 오십 개의 거울에 둘러싸여 있었다.

진실로, 그대들은 그대들의 원래 얼굴보다 결코 더 나은 가면을 쓸 수는 없을 것이다, 그대 현대인들이여! 누가 그대들을 알아볼 수 있겠는가!

그대들은 온몸에 과거의 부호들을 잔뜩 써놓고, 그 부호들 위에 다시 새로운 부호들을 덧칠했다. 이렇게 그대들은 부호를 해독하는 이들을 피해 잘도 숨어 있었다!

콩팥을 검사하는 자라 한들 그대들에게 콩팥이 있다는 것을 어떻게 믿겠는가? 그대들은 아교로 붙인 종잇조각들과 그림물감으로 구워진 듯 보인다.

그대들의 베일에서 온갖 시대와 민족들이 알록달록 내비친다. 그대들의 몸짓에서 온갖 관습과 신앙이 알록달록 말한다.

그대들에게서 베일과 겉옷, 물감과 몸짓을 벗겨 내고 나면, 그 남은 것은 겨우 새들이나 놀라게 할 것이다.

진실로, 나 자신도 언젠가 색을 칠하지 않은 벌거벗은 그대들의 모습을 보고 놀란 새였다. 그 해골이 내게 추파를 던졌고, 나는 멀리 날아 도망쳤다.

나는 차라리 저승에서, 과거의 망령들 옆에서 날품팔이가 되려 했다! 저승의 망령들도 그대들보다는 더 통통하고 더 풍성할 것이다!

그대 현대인들이여, 그대들이 벌거벗었든 옷을 입고 있든 내가 그대들을 참아 내지 못한다는 것이야말로 내 내장에게는 쓰라린 아픔이다.

그대들의 〈현실〉보다는 차라리 미래의 모든 무시무시한 것들, 길 잃은 새들을 몸서리치게 했던 것들이 진실로 더 은밀하고 친밀하다.

그대들이 이렇게 말하기 때문이다. 「우리는 완전히 현실적이다. 우리에게는 신앙도 없고 미신도 없다.」 그대들은 이렇게 가슴을 내밀며 으스댄다. 아, 내밀 가슴도 없으면서!

그렇다, 그대 얼룩덜룩한 자들이여, 그대들이 어떻게 신앙을 가질 수 있겠는가! 그대들은 사람들이 예로부터 믿었던 모든 신앙들을 보여 주는 그림이다.

그대들은 신앙의 걸어다니는 반박이며 모든 사상의 분쇄기이다. 그대 현실주의자들이여, 나는 그대들을 믿지 못할 자들이라 부른다!

모든 시대가 그대들의 정신 속에서 서로 다투며 떠들어 댄다. 모든 시대의 꿈과 수다가 그대들의 깨어 있음보다 더 현실적이었다!

그대들은 열매 맺지 못하는 자들이다. 그 때문에 그대들에게는 신앙이 없다. 그러나 창조의 운명을 타고난 자들은 언제나 자기만의 진실한 꿈과 별자리를 지니고 있었으며 신앙을 믿었다!

그대들은 무덤 파는 자들이 기다리고 있는 반쯤 열린 문이다. 〈모든 것은 멸망할 가치가 있다.〉 이것이 그대들의 현실이다.

아, 그대들은 어떤 모습으로 내 앞에 서 있는가, 그대 열매 맺지 못하는 자들이여! 그대들의 갈비뼈는 참으로 앙상하구나! 그대들 가운데는 이것을 잘 알고 있는 자들도 더러 있었다.

그들은 말했다. 「내가 잠들었을 때, 신이 내게서 뭔가를 몰래 빼내 가지 않았을까? 진실로, 여자 하나 만들 수 있을 만큼! 기이하게도 내 갈비뼈가 참 초라하구나!」 많은 현대인들이 이렇게 말했다.

그렇다, 그대 현대인들이여, 그대들은 내게 웃음거리다! 특히 그대들이 스스로에게 놀라는 모습은 더욱 그렇다!

내가 그대들의 놀라는 모습을 비웃지 못하고 그대들의 주발에 담긴 모든 역겨운 것들을 마셔야 한다면, 얼마나 비통하겠는가!

그러나 나는 더 무거운 짐을 짊어져야 하기에 그대들은 가

159

볍게 넘기려 한다. 딱정벌레나 날벌레가 내 짐 보따리에 내려 앉은들 무슨 대수겠는가!

진실로, 그런 것들 때문에 내 짐이 더 무거워지기야 하겠는가! 그리고 그대 현대인들이여, 나를 몹시 피곤하게 하는 것은 그대들이 아니다.

아, 나는 이제 이런 동경을 품고 어디로 더 올라가야 하는가? 나는 모든 산봉우리에서 아버지의 나라와 어머니의 나라를 찾아 두리번거린다.

그러나 나는 어디에서도 고향을 찾지 못했다. 나는 그 어떤 도시에서도 마음을 붙이지 못하고 늘 떠나곤 한다.

최근에 내 마음을 끌었던 현대인들은 생소한 이방인이고 조롱거리일 뿐이다. 나는 아버지의 나라와 어머니의 나라에서 추방되었다.

나는 이제 오로지 내 아이들의 나라만을, 머나먼 바닷속에 숨겨져 있는 나라만을 사랑한다. 나는 그것을 찾고 또 찾으라고 나의 배들에게 명령한다.

내가 내 조상들의 자손이라는 것을 내 아이들에게서 보상하려 한다. 그리고 모든 미래에서 이 현재를 보상하려 한다!

차라투스트라는 이렇게 말했다.

때 묻지 않은 인식에 대하여

어제 달이 떠올랐을 때, 나는 달이 태양을 낳으려는 줄 착각했다. 달이 그만큼 불룩하게 배불러 지평선에 누워 있었다.

그러나 달은 임신한 척 나를 속였다. 나는 달이 여자라기 보다는 남자라고 믿고 싶다.

물론 소심하게 밤을 쫓아다니는 달은 별로 남자답지 못하다. 진실로, 그는 양심의 가책에 시달리며 지붕 위를 돌아다닌다.

달 속의 수도사는 음탕하고 질투심이 많기 때문이다. 그는 지상을 탐하고 사랑하는 이들의 온갖 기쁨을 탐한다.

아니, 나는 그를, 지붕 위의 그 수고양이를 좋아하지 않는다! 나는 반쯤 닫힌 창가를 어슬렁거리는 것들은 모조리 역겹다!

그는 경건한 척 말없이 별들의 양탄자 위를 돌아다닌다. 그러나 나는 박차 소리도 내지 않고 살금살금 걸어다니는 남자들의 발은 모조리 싫다.

모든 정직한 자들의 발걸음은 말을 한다. 그러나 고양이는 슬그머니 바닥을 넘어간다. 보라, 달은 고양이처럼 정직하지 못하게 다가온다.

나는 그대 감상적인 위선자들에게, 그대 〈순수하게 인식하는 자들에게〉 이 비유를 들려준다! 나는 그대들을 음탕한 자들이라고 부른다!

그대들도 지상과 현세적인 것을 사랑한다. 나는 그대들을 잘 알고 있다! 그러나 그대들의 사랑 속에는 수치심과 양심의 가책이 깃들어 있다. 그대들은 달을 닮았다!

그대들의 정신은 현세적인 것을 경멸하라는 설득에 넘어갔지만, 그대들의 내장은 그 설득에 넘어가지 않았다. 내장이야말로 그대들의 가장 강한 부분이다!

이제 그대들의 정신은 내장의 뜻에 따르는 것을 수치스럽게 여기고, 그 수치심을 피하기 위해 뒷길과 거짓의 길을 걷는다.

그대들의 위선적인 정신은 스스로에게 이렇게 말한다. 「개처럼 혓바닥을 늘어뜨리지 않고서 욕심 없이 삶을 관조하는 것이야말로 내게는 더없이 최고의 것이리라.

의지를 죽이고 이기심의 술수와 탐욕에서 벗어나 관조하며 행복에 잠기는 것. 온몸은 차갑게 잿빛이지만 멍하니 도취한 눈빛으로!」

유혹당한 자는 이렇게 스스로를 유혹한다. 「지상을 달이 사랑하듯 사랑하고 지상의 아름다움을 오직 눈으로만 더듬는 것이 내게는 더없이 사랑스러우리라.

나는 오로지 백 개의 눈을 가진 거울처럼 사물들을 비출 뿐 사물들에게 아무것도 원하지 않는 것을 만물의 때 묻지 않은 인식이라고 부른다.」

오, 그대 감상적인 위선자들이여, 그대 음탕한 자들이여! 그대들의 욕망에는 순결함이 결핍되어 있다. 그래서 그대들은 욕망을 비방하는 것이다!

진실로, 그대들은 창조하는 자, 생산하는 자, 생성을 기뻐하는 자로서 지상을 사랑하는 것이 아니다!

순결함은 어디에 있는가? 생산에의 의지가 있는 곳에 있다. 그리고 스스로를 넘어서 창조하고자 하는 자야말로 내게는 가장 순수한 의지의 소유자이다.

아름다움은 어디에 있는가? 내가 모든 의지로 원해야 하는 곳에. 형상이 다만 형상으로 그치지 않도록, 내가 사랑하고 몰락하고자 하는 곳에.

사랑하는 것과 몰락하는 것은 먼 옛날부터 서로 짝을 이룬다. 사랑에의 의지, 이것은 또한 기꺼이 죽음을 원한다. 나는 그대 겁쟁이들에게 이렇게 말한다!

그러나 그대들의 거세된 곁눈질은 〈관조〉라 불린다. 그리고 그대들은 비겁한 눈길로 더듬을 수 있는 것이 〈아름다움〉

이라 불리길 원한다. 오, 그대 고귀한 이름을 더럽히는 자들이여!

그러나 그대 때 묻지 않은 자들이여, 그대 순수하게 인식하는 자들이여! 그대들이 아무리 불룩하게 배불러 지평선에 누워 있을지라도 결코 출산하지 못하리라는 것은 그대들이 받은 저주이리라!

진실로, 그대들은 고귀한 말로 입을 가득 채운다. 그렇다고 우리가 그대들의 마음도 충만하다고 믿어야 하는가, 그대 거짓말쟁이들이여?

그러나 나의 말은 미미하고 뒤틀리고 경멸받는 말이다. 나는 그대들의 식사 시간에 식탁 아래로 떨어지는 부스러기들을 기꺼이 받는다.

나는 그 부스러기들만 가지고도 위선자들에게 얼마든지 진리를 말할 수 있다! 그렇다, 내가 받은 생선 뼈, 조개껍질, 가시 돋친 잎사귀가 위선자들의 코를 간질여 주리라!

그대들과 그대들의 음식 주위에는 언제나 혼탁한 공기가 감돌고 있다. 그대들의 음탕한 생각, 그대들의 거짓말과 비밀이 공기에 배어 있기 때문이다!

먼저 과감하게 그대 자신을 믿어라. 그대들 자신과 그대들의 내장을! 자신을 믿지 못하는 자는 언제나 거짓말하기 마련이다.

그대들은 신의 가면을 쓰고 있다, 그대 〈순수한 자들〉이여. 신의 가면 속으로 그대들의 소름 끼치는 환형동물이 기어 들어갔다.

진실로, 그대 〈관조자들〉이여, 그대들은 기만하고 있다! 차라투스트라도 한때 그대들의 신적인 껍질에 우롱당했다. 그는 껍질 속에 똬리를 틀고 있는 뱀은 알아채지 못했다.

그대 순수하게 인식하는 자들이여, 나는 한때 그대들의 유희 속에서 신의 영혼이 유희하는 걸 본다고 착각했다! 나는 한때 그대들의 재주보다 더 훌륭한 재주는 없다고 착각했다!

나는 멀리 떨어져 있었던 탓에, 뱀의 오물과 고약한 냄새를 알아차리지 못했고 도마뱀의 간계가 탐욕스럽게 그곳을 기어다니는 것도 몰랐다.

그러나 나는 그대들에게 가까이 다가갔다. 그때 내게 날이 밝아 왔다. 그리고 이제 그대들에게도 날이 밝아 오고 있다. 달의 정사는 끝난 것이다!

자, 보라! 탄로된 달이 창백하게 떠 있지 않은가. 아침노을 앞에!

이글거리는 태양이 벌써 솟아오르기 때문이다. 지상을 향한 태양의 사랑이 다가오기 때문이다! 모든 태양의 사랑은 순결함이고 창조자의 욕망이다!

자, 보라, 태양이 얼마나 조급하게 바다를 건너오는지! 그대들은 태양의 사랑의 갈증과 뜨거운 숨결을 느끼지 못하는가?

태양은 바다를 들이마셔서, 바다의 깊이를 자신의 높이까지 끌어 올리려 한다. 바다의 욕망은 천 개의 젖가슴으로 부풀어 오른다.

바다는 태양의 갈증이 자신에게 입 맞추고 들이마셔 주길 바란다. 바다는 대기가 되고 높은 곳이 되고 빛의 길이 되고 빛 자체가 되기를 바란다!

진실로, 나는 태양처럼 삶과 모든 깊은 바다를 사랑한다.

그리고 모든 깊은 것은 나의 높이까지 올라와야 한다! 이 것이 내게는 인식을 뜻한다.

차라투스트라는 이렇게 말했다.

학자들에 대하여

내가 잠들어 있었을 때, 양 한 마리가 내 머리의 아이비 화환을 먹어 치웠다. 양은 화환을 먹어 치우며 말했다. 「차라투스트라는 이제 학자가 아니다.」

양은 이렇게 말하고 의기양양하게 사라졌다. 나는 이 말을 어느 아이에게 들었다.

나는 여기 어린아이들이 놀고 있는 무너진 성벽 옆에서 엉겅퀴와 빨간 양귀비꽃 아래에 즐겨 누워 있다.

나는 아이들과 엉겅퀴와 빨간 양귀비꽃에게는 여전히 학자다. 그들은 순진무구하다. 심지어는 악의를 품고 있을 때조차도 그렇다.

그러나 나는 이제 양들에게는 학자가 아니다. 나의 운명이 그것을 원한다. 나의 운명에 축복이 있기를!

내가 학자들의 집에서 뛰쳐나온 것이 사실이기 때문이다. 게다가 나는 뛰쳐나오고 문을 쾅 닫아 버렸다.

나의 영혼은 너무나 오랫동안 그들의 식탁에 앉아 굶주렸다. 그들과는 달리, 나는 호두를 깨듯 인식을 깨우치는 훈련을 받지 못했다.

나는 자유를 사랑하고 상쾌한 대지 위를 감도는 공기를 사랑한다. 나는 학자들의 품위와 위엄 위에서 잠들기보다는 차라리 황소 가죽 위에서 잠들기를 원한다.

나는 나의 사상에 뜨겁게 그을려 화상을 입었다. 나는 종종 숨이 막히려 한다. 그래서 먼지 쌓인 방을 박차고 나가지 않을 수 없다.

그러나 학자들은 서늘한 그늘에서 서늘하게 앉아 있다. 그들은 매사에 구경꾼이려 하고, 햇빛이 계단을 내리쪼이는 곳에는 앉지 않으려고 조심한다.

길거리에 서서 지나가는 사람들을 입 벌리고 바라보는 자들처럼, 그들도 다른 이들이 생각해 낸 사상을 입 벌리고 바라보며 기다린다.

손으로 그들을 붙잡으면, 밀가루 포대처럼 본의 아니게 금세 뿌옇게 먼지가 인다. 그러나 그들의 먼지가 곡식에서, 여름 들판의 황금빛 환희에서 유래하는 것을 누가 짐작이나 하겠는가?

그들이 지혜로운 척 굴면, 나는 그들의 하찮은 잠언과 진리에 오싹 소름이 돋는다. 그들의 지혜는 마치 늪 속에서 나온 듯한 냄새를 조금 풍긴다. 진실로, 나는 그들의 지혜 속에서 개굴개굴 개구리 울음소리를 들은 적도 있다!

그들은 노련하고 그들의 손가락은 영리하다. 그들의 다양함 앞에서 나의 단순함이 뭘 하겠는가! 그들의 손가락은 실을 꿰고 매듭을 엮고 베를 짜는 데 모두 능숙하다. 그들은 이렇게 정신의 양말을 뜬다!

그들은 훌륭한 시계 장치다. 그들의 태엽을 적절히 감아 주기만 하면 된다! 그러면 그들은 한 치의 오차도 없이 정확하게 시간을 알리며 조심조심 소리를 낸다.

그들은 방아처럼, 절굿공이처럼 일한다. 그들에게 곡식알을 던져 넣기만 하면 된다! 그들은 이미 곡식을 잘게 빻아 뿌연 가루로 만드는 법을 알고 있다.

그들은 서로를 철저하게 감시하며 서로를 신뢰하지 않는다. 그들은 약삭빠르게 시시한 술책을 부리며 절름발이 지식을 가진 자들을 기다린다. 그들은 거미처럼 기다린다.

나는 그들이 항상 조심스럽게 독을 조제하는 것을 보았다. 그들은 그럴 때마다 항상 손가락에 유리로 만든 장갑을 꼈다.

또한 그들은 주사위로 사기도박을 하는 법도 알고 있다. 나는 그들이 땀을 뻘뻘 흘리며 참으로 열심히 도박한다고 생각했다.

우리는 서로에게 낯설며, 그들의 거짓이나 사기도박보다 그들의 덕이 내 취향에 훨씬 더 거슬린다.

나는 그들 곁에서 살고 있었을 때 그들 위에서 살았다. 그래서 그들은 내게 원한을 품었다.

그들은 누군가가 자신들 머리 위에서 걸어다니는 소리를 절대로 듣고 싶어 하지 않는다. 그래서 그들은 자신들의 머리와 나 사이에 나뭇조각과 흙과 오물을 쌓아 놓았다.

그들은 이렇게 내 발자국 소리를 잠재웠다. 그래서 가장 많이 배운 학자들이 지금까지 내 말을 가장 알아듣지 못했다.

그들은 모든 인간의 잘못과 약점을 자신들과 나 사이에 쌓아 놓았다. 그들은 그것을 자신들 집의 〈방음판〉이라 부른다.

그런데도 나는 나의 사상을 품고 그들의 머리 위를 걸어다닌다. 내가 나 자신의 잘못을 밟고 걸어다닐 때에도, 나는 그들 위에, 그들의 머리 위에 있을 것이다.

인간은 평등하지 않기 때문이다, 정의는 이렇게 말한다. 내가 바라는 것을 그들이 바라서는 안 된다!

차라투스트라는 이렇게 말했다.

시인들에 대하여

「내가 육체에 대해 잘 알게 된 후로, 정신은 내게 그저 정신처럼 보이는 것일 뿐이다.」차라투스트라는 한 제자에게 말

167

했다. 「〈불멸의 것〉, 그것들도 전부 비유에 지나지 않는다.」

「나는 이미 스승님이 그렇게 말씀하시는 것을 한 번 들은 적이 있습니다.」 제자는 대답했다. 「그때 스승님께서는 〈하지만 시인들이 거짓말을 너무 많이 한다〉라고 덧붙이셨습니다. 왜 시인들이 거짓말을 너무 많이 한다고 말씀하셨습니까?」

「왜냐고?」 차라투스트라는 말했다. 「지금 왜냐고 묻는가? 나는 왜냐는 질문을 받을 사람이 아니다.

나의 체험이 어제의 것이더냐? 내 견해의 근거를 체험한 것은 벌써 오래전의 일이다.

내가 모든 근거까지 간직하려 한다면 기억을 담아 두는 통이어야 하지 않겠는가?

내게는 견해들만 간직하는 것도 벅찬 일이다. 그래서 날아가 버린 새들도 적지 않다.

그리고 이따금 내 비둘기장으로 날아드는 짐승도 있다. 내가 손을 올려놓으면, 그 낯선 짐승은 몸을 부르르 떤다.

차라투스트라가 예전에 그대에게 뭐라 말했는가? 시인들이 거짓말을 너무 많이 한다고 했는가? 하지만 차라투스트라도 시인이다.

그대는 차라투스트라가 여기에서 진실을 말했다고 믿는가? 왜 그렇다고 믿는가?」

제자는 대답했다. 「나는 차라투스트라를 믿습니다.」 그러나 차라투스트라는 고개를 가로저으며 미소 지었다.

「믿음은 나를 행복하게 하지 못한다.」 그는 말했다. 「특히 나에 대한 믿음은 더욱 그렇다.

그러나 시인들이 거짓말을 너무 많이 한다고 누군가가 아주 진지하게 말했다면, 그 말이 옳다. 우리는 거짓말을 너무 많이 한다.

우리는 아는 것도 별로 없고 배우는 것도 서툴다. 그러니 거짓말을 할 수밖에 없는 것이다.

우리 시인들 중에서 포도주에 불순물을 섞지 않은 자가 어디 있겠는가? 우리의 지하실에서 이것저것 섞은 해로운 포도주들이 많이 주조되었으며, 말로 이루 형용할 수 없는 일들이 많이 벌어졌다.

우리는 아는 것이 별로 없기 때문에 정신이 가난한 자들을 진심으로 좋아한다. 특히 젊은 여자들의 경우에는 더욱 그렇다!

우리는 늙은 여인들이 저녁에 주고받는 이야기도 열망한다. 우리 스스로 그것을 우리의 〈영원히 여성적인 것〉이라고 부른다.

뭔가를 배우는 자들에게는 막혀 있는, 지식에 이르는 특별한 비밀 통로가 있는 듯, 우리는 군중과 군중의 〈지혜〉를 믿는다.

그러나 시인들은 모두 풀밭이나 쓸쓸한 산비탈에 누워서 귀를 쫑긋 세우면 하늘과 땅 사이에 존재하는 사물들을 경험할 수 있다고 믿는다.

그리고 시인들은 다감한 흥분에 휩싸이면, 자연이 자신을 연모한다고 생각한다.

자연이 슬며시 자신의 귀에 찾아와 은밀한 말과 사랑의 감언이설을 속삭인다고 생각한다. 그래서 하나같이 언젠가는 죽을 수밖에 없는 인간들 앞에서 그것을 뽐내고 으스댄다!

아, 하늘과 땅 사이에는 오직 시인들만이 꿈꿀 수 있는 일들이 아주 많이 있다!

특히 하늘 위에는 더욱 많이 있다. 모든 신들은 시인들의 비유이고 시인들의 궤변이기 때문이다.

진실로, 그것은 언제나 우리를 끌어 올린다. 구름의 나라로. 우리는 구름 위에 우리의 얼룩덜룩한 껍데기를 앉혀 놓고, 그것을 신이라 부르고 초인이라 부른다.

그들은 그야말로 그 의자에 앉을 만큼 가볍다! 그 모든 신들과 초인들은.

아, 나는 커다란 사건이라 일컬어지는 그 모든 하찮것없는 일들에 어떻게 진저리가 나는가! 아, 나는 시인들에게 어떻게 진저리가 나는가!」

차라투스트라가 이렇게 말했을 때, 그의 제자는 화가 났지만 침묵을 지켰다. 차라투스트라도 입을 다물었다. 그의 눈은 마치 머나먼 곳을 바라보듯 내면을 향해 있었다. 이윽고 그는 한숨을 쉬고 숨을 들이마셨다.

「나는 오늘과 과거의 사람이다.」차라투스트라는 말했다. 「그러나 내 안에는 내일과 모레와 미래의 것이 있다.

나는 옛 시인이든 새 시인이든 모조리 진저리가 났다. 그들은 모두 내게는 피상적인 존재들이고 얕은 바다다.

그들은 깊은 곳까지 충분히 생각하지 않았다. 그래서 그들의 감정은 밑바닥까지 가라앉지 않았다.

약간의 쾌락과 약간의 권태. 이것이 그들에게는 최선의 심사숙고였다.

내게는 그들의 하프 소리가 모두 유령이 숨 쉬는 소리나 스치고 지나가는 소리로 들린다. 그들이 선율의 열정에 대해 지금까지 무엇을 알겠는가! 그들은 또한 충분히 순수하지도 않다. 그들은 모두 자신의 물이 깊어 보이도록 일부러 흐려 놓는다.

그러면서 자신들이 화해시키는 자인 양 군다. 그러나 그들은 거간꾼, 간섭하는 자들이며 어중이떠중이들이고 불순한 자들이다!

아, 나는 그들의 바다에 그물을 던져서 싱싱한 물고기를 잡으려 했다. 그러나 번번이 늙은 신의 머리만을 건져 올렸다.

바다는 굶주린 자에게 그렇게 돌덩이를 주었다. 시인들 자신이 아마 바다 출신일 것이다.

물론 사람들은 그들 안에서 진주를 발견하기도 한다. 그들은 그만큼 딱딱한 조개를 닮았다. 나는 그들에게서 영혼 대신에 종종 소금기에 전 점액을 발견했다.

그들은 또한 바다에게서 허영심도 배웠다. 바다는 공작 중의 공작이 아닌가?

바다는 가장 흉물스러운 물소 앞에서도 꼬리를 펴 보인다. 바다는 은과 비단 레이스를 엮어 만든 제 부채에 결코 싫증을 내지 않는다.

물소는 고집스럽게 그것을 바라본다. 물소의 영혼은 모래에 가깝고, 그보다 덤불에 더 가깝고, 늪에 가장 가깝다.

아름다움과 바다와 공작의 장식이 물소와 무슨 상관이겠는가! 나는 이 비유를 시인들에게 말한다.

진실로, 시인들의 정신 자체가 공작 중의 공작이고 허영의 바다이다!

시인의 정신은 구경꾼을 원한다. 구경꾼이 비록 물소라 할지라도!

그러나 나는 시인의 정신에 진저리가 났다. 나는 그 정신이 자기 자신에게 진저리를 내는 때가 다가오는 것을 본다.

나는 이미 시인들이 변해서 자기 자신에게 거부의 시선을 던지는 것을 보았다.

나는 정신의 참회자들이 다가오는 것을 보았다. 그들은 시인들에게서 자라났다.」

차라투스트라는 이렇게 말했다.

큰 사건들에 대하여

차라투스트라의 지복(至福)의 섬들로부터 멀지 않은 바다 한가운데에 섬이 하나 있다. 그 섬의 화산은 끊임없이 연기를 뿜어낸다. 군중은 그 섬을 두고 말이 많은데, 특히 늙은 여인들은 그 섬이 저승문 앞에 바윗덩어리처럼 놓여 있다고 말한다. 화산을 아래로 관통하는 좁은 길이 저승문으로 이어진다는 것이다.

차라투스트라가 지복의 섬에 머물고 있었을 때, 산의 연기가 피어오르는 그 섬에 배 한 척이 닻을 내린 일이 있었다. 선원들은 토끼를 잡으려고 섬에 상륙했다. 정오 무렵 선장과 선원들이 다시 한자리에 모였을 때, 갑자기 한 남자가 공중을 가로질러 다가오는 모습이 보였다. 그리고 이렇게 말하는 목소리가 똑똑히 들렸다. 「때가 되었다! 때가 무르익었다!」 그러나 그 모습은 바짝 가까이 다가오는가 싶더니 어느새 순식간에 그림자처럼 화산이 있는 쪽으로 날아갔다. 그들은 그가 차라투스트라였다는 것을 깨닫고 크게 놀랐다. 선장을 제외한 나머지 모든 선원들은 이미 차라투스트라를 본 적이 있었으며, 군중이 사랑하듯 사랑 반 두려움 반으로 그를 사랑했기 때문이었다.

「보라! 저기 차라투스트라가 지옥으로 떨어진다!」 늙은 키잡이가 말했다.

그 뱃사람들이 화산섬에 상륙했을 즈음, 차라투스트라가 종적을 감추었다는 소문이 돌았다. 사람들은 그의 친구들에게 무슨 영문인지 물었고, 친구들은 차라투스트라가 어디로 간다는 말도 없이 한밤중에 배를 타고 떠났다고 말했다.

그래서 군중들 사이에 동요가 일었는데, 그러고 나서 사흘

만에 뱃사람들의 이야기까지 퍼졌다. 그러자 모두들 악마가 차라투스트라를 데려갔다고 말했다. 물론 차라투스트라의 제자들은 이 소문을 비웃었으며, 심지어는 이렇게 말한 제자도 있었다. 「그게 아니라 차라투스트라가 악마를 데려갔겠지.」 그러나 제자들의 영혼 깊숙한 곳에서는 하나같이 차라투스트라에 대한 근심과 그리움이 가득 차 있었다. 그런 만큼 닷새째 되는 날에 차라투스트라가 다시 모습을 나타냈을 때, 그들은 크게 기뻐했다.

차라투스트라는 불개와 대화를 주고받았다고 이야기했다.

「대지는 살갗으로 덮여 있고, 그 살갗은 여러 가지 병을 앓고 있다.」 차라투스트라는 말했다. 「예를 들어 그 병들 가운데 하나는 〈인간〉이라 불린다.

〈불개〉라고 불리는 또 다른 병도 있다. 이 불개를 놓고 인간들은 스스로 많이 속고 또 많이 속임을 당했다.

나는 그 비밀을 파헤치기 위해 바다를 건너갔다. 그리고 진실로 적나라한 진실을 보았다! 발끝에서 목덜미까지.

나는 이제 불개의 정체를 알고 있다. 그리고 분출해서 모조리 뒤엎어 버리는 모든 악마들의 정체에 대해서도 알고 있다. 늙은 여인들만 그런 악마들을 두려워하는 것이 아니다.

〈불개야, 너의 심연으로부터 나오너라!〉 나는 외쳤다. 〈그리고 그 심연이 얼마나 깊은지 실토하라! 네가 씩씩거리며 뿜어내는 것은 어디서 오는 것이냐?

너는 바닷물을 마음껏 들이마신다. 너의 짜디짠 웅변이 그것을 알려 준다! 너는 심연의 개인 주제에 표면으로부터 너무 많은 영양분을 섭취한다!

나는 너를 기껏해야 대지의 복화술사로 여긴다. 그리고 분출해서 모조리 뒤엎어 버리는 악마들의 이야기를 들을 때마다, 그들이 너처럼 짜고 위선적이고 천박하다고 생각했다.

너희들은 울부짖으며 재를 흩날려 어둡게 할 줄 안다! 너희들은 최고의 허풍쟁이이며, 진흙을 뜨겁게 끓어오르게 하는 기술도 충분히 터득했다.

너희들이 있는 곳 가까이에는 항상 진흙이 있어야 한다. 또 해면처럼 구멍 숭숭 뚫리고 속이 텅 비고 억지로 쑤셔 넣은 것이 많이 있어야 한다. 그것은 자유를 원한다.

너희들은 모두 무엇보다도 즐겨 《자유》라고 울부짖는다. 그러나 《큰 사건들》이 수많은 울부짖음과 연기에 에워싸이는 즉시 나는 그 사건에 대한 믿음을 잃어버렸다.

지옥의 소란이여, 나의 말을 믿어라! 가장 큰 사건들, 그것들은 우리의 가장 시끄러운 시간이 아니라 가장 조용한 시간이다.

세계는 새로운 소란을 만들어 내는 자들이 아니라 새로운 가치를 만들어 내는 자들을 중심으로 돈다. 세계는 소리 없이 돈다.

그러니 이제 자백하라! 너의 소란과 연기가 사라졌을 때마다 거의 아무 일도 일어나지 않았다는 것을. 도시가 미라로 변하고 입상이 진흙 속에 파묻힌다 한들 무슨 대수겠는가!

나는 입상을 뒤엎는 자들에게 이렇게 말한다. 소금을 바닷속에 던지고 입상을 진흙 속에 내동댕이치는 것이야말로 가장 어리석은 짓이다.

너희들의 경멸이라는 진흙 속에 입상은 쓰러져 있었다. 그러나 그 경멸 속에서 생명과 살아 있는 아름다움이 다시 자라나는 것이야말로 바로 입상의 법칙이다!

입상은 이제 더욱 성스러운 모습으로, 고뇌에 찬 매혹적인 모습으로 다시 일어선다! 진실로, 입상은 너희들이 자신을 뒤엎어 준 것에 고마워할 것이다, 너희 뒤엎는 자들이여!

그러나 나는 왕들과 교회들, 그리고 노쇠하여 덕이 미약해진 모든 것들에게 이렇게 충고한다. 그대들을 뒤엎게 만들어라! 그러면 그대들은 다시 생명을 얻고 덕이 그대들을 찾아오리라!〉

나는 불개 앞에서 이렇게 말했다. 그러자 불개는 무뚝뚝한 표정으로 내 말을 가로막고 물었다. 〈교회라고? 그것이 무엇이냐?〉

나는 대답했다. 〈교회가 무엇이냐고? 그것은 일종의 국가다. 그것도 가장 거짓된 국가다. 그러나 위선적인 개여, 너는 조용히 입 다물라! 네 부류에 대해서는 네가 누구보다도 잘 알지 않느냐!

국가는 너처럼 위선적인 개다. 국가는 너처럼 연기와 울부짖음으로 말하길 좋아한다. 또한 너처럼 자신이 사물의 뱃속에서 우러나오는 말을 하는 양 믿게 하려고 한다.

국가는 지상에서 전적으로 가장 중요한 짐승이려고 하기 때문이다. 그리고 사람들도 그렇게 믿고 있다.〉

내가 이렇게 말하자, 불개는 질투심을 이기지 못하고 미친 듯이 날뛰었다. 〈뭐라고?〉 불개는 외쳤다. 〈지상에서 가장 중요한 짐승이라고? 사람들도 그렇게 믿고 있다고?〉 불개의 목구멍에서 자욱한 증기와 소름 끼치는 비명 소리가 터져 나왔다. 나는 불개가 분노와 질투심에 못 이겨 숨이 넘어간다고 생각했다.

마침내 불개는 조용해졌고 헐떡거리던 숨도 진정되었다. 그러나 그가 조용해지자마자, 나는 껄껄 웃으며 말했다.

〈불개여, 너는 화를 내는구나. 그러니 너에 대한 내 판단이 옳았다!

내 말이 옳다는 증거로 다른 불개 이야기를 들어 보아라. 그 불개는 정말로 대지의 심장으로부터 말한다.

그 불개의 숨결은 황금과 황금의 비를 뿜어낸다. 그의 심장이 그것을 원한다. 그러니 재와 연기와 뜨거운 점액이 그에게 무슨 소용 있겠느냐!

그에게서 웃음이 오색구름처럼 나부낀다. 그는 너의 그르렁거리는 소리와 구토와 창자의 통증을 혐오한다!

그러나 황금과 웃음, 그는 그것을 대지의 심장으로부터 꺼낸다. 너도 알아 두어라, 대지의 심장은 황금으로 이루어져 있기 때문이다.〉

이 말을 들은 불개는 더 이상 내 이야기를 듣고 있을 수 없었다. 불개는 부끄러운 나머지 꼬리를 내리고 가느다란 소리로 멍멍 짖으며 제 굴속으로 기어 들어갔다.」

차라투스트라는 이렇게 이야기했다. 그러나 제자들은 그의 이야기에 거의 귀 기울이지 않았다. 뱃사람들과 토끼, 하늘을 날아다니는 남자에 대해 이야기하고 싶은 욕구가 너무 강렬했기 때문이다.

「그 일을 어떻게 생각하란 말이냐!」 차라투스트라는 말했다. 「내가 유령이라도 된단 말이냐?

그러나 그것은 나의 그림자였을 것이다. 그대들은 나그네와 그의 그림자에 대한 이야기를 듣지 않았느냐?

하지만 내 그림자를 단단히 단속해야 하는 것만은 분명하다. 그러지 않으면 내 그림자가 내 명성을 손상시킬 것이다.」

차라투스트라는 또다시 고개를 설레설레 저으며 의아해했다. 「그 일을 어떻게 생각하란 말이냐!」 그는 또다시 말했다. 「그 유령은 도대체 왜 〈때가 되었다! 때가 무르익었다!〉라고 외쳤을까?

도대체 무슨 때가 무르익었단 말인가?」

차라투스트라는 이렇게 말했다.

예언자

「그리고 나는 크나큰 슬픔이 인류에게 닥치는 것을 보았다. 가장 뛰어난 자들이 자신들의 일에 지치고 말았다.

하나의 가르침이 선포되었고, 그와 더불어 하나의 믿음이 널리 퍼져 나갔다. 〈모든 것은 공허하다. 모든 것은 똑같다. 모든 것은 이미 있었던 일이다!〉

그러자 모든 언덕에서 메아리쳤다. 〈모든 것은 공허하다. 모든 것은 똑같다. 모든 것은 이미 있었던 일이다!〉

우리는 분명 추수를 했는데, 어째서 모든 곡식이 갈색으로 썩었을까? 지난밤에 무엇이 사악한 달에서 떨어졌을까?

그동안의 모든 노고가 수포로 돌아갔다. 우리의 포도주는 독약으로 변했으며, 사악한 눈빛이 우리의 들판과 심장을 누렇게 태웠다.

우리는 모두 바싹 메말랐다. 불길이 덮치면 우리는 재처럼 흩날린다. 그렇다, 우리는 불길마저 지치게 만들었다.

샘물이 모두 바닥을 드러내었고, 바다도 뒤로 멀찌감치 물러났다. 땅바닥이 모두 갈라지려 하지만, 심연은 삼키려 하지 않는다!

〈아, 우리가 빠져 죽을 수 있는 바다가 아직 어디에 남아 있는가?〉 우리의 탄식이 얕은 늪을 넘어 멀리 울려 퍼진다.

진실로, 우리는 너무 지쳐서 죽지도 못했다. 우리는 여전히 잠들지 못하고 계속 살아간다, 무덤 속에서!」

차라투스트라는 어느 예언자가 이렇게 말하는 것을 들었다. 그의 예언은 차라투스트라의 가슴 깊이 사무쳐서 그를 변화시켰다. 차라투스트라는 슬픔에 잠겨 지친 몸으로 이리저리 돌아다녔다. 그는 예언자가 말한 사람들처럼 되었다.

그는 제자들에게 말했다.「진실로, 조금만 있으면, 그 기나긴 어스름이 찾아올 것이다. 아, 나의 빛을 어떻게 구할 것인가!

나의 빛이 이 슬픔에 묻혀 꺼져 버리지 않으면 좋으련만! 그것은 머나먼 세상들과 그보다 더 머나먼 밤들을 비추는 빛이어야 한다!」

차라투스트라는 이렇듯 깊은 상심에 잠겨 이리저리 돌아다녔다. 사흘 동안 물 한 모금 입에 대지 않고 잠시도 휴식을 취하지 않고 말도 하지 않았다. 그러다 마침내 그는 깊은 잠에 빠졌다. 제자들은 차라투스트라 주위에 둘러앉아 긴 밤을 지새우며, 그가 잠에서 깨어나 다시 말을 하고 슬픔에서 벗어나기를 애타게 기다렸다.

그러다 잠에서 깨어난 차라투스트라는 이렇게 말했다. 그러나 제자들에게는 그 목소리가 아주 멀리서 들려오는 것만 같았다.

「그대 벗들이여, 나의 꿈 이야기를 들어 보라. 그리고 이 꿈의 의미를 알아내도록 나를 도와 달라!

이 꿈은 내게 아직도 수수께끼이다. 그 의미가 꿈속에 갇혀 있고 숨겨져 있어, 아직 자유롭게 날개를 펴고 꿈을 넘어 날아가지 못한다.

나는 모든 삶을 포기하는 꿈을 꾸었다. 나는 거기 죽음의 쓸쓸한 산성에서 밤을 지키고 무덤을 지키는 파수꾼이 되었다.

거기 산 위에서 나는 죽음의 관들을 지켰다. 곰팡내 나는 둥근 천장은 승리의 표지로 가득 차 있었고, 유리로 만든 관들 속에서는 극복된 삶이 나를 바라보았다.

나는 먼지에 뒤덮인 영원의 냄새를 들이마셨다. 나의 영혼은 숨 막히게 먼지에 뒤덮여 누워 있었다. 거기서 누가 자신의 영혼에 신선한 바람을 쏘일 수 있었겠는가!

한밤중의 밝은 빛이 나를 언제나 에워싸고 있었으며, 그 옆에 고독이 웅크리고 있었다. 그리고 세 번째로, 내 벗들 중에서 가장 고약한 벗인 죽음의 정적이 그르렁거리고 있었다.

나는 열쇠들을 가지고 있었다. 온갖 열쇠들 중에서 가장 녹슨 열쇠들을. 나는 그 열쇠들로 모든 문들 중에서 가장 삐걱거리는 문을 열 수 있었다.

문이 열리면서, 극악스러운 까마귀 울음소리 같은 음향이 긴 복도를 따라 울려 퍼졌다. 그 새는 깨어나고 싶지 않았던지 사납게 울어 댔다.

그러나 다시 침묵이 찾아들고 주변에 정적이 흘렀을 때, 더욱 무서웠고 가슴이 조여들었다. 그 음흉한 침묵 속에 나 혼자 앉아 있었다.

그러는 가운데 시간이 살그머니 지나갔다. 만일 시간이라는 게 아직 있었다면 말이다. 내가 그걸 어떻게 알겠는가! 그러다 마침내 나를 깨우는 일이 일어났다.

문을 두드리는 우레 같은 소리가 세 번 들렸다. 그러자 둥근 천장이 세 번 메아리치며 울부짖었다. 나는 문에 다가갔다.

알파! 나는 외쳤다. 누가 자신의 재를 산으로 나르는가? 알파! 알파! 누가 자신의 재를 산으로 나르는가?

나는 열쇠를 밀어 넣어 문을 열려고 안간힘 썼다. 그러나 문은 손가락 하나 들어갈 만큼도 열리지 않았다.

그때 광풍이 문을 활짝 열어젖혔다. 광풍은 귀청을 찢을 듯 매섭게 윙윙 울부짖으며 내게 검은 관을 내던졌다.

관은 사납게 날뛰고 매섭게 윙윙 울부짖으며 산산이 부서지면서 천 겹의 웃음소리를 껄껄 토해 냈다.

그리고 어린이들, 천사들, 올빼미들, 바보들, 어린아이만 한 커다란 나비들의 찌푸린 얼굴 천 개가 큰 소리로 웃고 조롱하며 나를 향해 날뛰었다.

나는 소스라치게 놀라 쓰러졌다. 공포에 질려 그렇게 크게 소리치기는 생전 처음이었다.

나는 내 비명 소리에 놀라 잠에서 깨어났다. 그러고는 정신이 들었다.」

차라투스트라는 이렇게 꿈 이야기를 들려주더니 입을 다물었다. 꿈을 어떻게 해석해야 할지 아직 몰랐기 때문이다. 그런데 차라투스트라의 가장 총애하는 제자가 벌떡 일어나 그의 손을 잡으며 말했다.

「오, 차라투스트라여, 당신의 삶 자체가 우리에게 그 꿈을 해석해 주고 있습니다!

당신이야말로 매섭게 울부짖으며 죽음의 성문을 활짝 열어젖힌 바람이 아닙니까?

당신이야말로 삶의 각양각색의 악의들과 천사의 찌푸린 얼굴들로 가득 찬 관이 아닙니까?

진실로, 차라투스트라는 밤과 무덤을 지키는 파수꾼들과 그 밖의 음울한 열쇠 다발을 쩔렁거리는 자들을 비웃으며, 천 겹의 어린아이 웃음소리처럼 모든 죽음의 방으로 들어갑니다.

당신은 당신의 웃음소리로 그들을 소스라치게 놀라게 하고 고꾸라뜨릴 것입니다. 실신과 깨어남은 그들에 대한 당신의 힘을 증명할 것입니다.

그리고 삶의 대변인이여, 기나긴 어스름과 죽음의 피로가 찾아온다 할지라도 당신은 우리의 하늘에서 몰락하지 않을 것입니다!

당신은 우리에게 새로운 별들과 새로운 밤의 웅장함을 보여 주었습니다. 진실로, 당신은 우리의 머리 위에 웃음을 오색찬란한 천막처럼 펼쳐 놓았습니다.

이제 어린아이들의 웃음소리가 관에서 항상 흘러나올 것입니다. 이제 강풍이 죽음의 피로를 향해 의기양양하게 항상 불어닥칠 것입니다. 우리에게는 당신이 바로 그 보증인이고 예언자입니다!

진실로, 당신은 그들을 꿈꾸었습니다. 당신의 적들을. 그것은 당신의 가장 힘겨운 꿈이었습니다.

그러나 당신이 그들에게서 깨어나 정신을 차렸듯이, 그들도 스스로 자신에게서 깨어나 당신을 찾아와야 합니다!」

그 제자는 이렇게 말했다. 그러자 나머지 제자들도 모두 우르르 차라투스트라 주위로 몰려들어 그의 손을 붙잡으며, 어서 침상에서 일어나 슬픔을 떨쳐 버리고 자신들에게 돌아오라고 설득하려 했다. 그러나 차라투스트라는 멍한 눈빛으로 꼿꼿이 침상에 앉아 있었다. 마치 오랫동안 객지를 떠돌다가 마침내 집에 돌아온 사람처럼 제자들을 바라보고 그들의 얼굴을 찬찬히 살펴보았다. 그러나 여전히 제자들을 알아보지는 못했다. 그러나 제자들이 그를 부축해 일으켜 세웠을 때, 보라, 돌연히 그의 눈빛이 변했다. 그는 그동안 일어난 모든 일들을 이해하고는, 수염을 쓰다듬으며 힘찬 목소리로 말했다.

「자, 이제 그 일은 그만 접어 두자. 나의 제자들이여, 잔치를 베풀 준비를 하라, 어서 서둘러라! 이 악몽들을 보상해야겠다!

그러나 그 예언자도 내 곁에서 함께 먹고 마시리라. 그리고 진실로, 그가 빠져 죽을 수 있는 바다를 그에게 보여 주리라!」

차라투스트라는 이렇게 말했다. 그러고는 꿈을 풀이한 제자의 얼굴을 오랫동안 바라보며 고개를 가로저었다.

구원에 대하여

어느 날 차라투스트라가 큰 다리를 건너가는데, 몸이 성치 못한 걸인들이 그를 에워쌌다. 한 곱사등이가 차라투스트라에게 말했다.

「보시오, 차라투스트라여! 군중들도 그대에게 가르침을 받아서 서서히 그 가르침을 믿고 있소. 하지만 군중들이 그대의 말을 완전히 믿기까지는 아직 한 가지가 부족하오. 그대는 먼저 우리 불구자들을 설득해야 할 것이오! 여기 그대 앞에 좋은 선택의 기회가 있소. 진실로, 다시없을 절호의 기회가 왔소! 그대는 장님을 눈 뜨게 하고, 절름발이를 걷게 할 수 있소. 그리고 짐을 너무 많이 진 자에게서는 짐도 조금 덜어 줄 수 있을 것이오. 이것이야말로 불구자들에게 차라투스트라를 믿게 할 수 있는 적절한 방법이 아니겠소!」

그러나 차라투스트라는 그자에게 이렇게 대답했다. 「곱사등이에게서 혹을 떼어 내는 것은 그의 정신을 떼어 내는 것이라고, 군중은 가르친다. 그리고 장님에게 눈을 돌려주면, 그는 지상에서 벌어지는 나쁜 일들을 너무 많이 보게 되어 도리어 눈을 뜨게 해준 이를 저주할 것이다. 그러나 절름발이를 걷게 해주는 자야말로 가장 큰 해악을 끼치는 것이다. 그가 걸어다니게 되면서 그의 악덕도 함께 돌아다닐 것이기 때문이다. 군중은 불구자들에 대해 이렇게 가르친다. 군중이 차라투스트라에게 가르침을 얻는데, 차라투스트라라고 군중에게 배우지 말라는 법이 있겠는가?

〈한쪽 눈이 없는 인간이 있는가 하면 한쪽 귀나 한쪽 다리가 없는 인간도 있다. 또 혀나 코, 머리를 잃어버린 자들도 있다.〉내가 인간들과 함께 지내면서 본 이런 일들은 지극히 사소한 것에 지나지 않는다.

나는 그보다 더 나쁜 일들을 보았고 지금도 보고 있다. 그 가운데는 너무 추악해서 일일이 말하고 싶지 않은 것들도 있고, 또 도저히 입 다물 수 없는 것들도 몇 가지 있다. 즉, 한 가지만을 지나치게 많이 가지고 나머지는 전혀 가지지 못한 인간들. 커다란 눈 하나, 커다란 입 하나, 커다란 배 하나 혹은 뭔가 커다란 것에 불과한 인간들. 나는 그런 자들을 전도된 불구자라 부른다.

나는 고독한 생활에서 벗어나 처음으로 이 다리를 건넜을 때 내 눈을 믿을 수 없어서 쳐다보고 또 쳐다보았다. 그러다 마침내 말했다. 〈저것은 귀다! 인간만큼이나 큰 귀다!〉 좀 더 자세히 살펴보자, 정말로 가련할 정도로 작고 초라하고 빈약한 무엇인가가 귀 아래서 움직이고 있었다. 진실로, 엄청나게 커다란 귀가 작고 가느다란 자루 위에 얹혀 있었다. 그 자루가 바로 인간이었다! 돋보기를 쓰고 보면, 질투심에 불타는 작은 얼굴을 알아볼 수 있었다. 그뿐만 아니라 퉁퉁 부은 작은 영혼이 자루에 대롱대롱 매달려 있는 것도 보였다. 그런데 군중은 그 커다란 귀가 단순히 인간이 아니라 위대한 인간, 천재라고 말했다. 그러나 나는 군중들이 위대한 인간들에 대해 하는 말을 하나도 믿지 않았다. 그것은 오로지 한 가지만을 지나치게 많이 가지고 나머지 모든 것은 부족한 전도된 불구자라는 내 믿음을 고수했다.」

차라투스트라는 곱사등이와 그 곱사등이를 자신들의 입과 대변자로 내세운 자들에게 이렇게 이야기하고는, 몹시 불쾌한 표정으로 제자들을 돌아보며 말했다.

「진실로, 나의 벗들이여, 인간들 사이를 걸어다니는 것은 마치 인간의 팔다리와 토막 난 조각들 사이를 걸어다니는 것 같다!

마치 싸움터나 도살장에서처럼 인간들이 산산이 조각나 널려 있는 광경을 내 눈으로 보는 것은 섬뜩한 일이다.

내 눈이 현재에서 과거로 도망쳐도 언제나 똑같은 광경이 펼쳐진다. 조각들과 팔다리와 무서운 우연들만이 눈에 뜨일 뿐 인간은 어디에도 보이지 않는다!

이 지상에서의 현재와 과거. 아! 나의 벗들이여! 내가 가장 견디기 어려운 것은 바로 그것이다. 내가 앞으로 닥칠 일을 내다보는 예언자가 아니라면, 도저히 살아가지 못할 것이다.

예언자, 의지를 가진 자, 창조하는 자, 미래 그 자체이면서 미래로 이어지는 다리. 그리고 아, 말하자면 그 다리 옆의 불구자. 차라투스트라는 이 모든 것이다.

그대들도 종종 스스로에게 묻곤 했다. 〈차라투스트라는 우리에게 누구인가? 그는 우리에게 뭐라 불려야 하는가?〉 그리고 그대들은 내게 대답하듯 그대들 자신의 물음에 답했다.

그는 약속하는 자인가? 아니면 성취하는 자인가? 정복하는 자인가? 아니면 물려받는 자인가? 가을인가? 아니면 쟁기의 날인가? 의사인가? 아니면 치유되는 환자인가?

그는 시인인가? 아니면 진실한 자인가? 자유롭게 해주는 자인가? 아니면 구속하는 자인가? 선한 자인가? 아니면 악한 자인가?

나는 미래, 내가 바라보는 미래를 이루는 조각들 사이를 걷듯 인간들 사이를 걸어다닌다.

내가 시를 쓰고 노력하는 이유는 오로지 조각, 수수께끼, 소름 끼치는 우연인 것들을 하나로 짜 맞추어 엮어 내기 위한 것이다.

인간이 시인도 수수께끼를 푸는 자도 우연의 구원자도 아니라면, 나는 인간임을 어떻게 견디어 낼 것인가!

지난 일들을 구원하고 모든 〈이미 있었다〉를 〈나는 그렇게 하길 원했다!〉로 바꾸는 것, 이것이 비로소 내게는 구원일 것이다!

의지, 이것은 자유롭게 해주고 기쁨을 가져오는 자의 이름이다. 나의 벗들이여, 나는 그대들에게 이렇게 가르쳤다! 이제 여기에 덧붙여 배워라, 의지 자체는 아직도 갇힌 자라는 것을.

의욕은 자유롭게 해준다. 그러나 자유를 주는 의욕마저 사슬로 속박하는 것의 이름은 무엇인가?

〈이미 있었다〉, 이것은 의지의 이를 부득부득 갈게 하고 의지를 고독한 슬픔에 잠기게 하는 것의 이름이다. 의지는 이미 일어난 일에 대해 무력하며, 모든 지난 일들을 심술궂게 구경할 뿐이다.

의지는 시간을 거슬러서 원할 수 없다. 시간과 시간의 욕망을 깨뜨릴 수 없는 것이 의지의 가장 고독한 슬픔이다.

의욕은 자유롭게 해준다. 의욕은 슬픔을 떨쳐 버리고 자신의 감옥을 조롱할 수 있는 어떤 방법을 생각해 내는가?

아, 갇힌 자들은 모두 바보가 된다! 갇혀 있는 의지도 어리석은 방법으로 스스로를 구원한다.

시간이 거꾸로 흐르지 않는다는 것, 이것은 의지에게 원통한 일이다. 〈이미 있었던 것〉, 이것은 의지가 굴릴 수 없는 돌의 이름이다.

그래서 의지는 원통과 불만으로 이루어진 돌들을 굴리며, 자신과는 달리 원한과 불만을 느끼지 않는 자에게 복수를 한다.

의지, 자유롭게 해주는 의지는 이렇게 고통을 가하는 자가 되었다. 의지는 되돌릴 수 없는 것에 앙심을 품고서, 고통을 느낄 수 있는 모든 것에 분풀이를 한다.

의지가 시간과 〈이미 있었다〉에 대해 품는 적대감. 이것, 오로지 이것이야말로 복수 그 자체이다.

진실로, 우리의 의지 속에는 커다란 어리석음이 도사리고 있다. 그리고 이 어리석음이 정신을 배웠다는 것은 모든 인간적인 것에게 저주가 되었다!

복수의 정신, 나의 벗들이여, 이것은 인간이 이제까지 생각해 낸 가장 뛰어난 발상이었다. 그래서 고통이 있는 곳에는 언제나 형벌이 따라야 했다.

〈형벌〉, 복수는 스스로를 이렇게 부른다. 복수는 양심에 거리낄 것이 없는 양 거짓말로 둘러댄다.

시간을 거슬러서는 의욕할 수 없는 탓에 의욕하는 자에게도 고통이 따른다. 따라서 의욕 자체와 모든 삶은 형벌일 수밖에 없다!

구름이 정신 위에서 겹겹이 쌓여 굴렀고, 그러다 마침내 광기가 설교하기에 이르렀다. 〈모든 것은 소멸한다. 그러므로 모든 것은 소멸할 가치가 있다!〉

〈그리고 제 자식들을 먹어 치워야 하는 시간의 법칙, 이것이 바로 정의다.〉 광기는 이렇게 설교했다.

〈사물들은 정의와 형벌에 의거해 도덕적으로 정돈되어 있다. 오, 사물의 흐름과 《생존》이라는 형벌로부터 구원받을 길은 어디에 있는가?〉 광기는 이렇게 설교했다.

〈영원한 정의가 존재한다면, 구원받을 수 있을 것인가? 아, 《이미 있었다》라는 돌은 굴러갈 수 없다. 모든 형벌 또한 영원할 수밖에 없다!〉 광기는 이렇게 설교했다.

〈어떤 행위도 파기될 수 없다. 형벌을 받는다고 없었던 일로 되돌릴 수 있겠는가! 생존이 영원히 거듭되는 행위이고 죄일 수밖에 없다는 것은 《생존》이라는 형벌의 영원한 점이다!

의지가 마침내 스스로를 구원해서 의욕이 무욕이 되어야만 여기에서 벗어날 수 있다.〉 그러나 나의 형제들이여, 그대들은 광기의 이런 허무맹랑한 노래를 잘 알고 있다!

나는 〈의지는 창조하는 자이다〉라고 가르치면서, 그런 허무맹랑한 노래들에서 벗어나도록 그대들을 이끌었다.

모든 〈이미 있었다〉는 조각, 수수께끼, 소름 끼치는 우연이다. 창조적인 의지가 〈그러나 나는 그렇게 하길 원했다!〉라고 말할 때까지.

창조적인 의지가 〈그러나 나는 그렇게 하길 원한다! 앞으로도 그렇게 하길 원할 것이다!〉라고 말할 때까지.

그러나 창조적인 의지는 벌써 그렇게 말했는가? 그러면 언제 그런 일이 일어날 것인가? 의지가 이미 어리석음이라는 자신의 굴레에서 벗어났는가?

의지는 이미 자기 자신에게 구원자가 되고 기쁨을 가져오는 자가 되었는가? 복수의 정신과 바득바득 이 갈리는 모든 원한을 잊었는가?

누가 의지에게 시간과의 화해를 가르치고, 모든 화해보다 더 고귀한 것을 가르쳤는가?

의지, 힘에의 의지는 모든 화해보다 더 고귀한 것을 원해야 한다. 그러나 어떻게 그런 일이 일어날 것인가? 누가 의지에게 시간을 거슬러 원하는 것을 가르쳤는가?」

말이 여기에 이르렀을 때 차라투스트라는 갑자기 입을 다물었다. 그는 극도로 놀란 사람처럼 보였으며, 공포에 질린 눈으로 제자들을 응시했다. 그의 눈이 화살처럼 제자들의 생각과 흉중을 꿰뚫었다. 그러나 얼마 후 그는 다시 큰 소리로 웃으며 차분하게 말했다.

「침묵을 지키는 것이 어려운 탓에, 사람들과 더불어 사는 것이 어렵다. 특히 말 많은 자에게는 그렇다.」

차라투스트라는 이렇게 말했다. 곱사등이는 얼굴을 가린 채 귀 기울여 듣고 있었다. 그러더니 차라투스트라가 웃는 소리를 듣고서, 호기심 어린 눈으로 바라보며 천천히 말했다.

「그런데 왜 차라투스트라는 우리에게 말할 때와 제자들에게 말할 때가 다른 것이오?」

차라투스트라는 대답했다. 「그것이 뭐가 이상한가! 곱사등이하고는 곱사등이의 방식으로 이야기할 수 있다!」

「좋소.」 곱사등이는 말했다. 「제자들과는 솔직히 흉금을 터놓고 이야기할 수 있다고 칩시다.

그런데 왜 차라투스트라는 제자들에게 말할 때와 자기 자신에게 말할 때가 다른 것이오?」

처세술에 대하여

무서운 것은 산꼭대기가 아니라 산비탈이다!

시선은 아래쪽으로 치닫고 손은 위쪽을 붙잡아야 하는 산비탈. 그러면 양쪽으로 갈라지는 의지 앞에서 마음은 현기증을 일으킨다.

아, 벗들이여, 그대들은 내 마음의 의지도 양쪽으로 갈라지는 것을 알고 있는가?

내 시선은 산꼭대기를 향해 치닫고 내 손은 심연에 매달려 의지하고 싶어 한다. 이것, 바로 이것이 나의 산비탈이고 나의 위험이다!

나의 의지는 인간들에게 매달린다. 나는 초인에게로 끌려 올라가는 탓에 나를 인간들에게 사슬로 옭아맨다. 나의 다른 의지가 위로 올라가려 하기 때문이다.

그러기 위해서 나는 마치 인간들을 전혀 알아보지 못하는 듯 장님처럼 인간들 사이에서 살아간다. 내 손이 확고한 것에 대한 믿음을 완전히 잃어버리지 않도록.

나는 그대들 인간에 대해 잘 알지 못한다. 이 어둠과 위안이 나를 종종 에워싼다.

나는 온갖 악당들이 오가는 성문 앞에 앉아 묻는다. 누가 나를 속이려 하는가?

속이는 자들을 경계하지 않으려고 먼저 스스로 속아 넘어가는 것이 나의 첫 번째 처세술이다.

아, 내가 만일 인간들을 경계한다면, 어떻게 그들이 내 기구(氣球)를 붙잡아 주는 닻이 될 수 있겠는가! 나는 너무 쉽게 저 위로 멀리 끌려가 버릴 것이다!

조심하지 말라는 섭리가 내 운명을 지배한다.

인간들 사이에서 시달리고 싶지 않은 자는 어떤 잔이든 마실 줄 알아야 한다. 그리고 인간들 사이에서 정결하게 남아 있고 싶은 자는 더러운 물로도 씻을 줄 알아야 한다.

나는 나 스스로를 위로하기 위해 종종 이렇게 말하곤 했다. 「자, 좋다! 늙은 마음이여! 그대는 한 가지 불운을 모면했다. 이것을 그대의 행운으로 누려라!」

자부심 넘치는 자들보다 허영심 넘치는 자들을 더 소중히 여기는 것이 나의 두 번째 처세술이다.

상처받은 허영심은 모든 비극의 어머니가 아니겠는가? 그러나 자부심이 상처받은 곳에서는 자부심보다 더 나은 것이 자라난다.

삶을 멋지게 구경하기 위해서는 삶을 멋지게 연기해야 한다. 그러려면 훌륭한 배우들이 필요하다.

나는 허영심 넘치는 자들은 전부 훌륭한 배우라고 생각했다. 그들은 연기를 하며, 즐거운 마음으로 자신들을 보아 주길 바란다. 그들의 정신은 오로지 이런 바람에 집중되어 있다.

그들은 연기를 하면서 자신을 꾸며 낸다. 나는 그들 가까이에서 삶을 구경하는 것을 좋아한다. 그것은 우울증을 치료해 준다.

나는 허영심 넘치는 자들을 소중히 여긴다. 그들은 나의 우울증을 고쳐 주는 의사이며, 연극에 몰두하듯 인간들에게 몰두하도록 만들어 주기 때문이다.

그리고 허영심 넘치는 자들이 보여 주는 겸손의 깊이를 누가 헤아릴 수 있겠는가! 나는 그 겸손함 때문에 그들에게 호의와 동정심을 느낀다.

그들은 그대들에게서 스스로에 대한 믿음을 배우려 한다. 그들은 그대들의 눈빛을 먹고 살며, 그대들의 손에서 칭찬을 게걸스럽게 받아먹는다.

그들은 자신들에 대해 듣기 좋은 거짓말을 늘어놓으면 곧 이든다. 마음 깊은 곳에서는 〈나는 무엇인가!〉라고 한숨짓기 때문이다.

자기 자신에 대해 알지 못하는 것이 진정한 미덕이라면, 허영심 넘치는 자는 자신의 겸손함에 대해 알지 못한다!

나의 세 번째 대인 관계 처세술은, 그대들이 두려워한다고 해서 내가 악한 자들을 싫어하지 않는 데 있다. 이것은 나의 세 번째 처세술이다.

나는 뜨거운 태양이 일구어 내는 경이, 호랑이와 종려나무와 방울뱀을 보면 환희에 넘친다.

인간들 사이에서도 뜨거운 태양은 아름다운 것들을 일구어 내고, 악인들에게도 많은 경이로운 것들이 있다.

그대들 가운데 가장 지혜롭다고 하는 자들이 내게는 그다지 지혜로워 보이지 않듯이, 나는 인간의 악의도 소문만큼 악하지 않다는 것을 알았다.

나는 종종 고개를 가로저으며 묻곤 했다. 「그대 방울뱀들이여, 어째서 아직도 딸랑거리는가?」

진실로, 악에도 아직 미래가 있다! 그리고 가장 뜨거운 남쪽 나라는 아직 인간들에게 발견되지 않았다.

겨우 12피트 너비에 생후 3개월밖에 안 된 것들이 벌써 가장 큰 악이라 불리는 일이 많지 않은가! 그러나 언젠가는 더 큰 용들이 세상에 나타날 것이다.

초인이 자신의 용, 초인에게 걸맞은 초룡(超龍)을 거느릴 것이기 때문이다. 그러기 위해서는 뜨거운 햇빛이 축축한 원시림에 작열해야 한다!

먼저 그대들의 살쾡이가 호랑이로, 그대들의 독두꺼비가 악어로 변신해야 한다. 뛰어난 사냥꾼은 뛰어난 사냥을 해야 하기 때문이다!

그리고 진실로, 그대 선하고 의로운 자들이여! 그대들에게는 우스꽝스러운 점들이 많다. 특히 지금까지 〈악마〉라고 불린 것에 대한 그대들의 두려움이 그렇다!

그대들의 영혼은 위대한 것에 친숙하지 않아서, 초인의 호의는 그대들을 두려움에 질리게 할 것이다!

그대 현명하고 박식한 자들이여, 그대들은 초인이 즐겨 벌거벗고 목욕하는 지혜의 뙤약볕으로부터 도망칠 것이다!

내가 만난 가장 높은 자들이여! 내가 그대들을 의심하며 남몰래 웃음 짓는 것은, 그대들이 나의 초인을 악마라고 부를 것을 미루어 짐작하기 때문이다!

아, 나는 가장 높고 가장 뛰어난 자들에게 넌더리가 났다. 나는 그들의 〈높은 곳〉으로부터 초인을 향해 저 높이, 저 멀리, 저 너머로 벗어나길 갈망했다!

이 가장 뛰어난 자들의 벌거벗은 모습을 보았을 때 나는 공포에 사로잡혔다. 그때 먼 미래 속으로 날아갈 수 있는 날개가 내게 돋아났다.

지금까지 그 어떤 조각가가 꿈꾸었던 것보다도 더 머나먼 미래로, 더 남쪽에 있는 남쪽 나라로. 신들이 옷을 입길 부끄러워하는 곳으로!

그러나 그대 이웃과 동포들이여, 나는 그대들의 변장한 모습을 보려 한다. 〈선하고 의로운 자들〉처럼 멋지게 치장하고 위엄을 부리며 허영에 넘치는 모습을.

그리고 나 자신도 변장하고서 그대들 틈에 끼어 앉아 있으려 한다. 내가 그대들과 나 자신을 분간하지 못하도록. 이것이 곧 나의 마지막 처세술이다.

차라투스트라는 이렇게 말했다.

가장 고요한 시간

나의 벗들이여, 내게 무슨 일이 일어났는가? 내가 당황스럽게 내쫓겨서 어쩔 수 없이 순순히 떠날 채비를 하는 것이 보이지 않는가. 아, 그대들에게서 멀리 떠나려 하는 것이!

그렇다, 차라투스트라는 또다시 고독 속으로 돌아가야 한다. 그러나 이번에는 곰이 마지못해 동굴 속으로 돌아가는 것이다!

내게 무슨 일이 일어났는가? 누가 이런 명령을 내리는가? 아, 나의 진노한 여주인이 내게 그렇게 하길 바란다고 말했다. 내가 그 여주인의 이름을 그대들에게 말한 적이 있던가?

어제 저녁 무렵, 나의 가장 고요한 시간이 내게 말했다. 이것이 나의 무서운 여주인의 이름이다.

그래서 이런 일이 벌어졌다. 그대들의 마음이 갑자기 떠나는 자에게 무정하게 등 돌리지 않도록, 나는 그대들에게 모든 것을 말해야 한다!

그대들은 잠드는 자의 공포를 아는가?

발밑의 땅이 꺼지면서 꿈이 시작되기 때문에, 그는 발가락 끝까지 공포에 질린다.

나는 그대들에게 이런 비유를 들어 말한다. 어제 가장 고요한 시간에 내 발밑의 땅이 꺼지고 꿈이 시작되었다.

시곗바늘이 움직였고, 내 인생의 시계가 숨을 들이쉬었다. 그런 고요함이 내 주위를 감돌기는 생전 처음이었고, 그래서 내 마음은 깜짝 놀랐다.

그러더니 누군가가 소리 없이 내게 말했다. 「차라투스트라여, 그대는 알고 있는가?」

나는 이 속삭이는 소리를 듣고 소스라치게 놀라 비명을 질렀으며 얼굴이 창백하게 질렸다. 그러나 나는 침묵을 지켰다.

그러자 누군가가 거듭 소리 없이 내게 말했다. 「차라투스트라여, 그대는 알고 있다. 하지만 말하지 않을 뿐이다!」

마침내 나는 고집스럽게 대답했다. 「그렇다. 나는 알고 있다. 하지만 말하고 싶지 않다!」

그러자 누군가가 다시 소리 없이 내게 말했다. 「차라투스트라여, 정말로 말하고 싶지 않은가? 그것이 사실인가? 그대의 고집 속으로 숨지 말라!」

그래서 나는 어린아이처럼 몸을 부르르 떨고 울음을 터뜨리며 말했다. 「아, 나도 말하고는 싶지만, 어떻게 말할 수 있는가! 제발 말하지 않게 해다오! 그것은 내 힘에 부치는 일이다!」

그러자 누군가가 다시 소리 없이 내게 말했다. 「차라투스트라여, 무엇이 문제인가? 그대의 말을 하라, 그리고 부서져라!」

나는 대답했다. 「아, 그것이 나의 말인가? 나는 누구인가? 나

는 더 품위 있는 자를 기다린다. 나는 그에게 부딪혀 부서질 가
치조차 없다.」

그러자 누군가가 다시 소리 없이 내게 말했다. 「무엇이 문제
인가? 그대는 아직 충분히 겸손하지 못하다. 겸손은 더없이
단단한 가죽에 둘러싸여 있다.」

나는 대답했다. 「내 겸손의 가죽이 견디어 내지 못한 것이
있었는가! 나는 내 높은 산의 발치에 살고 있다. 내 산봉우리
들은 얼마나 높은가? 내게 그것을 말해 준 사람이 지금까지
아무도 없었다. 그러나 나는 내 골짜기들은 잘 알고 있다.」

그러자 누군가가 다시 소리 없이 내게 말했다. 「오, 차라투
스트라여, 산을 옮기는 자는 골짜기와 낮은 곳도 옮기는 법
이다.」

나는 대답했다. 「나의 말은 아직 산들을 옮긴 적이 없고, 내
가 말한 것은 인간들에게 이르지 못했다. 나는 분명 인간들
을 향해 다가갔지만, 아직 인간들에게 도달하지는 못했다.」

그러자 누군가가 다시 소리 없이 내게 말했다. 「그대가 그
것에 대해 무얼 알겠는가! 밤이 가장 깊은 정적에 싸여 있을
때, 이슬이 풀에 내리는 법이다.」

나는 대답했다. 「내가 나의 길을 찾아내어 갔을 때, 그들은
나를 비웃었다. 그때 내 발은 진정 부들부들 떨렸다.

그러자 그들은 내게 말했다. 〈당신은 길을 잃어버리더니,
이제는 걷는 법조차 잊었단 말이오!〉」

그러자 누군가가 다시 소리 없이 내게 말했다. 「그들의 조
롱이 무슨 대수냐! 그대는 복종하는 법을 잊은 자이다. 이제
는 그대가 명령을 내려야 한다!

그대는 모든 이들에게 가장 필요한 자가 누구인지 모르는
가? 그것은 위대한 것을 명령하는 자이다.

위대한 것을 완수하기는 어렵다. 그러나 위대한 것을 명령

하기는 그보다 더 어렵다.

그대는 힘을 쥐고 있으면서도 지배하려 하지 않는다. 이것이 그대의 가장 용서받지 못할 점이다.」

나는 대답했다. 「내게는 명령을 내릴 만한 사자의 목소리가 없다.」

그러자 누군가가 다시 속삭이듯 내게 말했다. 「가장 조용한 말들이 폭풍을 몰고 오고, 비둘기 걸음으로 다가오는 사상들이 세계를 움직이는 법이다.

오, 차라투스트라여, 그대는 앞으로 다가올 자의 그림자로서 걸어야 한다. 그대는 그렇게 명령을 내리고, 또 명령을 내리면서 앞장설 것이다.」

나는 대답했다. 「나는 부끄럽다.」

그러자 누군가가 다시 소리 없이 내게 말했다. 「그대는 부끄러움을 모르는 어린아이가 되어야 한다.

그대에게는 아직 젊음의 자부심이 있다. 그대는 뒤늦게 젊어졌다. 그러나 어린아이가 되려고 하는 자는 자신의 젊음도 극복해야 한다.」

나는 몸을 떨며 오랫동안 깊이 생각했다. 그러다 이윽고, 처음에 했던 말을 되풀이했다. 「나는 그러고 싶지 않다.」

그러자 내 주위에서 웃음소리가 울려 퍼졌다. 아, 그 웃음소리가 어떻게 내 오장육부를 갈가리 찢고 내 심장을 칼로 저몄던가!

누군가가 마지막으로 내게 말했다. 「오, 차라투스트라여, 그대의 열매는 무르익었지만, 그대는 그 열매를 딸 만큼 무르익지 못했다!

그러니 그대는 다시 고독 속으로 돌아가야 한다. 그대는 아직 더 무르익어야 한다.」

누군가가 다시 웃더니 사라졌다. 그러더니 내 주위가 두

겹의 고요에 싸인 듯 고요해졌다. 나는 바닥에 누워 있었고, 온몸에서 땀이 비 오듯 흘렀다.

이제 그대들은 내가 왜 다시 고독 속으로 돌아가야 하는지 모든 이야기를 들었다. 나의 벗들이여, 나는 그대들에게 모든 것을 숨김없이 털어놓았다.

또한 그대들은 모든 인간 중에서 누가 가장 말이 없는 자이고 또 누가 가장 말이 없는 자가 되려 하는지도 들었다!

아, 나의 벗들이여, 내가 그대들에게 더 들려줄 말이 있다면, 그대들에게 더 나누어 줄 것이 있다면! 왜 내가 주지 않겠는가? 내가 인색한 자인가?

이 말을 마치자, 코앞에 닥친 벗들과의 이별의 아픔과 더 없는 슬픔이 차라투스트라를 엄습했다. 그는 큰 소리로 울었다. 아무도 그를 위로할 수 없었다. 그날 밤, 그는 벗들을 남겨 두고 홀로 길을 떠났다.

제3부

그대들은 높이 있고 싶으면 위를 올려다본다.
나는 이미 높이 있기 때문에 아래를 내려다본다.
그대들 가운데 누가 웃으면서 높이 있을 수 있는가?
가장 높은 산에 오르는 자는 모든 비극적인 유희와
비극적인 진지함을 비웃는다.

　　　　　　　『차라투스트라는 이렇게 말했다』,
　　　　「글 읽기와 글쓰기에 대하여」(제1부, 51면)

방랑자

깊은 한밤중에 차라투스트라는 산등성이를 넘었다. 동이 틀 무렵, 섬의 반대편 바닷가에 도착해서 배를 탈 생각이었기 때문이다. 그곳에는 외국의 배들도 곧잘 정박하는 좋은 항구가 있었다. 외국 배들은 지복의 섬에서 바다를 건너가려는 많은 이들을 실어 날랐다. 차라투스트라는 산을 오르면서, 젊은 날의 많은 외로웠던 방랑들을 돌이켜 보았다. 얼마나 많은 산과 산등성이와 산봉우리에 올랐던가.

〈나는 방랑자이고 등반가이다.〉 차라투스트라는 마음속으로 말했다. 〈나는 평원을 사랑하지 않으며, 한자리에 조용히 오랫동안 앉아 있지 못하는 듯하다.

내가 앞으로 어떤 운명을 맞이하고 어떤 체험을 하게 되더라도, 방랑과 등반은 언제나 나와 함께할 것이다. 인간은 결국 자기 자신만을 체험하기 마련이다.

내게 우연이 일어날 수 있었던 시절은 이미 지나갔다. 이미 나 자신의 것이 아닌 그 무엇이 더 내게 일어날 수 있겠는가!

이제 나 자신의 자기가 돌아오고 마침내 내게로 귀환한다. 오랫동안 객지를 떠돌며 만물과 우연 속에 흩어져 있던 것이.

그리고 나는 한 가지를 더 알고 있다. 지금 나는 내 최후의 산봉우리와 제일 오랫동안 뒤로 미루었던 것을 앞에 두고 서 있다. 아, 나는 나의 가장 험난한 길을 올라가야 한다! 아, 나는 나의 가장 외로운 방랑을 시작했다!

그러나 나와 같은 부류의 인간은 이러한 시간을 회피하지 않는다. 이렇게 말하는 시간을.《이제 비로소 그대는 위대함에 이르는 길을 간다! 정상과 심연이 이제 하나로 결합되었다!

그대는 위대함에 이르는 길을 간다. 지금까지는 그대에게 최후의 위험이었던 것이 이제는 최후의 피난처가 되었다!

그대는 위대함에 이르는 길을 간다. 이제 더는 돌아갈 길이 없다는 사실이 그대에게 최고의 용기를 일깨워 주어야 한다!

그대는 위대함에 이르는 길을 간다. 여기에서 몰래 그대의 뒤를 따라가는 자가 있어서는 안 된다! 그대의 발이 직접 그대가 가는 길의 흔적을 지운다. 그리고 그 위에는 불가능이라고 쓰여 있다.

이제부터 딛고 올라갈 사다리가 없으면, 그대 자신의 머리 위로 올라가는 법을 터득해야 한다. 그러지 않고 어떻게 위로 오르겠는가?

그대 자신의 머리 위로 올라가고 그대 자신의 심장을 넘어가야 한다! 그대의 가장 온화한 것이 이제 가장 가혹한 것이 되어야 한다.

자신을 항상 지나치게 아끼는 자는 결국 그 때문에 병치레를 하고야 만다. 가혹하게 만드는 것을 찬미해야 한다! 나는 버터와 꿀이 흐르는 땅을 찬미하지 않는다!

많은 것을 보기 위해서는 자기 자신을 외면하는 법을 배울 필요가 있다. 누구든 산을 오르는 사람에게는 이런 가혹함이 필요하다.

그러나 인식하는 자로서 눈에 보이는 것에만 집착한다면, 어떻게 코앞의 근거를 넘어서는 것을 만물에서 보겠는가!

그러나 오 차라투스트라여, 그대는 만물의 본바탕과 배후 관계를 보려 했다. 그래서 그대는 그대 자신을 넘어서 위로, 위를 향해 올라가야 한다. 그대의 별들도 그대의 발아래 놓일 때까지!

그렇다! 나 자신을 내려다보고 나의 별들도 내려다보아야 한다. 비로소 그것이 내게는 정상을 뜻하리라, 그것은 내 최후의 정상으로 남아 있었다!》

산을 올라가는 동안, 차라투스트라는 준엄한 잠언으로 마음을 달래며 이렇게 자신에게 말했다. 전에 없이 마음에 많은 상처를 입었기 때문이다. 그러다 산꼭대기에 이르렀을 때, 보라, 또 다른 바다가 거기 그의 눈앞에 펼쳐져 있었다. 그는 조용히 서서 오랫동안 침묵을 지켰다. 산꼭대기에서의 밤은 차갑고 청명했으며 별들이 총총히 빛났다.

「나는 나의 운명을 알고 있다.」 이윽고 차라투스트라는 슬픈 얼굴로 말했다. 「자! 만반의 준비가 끝났다. 나의 최후의 고독이 방금 시작되었다.

아, 내 발밑의 검고 슬픈 바다여! 아, 이 밤의 넘치는 불쾌감이여! 아, 운명이여, 바다여! 이제 나는 너희들에게로 내려가야 한다!

나는 나의 가장 높은 산과 가장 긴 방랑을 앞에 두고 있다. 그래서 나는 먼저 그 어느 때보다도 깊이 내려가야 한다.

그 어느 때보다도 깊이 고통 속으로, 고통의 검디검은 물결 속으로 내려가야 한다! 나의 운명이 그것을 원한다. 자! 나는 만반의 준비가 되었다.

이 높디높은 산들은 어디에서 오는가? 일찍이 나는 이렇게 물었다. 그때 나는 그것들이 바다에서 오는 것을 알았다.

그 증거가 산의 바위와 산봉우리의 암벽에 쓰여 있다. 가장 높은 것은 가장 깊은 것으로부터 높이 솟아나야 한다.」

차라투스트라는 추운 산꼭대기에서 이렇게 말했다. 그러나 바다 가까이 이르러 마침내 낭떠러지 아래 홀로 섰을 때, 몸은 이미 지치고 마음은 더욱 그리움에 사무쳤다.

「만물은 여전히 깊은 잠에 빠져 있구나.」 차라투스트라는 말했다. 「바다도 잠들어 있다. 바다의 눈이 잠에 취해서 낯설게 나를 바라보는구나.

그러나 나는 바다가 따뜻하게 숨 쉬는 것을 느낀다. 또 바다가 꿈꾸는 것도 느낀다. 바다는 딱딱한 베개 위에서 꿈을 꾸며 몸을 비튼다.

귀 기울여라! 귀 기울여라! 바다가 몹쓸 추억 때문에 얼마나 신음하는가! 아니면 몹쓸 기다림 때문인가?

아, 그대 어두운 괴물이여, 나는 그대와 더불어 슬픔에 잠겨 있고, 그대를 위해 나 자신을 원망한다.

아, 내 손이 좀 더 힘 있었더라면! 나는 진실로 그대를 악몽으로부터 구해 주고 싶다!」

차라투스트라는 이렇게 말하면서, 음울하고 쓸쓸하게 자신을 비웃었다. 「이런! 차라투스트라여!」 그는 말했다. 「그대는 바다에게 위로의 노래를 불러 주려 하는가?

아, 그대 다정한 바보 차라투스트라여, 그대 신뢰에 넘치는 자여! 하지만 그대는 언제나 그랬다. 그대는 언제나 모든 무시무시한 것에 친밀하게 다가갔다.

그대는 모든 괴물들을 어루만지려 했다. 따뜻한 숨결, 앞발의 보드라운 털 한 움큼. 그러면 그대는 당장 그 괴물을 사랑하고 유혹할 각오가 되어 있었다.

사랑은 더없이 고독한 자에게 위험한 것이다. 오로지 살아 있기만 하면 그 무엇이든 가리지 않는 사랑! 사랑 앞에서 어리석고 겸허한 내 모습은 참으로 우스꽝스럽다!」

차라투스트라는 이렇게 말하며 또다시 큰 소리로 웃었다. 그 순간, 두고 떠나온 벗들이 생각났다. 그는 마치 그런 생각을 해서 친구들을 욕보인 듯 자신에게 화를 냈다. 그러고는 웃다 말고 울음을 터뜨렸다. 차라투스트라는 분노와 그리움 때문에 비통하게 울었다.

환영과 수수께끼에 대하여

1

차라투스트라가 배에 탔다는 소문이 선원들 사이에 파다하게 퍼졌다. 그것은 지복의 섬에서 온 남자가 차라투스트라와 함께 배에 올랐기 때문이었다. 그러자 배 안은 많은 호기심과 기대로 술렁였다. 그러나 차라투스트라는 이틀 동안이나 아무 말이 없었으며, 슬픔 때문에 무정해지고 귀머거리가 되어 사람들의 시선과 물음에 대답하지 않았다. 그러다 이틀째 되는 날 저녁, 그의 입은 여전히 침묵을 지켰지만 그의 귀는 다시 열렸다. 먼 곳에서 와서 다시 먼 곳으로 가는 그 배에는 귀담아들을 만한 진기하고 위험한 일들이 많았기 때문이다. 차라투스트라는 멀리 여행을 다니며 위험을 벗 삼는 모든 이들의 친구였다. 보라! 사람들의 이야기에 귀 기울이는 동안 마침내 그의 혀가 풀리고 얼어붙었던 마음이 녹았다. 그러자 차라투스트라는 이렇게 말문을 열었다.

그대 대담한 탐험가들이여, 모험가들이여, 그리고 일찍이 꾀 많은 돛을 달고 무서운 바다를 항해한 자들이여,

그대 수수께끼에 취한 자들이여, 영혼이 피리 소리에 현혹되어 온갖 미궁으로 끌려가면서도 여명을 즐기는 자들이여.

그대들은 겁먹은 손으로 실을 더듬으려 하지 않기 때문이다. 그대들은 미루어 짐작할 수 있는 곳에서 추론하기를 싫어한다.

나는 오로지 그대들에게만 내가 본 수수께끼를, 가장 고독한 자의 환영을 이야기한다.

최근에 나는 음울한 마음으로 송장 색깔의 어스름 속을 걷고 있었다. 음울하고 단호하게 입을 꼭 다물고서. 내게는 하나의 태양만 진 것이 아니었다.

자갈밭을 뚫고 고집스럽게 위로 이어지는 좁은 길, 잡초도 덤불도 더는 허용하지 않는 심술궂고 쓸쓸한 길. 그런 산길이 내 고집스러운 발길 아래서 바스락거렸다.

내 발은 비웃듯이 바스락거리는 자갈 위로 말없이 걸음을 옮기며, 미끄러운 돌들을 짓밟으며 간신히 위를 향해 나아갔다.

위를 향해. 내 발을 아래로, 심연으로 끌어 내리는 정령, 나의 악마이고 철천지원수인 중력의 영에 맞서서.

위를 향해. 반은 난쟁이고 반은 두더지인 중력의 영이 마비된 듯 꼼짝 않고 내 위에 앉아서 나까지 꼼짝 못하게 하는데도. 그 영이 내 귓속에 납을 뚝뚝 떨어뜨리고, 내 뇌 속에 납 방울 같은 사상을 뚝뚝 떨어뜨리는데도.

「오, 차라투스트라여,」그 영은 한 음절 한 음절 조롱하듯 속삭였다. 「그대, 지혜의 돌이여! 그대는 스스로를 높이 던져 올렸다. 그러나 위로 던져진 돌은 반드시 도로 떨어지기 마련이다!

오, 차라투스트라여, 그대 지혜의 돌이여, 그대 힘껏 던져진 돌이여, 그대 별의 파괴자여! 그대는 스스로를 그렇듯 높이 던져 올렸다. 그러나 위로 던져진 돌은 반드시 도로 떨어지기 마련이다!

그대 자신에게 떨어져 그대 자신을 죽일 것이 뻔하다. 오, 차라투스트라여, 그대는 돌을 멀리 던졌다. 하지만 그 돌은 그대에게 도로 떨어질 것이다!」

난쟁이는 이렇게 말하고 입을 다물었다. 침묵이 오래 이어졌다. 난쟁이의 침묵은 나를 짓눌렀다. 그런 식으로 둘이 있는 것은 혼자 있는 것보다 참으로 더 외롭다!

나는 위로 오르고 또 올랐다. 나는 꿈을 꾸었다. 나는 생각했다. 그러나 모든 것이 나를 짓눌렀다. 나는 심한 고통에 지치고 더 심한 악몽에 놀라 잠에서 깨어난 병자 같았다.

그러나 내 안에는 내가 용기라고 부르는 것이 있다. 그것은 지금까지 내 모든 낙심을 죽여 왔다. 그 용기가 내게 마침내 발걸음을 멈추고 이렇게 말할 것을 명령했다. 「난쟁이여! 그대인가! 아니면 나인가!」

용기, 공격하는 용기는 최고의 살해자다. 모든 공격에는 우렁찬 군악 소리가 들어 있기 때문이다.

인간은 가장 용감한 동물이다. 그래서 인간은 모든 동물을 극복했다. 인간은 우렁찬 군악 소리로 모든 고통도 극복했다. 인간의 고통은 가장 깊은 고통이다.

용기는 심연에서의 현기증도 죽인다. 인간이 서 있는 곳이 심연 아닌 곳이 있는가? 보는 것 자체가 심연을 보는 것이 아넌가?

용기는 최고의 살해자다. 용기는 동정심도 죽인다. 동정심은 가장 깊은 심연이다. 인간은 삶을 깊이 들여다보는 만큼 고통도 깊이 들여다본다.

용기, 공격하는 용기는 최고의 살해자다. 그것은 죽음마저도 죽인다. 〈그것이 삶이었는가? 좋다! 한 번 더!〉라고 말하기 때문이다.

그 말 속에서 우렁찬 군악 소리가 울려 퍼진다. 귀 있는 자는 들으라.

2

「멈춰라, 난쟁이여!」 나는 말했다. 「나인가! 아니면 그대인가! 우리 둘 중에서 내가 더 강자다! 그대는 내 심원한 사상을 알지 못한다! 그대는 내 사상을 감당하지 못할 것이다!」

그때 내 힘을 덜어 주는 일이 일어났다. 난쟁이가 내 어깨에서 뛰어내린 것이다. 그 호기심 많은 난쟁이가! 그는 내 앞의 돌 위에 웅크리고 앉았다. 우리가 걸음을 멈춘 바로 그곳에 성문이 하나 있었다.

「이 성문 통로를 보라! 난쟁이여!」 나는 말을 이었다. 「이 성문 통로는 두 개의 얼굴을 가지고 있다. 두 개의 길이 여기에서 마주친다. 이 길들을 끝까지 가본 사람은 아직 아무도 없다.

이 긴 길은 성문 안으로 돌아간다. 이 길은 영원히 이어진다. 그리고 성문 밖으로 나가는 저 긴 길은 또 다른 영원이다.

두 길은 서로 반대되고 서로 정면으로 충돌한다. 그리고 여기 성문 통로에서 마주친다. 저 위에 이 성문 통로의 이름이 〈순간〉이라고 쓰여 있다.

그런데 두 개의 길 가운데 하나를 따라서 계속 앞으로, 앞으로 가는 사람이 있다면, 난쟁이여, 그대는 이 두 길이 영원히 반대되리라고 믿는가?」

　「반듯한 것은 모두 거짓이다.」 난쟁이는 경멸하듯 웅얼거렸다. 「모든 진리는 굽어 있고, 시간마저도 하나의 원이다.」

　「그대 중력의 영이여!」 나는 화를 내며 말했다. 「너무 쉽게 생각하지 말라! 그러지 않으면 이곳에 계속 웅크리고 있도록 그대를 그냥 내버려 두고 떠나겠다, 그대 절름발이여. 내가 그대를 높이 데려오지 않았느냐!」

　「보라, 이 순간을!」 나는 말을 이었다. 「순간이라는 이 성문 통로에서 하나의 영원한 긴 길이 뒤로 뻗어 있다. 우리 뒤에 하나의 영원이 놓여 있다.

　만물 가운데서 달릴 수 있는 것은 틀림없이 이미 언젠가 이 길을 따라 달리지 않았겠느냐? 만물 가운데서 일어날 수 있는 것은 틀림없이 이미 언젠가 일어나고 행해지고 지나가 버리지 않았겠느냐?

　그리고 모든 것이 이미 존재했다면, 난쟁이여, 그대는 이 순간을 어떻게 생각하는가? 이 성문 통로 또한 틀림없이 이미 존재하지 않았겠느냐?

　그리고 만물은 서로 단단히 얽혀 있어서, 이 순간이 앞으로 닥칠 모든 일을 끌어당기지 않겠느냐? 그러니 자기 자신도 끌어당기지 않겠느냐?

　만물 가운데서 달릴 수 있는 것은, 밖으로 이어지는 이 긴 길도 틀림없이 언젠가는 달려야 하기 때문이다.

　그리고 달빛을 받으며 느릿느릿 기어다니는 이 거미와 달빛, 성문 통로에서 속삭이는, 영원한 것들에 대해 속삭이는 그대와 나, 우리 모두 틀림없이 이미 존재하지 않았겠느냐?

　그리고 언젠가는 되돌아와, 밖으로 이어지는 다른 길, 우리 앞에 놓인 저 길고도 으스스한 길을 달려야 하지 않겠느냐? 우리는 영원히 되돌아와야 하지 않겠느냐?」

이렇게 말하는 내 목소리는 점점 작아졌다. 나 자신의 생각과 속셈이 두려웠기 때문이다. 그때 별안간 가까이에서 개 짖는 소리가 들렸다.

개가 저렇게 짖는 소리를 언제 들어 본 적이 있었던가? 내 생각은 과거로 달음박질쳤다. 그렇다! 내가 어린아이였을 때, 까마득한 어린 시절로.

그때 나는 개가 저렇게 울부짖는 소리를 들었다. 그리고 개들도 유령을 믿는 적막한 한밤중에, 개가 털을 곤두세운 채 고개를 쳐들고 부르르 떠는 것도 보았다.

나는 측은한 생각이 들었다. 바로 그때 보름달이 죽은 듯이 고요히 지붕 위로 떠올랐다. 둥근 불덩이 같은 보름달이 조용히, 마치 남의 땅을 밟고 있듯 조용히 납작한 지붕 위에 떠 있었다.

그래서 그때 개가 공포에 사로잡혔던 것이다. 개들은 도둑과 유령의 존재를 믿기 때문이다. 이제 나는 또다시 개가 울부짖는 소리를 듣고 또다시 새삼 측은한 생각이 들었다.

난쟁이는 어디로 가버렸는가? 그리고 성문 통로는? 거미는? 모든 속삭임은? 나는 꿈을 꾸었는가? 나는 꿈에서 깨어났는가? 나는 불현듯 험준한 낭떠러지 사이에 서 있었다. 나 홀로, 삭막하게, 삭막하기 그지없는 달빛 속에서.

그런데 거기에 한 사람이 누워 있었다! 바로 거기에! 개는 털을 곤두세운 채 이리저리 날뛰며 낑낑거렸다. 그러다 내가 가까이 다가오는 것을 보고서 다시 울부짖었다. 크게 짖었다. 개가 그렇게 도와 달라고 울부짖는 소리를 내가 언제 들은 적이 있었던가?

진실로, 생전 처음 보는 광경이 그때 내 눈앞에 펼쳐졌다.

한 젊은 양치기가 일그러진 표정으로 몸을 비비 꼬고 부르르 떨며 캑캑거렸고, 그의 입에는 육중한 검은 뱀 한 마리가 매달려 있었다.

그렇듯 혐오감과 공포에 질린 창백한 얼굴을 내가 언제 본 적이 있었던가? 그는 아마 잠자고 있었을까? 그래서 뱀이 목구멍 속으로 기어 들어가 꽉 문 것이다.

내 손은 그 뱀을 잡아당기고 또 잡아당겼다. 모두 헛수고였다! 내 손은 양치기의 목구멍에서 뱀을 끌어내지 못했다. 그때 내 안에서 외치는 소리가 들렸다. 「물어라! 꽉 물어라!

머리통을 물어라! 물어뜯어라!」 내 안에서 이렇게 외치는 소리가 들렸다. 나의 공포, 나의 증오, 나의 혐오, 나의 연민, 나의 모든 좋은 것과 나쁜 것이 내 안에서 한목소리로 외쳤다.

그대 내 주변의 대담한 자들이여! 그대 탐험가들이여, 모험가들이여, 그리고 꾀 많은 돛을 달고 미지의 바다를 향해한 자들이여, 그대 수수께끼를 즐기는 자들이여!

내가 그때 보았던 수수께끼를 풀어 달라, 더없이 고독한 자의 환영을 해석해 달라.

그것은 환영이고 예견이기 때문이다. 내가 그때 본 것은 무엇의 비유였을까? 그리고 언젠가 반드시 찾아올 자는 누구인가?

뱀이 목구멍 속으로 기어 들어간 양치기는 누구인가? 그렇듯 더없이 육중하고 새까만 것이 목구멍 속으로 기어 들어가게 될 인간은 누구인가?

그러나 양치기는 내가 크게 외친 충고를 좇아 뱀을 물었다. 그는 정통으로 물었다! 그러고는 뱀의 머리통을 멀리 뱉어 냈다. 그는 벌떡 일어났다.

그는 더 이상 양치기도 인간도 아니었다. 그는 변화한 자, 빛에 둘러싸인 자로서 웃고 있었다! 이제까지 지상에서 그처럼 웃은 자는 지금까지 아무도 없었다!

아, 나의 형제들이여, 나는 인간의 웃음소리가 아닌 웃음소리를 들었다. 그리고 이제 갈증이, 결코 충족되지 않을 갈망이 나를 갉아먹는다.

그 웃음에 대한 갈망이 나를 갉아먹는다. 아, 나는 앞으로 삶을 어떻게 견딜 것인가! 그리고 지금 죽는다면 그것은 또 어떻게 견딜 것인가!

차라투스트라는 이렇게 말했다.

원하지 않는 행복에 대하여

차라투스트라는 이러한 수수께끼들을 품고 비통한 심정으로 바다를 항해했다. 그러나 지복의 섬과 친구들 곁을 떠난 지 나흘째 되는 날에는 모든 고통을 극복했다. 그는 다시 당당하고 굳건하게 자신의 운명을 딛고 섰다. 그러고는 기뻐하는 자신의 양심을 향해 이렇게 말했다.

나는 다시 혼자이며, 또 혼자이고자 한다. 맑은 하늘과 드넓은 바다와 더불어 혼자이고자 한다. 그리고 나의 주위는 다시 오후다.

내가 일찍이 처음으로 친구들을 만난 것도 오후였고, 그다음에 친구들을 만난 것도 오후였다. 그것은 모든 빛이 더욱 고요해지는 시각이다.

아직 하늘과 지상 사이를 떠도는 행복이 이제 자신이 머무를 수 있는 밝은 영혼을 찾고 있기 때문이다. 이제 모든 빛이 행복에 겨워 더욱 고요해졌다.

오, 내 삶의 오후여! 나의 행복도 언젠가 머무를 곳을 찾아서 골짜기로 내려갔다. 그곳에서 나의 행복은 마음을 활짝 열고 손님을 반기는 영혼들을 만났다.

오, 내 삶의 오후여! 나의 사상이 힘차게 뿌리를 내리고 나의 최고의 희망에 아침놀이 비치기만 한다면, 이 한 가지를 이룰 수만 있다면 무엇인들 바치지 않으리!

창조하는 자는 일찍이 길동무들과 자신의 희망의 아이들을 찾아 나섰다. 그런데 보라, 창조하는 자가 스스로 먼저 그들을 창조하지 않으면, 그들을 찾아낼 수 없다는 것이 분명해졌다.

나는 이렇게 나의 아이들에게 가고 또 나의 아이들로부터 돌아오며 나의 과업을 수행한다. 차라투스트라는 자신의 아이들을 위해 자신을 완성해야 한다.

인간은 근본적으로 오로지 자신의 아이와 자신의 과업만을 사랑하기 때문이다. 그리고 자기 자신을 열렬히 사랑하는 곳에서, 그 사랑은 잉태의 징후이다. 나는 이것을 깨달았다.

나의 아이들은 생애 첫 봄을 맞이하여 푸릇푸릇 싹이 튼다. 나의 정원과 더없이 비옥한 토양의 나무들이 함께 나란히 서서 바람에 흔들린다.

그리고 진실로! 이러한 나무들이 함께 나란히 서 있는 곳에 지복의 섬들이 있다!

그러나 나는 언젠가 그 나무들을 뽑아서 한 그루 한 그루 따로 심으려 한다. 그 나무들이 고독과 담력과 선견지명을 배울 수 있도록.

그래서 나무들은 옹이 박히고 이리저리 뒤틀린 채 유연하면서도 강인하게 바닷가에 서 있어야 한다. 불굴의 삶을 비춰 주는, 살아 있는 등대여야 한다.

폭풍이 바다에 휘몰아치고 길게 늘어진 산자락이 물을 빨아들이는 곳에서, 나무들은 저마다 자신의 시험과 인식을 위해 밤낮으로 깨어 있어야 한다.

나무들은 나와 같은 종족이고 혈통인지 검증받고 인정받아야 한다. 장구한 의지의 주인인지, 말을 하면서도 말을 아끼는지, 여유로워서 주면서도 받을 수 있는지.

언젠가 나의 길동무가 될 수 있는지. 차라투스트라와 함께 창조하고 함께 기뻐하는 자, 만물을 더욱 완성하기 위해 나의 서판에 나의 의지를 새기는 자가 될 수 있는지.

그리고 그러한 자와, 그와 닮은 자들을 위해 나는 나 자신을 완성해야 한다. 그래서 지금 나는 나의 행복을 멀리하고 온갖 불행에 나를 내맡긴다. 나 자신의 최후의 시험과 인식을 위해.

진실로, 내가 떠나야 할 때가 왔다. 방랑자의 그림자와 기나긴 시간과 가장 고요한 시간이 모두 내게 말했다. 「이제 때가 무르익었다!」

바람이 열쇠 구멍으로 불어와 내게 말했다. 「오라!」 문이 눈치 빠르게 활짝 열리며 내게 말했다. 「가라!」

그러나 나는 나의 아이들을 향한 사랑에 얽매여 있었다. 욕망, 내 아이들의 먹이가 되어 주고 내 아이들을 위해 나 자신을 버리고 싶어 하는 사랑에의 욕망이 내게 그런 올가미를 씌운 것이다.

욕망한다는 것은 나 자신을 잃어버렸다는 것을 뜻한다. 나의 아이들이여, 나는 너희들을 소유하고 있다! 이런 소유에서는 모든 것이 확신이어야 하며 그 어느 것도 욕망이어서는 안 된다.

그러나 내 사랑의 태양은 나를 뜨겁게 내리쬐었고, 차라투스트라는 자신의 체액 속에서 부글부글 끓어올랐다. 그때 그림자들과 의혹들이 내 머리 위로 멀리 날아갔다.

나는 이미 추위와 겨울을 애타게 갈망했다. 「오, 추위와 겨울이 다시 나를 매섭게 부러뜨리고 깨뜨린다면!」 나는 한숨지었다. 그러자 얼음장처럼 차가운 안개가 내 안에서 피어올랐다.

나의 과거가 무덤들을 파헤쳤고, 산 채로 매장당한 많은 고통들이 깨어났다. 고통들은 수의에 몸을 감추고 푹 잠들어 있었을 뿐이다.

모든 것이 내게 신호를 보내며 외쳤다. 「때가 되었다!」 그러나 나는 귀담아듣지 않았다. 마침내 나의 심연이 요동치고 나의 사상이 나를 물어뜯을 때까지.

아, 그대 나의 사상, 심연의 사상이여! 그대를 파헤치는 소리를 듣고도 더 이상 떨지 않을 만큼 나는 언제 강해질 수 있을 것인가?

그대를 파헤치는 소리를 들으면, 나의 마음은 목구멍까지 두근거린다! 그대 심연의 침묵하는 자여! 그대의 침묵도 내 목을 조르려 한다!

나는 지금까지 감히 그대를 위로 불러내지 못했다! 다만 그대를 품고 다니는 것만으로도 충분했다! 나는 지금까지 사자처럼 더없이 오만불손하고 방종하게 굴 만큼 충분히 강하지 못했다.

그대의 무게는 언제나 내게 충분히 두려움의 대상이었다. 그러나 내가 언젠가는 그대를 위로 불러내는 강함과 사자의 목소리를 지니게 되리라!

나는 먼저 그것을 극복하게 되면 더욱더 커다란 것도 극복하려 한다. 그러면 승리가 나의 완성을 확인하는 봉인이 되리라!

그때까지 나는 불확실의 바다를 떠돌 것이다. 우연, 언변 좋은 우연이 내게 아부한다. 아무리 앞을 바라보고 뒤를 바라보아도 아직은 끝이 보이지 않는다.

내 최후의 결전의 시간은 아직 오지 않았다. 아니면 혹시 지금 오고 있는 것일까? 진실로, 바다와 삶이 음흉하면서도 아름답게 나를 에워싸고 바라본다!

오, 내 삶의 오후여! 오, 해 지기 전의 행복이여! 오, 바다 한가운데의 항구여! 오, 불확실 속의 평온이여! 나는 그대들 모두를 얼마나 믿지 못하는가!

진실로, 나는 그대들의 음흉한 아름다움을 믿지 않는다! 나는 지나치게 부드러운 미소를 믿지 않는 연인과도 같다.

질투심에 불타는 남자가 더없이 사랑하는 사람을 냉혹하면서도 다정하게 밀쳐 내듯, 나는 이 지극히 행복한 시간을 밀쳐 낸다.

떠나라, 그대 지극히 행복한 시간이여! 원하지 않는 행복이 그대와 더불어 나를 찾아왔다! 나는 더없이 깊은 고통을 맞이하기 위해 여기 서 있다. 그대는 때를 잘못 찾아왔다!

떠나라, 그대 지극히 행복한 시간이여! 차라리 저기 나의 아이들 곁에서 머물 곳을 찾아라! 서둘러라! 그리고 저녁이 되기 전에 나의 행복으로 그들을 축복하라!

이미 저기 저녁이 다가오고 있다. 해가 지고 있다. 가라, 나의 행복이여!

차라투스트라는 이렇게 말했다. 그러고는 밤새도록 자신의 불행을 기다렸으나 허사였다. 밤은 여전히 밝고 고요했으며, 행복이 직접 그에게 점점 가까이 다가왔다. 그러나 동틀 무렵, 차라투스트라는 마음속으로 크게 웃고 나서 조롱하듯 말했다. 「행복이 나를 뒤쫓아 온다. 그것은 내가 여자들을 뒤쫓지 않기 때문이다. 그런데 행복은 여자이다.」

해 뜨기 전에

오, 내 머리 위의 하늘이여, 그대 순수한 자여! 심오한 자여! 그대, 빛의 심연이여! 나는 그대를 보며 성스러운 욕망에 몸을 부르르 떤다.

그대의 높이로 나를 던지는 것, 그것이 나의 심오함이다! 그대의 순수함 속에 나를 숨기는 것, 그것이 나의 순결함이다.

신의 아름다움은 신을 가린다. 그렇게 그대는 그대의 별들을 숨긴다. 그대는 말하지 않는다. 그렇게 그대는 그대의 지혜를 내게 알린다.

그대는 오늘 나를 향해 요동치는 바다 위로 소리 없이 떠올랐으며, 그대의 사랑과 수줍음은 나의 요동치는 영혼에게 계시의 말을 한다.

그대는 그대의 아름다움 속에 몸을 감추고 아름다운 모습으로 나를 찾아왔다. 그대는 그대의 지혜로움 속에서 몸을 드러내며 소리 없이 내게 말한다.

오, 내가 어떻게 그대 영혼의 수줍음을 전부 헤아리지 못하겠는가! 해 뜨기 전에 그대는 더없이 고독한 나를 찾아왔다.

우리는 처음부터 친구이다. 우리는 원망과 공포와 대지를 공유한다. 우리는 태양도 공유한다.

우리는 너무 많은 것을 알고 있기에 서로에게 말하지 않는다. 우리는 서로를 침묵으로 대하며, 우리가 알고 있는 것을 향해 미소를 보낸다.

그대는 나의 불을 비추어 주는 빛이 아닌가? 그대의 영혼은 나의 통찰력과 자매 사이가 아닌가?

우리는 함께 모든 것을 배웠다. 우리는 함께 우리 자신을 넘어서 우리 자신에게로 높이 올라가 해맑게 미소 짓는 법을 배웠다.

우리의 발밑에서 강요와 목적과 책임이 빗물처럼 증발하면, 아스라이 머나먼 곳에서 빛나는 눈으로 아래를 향해 해맑게 미소 짓는 법을.

그리고 나 홀로 방랑했을 때, 나의 영혼은 밤마다 미로를 헤매며 누구를 갈망했는가? 그리고 산에 올랐을 때는, 산 위에서 그대 아니면 누구를 찾았겠는가?

나의 모든 방랑과 등반, 그것은 부득이한 일이었으며 무력한 자의 임시방편에 지나지 않았다. 나의 온 의지는 오로지 날아가기만을, 그대 안으로 날아가기만을 원한다!

내가 떠도는 구름들과 그대를 더럽히는 모든 것보다 더 증오한 것이 있었던가? 나는 나 자신의 증오가 그대를 더럽혔기 때문에 그것마저 증오했다!

나는 떠도는 구름들, 그 살금살금 돌아다니는 도둑고양이들에게 화가 치민다. 그것들은 그대와 내가 공유하는 것을 빼앗아 간다. 그 엄청나고 무한한 〈그렇다〉와 〈아멘〉의 말을.

우리는 그 간섭하는 자, 거간꾼들에게 화가 치민다. 그 떠도는 구름들에게. 축복하는 법도 철저하게 저주하는 법도 배우지 못한 그 어중이떠중이들에게.

그대 빛나는 하늘이여, 나는 그대가 떠돌이 구름들에게 더럽혀지는 것을 보기보다는 차라리 닫힌 하늘 아래의 통 속에, 차라리 하늘 없는 심연 속에 앉아 있으련다!

나는 떠도는 구름들을 번개의 톱날 같은 금줄로 꽁꽁 묶어두길 종종 갈망했다. 천둥이 되어 그 불룩한 헛배를 북처럼 마구 두들기고 싶었다.

나는 성난 고수(鼓手)이고 싶다. 그것들이 내게서 그대의 〈그렇다!〉와 〈아멘!〉을 강탈해 가기 때문이다, 그대 내 머리 위의 하늘이여, 그대 순수한 자여! 빛이여! 그대 빛의 심연이여! 그것들이 그대에게서 나의 〈그렇다〉와 〈아멘〉을 강탈해 가기 때문이다.

나는 그 조심스럽고 의심 많은 고양이의 조용함보다는 차라리 소란과 천둥과 폭풍우의 저주를 원하기 때문이다. 그리고 인간들 중에서도 더없이 살금살금 걸어다니는 자들, 어중이떠중이들, 의심하며 망설이는 떠돌이 구름들을 누구보다도 미워하기 때문이다.

「축복할 수 없는 자는 저주하는 법을 배워야 한다!」이 밝은 가르침이 밝은 하늘에서 내게로 떨어졌다. 그 별은 어두운 밤에도 나의 하늘에 떠 있다.

그러나 그대가 내 주변을 에워싸고만 있으면, 나는 축복하는 자이고 〈그렇다〉라고 말하는 자이다. 그대 순수한 자여! 빛이여! 그대 빛의 심연이여! 더욱이 나는 〈그렇다〉라는 축복의 말을 모든 심연 속으로 가져간다.

나는 축복하는 자, 〈그렇다〉라고 말하는 자가 되었다. 나는 언젠가는 자유롭게 두 손으로 축복을 내리기 위해 오랫동안 투쟁했으며 투쟁하는 자였다.

모든 사물 위에 각 사물 고유의 하늘로서, 둥근 지붕으로서, 하늘색 종과 영원한 보증으로서 떠 있는 것, 이것이 나의 축복이다. 이렇게 축복하는 자는 더없이 행복하다!

만물은 영원의 샘에서, 선악의 피안에서 세례받기 때문이다. 선악 자체는 중간의 그림자, 눈물 젖은 비애, 떠돌이 구름에 지나지 않는다.

「우연의 하늘, 순수함의 하늘, 우발적인 것의 하늘, 자유분방함의 하늘이 만물 위에 떠 있다.」내가 이렇게 가르치면, 진실로, 이것은 축복이지 결코 모독이 아니다.

〈우발적인 것〉, 이것은 세상의 가장 유서 깊은 고귀함이다. 나는 이 고귀함을 만물에게 돌려주었고, 만물을 목적의 종살이에서 구원했다.

그 어떤 〈영원한 의지〉도 만물 위에 군림하거나 만물 속으로 뚫고 들어가려 하지 않는다고 가르쳤을 때, 나는 그 자유와 하늘의 청명함을 하늘색 종처럼 만물 위에 걸어 놓았다.

〈모든 일에 불가능한 것이 하나 있으니, 그것은 곧 분별력이다!〉라고 가르쳤을 때, 나는 그 의지의 자리에 자유분방함과 어리석음을 앉혔다.

약간의 이성, 이 별 저 별 흩어져 있는 지혜의 씨앗, 이러한 효모가 만물에 섞여 있다. 지혜는 어리석음을 위해 만물에 섞여 있는 것이다!

약간의 지혜는 가능할지도 모른다. 그러나 나는 차라리 우연이라는 발로 춤추는 게 낫다는 행복한 확신을 만물에게서 발견했다.

오, 내 머리 위의 하늘이여, 그대 순수한 자여! 내게는 드높은 자여! 영원한 이성의 거미와 거미줄이 존재하지 않는다는 것이 그대의 순수함이다.

그대가 내게 성스러운 우연을 위한 무도장이라는 것, 그대가 성스러운 주사위와 주사위 놀이를 하는 자들을 위한 신의 탁자라는 것이 그대의 순수함이다!

그대는 얼굴을 붉히는가? 내가 말할 수 없는 것을 말했는가? 내가 그대를 축복하려 하면서 오히려 그대를 모독했는가?

아니면 우리 둘이 함께 있는 것이 부끄러워서 그대의 얼굴이 붉어졌는가? 이제 낮이 다가오니, 그대는 내게 떠나라고, 침묵하라고 이르는가.

세계는 깊다. 일찍이 낮이 생각했던 것보다 더 깊다. 모든 것이 낮 앞에서 말할 수 있는 것은 아니다. 하지만 낮이 다가오니 이제 우리 작별을 고하자!

오, 내 머리 위의 하늘이여, 그대 수줍은 자여! 뜨겁게 이글거리는 자여! 오, 그대 해 뜨기 전의 나의 행복이여! 이제 낮이 다가오니 우리 작별을 고하자!

차라투스트라는 이렇게 말했다.

왜소하게 만드는 덕에 대하여

1

차라투스트라는 다시 뭍에 올랐을 때, 곧장 자신의 동굴이 있는 산으로 가지 않고, 여기저기 돌아다니며 많이 묻고 이런저런 것을 알아보았다. 그러고는 자신에 대해 농담 삼아 말했다. 「굽이굽이 흘러 자신의 근원으로 되돌아가는 강을 보라!」 그는 그사이에 인간에게 무슨 일이 일어났는지, 인간이 예전보다 더 위대해졌는지 더 왜소해졌는지 알고 싶었던 것이다. 그러다 한번은 새로 지은 집들이 죽 늘어선 것을 보고 의아히 여기며 말했다.

「이 집들은 무엇을 의미하는가? 진실로, 위대한 영혼이 자신을 빗대어 세운 것은 아니다!

혹시 철부지 아이가 장난감 상자에서 이 집들을 꺼내 놓은 것은 아닐까? 그렇다면 다른 아이가 장난감 상자에 도로 집어넣으면 좋으련만!

그리고 이 거실들과 방들, 어른들이 과연 이곳을 들락거릴 수 있을까? 이것들은 비단 인형들이나 이것저것 맛보고 결국 자신도 잡아먹히는 도둑고양이들을 위해 만들어진 것처럼 보인다.」

차라투스트라는 발길을 멈추고 곰곰이 생각에 잠겼다. 그러다 이윽고 서글프게 말했다.「모든 것이 더 왜소해졌구나!

어디를 보나 문들이 더 낮아졌다. 나 같은 부류의 사람들이 아직은 지나다닐 수 있지만, 허리를 굽혀야만 하겠구나!

오, 더 이상 허리를 굽힐 필요가 없는 나의 고향, 왜소한 자들 앞에서 더 이상 허리를 굽힐 필요가 없는 나의 고향에 언제나 돌아갈 수 있을까?」차라투스트라는 탄식하며 먼 곳을 응시했다.

바로 그날, 차라투스트라는 왜소하게 만드는 덕에 대해 말했다.

2

나는 눈을 크게 뜨고 군중 사이를 지나간다. 그들은 내가 자신들의 덕을 부러워하지 않는 것을 용서하지 않는다.

그들은 나를 물어뜯는다. 내가 왜소한 자들에게는 왜소한 덕이 필요하다고 말하기 때문이다. 또 내가 왜소한 자들도 필요하다는 것을 수긍하려 하지 않기 때문이다!

나는 낯선 농장에서 암탉들에게까지 마구 쪼이는 수탉과도 같다. 그렇다고 그 암탉들을 나쁘게 생각하지는 않는다.

나는 조금 언짢은 일을 너그러이 대하듯 암탉들도 너그러이 대한다. 작은 일에 가시 돋친 반응을 보이는 것은 고슴도치에게나 어울리는 지혜라고 생각한다.

그들은 모두 저녁에 불가에 모여 앉아 내 이야기를 한다. 내 이야기를 하면서 아무도 나에 대해 생각하지 않는다!

이것은 내가 새로 배운 적막이다. 그들이 내 주변에서 내는 소음은 나의 사상을 외투처럼 뒤덮어 버린다.

그들은 서로 뒤엉켜 떠들어 댄다. 「이 음산한 구름이 우리에게 무엇을 하려는 거지? 그것이 우리에게 역병을 퍼뜨리지 않도록 조심하자!」

얼마 전에, 한 아이가 내게 가까이 다가오려고 하자, 그 어머니가 아이를 낚아채며 말했다. 「아이들을 멀리 데려가요! 저런 눈은 아이들의 영혼을 불태워 버린다고요.」

내가 말하면, 그들은 기침을 한다. 그들은 거센 바람에 기침으로 맞설 수 있다고 생각한다. 그들은 내 행복의 광풍이 얼마나 거센지 짐작조차 하지 못한다!

「우리는 아직 차라투스트라에게 틈을 낼 수 없다.」 그들은 이렇게 항변한다. 그러나 차라투스트라에게 〈틈을 낼 수 없는〉 시간이 무슨 소용이 있겠는가?

그들이 설령 나를 칭송하더라도, 내가 어떻게 그들의 칭송 위에서 잠들 수 있겠는가? 그들의 칭송은 나에게 가시 돋친 허리띠이다. 그 허리띠는 풀어 놓아도 나를 할퀸다.

나는 칭송하는 자가 보답하는 척하지만 사실은 더 많은 선물을 받고 싶어 한다는 것도 그들에게서 배웠다!

그들이 칭송하고 유혹하는 가락이 마음에 드는지 내 발에게 물어보라! 진실로, 내 발은 그런 박자와 똑딱거리는 소리에 맞춰서는 춤추려고도 가만히 서 있으려고도 하지 않을 것이다.

그들은 왜소한 덕으로 나를 유혹하며 칭송하고 싶어 한다. 그들은 왜소한 행복의 똑딱거리는 소리에 보조를 맞추라고 내 발을 설득하고 싶어 한다.

나는 눈을 크게 뜨고 군중 사이를 지나간다. 그들은 더 왜소해졌으며 점점 더 왜소해지고 있다. 그것은 행복과 덕에 대한 그들의 가르침 때문이다.

그들은 안일을 바라는 탓에 덕에 있어서도 겸손하게 군다. 안일과 사이좋게 화합하는 것은 오직 겸손한 덕뿐이다.

그들도 나름대로 걷는 법과 앞을 향해 걸음을 내딛는 법을 배운다. 나는 그것을 그들의 절뚝거림이라고 부른다. 그럼으로써 그들은 급히 서두르는 사람들의 앞을 가로막는 방해물이 된다.

그들 가운데는 앞으로 나가면서 뻣뻣한 목으로 뒤돌아보는 자들이 있다. 나는 그런 자들을 향해 돌진하는 것을 좋아한다.

발과 눈은 거짓말을 해서는 안 되며, 또 서로의 거짓말을 벌해서도 안 된다. 그러나 왜소한 자들 사이에서는 많은 거짓말이 오고 간다.

그들 가운데 몇몇은 스스로 의욕을 갖지만 대부분은 다른 이들의 의욕의 대상일 뿐이다. 그들 가운데 몇몇은 진짜이지만 대부분은 어설픈 배우이다.

그들 중에는 자신도 모르는 사이에 배우가 된 자도 있고 본의 아니게 배우가 된 자도 있다. 진짜는 언제나 드문 법이고, 특히 진짜 배우들은 더욱 그렇다.

남자다운 남자는 별로 없다. 그래서 그들의 여자들이 남성화한다. 충분히 남자다운 자만이 여자 안의 여자를 구원할 것이기 때문이다.

나는 그들 사이에서 명령하는 자들도 섬기는 자들의 덕을 지닌 척하는 것이 최악의 위선이라고 보았다.

「나도 섬기고, 너도 섬기고, 우리는 섬긴다.」 여기에서는 지배하는 자들의 위선도 이렇게 읊조린다. 슬프다, 으뜸가는 지배자가 다만 으뜸가는 종복에 지나지 않다니!

아, 내 눈의 호기심은 그들의 위선 속으로 날아들었다. 그래서 나는 양지바른 창가에서 윙윙거리는 그들 파리 떼의 행복을 속속들이 알게 되었다.

나는 선의가 있는 곳에서 그만큼의 나약함이 있는 것을 본다. 정의와 동정심이 있는 곳에서 그 만큼의 나약함이 있는 것을 본다.

그들은 서로에게 둥글둥글하고 공정하고 친절하다. 마치 모래알들이 모래알들에게 둥글둥글하고 공정하고 친절하듯이.

왜소한 행복을 겸손하게 얼싸안는 것, 그것을 그들은 〈순종〉이라 부른다! 그러면서 벌써 또 다른 왜소한 행복을 겸손하게 흘끔거린다.

그들이 근본적으로 단순하게 가장 많이 바라는 것이 하나 있다. 그것은 누구에게도 상처받지 않으려는 것이다. 그래서 그들은 먼저 자진해서 누구에게나 친절을 베푼다.

그러나 그것은 비겁함이다. 그것이 비록 〈덕〉이라 불릴지라도.

그들, 그 왜소한 자들이 어쩌다 사납게 말하더라도, 내 귀에는 오로지 목쉰 소리만이 들려올 뿐이다. 그들의 목은 바람만 살짝 불어도 쉬어 버리기 때문이다.

그들은 영리하고, 그들의 덕은 영리한 손가락을 가지고 있다. 그러나 그들에게는 주먹이 없어서, 그들의 손가락은 주먹 뒤에 숨을 줄 모른다.

그들에게 덕이란 겸손하고 온순하게 만드는 것이다. 그래서 그들은 늑대를 개로, 인간을 직접 인간의 가장 유용한 가축으로 만들었다.

「우리는 우리의 의자를 한가운데 놓았다.」 그들은 빙긋이 웃으며 내게 말한다. 「배부른 돼지들과 죽어 가는 검투사들로부터 똑같이 멀리 떨어진 곳에.」

그러나 그것은 평범함이다. 그것이 비록 절제라 불릴지라도.

3

나는 군중 사이를 지나며 이런저런 말을 한다. 그러나 그들은 그 말을 받아들일 줄도 간직할 줄도 모른다.

그들은 내가 쾌락과 악덕을 비난하러 오지 않은 것에 놀란다. 진실로, 나는 소매치기들을 조심하라고 경고하러 온 것도 아니다!

그들은 내가 자신들의 영리함을 더욱 재치 있고 예리하게 북돋아 줄 마음이 없는 것에 놀란다. 마치 석필처럼 긁어 대는 목소리로 잘난 척하는 자들로는 아직 충분하지 않은 듯 말이다!

나는 외친다. 「애걸복걸하고 두 손 모아 기도하고 숭배하기 좋아하는 그대들 마음속의 모든 비겁한 악마들을 저주하라.」 그러면 그들은 소리친다. 「차라투스트라는 신을 부정한다.」

특히 그들에게 순종을 가르치는 자들이 그렇게 외친다. 그러나 나는 바로 그런 자들의 귀에 이렇게 소리치는 것을 좋아한다. 「그렇다! 나는 차라투스트라, 신을 부정하는 자이다!」

이 순종의 교사들! 그들은 왜소하고 병들고 부스럼이 내려앉은 곳이라면 어디든 가리지 않고 이처럼 기어다닌다. 내가 그들을 눌러 죽이지 않는 것은 오로지 구역질이 나기 때문이다.

좋다! 나는 그들의 귀에 이런 설교를 들려준다. 나는 차라투스트라, 이렇게 말하며 신을 부정하는 자이다. 「나보다 더 신을 부정하는 자는 누구인가? 나는 기꺼이 그자의 가르침을 받으련다.」

나는 차라투스트라, 신을 부정하는 자이다. 나와 같은 인간을 어디서 찾겠는가? 자신의 의지에 따르며 순종을 거부하는 자들은 모두 나와 같은 인간이다.

나는 차라투스트라, 신을 부정하는 자이다. 나는 온갖 우연을 나의 냄비 안에 넣고 끓인다. 그것들이 완전히 익은 후에야 비로소 나의 음식으로 반긴다.

진실로, 나에게 위압적으로 다가온 우연들이 있었다. 그러나 나의 의지는 그런 우연들에게 더욱더 위압적으로 말했다. 그러자 그것들은 무릎을 꿇으며 간청했다.

내 곁에 머물도록 허락해 달라고 간청했으며 감언이설로 설득하려 했다. 「보라, 오 차라투스트라여, 오로지 벗으로서 벗을 찾아오지 않았는가!」

그러나 아무도 나의 말을 귀담아듣지 않는 곳에서, 내가 무슨 말을 하겠는가! 그러니 차라리 사방의 바람을 향해 외치려 한다.

그대 왜소한 자들이여, 그대들은 더욱더 왜소해지리라! 그대 안일한 자들이여, 그대들은 조각나 부서지리라! 그대들은 파멸의 길을 걸으리라.

그대들의 수많은 작은 덕 탓에, 그대들의 수많은 작은 태만 탓에, 그대들의 수많은 작은 순종 탓에!

그대들의 토양은 너무 인정 많고 너무 유순하다! 그러나 나무는 크게 자라기 위해서 단단한 바위에 단단한 뿌리를 내리려 한다!

그대들이 소홀히 여기는 것도 인류의 미래라는 옷감을 엮어 낸다. 그대들이 하찮게 여기는 것도 미래의 피를 빨아먹고 사는 거미이고 거미줄이다.

그대 왜소한 도덕군자들이여, 그대들이 받는 것은 곧 훔치는 것과 같다. 그러나 악당들 사이에도 명예라는 것이 있어 이렇게 말한다. 「강탈할 수 없는 경우에만 훔쳐라.」

「그것은 내어 주는 것이다.」 이것도 순종의 가르침이다. 그러나 그대 안일한 자들이여, 나는 그대들에게 말한다. 그것은 취하는 것이며, 그대들에게서 점점 더 많은 것을 취할 것이다!

아, 그대들이 온갖 어정쩡한 의욕을 버리고, 태만이든 행동이든 단호하게 결정할 수 있다면 좋으련만!

아, 그대들이 내 이런 말을 이해할 수 있다면 좋으련만! 「언제든 그대들이 의욕하는 것을 하라. 하지만 먼저 의욕할 수 있는 자가 되어라!」

「언제든 그대들의 이웃을 그대 자신처럼 사랑하라. 그러나 먼저 자기 자신을 사랑하는 사람이 되어라.

큰 사랑으로 사랑하고, 큰 경멸로 사랑하라!」 차라투스트라, 신을 부정하는 자는 이렇게 말한다.

그러나 아무도 나의 말을 귀담아듣지 않는 곳에서, 내가 무슨 말을 하겠는가! 내가 여기서 말하기에는 한 시간 너무 이르다.

이 군중 속에서 나는 나 자신의 선구자이며, 어두운 골목길에 울려 퍼지는 나 자신의 닭 울음소리이다.

그러나 그들의 시간이 다가온다! 그리고 나의 시간도 다가온다! 그들은 시시각각으로 더 왜소해지고 더 가난해지고 더 피폐해질 것이다. 가련한 풀포기여! 가련한 토양이여!

머지않아 그들은 메마른 풀밭과 초원처럼 되리라. 진실로, 자기 자신에게 지치리라, 그리고 물보다 불을 더욱 갈망하리라!

오, 번개의 축복받은 시간이여! 오, 정오를 앞둔 비밀이여! 나는 언젠가 그들을 타오르는 불길로, 불꽃 같은 혀를 가진 예언자로 만들리라.

그들은 언젠가 불꽃 같은 혀로 알리리라. 위대한 정오가 다가오고 있다고, 가까이 왔다고!

차라투스트라는 이렇게 말했다.

감람산에서

심술궂은 손님 겨울이 우리 집에 앉아 있다. 내 손은 겨울의 우정 어린 악수 탓에 파래졌다.

나는 이 심술궂은 손님을 존중하지만 혼자 있게 하고 싶다. 이 손님에게서 달아나고 싶다. 발이 빨라야만 그에게서 달아날 수 있다!

나는 따뜻한 생각을 품고 따뜻한 발로 바람 잠잠한 곳으로, 내 감람산의 양지바른 곳으로 달려간다.

거기에서 나는 내 근엄한 손님에게 아랑곳하지 않으며, 그가 우리 집에서 파리들을 잡고 많은 자잘한 소음들을 잠재우도록 호의를 베푼다.

그는 모기 한 마리만 왱왱거려도 참지 못하기 때문이다. 그러니 두 마리는 더욱 말할 것도 없다. 게다가 그는 골목길을 쓸쓸하게 만들어 밤이면 달빛도 두려움에 떤다.

그는 냉혹한 손님이다. 하지만 나는 그를 존중한다. 나는 유약한 자들처럼 배불뚝이 불의 우상에게 기도하지 않는다.

우상을 숭배하기보다는 차라리 이를 조금 덜덜 떠는 편이 낫다! 그 편이 내 천성에 맞다. 나는 무엇보다도 음탕하고 후덥지근하게 김을 내뿜는 불의 우상들을 싫어한다.

나는 사랑하는 사람을 여름보다 겨울에 더욱 사랑한다. 겨울이 우리 집에 앉아 있는 지금, 나는 나의 적들을 더욱 통쾌하고 대담하게 조롱한다.

내가 침대로 기어 들어갈 때조차도 진실로 대담하게 조롱한다. 슬며시 기어든 내 행복도 크게 웃으며 장난을 친다. 내 거짓 꿈도 크게 웃는다.

나는 설설 기는 아첨꾼인가? 나는 힘 있는 자 앞에서 평생한 번도 설설 기며 아첨한 적이 없다. 내가 언젠가 거짓말한 적이 있다면 그것은 사랑에서 나온 거짓말이었다. 그래서 나는 겨울의 침대 속에서도 기쁘다.

호화로운 침대보다 초라한 침대가 나를 더 따뜻하게 해준다. 내가 나의 가난을 시샘하기 때문이다. 그리고 나의 가난은 겨울에 내게 가장 충실하다.

나는 하루하루를 심술로 시작한다. 나는 냉수 목욕을 하며 겨울을 조롱한다. 그 때문에 우리 집을 찾아온 근엄한 손님은 투덜거린다.

나는 촛불로 그 손님을 간질이는 것을 좋아한다. 그러면 그는 마침내 잿빛 어스름 속에서 내게 하늘을 내보낸다.

내가 아침에 유난히 심술궂기 때문이다. 우물가에서 두레박이 달그락거리고 말들이 우는 소리가 잿빛 골목길에 따뜻하게 울려 퍼지는 이른 시각에.

그러면 나는 밝게 빛나는 하늘이, 눈처럼 흰 수염을 기른 겨울 하늘이, 백발의 노인이 마침내 나타나길 조바심치며 기다린다.

종종 자신의 태양마저 숨기는 말 없는 겨울 하늘이!

내가 기나긴 밝은 침묵을 그 겨울 하늘에게서 배웠을까? 아니면 겨울 하늘이 내게서 배웠을까? 아니면 우리 스스로 각자 만들어 내었을까?

모든 좋은 것들의 근원은 수천 겹으로 이루어져 있다. 모든 좋고 자유분방한 것들이 기쁨에 넘쳐 존재 속으로 뛰어든다. 그것들이 어떻게 단 한 번 뛰어드는 것으로 그치겠는가!

기나긴 침묵 또한 좋고 자유분방한 것이며, 눈이 동그랗고 밝게 빛나는 얼굴로 겨울 하늘처럼 내다본다.

겨울 하늘처럼 자신의 태양과 태양의 불굴의 의지를 숨긴다. 진실로, 나는 그러한 기교와 그러한 겨울의 자유분방함을 잘 배웠다!

내가 가장 사랑하는 심술과 기교는, 내 침묵이 침묵을 통해 자신을 드러내지 않는 법을 배웠다는 것이다.

나는 큰 소리로 떠들고 주사위를 달그락거리며 엄숙한 감시자들을 속여 넘긴다. 나의 의지와 목적은 그런 모든 근엄한 감독관들에게서 벗어나야 한다.

그 누구도 내 밑바탕과 최후의 의지를 들여다보지 못하도록, 나는 밝고 기나긴 침묵을 생각해 냈다.

나는 많은 영리한 자들을 발견했다. 그들은 아무도 자신들을 꿰뚫어 보지 못하고 들여다보지 못하도록 얼굴을 가리고 자신의 물을 흐려 놓았다.

그러나 그들보다 더 영리하고 의심 많은 호두까기[10]들이 찾아와, 그들이 꼭꼭 숨겨 둔 물고기를 낚아 올렸다!

그들이 아니라 맑은 자들, 정직한 자들, 투명한 자들이야말로 가장 영리하게 침묵을 지키는 자들이다. 그들의 밑바닥은 아주 깊어서 아무리 맑은 물이라 해도 그것을 드러내지 못한다.

그대 눈처럼 흰 수염을 기르고 침묵을 지키는 겨울 하늘이여, 그대 내 머리 위의 동그란 눈을 가진 백발의 노인이여! 오, 그대 내 영혼과 내 영혼의 자유분방함에 대한 천상의 비유여!

나는 황금을 삼킨 자처럼 나 자신을 감춰야 하지 않겠는가? 사람들이 나의 영혼을 찢어발기지 못하도록.

나는 죽마(竹馬)를 타야 하지 않겠는가? 그들이, 내 주변의 모든 시기심 많은 자들과 고통에 찌든 자들이 나의 긴 다리

---

10 독일어 〈호두를 깨다 eine harte Nuss knacken〉는 관용적 표현으로서, 풀기 어려운 까다로운 문제나 수수께끼를 해결한다는 것을 의미한다. 그러므로 여기에서 호두까기는 〈어려운 문제를 푸는 사람〉을 뜻한다.

를 보지 못하도록.

이 숨 막히고 후덥지근하고 탁하고 시들시들하고 초췌한 영혼들이. 그들의 시기심이 어떻게 나의 행복을 참아 낼 수 있겠는가!

그래서 나는 그들에게 내 산봉우리의 얼음과 겨울만을 보여 준다. 나의 산이 태양의 온갖 허리띠를 두르고 있는 것은 보여 주지 않는다!

그들은 나의 겨울 폭풍이 매섭게 휘몰아치는 소리만을 듣는다. 내가 그리움에 사무친 강렬하고 뜨거운 남풍처럼 따뜻한 바다 위를 지나는 소리는 듣지 못한다.

그들은 나의 재난과 우연을 측은히 여긴다. 그러나 나는 이렇게 말한다. 「우연이여, 내게 얼마든지 오너라. 우연은 어린아이처럼 순진무구하다!」

그들이 어떻게 나의 행복을 참아 낼 수 있겠는가. 만일 내가 재난과 겨울의 시련과 흰곰 털모자와 눈 내리는 하늘로 나의 행복을 감추지 않는다면!

만일 내가 그들의 동정심을 측은히 여기지 않는다면. 이 시기심 많고 고통에 찌든 자들의 동정심을!

만일 내가 그들 앞에서 한숨짓고 추위에 오들오들 떨며 그들이 동정하도록 참을성 있게 내버려 두지 않는다면!

내 영혼은 자신의 겨울과 혹한의 폭풍을 숨기지 않는다. 이것이 바로 내 영혼의 지혜로운 자유분방함이고 호의이다. 내 영혼은 동상에 걸린 것도 숨기지 않는다.

어떤 자의 고독은 병든 자의 도피이고, 또 어떤 자의 고독은 병든 자들로부터의 도피이다.

내가 엄동설한의 추위에 부들부들 떨며 탄식하는 소리를 들을 테면 들어라, 내 주변의 이 가엾은 미련퉁이들아! 나는 부들부들 떨고 탄식하며 그들의 따뜻한 방에서 도망치리라.

내가 동상에 걸린 것을 동정하고 탄식할 테면 하라. 「그는 인식의 얼음으로 우리까지 얼어붙게 만든다!」 그들은 이렇게 한탄한다.

그동안에 나는 나의 감람산에서 따뜻한 발로 이리저리 거닌다. 내 감람산의 양지바른 곳에서 노래를 부르며 모든 동정을 비웃는다.

차라투스트라는 이렇게 말했다.

스쳐 지나감에 대하여

차라투스트라는 이렇듯 여유 있게 많은 군중을 지나고 여러 도시를 거쳐서 자신의 동굴이 있는 산으로 돌아갔다. 보라, 그러다 뜻밖에도 그는 대도시의 성문에 이르렀다. 그런데 거기에서 웬 어릿광대가 입에 거품을 문 채 양팔을 활짝 벌리고 차라투스트라에게 달려들어 길을 가로막았다. 그는 차라투스트라의 말과 화술을 주워들어서 그 넘치는 지혜를 즐겨 빌렸기 때문에, 사람들에게 〈차라투스트라의 원숭이〉라고 불리는 어릿광대였다. 그가 차라투스트라에게 말했다.

「오, 차라투스트라여, 이곳은 대도시입니다. 당신은 이곳에서 뭔가를 찾아내기는커녕 오히려 모든 것을 잃어버릴 것입니다.

어째서 이런 진흙탕 속을 지나가려 합니까? 당신의 발이 불쌍하지 않습니까! 차라리 여기 성문에 침을 뱉고 발길을 돌리십시오!

이곳은 은자들의 사상에게는 지옥과 같은 곳입니다. 위대한 사상들이 산 채로 삶아져서 자글자글 요리되는 곳이지요.

이곳에서 모든 위대한 감정들은 부패하고, 말라비틀어진 감정들만이 시끄럽게 떠들어 댑니다!

정신의 도살장과 음식점 냄새가 진동하지 않습니까? 도살된 정신의 증기가 온 도시에 자욱하지 않습니까?

영혼들이 더러운 누더기처럼 축 늘어져 있는 것이 당신 눈에는 보이지 않습니까? 저들은 이 누더기로 신문을 만들어 냅니다!

정신이 이곳에서 말장난으로 전락한 것이 당신 귀에는 들리지 않습니까? 정신은 말의 역겨운 구정물을 토해 냅니다! 저들은 이 말의 구정물로 신문을 만들어 냅니다.

저들은 어디로 모는지도 모르면서 서로를 몰아댑니다. 저들은 왜 자극하는지도 모르면서 서로를 자극합니다. 저들은 양철을 짤랑거리고 황금을 쩔렁거립니다.

저들은 추위에 떨며 화주(火酒)로 몸을 녹이려 합니다. 저들은 열에 들떠서 얼어붙은 정신으로 몸을 식히려 합니다. 저들은 모두 여론이라는 전염병에 걸려 쇠약해져 있습니다.

이곳에서는 온갖 쾌락과 악덕이 활개치고 있습니다. 그러나 이곳에는 도덕군자들도 있고, 교묘하게 꾸민 덕도 많이 있습니다.

손가락을 놀려 글을 쓰며 오래 앉아 기다리다 엉덩이에 굳은살이 박인 교묘한 덕이 많이 있지요. 그것들은 가슴에 작은 별을 달고 빈약한 엉덩이를 팽팽하게 채워 넣은 딸들을 낳는 축복을 받았습니다.

또한 이곳에는 만군의 주에 대한 경건함, 신심 깊은 아첨과 감언이설도 많이 있습니다.

〈위에서〉 별과 자비로운 침이 뚝뚝 떨어집니다. 별을 달지 못한 가슴들은 저마다 위를 동경합니다.

달에는 궁중이 있고, 그 궁중에는 어리석은 자들이 있습니다. 그러나 걸인의 족속들과 걸인의 모든 교묘한 덕은 그 궁중에서 유래하는 모든 것에 기도를 합니다.

〈나도 섬기고, 너도 섬기고, 우리는 섬긴다.〉모든 교묘한 덕들은 군주를 우러러보며 이렇게 기도합니다. 그에 대한 보답으로 별을 얻어 마침내 여윈 가슴에 달게 되기를 기원하면서!

그러나 달은 여전히 모든 지상적인 것들의 주위를 맴돌고, 군주도 그렇게 여전히 가장 지상적인 것의 주위를 맴돌고 있습니다. 그것은 바로 소상인들의 황금입니다.

만군의 주는 금괴의 신이 아닙니다. 군주는 생각하지만, 소상인은 조종합니다!

오, 차라투스트라여! 당신 안의 밝고 강하고 선한 모든 것을 걸고 맹세합니다. 이 소상인들의 도시에 침을 뱉고 발길을 돌리십시오!

이곳에서는 썩어서 부글부글 거품 이는 미지근한 피들만이 혈관을 타고 흐릅니다. 거대한 쓰레기 더미인 이 대도시, 온갖 찌꺼기들이 모여 부글부글 거품을 내뿜는 이 대도시에 침을 뱉으십시오!

이지러진 영혼과 빈약한 가슴, 날카로운 눈, 끈적거리는 손가락의 도시에 침을 뱉으십시오.

치근거리는 자들, 뻔뻔스러운 자들, 글과 말로 악쓰는 자들, 지나친 야심에 사로잡힌 자들의 도시에.

온갖 썩은 것, 추잡한 것, 음탕한 것, 음산한 것, 물러 터진 것, 곪아 터진 것, 음흉한 것이 마구 뒤섞여 부패하는 곳에. 이 대도시에 침을 뱉고 발길을 돌리십시오!」

그러나 여기에서 차라투스트라는 입에 거품을 문 어릿광

대의 말을 끊고 그의 입을 막았다.

「이제 그만하라!」 차라투스트라는 외쳤다. 「나는 그대의 말과 태도에 구역질이 난 지 오래다!

그대는 왜 스스로 개구리가 되고 두꺼비가 될 정도로 오랫동안 늪가에 살았는가?

썩어서 부글부글 거품 이는 늪의 피가 그대의 혈관을 타고 흐르기 때문에, 이처럼 꽥꽥 시끄럽게 떠들고 남을 비방하는 것을 배운 것이 아니냐?

그대는 왜 숲 속으로 들어가지 않았는가? 아니면 왜 땅을 경작하지 않았는가? 바다가 푸른 섬들로 가득 차 있지 않은가?

나는 그대의 경멸을 경멸한다. 그대는 왜 내게 경고하면서 그대 자신에게는 경고하지 않는가?

나의 경멸과 경고하는 새는 오직 사랑으로부터 날아올라야 한다. 늪으로부터 날아올라서는 안 된다!

그대 입에 거품을 문 어릿광대여, 사람들은 그대를 나의 원숭이라 부른다. 그러나 나는 그대를 나의 투덜대는 돼지라 부른다. 그대의 투덜거림은 어리석음에 대한 나의 예찬마저 욕되게 한다.

처음에 그대를 투덜거리게 한 것이 무엇이었느냐? 그대의 마음이 흡족하도록 아첨한 사람이 없었기 때문이 아니냐. 그래서 그대는 마음껏 투덜거릴 구실을 찾으려고 이 오물 더미 위에 앉아 있었던 것이다.

마음껏 복수할 구실을 찾으려고! 그대 허영심 많은 어릿광대여, 그대가 내뿜는 거품은 모두 복수이기 때문이다. 나는 그대의 속마음을 꿰뚫고 있다!

그러나 설령 그대가 옳다 할지라도 그대의 어리석은 말은 나에게 해가 된다! 그리고 차라투스트라의 말이 백번 옳을지라도 그대는 그 말을 이용해 부당한 짓을 할 것이다!」

차라투스트라는 이렇게 말했다. 그러고는 대도시를 바라보며 한숨을 쉬고 한동안 침묵을 지켰다. 그러다 이윽고 말을 이었다.

이 어릿광대만이 아니라 이 대도시도 구역질 난다. 여기나 저기나 더 나아질 것도 없고 더 나빠질 것도 없다.

이 대도시는 화를 입으리라! 나는 이 도시를 태워 버릴 불기둥을 보기를 바랐다!

그런 불기둥이 위대한 정오의 앞장을 서야 하기 때문이다. 그러나 이런 일에는 때가 있고 또 각자의 운명이 있는 법이다.

그러나 그대 어릿광대여, 나는 작별 인사로서 그대에게 이런 가르침을 남긴다. 더는 사랑할 수 없는 곳은 그저 스쳐 지나가야 한다!

차라투스트라는 이렇게 말하고는 어릿광대와 대도시를 스쳐 지나갔다.

변절자들에 대하여

1

아, 얼마 전까지만 해도 이 초원을 푸르고 울긋불긋하게 만들었던 것들이 어느새 모두 잿빛으로 시들었구나! 나는 얼마나 많은 희망의 꿀을 이곳에서 내 벌통으로 날랐던가!

그 젊은 가슴들이 어느새 모두 늙어 버렸다. 아니, 늙어 버린 것이 아니다! 다만 지치고 천박해지고 안일해졌을 뿐이다. 그들은 그것을 가리켜 〈우리는 다시 경건해졌다〉라고 말한다.

얼마 전까지만 해도 나는 그들이 이른 아침에 씩씩한 발걸음으로 달려 나가는 것을 보았다. 그러나 그들의 인식의 발은 지쳐 버렸으며, 그들은 이제 자신들의 아침의 씩씩함마저 헐뜯고 있다!

진실로, 그들 가운데는 한때 춤꾼처럼 다리를 들어 올린 자들도 더러 있었다. 내 지혜의 웃음이 그들에게 눈짓했고, 그러자 그들은 생각에 잠겼다. 방금 나는 그들이 몸을 굽히고 십자가를 향해 기어가는 것을 보았다.

그들은 한때 모기들과 젊은 시인들처럼 빛과 자유를 찾아 훨훨 날아다녔다. 그런데 나이가 조금 들고 열정이 조금 식자, 그들은 어느새 음흉한 자, 뒤에서 수군거리는 자, 난롯가에 쪼그리고 앉아 있는 자들이 되어 버렸다.

고독이 고래처럼 나를 삼켜 버린 탓에, 그들의 마음이 꺾인 것일까? 그들의 귀가 나와 나의 나팔 소리와 전령의 외침을 애타게 너무나 오랫동안 헛되이 기다렸던 것일까?

아! 용기와 자유분방함을 오랫동안 마음속에 품고 있는 자가 그들 가운데는 언제나 소수에 지나지 않는다. 그러한 자들은 정신도 참을성이 있다. 그러나 나머지 인간들은 비겁하다.

나머지 인간들, 그들은 언제나 대다수이다. 평범한 이들, 쓸모없는 이들, 넘치도록 많은 이들. 그들은 모두 비겁하다!

나와 같은 부류의 인간은 나와 같은 경험을 하게 될 것이다. 그래서 송장과 어릿광대를 첫 번째 길동무로 삼아야 할 것이다.

그러나 두 번째 길동무들은 그의 신도라고 자처할 것이다.

살아 있는 무리, 많은 사랑, 많은 어리석음, 많은 설익은 숭배.

나와 같은 부류의 인간은 그런 신도들에게 마음이 얽매여서는 안 된다. 덧없고 나약한 인간의 품성에 대해 잘 아는 자는 그런 봄날과 울긋불긋한 초원을 믿어서는 안 된다!

그들은 다른 것을 할 수 있다면 다른 것도 원할 것이다. 어중이떠중이들이 전부를 망치고 있다. 나뭇잎들은 시들기 마련인데, 한탄해서 무엇하겠는가?

오, 차라투스트라여, 나뭇잎들이 떨어지도록 내버려 두어라! 한탄하지 말라! 그것들은 차라리 살랑대는 바람에 흩날리도록 두어라.

오, 차라투스트라여, 이 나뭇잎들을 흩날리게 하라. 시든 것들이 모조리 그대에게서 더 빨리 사라지도록!

2

「우리는 다시 경건해졌다.」 변절자들은 이렇게 고백한다. 그들 중에는 너무 비겁해서 이런 고백조차 하지 못하는 자들도 더러 있다.

나는 그런 자들의 눈을 똑바로 바라보며, 그들의 얼굴과 붉어진 뺨에 대고 말한다. 그대들은 다시 기도하는 자가 되었다!

그러나 기도하는 것은 오욕이다! 모든 자들에게는 아니지만, 그대와 나와 양심이 머릿속에 살아 있는 자들에게는 오욕이다. 그대에게는 기도하는 것이 오욕이다!

그대도 그것은 잘 알고 있다. 두 손을 깍지 끼고 하릴없이 빈둥거리며 더 편하게 살고 싶어 하는, 그대 안의 비겁한 악마. 이 비겁한 악마가 〈신은 존재한다〉고 그대를 설득하는 것이다.

그러나 그렇게 되면 그대는 빛 속에서는 결코 마음 편히 쉬지 못하는, 빛을 꺼리는 무리에 끼게 된다. 그대는 이제 날마다 머리를 밤과 안개 속으로 더 깊이 밀어 넣어야 한다!

그리고 진실로, 그대는 때를 잘 선택했다. 지금 마침 밤의 새들이 다시 날아오르기 때문이다. 빛을 꺼리는 모든 무리를 위한 때가 되었다. 저녁 시간, 〈휴식〉 없는 휴식 시간이.

나는 귀로 듣고 코로 냄새 맡는다. 그들이 몰려다니며 사냥을 할 시간이 되었다. 거친 사냥이 아니라, 온순하고 무기력하게 코를 벌름거리며 살금살금 걸어다니는 자들, 소리 죽여 기도하는 자들이 사냥을 할 시간이.

감정이 풍부한 위선자들을 사냥할 시간이. 마음을 옭아맬 온갖 쥐덫이 이제 다시 놓였다! 내가 커튼을 젖히면 작은 나방 한 마리가 쏜살같이 날아 나온다.

이 나방은 다른 작은 나방과 함께 거기 웅크리고 있었을까? 삼삼오오 무리 지어 숨어 있는 신도들의 냄새가 곳곳에서 나기 때문이다. 골방이 있는 곳마다 새로운 기도쟁이들과 그 기도쟁이들이 내뿜는 체취로 가득하다.

그들은 기나긴 저녁 내내 모여 앉아 말한다. 「우리가 다시 어린아이처럼 되어서 〈사랑의 주님!〉이라고 말하게 하소서!」 달콤한 과자를 만들어 내는 경건한 자들 때문에 그들의 입과 위는 망가졌다.

혹은 그들은 교활하게 숨어서 먹이를 기다리는 십자 거미를 기나긴 저녁 내내 지켜본다. 십자 거미는 다른 거미들에게 영리하게 살라고 설교하며 이렇게 가르친다. 「십자가 밑은 거미줄을 치기에 딱 좋은 곳이다!」

혹은 그들은 낮에 늪가에서 낚싯대를 드리우고 앉아서는 그러는 자신들이 심오하다고 믿는다. 그러나 나는 물고기가 없는 곳에서 낚시질하는 자들에게는 천박하다는 말조차 입에 올리고 싶지 않다!

혹은 그들은 노래하는 시인에게서 경건하고 즐겁게 하프 타는 법을 배운다. 그 시인은 하프로 젊은 여인들의 마음을 사로잡으려 하는데, 늙은 여인들과 그들의 칭송에 싫증이 났기 때문이다.

  혹은 그들은 박식한 반미치광이에게서 등골 오싹해지는 법을 배운다. 그 반미치광이는 망령들이 나타나서 자신이 완전히 혼비백산해지기를 어두운 방 안에서 기다린다!

  혹은 그들은 처량한 바람에게 처량한 곡조를 배워 삘리리 닐리리 피리 부는 떠돌이 노인에게 귀를 기울인다. 그 노인은 이제 바람 소리에 맞추어 피리를 불며 처량한 곡조로 처량함을 설교한다.

  그들 중 몇몇은 심지어 야경꾼이 되었다. 그들은 이제 호각을 부는 법을 배워서, 밤마다 이리저리 돌아다니며 오래전에 잠들어 버린 옛일들을 깨우는 법을 터득했다.

  어젯밤 나는 정원의 담장 옆에서 옛일에 대한 다섯 가지 말을 들었다. 그것은 늙고 무뚝뚝하고 처량한 야경꾼들의 입에서 흘러나온 것이었다.

  「그는 아버지로서 자식들을 제대로 돌보지 않아. 이 점에서는 인간의 아버지들이 더 나아!」

  「그는 너무 늙었어! 벌써부터 자식들을 전혀 돌보지 않는다고.」 다른 야경꾼이 이렇게 대답했다.

  「그에게 자식들이 있기는 한 거야? 그 자신이 증명하지 않는데, 누가 그것을 증명할 수 있겠어! 그가 한 번쯤 그것을 철저히 증명해 주기를 나는 벌써 오래전부터 바랐다고.」

  「증명이라고? 그가 마치 한 번이라도 뭘 증명한 적이 있는 듯한 말투군! 그에게는 증명하는 것이 어려운 일이라고. 그는 사람들이 자신을 믿게 하는 데 역점을 두고 있어.」

  「맞아, 맞아! 믿음은 그를 행복하게 하지, 그에 대한 믿음

말이야. 늙으면 다 그래! 우리도 마찬가지라고!」

빛을 꺼리는 늙은 야경꾼 두 사람은 이렇게 말을 주고받고는 처량하게 호각을 불었다. 이것은 지난밤에 정원의 담장 옆에서 있었던 일이다.

그러나 내 심장은 너무 우스워서 뒤틀리다 못해 터질 것만 같았으며, 어디로 가야 할지 갈피를 잡지 못하다가 그만 횡격막 속으로 가라앉았다.

진실로, 당나귀가 술 취한 꼴을 보고 이처럼 신을 의심하는 야경꾼들의 이야기를 듣고 웃다가, 나는 그만 숨이 막혀 죽을 것이다.

그러한 의심들도 모두 이미 오래전에 지나가 버린 일이 아닌가? 그렇게 잠들어 있는, 빛을 꺼리는 옛일들을 이제 와서 누가 깨울 수 있을 것인가!

옛 신들은 이미 오래전에 종말을 고했다. 그리고 진실로, 그들은 신으로서 유쾌하고 멋진 최후를 맞이했다!

그들은 〈졸다가〉 죽음을 맞이하지 않았다. 그렇게 말하면 거짓말이다! 오히려 그들 스스로 언젠가 웃다가 죽음을 맞이했다!

그것은 어느 신의 입에서 신을 극단적으로 부정하는 말이, 〈하나의 신만이 존재한다! 너희는 나 말고 다른 신을 섬겨서는 안 된다!〉라는 말이 나왔을 때 일어난 일이다.

신의 분노한 늙은 수염, 질투심에 사로잡힌 수염은 그렇게 제정신을 잃었다.

그때 모든 신들은 웃음을 터뜨렸고, 의자에 앉아 몸을 흔들며 외쳤다. 「신들은 존재하지만 하나의 신은 존재하지 않는다는 것이야말로 신성(神聖)이 아니겠는가!」

들을 귀 있는 자는 들으라!

차라투스트라는 그가 사랑하는 도시, 〈얼룩소〉라고 불리는 도시에서 이렇게 말했다. 바로 거기에서 이틀만 더 걸으면 그의 동굴과 짐승들이 있는 곳에 도착할 것이었다. 귀향이 임박하자 그의 영혼은 기쁨에 넘쳤다.

귀향

오, 고독이여! 그대 나의 고향인 고독이여! 나는 너무 오랫동안 삭막한 타향에서 삭막하게 살았기에 눈물 없이는 그대에게 돌아갈 수가 없구나!

어머니들이 꾸짖듯 손가락으로 나를 꾸짖어 주고, 어머니들이 미소를 짓듯 내게 미소를 지어 달라. 그리고 이렇게 말하라. 「그 언젠가 내게서 폭풍처럼 쏜살같이 달아난 자는 누구였느냐?

〈나는 너무 오랫동안 고독과 함께 앉아 있어서 침묵하는 법을 잊어버렸다!〉라고 외치며 떠난 자는 누구였느냐? 그것을 이제 그대는 배웠는가?

오, 차라투스트라여, 나는 모든 것을 알고 있다. 그대 외톨이여, 그대가 예전에 내 곁에 있었을 때보다 많은 사람들 틈에서 더 버림받아 쓸쓸했다는 것도 알고 있다!

버림받는 것과 고독은 다른 것이다. 그것을 이제 그대는 배웠다! 그리고 그대가 사람들 속에서 언제나 삭막하고 낯선 존재라는 것도 배웠다.

그들이 그대를 사랑할 때조차도 그대는 삭막하고 낯선 존재라는 것을. 그들은 무엇보다도 모두에게 보살핌받기를 원하기 때문이다.

그러나 여기는 그대의 고향이고 안식처다. 여기에서 그대는 무슨 말이든 할 수 있고 모든 속마음을 털어놓을 수 있다. 여기에서는 고집스럽게 숨어 있는 감정들을 부끄러워할 필요가 없다.

여기에서는 만물이 애교를 부리며 그대의 말[言]을 찾아오고 그대에게 아양을 떤다. 그것들은 그대의 등을 타고 달리기를 원하기 때문이다. 여기에서 그대는 온갖 비유의 등을 타고 온갖 진리를 향해 달려간다.

그대는 여기에서 만물을 향해 정직하고 성실하게 말할 수 있다. 그리고 진실로, 누군가가 솔직하게 만물과 이야기를 나눈다면, 그것은 만물의 귀에 얼마나 찬사로 들리겠는가!

그러나 버림받는 것은 다르다. 오, 차라투스트라여, 그대는 아직 기억하고 있는가? 그 당시 그대의 새는 그대의 머리 위에서 크게 울어 댔고, 그대는 숲 속에서 어디로 가야 할지 갈피를 잡지 못한 채 시체 옆에 서 있었던 일을.

그대가 이렇게 말했던 일을. 〈나의 짐승들이여, 부디 나를 인도해 달라! 나는 짐승들보다 인간들과 함께 있는 것이 더 위험하다는 것을 깨달았다.〉 그것이 바로 버림받은 것이었다!

오, 차라투스트라여, 그대는 아직 기억하고 있는가? 그대가 그대의 섬에 앉아 빈 통들 사이에서 샘물처럼 솟아나는 포도주를 베풀고 나누어 주던 일을, 목마른 자들에 둘러싸여 포도주를 따르고 부어 주던 일을.

그러다 그대는 마침내 술 취한 자들 사이에서 홀로 목말라 하며 밤마다 탄식했다. 〈주는 것보다 받는 것이 더 행복하지 않은가? 그리고 받는 것보다는 훔치는 것이 더 행복하지 않은가?〉 그것이 바로 버림받은 것이었다!

오, 차라투스트라여, 그대는 아직 기억하고 있는가? 그대의 가장 고요한 시간이 찾아와서 그대를 그대 자신으로부터 멀리 몰아내던 일을. 〈말하라, 그리고 부서져라!〉라고 그대의 귀에 사악하게 속삭이던 일을.

그대의 가장 고요한 시간이 그대의 모든 기다림과 침묵을 후회하게 만들고 그대의 겸손한 용기를 꺾어 버리던 일을. 그것이 바로 버림받은 것이었다!」

오, 고독이여! 그대 나의 고향인 고독이여! 그대의 목소리는 나를 향해 얼마나 기쁘고 다정하게 말하는가!

우리는 서로에게 묻지 않고 서로에게 불평하지 않는다. 우리는 열린 마음으로 열린 문들을 통해 함께 나아간다.

그대의 주변은 활짝 열려 있고 환하기 때문이다. 여기에서는 시간들도 한결 가벼운 발걸음으로 달린다. 시간은 빛 속보다 어둠 속에서 더 무겁기 때문이다.

여기에서는 모든 존재의 말과 말을 담아 두는 상자가 나를 향해 활짝 열린다. 모든 존재가 여기에서 말이 되려 하고, 모든 생성(生成)이 여기에서 내게 말하는 법을 배우려 한다.

그러나 저기 아래에서는 모든 말이 부질없는 짓이다! 저기에서는 잊어버리는 것과 스쳐 지나가는 것이 최선의 지혜이다. 그것을 나는 이제 배웠다!

인간들 곁에서 모든 것을 파악하려는 자는 모든 것을 만져 봐야 할 것이다. 그러나 그러기에는 내 손이 너무도 깨끗하다.

나는 그들의 숨결조차 들이마시고 싶지 않다. 아, 내가 그들의 소란과 역겨운 숨결 속에서 그토록 오랫동안 살았다니!

오, 나를 에워싼 복된 정적이여! 오, 나를 에워싼 순수한 향기여! 오, 이 정적이 깊은 가슴속으로부터 어떻게 순수한 숨결을 들이마시는가! 오, 어떻게 귀를 기울이는가, 이 복된 정적이!

그러나 저기 아래에서는 모든 것이 말을 하지만, 그 누구도 귀담아듣지 않는다. 누군가가 종을 울리며 자신의 지혜를 알리더라도, 시장 상인들의 쩔렁거리는 동전 소리가 그 지혜의 소리를 덮어 버릴 것이다.

그들 곁에서는 모든 것이 말을 하지만, 그 누구도 더는 이해하지 못한다. 모든 것이 수포로 돌아가고, 그 어느 것도 더는 깊은 샘 속으로 흘러들지 못한다.

그들 곁에서는 모든 것이 말을 하지만, 그 어느 것도 이루어져서 끝을 맺는 법이 없다. 모든 것이 시끄럽게 떠들어 대는데, 조용히 둥지에 앉아서 알을 품을 자가 어디 있겠는가?

그들 곁에서는 모든 것이 말을 하고, 모든 것이 지겹도록 곱씹어진다. 그래서 어제까지만 해도 시간과 시간의 치아로 씹기에는 너무 딱딱했던 것이 오늘은 완전히 씹히고 뭉개져서 현대인들의 입에 매달려 있다.

그들 곁에서는 모든 것이 말을 하고, 모든 것이 누설된다. 그래서 예전에는 심오한 영혼의 비밀이고 내밀한 일이라고 불렸던 것이, 오늘날에는 골목길의 나팔수나 다른 경박한 수다쟁이의 일이 되어 버렸다.

오, 인간이여! 그대 기이한 자여! 그대 어두운 골목길의 소음이여! 나는 이제 다시 그대에게서 벗어났다. 나의 가장 큰 위험에서 벗어났다!

나의 가장 큰 위험은 언제나 보살핌받고 동정받는 데 있었다. 모든 인간은 보살핌받고 동정받으려 한다.

바보처럼 손을 놀리고 어리석게 굴면서 진실을 숨기고, 동정심에서 나온 작은 거짓말을 늘어놓으며, 나는 인간들 사이에서 언제나 이렇게 살았다.

나는 자신을 감추고 그들 사이에 앉아 있었다. 마치 내가 그들을 견디어 낼 수 있는 양 나 자신을 부정할 각오를 하고, 〈그대 바보여, 그대는 인간들을 모른다!〉라고 나 자신을 설득했다.

인간들 틈바구니에 섞여 살다 보면 인간들이 어떤 존재인지 잊어버린다. 인간들은 모두 눈앞의 것에 너무 연연해한다. 그러니 멀리 보고 멀리 갈망하는 눈이 거기서 무슨 소용이 있겠는가!

그리고 그들이 나를 오해하면, 오히려 그 때문에 나는 바보처럼 나 자신보다 그들을 더 감싸고돌았다. 나에 대한 냉혹함에 익숙해졌으며, 그들을 감싸고도는 나 자신에게 종종 복수했다.

나는 그들 사이에 앉아서 독파리 떼에게 마구 쏘이고 악의의 물방울에 돌멩이처럼 움푹 패며, 〈모든 왜소한 것들은 자신의 왜소함에 책임이 없다!〉라고 나 자신을 타일렀다.

나는 특히 〈선하다〉고 자처하는 자들이야말로 가장 독살스러운 파리라는 것을 알게 되었다. 그들은 순진무구한 척 쏘아 대고 순진무구한 척 거짓말을 늘어놓는다. 그러니 그들이 어떻게 내게 공정할 수 있겠는가!

동정심은 선한 자들 사이에서 사는 자에게 거짓말하는 법을 가르친다. 동정심은 모든 자유로운 영혼들의 숨을 막히게 한다. 선한 자들의 어리석음은 그 깊이를 헤아릴 수 없기 때문이다.

나 자신과 나의 풍요로움을 감추는 것, 그것을 나는 저 아래에서 배웠다. 모든 이들의 정신이 가난하다는 것을 알게 되었기 때문이다. 내가 모든 이들에 대해 알고 있었다는 것은 내 동정심에서 우러나온 거짓이었다! 그들 정신의 어떤 면이 충분하고 그들 정신의 어떤 면이 지나치게 많은지 눈으로 보고 코로 냄새 맡았다는 것은.

그들의 완고한 현자들, 나는 그들을 지혜롭다고 일컬었지 완고하다고는 일컫지 않았다. 이렇게 나는 말을 삼키는 법을 배웠다. 그 무덤 파는 자들, 나는 그들을 연구자와 심사자라고 불렀다. 이렇게 나는 말을 바꾸는 법을 배웠다.

무덤 파는 자들은 무덤을 파다 병에 걸린다. 오래된 토사 아래에는 나쁜 독기가 도사리고 있다. 그 수렁을 휘저어서는 안 된다. 사람은 산 위에서 살아야 한다.

나는 축복받은 콧구멍으로 다시 산의 자유를 들이마신다! 마침내 나의 코는 모든 인간의 냄새로부터 구원받았다!

매서운 바람이 마치 샴페인처럼 간질이자, 나의 영혼은 재채기를 한다. 재채기를 하며 환호성을 지른다. 건강을 위하여!

차라투스트라는 이렇게 말했다.

세 가지 악에 대하여

1

오늘 꿈속에서, 새벽녘의 마지막 꿈속에서 나는 어느 곳에 서 있었다. 세계 저편에서, 나는 저울을 들고 세계의 무게를 재었다.

오, 아침놀은 너무나도 일찍 나를 찾아왔다. 그것은 붉게 달아오르며 나를 깨웠다, 그 질투심 많은 아침놀은! 그것은 언제나 내 아침 꿈이 뜨겁게 달아오르는 것을 질투한다.

시간이 있는 자에게는 잴 수 있는 것, 능숙하게 저울질하는 자에게는 저울로 달 수 있는 것, 날개가 튼튼한 자에게는 날아서 도달할 수 있는 것, 성스러운 호두까기들에게는 알아맞힐 수 있는 것. 나의 꿈은 세계를 이런 것이라 보았다.

나의 꿈, 반은 배이고 반은 돌풍인 대담한 항해자, 나비처럼 말이 없고 매처럼 조급한 항해자. 그런 내 꿈이 어떻게 오늘 세계를 저울질할 인내심과 여유를 갖게 되었을까!

모든 〈무한한 세계〉를 조롱하는 내 지혜가, 웃으며 깨어 있는 낮의 지혜가 내 꿈에게 은밀히 말을 건넨 것일까? 그 지혜는 이렇게 말하기 때문이다. 「힘이 있는 곳에서는 수(數)도 주인이 된다. 수는 더 많은 힘을 소유한다.」

내 꿈은 얼마나 자신만만하게 이 유한한 세계를 응시했던가? 새것에 대한 욕심도 옛것에 대한 욕심도 없이, 두려워하는 마음도 애원하는 마음도 없이.

마치 껍질이 우단처럼 보드랍고 시원한 황금빛 사과, 탐스럽게 잘 익은 사과 하나가 내 손에 쥐어지듯, 세계가 내게 주어졌다.

마치 먼 길에 지친 이들이 등을 기대고 발을 얹을 수 있도록 구부러진 나무, 가지가 무성하고 의지가 강한 나무가 내게 손짓하듯, 세계가 내 곁에 있었다.

마치 우아한 두 손이 궤를 하나 건네듯, 수줍게 연모하는 눈을 황홀하게 하려고 열어 놓은 궤를 내게 건네듯, 세계가 오늘 내게 자신을 내밀었다.

인간의 사랑을 쫓아 버릴 만한 수수께끼도 아니고 인간의 지혜를 잠재울 만한 해결책도 아닌 세계, 사람들이 그토록 나쁘다고 헐뜯는 세계가 오늘 내게는 인간적으로 좋아 보였다!

아침 꿈이 오늘 이른 새벽에 세계를 저울질하게 해주었으니 얼마나 고마운가! 마음을 위로해 주는 그 꿈은 인간적으로 좋은 일로서 내게 다가왔다!

그래서 낮에 나는 그 꿈을 본받아 꿈의 가장 좋은 점을 배우고 익힌다. 나는 이제 가장 악한 세 가지 것을 저울 위에 올려놓고 인간적으로 잘 저울질하려 한다.

축복하는 것을 가르친 자가 저주하는 것도 가르쳤다. 이 세상에서 가장 심하게 저주받은 세 가지는 무엇인가? 나는 그 세 가지를 저울 위에 올려놓으려 한다.

육욕, 지배욕, 이기심. 이 세 가지가 지금까지 가장 심하게 저주받았으며 가장 혹독하게 평가받고 왜곡되었다. 나는 이 세 가지를 인간적으로 잘 저울질하려 한다.

자! 여기에 나의 곶이 있고 저기에 바다가 있다. 저 바다가 물결치며 나를 향해 다가온다, 머리가 백 개 달리고 개의 형상을 한 충실하고 늙은 괴물, 내가 사랑하는 털북숭이 괴물이 애교를 부리며 다가온다.

자! 여기서 나는 물결치는 바다 위로 저울을 들려 한다. 그리고 이것을 지켜볼 증인으로 그대를 선택한다, 그대 은자의 나무여, 진한 향기를 내뿜으며 넓고 둥글게 가지 친 내 사랑하는 나무여!

현재는 미래를 향해 어떤 다리를 건너가는가? 높은 것이 낮은 것을 향하도록 강요하는 것은 무엇인가? 그리고 가장 높은 것을 더 높이 자라도록 명령하는 것은 무엇인가?

저울은 이제 잠잠히 수평을 유지하고 있다. 나는 세 가지 무거운 질문을 한쪽 저울판에 던져 놓았고, 다른 쪽 저울판에는 세 가지 무거운 대답이 놓여 있다.

2

육욕, 이것은 참회의 옷을 걸친 채 육체를 경멸하는 모든 이들에게는 가시밭길이고 형벌의 기둥이며, 배후 세계를 믿는 모든 이들로부터는 〈속된 것〉이라고 저주받는 것이다. 육욕이 혼란과 오류를 가르치는 모든 교사들을 비웃고 조롱하기 때문이다.

육욕, 이것은 천민들에게는 서서히 그들의 몸을 태우는 불길이며, 모든 벌레 먹은 목재와 악취 진동하는 누더기에게는 언제든 불길과 연기를 내뿜는 난로이다.

육욕, 이것은 자유로운 마음의 소유자들에게는 순수하고 자유로운 것이며, 지상에서 맛보는 낙원의 행복이고, 모든 미래가 현재에게 보내는 충만한 감사이다.

육욕, 이것은 쇠진한 자들에게는 달콤한 독이지만, 사자의 의지를 가진 자들에게는 뛰어난 강심제이고 정성껏 보관한 포도주 중의 포도주이다.

육욕, 이것은 더 높은 행복과 최고의 희망을 암시하는 커다란 비유적인 행복이다. 많은 이들에게 혼인과 혼인 이상의 것을 약속하기 때문이다. 남자가 여자에게 여자가 남자에게 낯선 것보다 자신이 자신에게 더 낯선 많은 이들에게. 그런데 남자와 여자가 서로 얼마나 낯선지 완전히 깨달은 자가 있을까!

육욕, 그러나 나는 나의 사상과 또한 나의 말의 주변에 울타리를 치려 한다. 돼지와 광신자들이 나의 정원에 침입하지 못하도록!

지배욕, 이것은 지극히 냉혹한 자들을 후려치는 벌겋게 달아오른 채찍이고, 지극히 잔인한 자들이 스스로 벌어들인 무서운 고문이며, 산 채로 화형시키는 음산한 불길이다.

지배욕, 이것은 허영심에 찌든 민족들에게 달라붙는 사악한 쇠파리이다. 이것은 모든 모호한 덕을 비웃으며, 아무 데서나 잘난 체 하고 자랑을 일삼는다.

지배욕, 이것은 모든 썩어 빠진 것과 속 빈 강정을 부수고 깨뜨리는 지진이다. 발을 구르고 으르렁거리며 겉치레 요란한 무덤들을 응징하는 파괴자이고, 섣부른 대답에 번개를 내리치는 물음표이다.

지배욕, 이것의 눈초리 앞에서 인간은 설설 기고 고개를 조아리고 노예처럼 복종하며 뱀이나 돼지보다도 더 비천해진다. 그러다 마침내 인간 안에서 커다란 경멸의 부르짖음이 터져 나올 때까지.

지배욕, 이것은 커다란 경멸을 가르치는 무서운 선생이며, 도시들과 국가들의 면전에 대고 〈너는 물러가라!〉라고 호통을 친다. 그러다 마침내 도시들과 국가들에게서 〈나는 물러가겠다!〉라는 부르짖음이 터져 나올 때까지.

지배욕, 그러나 이것은 순수한 자들과 고독한 자들, 그리고 자족하는 고귀한 자들을 향해서도 유혹하며 올라간다. 지상의 하늘에 자줏빛 환희를 그리며 유혹하는 사랑처럼 붉게 달아오른다.

지배욕, 그러나 고귀한 것이 아래를 향해 권력을 탐하는 것을 누가 병적인 욕망이라고 부르겠는가! 진실로, 이러한 탐욕과 낮춤에는 병적인 것도 병적인 욕망도 없다!

고독한 고귀함은 영원히 고독하려 하지 않으며 자신에게 만족하지 않는다. 산봉우리는 골짜기를 향해 다가가고, 높은 곳의 바람은 낮은 곳을 향해 불어 간다!

오, 누가 이러한 갈망을 위한 올바른 이름과 덕목을 찾아낼 수 있겠는가! 〈베푸는 덕〉, 차라투스트라는 일찍이 그 이름 붙이기 어려운 것을 이렇게 불렀다.

그때 차라투스트라의 말이 이기심을, 막강한 영혼에서 샘솟는 건강하고 건전한 이기심을 복되다고 찬미하기도 했다. 진실로, 그것은 그때 처음으로 일어난 일이었다!

주위의 모든 사물들을 거울처럼 비추어 주는 아름답고 당당하고 활기찬 육체, 고귀한 육체에 어울리는 막강한 영혼에서 샘솟는 이기심을.

유연하고 설득력 있는 육체, 이 춤추는 자의 비유와 정수는 바로 스스로에게서 희열을 맛보는 영혼이다. 이러한 육체와 영혼의 자기 희열은 스스로를 〈덕〉이라고 부른다.

그러한 자기 희열은 신성한 숲으로 자신을 보호하듯 좋고 나쁜 것에 대한 말로 자신을 보호한다. 그리고 행복의 이름들을 빌어 온갖 경멸스러운 것들을 멀리 물리친다.

자기 희열은 모든 비겁한 것을 멀리 물리치며 말한다. 「나쁜 것이란 곧 비겁한 것이다!」 자기 희열은 자나 깨나 걱정하고 한숨짓고 하소연하는 자와 아주 사소한 이익까지도 챙기는 자를 경멸한다.

자기 희열은 고통에 빠진 모든 지혜도 경멸한다. 진실로, 어둠 속에서 피어나는 지혜, 밤 그림자의 지혜도 있기 때문이다. 그러한 지혜는 언제나 〈모든 것이 허무하다!〉라고 탄식한다.

자기 희열은 소심한 불신을 업신여긴다. 눈빛과 손 대신에 맹세를 원하는 자들과 모든 지나치게 불신하는 지혜도 업신여긴다. 그러한 지혜는 비겁한 영혼의 속성이기 때문이다.

자기 희열은 쉽사리 영합하는 자, 개처럼 비굴하게 벌렁 드러눕는 자, 굴복하는 자들은 더욱 업신여긴다. 개처럼 비굴하고 위선적이고 쉽게 영합하고 굴복하는 지혜도 있다.

자기 희열은 결코 저항하려 하지 않는 자, 독기 어린 침과 악의에 찬 시선을 감수하는 자, 모든 것을 참고 인내하고 만족해하는 자를 증오하고 혐오한다. 그것은 노예근성이기 때문이다.

신들과 신들의 발길질에 굴종하든, 인간과 인간의 어리석은 의견에 굴종하든, 모든 노예근성에 이 복된 이기심은 침을 뱉는다!

복된 이기심은 기가 죽어 쩨쩨하고 비굴하게 구는 모든 것, 부자유스럽게 껌벅거리는 눈, 의기소침한 마음, 두툼하고 비겁한 입술로 입 맞추며 양보하는 척하는 태도를 나쁘다고 일컫는다.

복된 이기심은 노예와 노인과 지친 자들이 부리는 모든 익살을 사이비 지혜라고 부른다. 특히 아주 조잡하고 터무니없고 지나치게 익살스러운 성직자들의 어리석음을!

그러나 사이비 현자들, 모든 성직자들, 세상에 지친 자들, 여자와 노예의 근성을 지닌 영혼의 소유자들, 오, 그들의 장난질은 예로부터 이기심을 얼마나 괴롭혔던가!

이기심을 괴롭히는 것, 바로 그것이 덕이어야 했고 덕이라고 불려야 했다. 세상에 지친 모든 겁쟁이들과 십자 거미들이 스스로 〈이기심이 없기〉를 바란 데는 나름대로 충분한 이유가 있었다!

그러나 이제 그들 모두에게 낮, 변화, 심판의 칼, 위대한 정오가 찾아오리라. 그러면 많은 것이 백일하에 드러나리라!

그리고 자아를 건강하고 신성한 것이라고 일컫고, 이기심을 복된 것이라고 일컫는 자, 진실로 그 예언자는 자신이 알고 있는 것을 말한다. 「보라! 저기 다가오고 있다, 가까이 왔다, 위대한 정오가!」

차라투스트라는 이렇게 말했다.

중력의 영에 대하여

1

나의 말버릇은 군중의 말버릇이다. 나는 앙고라토끼들에게 너무 거칠고 진지하게 말한다. 그리고 나의 말은 먹물을 뿜어내는 모든 물고기들과 펜을 든 모든 여우들에게는 더욱 낯설게 들린다.

나의 손은 바보의 손이다. 모든 책상과 벽, 그리고 바보들의 손이 꾸미고 낙서할 자리가 있는 모든 것들에게는 안된 일이다!

나의 발은 말의 발이다. 나는 이 발로 나뭇등걸과 돌멩이들을 넘고 이리저리 들판을 가로질러 다각다각 달린다. 그리고 빠르게 달릴 때는 기쁨에 겨워 제정신이 아니다.

나의 위장은 독수리의 위장이 아닐까? 양고기를 가장 좋아하니 말이다. 어쨌든 새의 위장이 틀림없다.

약간의 순결한 것들로 연명하며 초조하게 날아갈, 멀리 날아갈 마음의 준비를 하는 것, 그것이 나의 천성이다. 여기에 어떻게 새의 천성이 없다 하겠는가!

특히 내가 중력의 영에게 적의를 품고 있는 것이야말로 바로 새의 천성이다. 진실로, 불구대천의 원수, 철천지원수, 숙적! 오, 나의 적대감이 날아가 보지 않은 곳, 헤매며 날아다니지 않은 곳이 어디에 있겠는가!

나는 그것을 노래할 수도 있을 것이다. 그리고 실제로 노래하려 한다. 텅 빈 집에 나 홀로 있어서 나 자신의 귀에 들려줄 수밖에 없다 할지라도.

물론 사람들이 빽빽이 들어차야만 목이 부드러워지고 손

이 수다스러워지고 눈이 또렷해지고 마음이 깨어나는 가수들도 있다. 나는 그런 자들과는 다르다.

2

언젠가 인간에게 나는 법을 가르치는 자는 모든 경계석을 옮겨 놓을 것이다. 경계석 자체가 모조리 공중으로 날아가 버릴 것이다. 그는 지상에 새로운 이름을 부여할 것이다. 〈가벼움〉이라는 이름을.

타조는 가장 빠른 말보다도 더 빨리 달린다. 그러나 그런 타조도 무거운 대지 속에 무겁게 머리를 처박는다. 아직 날지 못하는 인간은 타조와 마찬가지다.

인간에게 지상과 삶은 무거운 것이다. 그것이 바로 중력의 영이 원하는 것이다! 그러나 가벼워져서 새가 되려고 하는 자는 자기 자신을 사랑해야 한다. 나는 이렇게 가르친다.

물론 허약한 자와 병든 자처럼 사랑해서는 안 된다. 그런 자들에게서는 자기애마저 악취를 풍긴다!

인간은 건강하고 건전한 사랑으로 자기 자신을 사랑하는 법을 배워야 한다. 나는 이렇게 가르친다. 그래야 방황하지 않고 자신을 참아 낼 수 있다.

그러한 방황은 자칭 〈이웃 사랑〉이라 불린다. 이 말을 빌려 지금까지 가장 많은 거짓과 위선이 자행되었다. 특히 온 세상을 괴롭힌 자들에 의해.

진실로, 자기 자신을 사랑하는 법을 배우라는 계율은 당장 오늘내일을 위한 것이 아니다. 그것은 오히려 모든 기술 중에서 가장 정교하고 가장 교활하고 가장 많은 인내심을 요구하는 최후의 기술이다.

나 자신의 것은 나 자신에게 잘 숨겨져 있기 때문이다. 숨겨져 있는 보물 가운데서 나 자신의 보물이 가장 늦게 발굴된다. 중력의 영이 그렇게 되도록 만든다.

우리는 거의 요람에서부터 무거운 말과 가치들을 지참금으로 부여받는다. 그 지참금은 〈선〉과 〈악〉이라고 불린다. 그 때문에 우리는 사는 것을 용서받는다.

그리고 어린아이가 자기 자신을 사랑하지 못하도록 제때에 손을 쓰기 위해 아이를 곁에 붙잡아 둔다. 중력의 영이 그렇게 되도록 만든다.

우리는 지참금으로 부여받은 것을 충실하게 딱딱한 어깨에 메고 험한 산을 힘들게 넘어간다! 그러면서 땀을 뻘뻘 흘리면 사람들은 우리에게 말한다.「그렇다, 삶은 무거운 짐이다!」

그러나 오로지 인간만이 스스로에게 무거운 짐이다! 그것은 인간이 낯선 것을 너무 많이 어깨에 메고 가기 때문이다. 그는 낙타처럼 무릎을 꿇고 자신의 어깨에 잔뜩 짐을 싣게 한다.

특히 강인하고 끈기 있고 외경심을 품은 자는 낯선 무거운 말과 가치들을 너무 많이 어깨에 짊어진다. 그래서 삶이 황야처럼 생각된다!

그리고 진실로! 때로는 나 자신의 것도 무거운 짐이다! 인간 내면의 많은 것이 굴 같아서 역겹고 미끈미끈하고 붙잡기 어렵다.

그러므로 고상하게 치장한 고상한 껍질이 중간에서 잘 조정해야 한다. 그러나 인간은 껍질과 아름다운 외관과 영리한 맹목성을 갖추는 기술도 배워야 한다!

많은 껍질이 초라하고 빈약하고 너무 껍질답기 때문에, 인간의 많은 것들을 제대로 간파하기는 어렵다. 숨겨져 있는 많은 선과 힘은 결코 발견되지 않는다. 그 어떤 미식가도 가장 맛 좋은 진미를 찾아내지 못한다!

여인들, 가장 멋진 여인들은 이것을 알고 있다. 약간 더 뚱뚱하고 약간 더 마른 것, 오, 이런 약간의 것에 얼마나 많은 운명이 담겨 있는가!

인간은 밝혀내기 어려운 존재이며, 특히 자기 자신을 밝혀내기가 가장 어렵다. 정신은 종종 영혼에 대해 거짓말을 한다. 중력의 영이 그렇게 되도록 만든다.

그러나 〈이것이 나의 선이고 악이다〉라고 말하는 자는 자기 자신을 밝혀낸 것이다. 그럼으로써 그는 〈만인을 위한 선과 만인을 위한 악〉에 대해 말하는 두더지와 난쟁이의 말문을 막았다.

진실로, 나는 모든 사물이 선하며 심지어 이 세계가 최선이라고 말하는 자들도 좋아하지 않는다. 나는 그러한 자들을 매사에 만족하는 자들이라고 부른다.

모든 것을 맛볼 줄 아는, 모든 것에 대한 만족감. 그것은 최고의 취향이 아니다! 나는 〈나〉, 〈그렇다〉, 〈아니다〉라고 말할 줄 아는 고집 세고 까다로운 혀와 위를 존중한다.

무엇이든 닥치는 대로 씹어서 소화하는 것은 그야말로 돼지의 속성이다! 언제나 〈이-아〉[11]라고 말하는 것, 오로지 나귀와 나귀의 정신을 가진 자만이 그것을 배웠다!

짙은 노란색과 강렬한 빨간색, 나의 취향은 이것을 원한다. 나의 취향은 모든 색깔에 핏빛을 섞는다. 그러나 자신의 집을 희게 회칠하는 자는 자신의 영혼도 희게 회칠했음을 드러낸다.

어떤 자는 미라에게 반하고, 또 어떤 자는 유령에게 반한다. 그런 자들은 모든 살과 피에 적대적이다. 오, 그들은 얼마나 나의 취향에 거슬리는가! 나는 피를 사랑하기 때문이다.

11 〈I-a〉. 독일어에서 〈그렇다〉라는 의미의 〈Ja〉를 제대로 발음하지 못하는 것을 뜻한다.

나는 아무나 침을 튀기고 침을 뱉는 곳에서는 살고 싶지도 않고 머물고 싶지도 않다. 이것이 이제 나의 취향이다. 나는 그보다는 차라리 도둑들과 위증자들 사이에서 살았다. 입에 황금을 물고 있는 자는 아무도 없다.

그러나 그보다 더 혐오스러운 것은 온갖 비굴한 아첨꾼들이다. 나는 가장 혐오스러운 짐승 같은 인간을 기생충이라고 불렀다. 그런 기생충은 사랑하려 하지 않으면서 사랑을 먹고 살려 한다.

나쁜 짐승이 되느냐 아니면 나쁜 조련사가 되느냐. 오로지 이런 선택밖에 할 수 없는 모든 자들을 나는 불운하다고 말한다. 나는 그런 자들 곁에 오두막을 짓지 않을 것이다.

나는 언제나 기다려야 하는 자들도 불운하다고 말한다. 그런 자들은 내 취향에 거슬린다. 모든 세리들, 잡상인들, 왕들, 그리고 나라와 상점을 지키는 자들 말이다.

진실로, 나도 기다리는 것을 배웠다. 그것도 철두철미하게 배웠다. 그러나 오로지 나 자신을 기다리는 것만을 배웠다. 나는 무엇보다도 서고 걷고 달리고 뛰어오르고 기어오르고 춤추는 것을 배웠다.

나는 이렇게 가르친다. 언젠가 하늘을 나는 것을 배우려 하는 자는 먼저 서고 걷고 달리고 기어오르고 춤추는 것을 배워야 한다. 단번에 하늘을 날 수는 없다!

나는 줄사다리를 타고 많은 창문에 기어오르는 것을 배웠으며, 날렵한 다리로 높은 돛대에 기어오르기도 했다. 인식의 높은 돛대 위에 앉아 있는 것은 적잖은 행복으로 생각되었다.

높은 돛대 위에서 작은 불꽃처럼 깜박거리는 것. 그것은 작은 불빛에 지나지 않지만 표류하는 뱃사람들이나 조난자들에게는 큰 위로이다!

나는 여러 가지 방법과 길을 통해 나의 진리에 도달했다.

내 눈이 멀리까지 둘러볼 수 있는 이 높은 곳에 올라오기 위해서 하나의 사다리만을 이용한 것이 아니다.

그리고 나는 언제나 길을 묻는 것을 좋아하지 않았다. 그것은 번번이 내 취향에 맞지 않았다! 나는 차라리 직접 길에게 묻고 직접 길을 시험해 보았다.

나의 행로는 전부 시도였고 물음이었다. 진실로, 인간은 그런 물음에 대답하는 것도 배워야 한다! 그것이 나의 취향이다.

그것은 좋은 취향도 나쁜 취향도 아니며, 부끄러워할 필요도 숨길 필요도 없는 나의 취향일 뿐이다.

「이것이 이제 나의 길이다. 그대들의 길은 어디에 있는가?」 나는 내게 〈길을〉 물었던 자들에게 이렇게 대답했다. 그 길, 그것은 존재하지 않기 때문이다!

차라투스트라는 이렇게 말했다.

낡은 서판과 새로운 서판에 대하여

1

나는 깨진 낡은 서판들과 반쯤 쓰다 만 새로운 서판들에 둘러싸여 앉아서 기다린다. 나의 시간은 언제 올 것인가?

내가 내려가서 몰락할 시간은. 나는 한 번 더 인간들에게 가려 하기 때문이다.

나는 그 시간이 오길 기다린다. 나의 시간이 왔다는 징후가 먼저 나타나야 하기 때문이다. 즉, 비둘기 떼에 에워싸여 크게 웃는 사자가.

그동안 시간 여유가 있는 나는 나 자신에게 말을 건넨다. 아무도 내게 새로운 것을 말해 주지 않으니, 내가 나 자신에게 이야기하는 것이다.

2

내가 인간들을 찾아갔을 때, 그들은 케케묵은 자만심 위에 앉아 있었다. 모두들 무엇이 인간에게 선이고 악인지를 벌써 오래전부터 잘 안다고 여겼다.

그들은 덕에 대해 이야기하는 것을 케케묵고 권태로운 일로 여기고 있었다. 잠을 푹 자고 싶은 자는 잠자리에 들기 전에 〈선〉과 〈악〉에 대해 말하곤 했다.

나는 그들에게 〈선과 악이 무엇인지는 창조자 이외에 아무도 모른다!〉라고 가르치면서 그들의 잠을 방해했다.

창조자는 인간의 목적을 제시하고 지상에 의미와 미래를 부여하는 자이다. 무언가가 선하고 악한지를 결정하는 것도 바로 그이다.

나는 그들의 케케묵은 자만심만이 앉아 있었던 낡은 교단을 뒤엎으라고 명령했다. 그리고 위대한 덕의 대가, 성자, 시인, 구세주들을 비웃으라고 명령했다.

나는 그들의 음울한 현자들과 일찍이 검은 허수아비처럼 삶의 나무에 앉아 경고하던 자들을 비웃으라고 명령했다.

나는 그들의 무덤 사이로 난 넓은 길에, 썩은 고기와 독수리 곁에 직접 앉았다. 그리고 그들의 모든 과거와 그 과거의 썩어 문드러지는 영광을 비웃었다.

진실로, 나는 참회를 권하는 설교자들과 어릿광대들처럼 그들의 온갖 크고 작은 일들에 분노해서 소리쳤다. 그들의 가장 선한 것조차 이렇듯 보잘것없다니! 그들의 가장 악한 것조차 이렇듯 보잘것없다니! 나는 비웃었다.

산 위에서 태어난 나의 지혜로운 동경이 내 안에서 크게 소리치며 웃음을 터뜨렸다. 진실로 나의 사나운 지혜가! 세차게 날개를 퍼덕이는 나의 커다란 동경이.

그 동경은 종종 나를 앞으로, 위로, 멀리, 웃음 한가운데로 잡아끌었다. 그러면 나는 몸을 부르르 떨며 햇빛에 취한 환희를 가르고 화살처럼 날아갔다.

어떤 꿈도 아직 본 적이 없는 머나먼 미래로, 일찍이 조각가들이 꿈꾸었던 것보다 더 따뜻한 남쪽 나라로, 신들이 춤을 추며 옷을 부끄럽게 여기는 곳으로.

나는 비유로 말하고 시인들처럼 절름거리며 말을 더듬기 때문이다. 진실로, 나는 아직 시인이어야 한다는 사실이 부끄럽다!

모든 생성이 신들의 춤과 신들의 방종으로 여겨지는 곳으로. 세계가 자유롭게 풀려나 자기 자신에게로 달아나는 곳으로.

많은 신들이 영원히 서로에게서 달아나고 다시 서로를 찾는 곳, 많은 신들이 환희에 넘쳐 서로를 반박하고 다시 서로에게 귀 기울이고 다시 서로 하나가 되는 곳으로.

모든 시간이 환희에 넘쳐 순간들을 조롱하는 듯 보이는 곳으로. 환희에 넘쳐 자유의 뾰족한 가시를 가지고 놀았던 필연이 자유 그 자체인 곳으로.

내가 나의 옛 악마이며 철천지원수인 중력의 영과 그 영이 창조한 모든 것을 다시 발견한 곳으로. 강압, 규약, 고난과 결과, 목적과 의지, 선과 악을.

춤을 추며 넘어가고 건너갈 수 있는 무엇인가가 거기 있어야 하지 않겠는가? 가벼운 자들, 지극히 가벼운 자들을 위해 두더지들과 무거운 난쟁이들이 있어야 하지 않겠는가?

3

내가 〈초인〉이라는 말과 인간은 극복되어야 하는 존재라는 말을 길에서 깨달은 것도 그곳이었다.

인간은 목표가 아니라 다리이며, 새로운 아침놀을 향한 길로서 자신의 정오와 저녁 때문에 스스로를 행복하다고 찬미한다는 것을 깨달은 것도 그곳이었다.

위대한 정오에 대한 차라투스트라의 말과 내가 제2의 자줏빛 저녁놀처럼 인간들의 머리 위에 걸어 놓은 그 밖의 말을 깨달은 것도 그곳이었다.

진실로, 나는 새로운 밤들과 함께 새로운 별들도 그들에게 보여 주었다. 그리고 구름과 낮과 밤 위에 화려한 장막처럼 웃음을 펼쳐 놓았다.

나는 내가 전력을 다해 노력하는 것을 그들에게 가르쳤다. 인간의 파편과 수수께끼와 무서운 우연인 것들을 하나로 짜 맞추고 끌어모으는 법을 가르쳤다.

나는 시인, 수수께끼를 푸는 자, 우연을 구원하는 자로서 미래를 위해 창조하고, 그렇게 창조하면서 과거에 있었던 모든 것을 구원하라고 그들에게 가르쳤다.

의지가 〈그러나 나는 그렇게 되기를 원했다! 나는 그렇게 되기를 원할 것이다〉라고 말할 때까지, 인간의 과거를 구원하고 〈있었던〉 모든 것을 개조하라고 가르쳤다.

나는 이것을 구원이라고 불렀으며, 오직 이것만을 구원이라고 부르도록 그들에게 가르쳤다.

이제 나는 나의 구원을 기다리고, 마지막으로 그들을 찾아갈 수 있게 되기를 기다린다.

나는 또 한 번 인간들을 찾아가려 하기 때문이다. 나는 인간들 사이에서 몰락하려 하고, 죽어 가면서 그들에게 나의 가장 풍성한 선물을 주려 한다!

나는 지는 해에게서 이것을 배웠다. 넘치도록 풍성한 해에게서. 해는 지면서 무궁무진한 보물 창고의 황금을 바다에 쏟아붓는다.

그래서 가장 가난한 어부까지도 황금의 노를 젓는다! 나는 일찍이 그런 광경을 바라보면서 하염없이 눈물을 흘렸다.

차라투스트라도 해처럼 몰락하려 한다. 그는 지금 여기 앉아서 기다린다, 깨진 낡은 서판들과 반쯤 쓰다 만 새로운 서판들에 둘러싸여.

4

보라, 여기에 새로운 서판이 있다. 그런데 이 서판을 나와 함께 골짜기로, 살아 있는 심장으로 운반할 나의 형제들은 어디에 있는가?

아득히 멀리 있는 이들을 향한 나의 커다란 사랑은 이렇게 명령한다. 네 이웃을 보살피지 말라! 인간은 극복되어야 하는 존재다.

극복하기 위한 여러 가지 방법과 길이 있다. 그대는 그 점을 유념하라! 그러나 어릿광대만은 이렇게 생각한다. 〈인간을 뛰어넘을 수도 있다.〉

그대의 이웃 속에서 그대 자신을 극복하라. 그대 스스로 빼앗을 수 있는 권리를 남에게서 넘겨받지 말라!

그대가 하는 일을 그 누구도 그대에게 되돌려 줄 수는 없다. 보라, 보복은 존재하지 않는다.

스스로에게 명령을 내리지 못하는 자는 복종해야 한다. 어떤 이들은 스스로에게 명령을 내릴 수는 있지만, 스스로에게 복종하기에는 아직 많이 부족하다!

5

고귀한 영혼들은 그 어느 것도 공짜로 가지려 들지 않는다. 특히 삶을 공짜로 가지려 들지 않는다. 이것이 고귀한 영혼들의 천성이다.

천민 태생은 공짜로 살려고 한다. 그러나 삶에게서 직접 삶을 부여받은 우리는 다르다. 우리는 그것에 무엇으로 가장 잘 보답할 수 있는지 항상 심사숙고한다!

그리고 진실로, 이런 말은 고매한 말이다. 「삶이 우리에게 약속하는 것을 우리는 삶에게 지키려 한다!」

스스로 즐거움을 베풀지 않는 곳에서 즐기기를 원해서는 안 된다. 즐기기를 원해서는 안 되는 것이다!

즐거움과 순결함은 부끄럼을 가장 많이 타기 때문이다. 그것들은 자신들을 찾아 주기를 바라지 않는다. 우리는 즐거움과 순수함을 누려야 하지만, 그보다는 책임과 고통을 더 찾아야 한다.

6

오, 나의 형제들이여, 맏이로 태어나는 자는 항상 제물로 바쳐진다. 그런데 우리가 바로 맏이이다.

우리는 모두 비밀 제단에서 피를 흘린다. 우리는 낡은 우상들을 기리기 위해 불태워지고 구워진다.

우리의 가장 좋은 부위는 아직 어리다. 이것이 늙은 입맛을 돋운다. 우리의 살은 연하고 우리의 피부는 어린양의 피부이다. 그러니 어떻게 우리가 우상을 섬기는 늙은 사제들의 입맛을 돋우지 않겠는가!

우리 자신 안에도 우상을 섬기는 늙은 사제가 살고 있다. 그는 잔치를 벌이기 위해 우리의 가장 좋은 부위를 불에 굽는다. 아, 나의 형제들이여, 그러니 어떻게 맏이들이 제물로 바쳐지지 않겠는가!

그러나 우리의 천성이 그렇게 되기를 원한다. 그리고 나는 자신을 지키려 하지 않는 자들을 사랑한다. 나는 몰락하는 자들을 온 마음을 바쳐 사랑한다. 그들은 저 너머로 건너가기 때문이다.

7

진실할 수 있는 자는 소수에 지나지 않는다! 그런데 진실할 수 있는 자가 아직 진실하려 하지 않는다! 그러나 가장 진실할 수 없는 자들은 바로 선한 자들이다.

오, 이 선한 자들! 선한 자들은 결코 진실을 말하지 않는다. 정신에게 그런 식으로 선한 것은 일종의 병이다.

이 선한 자들, 그들은 양보하고 헌신한다. 그들의 마음은 남의 말을 따라 하고, 그들의 근본은 순종한다. 그러나 순종하는 자는 자기 자신에게 귀 기울이지 않는 법이다!

하나의 진리가 태어나기 위해서는 선한 자들이 악하다고 부르는 모든 것이 한데 모여야만 한다. 오, 나의 형제들이여, 그대들도 이러한 진리를 낳을 만큼 충분히 악한가?

무모한 모험, 오랜 불신, 잔혹한 부정, 권태, 생명의 절단! 이러한 것들이 한데 모이기는 얼마나 어려운가! 그러나 그런 씨앗에서 바로 진리가 태어나는 것이다!

지금까지 모든 지식은 양심의 가책과 더불어 성장했다! 그대 인식하는 자들이여! 깨뜨려라, 깨뜨려라, 낡은 서판들을!

8

　물에 교각이 세워지고 다리와 난간이 흐르는 물 위에 놓이면, 진실로, 그때는 아무도 〈만물은 유전(流轉)한다〉라는 말을 믿지 않는다.

　오히려 무지렁이들까지도 그 말을 반박한다. 「뭐라고? 만물이 유전한다고? 하지만 교각과 난간은 흐르는 물 위에 솟아 있지 않느냐!」[12] 무지렁이들은 이렇게 말한다.

　「모든 것은 흐르는 물 위에 고정되어 있다. 사물의 모든 가치, 다리, 개념, 모든 〈선〉과 〈악〉. 이 모든 것은 고정되어 있다!」

　조련사처럼 강물을 길들이는 혹독한 겨울이 찾아오면 가장 영리한 자들도 의심하는 것을 배운다. 그러면 진실로, 〈만물은 정지해 있는 것이 아닐까?〉라고 말하는 것은 비단 무지렁이들만이 아니다.

　「본래 만물은 정지해 있다.」 이것은 겨울의 당연한 가르침이고, 불모의 계절에 합당한 말이며, 겨울잠을 자는 자들과 난롯가에 웅크리고 있는 자들에게는 좋은 위로이다.

　「본래 만물은 정지해 있다.」 그러나 눈과 얼음을 녹이는 따뜻한 봄바람은 이와 반대로 설교한다!

　따뜻한 봄바람은 황소다. 밭을 가는 황소가 아니라 사납게 날뛰는 황소, 노한 뿔로 얼음을 부수는 파괴자이다! 그러나 얼음은 다리를 부순다!

　오, 나의 형제들이여, 지금 만물이 유전하지 않는가? 모든 난간과 다리가 물속으로 무너지지 않았는가? 그런데 누가 아직도 〈선〉과 〈악〉에 매달린단 말인가?

12 〈만물은 유전한다〉를 뜻하는 독일어 문장 〈Alles im Fluß〉는 원래 〈만물은 흐르는 물 속에 있다〉라는 뜻이다. 그러므로 여기에서 〈물 속〉과 〈물 위〉가 대비된다.

「큰일이다! 어서 피하자! 따뜻한 봄바람이 불어온다!」오, 나의 형제들이여, 골목골목을 누비며 이렇게 설교하라!

9

선과 악이라고 불리는 해묵은 망상이 있다. 이 망상의 수레바퀴는 지금까지 예언가들과 점성가들 주변을 맴돌았다.

사람들은 일찍이 예언가들과 점성가들을 믿었다. 그 때문에 사람들은 〈모든 것은 운명이다. 어차피 그렇게 될 수밖에 없으니 그렇게 하라!〉라는 말을 믿었다.

그러다 사람들은 다시 모든 예언가들과 점성가들을 불신하게 되었다. 그 때문에 사람들은 〈모든 것이 자유이다. 그대가 원하면 할 수 있다!〉라는 말을 믿었다.

오, 나의 형제들이여, 별들과 미래에 관해서 지금까지 오로지 망상만 했을 뿐 정작 알려진 것은 아무것도 없다. 그 때문에 선악에 관해서 지금까지 오로지 망상만 했을 뿐 알려진 것은 아무것도 없다!

10

「도둑질하지 말라! 살인하지 말라!」사람들은 일찍이 이런 말들을 신성하게 여겼다. 이런 말들 앞에서 무릎을 꿇고 고개를 숙이고 신발을 벗었다.

그러나 나는 그대들에게 묻는다, 일찍이 이런 신성한 말들보다 더 몹쓸 강도들과 살인자들이 세상 어디에 있었던가?

모든 삶 자체에 약탈과 살인이 존재하지 않는가? 그리고 그러한 말들을 신성하게 여김으로써 진리 자체가 살해되지 않았던가?

혹은 모든 삶을 반박하고 거역하는 것들을 신성하게 여긴 것은 죽음의 설교였던가? 오, 나의 형제들이여, 깨뜨려라, 깨뜨려라, 낡은 서판들을!

11

모든 지난 일들이 버림받은 것을 보니 동정심이 생긴다.

그것들은 앞으로 다가올 모든 세대의 자비와 정신, 망상에 내맡겨지고, 과거에 있었던 모든 것은 그들을 위한 다리로 재해석된다!

위협적인 폭군이 나타날지도 모른다. 모든 지난 일들이 마침내 자신에게 다리가 되고 징조와 전령, 닭 울음소리가 될 때까지, 그것들을 때로는 자비롭게 때로는 무자비하게 억압하고 억누를.

그러나 여기에 또 다른 위험이 있고, 또 다른 동정심이 생긴다. 천민 출생들의 기억은 할아버지까지는 거슬러 올라가지만, 할아버지에서 시간이 끝나고 만다.

모든 지난 일들은 이렇게 버림받는다. 천민이 주인이 되고 모든 시간이 얕은 물 속에서 익사할 날이 언젠가 올지도 모르기 때문이다.

오, 나의 형제들이여, 그 때문에 모든 천민과 모든 폭군들에 맞서서 새로운 서판에 새롭게 〈고귀하다〉는 말을 써넣을 새로운 귀족이 필요하다.

귀족이 존재하기 위해서는 많은 고귀한 자들과 여러 부류의 고귀한 자들이 필요하다! 또는 내가 일찍이 비유로 말한 것처럼, 〈신들은 존재하지만 하나의 신은 존재하지 않는다는 것이 바로 신성이다〉!

오, 나의 형제들이여, 나는 그대들을 새로운 귀족으로 임명하고 인도한다. 그대들은 미래를 낳아 기르는 자, 미래의 씨를 뿌리는 자가 되어야 한다.

진실로, 그대들은 잡상인들처럼 돈으로 살 수 있는 귀족, 잡상인들의 황금으로 살 수 있는 귀족이 되어서는 안 된다. 가격이 있는 것은 전부 별로 가치가 없기 때문이다.

그대들이 어디서 왔는가가 아니라 어디를 향해 가는가를 장차 그대들의 명예로 삼아라! 그대들 자신을 넘어가려 하는 그대들의 의지와 발을 그대들의 새로운 명예로 삼아라!

진실로, 제후를 섬긴 것을 그대들의 명예로 삼지 말라! 제후들이 이제 무슨 소용이 있겠는가! 또는 이미 서 있는 것의 보루가 되어서 그것을 더욱 공고히 하는 것을 명예로 삼지 말라!

그대들의 가문이 궁중 예법에 익숙해지고, 그대들이 홍학처럼 화려한 모습으로 얕은 연못에서 오랫동안 서 있는 법을 배운 것도 명예로 삼지 말라.

서 있을 수 있다는 것은 궁신들에게 일종의 공훈이고, 앉아도 되는 것을 모든 궁신들은 사후에 누리는 축복이라고 믿기 때문이다!

또한 그들이 신성하다고 일컫는 영이 내가 칭송하지 않는 약속의 땅으로 그대들의 조상을 인도하는 것도 명예로 삼지 말라. 모든 나무 중의 가장 고약한 나무, 십자가가 자란 땅에서는 칭송할 것이 하나도 없기 때문이다!

그리고 진실로, 그 〈성령〉이 자신의 기사들을 어디로 인도하든지, 염소들과 거위들, 십자가에 홀린 자들과 괴팍한 자들이 언제나 그 행렬의 앞장을 섰다!

오, 나의 형제들이여, 그대들의 귀족적인 품성은 뒤가 아니라 멀리 앞을 바라보아야 한다! 그대들은 모든 아버지의 나라와 선조들의 나라로부터 추방된 자여야 한다!

그대들은 그대들 자손들의 나라를 사랑해야 한다. 이 사랑이 그대들의 새로운 귀족적인 품성이어야 한다! 머나먼 바다 속의 아직 발견되지 않은 나라! 나는 그대들의 돛에게 그 나라를 찾고 또 찾으라고 명령한다!

그대들이 그대들 조상의 자손으로 태어난 것을 그대들의 자손들에게서 만회해야 한다. 그대들은 모든 지난 일들을 그렇게 구원해야 한다! 나는 이 새로운 서판을 그대들의 머리 위에 높이 세운다!

13

「무엇 때문에 사는가? 모든 것이 덧없다! 삶, 그것은 지푸라기를 타작하는 것이다. 삶, 그것은 불에 타면서도 따뜻해지지 않는 것이다.」

이런 케케묵은 잡소리들이 여전히 〈지혜로운 가르침〉으로 여겨지고 있다. 그것들은 낡고 곰팡내 나기 때문에 더욱더 존경을 받는다. 곰팡이도 고귀하게 만든다.

어린아이들이라면 그렇게 말할 수도 있을 것이다. 어린아이들은 불에 덴 적이 있기 때문에 불을 무서워한다! 낡은 지혜의 책들 속에는 유치한 내용이 많다.

그리고 언제나 〈지푸라기를 타작하는 자〉가 어떻게 타작하는 것을 헐뜯을 수 있겠는가! 그런 바보들의 입을 틀어막아야 할 것이다!

그런 자들은 식탁에 앉으면서 아무것도, 심지어는 왕성한 식욕조차 내놓지 않는다. 그러면서 이제 〈모든 것이 덧없다!〉

라고 헐뜯는다.

그러나 오, 나의 형제들이여! 잘 먹고 마시는 것은 진실로 덧없는 기술이 아니다! 결코 기뻐할 줄 모르는 자들의 서판을 깨뜨려라, 깨뜨려라!

14

「순수한 자에게는 모든 것이 순수하다.」 군중은 이렇게 말한다. 그러나 나는 그대들에게 말한다, 돼지들에게는 모든 것이 돼지로 보인다.

그 때문에 심장마저 축 늘어져 있는 의기소침한 광신자들은 이렇게 설교한다. 「세계 자체가 불결한 괴물이다.」

그들은 모두 정신이 지저분하기 때문이다. 뒤편의 세계를 보지 않으면 평온과 안식을 누리지 못하는 자들, 배후 세계론자[13]들이 특히 그렇다!

듣기 거북하겠지만 나는 그들의 얼굴에 대고 말한다. 세계는 엉덩이[14]가 있다는 점에서 인간과 비슷하다. 이것만큼은 사실이다!

세계에는 오물이 많이 있다. 이것만큼은 사실이다! 그렇다고 해서 세계 자체가 불결한 괴물은 아니다!

세계의 많은 것들이 악취를 풍긴다는 말에는 지혜가 숨어 있다. 구역질이 직접 샘을 찾아내는 힘과 날개를 만들어 낸다!

가장 훌륭한 자에게도 구역질 나게 하는 것이 있다. 가장

---

13 니체의 신조어인 〈Hinterweltler〉는 〈뒤〉를 뜻하는 전치사 〈hinter〉와 〈세상〉을 뜻하는 〈Welt〉에서 만들어 낸 〈Weltler〉의 합성어로 현실 세계의 배후에 또 다른 현실이 있다고 믿는 종교인이나 형이상학자를 가리킨다.

14 여기에서 〈엉덩이〉를 뜻하는 독일어 낱말 〈Hintern〉은 〈뒤〉를 뜻하는 전치사 〈hinter〉에서 유래한다.

훌륭한 자도 극복되어야 하는 존재다!

오, 나의 형제들이여, 세계에 많은 오물이 있다는 말에는 많은 지혜가 숨어 있다!

15

나는 신심 깊은 배후 세계론자들이 진실로 악의적이고 거짓된 마음 없이 자신의 양심을 향해 이런 잠언들을 말하는 것을 들었다. 이런 잠언들보다 더 거짓되고 더 악의적인 것은 세상에 없는데도 말이다.

「세계를 세계 그대로 두어라! 그것에 반대하여 손가락 하나 까딱하지 말라!」

「사람들이 원하는 대로 목 조르고 칼로 찌르고 베고 껍질을 벗기도록 내버려 두어라! 그것에 반대하여 손가락 하나 까딱하지 말라! 그럼으로써 그들은 세계를 단념하는 법을 배운다.」

「그리고 그대의 이성, 그대의 손으로 그대의 이성을 교살하고 목 졸라야 한다. 그것은 이 세계의 이성이기 때문이다. 그럼으로써 그대 스스로 세계를 단념하는 법을 배운다.」

깨뜨려라, 깨뜨려라, 오, 나의 형제들이여, 신심 깊은 자들의 이 낡은 서판들을! 세계를 비방하는 자들의 잠언들을 깨뜨려라!

16

「많이 배우는 자는 모든 격렬한 욕구를 잊어버리기 마련이다.」 사람들은 오늘날 어두운 골목골목에서 이렇게 서로 속삭인다.

「지혜는 사람을 피곤하게 만들 뿐 아무런 득이 되지 않는다. 그러니 욕구를 품지 말라!」 나는 이 새로운 서판이 공공연히 시장에 걸려 있는 것을 보았다.

깨뜨려라, 오 나의 형제들이여, 이 새로운 서판도 깨뜨려라! 세상에 싫증 난 자들과 죽음의 설교자들, 그리고 형리들이 이 새로운 서판을 걸었다. 보아라, 그것도 노예처럼 살라고 설교하지 않는가!

그들은 잘못 배웠다. 최선의 것을 배우지 못했으며, 모든 것을 너무 일찍 배우고 너무 성급하게 배웠다. 그들은 잘못 먹었다. 그래서 위장에 탈이 났다.

탈이 난 위장은 곧 그들의 정신이다. 그것은 죽음을 권한다! 진실로, 나의 형제들이여, 정신은 위장이기 때문이다!

삶은 쾌락의 샘이다. 그러나 탈이 난 위장, 비애의 아버지를 통해 말하는 자는 모든 샘이 독에 중독되어 있다.

인식, 그것은 사자의 의지를 가진 자에게는 쾌락이다! 그러나 지친 자는 오로지 다른 이들의 〈의지에 휘둘리고〉 온갖 파도에 희롱당한다.

나약한 사람들의 천성은 언제나 그렇다. 그들은 길을 잃고 헤맨다. 그러다 마침내 지치면 이런 물음을 던진다. 「우리가 무엇 때문에 이런 길들을 걸었을까? 어차피 마찬가지인데!」

그런 자들의 귀에 이런 설교는 달콤하게 들린다. 「보람 있는 일은 아무것도 없다! 그러니 의욕하지 말라!」 그러나 이것은 노예처럼 살라는 설교이다.

오, 나의 형제들이여, 차라투스트라는 길을 가다 지친 모든 이들에게 상쾌한 광풍처럼 불어닥친다. 그는 많은 코들을 재채기하게 만들 것이다!

나의 자유로운 숨결은 벽을 뚫고 감옥 속으로, 감옥에 갇힌 정신 속으로 분다!

의욕하는 것은 자유롭게 한다. 의욕하는 것은 곧 창조하는 것이기 때문이다. 나는 이렇게 가르친다. 그리고 그대들은 오로지 창조하기 위해서 배워야 한다!

배우는 것, 잘 배우는 것도 그대들은 먼저 내게서 배워야 한다! 귀 있는 자는 들으라!

17

저기에 나룻배가 있다. 저기를 건너면 혹시 광대한 무(無)에 이를지도 모른다. 그러나 누가 이 〈혹시〉에 올라타려 하겠는가?

그대들 가운데 죽음의 나룻배에 올라타려는 자는 아무도 없다!

그런데 그대들은 어째서 세상에 지친 자이려 하는가!

세상에 지친 자들이여! 그러나 그대들은 아직 지상에 등을 돌린 자가 되지는 않았다! 나는 그대들이 여전히 지상을 열망하고 지상의 권태에 연연해하는 것을 안다!

그대들의 입술이 축 쳐져 있는 데는 다 이유가 있다. 지상을 향한 작은 소망이 아직 그 입술에 어려 있다! 그리고 그대들의 눈에는 지상의 잊을 수 없는 쾌감이 한 조각의 구름처럼 떠돌고 있지 않은가?

지상에는 뛰어난 발명품이 많이 있다. 어떤 것들은 쓸모 있고 또 어떤 것들은 기쁨을 준다. 그래서 지상은 사랑할 만한 가치가 있다.

또한 지상에는 여인들의 젖가슴처럼 쓸모 있으면서도 기쁨을 주는 뛰어난 발명품들도 더러 있다.

하지만 그대 세상에 지친 자들이여! 그대 지상의 게으른 자들이여! 그대들은 회초리로 맞아야 한다! 회초리로 맞아서 그대들의 다리에 다시 활기를 불어넣어야 한다.

그대들은 지상이 싫증을 낸 병든 자들과 쇠약한 자들이 아니라면 교활한 게으름뱅이들이거나 슬금슬금 쾌락을 뒤쫓는 도둑고양이들이기 때문이다.

그대들은 다시 흥겹게 달리려 하지 않는다면 죽어 없어져야 한다!

불치병 환자들을 위한 의사가 되려 해서는 안 된다. 차라투스트라는 이렇게 가르친다. 그러니 그대들은 죽어 없어져야 한다!

그러나 끝장을 내는 것은 새로운 시 한 편을 쓰기보다 더 많은 용기가 필요한 법이다. 의사들과 시인들은 모두 이것에 대해 잘 알고 있다.

18

오, 나의 형제들이여! 피로가 만들어 낸 서판들이 있고 게으름, 부패한 게으름이 만들어 낸 서판들이 있다. 그것들은 분명 같은 말을 하는데도 서로 다르게 들리기를 원한다.

여기 이 초췌한 자를 보라! 그는 목적지를 코앞에 두고 있는데도, 지친 나머지 여기 먼지 속에 고집스럽게 드러누웠다. 이 용감한 자여!

그는 지친 나머지 길과 대지와 목적지와 자기 자신에게 하품을 하며 더 이상 한 발짝도 앞으로 나아가려 하지 않는다. 이 용감한 자여!

태양은 이글이글 뜨겁게 그를 내리쪼이고 개들은 그의 땀을 핥는다. 그러나 그는 거기 고집스럽게 누워 차라리 고통에 시달리려 한다.

목적지를 코앞에 두고 고통에 시달리려 한다! 진실로, 그대들은 그의 머리카락을 그의 하늘나라로 잡아당겨야 할 것이다. 이 영웅을!

그가 드러누운 곳에 그대로 누워 있게 하는 것이 더 낫다. 잠이 시원하고 황홀한 비와 함께 그를 찾아와 위로해 주도록.

그가 스스로 잠에서 깨어날 때까지 그대로 누워 있게 하라! 온갖 피로와 피로가 가르친 것을 그 스스로 물리칠 때까지!

다만, 나의 형제들이여! 개들, 그 게으른 위선자들을 그의 주위에서 쫓아 버려라. 그리고 우글거리는 구더기들도 모조리 쫓아 버려라.

모든 영웅들의 땀으로 배를 불리는 〈교양인〉이라는 저 우글거리는 구더기들을 모조리 쫓아 버려라!

19

나는 내 주위에 원을 그려 신성한 경계선을 긋는다. 점점 더 높은 산에 오를수록 나를 따르는 이들이 점점 더 줄어들고 있다. 나는 점점 더 성스러운 산들로 산맥을 만든다.

그러나 오, 나의 형제들이여! 그대들이 나와 함께 어디에 오르든 기생충이 그대들을 따라오지 않게 조심하라!

기생충, 그것은 기어다니는 벌레, 그대들의 병들고 상처 난 부위에 바싹 달라붙어 살을 찌우는 벌레이다.

그리고 기생충의 재주는 위를 향해 오르는 영혼들이 어디서 지치는지 알아채는 데 있다. 기생충은 그대들의 원망과 불만, 예민한 수치심 속에 구역질 나는 둥지를 튼다.

강한 자의 약한 곳, 고귀한 자의 지나치게 너그러운 곳, 기생충은 그런 곳에 구역질 나는 둥지를 튼다. 기생충은 위대한 자의 작은 상처 속에서 살아간다.

모든 존재 중에서 가장 높은 부류는 무엇이며, 가장 미천한 부류는 무엇인가? 기생충은 가장 미천한 부류이다. 그러나 가장 높은 부류에 속하는 자가 가장 많은 기생충을 먹여 살린다.

그것은 바로 가장 긴 사다리를 가지고 있어서 가장 깊이 내려갈 수 있는 영혼이다. 어떻게 그런 영혼에 기생충들이 가장 많이 붙어살지 않겠는가?

자신 안으로 가장 멀리까지 달리고 길을 잃고 방황할 수 있는 가장 광활한 영혼. 기쁨에 넘쳐 우연을 향해 돌진하는 가장 필요한 영혼.

생성 속으로 가라앉는 현존하는 영혼. 의욕과 욕구를 향해 나아가려 하는 소유하는 영혼!

자신으로부터 달아나면서도 아주 넓게 원을 그리며 자신을 따라잡는 영혼. 어리석음이 가장 달콤하게 설득하는 가장 지혜로운 영혼!

자기 자신을 가장 사랑하는 영혼, 만물이 흐르고 또 흐르고 밀물과 썰물이 교차하는 영혼. 오, 이런 가장 고귀한 영혼에 어떻게 가장 고약한 기생충들이 들러붙지 않겠는가?

20

오, 나의 형제들이여! 내가 무자비한가? 그러나 나는 말한다, 추락하는 것은 걷어차 버려야 한다!

오늘날의 모든 것은 추락하고 쇠락한다. 누가 그것들을 붙잡으려 했는가! 그러나 나는, 나는 그것들을 걷어차려고 한다!

그대들은 돌들을 가파른 심연 속으로 굴리는 쾌감을 아는가? 오늘날의 이 인간들. 보라, 그들이 나의 심연 속으로 어떻게 굴러떨어지는지!

오, 나의 형제들이여, 나는 더 뛰어난 연기자들의 출현을 예고하는 서곡이다! 하나의 선례이다! 내 선례를 따르라!

그리고 그대들이 나는 법을 가르칠 수 없는 자에게는 더 빨리 추락하는 법을 가르쳐라!

21

나는 더 용감한 자들을 사랑한다. 그러나 내리치는 검이 되는 것만으로는 충분하지 않다. 누구를 내리치는지 살펴볼 줄도 알아야 한다!

그리고 때로는 자신을 억제하고 스쳐 지나치는 편이 더 용감하다. 보다 필적할 만한 맞수를 위해 힘을 아끼기 위해서.

오로지 증오할 만한 사람만을 적으로 삼아야 한다. 경멸스러운 사람을 적으로 삼아서는 안 된다. 그대들의 적을 자랑스럽게 여겨야 한다. 나는 언젠가 이렇게 가르쳤다.

오, 나의 벗들이여! 보다 필적할 만한 맞수를 위해 힘을 아껴야 한다. 그러니 많은 것들을 스쳐 지나치도록 하라.

특히 그대들의 귀에 민중과 민족들이 어쩌고저쩌고 시끄럽게 떠들어 대는 많은 천민들의 곁을 그냥 스쳐 지나치도록 하라.

그대들의 눈을 그들의 갑론을박에 더럽히지 않도록 하라! 거기에는 많은 시시비비가 있어, 그것을 지켜보는 자는 분노에 휩싸이게 된다.

그것을 들여다보는 것은 곧 칼을 휘두르는 것이다. 그러니 그곳을 벗어나 숲으로 가라. 그대들의 칼을 잠재우라!

그대들의 길을 가라! 민중과 민족들은 제각기 자신들의 길을 가도록 내버려 두라! 진실로, 한 줄기 희망의 번갯불도 더 이상 비치지 않는 어두운 길을 가도록!

잡상인들의 황금만이 아직 빛나는 곳에서 잡상인들이 활

개 치도록 내버려 두라! 왕들의 시대는 이미 지나갔다. 오늘날 스스로 민중이라고 일컫는 자는 왕을 섬길 자격이 없다.

이 민족들이 지금 어떻게 잡상인들처럼 구는지 보라. 그들은 온갖 쓰레기 더미 속에서 조금이라도 이익이 된다 싶으면 모조리 끌어모은다!

그들은 서로 망보고 서로 염탐한다. 그러면서 그것을 〈선린〉이라 부른다. 오, 이렇게 다짐하는 민족이 있었던 복된 먼 옛날이여. 「나는 여러 민족들을 다스리는 지배자이려 한다!」

나의 형제들이여! 최선의 것이 지배해야 하고, 또 최선의 것은 지배하기를 원하기 때문이다! 그러나 이와는 다른 가르침이 성행하는 곳에는 최선의 것이 결여되어 있다.

22

그들이 만일 빵을 거저 얻게 된다면 슬픈 일이다! 그렇게 되면 그들은 무엇을 달라고 아우성칠 것인가! 생계유지야말로 그들의 진정한 즐거움이고, 그들이 힘겹게 사는 것은 당연한 일이다!

그들은 맹수들이다. 그들의 〈일〉에는 약탈도 있고, 그들의 〈돈벌이〉에는 술수도 있다! 그러니 그들이 힘겹게 사는 것은 당연한 일이다!

그래서 그들은 더 뛰어난 맹수, 더 교활하고 더 영리하고 더 인간을 닮은 맹수가 되어야 한다. 인간이 가장 뛰어난 맹수이기 때문이다.

인간은 이미 모든 짐승들에게서 그들의 덕을 강탈했다. 그것은 인간이 모든 짐승 가운데서 가장 힘겹게 살았기 때문이다.

오로지 새들만이 아직 인간 위에 있다. 만일 인간이 하늘을 나는 것마저 배운다면, 슬픈 일이다! 인간의 약탈욕이 어디를 향해 날아갈 것인가!

23

나는 남자와 여자에게 바란다. 남자는 전쟁에 능하고 여자는 출산에 능해야 하지만, 남자와 여자는 모두 머리와 다리로 춤추는 데 능해야 한다.

한 번도 춤추지 않은 날은 우리에게 잃어버린 날이 될 것이다! 그리고 한 번도 웃음소리가 울려 퍼지지 않는 진리는 모두 우리에게 거짓이라 불릴 것이다!

24

그대들의 결혼, 그것이 나쁜 결합이 되지 않도록 주의하라! 그대들은 너무 성급하게 결합한다. 그래서 결혼이 깨지는 일이 발생하는 것이다!

그리고 왜곡되고 거짓된 결혼보다는 차라리 깨지는 결혼이 더 낫다! 내게 이렇게 말한 여자가 있었다. 「내가 분명 결혼을 깬 것은 사실이지만, 결혼이 먼저 나를 깨뜨렸어요!」

나는 잘못 짝지어진 부부들이 번번이 최악의 복수심에 불타는 부부들이 되는 것을 보았다. 그들은 더 이상 따로 살아갈 수 없는 것에 앙심을 품고 온 세상에 앙갚음한다.

그래서 나는 정직한 부부들이 서로 이렇게 말하기를 바란다. 「우리는 서로 사랑한다. 서로에 대한 우리의 사랑을 간직하도록 노력하자! 아니면 우리의 언약이 잘못이 되어야 하겠는가?」

「우리가 훌륭한 결혼 생활에 적합한지 알아볼 수 있도록 일정 기간 동안 간략한 결혼 생활을 해보자! 항상 둘이 함께 지낸다는 것은 훌륭한 일이다!」

나는 모든 정직한 이들에게 이렇게 충고한다. 내가 다른 충고를 하거나 다른 말을 한다면, 앞으로 일어날 모든 일과 초인에 대한 나의 사랑이 대체 뭐가 되겠는가!

오로지 앞을 향해서만 번식하려 하지 말고 위를 향해서도 번식하라. 오, 나의 형제들이여, 그것을 위해 결혼이라는 정원의 도움을 받아라!

25

보라, 옛 근원을 깨달은 자는 마침내 미래의 샘과 새로운 근원을 찾게 될 것이다.

오, 나의 형제들이여! 머지않아 새로운 민족들이 생겨나고 새로운 샘물들이 새로운 심연들 속으로 좔좔 흘러내릴 것이다.

지진이 많은 우물들을 흙으로 메우고 많은 이들을 갈증에 허덕이게 할 테지만, 또한 많은 내적인 힘과 비밀스러운 일들을 드러낼 것이기 때문이다.

지진은 새로운 샘들을 드러낸다. 옛 민족들의 지진 속에서 새로운 샘들이 솟아난다.

「여기 많은 목마른 자들을 위한 우물을 보라. 많은 그리워하는 자들을 위한 마음과 많은 도구들을 위한 의지를 보라.」 이렇게 외치는 자의 주위에 하나의 민족이, 시도하는 많은 자들이 모여든다.

누가 명령을 내릴 수 있고 누가 복종해야 하는가. 그것이 여기서 시험된다! 아, 얼마나 오랫동안 탐색하고 추측하고 실패하고 습득하고 또 새롭게 시도해야 하는가!

인간 사회, 그것은 하나의 시도, 하나의 기나긴 탐색이라고 나는 가르친다. 하지만 그것은 명령을 내릴 자를 찾는다!

오, 나의 형제들이여, 그것은 하나의 시도이다! 〈계약〉이 아니다! 깨뜨려라, 마음이 연약한 자들과 어중이떠중이들의 그 말을 깨뜨려라!

26

오, 나의 형제들이여! 인간의 모든 미래를 위협하는 가장 큰 위험은 누구 때문인가? 선하고 의로운 자들 때문이 아니겠는가?

「우리는 이미 선하고 의로운 것이 무엇인지 잘 알고 있으며 또 선하고 의롭게 살아간다. 아직도 그것을 찾는 사람들이 있다니 안 되었구나!」 이렇게 말하고 이렇게 마음속으로 느끼는 자들이 아니면 누구 때문이겠는가?

악한 자들이 그 어떤 해악을 저지르더라도, 선한 자들이 저지르는 극히 치명적인 해악에는 미치지 못한다!

세계를 비방하는 자들이 그 어떤 해악을 저지르더라도, 선한 자들이 저지르는 극히 치명적인 해악에는 미치지 못한다.

오, 나의 형제들이여! 일찍이 선하고 의로운 자들의 심중을 꿰뚫어 보고 이렇게 말한 이가 있었다. 「저들은 바리새인들이다.」 그러나 아무도 그의 말을 이해하지 못했다.

선하고 의로운 자들 자신은 그의 말을 이해할 수 없었다. 그들의 정신은 그들의 양심 속에 갇혀 있었다. 선한 자들의 어리석음은 깊이를 헤아릴 수 없을 정도로 영리하다.

그러나 진실은, 선한 자들이 바리새인일 수밖에 없다는 것이다. 그들에게는 다른 선택의 여지가 없다!

선한 자들은 스스로 자신의 덕을 만들어 내는 자를 십자가에 못 박을 수밖에 없다! 이것은 진실이다!

그러나 그들의 나라, 선하고 의로운 자들의 나라와 마음과 왕국을 발견한 두 번째 사람은 이런 물음을 던졌다. 「그들은 누구를 가장 증오하는가?」

그들은 창조하는 이를 가장 증오한다. 그들은 서판과 낡은 가치를 깨뜨리는 자를 범죄자라 부른다.

선한 자들은 창조할 수 없기 때문이다. 그들은 언제나 종말의 시작이다.

그들은 새로운 서판에 새로운 가치를 써넣는 자를 십자가에 못 박고, 자신을 위해 미래를 희생한다. 그들은 인간의 모든 미래를 십자가에 못 박는다!

선한 자들, 그들은 언제나 종말의 시작이었다.

27

오, 나의 형제들이여! 그대들은 이 말도 알아들었는가? 그리고 내가 일찍이 〈말인〉에 대해 한 말도 알아들었는가?

인간의 모든 미래를 위협하는 가장 큰 위험은 누구 때문인가? 선하고 의로운 자들 때문이 아니겠는가?

선하고 의로운 자들을 깨뜨려라, 깨뜨려라! 오, 나의 형제들이여! 그대들은 이 말도 알아들었는가?

28

그대들은 내게서 달아나는가? 그대들은 깜짝 놀랐는가? 그대들은 이 말을 듣고 두려워 벌벌 떠는가?

오, 나의 형제들이여, 나는 선한 자들과 선한 자들의 서판을 깨뜨리라고 그대들에게 명령했을 때 비로소 인간을 배에 태워 망망대해로 내보냈다.

이제 비로소 커다란 두려움, 커다란 당혹감, 커다란 질병,

커다란 구역질, 커다란 뱃멀미가 인간을 덮친다.

선한 자들은 그대들에게 거짓 해안과 거짓 안전을 가르쳤다. 그대들은 선한 자들의 거짓말 속에서 태어나고 보호받았다. 모든 것이 선한 자들에 의해 철저하게 기만되고 왜곡되었다.

그러나 〈인간〉이라는 땅을 발견한 자는 〈인간의 미래〉라는 땅도 발견했다. 이제 그대들은 항해자, 용감하고 끈기 있는 항해자가 되어야 한다!

오, 나의 형제들이여, 때를 놓치지 말고 똑바로 걸어라! 똑바로 걷는 법을 배워라! 바다에 폭풍이 휘몰아친다. 많은 사람들이 그대들에게 의지해 다시 똑바로 일어서려 한다.

바다에 폭풍이 휘몰아친다. 모든 것이 바닷속에 있다. 자, 가자! 그대 노련한 뱃사람들의 용기를 지닌 자들이여!

조상의 땅이 무엇이냐! 우리 자손들의 땅이 있는 곳, 그곳을 향해 우리는 뱃머리를 돌리려 한다! 그곳을 향해 우리의 커다란 동경은 바다보다 더 거칠게 폭풍처럼 돌진한다!

29

「어째서 이렇게 단단한가!」 취사용 석탄이 언젠가 다이아몬드에게 말했다. 「우리는 가까운 친척이 아닌가?」

어째서 이렇게 무른가? 오, 나의 형제들이여, 나는 그대들에게 묻는다. 그대들은 나의 형제가 아닌가?

어째서 이렇게 무르고 연약하고 쉽게 굴복하는가? 어째서 그대들의 가슴속에는 이렇게 많은 부정과 부인이 자리하고 있는가? 어째서 그대들의 눈빛에는 이렇게 적은 운명이 깃들어 있는가?

그대들이 운명이려 하지 않고 냉혹한 자이려 하지 않는다면, 어떻게 나와 함께 승리할 수 있겠는가?

그대들의 단단함이 번개 치고 베고 절단하려 하지 않는다면, 어떻게 장차 나와 함께 창조할 수 있겠는가?

창조하는 자들은 단단하기 때문이다. 밀랍에 손자국을 남기듯 수천 년의 세월에 그대들의 손자국을 남기는 것을 복된 일로 여겨야 한다.

청동에 새기듯 수천 년 세월의 의지에 새기는 것을 복된 일로 여겨야 한다. 청동보다 더 단단하고 청동보다 더 고귀하게. 오로지 가장 고귀한 것만이 더없이 단단하다.

오, 나의 형제들이여, 나는 이 새로운 서판을 그대들의 머리 위에 걸어 놓는다. 단단해지라!

30

오, 그대 나의 의지여! 그대 온갖 고난의 전환점이여, 그대 나의 필연이여! 온갖 사소한 승리로부터 나를 지켜 달라!

그대, 내가 운명이라고 부르는, 내 영혼의 섭리여! 그대, 내 안에 있는 자여! 내 위에 있는 자여! 위대한 운명을 위해 나를 지키고 아껴 달라!

그리고 나의 의지여, 그대의 최후를 위해 그대 최후의 위대함을 아껴 두라. 그대의 승리 속에서 냉혹함을 잃지 말라! 아, 자신의 승리에 굴복하지 않은 자가 있었던가!

아, 이 어스름한 도취 상태에서 흐려지지 않은 눈이 있었던가! 아, 승리에 취해서 서 있는 법을 잊어버리고 휘청거리지 않은 다리가 있었던가!

나는 언젠가 위대한 정오에 만반의 준비를 갖추고 무르익으리라! 붉게 달아오른 청동처럼, 번개를 품은 구름처럼, 암소의 팽팽히 부푼 젖가슴처럼 만반의 준비를 갖추고 무르익으리라!

나 자신과 나의 가장 은밀한 의지를 위해 만반의 준비를
갖추리라. 활이 화살을 향한 욕망에 불타고, 화살이 별을 향
한 욕망에 불타듯이.

별이 자신의 정오에 만반의 준비를 갖추고 무르익듯이. 파
괴적인 태양의 화살에 적중해 뜨겁게 달아 올라 환희에 넘치
듯이!

승리 속에서 파괴하려는 만반의 준비를 갖춘 태양과 태양
의 냉혹한 의지처럼!

오, 의지여, 온갖 고난의 전환점이여, 그대 나의 필연이여!
위대한 승리를 위해 나를 아껴 달라!

차라투스트라는 이렇게 말했다.

회복하는 자

1

동굴로 돌아오고 얼마 되지 않은 어느 날 아침, 차라투스
트라는 미친 사람처럼 벌떡 침상에서 일어났다. 그는 무시무
시한 목소리로 고함을 지르며, 마치 누군가가 침상에 누워
일어나려 하지 않는 듯 굴었다. 차라투스트라의 목소리가 어
찌나 크게 울려 퍼졌는지, 그의 짐승들이 놀라 달려왔다. 차
라투스트라의 동굴 가까이에 있는 모든 동굴과 은신처에서
발 달리고 날개 달린 온갖 짐승들이 날고 퍼덕이고 기고 경

중거리며 뛰쳐나왔다. 차라투스트라는 이렇게 말했다.

솟아나라, 심연의 사상이여, 나의 깊은 곳으로부터! 나는 그대의 수탉이고 새벽의 여명이다, 잠에 취한 벌레여. 일어나라! 일어나라! 나의 목소리가 닭 울음소리처럼 그대를 깨우리라!

그대의 귀를 옭아맨 족쇄를 풀고 귀 기울여라! 나는 그대의 목소리를 들으려 한다! 일어나라! 일어나라! 무덤들도 귀 기울이는 법을 배울 정도로 여기 우레 소리 요란하다!

그대의 눈에서 졸음과 온갖 어리석음과 무지를 쫓아내라! 그대의 눈으로도 내 말을 들어라. 나의 목소리는 타고난 장님까지도 고쳐 주는 약이다.

그리고 그대는 일단 깨어나면 영원히 깨어 있어야 한다. 증조할머니들을 잠에서 깨웠다가 다시 계속 자라고 하는 것은 나의 본성에 맞지 않는다!

그대는 몸을 뒤척이고 기지개를 켜고 숨을 그르렁거리는가? 일어나라! 일어나라! 숨을 그르렁거리지 말고 내게 말하라! 신을 부정하는 자, 차라투스트라가 그대를 부르고 있다!

나, 차라투스트라, 삶의 대변자, 고뇌의 대변자, 순환의 대변자가 그대 나의 더없이 깊은 심연의 사상을 부르고 있다!

나를 낫게 하라! 그대 다가오고 있구나. 그대의 소리가 들린다! 나의 심연이 말을 한다. 나는 내 최후의 깊은 곳을 밝은 빛에 드러내었다!

나를 낫게 하라! 이리 오라! 손을 내밀라. 아! 놓아라! 아아! 구역질, 구역질, 구역질이 난다! 슬프구나!

2

차라투스트라는 이 말을 마치자마자 죽은 듯이 고꾸라져서 죽은 듯이 오랫동안 꼼짝하지 않았다. 그러다 다시 정신을 차렸을 때, 낯빛이 창백했으며 몸을 부들부들 떨었다. 그는 그렇게 누워서 오랫동안 아무것도 먹고 마시려 하지 않았다. 그런 상태가 7일 동안 계속되었다. 그의 짐승들은 밤이고 낮이고 그의 곁을 떠나지 않았으며, 다만 독수리만이 음식을 구하러 날아갔다 왔을 뿐이었다. 독수리는 여기저기서 구하고 빼앗아 온 것을 차라투스트라의 침상에 내려놓았다. 그래서 마침내 차라투스트라는 노랗고 빨간 딸기와 포도, 들장미 열매, 향긋한 풀잎, 솔방울에 둘러싸였다. 게다가 그의 발치에는 독수리가 양치기들에게서 간신히 빼앗은 새끼 양 두 마리가 널려 있었다.

7일이 지난 후, 마침내 차라투스트라는 침상에서 몸을 일으켜 들장미 열매를 손에 들고 냄새를 맡았다. 그는 향기가 아주 상큼하다고 생각했다. 그러자 그의 짐승들은 그와 이야기를 나눌 때가 왔다고 여겼다.

「오, 차라투스트라여! 그대는 7일 동안이나 눈을 뜨지 못하고 누워 있었다.」 짐승들은 말했다. 「이제 다시 두 발을 딛고 일어서야 하지 않겠는가?

그대의 동굴 밖으로 걸어 나가라. 세상이 정원처럼 그대를 기다리고 있다. 바람은 그대에게 날아오려고 하는 진한 향기와 희롱하고, 모든 냇물은 그대를 쫓아가려 한다.

그대가 7일 동안이나 홀로 머문 탓에 만물이 그대를 그리워하고 있다. 그대의 동굴 밖으로 걸어 나가라! 만물이 그대를 치유하는 의사가 되어 주려 한다!

새로운 인식, 무겁게 짓누르는 괴로운 인식이 그대를 덮쳤는가? 그대는 발효하기 시작한 반죽처럼 누워 있었고, 그대의 영혼은 가장자리 너머로 부풀어 올랐다.」

　「오, 나의 짐승들이여.」 차라투스트라는 대답했다. 「어서 이야기를 계속하라. 이야기를 더 들려 달라! 그대들의 이야기가 내 원기를 북돋우는구나. 그대들의 이야기를 듣고 있으니, 세상이 마치 정원과도 같구나.

　말과 소리가 있어서 얼마나 좋은가. 말과 소리는 영원히 갈라진 것들을 이어 주는 무지개이고 가상의 다리가 아닌가?

　모든 영혼은 제각기 다른 세계를 가지고 있다. 제각기 모든 영혼에게 다른 영혼은 배후 세계이다.

　가상은 가장 비슷한 것들 사이에서 가장 멋지게 거짓말한다. 가장 협소한 협곡에 다리를 놓기가 가장 어렵기 때문이다.

　어떻게 내게 나의 밖이 존재할 수 있겠는가? 밖은 존재하지 않는다! 그러나 우리는 온갖 소리를 들을 때마다 그 사실을 망각한다. 망각한다는 것은 얼마나 좋은가!

　인간이 사물들에게서 원기를 얻도록 사물들에게 이름과 소리가 주어진 것은 아닐까? 말한다는 것은 아름다운 바보짓이다. 말함으로써 인간은 춤을 추며 만물을 넘어간다.

　모든 말과 소리의 모든 거짓은 얼마나 사랑스러운가! 우리의 사랑은 소리와 함께 오색 무지개 위에서 춤을 춘다.」

　「오, 차라투스트라여.」 그러자 짐승들은 말했다. 「우리처럼 생각하는 자들에게는 만물이 스스로 춤을 춘다. 그것들은 다가와 서로 악수를 나누고 웃고 달아나고 그러나 되돌아온다.

　모든 것이 가고, 모든 것이 되돌아온다. 존재의 수레바퀴는 영원히 돌고 돈다. 모든 것이 죽고, 모든 것이 새롭게 피어난다. 존재의 세월은 영원히 흐른다.

　모든 것이 부러지고, 모든 것이 새롭게 이어진다. 존재의 똑같은 집이 영원히 지어진다. 모든 것이 갈라서고, 모든 것이 다시 반갑게 인사한다. 존재의 순환은 영원히 자기 자신에게 충실하다.

매 순간 존재가 시작된다. 저기라는 공이 매번 여기 주위를 굴러간다. 중심은 어디에나 있다. 영원의 오솔길은 굽어 있다.」

「오, 그대 어릿광대들이여, 오르골들이여!」 차라투스트라는 이렇게 대답하고 다시 미소 지었다. 「그대들은 7일 동안 무엇이 이루어져야 했는지 어떻게 그리 잘 아는가.

그 괴물이 어떻게 내 목구멍 속으로 기어 들어와 나를 숨 막히게 했는지! 그러나 나는 괴물의 머리를 물어뜯어 내뱉었다.

그런데 그대들은 벌써 그것을 오르골에 맞추어 노래하는가? 그러나 나는 괴물의 머리를 물어뜯어 내뱉느라고 지쳐서, 나 자신을 구하느라고 병들어서 여기 누워 있다.

그런데 그대들은 그 모든 것을 구경했단 말인가? 오, 나의 짐승들이여, 그대들도 잔인하긴 마찬가지인가? 그대들도 인간들처럼 내 크나큰 고통을 구경하려 했단 말인가? 인간이야말로 가장 잔인한 짐승인 것을.

지금까지 인간에게 비극과 투우, 십자가에 못 박는 것보다 더 즐거운 일은 지상에 없었다. 보라, 인간은 지옥을 만들어 냈을 때 지상에서의 천국을 맛보았다.

위대한 인간이 비명을 지르면 왜소한 인간이 즉각 달려온다. 그는 얼마나 신이 나는지 숨이 넘어갈 정도이다. 그러면서 그것을 〈동정심〉이라 부른다.

왜소한 인간, 특히 시인은 말로 얼마나 열심히 삶을 비난하는가! 귀 기울여 보아라! 그러나 그 모든 비난 속에 들어 있는 쾌감을 흘려듣지 말라!

삶은 이처럼 삶을 탓하는 자들을 눈을 껌벅이며 이겨 낸다. 〈당신이 나를 사랑한다고요?〉 그 뻔뻔한 여인은 말한다. 〈좀

더 기다려요. 나는 아직 당신을 상대할 시간이 없어요.〉

인간은 자기 자신에게 가장 잔인한 동물이다. 〈죄인〉, 〈십자가를 짊어진 자〉, 〈참회자〉라고 자처하는 자들의 한탄과 비난 속에 들어 있는 희열을 흘려듣지 말라!

나 자신은 이렇게 말함으로써 인간을 비난하는 자가 되려하는가? 아, 나의 짐승들이여, 지금까지 오로지 나는 인간이 자신의 최선에 이르기 위해서는 자신의 최악의 것이 필요하다는 것만을 배웠다.

모든 최악의 것은 인간의 최선의 힘이고 최고의 창조자에게 가장 단단한 돌이라는 것을, 인간은 더 선해져야 하고 그리고 더 악해져야 한다는 것을 배웠다.

나는 인간이 악하다는 것을 알고 있는 이 사실에 얽매여 괴로워한 것이 아니라 오히려 그 누구도 아직껏 외친 적이 없을 정도로 크게 외쳤다.

〈아, 인간의 최악이란 것이 이다지도 왜소하다니! 아, 인간의 최선이란 것이 이다지도 왜소하다니!〉

인간에 대한 크나큰 권태, 이것이 내 목을 조였고 내 목구멍 속으로 기어 들어왔다. 〈모든 것은 똑같다. 보람 있는 것은 하나도 없다. 앎은 우리의 목을 조른다.〉 이런 예언가의 말도 내 목을 조이고 내 목구멍 속으로 기어 들어왔다.

기나긴 어스름이, 죽도록 지치고 죽도록 취한 슬픔이 내 앞으로 절뚝절뚝 걸어왔다. 그 슬픔은 하품을 하며 말했다.

〈그대가 넌더리 내는 인간, 왜소한 인간은 영원히 되돌아온다.〉 내 슬픔은 하품을 하고, 발을 질질 끌고 돌아다니며 잠을 이루지 못했다.

인간의 대지는 내게 동굴로 변했고, 그 가슴은 아래로 내려앉았다. 모든 살아 있는 것이 인간의 곰팡이와 뼈와 썩은 과거로 변모했다.

나의 탄식은 인간의 모든 무덤 위에 앉아서 더는 일어나지 못했다. 나의 탄식과 물음은 밤낮으로 비관하고 숨 막히고 괴롭히고 하소연했다.

〈아, 인간은 영원히 회귀한다! 왜소한 인간은 영원히 회귀한다!〉

나는 일찍이 가장 위대한 인간과 가장 왜소한 인간이 벌거 벗은 모습을 보았다. 두 사람은 서로 너무도 닮아 보였으며, 가장 위대한 인간도 너무 인간적으로 보였다!

가장 위대한 인간도 너무 왜소했다! 그래서 나는 인간에게 염증을 느꼈다! 가장 왜소한 자들도 영원히 회귀하다니! 그래서 나는 모든 존재에게 염증을 느꼈다!

아, 구역질! 구역질! 구역질 난다!」차라투스트라는 이렇게 말하고 탄식하며 몸서리쳤다. 자신이 앓고 있는 병이 생각났기 때문이다. 그러자 그의 짐승들이 그의 말을 가로막았다.

「더 이상 말하지 말라, 그대 회복하는 자여!」그의 짐승들은 이렇게 대답했다. 「차라리 밖으로 나가라! 세상이 정원처럼 그대를 기다리고 있다.

장미꽃과 꿀벌과 비둘기 떼가 있는 밖으로 나가라! 무엇보다도 노래하는 새들에게로 나가라. 새들에게서 노래하는 법을 배워라!

노래는 회복하는 자를 위한 것이다. 건강한 자는 말을 할 것이다. 그리고 건강한 자가 노래를 원한다 하더라도, 회복하는 자와는 다른 노래를 원한다.」

「오, 그대 어릿광대들이여, 오르골들이여, 입 다물라!」차라투스트라는 이렇게 대답하고, 자신의 짐승들을 향해 미소 지었다. 「내가 7일 동안 나 자신을 위해 어떤 위로를 생각해 냈는지 그대들은 참으로 잘 알고 있구나!

나는 다시 노래해야 한다. 나는 나 자신을 위해 이러한 위로와 이렇게 회복하는 법을 생각해 냈다. 그대들은 이것마저 또다시 오르골에 맞추어 노래로 만들려 하느냐?」

「더 이상 말하지 말라.」 그의 짐승들이 거듭 말했다. 「그대 회복하는 자여, 차라리 먼저 칠현금을 하나 마련하라. 새로운 칠현금을!

오, 차라투스트라여, 보라! 그대의 새로운 노래를 위해 새로운 칠현금이 필요하기 때문이다.

오, 차라투스트라여, 노래하라! 마음껏 분출하라! 새로운 노래로 그대의 영혼을 치유하라! 이제껏 그 누구도 짊어진 적이 없었던 그대의 위대한 운명을 짊어질 수 있도록!

오, 차라투스트라여, 그대가 어떤 자이고 어떤 자가 되어야 하는지 그대의 짐승들은 잘 알고 있기 때문이다. 보라, 그대는 영원 회귀의 스승이다. 이것이 이제 그대의 운명이다!

그대는 최초로 이러한 가르침을 가르쳐야 한다. 이런 위대한 운명이 어떻게 그대의 가장 큰 위험과 질병이 아니겠는가!

보라, 우리는 그대가 무엇을 가르치는지 잘 알고 있다. 만물은 영원히 회귀하고 우리 자신도 회귀하며, 우리는 이미 무수히 여러 번 존재했고 우리와 더불어 만물도 무수히 여러 번 존재했다는 것을 가르친다.

그대는 생성의 위대한 해(年), 위대한 해의 괴물이 존재한다고 가르친다. 그 해는 새로이 흘러나오고 흘러 나가기 위해 모래시계처럼 끊임없이 새롭게 방향을 바꾸어야 한다.

그래서 이런 모든 해들은 가장 큰 것에서뿐만 아니라 가장 작은 것에서도 서로 같다. 그래서 우리도 모든 위대한 해에는 가장 큰 것에서뿐만 아니라 가장 작은 것에서도 서로 같다.

그대가 지금 죽으려 한다면, 오, 차라투스트라여, 보라, 우리는 그대가 그대 자신에게 뭐라고 말할 것인지도 잘 알고 있다. 그러나 그대의 짐승들은 그대에게 아직 죽지 말라고 간청한다!

그대는 조금도 무서워 떨지 않고 오히려 환희에 넘쳐 안도의 숨을 내쉬며 말할 것이다. 그대는 커다란 압박감과 불안감에서 벗어날 것이기 때문이다, 그대 더없이 참을성 있는 자여!

〈이제 나는 죽어 사라지리라.〉 그대는 말할 것이다. 〈나는 순식간에 무(無)가 될 것이다. 영혼도 육체처럼 죽음을 면할 수 없다.

그러나 내가 엮여 있는 원인들의 매듭은 되돌아온다. 그 매듭이 나를 다시 창조할 것이다! 나 자신이 영원 회귀의 원인들에 속한다.

나는 이 태양, 이 대지, 이 독수리, 이 뱀과 함께 다시 올 것이다. 그러나 새로운 삶이나 더 나은 삶, 비슷한 삶을 살러 오지는 않을 것이다.

나는 가장 큰 것에서뿐만 아니라 가장 작은 것에서도 이와 똑같은 삶을 살러 영원히 다시 올 것이다. 그래서 만물의 영원 회귀를 다시 가르칠 것이다.

그래서 지상과 인간의 위대한 정오에 대해 다시 말하고, 인간들에게 다시 초인을 알릴 것이다.

나는 나의 말을 했고, 나의 말 때문에 파멸한다. 나의 영원한 운명이 그렇게 되길 원한다. 나는 예언자로서 몰락해 간다!

이제 몰락하는 자가 스스로를 축복할 시간이 되었다. 이렇게 차라투스트라의 몰락은 끝이 난다.〉」

짐승들은 말을 마치고서 입을 다물었다. 그러고는, 차라투스트라가 자신들에게 뭐라 말하기를 기다렸다. 그러나 차라투스트라는 동물들이 입을 다문 것을 알지 못했다. 그는 잠이 들지 않았는데도 마치 잠든 사람처럼 눈을 감고 조용히 누워 있었다. 자신의 영혼과 대화를 나누고 있었기 때문이다. 뱀과 독수리는 차라투스트라가 그렇게 침묵을 지키는 것을 보고서, 그를 에워싼 위대한 정적을 존중하여 살며시 그곳을 나왔다.

위대한 동경에 대하여

오, 나의 영혼이여! 나는 그대에게 〈오늘〉을 〈일찍이〉와 〈예전에〉처럼 말하라고 가르쳤고, 모든 여기와 저기와 거기를 넘어 원무(圓舞)를 추라고 가르쳤다.

오, 나의 영혼이여! 나는 그대를 모든 구석에서 구해 내었고, 그대의 먼지와 거미와 어스름을 쓸어내 주었다.

오, 나의 영혼이여, 나는 그대의 작은 수치심과 후미진 덕을 씻어 내었고, 태양의 눈앞에 벌거벗고 나서라고 그대를 설득했다.

나는 〈정신〉이라고 불리는 폭풍을 타고 그대의 넘실대는 바다 위로 세차게 불었다. 나는 모든 구름을 쫓아 버렸으며, 〈죄악〉이라고 불리는 목 조르는 자까지도 목 졸라 죽였다.

오, 나의 영혼이여, 나는 그대에게 폭풍처럼 〈아니다〉라고 말할 권리와 맑은 하늘처럼 〈그렇다〉라고 말할 권리를 주었다. 그대는 빛처럼 고요히 서 있다가 이제 부정하는 폭풍을 뚫고 간다.

오, 나의 영혼이여, 나는 그대에게 창조된 것과 창조되지 않은 것에 대한 자유를 돌려주었다. 누가 그대만큼 미래의 환희에 대해 알겠는가?

오, 나의 영혼이여, 나는 그대에게 경멸하는 것을 가르쳤다. 벌레처럼 갉아먹는 경멸이 아니라 사랑하면서 경멸하는 위대한 경멸을. 위대한 경멸은 가장 많이 경멸하는 곳에서 가장 많이 사랑한다.

오, 나의 영혼이여, 나는 그대에게 설득하는 것을 가르쳤다. 태양이 자신의 높이로 올라오라고 바다를 설득하듯, 그대에게로 올라오라고 근본들을 설득하는 것을 가르쳤다.

오, 나의 영혼이여, 나는 그대가 모든 순종과 무릎 꿇음, 주인을 섬김에서 벗어나도록 해주었다. 나는 그대에게 〈고난의 전환점〉과 〈운명〉이라는 이름을 부여했다.

오, 나의 영혼이여, 나는 그대에게 새로운 이름들과 다채로운 장난감을 주었다. 나는 그대를 〈운명〉, 〈용량 중의 용량〉, 〈시간의 탯줄〉, 〈하늘색 종〉이라 불렀다.

오, 나의 영혼이여, 나는 그대의 토양이 마실 온갖 지혜를 주었다. 지혜의 온갖 새 포도주와 아득한 옛날부터 전해져 내려오는 해묵은 독한 포도주를.

오, 나의 영혼이여, 나는 그대에게 모든 태양과 모든 밤, 모든 침묵과 모든 동경을 쏟아부었다. 그래서 그대는 포도나무처럼 무성하게 자랐다.

오, 나의 영혼이여, 그대는 팽팽히 부푼 젖가슴과 갈색의 황금 포도송이들이 주렁주렁 달린 포도나무처럼 풍성하고 듬직하게 서 있다.

그대의 행복에 눌리고 밀리며, 충만하길 기다리면서도 기다리는 것을 부끄러워하며.

오, 나의 영혼이여, 그대보다 더 사랑에 넘치고 더 포용력이 있고 더 용량이 큰 영혼은 이제 그 어디에도 없으리라! 미래와 과거가 그대 곁에서보다 더 가까이 모여 있을 곳이 어디에 있겠는가?

오, 나의 영혼이여, 나는 그대에게 모든 것을 주었고, 내 두 손은 그대 때문에 텅 비었다. 그런데 이제! 그대는 미소를 머금고 우울하게 내게 말하는가. 「우리 중에서 누가 고마워해야 하는가?

받는 자가 받아 준 것에 대해 주는 자는 고마워해야 하지 않겠는가? 필요해서 선물하는 것이 아니던가? 불쌍히 여겨서 받아 주는 것이 아니던가?」

오, 나의 영혼이여, 나는 그대의 우울한 미소를 이해한다. 그대의 넘치는 풍요로움은 이제 애타는 갈망의 손길을 내민다!

그대의 충만함은 일렁이는 바다 너머를 바라보며 찾고 기다린다. 그대의 미소 짓는 눈의 하늘에서 넘치는 충만함의 갈망이 바라본다!

그리고 진실로, 오 나의 영혼이여! 그대의 미소를 보고 눈물을 흘리지 않을 자가 어디 있겠는가? 천사들도 그대의 미소의 넘치는 선의를 보고 눈물을 흘린다.

한탄하지 않고 울지 않는 것이 그대의 선의, 넘치는 선의이다. 그러나 오, 나의 영혼이여, 그대의 미소는 눈물을 갈망하고, 그대의 떨리는 입은 흐느낌을 갈망한다.

「모든 울음은 한탄이 아닌가? 그리고 모든 한탄은 비난이 아닌가?」 그대는 그대 자신에게 이렇게 말한다. 그 때문에 그대는 그대의 고뇌를 쏟아 내기보다는 차라리 미소 지으려 한다, 오, 나의 영혼이여.

그대의 충만함에 대한 모든 고뇌, 그리고 포도를 수확하는 농부와 포도를 따는 칼을 향한 포도나무의 열망에 대한 모든 고뇌를 솟구치는 눈물로 쏟아 내기보다는!

그러나 그대는 울지 않으려면, 그대의 자줏빛 우울을 눈물로 달랠 생각이 아니라면, 노래해야 할 것이다, 오, 나의 영혼이여! 보라. 그대에게 이것을 예언하는 나 자신도 미소 짓고 있다.

모든 바다가 잔잔해져서 그대의 갈망에 귀 기울일 때까지 우렁차게 노래하라.

갈망에 사로잡힌 잔잔한 바다 위로 나룻배가, 황금빛 기적이 떠다니고, 온갖 좋고 나쁜 경이로운 일들이 그 황금 주위를 껑충껑충 뛰어다닐 때까지.

또 많은 크고 작은 짐승들과 경쾌하고 경이로운 발로 보랏빛 오솔길을 달려갈 수 있는 모든 것이 껑충껑충 뛰어다닐 때까지.

황금빛 기적, 자유 의지의 조각배와 그 주인을 향해서. 그 주인은 포도를 따는 다이아몬드 칼을 들고 기다리는 농부이다.

오, 나의 영혼이여, 그대의 위대한 구원자는 미래의 노래가 비로소 이름을 찾아낼 이름 없는 자이다! 진실로, 그대의 숨결은 벌써 미래의 노래의 향기를 풍긴다.

그대는 벌써 뜨겁게 달아올라 꿈을 꾼다. 그대는 벌써 심오한 소리를 내는 온갖 위로의 샘물로 갈증을 달랜다. 그대의 우울은 벌써 미래의 노래의 환희 속에서 쉬고 있다!

오, 나의 영혼이여, 나는 이제 그대에게 모든 것을, 나의 마지막 남은 것까지 주었다. 내 두 손은 그대 때문에 텅 비었다. 나는 그대에게 노래하라 명령했다. 보라, 그것이 나의 마지막 남은 것이었다!

내가 그대에게 노래하라 명령했다고 말하라, 말하라. 우리 중에서 누가 고마워해야 하는가? 그러나 그보다는, 오, 나의 영혼이여, 노래하라, 노래하라! 그래서 내가 고마워하게 하라!

차라투스트라는 이렇게 말했다.

또 다른 춤의 노래

1

「오, 삶이여, 최근에 나는 그대의 눈을 들여다보았다. 밤처럼 캄캄한 그대의 눈 속에서 황금이 반짝이는 것을 보았다. 나의 심장은 환희에 넘쳐 멎었다.

나는 밤의 물 위에서 황금빛 조각배가 반짝이는 것을 보았다. 물속으로 가라앉아 침몰하는 듯싶다가도 다시 손짓하며 흔들거리는 황금빛 조각배!

그대는 춤추고 싶어 안달하는 내 발에 눈길을 보냈다. 웃는 듯, 묻는 듯, 마음을 녹일 듯 흔들거리는 눈길.

그대가 작은 손으로 캐스터네츠를 단 두 번 울렸을 뿐인데도, 내 발은 벌써 춤추고 싶어 이리저리 흔들거렸다.

내 발꿈치는 일어서고, 내 발가락은 그대의 마음을 헤아리기 위해 귀를 기울였다. 춤추는 자의 귀는 발가락에 달려 있다!

나는 그대에게로 뛰어올랐다. 내가 뛰어오르자 그대는 뒤로 달아났다. 휘날리며 달아나는 그대의 머리카락이 나를 향해 혀를 날름거렸다!

나는 그대와 그대의 날름거리는 뱀들을 훌쩍 피했다. 그러자 그대는 몸을 반쯤 돌린 채 열망에 가득 찬 눈빛으로 서 있었다.

그대는 굽은 눈빛으로 굽은 길을 내게 가르친다. 내 발은 굽은 길에서 술수를 배운다!

나는 가까이 있는 그대를 두려워하고, 멀리 있는 그대를 사랑한다. 그대가 달아나면 내 마음은 이끌리고, 그대가 나를 찾으면 내 마음은 굳어 버린다. 괴로운데도, 나는 그대를 위해서라면 어떤 괴로움도 마다하지 않았다!

그 냉혹함은 불을 붙이고, 그 증오심은 유혹하고, 그 도주는 속박하고, 그 조롱은 감동시킨다. 누가 그대를 증오하지 않겠는가, 그대 속박하고 휘감고 유혹하고 찾고 발견하는 위대한 자여! 누가 그대를 사랑하지 않겠는가, 그대 순진무구하고 조급하고 바람 같고 어린아이의 눈을 가진 죄인이여!

그대 장난꾸러기의 화신이여, 지금 나를 어디로 잡아끄는가? 그대 은혜를 모르는 개구쟁이여, 그대는 다시 내게서 달아나는구나!

나는 춤을 추며 그대의 뒤를 따라간다. 아주 희미한 발자국만 있어도 그대를 쫓아간다. 그대는 어디에 있는가? 내게 손을 내밀라! 다만 손가락 하나만이라도!

여기에 동굴과 수풀이 있다. 잘못하면 길을 잃어버릴 것이다! 서라! 걸음을 멈추어라! 올빼미들과 박쥐들이 윙윙 날아다니는 것이 보이지 않느냐?

그대 올빼미여! 그대 박쥐여! 그대는 나를 우롱할 셈이냐? 여기가 어디냐? 그대는 개들에게서 이렇듯 컹컹 짖고 울부짖는 것을 배웠구나.

그대는 작고 흰 이를 드러내며 사랑스럽게 나를 위협한다. 그대의 화난 눈이 곱슬곱슬한 갈기 속에서 나를 향해 달려든다!

이것은 그 어떤 장애물도 뛰어넘는 춤이다. 나는 사냥꾼이다. 그대는 나의 개이려고 하는가 아니면 나의 영양이려고 하는가?

이제 내 곁에 있구나! 어서 서둘러라, 그대 심술궂게 뛰어오르는 자여! 이제 위로! 저 너머로! 원통하다! 나는 뛰어오르다 넘어졌다!

오, 그대 오만이여, 자비를 구하며 쓰러져 있는 나를 보라! 나는 그대와 더불어 더 사랑스러운 오솔길을 걷고 싶다!

한적하고 다채로운 수풀을 가로지르는 사랑의 오솔길을! 아니면 저기 황금빛 물고기들이 헤엄치며 춤추는 호숫가를 따라서!

그대는 이제 지쳤는가? 저 너머에 양들과 저녁놀이 있다. 양치기의 피리 소리를 들으며 잠을 청하는 것은 아름답지 않은가?

그대는 그토록 몹시 지쳤는가? 내가 그대를 안고 갈 테니 두 팔을 내려뜨려라! 그대가 목이 마르면 내가 마실 것을 줄 것이다. 그러나 그대의 입은 그것을 마시려 하지 않는다!

오, 이 날쌔고 날렵한 저주받은 뱀이여, 미꾸라지 같은 마녀여! 그대는 어디로 가버렸는가? 내 얼굴에 두 개의 손자국과 붉은 얼룩을 남겨 두고!

나는 항상 그대의 온순한 양치기 역할을 하는 것에 참으로 지쳤다! 그대, 마녀여, 나는 지금까지 그대를 위해 노래를 불렀다. 이제는 그대가 나를 위해 외쳐야 한다!

그대가 내 채찍 소리에 박자 맞추어 춤추고 외쳐야 한다! 내가 채찍을 잊지 않았느냐고? 천만에!」

2

그러자 삶은 그 사랑스러운 귀를 막으며 내게 대답했다.

「오, 차라투스트라여! 그렇듯 무섭게 채찍을 휘두르지 말라! 그대는 잘 알고 있지 않은가, 시끄러운 소리가 사상을 죽인다는 것을. 때마침 내게 정겨운 사상이 떠오르고 있다.

우리 둘은 진정으로 선한 일도 악한 일도 하지 않는 자들이다. 우리는 선악의 저편에서 우리의 섬과 푸른 초원을 찾아냈다. 우리 단둘이서! 그러니 우리는 서로 사이좋게 지내야 한다!

그리고 우리는 근본적으로 서로 사랑하지 않는다. 우리가 근본적으로 서로 사랑하지 않는다고 해서 서로 원망해야겠는가?

나는 그대에게 호의를 품고 있다. 때로는 지나치게 많은 호의를 품고 있는 것을 그대는 잘 알고 있다. 그 이유는 내가 그대의 지혜를 시샘하기 때문이다. 아, 지혜에 미친 이 늙은 바보여!

그대의 지혜가 언젠가 그대 곁을 떠난다면, 아! 나의 사랑 또한 서둘러 그대 곁을 떠나리라.」

삶은 이렇게 말하고서, 생각에 잠겨 뒤를 돌아보고 주위를 둘러보며 나지막하게 말했다. 「오, 차라투스트라여, 그대는 내게 그다지 충실하지 않구나!

그대는 말로는 나를 사랑한다 하지만 결코 말만큼 나를 사랑하지 않는다. 그대가 곧 내 곁을 떠날 생각이라는 것을 나는 잘 알고 있다.

뎅그렁뎅그렁 울려 퍼지는, 묵직하고 묵직한 낡은 종이 있다. 그 종소리는 밤마다 그대의 동굴에까지 뎅그렁뎅그렁 울려 퍼진다.

그대는 한밤중에 시간을 알리는 그 종소리를 들을 때마다, 종이 한 번에서 열두 번 울리는 사이에 떠날 생각을 한다.

그대는 떠날 생각을 한다. 오, 차라투스트라여, 그대가 곧 내 곁을 떠날 생각이라는 것을 나는 잘 알고 있다!」

「그렇다.」 나는 망설이며 대답했다. 「하지만 그대도 잘 알고 있으리라.」 나는 삶의 귀에 무언가를 속삭였다, 한심하게도 마구 헝클어진 덥수룩하고 노란 머리카락 사이로.

「오, 차라투스트라여, 그대가 그것을 알고 있단 말인가? 그것을 아는 사람은 아무도 없다.」

우리는 서로를 응시했고, 때마침 싸늘한 저녁이 내려앉는 푸른 초원을 바라보며 함께 울었다. 그때 나는 나의 온갖 지혜보다도 삶이 더 사랑스러웠다.

차라투스트라는 이렇게 말했다.

3

하나!
오, 인간이여! 주의하라!

둘!
깊은 자정이 뭐라고 말하는가?

셋!
「나는 잠자고 있었다, 나는 잠자고 있었다 ─

넷!
깊은 꿈에서 나는 깨어났다 ─

다섯!
세계는 깊다.

여섯!
낮이 생각한 것보다 더 깊다.

일곱!
세계의 고통은 깊다.

여덟!
기쁨은 ── 마음의 고뇌보다 더 깊다.

아홉!
고통은 말한다, 사라져라!

열!
그러나 모든 기쁨은 영원을 바란다 ──

열하나!
── 깊고 깊은 영원을 바란다!」

열둘!

일곱 개의 봉인
(또는 〈그렇다〉와 〈아멘〉의 노래)

1

내가 예언자이며, 두 바다 사이의 높은 산등성이를 거니는, 과거와 미래 사이를 무거운 구름이 되어 떠도는 예언자의 정신으로 충만해 있다면. 지친 나머지 죽을 수도 살 수도 없는 모든 것과 후덥지근한 저지대에 적대감을 품고서.

어두운 가슴 속에서 번개를 내리치고 구원의 빛을 비출 준비를 하고서. 〈그렇다〉라고 말하고 〈그렇다〉라고 웃는 번개들을 잉태하여, 예언자의 번갯불을 내리칠 준비를 하고서.

이렇게 잉태한 자는 복되도다! 그리고 진실로, 언젠가 미래의 불을 붙일 자는 격렬한 뇌우가 되어 산중턱에 오랫동안 머물러야 한다!

오, 내가 어떻게 영원을, 반지 중의 결혼반지를, 회귀의 고리를 열망하지 않겠는가!

나는 내 아이들을 낳아 줄 여인을 아직 발견하지 못했다. 내가 사랑하는 이 여인 말고는. 오, 영원이여, 나는 그대를 사랑하기 때문이다!

오, 영원이여, 나는 그대를 사랑하기 때문이다!

2

나의 노여움이 일찍이 무덤들을 파헤치고, 경계석들을 밀쳐 내고, 낡은 서판들을 깨뜨려 가파른 심연 속으로 굴러 떨어뜨렸다면.

나의 조롱이 일찍이 곰팡이 핀 말들을 산산이 날려 버렸다면. 내가 빗자루처럼 십자 거미들을 쓸어버리고, 바람처럼 낡고 어슴푸레한 묘혈들을 날려 버렸다면.

내가 일찍이 옛 신들이 묻혀 있는 곳에 환호하며 앉아 있었다면, 과거에 세계를 비방한 자들의 기념비 옆에서 세계를 축복하고 세계를 사랑하며 앉아 있었다면.

하늘이 비로소 순수한 눈길로 무너진 천장 틈새를 뚫고 바라본다면, 나는 교회와 신의 무덤들까지도 사랑할 것이기 때문이다. 나는 풀과 빨간 양귀비꽃처럼 무너진 교회 위에 즐겨 앉아 있을 것이기 때문이다.

오, 내가 어떻게 영원을, 반지 중의 결혼반지를, 회귀의 고리를 열망하지 않겠는가!

나는 내 아이들을 낳아 줄 여인을 아직 발견하지 못했다. 내가 사랑하는 이 여인 말고는. 오, 영원이여, 나는 그대를 사랑하기 때문이다!

오, 영원이여, 나는 그대를 사랑하기 때문이다!

3

일찍이 창조의 숨결로부터, 그리고 우연들에게 별들의 윤무를 추라고 강요하는 천상의 필연으로부터 한 줄기 숨결이 나를 찾아왔다면.

내가 일찍이 행위의 긴 우레가 투덜거리면서도 고분고분 뒤쫓는 창조적인 번개의 웃음소리로 웃음을 터뜨렸다면.

내가 일찍이 대지라는 신들의 탁자에 앉아, 대지가 요동치며 갈라지고 불길이 강물처럼 솟구치도록 신들과 주사위 놀이를 했다면.

대지는 창조적인 새로운 말들과 신들의 주사위 놀이 때문에 바르르 떠는 신들의 탁자이기 때문이다.

오, 내가 어떻게 영원을, 반지 중의 결혼반지를, 회귀의 고리를 열망하지 않겠는가!

나는 내 아이들을 낳아 줄 여인을 아직 발견하지 못했다. 내가 사랑하는 이 여인 말고는. 오, 영원이여, 나는 그대를 사랑하기 때문이다!

오, 영원이여, 나는 그대를 사랑하기 때문이다!

4

내가 일찍이 모든 것이 잘 섞여 있어서 부글부글 거품 이는 향신료 항아리를 벌컥벌컥 들이켰다면.

내 손이 일찍이 가장 가까운 것에 가장 먼 것을, 정신에 불길을, 고뇌에 즐거움을, 가장 선량한 것에 가장 고약한 것을 들이부었다면.

나 자신이 항아리 안의 모든 것이 잘 섞이게 만드는 구원의 소금 알갱이라면.

선을 악에 결합시키는 소금이 있기 때문이다. 또한 더없이 악한 것도 향신료로 사용되어 최후의 거품을 넘치게 할 가치가 있기 때문이다.

오, 내가 어떻게 영원을, 반지 중의 결혼반지를, 회귀의 고리를 열망하지 않겠는가!

나는 내 아이들을 낳아 줄 여인을 아직 발견하지 못했다. 내가 사랑하는 이 여인 말고는. 오, 영원이여, 나는 그대를 사랑하기 때문이다!

오, 영원이여, 나는 그대를 사랑하기 때문이다!

5

내가 바다와 바다의 속성을 지닌 모든 것에게 애정을 느낀다면, 특히 그것들이 내게 성을 내며 항변할 때 가장 크게 애정을 느낀다면.

미지의 것을 향해 배를 모는 탐구의 기쁨이 내 안에 있다면, 뱃사람의 기쁨이 내 기쁨 안에 있다면.

일찍이 나의 환호성이 이렇게 외쳤다면. 「해안이 사라졌다. 이제 최후의 사슬이 내게서 떨어져 나갔다.

무한한 것이 내 주위에서 일렁이고, 공간과 시간이 저 멀리 빛을 발한다. 자! 가자! 늙은 마음이여!」

오, 내가 어떻게 영원을, 반지 중의 결혼반지를, 회귀의 고리를 열망하지 않겠는가!

나는 내 아이들을 낳아 줄 여인을 아직 발견하지 못했다. 내가 사랑하는 이 여인 말고는. 오, 영원이여, 나는 그대를 사랑하기 때문이다!

오, 영원이여, 나는 그대를 사랑하기 때문이다!

6

나의 덕이 춤추는 자의 덕이고, 내가 종종 황금과 에메랄드의 황홀경 속으로 두 발로 뛰어들었다면.

나의 악의가 웃음을 머금은 악의이고 장미 언덕과 백합 울타리 아래에 머문다면.

그 웃음 속에는 온갖 악이 모여 있지만, 그 악들은 스스로의 더없는 행복에 의해 신성시되어 죄를 면제받기 때문이다.

모든 무거운 것이 가벼워지고 모든 육신이 춤추는 자가 되고 모든 정신이 새가 되는 것, 그것이 바로 나의 알파이고 오메가라면. 진실로, 그것이 나의 알파이고 오메가이다!

오, 내가 어떻게 영원을, 반지 중의 결혼반지를, 회귀의 고리를 열망하지 않겠는가!

나는 내 아이들을 낳아 줄 여인을 아직 발견하지 못했다. 내가 사랑하는 이 여인 말고는. 오, 영원이여, 나는 그대를 사랑하기 때문이다!

오, 영원이여, 나는 그대를 사랑하기 때문이다!

7

　내가 일찍이 내 머리 위에 고요한 하늘을 펼쳐 놓고 나 자신의 날개로 나 자신의 하늘을 날았다면.

　내가 유희하듯 깊고 머나먼 빛 속으로 헤엄치고, 새의 지혜가 나의 자유를 찾아왔다면.

　새의 지혜는 말한다. 「보라, 위도 없고 아래도 없다! 그대를 사방으로 던져라, 저 바깥으로, 뒤로, 그대 가벼운 자여! 노래하라! 더는 말하지 말라!

　모든 말은 무거운 자들을 위해 만들어진 것이 아니더냐? 가벼운 자에게는 모든 말이 거짓말이 아니더냐? 노래하라! 더는 말하지 말라!」

　오, 내가 어떻게 영원을, 반지 중의 결혼반지를, 회귀의 고리를 열망하지 않겠는가!

　나는 내 아이들을 낳아 줄 여인을 아직 발견하지 못했다. 내가 사랑하는 이 여인 말고는. 오, 영원이여, 나는 그대를 사랑하기 때문이다!

　오, 영원이여, 나는 그대를 사랑하기 때문이다!

마지막 제4부

아, 자비로운 자들이 저지른 짓보다
더 큰 어리석음이 이 세상 어디에 있었던가?
그리고 자비로운 자들의 어리석음보다
더 큰 고통을 야기한 것이 이 세상 어디에 있었던가?
아직 동정심을 극복하는 경지에 이르지 못하고서
사랑하는 자들은 모두 불쌍하다!
악마는 일찍이 내게 이렇게 말했다.
「신에게도 지옥이 있다.
그것은 바로 인간에 대한 신의 사랑이다.」
최근에 나는 악마가 이런 말을 하는 소리를 들었다.
「신은 죽었다.
신은 인간에 대한 동정심 때문에 죽었다.」

『차라투스트라는 이렇게 말했다』,
「동정하는 자들에 대하여」(제2부, 117~118면)

꿀의 제물

차라투스트라의 영혼 위에서 또다시 달이 바뀌고 해가 바뀌었다. 그는 세월 가는 것에 아랑곳하지 않았지만, 그의 머리는 허옇게 세었다. 어느 날, 그는 동굴 앞의 돌에 앉아서 말없이 먼 곳을 응시하고 있었다. 그곳에서는 구불구불 굽이치는 계곡들 너머로 멀리 바다가 보였다. 그때 그의 짐승들이 생각에 잠겨 주위를 서성거리더니 이윽고 그의 앞에서 걸음을 멈추었다.

「오, 차라투스트라여, 그대는 지금 그대의 행복을 찾는가?」 짐승들은 물었다. 「행복이 무슨 소용이냐! 나는 행복을 얻으려고 노력하지 않은 지 이미 오래되었다. 나는 내 과업을 이루려고 노력한다.」 차라투스트라는 대답했다. 「오, 차라투스트라여, 그대는 좋은 것에 진력이 나서 그런 말을 하는 것이다. 그대는 행복의 푸른 호수에 누워 있지 않은가?」 짐승들은 다시 말했다. 「그대 익살꾼들이여, 그대들은 참으로 적절한 비유를 드는구나! 그러나 그대들도 내 행복이 호르는 물결 같지 않고 무겁다는 것을 잘 알고 있다. 내 행복은 나를 짓누르며 녹아내린 역청처럼 내게서 떨어지려 하지 않는다.」 차라투스트라는 미소 지으며 대답했다.

그러자 짐승들은 다시 생각에 잠겨 주위를 서성거리더니 재차 차라투스트라 앞에서 걸음을 멈추었다. 「오, 차라투스트라여, 그대의 머리가 아마처럼 허옇게 세었는데도 그대의 얼굴이 날로 누렇게 뜨고 어두워지는 것은 바로 그 때문인가? 보라, 그대는 그대의 역청 속에 주저앉아 있다!」 짐승들은 말했다. 「나의 짐승들이여, 그게 무슨 말이냐. 진실로, 내가 역청이라고 말한 것은 지나쳤다. 나는 지금 마치 무르익는 과일과도 같다. 내 피를 더욱 짙게 하고 내 영혼을 더욱 고요하게 하는 꿀이 내 혈관 속을 흐르고 있다.」 차라투스트라는 이렇게 말하며 웃었다. 「오, 차라투스트라여, 당연히 그럴 것이다.」 짐승들은 이렇게 대답하고 차라투스트라 가까이 몰려들었다. 「그런데 그대는 오늘 높은 산에 오르지 않겠는가? 공기가 맑아서 오늘은 그 어느 때보다도 세상의 많은 것을 볼 수 있다.」「그렇구나. 나의 짐승들아.」 차라투스트라는 대답했다. 「그대들의 권유는 아주 적절하여 내 마음에 꼭 든다. 나는 오늘 높은 산에 오르려 한다! 그러니 거기 내 손이 닿는 곳에 꿀을 준비하도록 하라. 노랗고 희고 맛 좋고 얼음처럼 신선한 벌집의 황금빛 꿀을 준비하라. 내가 산 위에서 꿀을 제물로 바치려 하는 것을 명심하라.」

그러나 차라투스트라는 산꼭대기에 이르렀을 때, 따라온 짐승들을 동굴로 돌려보냈다. 그리고 혼자 남게 되자, 마음껏 웃고는 주위를 둘러보며 이렇게 말했다.

제물, 꿀을 제물로 바친다는 말은 전부 술수였을 뿐이다. 그것은 참으로 쓸모 있는 어리석은 짓이었다! 은자의 동굴이

나 은자의 짐승들 앞에서보다는 여기 산정에서 훨씬 더 자유롭게 말할 수 있다.

제물을 바친다고! 나는 선물받는 모든 것을 낭비한다. 나는 천 개의 손으로 낭비하는 자이다. 그런데 그것을 어떻게 제물을 바치는 것이라고 이를 수 있겠는가!

나는 꿀을 원했을 때, 으르렁거리는 곰들과 까다롭고 불평 많고 심술궂은 새들도 혀를 날름거리며 달려드는 미끼와 달콤한 즙과 점액만을 원했을 뿐이다.

사냥꾼들과 어부들에게 필요한 최고의 미끼를. 세계가 짐승들이 사는 어두운 숲과 거친 사냥꾼들의 유원지 같다면, 내게는 오히려 깊이를 헤아릴 수 없는 풍요로운 바다로 여겨지기 때문이다.

온갖 다채로운 물고기와 게로 가득 찬 바다. 그래서 신들도 바다를 탐내어 그물을 던지는 어부가 되고 싶어 한다. 세상은 이처럼 크고 작은 진기한 것들로 넘친다!

특히 인간들의 세계, 인간들의 바다가 그렇다. 나는 그 바다에 황금 낚싯대를 드리우며 말한다. 열려라, 그대 인간의 심연이여!

열려라, 내게 그대의 물고기들과 반짝이는 게들을 내놓아라! 나는 오늘 최고의 미끼로 인간이라는 더없이 진기한 물고기들을 낚으려 한다!

나는 나 자신의 행복을 저 멀리 사방으로 던진다. 일출과 정오와 일몰 사이에서. 많은 인간 물고기들이 내 행복을 잡아당기며 버둥거리는 것을 배우지 않을까 싶어서.

그들이 숨겨진 뾰족한 낚싯바늘을 물고 나의 높이로 올라올 수밖에 없을 때까지. 심해의 바닥에 사는 더없이 다채로운 물고기들이 인간을 낚는 가장 고약한 낚시꾼에게 끌려 올라올 때까지.

나는 처음부터 철저하게 그런 낚시꾼이기 때문이다. 잡아당기고 끌어당기고 끌어 올리고 잡아 올리는 낚시꾼. 끌어당기는 자, 훈육하는 자, 가르치는 자. 내가 일찍이 나 자신에게 〈너 자신이 되어라!〉라고 말한 데는 이유가 있었다.

그러니 이제부터 인간들은 내게로 올라와야 할 것이다. 나는 내게 내려갈 시간이 되었다고 알려 줄 징후를 아직 기다리고 있으며, 언젠가는 인간들 사이로 내려가야 하겠지만 아직은 내려가지 않을 것이기 때문이다.

나는 여기 높은 산정에서 교활하게 조롱하며 그때가 오기를 기다린다. 참을성이 있는 사람이나 참을성이 없는 사람으로서가 아니라, 더 이상 〈참지〉 않기 때문에 아예 참을성을 잊어버린 사람으로서.

나의 운명이 내게 그럴 시간 여유를 주기 때문이다. 운명이 나를 잊어버린 것일까? 아니면 운명은 커다란 바위 뒤 그늘에 앉아서 파리를 잡고 있는 것일까?

그리고 진실로, 나는 나의 영원한 운명이 나를 다그치고 몰아치는 대신에 내게 익살을 떨고 심술을 부릴 시간을 허락한 것에 고마워한다. 그래서 나는 오늘 물고기를 낚으러 이 높은 산에 올랐다.

일찍이 높은 산정에서 물고기를 잡은 인간이 있었던가? 내가 여기 높은 곳에서 하려는 일과 하는 일이 아무리 어리석다 할지라도, 저 아래에서 기다리느라 엄숙해지고 창백해지는 것보다는 낫다.

기다림에 지쳐 화를 참지 못하고 거들먹거리며 씩씩거리는 자, 산에서 엄청나게 큰 소리로 울부짖는 폭풍, 〈잘 들어라, 그러지 않으면 내가 너희를 신의 채찍으로 후려치리라!〉라고 골짜기를 향해 외치는 참을성 없는 자가 되기보다는.

그렇다고 내가 그렇게 화를 내는 자들을 원망하는 것은 아니다. 그들은 내게 한낱 웃음거리로 족한 자들이다! 위험을 알리는 큰북은 오늘 아니면 두 번 다시 말할 기회가 없을 터이니, 당연히 조급하게 굴 수밖에 없지 않겠는가!

그러나 나와 나의 운명, 우리는 오늘을 향해 말하지 않으며, 결코 오지 않을 것을 향해서도 말하지 않는다. 우리에게는 이미 말을 하기 위한 참을성과 시간, 그리고 시간을 뛰어넘는 시간이 있다. 그것은 언젠가 반드시 올 것이고 그냥 지나쳐 가서는 안 되기 때문이다.

무엇이 언젠가 반드시 올 것이고 그냥 지나쳐 가서는 안 되는가? 그것은 우리의 위대한 하자르,[15] 우리의 위대하고 머나먼 인간 왕국, 차라투스트라의 천년 왕국이다.

이 〈머나먼〉은 얼마나 먼 것일까? 아무렴, 나와 무슨 상관이겠는가! 아무리 멀다고 해도 내게는 확고부동한 것이다. 나는 두 발로 이 땅 위에 굳건히 서 있다.

영원한 땅 위에, 단단한 태고의 바위 위에, 온갖 바람이 〈어디에 있느냐? 어디에서 오느냐? 어디로 가느냐?〉라고 물으며 불어오는 더없이 높고 단단한 태고의 산맥 위에, 날씨가 급변하는 경계선에.

이곳에서 웃어라, 웃어라, 나의 밝고 건강한 악의여! 반짝이며 조롱하는 네 웃음을 높은 산에서 아래로 내던져라! 더없이 아름다운 인간 물고기를 그대의 반짝거림으로 내게 유인해 오라!

그리고 모든 바다 속에서 내게 속하는 것, 만물 속에 들어 있는 그 자체로 나의 것, 그것을 내게로 낚아 올려라. 그것을 내게로 끌어 올려라. 모든 낚시꾼 중에서 가장 심술궂은 낚시꾼인 나는 그것을 기다리고 있다.

---

15 〈하자르Hazar〉는 페르시아어로 〈천(千)〉을 뜻하며, 여기에서는 〈천년 왕국〉을 의미한다.

멀리, 저 멀리, 나의 낚싯바늘이여! 저 안으로, 저 아래로, 내 행복의 미끼여! 그대의 더없이 달콤한 이슬을 방울방울 떨어뜨려라, 내 마음의 꿀이여! 모든 어두운 비애의 복부를 물어뜯어라, 나의 낚싯바늘이여!

멀리, 저 멀리, 나의 눈이여! 오, 그 어떤 많은 바다가 나를 에워싸고 있는가, 그 어떤 밝아 오는 인간의 미래가! 그리고 내 머리 위의 장밋빛 정적! 구름 한 점 없이 맑은 침묵!

도움을 구하는 외침

이튿날, 차라투스트라는 다시 동굴 앞의 돌 위에 앉아 있었다. 그동안에 짐승들은 신선한 음식과 신선한 꿀을 구하러 바깥세상을 돌아다녔다. 차라투스트라가 마지막 한 방울까지 묵은 꿀을 모조리 허비하고 소비해 버렸기 때문이다. 그는 지팡이를 손에 들고 거기 앉아, 깊은 생각에 잠겨 자신의 그림자를 땅에 그리고 있었다. 진실로, 자신과 자신의 그림자에 대해 깊이 생각한 것은 아니었다. 그러다 차라투스트라는 별안간 화들짝 놀라 움찔했다. 자신의 그림자 옆에 또 하나의 그림자가 있었던 것이다. 그는 얼른 주위를 둘러보며 몸을 일으켰다. 보라, 그가 언젠가 식탁에서 먹을 것과 마실 것을 대접한 적이 있었던 바로 그 예언자가 곁에 서 있었다. 그 예언자는 커다란 권태를 선포하며 이렇게 가르쳤다.「모든 것은 똑같다. 그 어느 것도 쓸모없다. 세계는 의미 없고, 지식은 목을 조른다.」그동안에 그의 얼굴은 변해 있었다. 차라투스트라가 그의 눈을 들여다보는 순간, 차라투스트라의 마음은 또다시 화들짝 놀랐다. 많은 불길한 예언과 잿빛 섬광이 그 예언자의 얼굴을 스쳤기 때문이다.

차라투스트라의 영혼 속에서 무슨 일이 일어났는지 알아챈 예언자는 마치 얼굴을 닦아 내려는 듯 한 손으로 자신의 얼굴을 훔쳤다. 차라투스트라도 예언자처럼 한 손으로 얼굴을 훔쳤다. 두 사람은 그렇게 말없이 마음을 가다듬고 기운을 차린 후에, 다시 서로를 알아보았다는 표시로 악수를 나누었다.

「잘 왔다, 그대 커다란 권태의 예언자여.」 차라투스트라는 말했다. 「그대가 벌써 한 번 날 찾아와 우리는 함께 식사를 한 사이가 아니던가. 그때처럼 오늘도 나와 함께 먹고 마시자. 유쾌한 늙은이가 그대와 함께 식사하는 것을 부디 용서하라!」 「유쾌한 늙은이라고?」 예언자는 고개를 흔들며 대답했다. 「오, 차라투스트라여, 그대가 어떤 사람이고 어떤 사람이 되려고 하는지는 몰라도, 여기 높은 곳에 너무 오랫동안 있었다. 그대의 나룻배는 더 이상 마른땅에 있어서는 안 된다!」 「내가 지금 마른땅에 앉아 있다는 말인가?」 차라투스트라는 웃으며 물었다. 「그대의 산을 에워싼 파도들, 커다란 고난과 비탄의 파도들이 점점 더 높이 솟구치고 있다.」 예언자는 대답했다. 「그 파도들은 곧 그대의 배도 높이 밀어 올려 그대를 휩쓸어 갈 것이다.」 이 말에 차라투스트라는 침묵을 지키며 의아하게 생각했다. 「그대의 귀에는 아무 소리도 들리지 않는가?」 예언자는 말을 이었다. 「저 깊은 곳에서 노호하고 포효하는 소리가 들리지 않는가?」 차라투스트라는 다시 침묵을 지키며 귀를 기울였다. 그러자 기나긴, 기나긴 외침이 들렸다. 심연들은 그 외침을 서로 내동댕이치고 떠넘겼다. 그 외침이 너무 불길하게 들려서 아무도 간직하고 싶지 않았던 것이다.

「그대 고약한 선지자여,」 마침내 차라투스트라는 입을 열었다. 「이것은 도움을 구하는 외침, 인간의 외침이다. 아마 어두컴컴한 바다에서 들려오는 소리일지도 모른다. 하지만 인간의 고난이 나와 무슨 상관이겠는가! 내게 남아 있는 마지막 죄, 그대는 그 죄가 무엇인지 아는가?」

「동정심!」 예언자는 벅찬 가슴으로 대답하며 두 손을 높이 들었다. 「오, 차라투스트라여, 나는 그 마지막 죄를 짓도록 그대를 유혹하기 위해 왔다!」

이 말이 끝나기가 무섭게 그 외침이 다시 울려 퍼졌다. 이 번에는 더욱 길고 더욱 무섭게, 그리고 더욱더 가깝게 들렸다. 「들리는가? 들리는가? 오, 차라투스트라여!」 예언자는 외쳤다. 「이것은 그대를 향한 외침이다. 그대를 부르고 있다. 〈오라, 오라, 오라. 때가 되었다. 때가 무르익었다!〉」

이 말에 차라투스트라는 크게 충격받고 당황하여 침묵을 지켰다. 이윽고 그는 갈피를 잡지 못하는 사람처럼 물었다. 「저기서 나를 부르는 자가 누구인가?」

「그대 스스로 잘 알고 있지 않은가.」 예언자는 격한 어조로 대답했다. 「그대는 왜 숨으려 하는가? 그대를 향해 외치는 자는 더 높은 인간이다!」

「더 높은 인간이라고?」 차라투스트라는 전율에 휩싸여 외쳤다. 「그는 무엇을 원하는가? 그는 무엇을 원하는가? 더 높은 인간이라고! 그가 여기서 무엇을 원한단 말인가?」 차라투스트라의 몸은 땀에 흠뻑 젖었다.

그러나 예언자는 차라투스트라의 두려움에는 아랑곳하지 않은 채 심연을 향해 귀를 기울이고 또 기울였다. 그러나 오랫동안 아무 소리도 들리지 않자, 그는 눈길을 돌려 부들부들 떨고 서 있는 차라투스트라를 보았다.

「오, 차라투스트라여. 그대는 행복에 취해 현기증을 느끼는 사람처럼 보이지 않는다.」 예언자는 슬픈 목소리로 말문을 열었다. 「그대가 쓰러지지 않으려면 춤을 추어야 할 것이다!

그러나 그대가 아무리 내 앞에서 춤을 추고 이리저리 뛰어오른다 할지라도, 그 누구도 〈보라, 여기 최후의 즐거운 인간이 춤을 추고 있다!〉라고 말하지 않을 것이다.

여기 높은 곳으로 그를 찾아온 자는 헛걸음을 하리라. 동굴들과 동굴 속의 동굴들, 은둔자를 위한 은신처들은 찾아내겠지만, 행복의 깊은 갱로와 보물 창고, 행복의 새로운 황금 광맥은 찾아내지 못하리라.

행복, 이처럼 깊이 파묻혀 있는 자들과 은둔자들에게서 어떻게 행복을 찾아내겠는가! 나는 최후의 행복을 지복의 섬에서, 저 멀리 잊혀진 바다들 사이에서 찾아야 하는가?

그러나 모든 것은 똑같다. 그 어느 것도 쓸모없다. 아무리 찾아도 소용없다. 지복의 섬들도 더 이상 존재하지 않는다!」

예언자는 이렇게 한탄했다. 그러나 그의 마지막 한숨 소리를 들은 차라투스트라는 깊은 심연에서 빛의 세계로 나온 사람처럼 다시 머릿속이 밝아지고 자신감에 넘쳤다. 「아니다! 아니다! 거듭 말하지만 아니다!」 차라투스트라는 힘찬 목소리로 외치고는 수염을 쓰다듬었다. 「그것은 내가 더 잘 안다! 지복의 섬들은 아직 존재한다! 그것에 대해서는 입 다물라, 그대 한숨을 내쉬며 징징거리는 자여!

그것에 대해서는 더 이상 떠들지 말라, 그대 아침나절의 비구름이여! 나는 이미 그대의 비탄에 흠씬 젖어 물벼락 맞은 개처럼 서 있지 않은가?

나는 다시 몸을 말리기 위해 물을 털고 그대에게서 벗어나려 한다. 그렇다고 놀랄 필요는 없다! 그대는 내가 무례하다고 생각하는가? 그러나 여기는 나의 궁중이다.

그대가 말하는 더 높은 인간에 대해서는, 좋다! 나는 서둘러 저기 숲 속에서 그를 찾아 보려 한다. 저쪽에서 그의 외침이 들려왔다. 어쩌면 고약한 짐승에게 쫓기고 있는지도 모른다.

그는 나의 영역 안에 있다. 여기에서 화를 입는 일이 있어서는 안 된다! 진실로, 내 주변에는 고약한 짐승들이 많이 있다.」

차라투스트라는 이 말을 마치고 몸을 돌려 그곳을 떠나려 했다. 그러자 예언자는 말했다. 「오 차라투스트라여, 그대는 불한당이다!

나는 그대가 내게서 벗어나려 하는 것을 잘 알고 있다! 그대는 차라리 숲 속으로 달려가 고약한 짐승들을 뒤쫓고 싶은 것이다!

하지만 그게 무슨 소용이 있겠는가? 저녁이 되면 그대는 다시 나와 마주하게 될 것이다. 나는 그대의 동굴 속에서 통나무처럼 꼼짝없이 끈질기게 앉아 그대를 기다릴 것이다!」

「좋을 대로 하라!」 차라투스트라는 그 자리를 떠나며 큰소리로 대답했다. 「내 동굴 속에 있는 나의 것은 내 손님인 그대의 것이기도 하다!

동굴 속에는 아직 꿀이 남아 있을 것이다, 좋다! 꿀을 핥아 먹어라, 그대 으르렁거리는 곰이여, 그대의 영혼을 달콤하게 달래 주어라! 그러면 저녁에 우리 둘 다 기분이 좋지 않겠는가.

오늘 하루가 지나갔으니 기분 좋고 즐겁지 않겠는가! 그리고 그대는 내 노래에 맞추어 춤추는 곰처럼 춤을 추어야 한다.

내 말이 믿기지 않는가? 그대는 고개를 설레설레 젓고 있는가? 자! 좋다! 늙은 곰이여! 그러나 나도 예언자이다.」

차라투스트라는 이렇게 말했다.

왕들과의 대화

1

차라투스트라가 자신의 산과 숲 속을 걸은 지 채 한 시간도 못 되어서, 갑자기 기이한 행렬이 눈에 띄었다. 머리에 왕관을 쓰고 자주색 허리띠를 두르고 울긋불긋하게 홍학처럼 치장한 두 명의 왕이 마침 차라투스트라가 내려가려는 길로 걸어왔다. 그들은 짐을 실은 나귀 한 마리를 앞세우고 있었다. 〈내 왕국에 이 왕들이 무슨 일로 나타났을까?〉 차라투스트라는 깜짝 놀라 마음속으로 이렇게 말하고는 얼른 수풀 뒤로 몸을 숨겼다. 그러다 왕들이 가까이 다가오자, 그는 혼잣말하는 사람처럼 소리 죽여 말했다. 「기이한 일이다! 기이한 일이야! 이것이 어찌된 영문일까? 왕은 둘인데 나귀는 한 마리뿐이라니!」

그러자 왕들은 걸음을 멈추고 미소를 지으며 소리가 들려온 쪽을 바라보았다. 그러더니 서로 얼굴을 마주 보았다. 「우리들 중에도 그런 생각을 하는 사람이 있을 테지만 입 밖에 내어 말하지는 않지.」 오른쪽 왕이 말했다.

그러나 왼쪽 왕은 어깨를 으쓱하며 대답했다. 「아마 염소지기일 게야. 아니면 너무 오랫동안 바위와 나무 아래서 산 은자이든지. 사람들을 만나지 않다 보면 예의범절까지 잊어버리기 마련이지.」

「예의범절이라고?」 다른 왕이 못마땅한 듯 퉁명스럽게 대꾸했다. 「그렇다면 우리는 지금 무엇을 피해 달아나고 있는가? 〈예의범절〉을 피해 달아나는 게 아니었는가? 우리의 〈상류 사회〉를 피해 달아나는 게 아니었나?

진실로, 요란하게 금박으로 치장하여 눈을 속이는 천민들과 함께 살기보다는 차라리 은자들과 염소지기들 틈에 섞여 사는 편이 나아. 천민들 스스로는 〈상류 사회〉라고 자처하지만 말일세.

천민들 스스로는 〈귀족〉이라고 자처하더라도 말이지. 하지만 예로부터 내려오는 몹쓸 병들과 그보다 더 몹쓸 치유사들 때문에 그곳의 모든 것은 거짓이고 부패했어. 특히 피가 그렇지 않은가.

오늘날 가장 훌륭하고 사랑스러운 인간은 건강한 농부가 아니겠나. 거칠고 꾀 많고 고집 세고 오래 버티는 농부 말일세. 농부야말로 오늘날 가장 고귀한 종족일세.

오늘날에는 농부가 가장 훌륭한 인간이네. 그러니 농부들의 종족이 주인이 되어야 하네! 하지만 이것은 천민의 왕국일세. 나는 더 이상 어떤 것에도 속아 넘어가지 않을 걸세. 천민은 잡동사니라네.

천민 잡동사니. 이 속에 모든 것이 뒤죽박죽으로 섞여 있네. 성자와 악당, 귀족, 유대인, 그리고 노아의 방주에서 나온 온갖 짐승들이.

예의범절이라고! 우리 주변의 모든 것이 거짓이고 부패했네. 이젠 공경할 줄 아는 자가 아무도 없어. 우리는 바로 그런 자들에게서 달아나는 중일세. 그들은 위선적이고 뻔뻔한 개 같은 자들일세. 그들은 종려나무 잎에 금박을 입히고 있어.

우리들 왕들마저 거짓이 되었으니, 구역질이 내 목을 조르네. 우리는 가장 어리석은 자들과 가장 교활한 자들, 오늘날 권력과 결탁해 온갖 폭리를 취하는 자들을 위한 기념 메달과 조상들의 누렇게 빛바랜 옛 영화로 치렁치렁 몸을 덮고 위장하고 있네!

우리는 일인자가 아닐세. 그런데도 일인자인 척해야 하네.

이러한 사기극에 이제 넌더리가 나고 구역질이 나네.

우리는 바로 저 천민들을 피해 도망쳤네. 저 아우성치는 자들, 글을 끼적거리는 쇠파리들, 잡상인들의 악취, 발버둥치는 야심, 고약한 숨결을 피해. 퉤, 천민들과 함께 살다니.

퉤, 천민들 사이에서 일인자인 척해야 하다니! 아, 구역질! 구역질! 구역질! 우리 왕들에게 아직 무슨 의미가 남아 있는가!」

「자네의 그 고질병이 또 도졌군.」 그러자 왼쪽 왕이 말했다. 「가련한 형제여, 자네의 구역질이 도졌어. 하지만 자네도 알고 있지 않은가, 우리 말을 엿듣고 있는 자가 있다는 것을.」

왕들에게서 눈을 떼지 않고 귀를 쫑긋 세우고 있던 차라투스트라는 숨어 있던 곳에서 즉시 몸을 일으켜 그들에게로 다가가 말문을 열었다.

「왕들이여, 그대들의 말에 귀를 기울이는 자, 기꺼이 귀를 기울이는 자의 이름은 차라투스트라이다.

나는 일찍이 〈왕들에게 아직 무슨 의미가 남아 있는가!〉라고 말한 차라투스트라이다. 부디 나를 용서하라, 나는 그대들이 〈우리 왕들에게 아직 무슨 의미가 남아 있는가!〉라고 서로 말하는 소리를 듣고 기뻤다.

여기는 나의 나라이고 나의 영토이다. 그대들은 나의 나라에 무슨 볼 일이 있는가? 그대들은 아마 이곳으로 오는 도중에 내가 찾고 있는 자, 더 높은 인간을 만났을 것이다.」

이 말을 들은 왕들은 가슴을 치며 이구동성으로 말했다. 「우리의 생각이 들통났구나!

그대는 이 비수 같은 말로 우리 마음속의 더없이 짙은 어둠을 내리치는구나. 그대는 우리의 고뇌를 알아챘다. 보라! 우리는 바로 더 높은 인간을 찾아 나섰기 때문이다.

우리는 비록 왕이지만 우리보다 더 높은 인간을 찾아 나섰다. 우리는 그에게 이 나귀를 끌고 가는 길이다. 가장 높은 인간이 지상에서 가장 높은 지배자여야 하기 때문이다.

지상의 힘 있는 자들이 일인자가 되지 못하는 것은 모든 인간의 운명을 짓누르는 가장 가혹한 불행이다. 그러면 모든 것이 거짓되고 비뚤어지고 허무맹랑해진다.

힘 있는 자들이 가장 낮은 존재가 되고 오히려 인간보다 짐승 취급을 받게 되면, 천민의 값이 자꾸 올라가기 마련이다. 그러면 마침내 천민의 덕은 이렇게 말할 것이다. 〈보라, 세상의 덕은 나뿐이다!〉」

「이런 말을 듣게 되다니?」 차라투스트라는 대답했다. 「왕들에게 이런 지혜가 있었다니! 정말 감탄스럽구나. 참으로, 여기에 맞추어 시를 한 수 짓지 않을 수 없다.

그렇다고 모든 이들이 알아들을 수 있는 시는 아닐 것이다. 나는 호기심 있는 귀들을 배려하는 법을 이미 오래전에 잊었다. 자! 시작하자!」

(그러자 나귀도 끼어들어 한마디 했다. 나귀는 심술궂게 또렷이 〈이-아〉라고 말했다.)

언젠가, 아마 서기 1년의 일이었으리라.
술을 마시지 않고도 취한 무녀는 말했다.
「슬프다, 이리 잘못되어 가다니!
타락했다! 타락했다! 세상이 이토록 깊이 전락한 적은 일찍이 없었다!
로마는 창녀로, 창녀의 소굴로 전락했다.
로마의 황제는 짐승으로 전락하고 신마저 유대인이 되었다!」

2

차라투스트라의 시를 듣고 왕들은 즐거워했다. 오른쪽 왕이 말했다. 「오, 차라투스트라여, 우리가 그대를 찾으러 길을 나선 것은 얼마나 잘한 일인가!

그대의 적들이 우리에게 그대의 모습을 거울에 비추어 준 적이 있었다. 그대는 거울 속에서 악마처럼 찌푸린 얼굴로 비웃고 있었다. 그래서 우리는 그대를 두려워했다.

하지만 그게 무슨 소용이 있었겠는가! 그대는 그대의 잠언들로 우리의 귀와 마음을 계속 찔러 댔다. 그래서 마침내 우리는 말했다. 그가 어떻게 생겼든 무슨 상관이겠는가!

우리는 이렇게 가르치는 그의 말을 귀담아들어야 한다. 〈그대들은 평화를 새로운 전쟁을 위한 수단으로서 사랑하고, 긴 평화보다는 짧은 평화를 더 사랑해야 한다!〉

일찍이 이렇게 호전적인 말을 한 자는 없었다. 〈무엇이 선하냐? 용감한 것이 선하다. 모든 것을 성스럽게 만드는 것은 선한 전쟁이다.〉

오, 차라투스트라여, 이 말을 듣고 우리의 몸속을 흐르는 조상들의 피가 끓어올랐다. 그것은 마치 봄이 낡은 포도주 통에게 말하는 것과도 같았다.

검들이 불긋불긋한 뱀들처럼 난무했을 때, 우리의 조상들은 삶을 사랑했다. 모든 평화로운 햇살은 그들에게 나른하고 권태로운 것이었으며, 오랜 평화는 수치스러운 것이었다.

우리의 조상들, 그들은 번쩍이는 검들이 바싹 말라 벽에 걸려 있는 것을 보면 얼마나 한숨지었던가! 그 검들처럼 그들은 전쟁을 갈망했다. 검이란 원래 피를 마시고 싶어 하고 욕망으로 번득이기 때문이다.」

왕들이 이처럼 열정적으로 조상들의 행복에 대해 말을 늘어놓고 수다를 떨자, 차라투스트라는 은근히 그들의 열정을 비웃어 주고 싶은 마음이 치밀었다. 눈앞의 왕들, 그 늙고 우아한 얼굴의 왕들은 평화를 무척 사랑하는 것이 분명했기 때문이다. 그러나 차라투스트라는 자제하고 이렇게 말했다. 「좋다! 길이 저쪽으로 이어진다. 저기에 차라투스트라의 동굴이 있다. 오늘 저녁은 기나긴 저녁이 되리라! 그러나 지금은 도움을 구하는 외침이 급하게 나를 불러 그대들 곁을 떠날 수밖에 없다.

왕들이여, 그대들이 내 동굴 안에 앉아 기다린다면 내 동굴에게는 영광일 것이다. 하지만 물론 그대들은 오래 기다려야 할 것이다!

그렇다! 그렇다고 그게 무슨 대수겠는가! 오늘날 궁중보다 기다리는 것을 더 잘 배울 수 있는 곳이 어디 있겠는가? 그리고 기다릴 수 있다는 것이야말로 오늘날 왕들에게 아직 남아 있는 유일한 덕이 아니겠는가?」

차라투스트라는 이렇게 말했다.

거머리

차라투스트라는 생각에 잠겨 점점 더 멀리, 더 깊이 숲을 가로지르고 늪지대를 지났다. 어려운 일에 대해 골똘히 생각하다 보면 흔히 그렇듯이, 그러다 자신도 모르게 어떤 사람을 발로 밟았다. 그러자 보라, 갑자기 신음 소리 한 마디와 저주의 말 두 마디, 그리고 험악한 욕설 스무 마디가 그의 얼굴로 날아들었다. 차라투스트라는 깜짝 놀란 나머지 지팡이를 높이 들어, 발에 밟힌 사람을 내리쳤다. 그러나 곧바로 정신을 차렸고, 그의 마음은 그가 방금 저지른 어리석은 짓을 비웃었다.

차라투스트라의 발에 밟힌 자는 크게 화를 내며 일어나 앉았고, 차라투스트라는 말했다. 「용서하라, 용서하라. 그리고 우선 비유 하나를 들어 보라.

머나먼 일들을 꿈꾸며 길을 가던 나그네가 한적한 길에서 양지바른 곳에 누워 잠자던 개를 뜻하지 않게 발로 밟았다.

그 둘은 소스라치게 놀란 나머지 혼비백산하여 서로 철천지원수처럼 덤벼들었다. 우리에게 바로 그런 일이 일어난 것이다.

하지만! 하지만 그 개와 그 고독한 자, 그 둘이 서로를 보듬어 주지 않을 까닭이 별로 없지 않은가! 둘 다 고독한 자들이 아니던가!」

「그대가 누구인지는 모르지만, 발로 밟은 것도 모자라서 이제 그런 비유로 나를 모독하기까지 하는가!」 발에 밟힌 자는 여전히 화를 삭이지 못하고 말했다.

「자, 보라. 내가 개란 말이냐?」 앉아 있던 사내는 몸을 일으키며 맨팔을 늪에서 꺼냈다. 그는 처음에 늪지대 짐승들의 동정을 살피는 사람처럼 눈에 띄지 않게 바닥에 납작 누워 있었던 것이다.

「이게 무슨 일이냐!」 차라투스트라는 놀라 소리쳤다. 그 남자의 맨팔에 피가 홍건히 흐르는 것을 보았기 때문이다. 「이게 어떻게 된 일이냐? 웬 몹쓸 짐승에게 물어뜯기기라도 했는가, 그대 불운한 자여?」

피 흘리는 자는 여전히 노기 어린 표정으로 웃음을 터뜨렸다. 「이것이 그대와 무슨 상관이겠는가!」 그는 이렇게 말하고는 그 자리를 뜨려 했다. 「여기는 나의 집이고 나의 영역이다. 물어보고 싶은 것이 있으면 얼마든지 실컷 물어라. 하지만 나는 얼간이에게는 쉽게 대답하지 않을 것이다.」

「그대는 뭔가 잘못 알고 있다.」 차라투스트라는 그를 붙잡으며 동정하는 표정으로 말했다. 「여기는 그대의 집이 아니라 나의 영토다. 그리고 나의 영토에서는 그 누구도 화를 입어서는 안 된다.

그대가 부르고 싶은 대로 나를 불러도 좋다. 나는 나일 뿐이다. 나 자신은 나를 차라투스트라라고 부른다.

자! 저 길을 따라 올라가면 차라투스트라의 동굴이 나온다. 여기서 멀지 않다. 내 동굴에서 그대의 상처를 돌보지 않겠는가?

그대 불운한 자여, 그대는 이 삶에서 운이 나빴다. 처음에는 짐승에게 물어뜯기고 뒤를 이어 사람에게 밟히기까지 했으니!」

그러나 차라투스트라의 이름을 듣는 순간, 발에 밟힌 자의 태도가 돌변했다. 「이게 웬일인가!」 그는 소리쳤다. 「차라투스트라라는 한 사람과 피를 빨아 먹는 거머리라는 짐승 말고 또 누가 이 삶에서 내게 관심을 갖겠는가?

나는 거머리 때문에 여기 이 늪에 어부처럼 누워 있었고, 내 늘어진 팔은 이미 열 번이나 물렸다. 그런데 이제 더 멋진 거머리 차라투스트라가 나타나 내 피를 빨려고 덤벼들다니!

오, 행운이여! 오, 기적이여! 나를 이 늪으로 유혹한 이날은 찬미받으라! 오늘 살아 있는 가장 뛰어나고 가장 생기 있는 흡혈 동물은 찬미받으라. 위대한 양심의 거머리 차라투스트라는 찬미받으라!」

발에 밟힌 자는 이렇게 말했다. 차라투스트라는 그의 말과 세련되고 존경할 만한 태도에 기뻤다. 「그대는 누구인가?」 그는 손을 내밀며 물었다. 「우리 사이에는 분명히 해명하고 밝혀야 할 일들이 많이 있다. 하지만 벌써부터 명백하게 밝혀질 것이라는 생각이 든다.」

「나는 정신의 양심을 지닌 자다.」 질문을 받은 자는 대답했다. 「내가 가르침을 얻은 차라투스트라를 제외하면, 정신의 일에 있어서 나보다 더 엄격하고 더 엄중하고 더 가혹하기는 쉽지 않다.

어설프게 많은 것을 알기보다는 차라리 아무것도 모르는 편이 더 낫다! 다른 이들의 판단에 따르는 현자이기보다는 차라리 스스로를 믿는 바보가 더 낫다! 나는 사물의 근본을 파고든다.

근본이 크든 작든 무슨 대수겠는가? 근본이 늪이라고 불리든 하늘이라고 불리든 무슨 대수겠는가? 나는 한 뼘 너비의 근본으로도 족하다. 그것이 실로 근본이고 밑바탕이라면 말이다!

한 뼘 너비의 근본, 그 위에 설 수도 있다. 올바른 지식의 양심에는 크고 작은 것이 존재하지 않는다.」

「그렇다면 그대는 혹시 거머리를 인식하는 자인가?」 차라투스트라는 물었다. 「그대는 거머리의 마지막 근본까지 파고드는가, 그대 양심을 지닌 자여?」

「오, 차라투스트라여.」 발에 밟힌 자는 대답했다. 「그것은 엄청난 일일 것이다. 내가 어떻게 그런 일을 감행할 수 있겠는가!

내가 대가이고 전문적인 분야가 있다면, 그것은 거머리의 뇌이다. 그것이 나의 세계다!

그것도 엄연히 하나의 세계! 하지만 여기에서 내 자부심이 나서서 말하는 것을 용서하라. 여기에는 나와 견줄 만한 자가 없기 때문이다. 그래서 나는 〈여기가 나의 집〉이라고 말했던 것이다.

나는 이미 얼마나 오랫동안 거머리의 뇌, 이 한 가지만을 좇았던가. 그 미끌미끌한 진리가 더 이상 내게서 빠져나가지 못하도록! 여기가 나의 영토다!

그것 때문에 나는 다른 모든 것을 포기했고, 그것 때문에 다른 모든 것에 무심했다. 나의 지식 바로 옆에 나의 캄캄한 무지가 자리하고 있다.

내 정신의 양심은 내가 오로지 한 가지만을 알고 나머지 모든 것에는 무지하기를 요구한다. 나는 어설픈 정신, 흐릿한 것, 모호한 것, 몽상적인 것은 모조리 혐오한다.

나는 더 이상 성실할 수 없는 곳에서는 눈먼 장님이고 눈먼 장님이 되려 한다. 그러나 나는 알려고 하는 곳에서는 또한 성실하려 한다. 즉, 가혹하고 엄격하고 엄중하고 잔인하고 냉엄하려 한다.

오, 차라투스트라여, 그대는 일찍이 〈정신은 스스로 삶을 깊이 파고드는 삶〉이라고 말하지 않았던가. 이 말이 나를 그대의 가르침으로 이끌고 유혹했다. 그리고 진실로, 나는 나 자신의 피로써 나 자신의 지식을 넓혔다!」

「이 광경을 보니 무슨 일인지 알겠다.」 차라투스트라는 그의 말을 가로막았다. 양심을 지닌 자의 맨팔에서 여전히 피가 뚝뚝 흘렀기 때문이다. 거머리 열 마리가 그 팔을 물어뜯었던 것이다.

「오, 그대 별난 친구여. 이 광경, 그러니까 그대 모습을 보니 많은 것을 알겠다! 그대의 엄격한 귀에 아마 모든 것을 쏟아부어서는 안 될 것이다!

자! 여기에서 우리 그만 헤어지자! 하지만 나는 그대를 다시 만나고 싶다. 저 길을 따라 올라가면 나의 동굴에 이른다. 오늘 밤 그곳으로 나를 찾아오라!

나는 차라투스트라가 그대를 발로 밟은 일을 그대의 몸에 보상하고 싶다. 그것에 대해 나는 곰곰이 생각하는 중이다. 그러나 지금은 도움을 구하는 외침이 나를 급하게 불러 그대 곁을 떠날 수밖에 없다.」

차라투스트라는 이렇게 말했다.

마술사

1

차라투스트라가 바위를 돌아 나오자, 길 아래쪽 멀지 않은 곳에서 웬 사람이 미친 듯이 사지를 버둥거리더니 마침내 땅바닥에 배를 깔고 털썩 엎어지는 것이 보였다. 〈잠깐!〉 차라투스트라는 마음속으로 말했다. 〈저기 저자가 더 높은 인간임에 틀림없다. 도움을 구하는 고약한 외침은 저자의 입에서 나온 것이다. 어디 도울 길이 있나 살펴봐야겠다.〉 그러나 그 사람이 바닥에 쓰러져 있는 곳으로 달려가 보자, 웬 노인이 초점 없는 눈으로 부르르 떨고 있었다. 차라투스트라는 그 노인을 부축해 다시 일으켜 세우려고 애썼지만 아무 소용이 없었다. 그 불행한 자는 주위에 누군가가 있다는 사실조차 알아채지 못하는 듯 보였다. 그는 온 세상으로부터 홀로 버림받은 사람처럼 애처로운 몸짓으로 연신 주위를 두리번거렸다. 한참을 부르르 떨고 움찔하고 몸부림치더니 마침내 이렇게 한탄하기 시작했다.

누가 나를 따뜻하게 녹여 주는가, 누가 나를 아직 사랑하는가?

뜨거운 손을 내밀라!
마음의 화로를 달라!
땅에 쓰러져 부르르 몸서리치노라,
발을 따뜻하게 녹여 줘야 하는 빈사 상태의 사람처럼 ──
아! 정체를 알 수 없는 열병으로 덜덜 떨고,
얼음장처럼 차갑고 예리한 냉기의 화살에 맞아 전율하며,
그대에게 쫓기고 있노라, 사상이여!
이름 붙일 수 없는 자여! 베일에 싸인 자여! 끔찍이 무서운
자여!
그대 구름 뒤의 사냥꾼이여!
그대의 번개에 맞아 쓰러졌노라,
어둠 속에서 나를 바라보는 그대 조롱하는 눈이여.
── 나는 이렇게 쓰러져 있노라.
몸이 비틀리고 뒤틀리노라, 온갖
영원한 고문에 시달리며.
맞았노라,
그대의 화살에, 더없이 잔인한 사냥꾼이여,
그대 미지의 ── 신이여!

더 깊숙이 명중시켜라,
한 번 더 명중시켜라!
이 심장을 꿰뚫어 산산이 부수어라!
이까짓 고문이 무엇이냐,
이런 무딘 화살촉으로?
왜 그대는 다시 바라보는가,
인간의 고통에 질리지도 않는지
남의 불행을 고소해하는 신들의 번개 같은 눈으로?
그대는 죽이지는 않고,

오로지 고문, 고문하려 하는가?
어째서 — 나를 고문하려 하는가,
그대 남의 불행을 고소해하는 미지의 신이여? —

아하! 그대는 살그머니 다가오는가?
이 한밤중에
그대는 무엇을 바라는가? 말하라!
그대는 나를 몰아붙이고 밀어붙인다 —
아! 어느새 바싹 다가왔구나!
저리 가라! 저리 가라!
그대는 나의 숨소리를 듣고,
그대는 나의 심장에 귀를 기울인다,
그대 질투심에 사로잡힌 자여 —
그런데 무엇을 질투하느냐?
저리 가라! 저리 가라! 이게 웬 사다리냐?
그대는 들어가려 하는가,
심장 속으로.
파고들려 하는가, 나의 더없이 은밀한
생각 속으로 파고들려 하는가?
뻔뻔한 자여! 미지의 — 도둑이여!
그대는 무엇을 훔치려 하는가,
그대는 무엇을 엿들으려 하는가,
그대는 고문으로 무엇을 얻으려 하는가,
그대 고문하는 자여!
그대 — 사형 집행인 — 신이여!
아니면 내가 개처럼
그대 앞에서 뒹굴어야 하는가?
헌신적으로, 넋을 잃고 열광하여,

그대에게 ── 사랑의 꼬리를 쳐야 하는가?

헛된 일이다! 계속 찔러라,
더없이 잔인한 가시여! 아니다,
나는 개가 아니라 ── 오로지 그대의 사냥감일 뿐이다,
더없이 잔인한 사냥꾼이여!
그대의 더없이 당당한 포로일 뿐이다,
그대 구름 뒤의 약탈자여!
이제 말하라,
그대는 내게 무엇을 바라는가, 노상강도여?
그대 번개 속에 몸을 숨긴 자여! 미지의 존재여! 말하라,
그대는 무엇을 바라는가, 미지의 신이여? ──

뭐라고? 몸값이라고?
몸값을 얼마나 바라는가?
많이 요구하라 ── 나의 자부심이 그렇게 권한다!
그리고 짧게 말하라 ── 나의 또 다른 자부심이 그렇게 권
한다!
아하!

나를 ── 그대는 원하는가? 나를?
나를 ── 전부를?

아하!
그래서 나를 고문하는가, 그대는 바보로구나,
나의 자부심을 괴롭히는가?
내게 사랑을 달라 ── 누가 나를 아직 따뜻하게 녹여 주는가?
누가 나를 아직 사랑하는가? ── 뜨거운 손을 내밀라.

마음의 화로를 달라,
더없이 고독한 자인 내게.
얼음, 아! 일곱 겹 얼음은 내게
적을,
적을 애타게 그리워하라 가르치노라.
달라, 넘겨 달라,
더없이 잔인한 적이여,
내게 ─ 그대를! ─

달아났구나!
제 스스로 달아났구나,
나의 마지막 유일한 동지,
나의 위대한 적,
나의 미지의 존재,
나의 사형 집행인인 신이! ─

─ 아니다! 돌아오라,
그대의 온갖 고문과 더불어!
모든 고독한 자들 중에서 최후의 고독한 자에게
오, 돌아오라!
냇물처럼 흐르는 내 모든 눈물이
그대에게로 달려간다!
그리고 내 심장의 마지막 불꽃은 ─
그대를 향하여 불타오른다!
오, 돌아오라,
나의 미지의 신이여! 나의 고통이여! 나의 최후의 ─ 행복
이여!

2

여기에서 차라투스트라는 더 이상 참지 못하고 지팡이를 들어 한탄하는 자를 힘껏 내리쳤다. 「그만하라!」 그는 노기 어린 웃음을 터뜨리며 외쳤다. 「그만하라, 그대 광대여! 위선자여! 철저한 거짓말쟁이여! 나는 그대를 잘 알고 있다!

내가 그대의 발을 따뜻하게 녹여 주겠다, 그대 고약한 마술사여. 나는 그대 같은 자들을 뜨겁게 지지는 법을 잘 알고 있다!」

「그만 진정하라.」 노인은 땅에서 벌떡 일어나며 말했다. 「그만 때려라, 오, 차라투스트라여! 그냥 장난삼아 한번 해보았을 뿐이다!

나는 원래 이런 데 재주가 있다. 그대를 시험해 보려고 한번 연기해 보았을 뿐이다! 그런데 진실로, 그대는 나를 영락없이 꿰뚫어 보았다!

하지만 그대도 내게 적지 않은 것을 보여 주었다. 그대는 가혹하다, 그대 지혜로운 차라투스트라여! 그대는 그대의 〈진리〉로 가혹하게 내리치고, 그대의 몽둥이는 내게 이 진리를 강요한다!」

「아부하지 말라.」 차라투스트라는 여전히 흥분해서 찌푸린 얼굴로 대답했다. 「그대 철저한 배우여! 그대는 위선적이다. 그대가 진리에 대해 무슨 말을 하겠는가!

그대 공작(孔雀) 중의 공작이여, 그대 허영의 바다여, 그대는 내 앞에서 무엇을 연기했는가, 그대 고약한 마술사여? 내가 그런 모습으로 한탄하는 그대를 보고 누구라고 믿어야 했는가?」

「정신의 참회자, 나는 그를 연기했다.」 노인은 말했다. 「일찍이 그대가 직접 이 말을 만들어 내었다.

자신의 정신이 마침내 자기 자신에게 대항하게 하는 시인과 마술사를, 자신의 사악한 지식과 양심 때문에 얼어붙어 변화한 자를 연기했다.

이제 실토하라, 오, 차라투스트라여, 그대가 내 술수와 속임수를 알아차리기까지 한참 걸렸다는 것을! 그대는 내가 곤경에 처했다고 믿고서 내 머리를 두 손으로 붙잡아 주었다.

나는 그대가 〈이자는 사랑을 별로 받지 못했구나. 별로 받지 못했어!〉라고 탄식하는 소리를 들었다. 나는 그대를 그만큼이나 속여 넘겨서 마음속으로 심술궂게 쾌재를 불렀다.」

「나보다 더 빈틈없는 자들도 속아 넘어갔을 것이다.」 차라투스트라는 엄격하게 말했다. 「나는 거짓말쟁이들을 경계하지 않는다. 나는 조심하지 않고 살아야 한다. 나의 운명이 그러기를 바란다.

그러나 그대는 속여야 한다. 나는 그대를 그만큼 잘 알고 있다! 그대는 언제나 이중, 삼중, 사중, 오중의 의미를 가져야 한다! 그대가 지금 고백한 것도 내게는 결코 충분한 진실도 아니었고 충분한 거짓도 아니었다!

그대 고약한 위선자여, 그대로서도 달리 어쩌겠는가! 그대는 의사에게 맨몸을 드러내 보일 때도 병이 난 척 꾸밀 것이다.

그대는 〈그냥 장난삼아 한번 해보았을 뿐이다!〉라고 말했을 때도 내게 거짓말을 꾸며 댔다. 거기에는 일말의 진지함도 들어 있었다. 그대에게는 정신의 참회자의 일면이 있다!

나는 그대를 간파하고 있다. 그대는 만인의 마술사가 되었지만, 그대 자신을 속일 거짓말과 술수는 더 이상 남아 있지 않다. 그대 자신은 그대의 마술에서 풀려났다!

그대는 구역질을 그대의 유일한 진리로 수확했다. 그대에게서는 그 어떤 말도 진실이 아니다. 그러나 그대의 입, 다시 말해 그대의 입가에 들러붙어 있는 구역질만은 진실이다.」

「그대는 누구인가!」 여기에서 늙은 마술사는 도전적인 목소리로 외쳤다. 「오늘날 살아 있는 가장 위대한 자인 나에게 누가 감히 이런 말을 하는가?」 늙은 마술사의 눈에서 초록빛 섬광이 차라투스트라를 향해 번득였다. 그러나 마술사는 금방 태도를 바꿔 슬픈 어조로 말했다.

「오, 차라투스트라여, 나는 지쳤다. 나의 재주에 구역질이 난다. 나는 위대하지 않다. 내가 무엇 때문에 위대한 척하겠는가? 하지만 그대는 잘 알고 있다, 내가 위대함을 추구했다는 것을!

나는 위대한 인간을 보여 주려 했고 많은 사람들을 설득했다. 그러나 그런 거짓은 내 힘에 버거웠다. 나는 그 거짓 때문에 망가져 간다.

오, 차라투스트라여, 내 모든 것은 거짓이다. 그러나 내가 망가져 간다는 것, 이것만큼은 진실이다!」

「그대에게는 영예로운 일이다.」 차라투스트라는 옆을 내려다보며 음울하게 말했다. 「그대가 위대함을 추구했다는 것은 그대에게 영예로운 일이다. 그러나 그것도 그대가 어떤 사람인지 알려 준다. 그대는 위대하지 않다.

그대 고약한 늙은 마술사여, 그대가 그대 자신에게 지쳐서 〈나는 위대하지 않다〉라고 실토했다는 그것이야말로 내가 그대에게서 높이 사는 가장 뛰어나고 솔직한 점이다.

그 점에서 나는 그대를 정신의 참회자로 존중한다. 그리고 비록 숨결처럼 순식간에 스쳐 지나갔지만, 그 한순간 그대는 진실했다.

그러나 말하라, 여기 나의 숲과 바위에서 그대는 무엇을 찾고 있는가? 그리고 내 앞길을 막고 누워서 내게 무엇을 시험하려 했는가?

그대는 나의 무엇을 떠보았는가?」

이렇게 말하는 차라투스트라의 눈에서 불꽃이 튀었다. 늙은 마술사는 잠시 침묵을 지키더니 이윽고 말문을 열었다.「내가 그대를 떠보았다고? 나는 다만 찾고 있을 뿐이다.

오, 차라투스트라여, 나는 진실하고 올바르고 소박하고 분명한 자, 매사에 정직한 인간, 지혜의 그릇, 인식의 성자, 위대한 인간을 찾고 있다!

오, 차라투스트라여, 그대는 모르겠는가? 나는 차라투스트라를 찾고 있다.」

그러자 두 사람 사이에 긴 침묵이 흘렀다. 차라투스트라는 두 눈을 감고 자신 속으로 깊이 침잠했다. 그러더니 마술사에게로 돌아와, 그의 손을 잡고는 아주 정중하면서도 교활하게 말했다.

「자! 저기 길을 따라 올라가면 차라투스트라의 동굴이 나온다. 그대가 만나고 싶은 사람을 그 동굴 안에서 찾아 보도록 하라.

그리고 나의 짐승들, 나의 독수리와 뱀에게 조언을 구하라. 그들은 그대가 그 사람을 찾도록 도와줄 것이다. 그러나 나의 동굴은 크다.

물론 나 자신은 아직까지 위대한 인간을 보지 못했다. 오늘날 위대한 것을 보기에는 극히 섬세한 자들의 눈도 조야하다. 이것은 천민들의 나라이다.

나는 이미 몸을 힘껏 뻗고 크게 부풀리는 자들을 많이 보았다. 그러면 군중은 외쳤다. 〈저기를 보라, 위대한 인간이 있다!〉 그러나 그 모든 풀무가 무슨 소용이 있겠는가! 언젠가는 바람이 빠지고 말 것을.

개구리가 너무 오랫동안 배를 부풀리다가는 결국 터지기 마련이다. 그렇게 되면 바람이 빠진다. 한껏 부푼 자의 배를 찌르는 것, 나는 그것을 신나는 심심풀이라고 부른다. 이 말을 잘 들어라, 그대 소년들이여!

오늘날은 천민들의 것이다. 무엇이 위대하고 무엇이 왜소한지 누가 알겠는가? 누가 운 좋게도 위대한 것을 찾았는가! 오로지 바보만이 찾을 것이다. 바보는 성공할 것이다.

그대는 위대한 인간을 찾고 있는가, 그대 별스러운 바보여? 누가 그대에게 그렇게 하라고 가르쳤는가? 오늘이 바로 그럴 때인가? 오, 그대 고약한 탐구자여, 그대는 왜 나를 시험하는가?」

마음의 위안을 얻은 차라투스트라는 이렇게 말하고는 웃으면서 자신의 길을 갔다.

실직

차라투스트라는 마술사에게서 벗어난 지 얼마 되지 않아서 또다시 누군가가 길가에 앉아 있는 것을 보았다. 키가 크고 검은 옷을 입은 남자였는데 얼굴이 수척하고 창백했다. 그는 차라투스트라의 심기를 무척 불편하게 만들었다. 〈이런, 저기 복면을 한 슬픔이 앉아 있구나.〉 차라투스트라는 마음속으로 말했다. 〈성직자 같아 보이는데, 저들이 나의 영토에 무슨 볼일이 있을까?

이게 웬일인가! 마술사에게서 가까스로 벗어났는가 싶었는데, 또 다른 요술사가 길을 가로막고 있으니.

안수로 요술을 부리는 자, 신의 은총을 빌어 수상쩍은 기적을 행하는 자, 성유를 바르고 세상을 비방하는 자, 이런 자들을 악마가 잡아간다면 얼마나 좋으랴!

그러나 악마는 당연히 나타나야 할 자리에는 결코 나타나지 않는다. 이 빌어먹을 난쟁이, 안짱다리는 언제나 뒤늦게야 나타난다!〉

차라투스트라는 조바심치며 이렇게 마음속으로 욕설을 퍼붓고는, 어떻게 하면 검은 옷차림의 남자를 못 본 척 지나칠 수 있을까 궁리했다. 하지만 보라, 일은 뜻대로 되지 않았다. 바로 그 순간에, 길가에 앉아 있던 자가 차라투스트라를 본 것이다. 그는 뜻밖의 행운을 만난 사람처럼 벌떡 일어나 차라투스트라를 향해 달려왔다.

「나그네여, 그대가 누구인지는 모르겠지만, 길을 잃은 자, 찾아 헤매는 자, 이러다가 자칫 화를 입을지도 모를 늙은이를 좀 도와 달라!

여기 이 세계는 내게 낯설고 멀리 외진 곳인 데다가 사나운 들짐승들이 울부짖는 소리까지 들렸다. 그리고 나를 보호해 줄 수 있는 자는 더 이상 존재하지 않는다.

나는 최후의 경건한 인간, 홀로 숲 속에 은거하며 오늘날 온 세상이 알고 있는 것에 대해 아무것도 모르는 성자를 찾고 있었다.」

「오늘날 온 세상이 무엇을 알고 있다는 말인가?」 차라투스트라는 물었다. 「이를테면 온 세상이 한때 믿었던 늙은 신이 더 이상 살아 있지 않다는 것 말인가?」

「바로 그것이다.」 노인은 서글픈 표정으로 대답했다. 「나는 마지막 순간까지 그 늙은 신을 모셨다.

하지만 나는 이제 모실 주인이 없어서 일자리를 잃었다. 그런데도 자유롭지가 못하다. 나는 추억에 잠길 때 말고는 한시도 즐겁지가 않다.

나는 마침내 다시 옛 교황과 교부들에게 어울리는 축제를 벌이려고 이 산에 올랐다. 경건한 추억과 예배의 축제를. 사실은, 내가 바로 최후의 교황이기 때문이다!

하지만 가장 경건한 인간, 끊임없이 노래하고 기도하며 신을 찬미했던 숲 속의 성자도 이제는 죽고 없다.

내가 그의 오두막을 찾아냈을 때 그의 모습은 보이지 않았다. 그의 죽음을 슬퍼하는 늑대 두 마리만이 울부짖고 있었다. 모든 짐승들이 그를 사랑했기 때문이다. 나는 그 오두막을 뛰쳐나왔다.

내가 이 숲과 산을 찾아온 것은 허사였단 말인가? 그래서 내 마음은 다른 사람, 신을 믿지 않는 자들 가운데서 가장 경건한 사람을 찾아 보기로 결심했다. 차라투스트라를 찾아 보기로 결심한 것이다!」

노인은 이렇게 말하고는 자신 앞에 서 있는 남자를 날카로운 눈초리로 바라보았다. 차라투스트라는 늙은 교황의 손을 잡고서 감탄하는 눈길로 오랫동안 그 손을 주시했다.

「자 보라, 그대 존경스러운 자여.」 이윽고 차라투스트라는 말했다. 「이 얼마나 아름답고 길쭉한 손인가! 이것은 날이면 날마다 축복을 내린 자의 손이다. 그런데 이제 이 손은 그대가 찾고 있는 자, 나 차라투스트라를 붙잡고 있다.

내가 바로 신을 부정하는 차라투스트라, 〈나보다 더 신을 부정하는 자가 있다면 내 기꺼이 가르침을 청하리라〉라고 말하는 차라투스트라이다.」

차라투스트라는 이렇게 말하고, 늙은 교황의 생각과 속마음을 눈빛으로 꿰뚫어 보았다. 이윽고 늙은 교황은 말문을 열었다.

「신을 가장 많이 사랑하고 소유했던 자가 이제 신을 가장 많이 잃어버렸다.

보라, 우리 둘 중에서 지금 내가 더 신을 부정하는 자가 아니겠는가? 그렇다고 누가 그걸 반기겠는가!」

차라투스트라는 깊은 침묵에 잠겼다가 마침내 신중하게 물었다. 「그대는 마지막까지 신을 섬겼다. 그러니 신이 어떻게 죽었는지 알지 않겠는가? 동정심이 신을 목 졸라 죽였다는 말이 사실인가?

신은 인간이 십자가에 매달린 것을 보고 차마 견디지 못했으며, 인간에 대한 사랑이 신에게 지옥이 되고 끝내는 죽음이 되었다는 말이 사실인가?」

그러나 늙은 교황은 대답하지 않았으며, 괴롭고 음울한 표정으로 소심하게 눈길을 옆으로 돌렸다.

「신을 가게 내버려 두어라.」 차라투스트라는 노인의 눈을 똑바로 바라보며 한동안 생각에 잠겨 있더니 이렇게 말했다.

「신을 가게 내버려 두어라. 신은 사라졌다. 그 죽은 자의 좋은 점만을 말하면 그대에게도 영예로운 일이다. 그러나 그가 어떤 존재였으며 얼마나 별난 길을 걸었는지는 그대도 나만큼이나 잘 알고 있다.」

「세 눈 아래에서 말하지만(교황의 한쪽 눈이 멀었기 때문이다), 신에 대한 일에서는 내가 차라투스트라보다 더 많이 알고 있다. 당연히 그렇지 않겠는가.」 늙은 교황은 기분이 좋아져서 말했다.

「나의 사랑은 오랜 세월 신을 섬겼고, 나의 의지는 언제나 신의 의지를 따랐다. 그러나 충실한 종복은 모든 것을 알기 마련이다. 때로는 주인이 자신에게조차 숨기는 것들도 안다.

그는 비밀에 가득 찬 신, 숨어 있는 신이었다. 진실로, 심지어는 자신의 아들을 낳을 때도 뒷길로 왔으며, 그의 신앙의 문턱에는 간음이 자리하고 있다.

그를 사랑의 신이라고 찬미하는 자는 사랑을 충분히 높이 평가하지 않는 자이다. 그 신은 또한 재판관이려고 하지 않았던가? 그러나 사랑하는 자는 보답과 보복을 넘어 사랑한다.

동방에서 온 그 신은 젊은 시절 가혹하고 복수심에 불탔으며, 자신이 총애하는 자들을 즐겁게 해주려고 지옥이란 것을 만들어 냈다.

그러나 마침내 그는 늙고 쇠약하고 유약해져서 동정심에 넘치게 되었다. 아버지보다 할아버지에 가까워졌지만, 무엇보다도 흐물흐물한 늙은 할머니에게 가장 가까웠다.

그는 시들시들 난롯가에 앉아 지냈으며, 세상에 지치고 자신의 의지에 지쳐서 다리에 힘이 없다고 한탄했다. 그러던 어느 날 자신의 넘치는 동정심을 이기지 못하고 그만 숨 막혀 죽은 것이다.」

「그대 늙은 교황이여, 그대는 그것을 직접 두 눈으로 보았는가?」 여기에서 차라투스트라가 노인의 말을 가로막았다. 「그랬을 수도 있고, 또 그러지 않았을 수도 있다. 신들이 죽는 경우에는, 언제나 여러 종류의 죽음이 있다.

하지만 좋다! 이랬든 저랬든, 어쨌든 신은 사라졌다! 그는 내 귀와 눈에 거슬렸다. 이제 와서 더 고약한 말은 하고 싶지 않다.

나는 밝은 눈으로 바라보고 정직하게 말하는 모든 것을 사랑한다. 그러나 그대 늙은 성직자여, 그대도 잘 알고 있으리라, 그 신에게는 그대들 성직자와 비슷한 점이 있었다. 그는 여러 가지로 애매모호했다.

게다가 그는 분명하게 표현하지도 않았다. 그는 우리가 자신의 말을 잘 알아듣지 못한다며 얼마나 화를 냈던가! 그는 분을 삭이지 못하고 씩씩거렸다. 하지만 왜 그 자신이 좀 더 명확하게 말하지 않았던가?

그것이 우리의 귀 때문이었다면, 왜 그는 우리에게 자신의 말을 제대로 알아듣지 못하는 귀를 주었는가? 우리의 귓속에 진흙이 들어 있었다면, 좋다! 누가 거기에 진흙을 집어넣었는가?

제대로 충분히 배우지 못한 이 도공은 너무도 많은 실패를 거듭했다! 그러고는 제 마음대로 되지 않았다고 해서, 자신이 만든 그릇과 피조물들에게 분풀이를 했다. 그것은 좋은 취향에 거스르는 죄악이었다.

경건함에도 좋은 취향이 있어서, 그 취향은 마침내 말했다. 〈그런 신이라면 사라져라! 차라리 신이 아예 없는 편이 낫다. 차라리 스스로의 힘으로 운명을 개척하고, 차라리 바보가 되고, 차라리 스스로 신이 되는 편이 낫다!〉」

「이게 무슨 말인가!」 귀를 쫑긋 세워 주의 깊게 듣고 있던 늙은 교황은 말했다. 「오, 차라투스트라여, 그대는 신앙심이 없는데도, 그대 스스로 믿는 것보다 더 경건하다! 그대 안에 한 신이 있어, 신을 부정하도록 그대를 설득했다.

그대로 하여금 신을 더 이상 믿지 못하게 하는 것은 그대의 경건함이 아닌가? 그리고 그대의 넘치는 정직함은 또한 그대를 선과 악 너머로 인도할 것이다!

보라, 그대의 몫으로 무엇이 남아 있는가? 그대에게는 아득한 옛날부터 축복을 내리도록 미리 정해져 있는 눈과 손과 입이 있다. 오로지 손으로만 축복을 내리는 것은 아니다.

그대는 누구보다도 완강하게 신을 부정하지만, 나는 그대 곁에서 장구한 축복의 은밀하고 엄숙한 향기를 맡는다. 그 향기는 나를 기쁘게도 하고 슬프게도 하다.

오, 차라투스트라여, 나를 그대의 손님으로 맞이해 달라, 단 하룻밤만이라도! 이 지상 어디에도 그대 곁보다 더 편안한 곳은 지금 내게 없을 것이다!」

「아멘! 그렇게 하라!」 차라투스트라는 매우 의아하게 생각하며 말했다. 「저 길을 따라 올라가면 차라투스트라의 동굴이 있다.

진정으로, 나는 그대를 직접 그곳으로 안내하고 싶다, 그대 존경스러운 자여. 나는 모든 경건한 사람들을 사랑하기 때문이다. 그러나 지금은 도움을 구하는 외침이 나를 급하게 불러 그대 곁을 떠날 수밖에 없다.

나의 영역에서 그 누구도 해를 입어서는 안 된다. 나의 동굴은 좋은 피난처이다. 그리고 무엇보다도 나는 슬픔에 잠긴 모든 이들이 다시 굳건한 땅 위에서 굳건하게 두 발로 서게 하고 싶다.

그러나 그대의 어깨를 짓누르는 그대의 비애를 누가 덜어 주겠는가? 그러기에는 내 힘이 너무 미약하다. 누군가가 그대의 신을 다시 깨울 때까지, 우리는 참으로 오래오래 기다려야 할 것이다.

그 늙은 신은 이제 살아 있지 않기 때문이다. 그는 완전히 죽었다.」

차라투스트라는 이렇게 말했다.

더없이 추악한 인간

차라투스트라의 두 발은 다시 산을 지나고 숲을 지났으며 그의 두 눈은 찾고 또 찾았다. 하지만 그의 눈이 보려는 자, 커다란 곤경에 처해서 도움을 구하는 자는 어디에도 보이지 않았다. 그런데도 길을 가는 내내 차라투스트라의 마음은 기쁨과 고마움으로 넘쳤다. 그는 말했다. 「이 하루는 고약하게 시작한 것을 보상하기 위해서 내게 얼마나 좋은 일들을 선사했는가! 이토록 기이한 말 상대들을 만나다니!

나는 잘 여문 낟알을 씹듯 그들의 말을 오래오래 씹으련다. 그 말들이 내 영혼 속으로 우유처럼 흘러 들어올 때까지 내 이로 잘게 부수고 또 부수련다!」

그러나 길이 다시 바위를 돌아 나왔을 때, 갑자기 풍경이 바뀌고 차라투스트라는 죽음의 나라에 들어섰다. 그곳에는 검붉은 절벽들이 깎아 세운 듯이 우뚝 솟아 있었다. 풀도 나무도 자라지 않았고 새소리 하나 들리지 않았다. 모든 짐승들이, 심지어는 맹수들조차 피해 가는 골짜기였다. 다만 흉측하게 생긴 굵은 초록색 뱀들만이 늙으면 죽으러 그곳을 찾아올 뿐이었다. 그래서 양치기들은 그 골짜기를 〈뱀의 죽음〉이라고 불렀다.

차라투스트라는 어두운 기억 속으로 빠져들었다. 그 골짜기에 언젠가 한 번 와본 듯한 느낌이 들었기 때문이다. 많은 것들이 가슴을 무겁게 짓눌렀다. 그래서 그의 걸음은 점점 느려지고 느려지다가 마침내 아예 멈췄다. 그러다 차라투스트라가 눈을 떴을 때, 무언가가 길가에 앉아 있는 것이 보였다. 사람 같기도 하고 사람 같지 않기도 한 것이 뭐라고 말로 형용할 수 없었다. 그런 것을 눈으로 보았다는 사실에, 커다란 수치심이 갑자기 차라투스트라를 덮쳤다. 그는 허연 머리카락까지 시뻘게져서 시선을 돌리고는 그 고약한 장소를 빠져나갈 생각으로 발걸음을 떼었다. 그 순간, 그 죽어 있던 황량한 곳이 소란스러워졌다. 물이 한밤중에 막힌 수도관을 타고 흐르듯, 땅속에서 그르렁거리고 쿨렁거리는 소리가 울려 퍼졌다. 그러더니 결국 사람의 목소리가 되어 사람의 말을 했다. 그것은 이렇게 말했다.

「차라투스트라여! 차라투스트라여! 나의 수수께끼를 풀라! 말하라, 말하라! 목격자에 대한 복수란 무엇인가?

나는 그대를 이곳으로 유혹한다. 여기 미끄러운 얼음이 있다! 조심하라, 조심하라, 그대의 자부심이 여기서 다리를 부러뜨리는 일이 없도록!

그대 자부심 강한 차라투스트라여, 그대는 스스로 지혜롭다고 생각한다! 그러니 수수께끼를 풀라, 그대 냉혹한 호두 까기여. 내가 바로 수수께끼다! 그러니 말하라, 내가 누구인지!」

차라투스트라가 이 말을 들었을 때 그의 영혼에 무슨 일이 일어났을 것 같은가? 동정심이 그를 엄습했다. 그는 별안간 땅에 고꾸라졌다. 마치 떡갈나무가 많은 벌목꾼들에 맞서서 오랫동안 버티다가, 나무를 쓰러뜨리려 한 사람들조차 깜짝 놀랄 정도로 갑자기 육중하게 쓰러지듯. 그러나 차라투스트라는 다시 땅에서 벌떡 일어났고, 그의 얼굴은 단호했다.

「나는 그대를 잘 안다.」 그는 쩌렁쩌렁 울리는 목소리로 말했다. 「그대는 바로 신을 살해한 자이다! 길을 비켜라.

그대는 그대를 본 자를, 그대를 항상 철두철미하게 꿰뚫어 본 자를 참아 내지 못했다, 그대 더없이 추악한 인간이여! 그대는 이 목격자에게 복수를 했다!」

차라투스트라는 이렇게 말하고 그 자리를 벗어나려 했다. 그러나 그 말로 이루 형용할 수 없는 자는 차라투스트라의 옷자락을 붙잡고 다시 그르렁거리며 할 말을 찾았다. 「멈춰라!」 그러더니 이윽고 말했다.

「멈춰라! 가지 마라! 나는 어떤 도끼가 그대를 바닥에 쓰러뜨렸는지 알고 있다. 오, 차라투스트라여, 그대가 다시 일어선 것을 축하한다!

나는 잘 알고 있다, 그대가 신을 죽인 자, 신의 살해범의 기분이 어떤지 간파하고 있다는 것을. 멈춰라! 내 옆에 앉아라,

헛된 일은 아닐 것이다.

내가 그대 말고 누구를 찾아가려 했겠는가? 멈춰라, 여기 앉아라! 그러나 나를 바라보지는 말라! 그렇게 나의 추악함에 경의를 표하라!

그들이 나를 뒤쫓고 있다. 이제 그대는 나의 최후의 도피처이다. 그들은 증오심으로 나를 뒤쫓는 것도 아니고 추적자를 풀어 나를 뒤쫓는 것도 아니다. 오, 그런 추적이라면 나는 얼마든지 조롱하고 자랑스러워하며 기뻐할 것이다!

모든 성공은 지금까지 끈질기게 추적받은 자들의 몫이 아니었던가? 그리고 끈질기게 추적하는 자가 추종하는 법도 쉽게 배운다. 그런 자는 어차피 뒤를 쫓아다니기 마련이다! 그러나 그들의 동정심을 ─

그들의 동정심을 피해 나는 그대에게로 도망치고 그대에게서 도피처를 찾는다. 오, 차라투스트라여, 나를 보호해 달라. 그대 나의 최후의 도피처여, 그대 나를 알아본 유일한 자여.

그대는 그를 죽인 자의 기분이 어떤지 알고 있다. 멈춰라! 그대가 정 가려 한다면, 그대 참을성 없는 자여, 내가 걸어온 길로는 가지 말라. 그 길은 험난하다.

내가 너무 오래 횡설수설해서 그대는 화를 내는가? 내가 그대에게 충고한다고 해서? 그러나 명심하라, 내가 더없이 추악한 인간이라는 것을.

또한 내 발은 더없이 크고 육중하다는 것을. 내가 걸어온 길은 험난하다. 나는 모든 길을 죽이고 망가뜨린다.

그런데 그대가 말없이 내 곁을 스쳐 지나가면서 얼굴을 붉히는 것을 나는 똑똑히 보았다. 그 순간에 나는 그대가 차라투스트라라는 것을 알아차렸다.

그대 아닌 다른 사람이었다면 내게 적선을 하고 눈빛과 말로 동정심을 보였을 것이다. 그러나 나는 그런 것들을 받을 만큼 비렁뱅이는 아니다. 그대는 그것을 알고 있다.

그러기에는 내가 너무 풍족하다. 나는 엄청난 일, 끔찍한 일, 더없이 추악한 일, 도저히 말로 형용할 수 없는 일로 풍족하게 넘친다! 오 차라투스트라여, 그대의 수치심은 나를 영예롭게 했다!

나는 동정하는 자들의 무리로부터 간신히 빠져나왔다. 오늘날 유일하게 〈동정심은 귀찮은 것이다〉라고 가르치는 그대를 찾아 나섰다, 오, 차라투스트라여!

신의 것이든 인간의 것이든 동정은 수치심을 건드린다. 도우려 하지 않는 것이 도움을 베풀려고 달려드는 덕보다 더 고매할 수 있다.

그러나 그것, 동정심은 오늘날 모든 왜소한 인간들에게 덕이라고 불린다. 그들은 커다란 불행, 커다란 추악함, 커다란 실패를 공경하고 두려워할 줄 모른다.

개가 우글우글 모여 있는 양 떼 너머를 바라보듯, 나는 그런 모든 이들 너머를 바라본다. 그들은 왜소하고 부드럽고 온순한 잿빛의 인간들이다.

왜가리가 머리를 뒤로 젖히고 경멸의 눈빛으로 얕은 연못 너머를 바라보듯, 나는 잿빛의 작은 물결과 의지와 영혼들이 우글거리는 무리 너머를 바라본다.

그들, 그 왜소한 자들에게 사람들은 너무나 오랫동안 권리를 부여했고, 그래서 마침내 그들에게 권력까지도 내주었다. 이제 그 왜소한 자들은 〈왜소한 인간들이 선하다고 일컫는 것만이 선하다〉라고 가르친다.

그리고 왜소한 자들 사이에서 태어나 왜소한 인간들을 대변하는 설교사, 〈내가 곧 진리다〉라고 스스로 증언한 저 기이한 성자의 말이 오늘날 〈진리〉라고 불린다.

그 뻔뻔스러운 자는 벌써 오래전부터 왜소한 자들을 교만하게 만들고 있다. 그는 〈내가 곧 진리다〉라고 가르침으로써 적지 않은 잘못을 가르쳤다.

일찍이 뻔뻔스러운 자가 그보다 더 정중한 대접을 받은 적이 있었던가? 그러나 오, 차라투스트라여, 그대는 그를 지나쳐 가면서 말했다. 〈아니다. 아니다. 거듭 말하지만 아니다!〉

그대는 그의 잘못에 빠지지 말라고 경고했다. 그대는 동정심에 빠지지 말라고 최초로 경고했다. 모든 사람들에게 경고한 것도 아니고 아무에게도 경고하지 않은 것도 아니라 그대와 그대 같은 부류의 사람들에게 경고했다.

그대는 큰 고통을 겪는 자의 수치심 때문에 얼굴을 붉힌다. 〈동정심에서 먹구름이 몰려온다. 조심하라, 그대 인간들이여!〉 이렇게 말하면서 그대는 진실로 얼굴을 붉힌다.

〈모든 창조자들은 가혹하며 모든 위대한 사랑은 동정심을 초월한다.〉 그대는 이렇게 가르치면서 얼굴을 붉힌다. 오, 차라투스트라여, 그대는 천기에 대해 참으로 잘 알고 있는 듯하다!

그러나 그대 자신도 마찬가지다, 그대 스스로도 그대의 동정심에 빠지지 않도록 경계하라! 많은 이들이 그대를 향해 몰려오고 있기 때문이다. 고통을 겪는 자들, 의심에 시달리는 자들, 절망하는 자들, 물에 빠진 자들, 추위에 오들오들 떠는 자들이 몰려오고 있다.

나는 그대에게 내 앞에서도 조심하라고 경고한다. 그대는 나의 가장 뛰어나면서도 가장 고약한 수수께끼를 알아맞혔다. 즉, 내가 누구이고 내가 무슨 짓을 했는지. 나는 그대를 쓰러뜨리는 도끼를 알고 있다.

그러나 그는 죽어 마땅했다. 그는 모든 것을 보는 눈으로 보았다. 인간의 심연과 밑바닥, 모든 숨겨진 치욕과 추악함을 보았다.

그의 동정은 수치심이라는 것을 알지 못했다. 그는 나의 가장 불결한 구석구석까지 파고들었다. 더없이 많은 호기심에 사로잡힌 자, 지나치게 뻔뻔한 자, 지나친 동정심에 넘치는 자는 죽어 마땅했다.

그는 언제나 나를 지켜보았다. 나는 그런 목격자에게 앙갚음하려 했다. 그러지 않으면 내가 죽어 없어져야 했다.

인간을 비롯해 모든 것을 지켜본 신, 그 신은 죽어 마땅했다! 인간은 그런 목격자가 살아 있다는 것을 참아 내지 못한다.」

더없이 추악한 인간은 이렇게 말했다. 그러나 차라투스트라는 몸을 일으켜 그곳을 떠나려 했다. 오장육부 속까지 오싹 한기가 들었기 때문이다.

「그대, 말로 형용할 수 없는 자여.」 차라투스트라는 말했다. 「그대는 그대가 걸은 길을 가지 말라고 내게 경고했다. 그에 대한 감사의 표시로 나는 나의 길을 그대에게 권유한다. 보라, 저 위에 차라투스트라의 동굴이 있다.

나의 동굴은 크고 깊숙하며 구석진 곳이 많다. 그곳에서는 눈에 띄지 않게 꼭꼭 몸을 숨기는 자에게도 숨을 곳이 있다. 동굴 바로 옆에는 기어다니거나 날개를 퍼덕이거나 뛰어오르는 짐승들을 위한 수많은 샛길과 은신처가 있다.

그대 스스로에게 추방당한 자여, 그대는 인간들과 인간들의 동정심 속에서 살고 싶지 않은가? 자, 그러면 나처럼 행동하라! 그러면 내게서도 배울 것이다. 행동하는 자만이 배우는 법이다.

먼저 무엇보다도 나의 짐승들과 이야기를 나누어라! 가장 자부심 많은 짐승과 가장 영리한 짐승, 그들이 우리 둘에게 정녕 올바른 조언자일 것이다!」

차라투스트라는 이렇게 말하고는 자신의 길을 갔다. 전보다 더욱 깊이 생각에 잠겨서 걸음이 더욱 느려졌다. 자신에게 많은 질문을 던졌지만 쉽게 대답이 떠오르지 않았기 때문이다.

〈인간은 얼마나 가련한 존재인가!〉차라투스트라는 마음속으로 생각했다. 〈얼마나 추악하고 얼마나 숨 가빠하고 얼마나 보이지 않는 수치심에 가득 차 있는가!

인간은 자기 자신을 사랑한다고 흔히 말한다. 아, 이 자기애는 얼마나 커야 하는가! 이 자기애는 자신에 대한 얼마나 많은 경멸을 품고 있는가!

이 자도 자신을 경멸한 만큼 자신을 사랑했다. 그는 크게 사랑하는 자이고 크게 경멸하는 자이다.

나는 그보다 자신을 더 깊이 경멸한 자를 아직 보지 못했다. 그것 또한 고매한 것이다. 슬프다, 그가 혹시 도와 달라고 외친 더 높은 인간이 아니었을까?

나는 크게 경멸하는 이들을 사랑한다. 그러나 인간은 극복되어야 하는 존재다.〉

비렁뱅이를 자청한 자

차라투스트라는 더없이 추악한 인간 곁을 떠난 후에 으스스 한기가 들고 외로웠다. 한기와 외로움이 가슴속 깊이 파고들면서 팔다리가 싸늘하게 식었다. 그는 계속 산을 오르내렸다. 때로는 푸른 풀밭을 지나고, 때로는 언젠가 급류가 흘렀을 돌밭을 지났다. 그러다 갑자기 다시 마음이 훈훈해지고 푸근해졌다.

「이게 어쩐 일일까?」 그는 스스로에게 물었다. 「뭔가 생기 넘치는 따뜻한 것이 내 원기를 북돋우고 있다. 그것은 분명 내 가까이에 있는 것이 틀림없다.

이제 혼자라는 느낌이 별로 들지 않는다. 내가 모르는 길 동무들과 형제들이 내 주위를 서성이고, 그들의 따뜻한 숨결이 내 영혼을 어루만진다.」

차라투스트라는 자신의 외로움을 달래 주는 자들을 찾아서 주위를 살폈다. 그때였다. 보라, 한 언덕에 암소들이 모여 있는 것이 아닌가. 가까이에서 풍기는 암소들의 냄새가 그의 마음을 따뜻하게 녹여 주었던 것이다. 그런데 그 암소들은 누군가의 말에 열심히 귀 기울이는 듯 보였으며, 가까이 다가오는 자에게는 전혀 주의하지 않았다. 차라투스트라가 암소들에게 바싹 가까이 다가가자, 무리 지어 있는 암소들 한가운데서 사람의 목소리가 뚜렷이 귀에 들렸다. 암소들은 말소리가 들려오는 쪽으로 일제히 고개를 향하고 있는 것이 분명했다.

차라투스트라는 냉큼 뛰어들어 짐승들을 뿔뿔이 갈라놓았다. 누군가가 거기서 암소들의 동정심으로는 해결하기 어려운 고난을 겪고 있을지 모른다는 우려가 앞섰기 때문이다. 그러나 그것은 오산이었다. 보라, 거기 웬 사람이 땅바닥에 앉아서, 자신을 두려워하지 말라고 짐승들을 설득하는 듯 보였기 때문이다. 그는 평화를 사랑하는 자, 눈으로 선함을 설교하는 산상 설교자였다. 「그대는 여기서 무엇을 찾고 있는가?」 차라투스트라는 놀라 소리쳤다.

「내가 여기서 무엇을 찾고 있느냐고?」 그는 대답했다. 「그대 훼방꾼이여, 바로 그대가 찾는 것, 지상에서의 행복을 찾고 있다!

그걸 위해서 나는 이 암소들에게 배우려 한다. 그대가 보다시피, 나는 암소들을 설득하는 데 이미 아침의 절반을 보냈으며, 이제 막 암소들이 내게 알려 주려던 참이었다. 그런데 그대가 왜 훼방을 놓는가?

우리가 달라져서 암소들처럼 되지 않는 한 천국에 이를 수 없다. 다시 말해, 우리는 암소들에게서 한 가지를 배워야 한다. 그것은 바로 되새김질이다.

그리고 진실로, 인간이 온 세상을 얻고도 되새김질 한 가지를 배우지 못한다면 무슨 소용이 있겠는가! 그런 자는 비탄에서 벗어나지 못할 것이다.

그의 커다란 비탄, 그것은 오늘날 구역질이라고 불린다. 오늘날 심장과 입과 눈이 구역질로 가득 차지 않은 사람이 어디 있는가? 그대도 마찬가지다! 그대도! 그러나 이 암소들을 보라!」

산상 설교자는 이렇게 말하고는 차라투스트라에게로 시선을 돌렸다. 그때까지 그의 시선은 애정을 담고 암소들을 지켜보고 있었기 때문이다. 그 순간 그의 태도가 달라졌다. 「지금 내가 누구와 말을 나누고 있는가?」 그는 깜짝 놀라 소리치며 벌떡 몸을 일으켰다.

「이는 구역질에서 벗어난 인간 차라투스트라, 커다란 구역질을 극복한 자이다. 이것은 차라투스트라의 눈이고, 이것은 입이고, 이것은 심장이다.」

이렇게 말하는 동안, 그는 눈물을 줄줄 흘리며 상대방의 손에 입 맞추었다. 그러고는 자신도 모르게 하늘로부터 값진 선물과 보석 세례를 받은 사람처럼 굴었다. 그러나 암소들은 그 모든 것을 지켜보며 의아해했다.

「그대 기이한 자여! 사랑스러운 자여! 내 이야기는 그만하라!」 차라투스트라는 그의 애정 어린 행동을 제지하며 말했다. 「먼저 그대 이야기를 들려 달라! 그대는 일찍이 그 많은 재산을 버리고 비렁뱅이를 자청한 자가 아닌가.

많은 재산과 부자들을 부끄럽게 여기고, 지극히 가난한 자들에게로 피신해서 자신의 풍요와 마음을 선물한 자가 아닌가? 그러나 가난한 자들은 그를 받아들이지 않았다.」

「그러나 그들은 나를 받아들이지 않았다. 그대도 잘 알고 있지 않은가.」 비렁뱅이를 자청한 자는 말했다. 「그래서 나는 마침내 짐승들과 이 암소들을 찾아왔다.」

「이제 그대는 올바르게 주는 것이 올바르게 받는 것보다 얼마나 더 어려운가를 배웠다.」 차라투스트라는 그의 말을 가로막았다. 「훌륭하게 선물하는 것은 일종의 재주, 선함이 발휘하는 더없이 교묘하고 으뜸가는 최후의 재주라는 것을.」

「오늘날은 특히 그렇다.」 비렁뱅이를 자청한 자는 대답했다. 「오늘날에는 온갖 천한 것들이 들고일어나서 소심하게 제 방식으로, 그러니까 천민식으로 교만을 부리고 있기 때문이다.

그대도 잘 알고 있겠지만, 천민들과 노예들의 대대적이고 고약한 반란의 시대가 도래했다. 그들의 반란은 장기간에 걸쳐 서서히, 나날이 크게 자라고 있다!

이제 모든 자선과 작은 나눔은 천한 자들의 분노를 자극할 뿐이다. 넘치게 부유한 자들은 조심해야 할 것이다!

오늘날 불룩한 호리병처럼 가느디 가느다란 목으로 조금씩 똑똑 떨어뜨리는 자가 있다면, 그 목이 온전하게 남아나지 못할 것이다.

음탕한 욕망, 악의적인 질투, 원한에 사무친 복수심, 천민의 자부심. 이 모든 것들이 내 얼굴로 날아왔다. 가난한 자에게 복이 있다는 말은 더 이상 진리가 아니다. 하늘나라는 암소들 곁에 있다.」

「그렇다면 하늘나라가 왜 부자들 곁에는 없는가?」 차라투스트라는 평화를 사랑하는 자에게 다정히 콧숨을 내뿜는 암소들을 제지하며 떠보듯 물었다.

「그대는 왜 나를 떠보는가?」 그러자 그는 대답했다. 「그대 자신이 나보다 더 잘 알고 있지 않은가. 무엇이 나를 더없이 가난한 자들에게로 내몰았을까, 오, 차라투스트라여? 그것은 더없이 부유한 자들에 대한 구역질이 아니었을까?

냉혹한 눈길과 음탕한 속셈으로 온갖 쓰레기에서 이득을 챙기는 부유한 죄인들, 하늘까지 악취를 풍기는 비천한 무리들에 대한 구역질이 아니었을까?

겉만 화려하게 꾸민 거짓된 천민들에 대한 구역질이 아니었을까? 그 천민들의 아버지들은 좀도둑이거나 썩은 고기를 주워 먹는 자이거나 넝마주이였으며, 고분고분하고 음탕하고 건망증이 심한 여자들을 데리고 살았다. 그 여자들은 모두 창녀와 크게 다를 바 없었다.

위에도 천민, 아래도 천민! 오늘날 〈가난한 것〉과 〈부유한 것〉은 무엇인가! 나는 그 차이를 잊었다. 그래서 거기에서 멀리, 점점 더 멀리 달아났고, 결국 여기 암소들에게 오게 된 것이다.」

평화를 사랑하는 자는 이렇게 말하면서 숨을 가쁘게 몰아쉬고 땀을 뻘뻘 흘렸다. 그래서 암소들은 새삼 의아하게 생각했다. 그가 그렇듯 가혹하게 말하는 동안, 차라투스트라는 내내 미소를 머금고서 그의 얼굴을 바라보며 말없이 고개를 가로저었다.

「그대 산상 설교자여, 그대는 그런 가혹한 말을 함으로써 그대 자신을 해치고 있다. 그대의 입도 눈도 그런 가혹함을 감당할 만큼 성숙하지 못했다.

또한 그대의 위장도 마찬가지일 것이다. 그러한 분노와 증오와 끓어오르는 흥분은 모두 그대의 위장에 부담이 된다. 그대의 위장은 더 부드러운 것을 원한다. 그대는 육식주의자가 아니다.

그대는 오히려 풀과 뿌리를 먹고 사는 채식주의자로 보인다. 아마 그대는 곡물은 깨물어 먹겠지만, 틀림없이 육식의 즐거움은 마다하고 꿀은 좋아할 것이다.」

「그대는 나를 잘도 알아맞히는구나.」 비렁뱅이를 자청한 자는 홀가분해진 마음으로 대답했다. 「나는 꿀을 좋아하고 곡물도 깨물어 먹는다. 맛 좋은 것과 숨결을 맑게 하는 것을 찾았기 때문이다.

또한 나는 긴 시간이 소요되는 것, 온순한 게으름뱅이와 빈둥거리는 자들을 위한 소일거리와 먹을거리도 찾았다.

물론 이런 일에는 이 암소들이 가장 능하다. 이들은 되새김질과 양지에 눕는 법을 생각해 냈다. 게다가 심장을 부풀게 하는 무거운 생각들은 일체 삼간다.」

「좋다!」 차라투스트라는 말했다. 「그대는 나의 짐승들, 나의 독수리와 나의 뱀도 보아야 한다. 그런 부류들은 오늘날 지상에 존재하지 않는다.

보라, 저 길을 따라가면 나의 동굴에 이른다. 오늘 밤 나의 동굴을 찾는 손님이 되어라. 그리고 나의 짐승들과 더불어 짐승들의 행복에 대해 이야기를 나누어라.

내가 그곳에 돌아갈 때까지. 그러나 지금은 도움을 구하는 외침이 나를 급하게 불러 그대 곁을 떠날 수밖에 없다. 내 동굴에는 새로 딴 꿀, 벌집 속의 신선한 황금빛 꿀도 있다. 그것을 먹도록 하라!

하지만 지금은 서둘러 그대의 암소들과 작별하라, 그대 기이한 자여! 사랑스러운 자여! 비록 그대에게는 힘든 일이겠지만. 암소들은 그대에게 가장 따뜻한 벗이었고 스승이었기 때문이다!」

「내가 훨씬 더 사랑하는 한 사람을 제외하면,」 비렁뱅이를 자청한 자는 대답했다. 「그대는 좋은 사람이고 암소보다 더 낫다. 오, 차라투스트라여!」

「가라, 어서 가라! 이 못된 아첨꾼아!」차라투스트라는 화를 내며 소리쳤다. 「그대는 왜 그런 칭찬과 입에 발린 아첨으로 나를 욕보이는가?」

「가라, 어서 가라!」차라투스트라는 한 번 더 소리치고는 그 다정한 비렁뱅이를 향해 지팡이를 휘둘렀다. 그러자 비렁뱅이는 재빠르게 달아났다.

그림자

비렁뱅이를 자청한 자가 달아나고 나서 차라투스트라가 다시 혼자 남게 되자마자 등 뒤에서 새로운 목소리가 들렸다. 그 목소리는 외쳤다. 「잠깐! 차라투스트라여! 기다려라! 오, 차라투스트라여, 나다, 나 그대의 그림자다!」 그러나 차라투스트라는 기다리지 않았다. 그렇게 많은 자들이 자신의 산에 몰려들어 북적대는 것에 갑자기 불쾌감이 치밀었기 때문이다. 「나의 고독은 어디로 갔는가?」 그는 말했다.

「진실로 이것은 내게 너무 과하지 않은가. 이 산이 사람들로 바글거리다니. 이런 세계는 더 이상 나의 영토가 아니다. 내게는 새로운 산이 필요하다.

나의 그림자가 나를 부르는가? 내 그림자가 무슨 소용이란 말인가! 얼마든지 나를 뒤쫓아 오라고 하라. 나는 달아날 것이다.」

차라투스트라는 마음속으로 이렇게 말하고는 달아났다. 그러나 그의 뒤에 있던 그림자는 계속 쫓아왔다. 그래서 곧

셋이서 앞뒤로 나란히 달리게 되었다. 비렁뱅이를 자청한 자가 맨 앞을 달리고 그 뒤를 이어 차라투스트라, 그리고 맨 뒤세 번째로는 그의 그림자가 달렸다. 그러나 그렇게 달린 지얼마 안 되어 차라투스트라는 자신의 어리석음을 깨닫고는단숨에 모든 불쾌감과 싫증을 떨쳐 버렸다.

「이게 뭔가!」 그는 말했다. 「예로부터 우리 늙은 은자들과 성자들에게는 더없이 우스꽝스러운 일들이 일어나지 않았던가?

진실로, 나의 어리석음이 산속에서 높이 자랐구나! 바보 같은 늙은 다리 여섯 개가 수선스럽게 앞뒤로 나란히 달리는 소리가 들리는구나!

차라투스트라가 그림자 따위를 두려워해서야 되겠는가? 어쨌든 그림자의 다리가 내 다리보다는 더 긴 모양이구나.」

차라투스트라는 눈으로 웃고 오장육부로 웃으며 이렇게 말했다. 그러고는 걸음을 멈추고 재빨리 뒤돌아보았다. 보라, 그는 하마터면 뒤쫓아 오던 그림자를 땅바닥에 쓰러뜨릴 뻔했다. 그림자가 그만큼 바싹 뒤따라왔고 또 그만큼 허약했던 것이다. 차라투스트라는 그림자를 눈여겨 살펴보다가 돌연히 유령이라도 만난 듯 소스라치게 놀랐다. 뒤쫓아 온 그림자가 너무 얇고 거무스름하고 허깨비처럼 속이 비어 간신히 살아 있는 듯 보였던 것이다.

「그대는 누구냐?」 차라투스트라는 거칠게 몰아붙였다. 「여기서 무엇을 하고 있느냐? 그리고 어째서 내 그림자라고 자처하느냐? 그대는 내 마음에 들지 않는다.」

「내가 이런 자인 것을 용서하라.」 그림자는 대답했다. 「내가 그대 마음에 들지 않는다면, 좋다. 오, 차라투스트라여! 그 점에서 나는 그대와 그대의 뛰어난 취향을 높이 산다.

나는 이미 그대의 발꿈치를 많이 뒤쫓아 다닌 나그네다. 목적지도 없고 돌아갈 집도 없이 언제나 떠돌아다녔다. 그래서 참으로 영원한 유대인 신세나 다름없다. 내가 비록 영원하지도 않고 유대인도 아니지만.

어째서? 내가 언제까지나 떠돌아다녀야 한다는 말이냐? 온갖 바람에 시달리고 정처 없이 떠밀리며? 오, 지구여, 그대는 내게 너무 둥글다!

나는 이미 온갖 표면에 앉아 보았으며, 거울과 유리창 위에서 지친 먼지처럼 잠을 잤다. 모든 것이 내게서 앗아 가기만 할 뿐 그 어느 것도 내게 주지는 않는다. 나는 점점 얇아져서 거의 그림자나 다름없다.

그러나 오, 차라투스트라여, 나는 누구보다도 그대 뒤를 가장 오랫동안 쫓아다니고 따라다녔다. 나는 비록 그대를 피해 숨어 있었다 할지라도 그대의 가장 뛰어난 그림자였다. 그대가 앉아 있는 곳이라면 어디든 나도 앉아 있었다.

그대와 더불어 나는 더없이 멀고 더없이 추운 세계를 돌아다녔다. 자진해서 겨울의 지붕과 눈 위를 달리는 유령처럼.

그대와 더불어 나는 모든 금지된 것, 더없이 고약한 것, 더없이 머나먼 것 속까지 뚫고 들어가려 했다. 내게 덕이라는 것이 있다면, 그것은 그 어떤 금지도 두려워하지 않았다는 것이다.

그대와 더불어 나는 내 마음이 일찍이 숭배한 것을 부수었으며, 모든 경계석과 우상들을 무너뜨렸고, 지극히 위험한 소원들을 뒤쫓았다. 진실로, 모든 범죄를 한 번은 넘어 보았다.

그대와 더불어 나는 말과 가치와 위대한 이름들에 대한 믿음을 망각했다. 악마가 허울을 벗으면 그의 이름도 떨어져 나가지 않겠는가? 이름은 곧 껍질이기 때문이다. 어쩌면 악마 자체가 껍질일지도 모른다.

〈그 무엇도 진실이 아니고, 모든 것이 허용된다.〉 나는 나 자신에게 말했다. 나는 극히 차가운 물속으로 뛰어들기도 했다. 머리와 심장으로. 아, 그래서 나는 얼마나 자주 붉은 게처럼 알몸으로 거기 서 있었던가!

아, 나의 모든 선함과 모든 수치심, 그리고 선한 자들에 대한 모든 믿음은 어디로 가버렸는가! 아, 내가 한때 지녔던 저 위선적인 순수함, 선한 자들과 그들의 고매한 거짓말의 순수함은 어디에 있는가!

진실로, 나는 너무나 자주 진리의 발꿈치를 바싹 뒤쫓았다. 그러자 진리는 내 머리를 발로 걷어찼다. 이따금 나는 거짓말을 하려고 생각했다. 보라! 그때 비로소 진리와 마주쳤다.

내게 너무도 많은 것이 밝혀졌다. 이제 나는 그 무엇에도 상관하지 않는다. 내가 사랑하는 것들은 더 이상 살아 있지 않다. 그런데 어떻게 나 자신을 사랑하겠는가?

〈내 마음이 원하는 대로 살든지 아니면 아예 살지를 말자.〉 나는 이렇게 되기를 바라고, 가장 성스러운 자도 이렇게 되기를 바란다. 그러나 슬프다! 어떻게 내게 아직 원하는 마음이 남아 있겠는가?

내게 아직 목표가 있는가? 나의 돛이 달려갈 항구가?

순풍이 불어올 것인가? 아, 자신이 어디를 향해 가고 있는지 아는 자만이 어떤 바람이 항해를 도와주는 순풍인지도 아는 법이다.

내게 아직 무엇이 남아 있는가? 피로에 지친 뻔뻔한 마음, 불안하게 흔들리는 의지, 파닥거리는 날개, 부러진 등뼈.

나의 고향을 찾으려는 욕구. 오, 차라투스트라여. 그대는 잘 알고 있지 않은가, 이 욕구가 나의 재앙이었다는 것을. 그것이 나를 갉아먹고 있다.

〈나의 고향은 어디에 있는가?〉 나는 이렇게 물으면서 찾는다. 과거에도 찾았지만 끝내 찾아내지 못했다. 오, 영원히 어디에나 있는 곳이여, 오, 영원히 어디에도 없는 곳이여, 오, 영원한 헛일이여!」

그림자는 이렇게 말했고, 이 말을 들은 차라투스트라의 얼굴은 어두워졌다. 「그대는 나의 그림자이다!」 이윽고 그는 슬픈 표정으로 말문을 열었다.

「그대가 처한 위험은 결코 작은 것이 아니다, 그대 자유로운 정신이여, 방랑자여! 그대는 고약한 하루를 보냈다. 조심하라, 더 고약한 저녁이 찾아오지 않도록!

그대처럼 정처 없이 떠도는 자들은 결국 감옥도 행복으로 여긴다. 그대는 감옥에 갇힌 죄수들이 잠자는 모습을 본 적이 있는가? 그들은 편안히 잔다. 그들은 새로운 안정을 즐긴다.

경계하라, 결국 편협한 믿음, 냉혹하고 엄격한 망상에 사로잡히지 않도록! 이제부터 편협하고 완고한 온갖 것들이 그대를 유혹하고 시험할 것이다.

그대는 목표를 잃어버렸다. 슬프다, 그대는 어떻게 이 상실을 견디고 웃어넘길 것인가? 그대는 목표를 잃어버림으로써 갈 길마저 잃어버렸다!

그대 가련한 방랑자여, 몽상을 좇는 떠돌이여, 그대 지친 나비여! 그대는 오늘 저녁 휴식을 취할 안식처를 찾지 않는가? 그렇다면 저기 나의 동굴로 올라가라!

저 길을 따라가면 나의 동굴에 이른다. 지금 나는 서둘러 그대에게서 다시 벗어나려 한다. 벌써 그림자 같은 것이 내 위에 드리워져 있다.

내 주위가 다시 밝아지도록 나는 홀로 가려 한다. 그러려면 아직 오랫동안 유쾌하게 다리를 움직여야 한다. 하지만 저녁이 되면 나의 동굴에서 춤판이 벌어질 것이다!」

차라투스트라는 이렇게 말했다.

정오에

차라투스트라는 걷고 또 걸었지만 더는 아무도 만나지 못
했다. 그는 혼자였으며 끊임없이 자신을 다시 발견했다. 그
리고 몇 시간 동안이나 고독을 즐기고 음미하며 좋은 일들을
생각했다. 그러다 정오 무렵 태양이 바로 머리 위에 떠 있었
을 때, 차라투스트라는 옹이 박히고 뒤틀린 고목 옆을 지나
게 되었다. 고목은 포도 덩굴의 풍성한 사랑에 푹 감싸여 자
신을 숨기고 있었고, 노란 포도송이들이 나그네를 향해 주렁
주렁 매달려 있었다. 그렇지 않아도 목이 살짝 말랐던 차라
투스트라는 포도송이로 갈증을 달래고 싶은 욕구가 치밀었
다. 그러나 포도송이를 따려고 팔을 내민 순간 또 다른 욕구
가 더 강렬하게 고개를 내밀었다. 그 완전한 정오의 시간에
나무 옆에 드러누워 자고 싶었던 것이다.

차라투스트라는 그 욕구를 따랐다. 갖은 꽃들이 피어 있
는 풀밭의 정적과 푸근함 속에 눕자마자 갈증마저 잊고서 스
르르 잠이 들었다. 차라투스트라의 잠언이 말하는 대로, 한
가지 일이 다른 일보다 더 절실히 필요했던 것이다. 그는 다
만 눈은 뜨고 있었다. 나무와 포도 덩굴의 사랑을 아무리 보
고 칭송해도 질리지 않았기 때문이었다. 차라투스트라는 잠
에 빠져들면서 마음속으로 이렇게 말했다.

〈조용! 조용하라! 세상이 방금 완전해지지 않았는가? 내게
무슨 일이 얼어나고 있는가?

부드러운 미풍이 은밀히 매끄러운 바다 위에서 가볍게, 깃
털처럼 가볍게 춤을 추듯, 잠이 내 위에서 춤을 춘다.

잠은 내 눈을 감기지 않고 내 영혼을 깨어 있게 한다. 잠은

참으로 가볍다! 깃털처럼 가볍다.

잠이 나를 설득한다, 어째서 설득하는지는 알 수 없다. 잠은 내 안에서 다정한 손길로 나를 토닥거리며 채근한다. 그렇다, 내 영혼이 사지를 쭉 뻗어야 한다며 나를 채근한다.

내 별난 영혼은 어째서 지쳐 길게 늘어져 있는가! 바로 이 정오에 일곱 번째 날의 저녁이 내 영혼을 찾아왔는가? 내 영혼이 좋은 것과 무르익은 것들 틈에서 너무 오랫동안 행복하게 돌아다녔는가?

내 영혼은 사지를 길게 뻗고 있다. 길게, 더욱 길게 뻗는다! 내 별난 영혼은 조용히 누워 있다. 내 영혼은 좋은 것을 이미 너무 많이 맛보았다. 이 황금빛 슬픔이 내 영혼을 짓누르고, 내 영혼은 입을 찡그린다.

더없이 잔잔한 포구로 들어오는 배처럼. 기나긴 항해와 불확실한 바다에 지쳐서 이제 땅에 몸을 의지하는 배처럼. 땅이 더 믿음직하지 않은가?

그런 배가 땅에 몸을 의지하고 바싹 달라붙듯이. 그러면 거미 한 마리가 땅에서 배를 향해 거미줄을 치는 것만으로도 충분하다. 그보다 더 튼튼한 밧줄은 필요 없다.

그렇게 지친 배가 더없이 잔잔한 포구에서 쉬듯이, 나도 더없이 부드러운 실로 땅에 묶여 땅 가까이에서 충실하게 믿고 기다리며 쉬고 있다.

오, 행복이여! 오, 행복이여! 오, 나의 영혼이여, 그대는 노래하려는가? 그대는 풀밭에 누워 있다. 그러나 지금은 그 어떤 목동도 피리를 불지 않는 은밀하고 엄숙한 시간이다.

조심하라! 뜨거운 정오가 초원에서 잠을 잔다. 노래하지 말라! 조용하라! 세계가 완전하다.

노래하지 말라, 그대 풀밭의 새들이여, 오, 나의 영혼이여! 속삭이지도 말라! 보라, 조용하라! 늙은 정오가 잠을 잔다,

입을 움직이며. 마침 행복 한 방울을 마시고 있지 않은가?

황금빛 행복, 황금빛 포도주의 해묵은 갈색 방울을? 무엇인가가 그의 얼굴 위를 스쳐 지나간다. 그의 행복이 웃는다. 그렇게 신은 웃는다. 조용하라!

《다행히, 아주 적은 것으로도 충분히 행복할 수 있다!》 나는 일찍이 이렇게 말하고는 스스로 영리하다고 여겼다. 그러나 그것은 불경한 생각이었다. 그것을 나는 이제 배웠다. 영리한 바보들이 말은 더 잘하는 법이다.

그야말로 지극히 적은 것, 지극히 조용한 것, 지극히 가벼운 것, 도마뱀 스치는 소리, 한 번의 숨결, 한 번의 스침, 한 번의 눈길. 적은 것이 최상의 행복을 만들어 낸다. 조용하라!

내게 무슨 일이 일어났는가? 귀 기울여 보라! 시간이 훌쩍 날아가 버렸는가? 내가 떨어지고 있는 것이 아닌가? 벌써 떨어진 것이 아닌가, 귀 기울여 보라! 영원의 샘 속으로 떨어진 것이 아닌가?

내게 무슨 일이 일어나고 있는가? 조용하라! 무엇인가가 나를 찌른다. 아프다, 심장을 찌르는가? 심장을! 오, 터져라, 터져 버려라, 심장이여, 이런 행복을 맛보았으니, 이처럼 찔렸으니!

이게 무슨 일인가? 세계가 방금 완전해지지 않았던가? 둥글게 무르익지 않았던가? 오, 황금의 둥근 고리여, 그것이 어디로 날아가는가? 그 뒤를 따라가리라! 어서 가자!

조용하라.〉 (이때 차라투스트라는 기지개를 켰으며 자신이 잠자고 있다고 느꼈다.)

「일어나라! 그대 잠꾸러기여! 낮잠꾸러기여!」 그는 자기 자신에게 말했다. 「자, 어서 일어나라, 그대 늙은 다리들이여! 시간이 되었다, 시간이 지났다. 그대들은 아직도 갈 길이 멀다.

이제 그대들은 푹 자고 났다. 얼마나 오래 잤는가? 영원의 반쯤! 자, 어서 일어나라, 나의 늙은 심장이여! 푹 자고 났으니 이제 얼마나 오래 깨어 있을 수 있겠느냐?」

(그러나 그는 어느새 다시 잠이 들었고, 그의 영혼은 그의 말을 거부하고 거역하며 다시 드러누웠다.) 〈나를 내버려 두어라! 조용하라! 세계가 방금 완전해지지 않았더냐? 오, 둥근 황금빛 공이여!〉

「일어나라!」 차라투스트라는 말했다. 「그대 작은 도둑이여, 그대 게으름뱅이여! 뭐라고? 아직도 팔다리를 쭉 뻗고 하품을 하고 한숨을 쉬며 깊은 샘 속으로 떨어지고 있는가?

그대는 도대체 누구인가? 오, 나의 영혼이여!」 (이때 그는 화들짝 놀랐다. 한 줄기 햇살이 하늘에서 그의 얼굴로 쏟아졌기 때문이다.)

「오, 내 위의 하늘이여.」 그는 한숨지으며 말하고는 몸을 일으켜 똑바로 앉았다. 「그대는 나를 지켜보는가? 나의 별난 영혼에 귀를 기울이는가?

그대는 지상의 온갖 것들 위에 내려앉은 이 이슬방울을 언제 마시는가? 언제 이 별난 영혼을 마시는가?

언제, 영원의 샘이여! 그대 명랑하면서도 으스스한 정오의 심연이여! 언제 내 영혼을 그대 안으로 도로 들이마시려는가?」

차라투스트라는 이렇게 말하고는, 낯선 도취 상태에서 깨어나듯 나무 옆의 잠자리에서 일어났다. 보라, 태양은 여전히 바로 그의 머리 위에 떠 있었다. 그러니 차라투스트라가 그리 오래 자지 않았다고 미루어 추측할 수 있었다.

환영 인사

차라투스트라가 오랫동안 헛되이 돌아다니며 찾은 후에 다시 그의 동굴로 돌아왔을 때는 이미 늦은 오후였다. 그러나 동굴에서 채 스무 걸음도 떨어지지 않은 곳에 이르렀을 때 전혀 예상하지 못한 일이 일어났다. 큰 소리로 도움을 구하는 외침이 다시 들려온 것이다. 게다가 놀랍게도! 이번에는 바로 자신의 동굴 안에서 들려왔다. 여러 목소리들이 뒤섞인, 길고도 묘한 외침이었다. 차라투스트라는 그 외침에 많은 목소리가 섞여 있는 것을 분명히 판별할 수 있었다. 만일 멀리서 들었더라면 한 사람의 입에서 나온 외침처럼 들렸을 것이다.

차라투스트라는 단숨에 동굴로 뛰어 올라갔다. 보라! 그런 묘한 합창극에 이어 어떤 연극이 그를 기다리고 있었는지! 차라투스트라가 그날 우연히 만난 모든 이들이 거기 모여 앉아 있었다. 오른쪽 왕과 왼쪽 왕, 늙은 마술사, 교황, 비렁뱅이를 자청한 자, 그림자, 정신의 양심을 지닌 자, 슬픔에 잠긴 예언자, 그리고 나귀. 더없이 추악한 인간은 머리에 왕관을 쓰고 허리에 자줏빛 띠를 두 개 두르고 있었다. 추악한 자들이 하나같이 그렇듯 꾸미고 치장하기를 좋아했기 때문이다. 그런데 그 음울한 무리의 한가운데서 차라투스트라의 독수리가 깃털을 곤두세운 채 어쩔 줄 몰라 하고 있었다. 독수리의 자존심으로는 도저히 대답할 수 없는 너무나 많은 물음에 답해야 했기 때문이다. 영리한 뱀은 독수리의 목을 휘감고 있었다.

차라투스트라는 크게 놀라 그 모든 것을 바라보았다. 그러고는 친밀하게 호기심 어린 눈빛으로 손님들 한 사람 한 사람을 살펴보며 그들의 영혼을 읽고 새삼 다시 놀랐다. 거기 모여 있던 자들은 그동안에 자리에서 일어나, 차라투스트라가 말하기를 경외하는 마음으로 기다렸다. 차라투스트라는 이렇게 말했다.

「그대 절망한 자들이여! 그대 기이한 자들이여! 그렇다면 내가 들은 소리는 그대들이 도움을 구하는 외침이었는가? 내가 오늘 헛되이 찾아 헤맨 자, 더 높은 인간을 어디서 찾아야 하는지도 이제 알겠다.

더 높은 인간이 바로 내 동굴 안에 앉아 있다니! 그런데 그게 왜 놀랄 일인가! 제물로 바칠 꿀과 내 행복을 교활하게 미끼 삼아서, 내가 직접 그를 이리로 유혹하지 않았던가?

하지만 그대들은 함께 어울려 지내는 데는 서툰 듯 보인다. 그대 도움을 구하는 자들이여, 그대들은 여기 한데 모여 앉아 있으면서도 서로의 심기를 불편하게 하고 있지 않은가? 먼저 누군가가 나타나야 한다.

그대들을 다시 웃음 짓게 할 자, 마음씨 좋고 유쾌한 익살꾼, 춤꾼이고 바람이고 장난꾸러기인 자, 늙은 어릿광대. 그대들 생각은 어떤가?

그대 절망한 자들이여, 그대들 같은 손님에게 참으로 어울리지 않게 이런 시시한 말을 하는 것을 부디 용서하라! 그러나 그대들은 무엇이 내 마음을 이토록 불손하게 만드는지 모른다.

그것은 바로 그대들이며 그대들의 모습이다. 나를 용서하라! 절망하는 자를 보게 되면 누구든 대담해지기 마련이다. 누구든 절망하는 자에게 격려하는 말을 건넬 만큼 스스로 강하다고 여기기 마련이다.

그대들이 내게 이런 힘을 주었다. 나의 귀한 손님들이여, 이것은 좋은 선물이다! 안성맞춤의 선물! 자, 그러니 내가 이제 그대들에게 나의 것을 내놓더라도 부디 노여워하지 말라.

373

여기 이곳은 나의 나라이고 나의 영토이다. 하지만 오늘 저녁과 오늘 밤에는 나의 것이 곧 그대들의 것이다. 내 짐승들이 그대들을 모실 것이다. 나의 동굴을 그대들의 휴식처로 삼아라!

여기 나의 거처, 나의 집에 있는 한, 그 누구도 절망해서는 안 된다. 나는 나의 영역에 머무는 모든 이들을 맹수들로부터 지켜 준다. 안전, 이것은 내가 그대들에게 내놓는 첫 번째 것이다!

두 번째 것은 나의 새끼손가락이다. 먼저 이 새끼손가락을 가진 다음, 자, 손 전부를 받아라! 그리고 덧붙여 마음까지 받아라! 여기에 온 것을 환영한다, 환영한다. 나의 손님들이여!」

차라투스트라는 이렇게 말하고는, 사랑과 악의에 넘쳐 웃음을 터뜨렸다. 이런 환영 인사를 받은 손님들은 또다시 고개 숙여 절했으며, 경외하는 마음에서 침묵을 지켰다. 그러다 오른쪽 왕이 모두를 대신해서 이렇게 대답했다.

「오, 차라투스트라여, 그대가 우리에게 손을 내밀고 환영인사를 하는 것을 보니 차라투스트라임이 분명하다. 그대는 우리 앞에서 스스로를 낮추었다. 그대는 하마터면 우리의 경외하는 마음에 상처를 입힐 뻔했다.

그러나 누가 그대처럼 그런 자부심을 가지고 스스로를 낮출 수 있겠는가? 그것은 우리의 용기를 북돋아 주고 우리의 눈과 마음을 상쾌하게 해준다.

오로지 이것을 보기 위해서라도 우리는 이 산보다 더 높은 산에도 기꺼이 오를 것이다. 우리는 구경거리를 찾아 이곳에 왔으며, 침침한 눈을 밝게 해주는 것을 보려 했기 때문이다.

보라, 도움을 구하는 우리의 외침이 어느새 흔적 없이 사라지고 없지 않은가. 우리의 감각과 마음이 벌써 활짝 열려서 기쁨을 만끽하고 있다. 이러다가는 자칫 우리의 기분이

들떠 방종해질 것이다.

　오, 차라투스트라여, 이 지상에서 자라는 것들 중에서 고매하고 강인한 의지보다 더 큰 기쁨을 주는 것은 없다. 그보다 더 아름다운 초목은 없다. 그런 나무 한 그루가 있으면 주변에 온통 생기가 돈다.

　오, 차라투스트라여, 그대처럼 자라는 자는 소나무에 비유할 수 있다. 말없이 홀로 강인하게 높이 솟아 더없이 유연한 최상의 목재로서의 자질을 갖춘 멋진 소나무.

　그러나 마침내 자신의 지배권을 향해 푸르고 우람한 가지들을 내뻗고, 바람과 뇌우, 그리고 높은 곳에 안주한 것들에게 강력한 질문을 던지는 소나무.

　명령하는 자, 승리하는 자로서 더욱 강력하게 대답하는 소나무. 오, 그런 초목을 보기 위해 높은 산에 오르지 않을 자가 어디 있겠는가?

　오, 차라투스트라여, 음울한 자, 실패한 자도 여기 그대의 나무에서 원기를 얻고, 정처 없이 떠도는 자도 그대의 모습을 보며 안정을 되찾아 마음의 병을 치유한다.

　그리고 진실로, 오늘날 많은 눈들이 그대의 산과 나무를 주시하고 있다. 그대를 크게 동경하는 마음이 일고, 많은 이들이 〈차라투스트라가 누구냐?〉라고 묻기에 이르렀다.

　그대가 일찍이 그대의 노래와 꿀을 귓속에 방울방울 떨어뜨려 준 자들, 숨어 지내는 자들, 홀로 아니면 둘이서 은둔하는 자들이 모두 별안간 마음속으로 말했다.

　〈차라투스트라는 아직 살아 있는가? 더 이상 살아갈 가치가 없다. 모든 것이 똑같다. 모든 것이 부질없다. 그렇지 않으려면 우리는 차라투스트라와 함께 살아야 한다!〉

　〈그는 벌써 오래전에 자신의 출현을 예고해 놓고 아직까지 나타나지 않는가?〉 많은 이들이 이렇게 묻고 있다. 〈고독이 그

를 삼켜 버렸는가? 아니면 우리가 그를 찾아 나서야 하는가?〉

마치 허물어져서 더는 시신들을 보존할 수 없는 무덤처럼, 이제 고독 자체가 흐물흐물 부서지는 일이 벌어지고 있다. 곳곳에서 다시 살아난 자들이 눈에 띈다.

이제 파도들이 그대의 산을 에워싸고 점점 높이 솟구치고 있다, 오, 차라투스트라여. 그대가 아무리 높이 있더라도, 파도들은 그대에게 몰려올 것이다. 그대의 나룻배가 마른 땅에 있는 날도 얼마 남지 않았다.

우리 절망한 자들은 지금 그대의 동굴을 찾아왔으며 더 이상 절망하지 않는다. 이것은 더 훌륭한 자들이 그대를 향해 오고 있다는 전조와 징후일 뿐이다.

인간들 사이에 남아 있는 신의 마지막 잔재, 커다란 동경과 커다란 구역질, 커다란 권태에 시달리는 모든 사람들이 그대를 향해 오고 있기 때문이다.

그들은 모두 살고 싶어 하지 않는다. 그러지 않으려면 그들은 다시 희망하는 것을 배워야 한다. 오, 차라투스트라여, 그들은 그대에게서 위대한 희망을 배워야 한다!」

오른쪽 왕은 이렇게 말하고는, 차라투스트라의 손을 붙잡고 입을 맞추려 했다. 그러나 차라투스트라는 그의 숭배하는 마음을 물리치고 화들짝 놀라서는 별안간 말없이 뒤로 물러났다. 마치 아득히 머나먼 곳으로 도망치려는 사람처럼 보였다. 하지만 잠시 후, 그는 다시 손님들에게로 돌아와 날카롭게 살피는 눈길로 그들을 바라보며 말했다.

「나의 손님들이여, 그대 더 높은 인간들이여, 나는 그대들에게 독일식으로 분명하게 말하려 한다. 내가 여기 이 산속에서 기다린 것은 그대들이 아니었다.」

〈독일식으로 분명하게? 딱하군!」 그러자 왼쪽 왕이 중얼거렸다. 「동방에서 온 이 현자는 독일 사람들에 대해 잘 모르는 모양이군!

〈독일식으로 우직하게〉라는 뜻이겠지. 좋아! 그것도 오늘날에는 아주 나쁜 취향이라고는 할 수 없지!」)

「그대들은 모두 진실로 더 높은 인간들일지도 모른다.」 차라투스트라는 말을 이었다. 「그러나 내가 보기에, 그대들은 충분히 높지도 강하지도 않다.

내 안에서 지금은 침묵하고 있지만 언제까지나 침묵하고 있지만은 않을 냉엄한 자가 보기에 말이다. 그리고 그대들이 내 사람들이라 할지라도 내 오른팔은 아니다.

그대들처럼 병들고 힘없는 다리로 서 있는 자는 스스로 알고 있든 숨기고 있든 무엇보다도 보호받기를 원한다.

그러나 나는 나의 팔과 다리를 보호하지 않는다. 나는 나의 전사들을 보호하지 않는다. 그대들이 어떻게 나의 전쟁에 도움이 되겠는가?

그대들과 함께하다가는 내 승리마저 모조리 망치고 말 것이다. 그리고 그대들 가운데는 내 우렁찬 북소리만 듣고도 나가떨어지는 자들이 적지 않을 것이다.

또한 그대들은 충분히 멋지지도 않고 고귀한 혈통을 타고나지도 않았다. 내게는 나의 가르침을 비추어 줄 맑고 매끄러운 거울이 필요하다. 그대들의 표면에 비치게 되면 나 자신의 형상마저 일그러진다.

많은 짐, 많은 추억이 그대들의 어깨를 짓누르고, 많은 고약한 난쟁이들이 그대들의 구석구석에 웅크리고 있다. 또한 그대들 안에는 천민들도 숨어 있다.

그대들이 설령 높은 인간이고 더 높은 부류에 속한다 할지라도, 그대들의 많은 것은 여전히 구부러지고 뒤틀려 있다. 그대들을 곧고 반듯하게 펴줄 대장장이는 이 세상에 없다.

그대들은 한낱 다리에 불과하다. 더 높은 자들이 그대들을 지나갈 것이다! 그대들은 계단을 뜻한다. 그러니 그대들을 넘어 자신의 높이에 오르는 자들에게 노여워하지 말라!

그대들의 씨앗에서 언젠가는 참된 아들과 완벽한 상속자가 자라날지도 모른다. 그러나 그것은 먼 훗날의 일이다. 나의 유산과 이름을 차지할 자는 그대들이 아니다.

내가 여기 이 산속에서 기다리는 것은 그대들이 아니다. 내가 최후로 함께 이 산을 내려갈 자도 그대들이 아니다. 그대들은 다만 더 높은 자들이 내게 오고 있다는 징표로서 왔을 뿐이다.

그대들은 커다란 동경과 커다란 구역질, 커다란 권태의 인간들이 아니다. 그대들이 신의 잔재라고 부르는 존재가 아니다.

아니다! 아니다! 거듭 말하지만 아니다! 내가 이 산속에서 기다리는 것은 다른 사람들이다. 나는 이곳에서 그들 없이는 단한 발짝도 옮기지 않을 것이다.

나는 더 높고 더 강하고 더 의기양양하고 더 명랑한 자들, 몸과 영혼이 반듯반듯한 자들을 기다리고 있다. 웃는 사자들은 반드시 나타날 것이다!

오, 나의 손님들이여, 그대 기이한 자들이여, 그대들은 내아이들에 대한 이야기를 아직 전혀 듣지 못했는가? 내 아이들이 나를 향해 오고 있다는 이야기를?

나의 정원과 나의 지복의 섬, 나의 새로운 멋진 종족에 대해 내게 말하라. 그대들은 왜 그것들에 대해 내게 아무 말도 하지 않는가?

나는 그대들이 손님으로서 내게 선물을 베풀 것을 그대들의 사랑에 호소한다. 내 아이들에 대해 내게 이야기하는 선물을 베풀라. 나는 그것을 위해 부유하고, 그것을 위해 가난해졌다. 내가 내어 주지 않은 것이 있었던가.

내가 내어 주지 않을 것이 있겠는가. 이 한 가지, 이 아이들, 이 생기 넘치는 농원, 내 의지와 내 최고 희망의 이 생명의 나무들을 가질 수만 있다면!」

차라투스트라는 이렇게 말하고는 갑자기 말을 멈추었다. 순간 그리움에 사무쳤기 때문이다. 그는 마음의 동요를 이기지 못해 눈을 감고 입을 다물었다. 그의 손님들도 모두 당황하여 말없이 서 있었다. 다만 늙은 예언자만이 손짓 몸짓으로 신호를 보냈을 뿐이다.

최후의 만찬

여기에서 예언자가 차라투스트라와 손님들이 나누는 인사말을 가로막았다. 그는 마치 시간에 쫓기는 사람처럼 앞으로 밀고 나와서는 차라투스트라의 손을 붙잡으며 외쳤다. 「하지만 차라투스트라여!

한 가지 일이 다른 일보다 더 절실히 필요하다고 그대 스스로 말하지 않았는가. 좋다! 내게는 지금 한 가지 일이 나머지 모든 일보다 더 절실히 필요하다.

그러니 마침 이 기회를 빌려 한마디 하겠다. 그대는 나를 만찬에 초대하지 않았는가? 그리고 여기에는 먼 길을 온 이들이 많이 있다. 그대는 지금 설마 말만으로 잔치를 때우려는 생각은 아니겠지?

또한 그대들은 모두 얼어 죽는 것, 물에 빠져 죽는 것, 숨막혀 죽는 것, 그리고 그 밖의 신체적 곤경에 대해서는 아주 많은 말을 했다. 그러나 나의 곤경, 즉 굶어 죽는 것에 대해서는 아무도 언급하지 않았다.」

(예언자는 이렇게 말했다. 차라투스트라의 짐승들은 이 말을 들은 즉시 깜짝 놀라 황급히 자리를 떴다. 그들이 낮 동안에 구해 온 것으로는 예언자 한 사람의 배를 채우기에도 충분하지 않다는 것을 깨달았기 때문이다.)

「게다가 갈증도 생각해야 한다.」예언자는 말을 이었다. 「지혜의 말처럼 지칠 줄 모르고 풍성하게 찰랑이는 물소리가 귀에 들려오긴 하지만, 나는 포도주를 마시고 싶다!

모두가 차라투스트라처럼 태어나면서부터 물을 즐겨 마시는 것은 아니다. 물은 지쳐서 기력을 상실한 자에게는 아무 쓸모가 없다. 우리에게는 포도주가 제격이다. 그것이야말로 순식간에 우리를 회복시켜 주고 즉석에서 건강을 되찾아 준다!」

예언자가 포도주를 요구하자, 과묵한 왼쪽 왕이 말문을 열었다. 「포도주라면 우리, 나와 나의 형제 오른쪽 왕이 맡겠다. 우리에겐 포도주가 넉넉히 있다. 나귀에 한 짐 가득 실려 있다. 오로지 빵만 있으면 된다.」

「빵이라고?」차라투스트라는 웃음을 터뜨리며 대답했다. 「은자들에게 무슨 빵이 있겠는가. 하지만 사람은 오로지 빵만으로 사는 것이 아니라 맛 좋은 양고기로도 산다. 내게 마침 양 두 마리가 있다.

서둘러 그것들을 잡아서 샐비어로 맛있게 양념하여 음식을 마련하라. 나는 그 양고기를 아주 좋아한다. 미식가와 식도락가들도 흡족해할 만큼 맛 좋은 뿌리와 열매도 있고, 호두와 풀어야 할 수수께끼도 넉넉하다.

그러니 곧 성대한 만찬을 즐기도록 하자. 하지만 만찬에 참여하려면 비록 왕이라 할지라도 힘을 보태야 한다. 차라투스트라의 동굴에서는 왕도 요리사가 될 수 있기 때문이다.」

모두들 이 제안에 진심으로 찬성했다. 다만 비렁뱅이를 자청한 자만이 고기와 포도주와 양념에 거부감을 표시했을 뿐이다.

「이제 이 미식가 차라투스트라의 말을 들어 보자!」 그는 빈정거리듯 말했다. 「우리가 이런 만찬이나 즐기자고 동굴을 찾아오고 높은 산에 올랐단 말인가?

차라투스트라가 어째서 일찍이 우리에게 〈이 소박한 가난을 찬미하라〉고 가르쳤는지 이제야 알 것 같다. 또 왜 비렁뱅이들을 전부 없애 버리려 하는지도.」

「그대도 나처럼 기분을 내라.」 그러자 차라투스트라는 대답했다. 「그대의 평소 습관대로 하라, 그대 뛰어난 자여. 그대의 곡물을 씹어 먹고 그대의 물을 마시고 그대의 음식을 찬미하라. 그래서 그대가 즐겁기만 하다면 말이다!

나는 나를 좇는 자들을 위한 계율이지 만인을 위한 계율은 아니다. 나를 따르는 자는 골격이 튼튼하고 발이 가벼워야 한다.

전쟁과 축제를 즐길 줄 알아야 하며 음울한 자나 몽상가여서는 안 된다. 극히 힘든 일도 축제를 즐기듯 임해야 하며 건강하고 건전해야 한다.

나와 나를 따르는 자들의 몫은 최상의 것이다. 그것을 우리에게 내놓지 않으면 우리가 나서서 빼앗는다. 최고로 맛좋은 음식, 최고로 깨끗한 하늘, 최고로 강한 사상, 최고로 아름다운 여인들!」

차라투스트라는 이렇게 말했다. 그러자 오른쪽 왕이 대답했다. 「희한하구나! 일찍이 현자의 입에서 이런 영리한 말들을 들은 자가 있었던가?

그리고 진실로, 현자가 그 모든 것에 대해 영리하기까지 하고 나귀가 아니라니, 현자로서 이보다 더 희한한 일이 어디 있겠는가.」

오른쪽 왕은 이렇게 말하며 의아해했다. 그러자 나귀가 심술궂게 〈이-아〉라고 외쳤다. 그것은 여러 역사책에서 〈최후의 만찬〉이라고 불리는 긴 만찬의 시작이었다. 그 만찬에서는 오로지 더 높은 인간에 대한 이야기만이 오갔다.

더 높은 인간에 대하여

1

나는 처음으로 인간들을 찾아갔을 때, 은자들이 범하는 어리석음, 커다란 어리석음을 범했다. 장터를 찾아갔던 것이다.

나는 모든 사람들을 향해 말했지만 사실은 그 누구에게도 말하지 않은 꼴이 되었다. 그날 저녁 줄 타는 광대와 송장만이 내 길동무였고, 나 자신도 거의 송장이나 다름없었다.

그러나 새 날이 밝아 오면서 나는 새로운 진리를 깨달았다. 그때 나는 이렇게 말하는 법을 배웠다. 「시장과 천민과 천민의 소란, 천민의 기다란 귀가 나와 무슨 상관이냐!」

그대 더 높은 인간들이여, 이 말을 명심하라. 장터에서는 아무도 더 높은 인간을 믿지 않는다. 그런데도 그대들은 장터에서 말하려는가. 좋다! 하지만 천민은 눈을 깜박이며 말한다. 「우리는 모두 평등하다.」

천민들은 이렇게 눈을 깜박이며 말한다. 「그대 더 높은 인간들이여, 더 높은 인간은 존재하지 않는다. 우리는 모두 평등하다. 인간은 인간일 뿐이다. 신 앞에서 우리는 모두 평등하다!」

신 앞에서라니! 하지만 그 신은 이제 죽었다. 천민 앞에서 우리는 평등하려 하지 않는다. 그대 더 높은 인간들이여, 시장을 멀리하라!

2

신 앞에서라니! 하지만 그 신은 이제 죽었다! 그대 더 높은 인간들이여, 그 신은 그대들의 가장 큰 위험이었다.

그가 무덤 속에 드러누운 후에야 비로소 그대들은 부활했다. 이제 비로소 위대한 정오가 다가오고, 이제 비로소 더 높은 인간이 주인이 되는 것이다!

오, 나의 형제들이여, 이 말을 알아들었는가? 그대들은 깜짝 놀라는구나. 그대들의 마음에 현기증이 이는가? 심연이 여기에서 그대들에게 입을 벌리는가? 지옥의 개가 여기에서 그대들을 향해 짖는가?

자! 좋다! 그대 더 높은 인간들이여! 이제 비로소 인류의 미래라는 산이 진통을 시작한다. 신은 죽었다. 이제 우리는 초인이 살기를 바란다.

3

오늘날 자나 깨나 걱정 많은 자들은 묻는다. 「인간은 어떻게 살아남을 것인가?」 그러나 차라투스트라는 최초로 유일무이하게 묻는다. 「인간은 어떻게 극복될 것인가?」

나의 큰 관심사는 초인이다. 인간, 가장 가까운 이웃, 가장 가난한 자, 가장 고통받는 자, 가장 훌륭한 자가 아니라, 초인이야말로 나의 으뜸가는 유일무이한 존재다.

오, 나의 형제들이여, 내가 인간을 사랑하는 이유는 인간이 하나의 과정이요 몰락이라는 데 있다. 그대들에게도 내게 사랑과 희망을 일깨우는 많은 것이 있다.

그대 더 높은 인간들이여, 그대들이 경멸했다는 것은 내게 희망을 일깨운다. 크게 경멸하는 자들은 곧 크게 숭배하는 자들이기 때문이다.

그대들이 절망했다는 것에는 존경할 만한 점이 많이 있다. 그대들은 어떻게 순종해야 하는지도 배우지 못했고, 시시하게 술수 부리는 법도 배우지 못했기 때문이다.

오늘날에는 왜소한 인간들이 주인이 되었다. 그들은 순종과 겸손, 영리함, 근면, 배려 같은 수많은 왜소한 덕들을 설교한다.

여자의 속성을 타고난 자, 종의 근성을 물려받은 자, 특히 뒤죽박죽으로 섞인 천민. 그런 자들이 이제 모든 인간 운명의 주인이 되려 한다. 오, 구역질! 구역질! 구역질 난다!

그런 자들은 지치지도 않는지 묻고 또 묻는다. 「인간은 어떻게 가장 훌륭하게, 가장 오래, 가장 편안하게 유지되는가?」 그렇게 하여 그들이 오늘날의 주인이다.

오, 나의 형제들이여, 그 오늘날의 주인을 극복하라, 그 왜소한 인간들을. 그들은 초인에게 가장 큰 위협이다!

그대 더 높은 인간들이여, 왜소한 덕, 왜소한 처세술, 모래알 같은 배려, 개미 떼 같은 조급함, 가련한 안일함, 이 〈대다수의 행복〉을 극복하라!

그리고 순종하기보다는 차라리 절망하라. 진실로 내가 그대들을 사랑하는 이유는, 그대들이 오늘날 어떻게 살아야 할지 모르기 때문이다, 그대 더 높은 인간들이여! 다시 말해, 그대들이야말로 최고의 삶을 살고 있다!

4

오, 나의 형제들이여, 그대들은 용기가 있는가? 그대들은 대담한가? 목격자 앞에서의 용기가 아니라, 어떠한 신도 더 이상 주시하지 않는 은자의 용기, 독수리의 용기가 있는가?

나는 차가운 영혼, 노새, 눈먼 자, 술 취한 자에게는 대담하다고 말하지 않는다. 두려움을 알지만 그 두려움을 제어하는 자, 자부심을 가지고 심연을 바라보는 자가 대담하다.

독수리의 눈으로 심연을 바라보는 자, 독수리의 발톱으로 심연을 움켜쥐는 자, 그런 자가 용기 있다.

5

「인간은 악하다.」더없이 지혜로운 자들이 모두 나를 위로하려고 이렇게 말했다. 아, 이 말이 지금도 사실이라면 좋으련만! 악은 인간에게 주어진 최고의 힘이기 때문이다.

「인간은 더 선해져야 하고 더 악해져야 한다.」나는 이렇게 가르친다. 초인의 최고선을 위해서는 최고의 악이 필요하기 때문이다.

그 왜소한 자들의 설교자에게는 고통에 시달리며 인간의 죄를 짊어지는 것이 훌륭한 일이었을 것이다. 그러나 나는 커다란 죄를 나의 커다란 위안으로 삼아 즐긴다.

이것은 귀가 긴 자들을 위한 말이 아니다. 또한 모든 말이 모든 입에 맞는 것도 아니다. 이것은 미묘하고 머나먼 일들이다. 양의 발톱은 이것들을 붙잡아서는 안 된다!

6

그대 더 높은 인간들이여, 내가 그대들이 잘못한 것을 바로잡으려고 여기에 있다고 생각하는가?

아니면 그대 고뇌하는 자들을 앞으로 좀 더 편히 잠들게 하려 한다고 생각하는가? 아니면 그대 정처 없이 떠도는 자들, 길 잃은 자들, 산을 잘못 올라온 자들에게 좀 더 편한 새 길을 알려 주려 한다고 생각하는가?

아니다! 아니다! 거듭 말하지만 아니다! 그대들 족속 가운데서 더욱더 많은 자들이, 더욱더 뛰어난 자들이 파멸해야 한다. 그대들은 더욱더 힘들고 더욱더 가혹한 일을 겪어야 하기 때문이다. 그래야만,

그래야만 인간은 번개에 맞아 부서질 수 있는 높이로 자라난다. 번개에 맞을 수 있을 만큼 충분히 높이!

나의 마음과 나의 동경은 적은 것, 장구한 것, 머나먼 것을 향한다. 그대들의 짧고 하찮고 흔한 불행이 나와 무슨 상관이겠는가!

그대들은 아직 충분히 고뇌하지 않는다! 그대들은 그대 자신 때문에 고뇌할 뿐, 아직 인간 때문에 고뇌하지는 않기 때문이다. 그렇지 않다고 말한다면 그것은 거짓말이다! 그대들은 모두 내가 고뇌하는 이유로는 고뇌하지 않는다.

7

내게는 번개가 더 이상 해가 되지 않는 것만으로는 충분하지 않다. 나는 번개를 다른 곳으로 돌리려 하지 않는다. 번개는 나를 위해 일하는 법을 배워야 한다.

나의 지혜는 벌써 오래전부터 구름처럼 모여 있다. 그것은

점점 더 고요해지고 어두워지고 있다. 언젠가 번개를 낳게 될 지혜는 모두 그렇다.

나는 이 오늘날의 인간들에게 빛이 되어 주고 싶지 않다. 빛이라고 불리고 싶지 않다. 나는 그들을 눈멀게 하고 싶다. 내 지혜의 번개여! 저들의 눈을 후벼 내라!

8

그대들의 능력을 벗어나는 것을 바라지 말라. 자신의 능력을 벗어나는 것을 바라는 자들에게는 고약한 거짓이 따르기 마련이다.

특히 그들이 위대한 일들을 바랄 때 그렇다! 그들, 그 교묘한 위조자들과 위선자들은 위대한 일들에 대한 불신을 일깨우기 때문이다.

그러다 마침내 그들은 주위를 흘끔거리며 자기 자신마저 속이게 된다. 근사한 말과 현란한 덕과 반짝이는 거짓 작품으로 자신을 은폐하고 미화하는 벌레 먹은 자리가 되는 것이다.

그대 더 높은 인간들이여, 그렇게 되지 않도록 조심하라! 오늘날 정직함보다 더 값지고 귀한 것은 없기 때문이다.

오늘날은 천민의 세상이 아니더냐? 그러나 천민은 무엇이 크고 무엇이 작으며 무엇이 반듯하고 정직한지 모른다. 천민은 천진하게 뒤틀려 있으며 날마다 거짓말한다.

9

그대 더 높은 인간들이여, 그대 용감한 자들이여! 오늘날 건전한 불신감을 잃지 말라! 그대 솔직한 자들이여! 그대들의 근거를 비밀로 하라! 오늘날은 천민의 세상이기 때문이다.

천민이 일찍이 아무런 근거 없이 믿게 된 것을 누가 근거를 대어 뒤집을 수 있겠는가?

그리고 장터에서는 몸짓으로 설득한다. 근거들은 천민들에게 불신만을 일깨울 뿐이다.

그리고 언젠가 진리가 승리한다면, 건전하게 불신하는 마음으로 스스로에게 물어라. 「얼마나 강력한 오류가 이 진리를 위해 싸웠는가?」

또한 학자들도 경계하라! 학자들은 그대들을 증오한다. 그들 스스로는 결실을 맺지 못하기 때문이다! 그들의 눈은 차갑고 냉정해서, 새들은 모조리 그 앞에서 깃털 뽑힌 채 나동그라진다.

그런 자들은 거짓말하지 않는다고 뽐낸다. 그러나 거짓말할 줄 모른다고 해서 결코 진리를 사랑하는 것은 아니다. 그들을 경계하라!

열병에서 벗어났다고 해서 결코 인식에 이르는 것은 아니다! 나는 차갑게 식은 정신을 믿지 않는다. 거짓말할 수 없는 자는 진리가 무엇인지 모른다.

10

그대들이 높이 오를 생각이라면 직접 두 발로 걸어라! 남에게 실려 오르지 말라, 남의 등과 머리에 올라타지 말라!

그대는 말에 올라탔는가? 이제 그대의 목표를 향해 날래게 말을 모는가? 좋다, 나의 벗이여! 그런데 그대의 무능한 발도 함께 말을 타고 있구나!

그대 더 높은 인간이여, 목표에 이르러 말에서 뛰어내릴 때가 되면, 그대는 그 높은 곳에서 비틀거릴 것이다!

11

그대 창조하는 자들이여, 그대 더 높은 인간들이여! 인간은 오로지 자기 자신의 아이만을 잉태할 뿐이다.

그 어느 것도 곧이듣지 말고 설득당하지도 말라! 누가 도대체 그대들의 이웃인가? 〈이웃을 위해서〉 행동하더라도 이웃을 위해서 창조하지는 말라.

그대 창조하는 자들이여, 이 〈위해서〉라는 말을 잊어버려라. 그대들의 덕은 그대들이 무엇인가를 〈위해서〉, 무엇인가를 〈목표로〉, 무엇인가 〈때문에〉 나서는 일이 없기를 바란다. 이런 거짓된 하찮은 말들을 듣지 않도록 귀를 막아라.

〈이웃을 위해서〉라는 말은 오로지 왜소한 자들의 덕이다. 그들은 〈끼리끼리 모인다〉, 〈백지장도 맞들면 낫다〉라고 말한다. 그들에게는 그대들의 이기심을 누릴 권리도 힘도 없다.

그대 창조하는 자들이여, 그대들의 이기심 속에는 임산부의 조심성과 배려심이 깃들어 있다! 그 누구도 아직껏 눈으로 본 적이 없는 것, 그 열매를 그대들의 온전한 사랑이 감싸고 보호하고 기른다.

그대들의 온전한 사랑이 있는 곳, 바로 그대들의 아이들 곁에 그대들의 온전한 덕도 있다! 그대들의 과업, 그대들의 의지가 바로 그대들의 〈이웃〉이다. 그릇된 가치에 설득당하지 말라!

12

그대 창조하는 자들이여, 그대 더 높은 인간들이여! 아이를 낳아야 하는 자는 병들고, 이미 아이를 낳은 자는 순결하지 못하다.

여인들에게 물어보라. 즐거워서 아이를 낳는 것은 아니다. 산통은 암탉과 시인들을 꼬꼬댁거리게 만든다.

그대 창조하는 자들이여, 그대들에게는 순결하지 못한 것이 많이 있다. 그것은 그대들이 어머니가 되어야 했기 때문이다.

새로 태어난 아이. 오, 아이와 더불어 얼마나 많은 새로운 불결함이 세상에 나왔는가! 저리 비켜라! 아이를 낳은 자는 자신의 영혼을 깨끗이 씻어야 한다!

13

자신의 능력을 벗어나는 덕을 베풀려 하지 말라! 그리고 가능성이 없는 것을 자신에게 요구하지도 말라!

그대들의 조상의 덕이 걸은 발자취를 따라가라! 조상들의 의지가 그대들과 함께 오르지 않는데 어떻게 그대들이 높이 오르려 하는가?

첫째가 되려는 자는 꼴찌가 되지 않도록 조심하라! 그리고 조상들의 악덕이 있는 곳에서 성자인 척하지 말라!

조상들이 여자들과 독한 포도주와 멧돼지 고기를 즐겼는데, 그 자손이 자신에게 금욕적인 삶을 요구한다면 어떻게 되겠는가?

그것은 바보짓일 것이다! 그런 자는 한두 여인이나 세 여인을 거느리는 것만으로도 진실로 많은 일을 한 것이다.

그런 자가 수도원을 세우고 〈성자에 이르는 길〉이라고 문 위에 써 붙인다면, 나는 〈무엇 때문에 그런 짓을 하느냐, 그것은 새로운 바보짓이다!〉라고 말할 것이다.

그는 자신을 위해 감옥과 피난처를 세운 것이다. 부디 뜻대로 되기를! 하지만 나는 잘되리라고 믿지 않는다.

고독 속에서는 사람이 고독 속으로 데려온 것이 크게 자라며, 마음속의 짐승도 크게 자란다. 그런 식으로 고독은 많은 이들로 하여금 자신에게 등을 돌리게 만든다.

지금까지 광야의 성자들보다 더 불결한 것이 지상에 있었던가? 그들 주변에서 악마만이 아니라 돼지도 어슬렁거렸다.

14

그대 더 높은 인간들이여, 나는 그대들이 도약에 실패한 호랑이처럼 기죽고 부끄러워하며 어설프게 은근슬쩍 옆길로 달아나는 것을 자주 보았다. 그대들은 주사위를 잘못 던진 것이다.

그러나 그대 주사위 놀이 하는 자들이여, 그게 무슨 대수냐! 그대들은 어떻게 놀고 어떻게 조롱하는지를 배우지 못했을 뿐이다! 우리는 주사위 놀이와 조롱을 위한 커다란 탁자에 항상 앉아 있지 않는가?

큰일을 그르쳤다고 해서 그대들 자신을 그르친 것이냐? 그리고 그대들 자신을 그르쳤다고 해서 인류를 그르친 것이냐? 하지만 인류를 그르쳤다 하더라도, 자 어서 기운을 내라!

15

고귀한 품종일수록 성공을 거두기가 더 어려운 법이다. 여기 그대 더 높은 인간들이여, 그대들이 모두 그르친 것은 아니지 않은가?

기운을 내라, 그게 무슨 대수냐! 아직도 얼마나 많은 것이 가능한가! 그대들 자신을 어떻게 비웃어야 하는지 배워라!

그대 반쯤 부서진 자들이여! 그대들이 그르쳐서 절반밖에 성공하지 못한 것이 뭐가 놀랄 일인가? 인류의 미래가 그대들 안에서 밀고 밀치지 않는가?

인간의 더없이 머나먼 것, 더없이 깊은 것, 별처럼 더없이 높은 것, 어마어마한 힘. 이 모든 것이 그대들의 단지 안에서 서로를 향해 부글부글 끓어오르지 않는가?

때로는 단지가 깨지는 것이 뭐가 놀랄 일인가! 그대들 자신을 어떻게 비웃어야 하는지 배워라! 그대 더 높은 인간들이여, 오, 아직도 얼마나 많은 것이 가능한가!

진실로, 얼마나 많은 것이 벌써 성공했는가? 이 지구는 작고 훌륭하고 완전한 것들, 제대로 성공한 것들로 얼마나 풍요로운가!

그대 더 높은 인간들이여, 작고 훌륭하고 완전한 것들로 그대들 주변을 에워싸라! 그 황금빛 성숙함이 마음을 치유한다. 완전한 것은 희망을 품도록 가르친다.

16

여기 지상에서 지금까지 가장 큰 죄악은 무엇이었는가? 〈여기에서 웃는 자들에게 화가 있으리라!〉라고 이야기한 자의 말이 아니었는가?

그자는 지상에서 웃어야 할 이유를 전혀 찾아내지 못했단 말인가? 그렇다면 잘못 찾은 것이다. 여기에서는 어린아이들도 웃어야 할 이유를 찾아낸다.

그자는 충분히 사랑하지 않은 것이다. 그러지 않았더라면 그는 또한 웃고 있는 우리들도 사랑했을 것이다! 하지만 그는 우리를 증오하고 조롱했으며, 우리가 울부짖으며 이를 덜덜 떨 것이라고 예언했다.

사랑하지 않는다고 해서 금방 저주해야 하는가? 그것은 저급한 취향으로 생각된다. 그런데도 그 막무가내인 자는 그렇게 했다. 그는 천민 출신이었다.

오로지 그 자신이 충분히 사랑하지 않은 것이다. 그러지 않았더라면 사람들이 자신을 사랑하지 않는다고 해서 그토록 노여워하지 않았을 것이다. 모든 위대한 사랑은 사랑을 원하지 않는다. 그 이상의 것을 원한다.

그런 막무가내인 자들을 모두 피하라! 그것은 가난하고 병든 족속, 천민의 족속이다. 그들은 심술궂게 이 삶을 지켜보고 악의적인 눈길로 이 지상을 바라본다.

그런 막무가내인 자들을 모두 피하라! 그들의 발걸음은 무겁고 그들의 마음은 숨 막힌다. 그들은 춤출 줄 모른다. 그런 자들에게 어떻게 이 지상이 가볍겠는가!

17

모든 좋은 것들은 등을 구부리고 목표에 가까이 다가간다. 그것들은 고양이처럼 등을 불룩하게 하고, 가까이 오는 행복에 신이 나서 속으로 그르렁거린다. 모든 좋은 것들은 웃는다.

누군가가 이미 자신의 길을 걷고 있는지 아닌지 걸음걸이만 보아도 알 수 있다. 그러니 내가 걷는 모습을 보라! 자신의 목표에 가까이 다가가는 자는 춤을 춘다.

그리고 진실로, 나는 입상이 되지 않았다. 지금도 나는 돌기둥처럼 뻣뻣하고 무감각하고 냉담하게 여기 서 있지 않다. 나는 날래게 달리는 것을 좋아한다.

대지에 늪과 깊은 슬픔이 있을지라도, 발걸음 가벼운 자는 수렁을 넘어 달리고 반들반들한 얼음 위에서처럼 춤을 춘다.

가슴을 드높여라, 나의 형제들이여, 높이! 더 높이! 그리고 다리도 잊지 말라! 그대들의 다리도 들어 올려라, 그대 멋진 춤꾼들이여, 물구나무도 서면 더욱 좋으리라!

웃는 자의 이 왕관, 이 장미 화환 왕관. 나 자신이 직접 이 왕관을 머리에 썼으며, 나 자신이 직접 나의 웃음소리를 신성한 것으로 선포했다. 오늘날 이렇게 할 수 있을 만큼 강한 자는 나 말고 또 보지 못했다.

차라투스트라 춤을 추는 자, 차라투스트라 날갯짓을 하는 가벼운 자, 날아갈 만반의 준비를 갖추고 온갖 새들에게 신호를 보내는 자, 행복에 들뜬 자.

차라투스트라 예언자, 차라투스트라 참되게 웃는 자, 조급해하지 않는 자, 막무가내가 아닌 자, 위로 뛰고 옆으로 뛰는 것을 사랑하는 자. 나 자신이 직접 이 왕관을 머리에 썼다!

19

가슴을 드높여라, 나의 형제들이여, 높이! 더 높이! 그리고 다리도 잊지 말라! 그대들의 다리도 들어 올려라, 그대 멋진 춤꾼들이여. 물구나무도 서면 더욱 좋으리라!

행복에 빠져서도 몸이 무거운 짐승들이 있고, 애초부터 발이 굼뜬 자들도 있다. 그들은 물구나무서려고 애쓰는 코끼리처럼 기이하게도 안간힘을 쓴다.

그러나 불행 탓에 멍청해지는 것보다는 행복 탓에 멍청해지는 것이 더 낫고, 절름거리며 걷는 것보다는 굼뜨게라도 춤을 추는 것이 더 낫다. 그러니 나의 지혜를 보고 배워라. 아무리 나쁜 일이라 해도 두 개의 좋은 이면이 있다.

아무리 나쁜 일이라 해도 춤추기에 좋은 다리가 있다. 그러니 그대 더 높은 인간들이여, 반듯한 다리로 서는 법을 그대들 스스로 배워라.

그러니 비탄의 한숨과 온갖 천민의 슬픔을 잊어라! 오, 오늘날에는 천민의 익살꾼들조차 얼마나 슬퍼 보이는가! 그러나 오늘날은 천민의 세상이다.

20

산중의 동굴에서 불어닥치는 바람처럼 행동하라. 바람은 자신의 휘파람 소리에 맞추어 춤추려 하고, 바다는 바람의 발자취 아래서 부르르 떨며 폴짝폴짝 뛴다.

나귀에게 날개를 달아 주고 암사자의 젖을 짜는 정신, 모든 오늘날과 모든 천민들에게 폭풍처럼 다가오는 이 뛰어나고 자유분방한 정신을 찬미하라.

엉겅퀴 같은 머리와 사소한 것에 매달리는 머리, 온갖 시든 잎과 잡초들에게 적대적인 정신, 초원에서 춤추듯이 늪과 비탄 위에서 춤추는 저 사납고 자유롭고 뛰어난 폭풍의 정신을 찬미하라!

천민이라는 초췌한 개와 모든 실패한 음울한 족속들을 증오하는 정신, 모든 자유로운 정신 중의 정신을 찬미하라! 모든 것을 비관적으로 보는 자들과 불화를 쫓아다니는 자들의 눈 속에 먼지를 날리며 웃는 폭풍을 찬미하라!

그대 더 높은 인간들이여, 그대들의 가장 나쁜 점은, 그대들 모두 어떻게 춤추어야 하는지 춤추는 법을, 즉 그대들을 넘어 춤추는 법을 배우지 못했다는 것이다! 그대들이 실패한 것이 무슨 대수냐!

아직도 얼마나 많은 것이 가능한가! 그러니 그대들을 뛰어넘어 웃는 법을 배워라! 가슴을 드높여라, 그대 멋진 춤꾼들이여, 높이! 더 높이! 그리고 멋진 웃음도 잊지 말라!

웃는 자의 이 왕관, 이 장미 화환 왕관. 나의 형제들이여, 나는 이 왕관을 그대들에게 던진다! 나는 웃음을 신성한 것으로 선포했다. 그대 더 높은 인간들이여, 내게 배워라, 웃는 법을!

우울의 노래

1

이 말을 했을 때, 차라투스트라는 동굴 입구 가까이에 서 있었다. 그는 말을 마친 즉시 손님들 곁을 슬그머니 빠져나와 잠시 동굴 밖으로 몸을 피했다.

「오, 나를 감싼 이 순수한 향기여!」 그는 외쳤다. 「오, 나를 감싼 이 복된 정적이여! 그런데 나의 짐승들은 어디에 있는가? 이리 오라, 이리 오라, 나의 독수리와 뱀이여!

나의 짐승들아, 말하라. 이 더 높은 인간들에게서 혹시 좋지 않은 냄새가 나지 않는가? 오, 나를 감싼 이 순수한 향기여! 나의 짐승들이여, 내가 그대들을 얼마나 사랑하는지 이제야 비로소 깊이 알고 느낀다.」

차라투스트라는 한 번 더 말했다. 「나의 짐승들아, 나는 그대들을 사랑한다!」 이 말을 들은 독수리와 뱀이 차라투스트라 가까이 달려와 그를 올려다보았다. 그들 셋은 그렇게 말없이 한데 모여서 코를 킁킁거리며 맑은 공기를 들이마셨다. 더 높은 인간들 옆보다 거기 바깥 공기가 더 상쾌했기 때문이다.

2

차라투스트라가 동굴을 빠져나가자마자, 늙은 마술사가 자리에서 일어나 교활하게 주위를 둘러보며 말했다. 「그는 밖으로 나갔다!

그대 더 높은 인간들이여, 내가 차라투스트라처럼 이 칭송과 아부의 말로 그대들을 간질이려 하니 어느새 내 고약한 속임수와 마술의 정령, 내 우울한 악마가 덮치는구나.

이 악마는 근본적으로 차라투스트라의 적수이다. 이 악마를 용서하라! 이제 이 악마가 그대들 앞에서 마술을 부리려 한다. 마침 제때를 만난 것이다. 내가 이 사악한 정령에 맞서 싸워 보았자 모두 부질없는 짓이다.

그대들이 스스로를 어떤 말로 영예롭게 하든, 또 그대들이 아무리 〈자유로운 정신〉이나 〈진실한 자〉, 〈정신의 참회자〉, 〈속박에서 벗어난 자〉, 〈위대한 동경을 품은 자〉라고 자처하든,

나의 사악한 정령, 마술의 악마는 그대들 모두를 좋아한다. 나처럼 커다란 구역질에 시달리며, 늙은 신은 죽었지만 새로운 신은 아직 요람에 누워 있지 않다고 여기는 그대들 모두를.

그대 더 높은 인간들이여, 나는 그대들을 잘 알고 있고, 그를 잘 알고 있다. 또한 내가 마지못해 사랑하는 이 괴물, 이 차라투스트라도 잘 알고 있다. 그는 종종 멋진 성자의 가면처럼,

나의 사악한 정령, 우울한 악마가 과시하는 새롭고 기이한 가면무도회처럼 보인다. 내가 나의 사악한 정령을 위해 차라투스트라를 사랑하는 게 아닌가 싶은 생각이 종종 든다.

이 우울의 정령, 이 황혼의 악마, 그가 벌써 나를 덮치며 다그친다. 그대 더 높은 인간들이여, 진실로, 그가 못내 열망하

고 있다.

　어서 눈을 뜨고 보라! 그가 벌거벗은 몸으로 이곳에 오기를 못내 열망하고 있다. 그가 사내인지 계집인지는 아직 모른다. 하지만 그는 오고 있다. 그는 나를 다그친다, 괴롭구나! 그대들의 감각을 열라!

　날이 저물고 있다. 이제 저녁이 만물을 향해, 더없이 뛰어난 사물들을 향해서도 온다. 그대 더 높은 인간들이여, 저녁의 우울의 정령이 어떤 악마인지, 계집인지 사내인지 귀담아듣고 눈여겨보라!」

　늙은 마술사는 이렇게 말하고는 교활하게 주위를 둘러보며 하프를 집어 들었다.

3

맑게 갠 날,
어느새 이슬의 위로가
대지에 내려앉으면,
눈에 보이지 않고 귀에 들리지도 않게 ─
위로의 이슬은 모든 다정한 위로처럼
부드러운 신을 신고 있기에 ─
그대는 기억하는가, 기억하는가, 뜨거운 심장이여,
그대가 일찍이 얼마나 목말라했는지,
햇볕에 그을리고 지쳐
천상의 눈물과 이슬방울에 얼마나 목말라했는지.
노란 풀밭의 오솔길에서
심술궂은 저녁 태양의 시선들이
눈부시게 이글거리는 태양의 시선들이 고소해하며,

그대 주변의 검은 나무들 사이로 달리는 동안.

「진리의 구혼자라고? 그대가?」 ── 그들은 이렇게 조롱했
다 ──
「아니다! 시인일 뿐이다!
슬그머니 다가와 약탈하는 교활한 짐승,
속일 수밖에 없는,
알면서도 고의로 속일 수밖에 없는 짐승.
먹이를 탐하고,
화려한 가면을 쓰고,
스스로 가면이 되고,
스스로 먹이가 되는 ──
그런 자가 ── 진리의 구혼자라고?
아니다! 어릿광대일 뿐이다! 시인일 뿐이다!
오로지 화려한 것을 말하고,
어릿광대의 가면 뒤에서 화려한 것을 외쳐 대고,
거짓말의 다리 위에서 어슬렁거리고,
화려한 무지개 위에서,
거짓 하늘과
거짓 땅 사이에서
이리저리 배회하고 이리저리 떠도는 ──
어릿광대일 뿐이다! 시인일 뿐이다!

그런 자가 ── 진리의 구혼자라고?
말이 없고 움직이지 않고 매끄럽고 차가운
형상이 되지도 않았으며,
신의 주상(柱像)이 되지도 않았고,
신전 앞의

신의 문지기가 되지도 않았다.
아니다! 그런 진리의 입상들에게 적대적이고
신전 앞보다 황야에서 더 편안히 느끼고,
고양이처럼 제멋대로
온갖 창문에서
휙! 온갖 우연 속으로 뛰어들고,
온갖 원시림의 냄새를 킁킁거리며 맡고,
애타게 그리움에 사무쳐 킁킁거리며 냄새를 맡으며,
그대는 원시림 속에서
얼룩덜룩한 맹수들 틈바구니에서
죄 많게 건강하고 화려하고 멋지게 뛰놀고 싶어 했다.
탐욕스러운 입술로
복되게 조롱하고, 복되게 끔찍하고, 복되게 피에 굶주려,
약탈하고 슬그머니 접근하고 눈을 속이며 뛰놀고 싶어 했
다 ─

아니면 오래오래 뚫어져라 심연을,
자신의 심연을
응시하는 독수리처럼 ─
오, 어떻게 심연이 저 아래로,
저 밑으로, 저 속으로,
점점 더 깊은 곳을 향해 소용돌이치는가! ─
그러다
돌연히 수직으로 몸을 날려
번개처럼 날아
어린양들을 덮친다.
쏜살같이 아래를 향해, 굶주림에 휩싸여
어린양들을 탐하여,

모든 어린양의 영혼에 화를 내며,
양처럼 어리석고 어린양 같은 눈을 하고 털이 곱슬곱슬하고
잿빛이며 어린양과 양의 온정을 지닌
모든 것에게 격렬히 화를 내며!

이렇듯
독수리 같고 표범 같다,
시인의 동경은,
천 개의 가면 뒤에 숨은 그대의 동경은,
그대 어릿광대여! 그대 시인이여!

그대는 인간을 신으로도
양으로도 보았다 —
인간 안의 양처럼
인간 안의 신을 갈기갈기 찢고
갈기갈기 찢으며 웃는 것 —

그것, 그것이 그대의 더없는 행복이다!
표범과 독수리의 더없는 행복이다!
시인과 어릿광대의 더없는 행복이다! —」

맑게 갠 날,
어느새 초록빛
조각달이 자줏빛 사이로
시샘하듯 살그머니 지나면.
— 낮에 적의를 품고,
한 걸음 한 걸음 은밀히
장미꽃 해먹을

낮으로 베며. 해먹들이 가라앉을 때까지,
밤을 향해 아래로 창백하게 가라앉을 때까지 —

그렇게 나 자신도 예전에 가라앉았다,
진리를 향한 나의 망상에서 벗어나
낮을 향한 나의 동경에서 벗어나,
낮에 지치고 빛에 병들어,
— 아래를 향해, 저녁을 향해, 그림자를 향해 가라앉았다.
하나의 진리에
불타고 목말라하며.
— 그대는 아직 기억하는가, 기억하는가, 뜨거운 심장이여,
그때 그대가 얼마나 목말라했는지? —
나는 모든 진리로부터
추방당했으며
어릿광대일 뿐이다!
시인일 뿐이다!

학문에 대하여

마술사는 이렇게 노래했다. 함께 그 자리에 있었던 모든 이
들은 그의 교활하고 우울한 쾌락의 그물에 자신도 모르게 새
처럼 걸려들었다. 그러나 정신의 양심을 지닌 자만은 거기에
걸려들지 않았다. 그는 재빨리 마술사의 하프를 낚아채며 소
리쳤다. 「공기를! 신선한 공기를 들여보내라! 차라투스트라
를 부르라! 그대 고약한 늙은 마술사여, 그대는 이 동굴을 숨

막히게 만들고 독기로 채운다!

그대 사기꾼이여, 교활한 자여, 그대는 우리를 미지의 욕망과 혼돈으로 유혹하고 있다. 슬프다, 그대와 같은 자들이 진리를 입에 올리며 법석을 피다니!

저런 마술사들을 경계하지 않는 자유로운 정신들은 모두 화를 입으리라! 그렇게 되면 그들의 자유는 끝장이다. 그대는 감옥으로 돌아가라고 가르치며 유혹한다.

그대 늙고 우울한 악마여, 그대의 비탄하는 말에서 유혹의 피리 소리가 들린다. 그대는 순결을 찬미하면서 은밀히 쾌락으로 초대하는 자들과 같다!」

양심을 지닌 자는 이렇게 말했다. 그러나 늙은 마술사는 주위를 둘러보며 자신의 승리에 도취해, 양심을 지닌 자가 일깨운 불쾌감을 꿀꺽 삼켰다. 「조용하라!」 그는 겸손한 목소리로 말했다. 「훌륭한 노래는 훌륭하게 메아리치기를 원한다. 훌륭한 노래를 듣고 난 후에는 오랫동안 침묵을 지켜야 한다.

그래서 여기 더 높은 인간들 모두 그렇게 하고 있지 않은가. 그런데 그대만은 내 노래를 제대로 이해하지 못했단 말인가? 그대 안에는 마술의 정령이 별로 깃들어 있지 않다.」

「그대는 나를 따돌리면서 사실은 나를 칭찬하고 있다. 좋다!」 양심을 지닌 자는 대답했다. 「하지만 그대 나머지 사람들이여, 이게 무슨 꼴인가? 모두들 탐욕스러운 눈빛으로 앉아 있지 않은가.

그대 자유로운 영혼들이여, 그대들의 자유는 어디로 사라졌는가! 그대들은 마치 알몸으로 춤추는 방탕한 소녀들에게서 눈을 떼지 못하는 사람들처럼 보인다. 그대들의 영혼이 춤을 추고 있다!

그대 더 높은 인간들이여, 마술사가 사악한 마술의 정령, 속임수의 정령이라 부르는 것이 그대들 안에는 더 많이 들어

403

있는 게 분명하다. 우리가 이토록 다르단 말인가.

그리고 진실로, 차라투스트라가 동굴로 돌아오기 전에 우리는 함께 충분히 이야기를 나누고 생각했다. 그때 나는 우리가 서로 다르다는 것을 알게 되었다.

그대들과 나, 우리는 이 산 위에서도 서로 다른 것을 추구한다. 나는 더 많은 안정을 추구하고, 그래서 차라투스트라를 찾아왔다. 차라투스트라야말로 여전히 더없이 공고한 탑이고 의지이기 때문이다.

모든 것이 동요하고 온 대지가 진동하는 오늘날에는 더욱 그렇다. 그러나 그대들의 눈빛을 보니, 그대들은 더 많은 불안정을 추구하는 듯하다.

더 많은 전율, 더 많은 위험, 더 많은 지진을. 그대들은 거의 욕망에 굶주린 듯 보인다. 부디 나의 억측을 용서하라, 그대 더 높은 인간들이여.

그대들은 더없이 고약하고 위험한 삶, 나를 가장 두려움에 떨게 하는 삶을 갈망한다. 야수의 삶, 숲과 동굴, 험준한 산과 미로 같은 골짜기를 갈망한다.

그리고 그대들은 위험에서 벗어나도록 인도해 주는 자가 아니라 모든 길에서 벗어나도록 유혹하는 자를 가장 좋아한다. 그러나 그런 욕망이 그대들에게는 현실일지라도, 내게는 불가능한 것으로 생각된다.

말하자면 두려움, 그것은 인간이 물려받은 근본적인 감정이다. 모든 것, 타고난 죄와 타고난 덕이 두려움으로 설명된다. 학문이라고 불리는 나의 덕도 두려움에서 자라났다.

말하자면, 맹수에 대한 두려움, 그것은 인간에게 가장 오랫동안 길러진 것이다. 인간이 마음속에 숨겨 두고 두려워하는 짐승도 거기에 포함된다. 차라투스트라는 그것을 〈마음속의 짐승〉이라고 부른다.

이처럼 예로부터 내려온 두려움이 마침내 정교해지고 이지적이고 정신적이 되어서 오늘날 학문이라는 이름으로 불린다고 생각된다.」

양심을 지닌 자는 이렇게 말했다. 그러나 그때 마침 동굴로 돌아와서 이 이야기의 끝부분을 듣고 전모를 짐작한 차라투스트라는 양심을 지닌 자에게 장미꽃 한 다발을 던져 주며 그의 〈진리〉를 비웃었다. 「뭐라고! 이게 무슨 말인가?」 그는 소리쳤다. 「진실로, 그대가 바보이든지 아니면 내가 바보라는 생각이 든다. 내가 그대의 〈진리〉를 단숨에 뒤집어 보이겠다.

말하자면 두려움은 우리에게 예외적인 것이다. 그러나 불확실한 것, 그 누구도 시도하지 않은 것을 향한 용기와 모험과 기쁨. 나는 용기야말로 인류의 지난 모든 역사였다고 생각한다.

인간은 더없이 사납고 용맹한 짐승들의 모든 덕을 시샘하여 빼앗았다. 그렇게 비로소 인간이 된 것이다.

이러한 용기는 마침내 정교해지고 이지적이고 정신적이 되었다. 독수리의 날개와 뱀의 영리함을 갖춘 이러한 인간의 용기, 그것의 이름은 오늘날 —」

「차라투스트라!」 그 자리에 앉아 있던 자들이 모두 이구동성으로 외치며 크게 웃음을 터뜨렸다. 그들의 웃음소리는 무거운 구름처럼 피어올랐다. 마술사도 웃으며 영리하게 말했다. 「좋다! 나의 사악한 정령이 떠났다!

내가 그를 사기꾼, 거짓과 속임수의 정령이라고 부르면서 그대들에게 조심하라고 경고하지 않았던가?

특히 그가 알몸으로 나타날 때 조심해야 한다. 하지만 난들 그의 간계에 어쩌겠는가! 내가 그를 만들고 세상을 창조하기라도 했는가?

좋다! 우리 다시 기분을 풀고 유쾌하게 지내자! 비록 차라투스트라는 화난 표정이지만 말이다. 그를 한번 보라! 그는 내게 노여워하고 있다.

밤이 오기 전에, 그는 나를 사랑하고 칭찬하는 데 다시 익숙해질 것이다. 그가 그런 어리석은 짓을 하지 않고서는 오래 살 수 없다.

그는 자신의 적을 사랑한다. 내가 본 사람들 중에서 그는 누구보다도 이 기술을 잘 터득하고 있다. 하지만 그 대가로 그는 자신의 벗들에게 복수한다!」

늙은 마술사는 이렇게 말했고, 더 높은 인간들은 그에게 박수갈채를 보냈다. 그래서 차라투스트라는 좌중을 한 바퀴 돌며, 악의와 사랑으로 친구들과 일일이 악수를 나누었다. 마치 모두에게 뭔가를 보상하고 용서를 청하는 사람 같았다. 그러다 동굴 입구에 이르렀을 때, 보라, 다시 바깥의 신선한 공기와 그의 짐승들을 향한 그리움이 치밀었다. 그래서 슬며시 동굴을 빠져나가려 했다.

사막의 딸들 사이에서

1

「이곳을 나가지 말라!」 차라투스트라의 그림자를 자처하는 방랑자가 말했다. 「우리 곁에 머물라! 그러지 않으면 지난 날의 숨 막히는 비탄이 또다시 우리를 덮칠지도 모른다.

저 늙은 마술사가 이미 자신의 더없이 고약한 것으로 우리를 대접했다. 그리고 보라, 저 선량하고 경건한 교황이 눈물을 글썽이며 다시 우울의 바다에 배를 띄웠다.

우리 앞에 있는 이 왕들은 아직까지 의연한 표정을 짓고 있는 듯 보인다. 오늘날 우리들 중에서 저들이 의연한 표정을 짓는 법을 가장 잘 배웠기 때문이다! 하지만 나는 장담한다, 지켜보는 이들만 없으면 저들에게도 다시 짓궂은 장난이 시작될 것이다.

떠도는 구름과 눈물 젖은 우울, 구름 덮인 하늘, 도둑맞은 태양, 울부짖는 가을바람의 짓궂은 장난이.

우리의 울부짖음과 도움을 구하는 외침의 짓궂은 장난이. 오, 차라투스트라여, 우리 곁에 머물라! 여기에는 말하고 싶어 하는 많은 숨겨진 불행이 있다. 많은 저녁, 많은 구름, 많은 숨 막히는 대기가!

그대는 강력한 남성적인 음식과 힘찬 잠언으로 우리를 대접했다. 이제 유약하고 여성적인 정령들이 후식으로 다시 우리를 덮치지 않도록 막아 달라!

오로지 그대만이 그대 주변의 대기를 힘차고 맑게 한다! 내 일찍이 이 지상에서 여기 그대의 동굴 안에서처럼 신선한 대기를 마신 적이 있었던가?

나는 많은 나라들을 보았으며, 나의 코는 갖가지 대기를 맛보고 평가하는 법을 익혔다. 그러나 나의 콧구멍은 여기 그대 곁에서 가장 커다란 기쁨을 맛보고 있다!

다만, 다만, 오, 옛 추억을 용서하라! 내가 일찍이 사막의 딸들 사이에서 지었던, 후식을 위한 옛 노래를 부르는 것을 용서하라.

사막의 딸들 곁에서도 여기처럼 맑고 상쾌한 동방의 대기가 감돌았기 때문이다. 거기에서 나는 구름 끼고 눅눅하고 우울하고 늙은 유럽으로부터 가장 멀리 떨어져 있었다!

그 당시에 나는 그런 동방의 소녀들과 구름 한 점 사상 한

점 떠 있지 않은 또 다른 푸른 하늘나라를 사랑했다.

그들이 춤추지 않을 때 얼마나 얌전히 앉아 있었는지 그대들은 믿지 못할 것이다. 심오하면서도 아무런 상념 없이, 작은 비밀처럼, 리본으로 장식된 수수께끼처럼, 후식용 호두처럼.

참으로 화려하고 낯설었다! 하지만 구름 한 점 없이. 풀어야 하는 수수께끼처럼. 그때 나는 그 소녀들을 기려 후식을 위한 시를 한 수 지었다.」

그 방랑자이고 그림자인 자는 이렇게 말했다. 그러고는 누가 대답하기도 전에, 늙은 마술사의 하프를 집어 들고서 다리를 꼰 채 침착하고 지혜롭게 주위를 둘러보았다. 그는 묻는 듯한 표정으로 공기를 천천히 콧구멍으로 들이마셨다. 그 모습이 마치 새로운 나라에서 새롭고 낯선 공기를 음미하는 사람 같았다. 그러더니 그는 포효하듯 노래하기 시작했다.

2

사막은 자란다. 사막을 품고 있는 자에게는 화가 있으리라!

— 아! 장엄하도다!
참으로 장엄하도다!
위엄에 넘치는 시작이로다!
아프리카처럼 장엄하도다!
사자나
아니면 도덕을 부르짖는 원숭이에게나 걸맞을 뿐 —
— 그대들하고는 아무 상관없는 것을.
그대 더없이 사랑스러운 나의 벗 소녀들이여,
나는 그대들 발치에,
유럽인으로서는 최초로

야자나무 아래
앉도록 허락받았다. 셀라.

참으로 놀랍도다!
나는 여기
사막 가까이에 앉아 있으면서, 어느새
다시 사막으로부터 멀리 떨어져 있다,
아직 조금도 황폐해지지 않은 채.
이 더없이 작은 오아시스가
나를 삼켜 버린 탓에 ——
—— 그것은 마침 하품을 하며
사랑스러운 입을 벌렸다.
모든 입들 가운데서 가장 향기로운 입을.
그때 나는 떨어졌다, 안으로
아래로, 가로질러 —— 그대들 사이로,
더없이 사랑스러운 나의 벗 소녀들이여! 셀라.

저 고래 만세, 만세,
손님을 이토록
편안히 해주다니! —— 그대들은 이해하는가,
나의 박식한 암시를?
고래의 배 만세,
그것이 이토록
사랑스러운
오아시스의 배였다니, 그러나 나는 의심하노라,
—— 모든 늙수그레한 아낙네들보다
더 의심 많은
유럽에서 온 탓에.

신이여, 바로잡아 주소서!
아멘!

나는 이제 여기 앉아 있노라,
이 더없이 작은 오아시스에,
대추야자 열매처럼,
갈색으로 아주 달콤하고 탐스럽게 무르익어,
소녀의 동그란 입술을 갈망하며,
그러나 소녀처럼 수줍고
얼음처럼 차고 눈처럼 희고 예리한
앞니를 더욱더 갈망하며. 이러한 앞니를
모든 뜨거운 대추야자 열매의 심장이 갈망하는 탓에. 셀라.

방금 말한 남방의 열매들과
닮은 꼴이 되어, 꼭 닮은 꼴이 되어
나는 여기 누워 있노라, 춤을 추며
희롱하는 작은
날벌레들에 에워싸여.
또한 더욱더 작고
더 어리석고 더 심술궂은
소망과 착상들에 에워싸여 ─
그대들에 둘러싸여,
그대 말없이 예감에 사로잡힌
소녀 고양이들이여,
두두와 줄라이카여,
─ 한마디에 많은 감정들을 담아 표현하면,
스핑크스에 둘러싸여
(신이여, 용서하소서,

이렇게 말로 죄짓는 것을!)
── 나는 여기 앉아 있노라, 더없이 신선한 대기를 들이마
시며,
진실로 낙원의 대기를,
밝고 경쾌한 대기를, 황금빛 줄무늬 대기를,
이토록 신선한 대기는 언젠가
달에서 내려왔을 것이다 ──
이것은 우연인가
아니면 자유분방함의 산물인가?
옛 시인들이 이야기하듯.
그러나 나 의심 많은 자는 그것을
의심하노라, 모든 늙수그레한 아낙네들보다
더 의심 많은
유럽에서
온 탓에
신이여, 바로잡아 주소서!
아멘!

이 더없이 상큼한 대기를 들이마시며,
술잔처럼 부푼 콧구멍으로,
미래도 추억도 없이
나 여기 앉아 있노라, 그대
더없이 사랑스러운 나의 벗 소녀들이여,
그리고 야자나무를 바라보노라,
무희처럼
몸을 굽히고 비틀고 엉덩이를 흔들어 대는 모습을.
── 오래 바라보고 있노라면 저절로 따라 하게 되는 법!
이미 너무 오래오래, 위태로울 정도로 오래오래

언제나, 언제나 한쪽 다리로만
서 있었던 듯 보이는 무희 같지 않은가?
—— 그래서 나머지 한쪽 다리는
잊은 듯 보이지 않는가?
헛일이었지만 적어도
나는 잃어버린
쌍둥이 보석 하나를 찾아 헤맸다.
—— 그러니까 나머지 다리 한쪽을 ——
그 더없이 사랑스럽고 더없이 우아하게
반짝이며 펄럭이는 플레어스커트의
신성한 주변에서.
그렇다, 그대 아리따운 소녀들이여,
그대들이 내 말을 곧이듣는다면,
야자나무는 다리 한쪽을 잃어버렸다!
그것은 사라졌다!
영원히 사라졌다!
나머지 다리 한쪽은!
오, 애석하도다, 사랑스러운 나머지 다리 한쪽이여!
어디에 —— 그것은 있을까, 어디에서 버림받은 것을 슬퍼하
고 있을까?
그 외로운 다리는?
혹시 금발의 갈기가 노랗게 곱슬거리는
으르렁거리는 괴물 같은 사자 앞에서
두려움에 떨고 있을까? 아니면 이미
갉아 먹히고 뜯어 먹혔을까 ——
불쌍하구나, 슬프도다! 슬프도다! 뜯어 먹히다니! 셀라.

오, 울지 마라,

연약한 마음이여!
울지 마라, 그대
대추야자 열매의 마음이여! 젖가슴이여!
그대 감초 같은 마음의
작은 주머니여!
울음을 그쳐라,
창백한 두두여!
사나이처럼 굳세어져라, 줄라이카여! 용기를 내라! 용기를!
── 아니면 강하게 하는 것, 마음을 강하게 하는 것이
여기 이 자리에
있어야 하지 않을까?
엄숙한 잠언이?
장엄한 격려의 말이? ──

아하! 올라오라, 위엄이여!
덕의 위엄이여! 유럽인의 위엄이여!
바람을 일으켜라, 다시 바람을 일으켜라.
덕의 풀무여!
아하!
또 한 번 울부짖어라,
도덕적으로 울부짖어라!
도덕적인 사자로서
사막의 딸들 앞에서 울부짖어라!
── 덕의 울부짖음은,
그대 더없이 사랑스러운 소녀들이여,
유럽인의 열정과 유럽인의 갈망
그 모든 것 이상이기 때문이다!
그리고 나 이미 여기에

유럽인으로서 서 있노라,
달리 어쩔 수 없으니, 신이여 도와주소서!
아멘!

사막은 자란다. 사막을 품고 있는 자에게는 화가 있으리라!

소생

1

방랑자이고 그림자인 자의 노래가 끝나자 동굴 안은 별안간 시끌벅적해지고 웃음소리로 가득 찼다. 그 자리에 모인 손님들이 너 나 할 것 없이 일제히 말하기 시작한 데다가 그 들뜬 분위기에 자극받은 나귀마저 한몫하는 바람에, 차라투스트라는 슬며시 반감과 더불어 방문객들을 조롱하고 싶은 마음이 치밀었다. 물론 그런 즐거운 분위기가 내심 반가운 것은 사실이었다. 그들이 치유되고 있는 징조로 생각되었기 때문이다. 그래서 차라투스트라는 살그머니 동굴 밖으로 빠져나와 그의 짐승들에게 말했다.

「저들의 곤경은 이제 어디로 사라졌는가?」 그는 좀 언짢은 기분을 털어 내며 심호흡을 했다. 「저들은 도움을 구하던 외침을 내 곁에서 잊은 모양이다!

하지만 유감스럽게도 외치는 것은 아직 잊지 않았구나.」 차라투스트라는 두 귀를 막았다. 나귀의 〈이-아〉 소리가 더 높은 인간들의 소란스러운 환호성과 기이하게 뒤섞였기 때문이다.

「저들은 즐거워하고 있다.」차라투스트라는 다시 말문을 열었다. 「누가 알겠는가? 그것이 주인에게 폐가 될지도 모른다는 것을. 저들은 내게서 웃는 것을 배웠지만, 저들이 배운 것은 나의 웃음이 아니다.

하지만 그게 무슨 대수겠는가! 저들은 노인들이다. 저들은 저들 나름대로 치유되고 있으며 저들 나름대로 웃고 있다. 나의 귀는 이보다 더 고약한 것도 참고 견디며 화를 내지 않았다.

이날은 승리의 날이다. 중력의 영, 내 철천지원수가 벌써 물러나고 있다, 도망치고 있다! 그토록 힘들고 어렵게 시작한 이날이 얼마나 근사하게 끝나려 하는가!

이날이 끝나려 한다. 벌써 저녁이 찾아오고 있다. 말을 타고 바다를 건너온다, 저 멋진 기사가! 자줏빛 안장에 앉아 흔들리는 모습을 보아라, 저 복된 자, 집으로 돌아오는 자가!

하늘은 맑은 눈으로 바라보고, 대지는 깊숙이 누워 있다. 오, 나를 찾아온 그대 모든 기이한 자들이여, 내 곁에서의 삶이 보람 있지 않은가!」

차라투스트라는 이렇게 말했다. 그때 동굴 속에서 더 높은 인간들이 외치는 소리와 웃음소리가 다시 들려왔다. 그러자 차라투스트라는 다시 말문을 열었다.

「저들은 미끼를 물고 있다. 내 미끼는 효과가 좋다. 저들에게서도 저들의 적인 중력의 영이 물러나고 있다. 저들은 이미 자신을 비웃는 법을 배우고 있다. 내가 제대로 들은 것일까?

남자답게 해주는 내 음식, 원기와 힘을 북돋아 주는 내 잠언이 효력을 발휘한다. 그리고 진실로, 나는 배를 부풀리는 푸성귀 따위는 대접하지 않았다! 그보다는 전사의 음식, 정복자의 음식을 내놓았다. 나는 새로운 욕망을 일깨웠다.

저들의 팔과 다리에 새로운 희망이 움트고, 저들의 심장이 기지개를 켠다. 저들은 새로운 말을 찾아내고, 저들의 정신은 머지않아 자유분방함을 숨 쉬게 될 것이다.

그런 음식은 물론 어린애들을 위한 것이 아니다. 그리움에 사무친 늙은 여인들과 젊은 여인들을 위한 것도 아니다. 그들의 뱃속은 다른 방식으로 설득해야 한다. 나는 그들의 의사도 선생도 아니다.

구역질이 더 높은 인간들에게서 물러나고 있다. 좋다! 이것은 나의 승리다. 나의 영토에서 저들은 안전할 것이다. 모든 어리석은 수치심이 사라지고, 저들은 속내를 털어놓는다.

저들은 마음을 털어놓는다. 좋은 시절이 저들에게 돌아오고, 저들은 다시 축제를 벌이며 되새김질한다. 저들은 고마워할 것이다.

이것을 나는 최고의 징조로 받아들인다. 저들은 머지않아 고마워할 것이다. 저들은 축제를 생각해 내고, 지난날의 기쁨을 기리기 위해 기념비를 세울 것이다.

저들은 치유되고 있는 자들이다!」차라투스트라는 기쁨에 겨워 마음속으로 이렇게 말하고 멀리 바라보았다. 그러자 그의 짐승들이 가까이 다가와 그의 행복과 침묵에 경의를 표했다.

2

그러나 별안간 차라투스트라의 귀는 깜짝 놀랐다. 그때까지 왁자지껄한 소리와 웃음소리로 가득 찼던 동굴이 일시에 쥐 죽은 듯 조용해진 것이다. 차라투스트라의 코는 솔방울을 태울 때 나는 듯한 향기로운 연기와 향 냄새를 맡았다.

「이게 무슨 일인가? 저들이 무엇들 하고 있는가?」 그는 이렇게 중얼거리고는, 눈에 띄지 않게 손님들을 살펴보려고 살그머니 동굴 입구에 다가갔다. 그런데 정말 놀랍고도 또 놀라운 일이었다! 차라투스트라는 자신의 눈을 믿을 수가 없었다!

「저들이 모두 다시 경건해지지 않았는가. 기도를 하고 있다니. 다들 미쳤구나!」 그는 어처구니가 없었다. 그리고 참으로! 더 높은 인간들, 두 왕과 실직한 교황, 고약한 마술사, 비렁뱅이를 자청한 자, 방랑자이고 그림자인 자, 늙은 예언자, 정신의 양심을 지닌 자, 더없이 추악한 인간. 그들은 모두 어린아이들과 독실한 노파들처럼 무릎을 꿇고 나귀에게 경배드리고 있었다. 그때 마침 더없이 추악한 인간이 목을 그르렁거리며 숨을 헐떡이기 시작했다. 마치 그의 몸뚱이 안에서 말로 형용할 수 없는 뭔가가 밖으로 뛰쳐나오려는 것 같았다. 그러나 실제로 말이 되어 나온 것은, 보라, 그들이 분향하고 경배하는 나귀를 찬양하기 위한 경건하고도 기이한 연도 (連禱)였다. 그 연도는 이렇게 울려 퍼졌다.

아멘! 우리의 신에게 찬미와 영예와 지혜와 감사와 영광과 권능이 영원, 영원하기를!

그러자 나귀가 〈이-아〉하고 소리쳤다.

그는 우리의 짐을 대신 짊어지며 종의 모습을 하고 있다. 그는 진심으로 인내하며 결코 〈아니다〉라고 말하지 않는다. 자신의 신을 사랑하는 자는 자신의 신을 징계하기 마련이다.

그러자 나귀가 〈이-아〉 하고 소리쳤다.

그는 말하지 않는다. 다만 자신이 창조한 세계에게 〈그렇다〉라고 말할 뿐이다. 이렇게 그는 자신의 세계를 찬미한다. 말하지 않는 것은 그의 교활한 술책이다. 그러면 정당성을 인정받지 못할 일이 별로 없는 것이다.

그러자 나귀가 〈이-아〉 하고 소리쳤다.

그는 눈에 띄지 않게 세계를 돌아다닌다. 그의 몸 색깔은 회색이며, 그 회색으로 자신의 덕을 감싸고 있다. 그에게 정신은 있지만, 그는 그 정신을 감춘다. 그러나 모두들 그의 긴 귀를 믿는다.

그러자 나귀가 〈이-아〉 하고 소리쳤다.

그가 긴 귀를 가지고 있으며 오로지 〈그렇다〉라고 말할 뿐 결코 〈아니다〉고 말하지 않는 것은 얼마나 은밀한 지혜인가! 그는 자신의 형상대로, 즉 가능한 한 멍청하게 세계를 창조하지 않았는가?

그러자 나귀가 〈이-아〉 하고 소리쳤다.

그대는 곧은 길도 가고 굽은 길도 간다. 우리 인간들이 무엇을 곧다고 여기고 무엇을 굽었다고 여기는지 그대는 별로 상관하지 않는다. 그대의 나라는 선과 악 저편에 있다. 순진무구함이 무엇인지 모르는 것이 바로 그대의 순진무구함이다.

그러자 나귀가 〈이-아〉 하고 소리쳤다.

보라, 그대는 비렁뱅이든 왕이든 아무도 뿌리치지 않는다. 그대는 어린이들을 가까이 다가오게 하며, 짓궂은 개구쟁이들이 그대를 유혹하면 순진하게 〈이-아〉 하고 말한다.

그러자 나귀가 〈이-아〉 하고 소리쳤다.

그대는 암나귀와 신선한 무화과 열매를 좋아한다. 그대는 식성이 까다롭지 않다. 마침 배가 고프면, 엉겅퀴에도 마음이 동한다. 거기에 신의 지혜가 담겨 있다.

그러자 나귀가 〈이-아〉 하고 소리쳤다.

나귀의 축제

1

연도가 여기에 이르렀을 때, 차라투스트라는 도저히 더 이상 참을 수 없었다. 그는 나귀보다 더욱 크게 〈이-아〉 하고 소리치며 제정신이 아닌 손님들 한가운데로 뛰어들었다. 「사람의 자식들이여, 이게 무슨 짓인가?」 그는 기도하는 자들을 바닥에서 낚아채듯 일으켜 세우며 소리쳤다. 「차라투스트라 아닌 다른 사람이 그대들을 보았더라면 어쩔 뻔했느냐.

그대들의 이 새로운 신앙을 본 사람이 있었다면, 그대들을 지극히 몹쓸 신성 모독자이거나 지극히 어리석은 노파라고 생각했을 것이다!

그리고 그대, 그대 늙은 교황이여, 이런 식으로 여기 나귀를 신으로 경배하다니, 이것이 어디 그대에게 있을 법한 일인가?」

「오, 차라투스트라여, 나를 용서하라.」 교황은 대답했다. 「하지만 신의 문제에 있어서는 그대보다 내가 더 많이 안다. 그게 당연하지 않겠는가.

형체가 없는 신을 경배하기보다는 차라리 이런 형체의 신을 경배하는 편이 더 낫다! 나의 고귀한 벗이여, 이 말을 잘 생각해 보라. 그대는 이 말 속에 지혜가 숨어 있는 것을 금방 알아차릴 것이다.

〈신은 영(靈)이다〉라고 말한 자는 지금까지 이 지상에서 무신앙을 향해 가장 큰 발걸음을 내딛고 가장 크게 도약한 자이다. 그런 말을 지상에서 다시 바로잡기는 쉽지 않다!

내 늙은 마음은 아직도 이 지상에 경배할 것이 있다는 사실에 쿵쿵 뛰고 경중거린다. 오, 차라투스트라여, 이 늙고 경건한 교황의 마음을 용서하라!」

「그리고 그대,」 차라투스트라는 방랑자이고 그림자인 자를 향해 말했다. 「그대는 자유로운 정신이라고 자처하며 스스로 그렇게 믿고 있지 않은가? 그런 그대가 여기에서 이런 우상을 숭배하고 사이비 성직자 역할을 하다니?

진실로, 그대는 그 고약한 갈색 머리 소녀들 곁에서보다 여기에서 더 고약한 짓을 벌이고 있다, 그대 고약한 신출내기 신자여!」

「고약하고말고.」 방랑이고 그림자인 자는 대답했다. 「그대 말이 옳다. 하지만 난들 어쩌겠는가! 옛 신이 다시 살아난 것을. 오, 차라투스트라여, 그대가 무슨 말을 하든 상관없다.

더없이 추악한 인간에게 이 모든 일의 책임이 있다. 그자가 신을 다시 깨웠다. 그자는 자신이 언젠가 신을 죽였다고 말하지만, 신들에게 있어서 죽음은 늘 선입견일 뿐이다.」

「그리고 그대, 그대 고약한 늙은 마술사여, 그대는 무슨 일을 저질렀는가!」 차라투스트라는 말했다. 「그대가 저런 어리석은 나귀 신앙을 믿는다면, 이 자유로운 시대에 앞으로 누가 그대를 믿겠는가?

그대는 바보짓을 저질렀다. 그대 영리한 자여, 그대가 어떻게 저런 어리석은 일을 저지를 수 있단 말인가!」

「오, 차라투스트라여, 그대의 말이 옳다.」 영리한 마술사는 대답했다. 「그것은 바보짓이었다. 그것은 내게도 무척 힘든 일이었다.」

「그리고 그대, 손가락을 코에 얹고 깊이 생각해 보라!」 차라투스트라는 정신의 양심을 지닌 자에게 말했다. 「여기에서 그대의 양심에 걸리는 것이 없는가? 그대의 정신은 이런 기도와 기도쟁이들의 망상에 휩싸이기에는 너무 순수하지 않은가?」

「여기에는 뭔가가 있다.」 양심을 지닌 자는 이렇게 대답하고는 손가락을 코에 얹었다. 「이 광경에는 심지어 내 양심을 즐겁게 해주는 뭔가가 있다.

나는 아마 신을 믿어서는 안 될 것이다. 그러나 확실한 것은, 이런 모습의 신이 내게 가장 믿을 만하게 생각된다는 것이다.

극히 경건한 자들의 증언에 따르면 신은 영원하다고 한다. 시간이 그렇게 많은 자는 여유를 부리는 법이다. 가능한 한 천천히 그리고 가능한 한 멍청하게. 그렇게 함으로써 그런 자는 아주 많은 것을 이룰 수 있다.

그리고 정신을 지나치게 많이 소유한 자는 어리석음과 우매함에 마음을 빼앗기기 십상이다. 오, 차라투스트라여, 그대 자신을 잘 생각해 보라!

그대 자신을, 진실로! 그대도 아마 넘치게 풍성하고 지혜로워서 나귀가 될지도 모른다.

완벽한 현자는 더없이 구불구불한 길로 다니길 좋아하지 않는가? 그대의 모습을 보면 알 수 있다. 오, 차라투스트라여, 그대의 모습을.」

「그리고 끝으로 그대,」 차라투스트라는 이렇게 말하며, 여전히 나귀를 향해 한 팔을 높이 쳐든 채 땅바닥에 누워 있는 더없이 추악한 인간에게로 몸을 돌렸다(그는 마침 나귀에게 포도주를 바치는 중이었다). 「말하라, 그대 말로 이루 형용할 수 없는 자여, 여기서 무슨 짓을 했는가!

그대는 변한 듯 보인다. 그대의 눈은 이글거리고, 고매함의 외투가 그대의 추악함을 가리고 있다. 그대는 무슨 짓을 저질렀는가?

저들 말로는 그대가 신을 다시 깨웠다고 하는데, 그게 사실인가? 왜 그랬는가? 신이 살해되고 제거된 데는 당연히 그럴 만한 이유가 있지 않았는가?

내 눈에는, 그대 자신이 다시 깨어난 듯 보인다. 그대는 무슨 짓을 했는가? 왜 그대는 마음을 바꾸었는가? 왜 그대는 생각을 바꾸었는가? 말하라, 그대 말로 이루 형용할 수 없는 자여!」

「오, 차라투스트라여, 그대는 악당이다!」 더없이 추악한 인간은 대답했다.

「그가 아직 살아 있는지 아니면 다시 살아났는지 아니면 완전히 죽어 버렸는지, 우리 둘 중에서 누가 더 잘 알고 있는가? 나는 그대에게 묻는다.

하지만 나는 한 가지는 확실히 알고 있다. 오, 차라투스트라여, 나는 언젠가 직접 그대에게서 그것을 배웠다, 가장 철저하게 죽이려고 하는 자는 웃는다는 것을.

〈우리는 노여움이 아니라 웃음으로 죽일 수 있다.〉 그대는 언젠가 이렇게 말했다. 오, 차라투스트라여, 그대 숨어 있는 자, 그대 노여움 없이 파괴하는 자, 그대 위험한 성자여, 그대는 악당이다!」

2

그런 무례한 대답에 깜짝 놀란 차라투스트라는 동굴 입구로 펄쩍 물러나, 모든 손님들을 향해 힘찬 목소리로 외쳤다.

「오, 그대 모든 어릿광대들이여, 그대 익살꾼들이여! 그대들은 무엇 때문에 내 앞에서 그대들을 감추고 위장하는가!

그대들 모두의 마음은 기쁨과 악의로 얼마나 버둥거리고 있는가. 그대들이 결국 또다시 어린애처럼 되었기 때문이다. 그러니까 경건해졌기 때문이다.

그대들이 결국 다시 어린애처럼 굴었기 때문이다. 그러니까 기도하고 두 손을 모으고 〈사랑하는 하나님〉이라고 말했기 때문이다!

이제 이 어린애들의 방, 오늘 어린애 같은 온갖 유치한 짓들이 판치고 있는 나의 동굴을 떠나라. 저기 바깥에서 그대들의 뜨겁게 달아오른, 어린애 같은 자유분방함과 마음의 소란을 차갑게 식혀라!

물론 그대들은 어린아이처럼 되지 않으면 저 하늘나라에 들어가지 못한다(그러면서 차라투스트라는 두 손으로 위쪽을 가리켰다).

그러나 우리는 하늘나라에 갈 생각이 전혀 없다. 우리는 어른이 되었다. 그래서 우리는 지상의 나라를 원한다」

3

그런 후에 차라투스트라는 다시 말문을 열었다. 「오, 나의 새로운 벗들이여, 그대 기이한 인간들이여, 더 높은 인간들이여, 그대들은 이제 얼마나 내 마음에 드는가.

그대들이 다시 즐거워하게 된 후로! 그대들 모두 참으로 활짝 꽃피었구나. 그대들 같은 꽃들을 위해 새로운 축제가 필요하지 않겠는가.

약간의 용감한 허튼짓, 모종의 예배와 나귀의 축제, 즐거워하는 늙은 차라투스트라 같은 어릿광대, 그대들의 영혼을 맑게 해주는 광풍이 필요하지 않겠는가.

그대 더 높은 인간들이여, 오늘 밤과 이 나귀의 축제를 잊지 말라! 그대들은 내 곁에서 그것을 생각해 냈다. 나는 그것을 좋은 징조로 받아들인다. 치유되는 자만이 그런 것을 생각해 내는 법이다!

그대들이 또다시 나귀의 축제를 벌인다면, 그대들을 위해서 그리고 나를 위해서 벌이도록 하라! 나를 기념하기 위해서!」

차라투스트라는 이렇게 말했다.

밤에 돌아다니는 자들의 노래

1

그러는 사이에 하나둘씩 모두 동굴 밖으로, 깊은 생각에 잠긴 서늘한 밤으로 걸어 나왔다. 차라투스트라는 직접 밤의 세계와 커다란 둥근 달과 동굴 옆의 은빛 폭포를 보여 주기 위해 더없이 추악한 인간의 손을 잡아끌었다. 그래서 그들은 마침내 말없이 나란히 서 있었다. 모두들 나이 든 노인이었지만, 마음은 위로를 받아 용기백배했으며 지상에서 그토록 평안할 수 있다는 사실에 놀라워했다. 밤의 은밀함이 그들의 마음에 점점 더 가까이 다가왔다. 차라투스트라는 새삼 마음속으로 생각했다. 「오, 이제 이들은 참으로 내 마음에 쏙 드는구나, 이들 더 높은 인간들은!」 그러나 그는 그들의 행복과 침묵을 존중해서 그 생각을 입 밖에 내어 말하지는 않았다.

그 놀랍고도 기나긴 날의 가장 놀라운 일이 바로 그때 벌어졌다. 더없이 추악한 인간이 최후로 한 번 더 그르렁거리며 숨을 헐떡이기 시작했다. 그러다 마침내 말문을 열었을 때, 보라, 그의 입에서 질문이, 귀를 기울인 모든 이들의 심금을 울리는 적절하고 심오하고 명확한 질문이 단호하고 명쾌하게 튀어나왔다.

「나의 모든 벗들이여, 그대들은 어떻게 생각하는가?」 더없이 추악한 인간은 말했다. 「이 하루 때문에, 나는 한평생을 살아온 것에 처음으로 만족한다.

그리고 이 정도의 증언으로는 아직 충분하지 못하다. 이 지상에서의 삶은 보람 있는 일이다. 차라투스트라와 보낸 이 하루, 이 축제는 내게 지상을 사랑하도록 가르쳤다.

〈그것이 삶이었는가?〉 나는 죽음에게 말하려 한다. 〈좋다! 한 번 더!〉

나의 벗들이여, 그대들은 어떻게 생각하는가? 그대들도 나처럼 죽음에게 말하지 않으려는가. 〈그것이 삶이었는가? 차라투스트라를 위해, 좋다! 한 번 더!〉」

더없이 추악한 인간은 이렇게 말했다. 어느새 이미 자정이 가까워져 있었다. 그때 무슨 일이 일어났는지 아는가? 더 높은 인간들은 그의 물음을 듣는 즉시, 자신들이 단숨에 변화하여 치유되었으며 또 누가 그렇게 치유해 주었는지 깨달았다. 그러자 모두들 차라투스트라에게 달려들어, 각자의 방식대로 고마워하고 숭배하고 어루만지고 손에 입을 맞추었다. 몇몇은 웃고 몇몇은 울었으며, 늙은 예언자는 기쁨에 겨워 덩실덩실 춤을 추었다. 많은 이야기꾼들의 말대로라면, 그때 그가 달콤한 포도주에 흠뻑 취해 있기는 했지만, 그보다는 달콤한 삶에 더 취해 있었으며 모든 권태를 떨쳐 버린 것이 분명했다. 심지어는 그때 나귀도 춤을 추었다고 말하는 이들도 있다. 더없이 추악한 인간이 그 전에 나귀에게 포도주를 마시게 한 것이 헛일이 아니었다는 것이다. 그게 사실일 수도 있고 사실이 아닐 수도 있다. 그날 저녁에 나귀가 실제로 춤추지 않았다 하더라도, 나귀의 춤 이상으로 대단하고 놀랍고 기이한 일들이 벌어졌다. 차라투스트라의 말을 빌려 간단히 표현하면, 〈그게 무슨 대수겠는가〉!

2

더없이 추악한 인간 때문에 그런 일들이 벌어지고 있는 동안에, 차라투스트라는 마치 술에 취한 사람처럼 거기 서 있었다. 그의 눈빛은 초점을 잃고 혀는 꼬부라지고 발은 비틀거렸다. 그때 무슨 생각들이 차라투스트라의 영혼을 스쳐 갔는지 누가 짐작이나 하겠는가? 그러나 그의 정신이 뒤로 물러나 앞장서 달아나서는 아득히 머나먼 곳에서, 말하자면 기록에 남아 있는 대로 〈두 바다 사이의,

과거와 미래 사이의 높은 산등성이에서 무거운 구름이 되어 떠돌고〉 있는 것만은 분명했다. 더 높은 인간들이 그를 팔에 안고 있는 동안, 그는 서서히 정신을 조금 차리고서 자신을 숭배하고 염려하는 무리들을 두 손으로 제지했다. 하지만 말은 하지 않았다. 그러더니 무슨 소리가 들리는 듯, 차라투스트라는 갑자기 고개를 획 돌렸다. 그러고는 한 손가락을 입에 대고 말했다. 「오라!」

곧 이어 사방이 고요해지고 은밀해졌으며, 깊은 곳에서 종소리가 은은히 울려왔다. 차라투스트라는 더 높은 인간들처럼 그 소리에 귀를 기울였다. 그러더니 또다시 한 손가락을 입에 대고는 거듭 말했다. 「오라! 오라! 자정이 가까워진다!」 그의 목소리는 이미 변해 있었다. 하지만 그는 그 자리에서 꿈쩍하지 않았다. 사방은 더욱 고요해지고 은밀해졌다. 모두들 귀를 기울였다. 나귀와 차라투스트라의 자랑스러운 짐승인 독수리와 뱀도, 차라투스트라의 동굴과 크고 서늘한 달과 밤도 귀를 기울였다. 차라투스트라는 세 번째로 손을 입에 대고는 말했다.

「오라! 오라! 오라! 우리 이제 거닐자! 때가 되었다. 우리 밤 속으로 깊이 거닐어 보자!」

3

그대 더 높은 인간들이여, 자정이 가까워진다. 저 낡은 종이 내 귓속에 속삭이듯, 나는 그대들의 귓속에 속삭이려 한다.

한 인간보다 더 많은 것을 체험한 저 자정의 종이 내게 말하듯, 그렇듯 은밀하고 그렇듯 섬뜩하고 그렇듯 간절하게.

저 종은 이미 그대들 조상들의 심장이 고통스럽게 고동치는 소리를 헤아렸다. 아! 아! 어떻게 저리 탄식하는가! 어떻게 저리 꿈속에서 웃는가! 저 늙고 깊디깊은 자정은!

조용! 조용하라! 낮에 숨을 죽여야 했던 많은 것들이 이제 소리를 낸다. 대기는 서늘하고 그대들 심장의 모든 소음마저 잠잠해진 이제,

이제 그것들은 말을 한다. 이제 소리를 낸다. 이제 또렷이 깨어 있는 밤의 영혼 속으로 살그머니 스며든다. 아! 아! 어떻게 저리 탄식하는가! 어떻게 저리 꿈속에서 웃는가!

저 늙고 깊디깊은 자정이 은밀하고 섬뜩하고 간절하게 그대에게 말을 하는 것이 들리지 않는가?

오, 인간이여, 주의하라!

4

슬프구나! 시간은 어디로 사라졌는가? 나는 깊은 샘 속으로 가라앉지 않았는가? 세계는 잠들어 있다.

아! 아! 개는 짖어 대고, 달은 빛난다. 내 자정의 심장이 지금 생각하는 것을 그대들에게 말하기보다는 차라리 죽음을, 죽음을 택하련다.

이제 나는 죽었다. 다 끝났다. 거미여, 그대는 왜 내 주위에 거미줄을 치는가? 그대는 피를 원하는가? 아! 아! 이슬이 내

린다. 때가 가까워 온다.

내가 오들오들 떨며 얼어붙을 때가, 이렇게 묻고 또 묻고 또 물을 때가. 「누가 그럴 만한 용기가 있는가?

누가 지상의 주인이어야 하는가? 누가 〈그대들 크고 작은 강물들이여, 그대들은 그렇게 흘러야 한다!〉라고 말하려 하는가!」

때가 다가온다. 오, 인간이여, 그대 더 높은 인간이여, 주의하라! 이것은 섬세한 귀, 그대의 귀에게 들려주는 말이다. 깊은 자정이 무엇이라고 말하는가?

5

나는 떠내려가고, 나의 영혼은 춤을 춘다. 낮의 일이여! 낮의 일이여! 누가 지상의 주인이어야 하는가?

달은 서늘하고 바람은 침묵한다. 아! 아! 그대들은 이미 충분히 높이 날아올랐는가? 그대들은 춤을 춘다. 그러나 한쪽 다리가 아직 날개가 아니다.

그대 멋진 춤꾼들이여, 이제 모든 기쁨은 사라졌다. 포도주는 찌꺼기로 변했고, 잔들은 전부 흐물흐물해졌고, 무덤들은 더듬거리며 말한다.

그대들은 충분히 높이 날아오르지 못했다. 이제 무덤들이 더듬거리며 말한다. 「죽은 자들을 구하라! 밤이 왜 이리 긴가? 달이 우리를 취하게 하지 않는가?」

그대 더 높은 인간들이여, 무덤들을 구하고 시신들을 깨워라! 아, 벌레는 아직 무엇을 파헤치고 있는가? 가까이 오고 있다, 때가 가까이 오고 있다.

종이 뎅그렁거리고, 심장은 여전히 쿵쾅거리고, 나무 벌레, 심장을 파먹는 벌레는 여전히 파헤치고 있다. 아! 아! 세계는 깊다!

6

감미로운 칠현금이여! 감미로운 칠현금이여! 나는 그대의 음조를, 그대의 취기 어린 두꺼비 음조를 사랑한다! 그대의 음조는 얼마나 오래전부터, 얼마나 멀리서 들려오는가, 머나먼 사랑의 연못에서!

그대 낡은 종이여, 그대 감미로운 칠현금이여! 온갖 고통이 그대의 마음을 찢어 놓았다. 아버지의 고통, 선조의 고통, 인류 조상의 고통이. 그대의 말은 무르익었다.

황금빛의 가을과 오후처럼, 내 은자의 마음처럼 무르익었다. 이제 그대는 말한다, 세계 자체가 무르익었고 포도가 누렇게 익어 간다고.

이제 그것은 죽으려 한다, 행복에 겨워 죽으려 한다. 그대 더 높은 인간들이여, 그대들은 냄새 맡지 못하는가? 냄새가 은밀히 피어오르고 있다.

영원의 향기와 냄새가, 옛 행복의 장밋빛 환희를 머금은 누르스름한 황금빛 포도주 냄새가.

자정에 맞이하는 죽음에 취한 행복의 냄새가 피어오른다. 죽음의 행복은 노래한다. 「세계는 깊다. 낮이 생각한 것보다 더 깊다!」

7

나를 내버려 두라! 나를 내버려 두라! 그대가 손대기에 나는 너무 순수하다. 나를 건드리지 말라! 나의 세계가 방금 완성되지 않았는가?

그대의 손이 닿기에 나의 피부는 너무 순수하다. 나를 내버려 두라, 그대 우둔하고 미련하고 둔감한 낮이여! 자정이 더 밝지 않느냐?

가장 순수한 자들이 지상의 주인이어야 한다. 가장 알려져 있지 않은 자들, 가장 강한 자들, 그 어떤 낮보다도 밝고 깊은 자정의 영혼들이.

오, 낮이여, 그대는 나를 더듬는가? 그대는 나의 행복을 찾아 더듬는가? 그대에게 나는 풍요롭고 고독하며 보물 구덩이이고 황금의 보고인가?

오, 세계여, 그대는 나를 원하는가? 그대에게 나는 세속적인가? 그대에게 나는 종교적인가? 그대에게 나는 신적인가? 하지만 낮과 세계여, 그대들은 너무 어설프다.

더 영리한 손을 가져라. 더 깊은 행복을, 더 깊은 불행을 향해 손을 뻗어라. 아무 신이라도 좋으니 신을 향해 손을 뻗어라. 나를 향해 손을 뻗지 말라.

나의 불행, 나의 행복은 깊다. 그대 기이한 낮이여. 그러나 나는 신이 아니고 신의 지옥도 아니다. 신의 지옥의 고통은 깊다.

8

신의 고통은 더 깊다, 그대 기이한 세계여! 신의 고통을 향해 손을 뻗어라, 나를 향해 손을 뻗지 말라! 나는 무엇인가? 취한 감미로운 칠현금인가.

아무도 알아듣지 못하는데도 말해야 하는, 귀머거리들 앞에서 말해야 하는 자정의 칠현금, 뎅그렁거리는 두꺼비, 그대 더 높은 인간들이여! 그대들이 나를 이해하지 못하기 때문이다!

사라졌다! 사라졌다! 오, 청춘이여! 오, 정오여! 오, 오후여! 이제 저녁과 밤과 자정이 찾아왔다. 개가 울부짖고 바람이 울부짖는다.

바람이 개가 아닌가? 바람이 깽깽거리고 컹컹 짖고 울부짖는다. 아! 아! 자정이 어떻게 탄식하는가! 자정이 어떻게 웃는가, 어떻게 그르렁거리고 헐떡이는가!

술에 취한 이 시인이 지금 마침 어떻게 냉정하게 말하는가! 혹시 자신의 취기를 지나치게 많이 마셨는가? 지나치게 긴장했는가? 되새김질하는가?

늙고 깊은 자정이 꿈속에서 제 고통을 되새김질하고, 제 기쁨은 더욱 많이 되새김질한다. 고통이 아무리 깊다 해도 기쁨, 기쁨이 마음의 고뇌보다 더 깊기 때문이다.

9

그대, 포도나무여! 그대는 왜 나를 찬미하는가? 내가 그대를 자르지 않았던가! 나는 잔혹하고, 그대는 피를 흘리고 있다. 그대는 무슨 까닭으로 나의 취한 잔혹함을 칭송하는가?

「완전해진 것, 무르익은 것은 모두 죽기를 바란다!」그대는 이렇게 말한다. 포도를 따는 칼이여, 축복받으라, 축복받으라! 그러나 무르익지 않은 것은 모두 살기를 바란다, 슬프다!

고통은 말한다. 「사라져라! 멀리 가라, 그대 고통이여!」그러나 고뇌하는 것은 모두 살기를 바란다. 무르익어서 기쁨을 맛보고 그리움에 사무치기를 바란다.

더 먼 것, 더 높은 것, 더 밝은 것을 향한 그리움에 사무치기를. 「나는 상속자를 원한다.」고뇌하는 것은 모두 이렇게 말한다. 「나는 아이들을 원한다. 나 자신을 원하는 것이 아니다.」

그러나 기쁨은 상속자를, 아이들을 원하지 않는다. 기쁨은 자기 자신을 원한다. 영원을 원하고, 회귀를 원하고, 모든 것이 영원히 자기 자신과 같기를 원한다.

고통은 말한다. 「마음이여, 찢어져라, 피 흘려라! 다리여, 거닐어라! 날개여, 날아라! 저리로! 저 위로! 고통이여!」자!

좋다! 오, 나의 늙은 마음이여. 고통은 말한다.「사라져라!」

10

그대 더 높은 인간들이여, 그대들은 어떻게 생각하는가? 내가 예언자인가? 몽상가인가? 술 취한 자인가? 해몽가인가? 자정에 울리는 종인가?

한 방울의 이슬인가? 영원의 안개이고 향기인가? 그대들은 듣지 못하는가? 그대들은 냄새 맡지 못하는가? 방금 나의 세계가 완전해졌다. 자정은 또한 정오이다.

고통은 또한 기쁨이고, 저주는 또한 축복이고, 밤은 또한 태양이다. 멀리 떠나라, 아니면 현자는 또한 바보라는 것을 배워라.

그대들은 언젠가 기쁨에게 〈네〉라고 말했는가? 오, 나의 벗들이여, 그렇다면 그대들은 모든 고통에게도 〈네〉라고 말한 것이다. 만물은 서로 사슬로 묶여 있고 실로 연결되어 있고 사랑으로 이어져 있다.

그대들이 언젠가 한 번이 두 번이 되길 원했다면, 언젠가 〈그대가 내 마음에 든다, 행복이여! 찰나여! 순간이여!〉라고 말했다면, 그대들은 모든 것이 되돌아오기를 원한 것이다!

모든 것이 새로 시작되고, 모든 것이 영원하고, 모든 것이 서로 사슬로 묶여 있고 실로 연결되어 있고 사랑으로 이어져 있다. 오, 그대들은 그렇게 세계를 사랑했다.

그대 영원한 자들이여, 세계를 영원히 언제까지나 사랑하라. 그리고 고통에게도 말하라.「사라져라, 하지만 돌아오라!」모든 기쁨은 영원을 바라기 때문이다!

11

모든 기쁨은 만물의 영원을 바라고, 꿀을 바라고, 효모를 바라고, 취한 자정을 바라고, 무덤들을 바라고, 무덤들의 눈물 어린 위로를 바라고, 황금빛 저녁놀을 바란다.

기쁨이 무엇인들 바라지 않으랴! 기쁨은 모든 고통보다 더 목말라하고, 더 간절하고, 더 굶주리고, 더 끔찍하고, 더 은밀하다. 기쁨은 자기 자신을 원하고 자기 자신을 물어뜯는다. 둥근 고리의 의지가 기쁨 속에서 고군분투한다.

기쁨은 사랑을 바라고 증오를 바란다. 기쁨은 넘치도록 풍성해서 베풀고 내던진다. 기쁨은 자신을 받아 달라고 애걸하며, 받아 주는 자에게 고마워한다. 기쁨은 기꺼이 미움받고 싶어 한다.

기쁨은 아주 풍성해서 고통을, 지옥을, 미움을, 오욕을, 불구자를, 세계를 목마르게 갈구한다. 이 세계, 오, 그대들도 이 세계를 잘 알고 있지 않은가!

그대 더 높은 인간들이여, 기쁨, 억누를 수 없는 복된 기쁨이 그대들을 갈망하고, 그대들의 고통을 갈망한다, 그대 실패한 자들이여! 모든 영원한 기쁨은 실패한 자를 갈망한다.

모든 기쁨은 자기 자신을 바라고, 그래서 마음의 고뇌도 바라기 때문이다! 오, 행복이여, 오, 고통이여! 오, 찢어져라, 마음이여! 그대 더 높은 인간들이여, 그것을 배워라, 기쁨은 영원을 바란다.

기쁨은 만물의 영원을 바란다, 깊고 깊은 영원을 바란다!

12

그대들은 이제 나의 노래를 배웠는가? 나의 노래가 무엇을 바라는지 알아냈는가? 자! 좋다! 그대 더 높은 인간들이여, 이제 나의 윤창(輪唱)을 노래하라!

그대들이 이제 직접 그 노래를 부르라. 노래의 제목은 〈다시 한 번〉이고, 그 의미는 〈모든 영원 속으로〉이다. 그대 더 높은 인간들이여, 차라투스트라의 윤창을 노래하라!

오, 인간이여! 주의하라!
깊은 자정이 뭐라 말하는가?
「나는 잠자고 있었다, 나는 잠자고 있었다 —
깊은 꿈에서 나는 깨어났다 —
세계는 깊다.
낮이 생각했던 것보다 더 깊다.
세계의 고통은 깊다 —
기쁨은 — 마음의 고뇌보다 더 깊다.
고통은 말한다, 사라져라!
그러나 모든 기쁨은 영원을 바란다 —
— 깊고 깊은 영원을 바란다!」

징조

그 밤이 지나고 아침이 되자 차라투스트라는 잠자리에서 벌떡 일어나 허리띠를 매고, 어두운 산속에서 떠오르는 아침 해처럼 불타는 모습으로 힘차게 동굴을 나섰다.

「그대 위대한 성좌여,」 그는 예전에도 이렇게 말한 적이 있었다. 「그대 깊은 행복의 눈이여, 그대가 빛을 비추어 줄 것들이 존재하지 않는다면 그대의 모든 행복이 무슨 소용 있겠는가!

그리고 그대가 벌써 잠에서 깨어나 이렇게 찾아와 베풀고 나누어 주는데도 그들이 방 안에서 나오지 않는다면, 그대의 긍지 높은 수치심은 얼마나 노여워하겠는가!

자! 나는 이렇게 깨어 있는데, 저들, 더 높은 인간들은 아직도 잠에 빠져 있다. 저들은 나의 진정한 길동무가 아니다! 내가 여기 나의 산에서 기다리고 있는 것은 저들이 아니다.

나는 나의 과업을 향해, 나의 낮을 향해 떠나려 한다. 그러나 저들은 나의 아침의 징조들이 무엇인지 이해하지 못한다. 나의 발걸음은 저들을 깨우는 신호가 되지 못한다.

저들은 아직도 나의 동굴에서 잠자고 있으며, 저들의 꿈은 아직도 나의 자정을 되씹고 있다. 나의 말을 귀담아듣는 귀, 순종하는 귀가 저들의 사지에는 없다.」

해가 떠오르자, 차라투스트라는 이렇게 마음속으로 말했다. 그때 그의 독수리가 머리 위에서 날카롭게 외치는 소리가 들렸고, 그는 웬일인가 싶어 하늘을 올려다보았다. 「자!」 그는 위를 향해 소리쳤다. 「이래야 내 마음이 흡족하고 이래야 마땅하지 않겠는가. 내가 깨어 있으니 나의 짐승들도 깨어 있구나.

나의 독수리도 깨어나서 나처럼 태양에게 경의를 표하는구나. 독수리의 발톱으로 새로운 햇살을 움켜잡는구나. 그대들은 나의 진정한 짐승들이다. 나는 그대들을 사랑한다.

하지만 내 곁에는 아직 진정한 인간들이 없다!」

차라투스트라는 이렇게 말했다. 바로 그때였다. 갑자기 무수히 많은 새들이 떼 지어 몰려와 날개를 퍼덕이는 듯한 소리가 들렸다. 너무나 많은 날개들이 그의 머리를 어지러이 에워싸고 요란하게 날갯짓하는 바람에, 그는 눈을 감았다. 그리고 진실로, 그것은 구름처럼, 새로운 적에게 우수수 쏟아지는 화살 구름처럼 그를 덮쳤다. 그러나 보라, 그것은 새로운 벗의 머리 위로 몰려드는 사랑의 구름이었다.

〈이게 무슨 일이지?〉 차라투스트라는 깜짝 놀라 이렇게 생각하며, 동굴 입구 옆의 커다란 돌 위에 천천히 앉았다. 그런데 두 손으로 주변을 더듬고 위아래를 더듬으며 그 정겨운 새들을 제지하는 동안에 더욱더 기묘한 일이 벌어졌다. 자신도 모르는 새 무성하고 텁수룩하고 따뜻한 털 속으로 손을 집어넣은 것이다. 그러자 차라투스트라 앞에서 울부짖는 소리가 울려 퍼졌다. 사자가 부드럽고 길게 울부짖는 소리가.

「징조가 나타나는구나.」 차라투스트라는 말했다. 바로 그때 그의 마음에 변화가 일었다. 그리고 진실로, 앞이 환히 밝아졌을 때, 용맹스러운 누런 짐승이 그의 발치에 엎드려 있었다. 그 짐승은 차라투스트라의 무릎에 머리를 기댄 채 사랑에 넘쳐 도무지 그의 곁을 떠나려 하지 않았으며 마치 옛 주인을 다시 만난 개처럼 좋아했다. 비둘기들의 사랑도 사자 못지않게 열렬했다. 비둘기 한 마리가 사자의 코끝을 스쳐지날 때마다, 사자는 흠칫 놀라 고개를 흔들며 웃었다.

이 모든 것에 대해 차라투스트라는 오직 한마디 말했을 뿐이다. 「나의 아이들이 가까이에 있다. 나의 아이들이.」 그러고는 입을 굳게 다물었다. 그러나 그의 마음은 풀어지고, 그의 눈에서는 눈물이 뚝뚝 떨어져 손을 적셨다. 그는 그 무엇에도 더 이상 주의를 기울이지 않았으며, 짐승들도 제지하지 않고 꼼짝없이 앉아 있었다. 그러자 비둘기들이 이리저리 날아다니며 그의 어깨에 내려앉아서는, 그의 백발을 애무하며 지칠 줄 모르고 애정과 기쁨을 표시했다. 힘센 사자는 차라투스트라의 손을 적시는 눈물을 끊임없이 혀로 핥으며 수줍게 포효하고 으르렁거렸다. 짐승들은 그러고 있었다.

그 모든 일은 오래 계속되었다. 아니면 잠간이었는지도 모른다. 엄밀히 말해, 지상에서 그런 일들을 시간으로 잴 수는 없기 때문이다. 그런데 그사이에 차라투스트라의 동굴 안에서는 더 높은 인간들이 잠에서 깨어나, 차라투스트라를 찾아 아침 인사를 하려고 나란히 줄지어 서 있었다. 그들이 눈을 떴을 때, 차라투스트라가 곁에 없었기 때문이다. 그러나 그들이 동굴 입구에 이르고 그들에 앞서 발소리가 먼저 동굴 밖으로 들려오자, 사자가 소스라치게 놀라 멈칫하더니 단숨에 차라투스트라를 등지고 사납게 포효하며 동굴을 향해 돌진했다. 더 높은 인간들은 사자의 울부짖는 소리를 듣자, 이구동성으로 비명을 지르며 순식간에 동굴 안으로 사라졌다.

마비된 듯 멍하니 있던 차라투스트라는 자리에서 일어나 주위를 두리번거렸다. 깜짝 놀라 우두커니 서서는, 무슨 영문인지 마음속으로 물으며 정신을 가다듬었다. 그는 혼자였다. 「이게 무슨 소리지?」 그는 마침내 천천히 말했다. 「내게 무슨 일이 있었지?」

그러자 곧 기억이 되살아났다. 그는 어제와 오늘 사이에 있었던 모든 일을 단번에 파악했다. 「여기에 바로 그 돌이 있구나.」 그는 수염을 쓰다듬으며 말했다. 「어제 아침에 나는 이 돌에 앉아 있었다. 예언자가 여기 내게로 다가왔고, 나는 방금 들은 그 외침을 여기서 처음으로 들었다. 도움을 구하는 커다란 외침을.

오, 그대 더 높은 인간들이여, 어제 아침에 저 늙은 예언자가 내게 예언한 것은 바로 그대들의 곤경이었다.

그는 나를 그대들의 곤경으로 유혹하고 시험하려 했다. 〈오, 차라투스트라여,〉 그는 내게 말했다. 〈나는 최후의 죄를 짓도록 그대를 유혹하려고 왔다.〉

나의 최후의 죄라고?」 차라투스트라는 이렇게 외치고, 노여워하며 자신의 말을 비웃었다. 「나의 최후의 죄로 아직 무엇이 남아 있단 말인가?」

차라투스트라는 한 번 더 자신 안으로 깊이 침잠했으며, 다시 커다란 돌 위에 앉아서 곰곰이 생각에 잠겼다. 그러다 갑자기 벌떡 뛰어 일어났다.

「동정심! 더 높은 인간들에 대한 동정심!」 그는 크게 외쳤으며, 그의 얼굴은 구릿빛으로 변했다. 「자! 그것은 이제 끝났다!

나의 고통과 나의 동정심, 그게 무슨 소용이겠는가! 나는 행복을 추구하는가? 나는 나의 과업을 추구한다!

자! 사자가 왔다, 나의 아이들이 가까이에 있다. 차라투스트라는 무르익었다. 나의 때가 왔다.

이것은 나의 아침이다, 나의 낮이 시작된다. 이제 위로 떠올라라, 떠올라라, 그대 위대한 정오여!」

차라투스트라는 이렇게 말하고, 어두운 산속에서 떠오르는 아침 해처럼 불타는 모습으로 힘차게 자신의 동굴을 떠났다.

모든 사람들을 위하면서
그 누구를 위한 것도 아닌 책

고독한 철학자 니체의 삶과 운명

독일의 시인이자 철학자인 프리드리히 니체Friedrich Nietzsche는 19세기를 장식한 위대하고 독창적인 사상가로 일컬어진다. 그의 사상은 생철학과 실존주의, 분석 철학, 구조주의 등 많은 학파와 철학자들에게 광범위한 영향을 미쳤을 뿐만 아니라 심리학과 예술, 특히 토마스 만이나 헤르만 헤세를 비롯한 독일 문학에도 많은 자극을 주었다. 헤겔 이후 니체만큼 두루두루 많은 영향을 미친 사상가도 드물 것이다. 니체는 20세기의 유럽 사상을 이해하기 위해서는 반드시 짚고 넘어가야 할 중요한 길목이고 넘어야 할 산이다.

그러나 개인으로서 니체는 결코 행복하다고만은 할 수 없는 삶을 살았다. 그는 1844년 10월 15일 독일 라이프치히 근처의 작은 마을 뢰켄에서 루터 교회 목사 카를 루트비히 니체의 맏아들로 태어났다. 어머니 프란치스카 욀러도 이웃 마을 루터 교회 목사의 딸이었다. 모든 신앙과 교리에 등을 돌리고 신의 죽음을 선언한 니체가 독실한 목사 집안 출신이라는 것은 운명의 아이러니가 아닐 수 없다. 니체의 아버지는 아들이 다섯 살이던 1849년 서른아홉의 나이에 갑자기 세상을 떠났고, 그 후 니체는 어머니와 여동생, 두 명의 이모, 외할머니와 함께 여자들만 가득한 집에서 어린 시절을 보냈다. 1864년 당시 아주 이름 높았던 김나지움 슐포르타를 우수한 성적으로 졸업하고 본 대학에서 신학 및 고전 어문학 학업을 시작했다. 1865년 라이프치히 대학으로 옮겨 학업을 계속하던 중, 1869년 천재성을 인정받아 스물다섯 살의 젊은 나이에 스위스 바젤 대학의 문헌학 교수로 초빙되었다. 1871년부터 니체의 건강은 극도로 나빠졌으며 편두통과 눈병, 소화불량 등으로 고통을 받았다. 그처럼 질병에 시달리면서도 니체는 학문 연구의 끈을 한시도 놓지 않았으며, 『비극의 탄생Die Geburt der Tragödie』, 『반시대적 고찰Unzeitgemässe Betrachtungen』, 『인간적인, 너무나 인간적인Menschliches, Allzumenschliches』 등의 저서를 집필했다. 그러나 니체의 글들은 학계로부터 격렬하게 비판당하고 철저하게 무시당했다. 이런 비판과 질병에 지친 니체는 서른다섯 살에 스스로 교수직에서 물러나, 그 후 10년 동안 제노바, 니스, 토리노 등 알프스 지방을 정처 없이 떠돌며 저술 활동에 전념했다. 이 시기에 니체는 독창적인 철학을 개척했으며, 『차라투스트라는 이렇게 말했다Also sprach Zarathustra』를 비롯해 『즐거운 학문Die fröhliche Wissenschaft』, 『선악의 파안Jenseits von Gut und Böse』 등의 불후의 작품들을 발표했다.

이런 운명의 굴곡은 공교롭게도 니체가 정신 이상 증세를 보이기 시작하기 1년 전에서야 비로소 그의 명성이 알려지기 시작한 데서 절정에 이른다. 1888년 덴마크 출신의 유대인 문학 비평가 게오르그 브라네스Georg Brandes가 코펜하겐 대학에서 처음으로 독일의 철학자 프리드리히 니체에 관해 강의를 한다. 그것을 계기로, 그동안 철저하게 외면당하던 니체의 철학이 새롭게 평가되는 일대 전환점을 맞이하게 된다.

그러나 그 직후 1989년 1월 마흔다섯 살의 니체는 정신 착란을 일으키고 쓰러져서 다시는 정상으로 돌아오지 못한다. 그후로 프리드리히 니체는 현대 사상을 주도한 철학자로서의 명성을 다져 가지만, 정작 본인은 그것도 모른 채 10여 년이란 세월을 정신 착란의 벽에 갇혀 지내다가, 1900년 쉰여섯 살의 나이로 바이마르의 정신 병원에서 세상을 하직한다. 젊은 시절부터 질병에 시달리며 결혼도 하지 않은 외톨이로, 방랑자로 일생을 보내다가 겨우 이름이 알려지기 시작하자 정신 질환의 덫에 걸린 운명의 아이러니는 세상을 뜬 후에도 니체를 놓아주지 않았다. 니체는 결코 제국주의와 인종주의를 옹호한 적이 없었는데도, 사후에 독일 사회민족주의와 파시즘 철학의 선구자로 오해받아 또 한 번 많은 비난을 받았다.

니체의 사상은 근대 문명과 이성을 비판하고 이를 극복하기 위한 시도에서 출발한다. 니체는 근대 문명의 발달과 더불어 인간이 지고의 가치와 목표를 상실하고 노예적인 삶을 영위하는 왜소한 대중으로 전락했다고 보았다. 그래서 합리적인 철학과 기독교 윤리 등 모든 전통적인 가치와 도덕에 의문을 제기하고 새로운 가치를 만들어 내야 한다고 생각했다. 그는 〈신은 죽었다〉고 선언했으며, 내세적인 것에서 벗어나 지상적인 것을 본질로 하는 삶의 철학을 주장했다. 그의 이런 사상은 〈신의 죽음〉, 〈초인〉, 〈영원 회귀〉, 〈힘에의 의지〉 등으로 표현되고, 이것은 바로 『차라투스트라는 이렇게 말했다』를 관통하는 핵심을 이룬다.

니체는 이런 사상을 스물여덟 살에 발표한 처녀작 『비극의 탄생』을 비롯해 『반시대적 고찰』, 『인간적인, 너무나 인간적인』, 『차라투스트라는 이렇게 말했다』, 『선악의 피안』, 『여명 *Morgenröte*』, 『도덕의 계보학 *Zur Genealogie der Moral*』 등의 위대한 저서에 담아 발표했다.

니체의 〈가장 심오한 책〉『차라투스트라는 이렇게 말했다』

『차라투스트라는 이렇게 말했다』(이하『차라투스트라』)는 니체의 저서들 중에서 가장 많이 읽히고 가장 많이 거론되는 명실상부한 대표작으로 꼽힌다. 니체 스스로도 이 책을 아주 높이 평가하고 그 가치를 인정했다. 그는 1888년 집필한『이 사람을 보라*Ecce homo*』에서 이렇게 말한다.

> 내 저서들 중에서『차라투스트라』는 독보적인 위치에 있다. 이 책을 통해 나는 인류에게 지금까지 받은 그 어떤 것보다도 위대한 선물을 했다. 길이길이 남을 목소리로 말하는 이 책은 현재 존재하는 가장 고귀한 책일 뿐 아니라 (……) 진리의 더없이 내밀한 풍요로움으로부터 태어난 가장 심오한 책, 마르지 않는 샘물이다.

『차라투스트라』는 전부 네 부로 이루어져 있는데, 니체의 사상이 무르익은 1883년에서 1885년 사이에 쓰였다. 1부와 2부는 1883년, 3부는 1884년에 출간되었으며, 4부는 출간해 주겠다는 출판사를 찾을 수 없어서 1885년 자비 출판되었다. 그것도 겨우 40부 인쇄할 수 있었다. 그러다 니체가 정신 질환으로 쓰러진 후, 1892년 페터 가스트Peter Gast에 의해 오늘날의 형태로 모여 출간되었다.

니체의 이 〈가장 고귀한 책〉, 〈가장 심오한 책〉은 여러모로 아주 특별한 책이다. 내용은 물론이고 문체와 언어 표현, 구성과 전개 방식이 보통 철학서와는 많이 다르다. 첫째, 이 책은 차라투스트라를 중심으로 숲 속의 성자, 줄타기 광대, 예언자, 마술사 등 다수의 인물이 등장하여 줄거리를 엮어 나가는 서사적 구조를 갖추고 있다. 또한 심오한 내용을 상징적이고 은유적인 표현에 담아낼 뿐만 아니라 간결하고 유려한 문체로 묘사하여 마치 시를 읽는 듯한 느낌을 자아낸다. 이런 점에서 『차라투스트라』는 전형적인 문학 작품이다. 둘째, 동굴, 지복의 섬, 감람산 등의 장소와 해 뜨기 전, 밤, 위대한 정오 등의 시간에서 볼 수 있듯, 장소와 시간이 구체적이기보다 막연하게 제시되고 자주 바뀌어 초현실적인 분위기를 자아낸다. 이런 비현실적인 분위기는 차라투스트라의 충실한 벗인 독수리와 뱀을 비롯해 낙타, 사자, 두꺼비, 타란툴라 등의 짐승들과 사과나무, 무화과나무, 야자나무 같은 식물들이 등장함으로써 더욱 고조된다. 차라투스트라와 대화를 나누거나 대화 내용에 등장하는 사람들도 개인적이고 구체적인 인물이 아니라 전형적인 유형들로 파악해야 한다. 간단히 말해서, 『차라투스트라』는 니체의 중심 사상을 철학적인 언어로 논증하기보다는 문학 특유의 비유적인 묘사 형식을 통해 풀어낸 시적인 작품이다. 그래서 니체의 다른 저서들에 비해 언뜻 읽기 쉬운 듯 보이지만, 사실은 니체의 핵심 사상을 알 듯 말 듯한 비유적인 표현에 함축적으로 담아 놓았기 때문에 이해하기가 더 어렵다고 할 수 있다.

『차라투스트라』는 3인칭 화자가 차라투스트라라는 사상가의 행적에 대해 이야기하는 형식으로 되어 있다. 따라서 차라투스트라가 이야기의 중심으로서 줄거리를 이끌어 나간다. 역사상의 차라투스트라는 기원전 1500년경에 살았던 고대 페르시아의 예언자이며 종교 창시자로서, 그리스인들이 불렀던 조로아스터라는 이름으로 잘 알려져 있다. 조로아스터가 창시한 종교는 조로아스터교 혹은 〈불의 집〉에서 신을 숭배한다는 뜻의 배화교로 불리는데, 약 천 년 동안 페르시아 제국의 공식적인 종교였다. 지금도 인도와 이란에 약 50만 정도의 신도가 남아 있다. 역사적 인물 조로아스터는 세상을 선과 악으로 구분하고, 서로 영원히 적대적인 관계에 있는 선과 악의 우주적인 투쟁으로부터 인간과 역사를 해석했다. 여기서 선과 악의 이원론이 등장하게 되고, 조로아스터는 인간이 선의 편에서 악을 물리쳐야 한다는 도덕을 만들어 냈다. 이것은 인류의 모든 도덕을 거부하고 선과 악의 경계를 넘어서야 한다고 역설한 니체의 사상과 배치된다. 그러나 니체는 조로아스터의 예언자적인 어투와 결연한 언행, 은자로서의 삶, 고고한 인품을 빌어 자신의 철학 사상을 시적으로 힘차게 풀어내었다.

차라투스트라의 〈가르침의 길〉

『차라투스트라』는 모두 네 부로 구성되어 있고, 각기 한 부는 소제목이 붙어 있는 스무 개 안팎의 이야기로 엮어져 있다. 그리고 열 부분으로 이루어진 비교적 긴 머리말이 책의 서두를 연다. 머리말은 산속의 고독한 은둔자로서 명상과 고행으로 10년을 보낸 차라투스트라의 마음이 변하는 것으로 시작된다. 차라투스트라는 은둔 생활을 끝내고 그동안 깨달은 지혜와 새로운 철학의 가르침을 펴기 위해 인간 세계로 내려온다. 때마침 줄타기 광대의 곡예가 예고된 터라서, 〈얼룩소〉라 불리는 작은 도시의 장터는 사람들로 북적거린다. 차라투스트라는 신은 죽었으며, 이제 인간은 초인이 되어 스스로 목표를 세우고 최고의 희망의 싹을 심을 때라고 가르친다. 〈나는 그대들에게 초인을 가르친다. 인간은 극복되어야 하는 존재다. (……) 초인은 지상의 의미다.〉 그러나 창조적인 생명력도 초극에의 의지도 없이 순간의 안일과 쾌락만 탐하는 인간들, 〈말인*der letzte Mensch*〉들 가운데 차라투스트라의 가르침을 이해하는 사람은 아무도 없다. 차라투스트라는 조롱받고 멸시받고 웃음거리가 된다. 이에 그는 자신과 함께 창조하고 함께 수확하고 함께 축제를 벌일 길동무들을 찾아서 가르침을 펼치기로 결심한다.

인간에게 창조적으로 변할 것을 요구하는 그 유명한 〈세 가지 변화〉에 대한 이야기를 필두로, 차라투스트라의 가르침이 제1부에서 본격적으로 시작된다. 세 가지 변화는 그저 모든 것을 참고 인내하는 굴욕적인 정신을 상징하는 낙타에서, 주어진 것에 반항하며 직접 자신의 사막을 다스리기 위한 권리와 자유를 쟁취하려 하는 사자를 거쳐, 새로운 가치를 창조할 수 있는 자유롭고 순진무구한 어린아이로의 탈바꿈을 상징적으로 묘사한다. 이어서 차라투스트라는 육체와 영혼, 예술과 학문, 종교와 국가, 죽음과 같은 중요한 개념들을 재평가하고, 배후 세계를 신봉하는 자들과 육체를 경멸하는 자들, 죽음을 설교하는 자들을 비판하며, 읽기와 쓰기, 벗, 순결, 삶의 목표, 이웃 사랑, 자녀와 결혼 같은 삶의 실천적 지혜에 대한 가르침을 편다. 1부는 인간적인 것의 〈더러운 강물〉을 바다처럼 받아들여 정화할 수 있는 초인에 이르는 길을 설파하고, 그런 초인이 도래하기를 바라는 말로 끝을 맺는다. 〈신들은 모두 죽었다. 우리는 이제 초인이 나타나기를 바란다.〉 1부의 끝에서 차라투스트라는 소수의 제자를 얻지만, 그들과 헤어져 산속으로, 동굴의 고독 속으로 돌아간다.

제2부에서, 다시 오랜 고독의 세월을 보낸 차라투스트라는 제자들에 대한 그리움이 날로 고통이 되고 자신의 가르침이 왜곡되는 것을 더는 그대로 좌시할 수 없어 다시 제자들을 찾아간다. 1부와 마찬가지로 2부에서도 스물두 개의 이야기를 통해, 차라투스트라는 동정심과 도덕의 허구, 성직자와 현자의 위선, 순수 인식과 평등에 대한 환상, 학자와 시인의 허세 등을 비판하고, 선과 악을 새롭게 평가하며, 세상살이를 위한 처세술 등을 가르친다. 특히 모든 살아 있는 것 안

의 〈힘에의 의지〉와 삶의 기본적인 특성으로서 자기 극복이 2부의 중심 사상을 이룬다. 니체에 따르면, 삶은 삶의 〈본성이 언제나 자신을 극복해야 하는〉 데 있다고 알려 준다. 차라투스트라는 힘에의 의지에 대해 가르치고, 힘에의 의지를 가장 긍정적으로 사용할 수 있는 최고의 인간은 초인이라고 말한다. 초인은 지금까지 사람들이 소중하게 생각해 온 가치를 파괴하고, 그 자리에 새로운 가치를 세우고, 인류에게 지상을 사랑하는 법을 가르칠 수 있다는 것이다. 2부의 끝에서 차라투스트라는 자신이 과업을 수행할 만큼 아직 무르익지 않은 것을 깨닫고, 제자들과의 이별을 슬퍼하며 또다시 고독 속으로 돌아간다.

제3부에서, 제자들과 헤어진 차라투스트라는 혼자 긴 항해를 떠난다. 외로이 여러 곳을 방랑한 후 다시 산속의 동굴로 돌아간다. 동굴에서 영원 회귀의 가르침을 펼칠 수 있는 힘을 축적하는 동시에 자신의 구원을 위해 영원 회귀를 열망한다. 〈나는 가장 큰 것에서뿐만 아니라 가장 작은 것에서도 이와 똑같은 삶을 살러 영원히 다시 올 것이다. 그래서 만물의 영원 회귀를 다시 가르칠 것이다.〉 따라서 3부에서는 영원 회귀 사상이 집중적으로 개진되며, 결국 영원에 대한 사랑 선언, 〈오, 영원이여, 나는 그대를 사랑하기 때문이다!〉라는 말로 끝을 맺는다. 영원 회귀 사상과 더불어 3부에서는 환영과 수수께끼, 왜소하게 만드는 덕, 행복과 동경 등에 대해 이야기하고, 지금까지 비도덕적인 것으로 치부된 세 가지 악, 관능적 육욕과 지배욕과 이기심을 건강한 자연적 가치라고 긍정적으로 재평가한다.

제4부는 세월 가는 것에 아랑곳하지 않고 산속에서 은둔 생활을 하는 차라투스트라의 귀에 어느 날 도움을 구하는 절박한 외침이 들려오는 것으로 시작된다. 예언자에 이어 두 명

의 왕, 마술사, 교황, 정신의 양심을 지닌 자, 더없이 추악한 인간, 비렁뱅이를 자청한 자, 차라투스트라의 그림자가 도움을 구해 찾아온다. 그들은 반쯤 깨어났지만, 아직 초인의 경지에는 이르지 못한 자들이다. 그들은 신이 죽은 시대에 존재하는 공허함과 무의미함을 예감하고, 살아남기 위해 인간과 자기 자신에 대한 새로운 비전을 필요로 한다. 니체는 그들을 〈더 높은 인간der höhere Mensch〉이라고 부르며 아직 안일한 현실에 깊이 도취되어 있는 〈말인〉 위에 두었다. 차라투스트라는 그들 모두를 손님으로 받아들여 그들과 함께 만찬을 들며 창조적인 인간, 초인이 되기 위한 길에 대해 가르친다. 그 〈더 높은 인간〉들에 대한 동정심은 차라투스트라가 넘어야 할 최후의 시련이다. 그가 결국 이 〈최후의 죄〉를 극복하고, 〈어두운 산속에서 떠오르는 아침 해처럼 불타는 모습으로 힘차게 자신의 동굴을 떠〉나는 것으로 프리드리히 니체의 대작 『차라투스트라는 이렇게 말했다』는 끝을 맺는다.

〈신의 죽음〉에서 〈초인의 탄생〉으로

니체는 기독교에 토대를 둔 유럽 문명사회의 몰락과 니힐리즘의 도래를 예리하게 직감했다. 그는 〈신은 죽었다〉라고 선언함으로써 서구 유럽 사회의 종교적인 신념 상실에 정면으로 대응했다. 신이 효용 가치를 상실했기 때문에 사회는 더 이상 신을 필요로 하지 않는다는 것이었다. 따라서 니체는 인류가 그 어떤 식의 믿음이나 교리의 도움 없이 스스로 새롭게 가치를 만들어 내어 자립해야 한다고 주장했다. 그는 이처럼 신적인 존재나 모든 객관적인 가치를 거부하고 새로운 가치를 창조해 새로운 시대를 이끌어 갈 인간으로서 〈초인Übermensch〉을 제시한다. 여기에서 초인은 초월적인 존재나 초능력을 가진 사람이 아니라 기존의 모든 것을 〈넘어선 사람〉이라는 뜻이다. 니체의 『차라투스트라』는 간단히 말해 이런 새로운 유형의 인간, 초인에 대한 선언이다.

머리말에서 차라투스트라는 인간이 과거에 벌레였고 원숭이였으며, 인간 안에는 아직도 벌레와 원숭이의 본성이 많이 남아 있다고 말한다. 즉, 인간은 안일한 현실에 취해서 아무것도 이루려 하지 않고 아무런 충동도 느끼지 못하는 〈말인〉으로부터 초인에 이르는 길의 중간에 있는 존재라는 것이다. 〈인간은 짐승과 초인 사이에 매인 밧줄이다. 심연 위에 매인 밧줄이다.〉 인간은 과감하게 벌레나 원숭이로서의 본성을 떨쳐 버리고 초인이 되어야 한다. 나약한 인간들은 내세에 대한 믿음에서 위로를 찾으며 죽은 신의 계명에 매달리지만, 초인은 기존의 그 어떤 가치도 진리도 도덕도 믿지 않는다. 초인은 비관하거나 절망하지 않으며 자신의 삶을 포용하고 자신의 운명을 사랑한다. 초인은 스스로를 통제하고 자신의 힘에의 의지를 완전히 활용해 생을 긍정하는 가치를 개척한다. 초인은 인간의 가능성을 최대한 실현시킨 사람들, 선발된 사람들이다.

그러므로 초인의 덕은 무엇보다도 창조하는 행위에 있다. 초인은 창조하는 자, 수확하는 자이다. 그러나 창조하기 위해서는 언제나 파괴를 전제로 해야 한다. 초인은 노예근성에서 벗어나 완전한 자유 속에서 모든 옛 가치를 뒤엎는 번개여야 한다. 〈인간이란 존재는 으스스하고 여전히 무의미하다. (……) 나는 인간에게 존재의 의미를 가르치려 한다. 그것은 바로 초인, 인간이라는 어두운 먹구름에서 치는 번개다.〉 이처럼 니체는 무의미하고 덧없는 인간에게 삶의 의미를 가르치는 번개 같은 존재, 초인을 누구나 성취할 수 있는 개인적 이상으로서 신을 잃어버린 사회에 제시했다.

『차라투스트라』제2부에서는 니체의 또 다른 핵심 사상인 〈힘에의 의지*Wille zur Macht*〉가 소개된다. 니체에 의하면, 존재하는 모든 것은 단순히 존재하는 것에 만족하지 않고 보다 많은 힘을 확보하기 위해 분투한다. 즉 존재하는 것은 모두 힘을 향한 의지를 지니고 있다는 것이다. 니체는 이런 〈힘에의 의지, 지칠 줄 모르고 생성하는 삶의 의지〉를 인간의 모든 행동의 기본적 충동이며, 모든 것을 지배하는 원리라고 보았다. 차라투스트라는 말한다.

나는 살아 있는 것을 발견한 곳에서 힘에의 의지를 발견했다. 그리고 섬기는 자의 의지 속에서도 주인이 되려는 의지를 발견했다.
더 약한 자의 주인이 되려 하는 약자의 의지는 약자가 강자를 섬겨야 한다고 약자를 설득한다. 약자도 이 기쁨만은 포기하기 어렵다.

인간의 모든 격정과 의식, 합리적인 행동, 더 높은 것을 지향하고 스스로 창조자가 되려는 충동도 〈힘에의 의지〉의 표현이다. 과학과 철학, 정치, 종교, 예술, 도덕 등 모든 문화와 문명의 현상들은 힘에의 의지가 낳은 산물이다.
1889년에 출간한 『이 사람을 보라』에서 니체는 『차라투스트라』의 저변을 흐르는 기본 구상이 〈영원 회귀 사상, 도달할 수 있는 최고의 긍정의 공식〉이라고 말했다. 〈영원 회귀*Ewige Wiederkunft des Gleichen*〉는 현재 일어나고 있는 일들은 이미 과거에도 수없이 똑같이 일어났고, 앞으로도 영원히 똑같이 일어날 것임을 뜻한다. 차라투스트라는 〈만물은 영원히 회귀하고 우리 자신도 회귀하며, 우리는 이미 무수히 여러 번 존재했고 우리와 더불어 만물도 무수히 여러 번 존재했다는 것을 가르친다.〉 존재의 수레바퀴는 영원히 돌고 돈다. 따라서 인간은 자신의 운명을 받아들이고 사랑해야 할 뿐만 아니라 이 무의미한 생존이 영원히 반복해서 회귀하는 것도 포용해야 한다. 초인은 영원 회귀를 포용하고 현재의 삶을 영원히 반복해서 산다고 해도 받아들일 수 있는 사람을 말한다. 나약한 자는 내세에 희망을 걸고 살지만, 강한 자는 현재의 삶을 즐기기 때문이다. 초인은 자신의 존재를 조건 없이 수용하고 모든 것에 〈그렇다〉고 말하며 삶을 긍정하는 사람이다. 삶을 긍정하는 최고의 형식은 〈영원 회귀의 고리*Ring der Wiederkunft*〉에서 상징화된다. 니체는 영원 회귀라는 개념을 통해 인생을 긍정하고 사랑하는 계기를 마련한다.

『차라투스트라』를 관통해 흐르는 니체의 핵심 사상들, 다시 말해 초인과 힘에의 의지, 영원 회귀는 우리로 하여금 인생을 사는 방법을 되돌아보고 바꿀 수 있도록 하는 데 그 의의가 있다. 니체는 이런 가능성을 생각해 본다는 것만으로도 훌륭한 사고 실험이 될 수 있으며, 또 그런 실험이 자기 스스로를 인식하고 생을 살아가는 데 커다란 영향을 미치게 될 것이라고 생각했다.

모든 사람을 위하면서 그 누구를 위한 것도 아닌 책

철학적인 내용을 문학적인 형식에 담아낸 『차라투스트라』는 이미 니체 생전에도 온전히 이해받지 못했으며, 그 사실을 누구보다도 니체 스스로가 잘 알고 있었다. 그래서 〈모든 사람을 위하면서 그 누구를 위한 것도 아닌 책*Ein Buch für Alle und Keinen*〉이라는 자조적인 부제를 달았다. 자신은 모든 사람을 대상으로 이 책을 집필했지만, 그 내용을 제대로 이해할 사람은 아무도 없을 것이라고 비관적으로 내다본 것이다. 『차라투스트라』에 대한 오해는 독일 히틀러 정권 시대에 절정에 이르렀다. 니체는 결코 반유대주의적인 발언이나 독일 민족 지상주의를 찬양한 적이 없는데도, 니체의 초인 사상은 나치 인종주의자들에 의해 정치적으로 악용되었다.

니체가 신의 죽음을 선언하고 초인 사상을 역설한 배후에는 허구적인 신앙과 헛된 가치로부터 인간을 해방하려는 염원이 숨어 있었으며, 힘에의 의지와 영원 회귀의 사상 이면에는 허무주의를 극복해 삶을 긍정하고 지상에서의 환희를 누리게 하려는 생각이 깃들어 있었다. 니체는 『이 사람을 보라』에서 그런 자신의 생각을 이해해 줄 시간이 아직 오지 않았다고 예언했다. 〈나의 시간은 아직 오지 않았다. 어떤 이들은 죽은 후에 태어난다. 언젠가 내가 생각했던 그대로의 삶과 지식을 가르치기 위한 교육 기관들이 생길 것이고, (……) 또 『차라투스트라』를 해석하기 위한 교수직이 만들어질지도 모른다.〉 이 예언은 그대로 맞아떨어져서, 니체의 철학은 서서히 그 진가를 인정받기 시작했으며, 특히 사후 100년이 지난 21세기에 들어서는 니체 신드롬이라고 할 정도로 많은 관심과 주목을 받고 있다.

김인순

역자 해설 **451**

프리드리히 니체 연보

1844년 출생 10월 15일 프로이센 작센 주의 뢰켄Röcken에서 루터교회 목사 카를 루트비히 니체Karl Ludwig Nietzsche와 이웃 마을 목사의 딸 프란치스카 욀러Franziska Öhler의 장남으로 출생.

1849년 5세 아버지 카를 루트비히 니체와 남동생 요제프 사망.

1850년 6세 가족과 함께 나움부르크Naumburg로 이사하여 어머니와 여동생, 두 명의 이모, 할머니와 함께 살게 됨. 소년 시민 학교에 입학하지만 적응하지 못하고 곧 그만둠.

1851년 7세 사설 교육 기관 칸디다텐 베버Kandidaten Weber에서 종교, 라틴어, 그리스어 학습. 어머니에게서 피아노를 선물받아 처음으로 음악 수업 시작.

1853년 9세 나움부르크의 돔김나지움Dom-Gymnasium에 입학. 시를 짓고 작곡을 하기 시작.

1858년 14세 명문 기숙사 학교 슐포르타Schulpforta 입학. 시와 문학, 음악에 대한 열정을 키움.

1861년 17세 리하르트 바그너Richard Wagner의 음악을 알게 되고 셰익스피어와 괴테, 횔덜린의 작품을 즐겨 읽음.

1962년 18세 「운명과 역사Fatum und Geschichte」 집필.

1864년 20세 슐포르타를 우수한 성적으로 졸업하고 본 대학에서 신학 및 고전 어문학 학업 시작.

1865년 21세 어문학과 교수 프리드리히 리츨Friedrich Ritschl을 따라 라이프치히 대학으로 옮겨 학업 계속. 아르투르 쇼펜하우어Arthur Schopenhauer의 『의지와 표상으로서의 세계Die Welt als Wille und Vorstellung』를 읽고 깊은 감명을 받음.

1866년 22세 고전 어문학자 에르빈 로데Erwin Rohde와 긴밀한 우정을 맺기 시작.

1867년 23세 군대 입대.

1868년 24세 3월에 말에서 떨어져 심한 부상을 입고 10월에 제대. 작곡가 리하르트 바그너를 개인적으로 처음 만남.

1869년 25세 스위스 바젤 대학의 고전 어문학과 원외 교수로 위촉됨. 라이프치히 대학에서 박사 학위 취득. 루체른 근교에 머물던 바그너를 자주 방문. 예술사와 문명사 교수 야코프 부르크하르트Jacob Burckhardt와 친교 시작. 스위스 국적을 취득하지 않은 상태에서 프로이센 국적 포기.

1870년 26세 바젤 대학의 정교수로 취임. 신학자 프란츠 오버베크 Franz Overbeck와 교제 시작. 프랑스와 독일 전쟁에 의무병으로 지원하지만 이질과 디프테리아에 걸려 바젤로 귀환.

1871년 27세 『비극의 탄생Die Geburt der Tragödie』 탈고.

1872년 28세 『비극의 탄생』 출간. 그러나 많은 어문학자들에게 비난받음. 바이로이트에서 바그너와 재회.

1873년 29세 『반시대적 고찰: 신앙 고백자이자 작가 다비트 슈트라우스Unzeitgemäße Betrachtungen: David Strauss, der Bekenner und der Schriftsteller』 출간. 『그리스 비극 시대의 철학Die Philosophie im tragischen Zeitalter der Griechen』 집필.

1874년 30세 파울 레Paul Ree와의 긴밀한 관계 시작. 『반시대적 고찰:

454

역사의 장단점에 대해 *Unzeitgemäße Betrachtungen: Vom Nutzen und Nachtheil der Historie für das Leben*』와 『반시대적 고찰: 교육자로서의 쇼펜하우어 *Unzeitgemäße Betrachtungen: Schopenhauer als Erzieher*』출간.

1875년 ³¹세　음악가 페터 가스트 Peter Gast(본명 하인리히 쾨젤리츠 Heinrich Köselitz)를 처음 만남. 건강이 많이 악화되어 1년 휴가를 얻어 10월 초에 파울 레와 함께 이탈리아로 요양을 떠남.

1876년 ³²세　『반시대적 고찰: 바이로이트의 리하르트 바그너 *Unzeitgemäße Betrachtungen: Richard Wagner in Bayreuth*』출간. 『인간적인, 너무나 인간적인 *Menschliches, Allzumenschliches*』제1부 집필.

1878년 ³⁴세　『인간적인, 너무나 인간적인』제1부에서 반유대주의와 가톨릭 성향을 드러낸 바그너에 대한 실망과 반감을 나타낸 계기로 바그너와 결별.

1879년 ³⁵세　병세의 악화로 바젤 대학 교수직 사임. 『인간적인, 너무나 인간적인』제2부 탈고.

1880년 ³⁶세　페터 가스트와 함께 베네치아와 제네바 여행. 『인간적인, 너무나 인간적인』제2부 출간. 『아침놀 *Morgenröthe*』집필 시작.

1881년 ³⁷세　여름에 질스마리아 Sils-Maria의 산책길에서 영원 회귀 사상 구상. 제네바에서 조르주 비제의 「카르멘 Carmen」을 보고 감격. 『아침놀』출간.

1882년 ³⁸세　메시나 여행. 로마에서 루 살로메 Lou Andreas-Salomé와 교제, 두 차례 청혼하지만 거절당함. 니체의 유일한 시가 『메시나에서의 전원시 *Idyllen aus Messina*』발표. 『즐거운 학문 *Die fröhliche Wissenschaft*』출간.

1883년 ³⁹세　라팔로에 머무르며 『차라투스트라는 이렇게 말했다 *Also sprach Zarathustra*』제1부와 제2부 출간.

1884년 ⁴⁰세　니스에서 『차라투스트라는 이렇게 말했다』제3부 출간. 『차라투스트라는 이렇게 말했다』제4부 완성.

1885년 ⁴¹세　여동생 엘리자베트의 결혼식에 불참. 『차라투스트라는 이렇게 말했다』 제4부 자비 출판. 질스마리아에서 여름을 보내며 『힘에의 의지』 구상.

1886년 ⁴²세　『선악의 피안 *Jenseits von Gut und Böse*』 자비 출간.

1887년 ⁴³세　건강이 더욱 악화된 상태에서 6월에 살로메의 결혼 소식을 듣고 우울증까지 겹침. 『도덕의 계보학 *Zur Genealogie der Moral*』 자비 출간.

1888년 ⁴⁴세　덴마크 출신의 유대인 문학 비평가 게오르그 브라네스 Georg Brandes가 코펜하겐 대학에서 처음으로 「독일의 철학자 프리드리히 니체에 관해서」 강의. 『힘에의 의지 *Der Wille zur Macht*』 집필. 『디오니소스 찬가 *Dionysos-Dithyramben*』 완성. 『우상의 황혼 *Götzen-Dämmerung*』, 『이 사람을 보라 *Ecce homo*』, 『니체 대 바그너 *Nietzsche contra Wagner*』 집필. 『바그너의 경우 *Der Fall Wagner*』, 『반기독교도 *Der Antichrist*』 출간.

1889년 ⁴⁵세　1월 3일 이탈리아 토리노의 카를로 알베르트 광장에서 졸도, 친구 프란츠 오버베크가 바젤의 정신 병원에 입원시킴. 1월 17일 어머니에 의해 예나의 정신 병원으로 옮김. 『디오니소스 찬가』, 『우상의 황혼』, 『이 사람을 보라』, 『니체 대 바그너』 출간.

1890년 ⁴⁶세　어머니가 니체를 나움부르크로 데려와 돌봄.

1892년 ⁴⁸세　페터 가스트에 의해 『차라투스트라는 이렇게 말했다』가 처음으로 한 권으로 출간됨.

1894년 ⁵⁰세　여동생 엘리자베트가 니체 전집을 편찬하기 위한 니체 문서 보관소 설립.

1897년 ⁵³세　니체의 어머니 프란치스카 니체가 71세로 별세. 누이동생과 함께 바이마르로 거처를 옮김.

1900년 ⁵⁶세　8월 25일 바이마르에서 사망. 고향 뢰켄에 안장됨.

열린책들 세계문학 233 **차라투스트라는 이렇게 말했다**

옮긴이 김인순 고려대학교 독어독문학과를 졸업하고 독일 칼스루에 대학에서 수학했으며 고려대학교 대학원 독어독문학과에서 문학 박사 학위를 받았다. 독일에서 박사 후 과정을 밟은 뒤 함부르크에서 연구를 계속하다가 현재는 한국으로 돌아와 고려대학교와 중앙대학교에 출강하며 번역 활동을 하고 있다. 논문으로 「로베르트 무질 소설에 있어서 비유의 기능」 등 다수가 있으며, 옮긴 책으로는 헤르만 헤세의 『데미안』, 요한 볼프강 폰 괴테의 『파우스트』, 『젊은 베르테르의 슬픔』, 프리드리히 폰 실러의 『도적 떼』, 클라우스 바겐바흐의 『카프카의 프라하』, 지그문트 프로이트의 『꿈의 해석』, 파트리크 쥐스킨트의 『깊이에의 강요』, 알렉산더 폰 쇤부르크의 『우아하게 가난해지는 방법』, 산도르 마라이의 『열정』, 헤르타 뮐러의 『저지대』, 아르노 가이거의 『유배 중인 나의 왕』 등이 있다.

지은이 프리드리히 니체 **옮긴이** 김인순 **발행인** 홍예빈 · 홍유진
발행처 주식회사 열린책들 **주소** 경기도 파주시 문발로 253 파주출판도시
전화 031-955-4000 **팩스** 031-955-4004 **홈페이지** www.openbooks.co.kr
Copyright (C) 주식회사 열린책들, 2015, *Printed in Korea.*
ISBN 978-89-329-1233-2 04850 ISBN 978-89-329-1499-2 (세트)
발행일 2015년 9월 5일 세계문학판 1쇄 2023년 11월 10일 세계문학판 11쇄

이 도서의 국립중앙도서관 출판예정도서목록(CIP)은 서지정보유통지원시스템 홈페이지(http://seoji.nl.go.kr)와 국가자료공동목록시스템(http://www.nl.go.kr/kolisnet)에서 이용하실 수 있습니다.(CIP제어번호 : CIP2015022495)

열린책들 세계문학
Open Books World Literature

001 **죄와 벌** 표도르 도스또예프스끼 장편소설 | 홍대화 옮김 | 전2권 | 각 408, 512면

003 **최초의 인간** 알베르 카뮈 장편소설 | 김화영 옮김 | 392면

004 **소설** 제임스 미치너 장편소설 | 윤희기 옮김 | 전2권 | 각 280, 368면

006 **개를 데리고 다니는 부인** 안똔 체호프 소설선집 | 오종우 옮김 | 368면

007 **우주 만화** 이탈로 칼비노 단편집 | 김운찬 옮김 | 416면

008 **댈러웨이 부인** 버지니아 울프 장편소설 | 최애리 옮김 | 296면

009 **어머니** 막심 고리끼 장편소설 | 최윤락 옮김 | 544면

010 **변신** 프란츠 카프카 중단편집 | 홍성광 옮김 | 464면

011 **전도서에 바치는 장미** 로저 젤라즈니 중단편집 | 김상훈 옮김 | 432면

012 **대위의 딸** 알렉산드르 뿌쉬낀 장편소설 | 석영중 옮김 | 240면

013 **바다의 침묵** 베르코르 소설선집 | 이상해 옮김 | 256면

014 **원수들, 사랑 이야기** 아이작 싱어 장편소설 | 김진준 옮김 | 320면

015 **백치** 표도르 도스또예프스끼 장편소설 | 김근식 옮김 | 전2권 | 각 504, 528면

017 **1984년** 조지 오웰 장편소설 | 박경서 옮김 | 392면

019 **이상한 나라의 앨리스** 루이스 캐럴 환상동화 | 머빈 피크 그림 | 최용준 옮김 | 336면

020 **베네치아에서의 죽음** 토마스 만 중단편집 | 홍성광 옮김 | 432면

021 **그리스인 조르바** 니코스 카잔차키스 장편소설 | 이윤기 옮김 | 488면

022 **벚꽃 동산** 안똔 체호프 희곡선집 | 오종우 옮김 | 336면

023 **연애 소설 읽는 노인** 루이스 세풀베다 장편소설 | 정창 옮김 | 192면

024 **젊은 사자들** 어윈 쇼 장편소설 | 정영문 옮김 | 전2권 | 각 416, 408면

026 **젊은 베르테르의 슬픔** 요한 볼프강 폰 괴테 장편소설 | 김인순 옮김 | 240면

027 **시라노** 에드몽 로스탕 희곡 | 이상해 옮김 | 256면

028 **전망 좋은 방** E. M. 포스터 장편소설 | 고정아 옮김 | 352면

029 **까라마조프 씨네 형제들** 표도르 도스또예프스끼 장편소설 | 이대우 옮김 | 전3권 | 각 496, 496, 460면

032 **프랑스 중위의 여자** 존 파울즈 장편소설 | 김석희 옮김 | 전2권 | 각 344면

034 **소립자** 미셸 우엘벡 장편소설 | 이세욱 옮김 | 448면

035 **영혼의 자서전** 니코스 카잔차키스 자서전 | 안정효 옮김 | 전2권 | 각 352, 408면

037 **우리들** 예브게니 자먀찐 장편소설 ┊ 석영중 옮김 ┊ 320면

038 **뉴욕 3부작** 폴 오스터 장편소설 ┊ 황보석 옮김 ┊ 480면

039 **닥터 지바고** 보리스 파스테르나크 장편소설 ┊ 홍대화 옮김 ┊ 전2권 ┊ 각 480, 592면

041 **고리오 영감** 오노레 드 발자크 장편소설 ┊ 임희근 옮김 ┊ 456면

042 **뿌리** 알렉스 헤일리 장편소설 ┊ 안정효 옮김 ┊ 전2권 ┊ 각 400, 448면

044 **백년보다 긴 하루** 친기즈 아이뜨마또프 장편소설 ┊ 황보석 옮김 ┊ 560면

045 **최후의 세계** 크리스토프 란스마이어 장편소설 ┊ 장희권 옮김 ┊ 264면

046 **추운 나라에서 돌아온 스파이** 존 르카레 장편소설 ┊ 김석희 옮김 ┊ 368면

047 **산도칸 ─ 몸프라쳄의 호랑이** 에밀리오 살가리 장편소설 ┊ 유향란 옮김 ┊ 428면

048 **기적의 시대** 보리슬라프 페키치 장편소설 ┊ 이윤기 옮김 ┊ 560면

049 **그리고 죽음** 짐 크레이스 장편소설 ┊ 김석희 옮김 ┊ 224면

050 **세설** 다니자키 준이치로 장편소설 ┊ 송태욱 옮김 ┊ 전2권 ┊ 각 480면

052 **세상이 끝날 때까지 아직 10억 년** 스뜨루가츠끼 형제 장편소설 ┊ 석영중 옮김 ┊ 224면

053 **동물 농장** 조지 오웰 장편소설 ┊ 박경서 옮김 ┊ 208면

054 **캉디드 혹은 낙관주의** 볼테르 장편소설 ┊ 이봉지 옮김 ┊ 232면

055 **도적 떼** 프리드리히 폰 실러 희곡 ┊ 김인순 옮김 ┊ 264면

056 **플로베르의 앵무새** 줄리언 반스 장편소설 ┊ 신재실 옮김 ┊ 320면

057 **악령** 표도르 도스또예프스끼 장편소설 ┊ 박혜경 옮김 ┊ 전3권 ┊ 각 328, 408, 528면

060 **의심스러운 싸움** 존 스타인벡 장편소설 ┊ 윤희기 옮김 ┊ 340면

061 **몽유병자들** 헤르만 브로흐 장편소설 ┊ 김경연 옮김 ┊ 전2권 ┊ 각 568, 544면

063 **몰타의 매** 대실 해밋 장편소설 ┊ 고정아 옮김 ┊ 304면

064 **마야꼬프스끼 선집** 블라지미르 마야꼬프스끼 선집 ┊ 석영중 옮김 ┊ 384면

065 **드라큘라** 브램 스토커 장편소설 ┊ 이세욱 옮김 ┊ 전2권 ┊ 각 340, 344면

067 **서부 전선 이상 없다** 에리히 마리아 레마르크 장편소설 ┊ 홍성광 옮김 ┊ 336면

068 **적과 흑** 스탕달 장편소설 ┊ 임미경 옮김 ┊ 전2권 ┊ 각 432, 368면

070 **지상에서 영원으로** 제임스 존스 장편소설 ┊ 이종인 옮김 ┊ 전3권 ┊ 각 396, 380, 496면

073 **파우스트** 요한 볼프강 폰 괴테 희곡 ┊ 김인순 옮김 ┊ 568면

074 **쾌걸 조로** 존스턴 매컬리 장편소설 ┊ 김훈 옮김 ┊ 316면

075 **거장과 마르가리따** 미하일 불가꼬프 장편소설 ┊ 홍대화 옮김 ┊ 전2권 ┊ 각 364, 328면

077 **순수의 시대** 이디스 워튼 장편소설 ┊ 고정아 옮김 ┊ 448면

078 **검의 대가** 아르투로 페레스 레베르테 장편소설 ┊ 김수진 옮김 ┊ 384면

079 **예브게니 오네긴** 알렉산드르 뿌쉬낀 운문소설 | 석영중 옮김 | 328면

080 **장미의 이름** 움베르토 에코 장편소설 | 이윤기 옮김 | 전2권 | 각 440, 448면

082 **향수** 파트리크 쥐스킨트 장편소설 | 강명순 옮김 | 384면

083 **여자를 안다는 것** 아모스 오즈 장편소설 | 최창모 옮김 | 280면

084 **나는 고양이로소이다** 나쓰메 소세키 장편소설 | 김난주 옮김 | 544면

085 **웃는 남자** 빅토르 위고 장편소설 | 이형식 옮김 | 전2권 | 각 472, 496면

087 **아웃 오브 아프리카** 카렌 블릭센 장편소설 | 민승남 옮김 | 480면

088 **무엇을 할 것인가** 니꼴라이 체르니셰프스끼 장편소설 | 서정록 옮김 | 전2권 | 각 360, 404면

090 **도나 플로르와 그녀의 두 남편** 조르지 아마두 장편소설 | 오숙은 옮김 | 전2권 | 각 408, 308면

092 **미사고의 숲** 로버트 홀드스톡 장편소설 | 김상훈 옮김 | 424면

093 **신곡** 단테 알리기에리 장편서사시 | 김운찬 옮김 | 전3권 | 각 292, 296, 328면

096 **교수** 샬럿 브론테 장편소설 | 배미영 옮김 | 368면

097 **노름꾼** 표도르 도스또예프스끼 장편소설 | 이재필 옮김 | 320면

098 **하워즈 엔드** E. M. 포스터 장편소설 | 고정아 옮김 | 512면

099 **최후의 유혹** 니코스 카잔차키스 장편소설 | 안정효 옮김 | 전2권 | 각 408면

101 **키리냐가** 마이크 레스닉 장편소설 | 최용준 옮김 | 464면

102 **바스커빌가의 개** 아서 코넌 도일 장편소설 | 조영학 옮김 | 264면

103 **버마 시절** 조지 오웰 장편소설 | 박경서 옮김 | 408면

104 **10 1/2장으로 쓴 세계 역사** 줄리언 반스 장편소설 | 신재실 옮김 | 464면

105 **죽음의 집의 기록** 표도르 도스또예프스끼 장편소설 | 이덕형 옮김 | 528면

106 **소유** 앤토니어 수전 바이어트 장편소설 | 윤희기 옮김 | 전2권 | 각 440, 488면

108 **미성년** 표도르 도스또예프스끼 장편소설 | 이상룡 옮김 | 전2권 | 각 512, 544면

110 **성 앙투안느의 유혹** 귀스타브 플로베르 희곡소설 | 김용은 옮김 | 584면

111 **밤으로의 긴 여로** 유진 오닐 희곡 | 강유나 옮김 | 240면

112 **마법사** 존 파울즈 장편소설 | 정영문 옮김 | 전2권 | 각 512, 552면

114 **스쩨빤치꼬보 마을 사람들** 표도르 도스또예프스끼 장편소설 | 변현태 옮김 | 416면

115 **플랑드르 거장의 그림** 아르투로 페레스 레베르테 장편소설 | 정창 옮김 | 512면

116 **분신** 표도르 도스또예프스끼 장편소설 | 석영중 옮김 | 288면

117 **가난한 사람들** 표도르 도스또예프스끼 장편소설 | 석영중 옮김 | 256면

118 **인형의 집** 헨리크 입센 희곡 | 김창화 옮김 | 272면

119 **영원한 남편** 표도르 도스또예프스끼 장편소설 | 정명자 외 옮김 | 448면

120 **알코올** 기욤 아폴리네르 시집 | 황현산 옮김 | 352면

121 **지하로부터의 수기** 표도르 도스또예프스끼 장편소설 | 계동준 옮김 | 256면

122 **어느 작가의 오후** 페터 한트케 중편소설 | 홍성광 옮김 | 160면

123 **아저씨의 꿈** 표도르 도스또예프스끼 장편소설 | 박종소 옮김 | 312면

124 **네또츠까 네즈바노바** 표도르 도스또예프스끼 장편소설 | 박재만 옮김 | 316면

125 **곤두박질** 마이클 프레인 장편소설 | 최용준 옮김 | 528면

126 **백야 외** 표도르 도스또예프스끼 소설선집 | 석영중 외 옮김 | 408면

127 **살라미나의 병사들** 하비에르 세르카스 장편소설 | 김창민 옮김 | 304면

128 **뻬쩨르부르그 연대기 외** 표도르 도스또예프스끼 소설선집 | 이항재 옮김 | 296면

129 **상처받은 사람들** 표도르 도스또예프스끼 장편소설 | 윤우섭 옮김 | 전2권 | 각 296, 392면

131 **악어 외** 표도르 도스또예프스끼 소설선집 | 박혜경 외 옮김 | 312면

132 **허클베리 핀의 모험** 마크 트웨인 장편소설 | 윤교찬 옮김 | 416면

133 **부활** 레프 똘스또이 장편소설 | 이대우 옮김 | 전2권 | 각 308, 416면

135 **보물섬** 로버트 루이스 스티븐슨 장편소설 | 머빈 피크 그림 | 최용준 옮김 | 360면

136 **천일야화** 앙투안 갈랑 엮음 | 임호경 옮김 | 전6권 | 각 336, 328, 372, 392, 344, 320면

142 **아버지와 아들** 이반 뚜르게네프 장편소설 | 이상원 옮김 | 328면

143 **오만과 편견** 제인 오스틴 장편소설 | 원유경 옮김 | 480면

144 **천로 역정** 존 버니언 우화소설 | 이동일 옮김 | 432면

145 **대주교에게 죽음이 오다** 윌라 캐더 장편소설 | 윤명옥 옮김 | 352면

146 **권력과 영광** 그레이엄 그린 장편소설 | 김연수 옮김 | 384면

147 **80일간의 세계 일주** 쥘 베른 장편소설 | 고정아 옮김 | 352면

148 **바람과 함께 사라지다** 마거릿 미첼 장편소설 | 안정효 옮김 | 전3권 | 각 616, 640, 640면

151 **기탄잘리** 라빈드라나트 타고르 시집 | 장경렬 옮김 | 224면

152 **도리언 그레이의 초상** 오스카 와일드 장편소설 | 윤희기 옮김 | 384면

153 **레우코와의 대화** 체사레 파베세 희곡소설 | 김운찬 옮김 | 280면

154 **햄릿** 윌리엄 셰익스피어 희곡 | 박우수 옮김 | 256면

155 **맥베스** 윌리엄 셰익스피어 희곡 | 권오숙 옮김 | 176면

156 **아들과 연인** 데이비드 허버트 로런스 장편소설 | 최희섭 옮김 | 전2권 | 각 464, 432면

158 **그리고 아무 말도 하지 않았다** 하인리히 뵐 장편소설 | 홍성광 옮김 | 272면

159 **미덕의 불운** 싸드 장편소설 | 이형식 옮김 | 248면

160 **프랑켄슈타인** 메리 W. 셸리 장편소설 | 오숙은 옮김 | 320면

161 **위대한 개츠비** 프랜시스 스콧 피츠제럴드 장편소설 ¦ 한애경 옮김 ¦ 280면

162 **아Q정전** 루쉰 중단편집 ¦ 김태성 옮김 ¦ 320면

163 **로빈슨 크루소** 대니얼 디포 장편소설 ¦ 류경희 옮김 ¦ 456면

164 **타임머신** 허버트 조지 웰스 소설선집 ¦ 김석희 옮김 ¦ 304면

165 **제인 에어** 샬럿 브론테 장편소설 ¦ 이미선 옮김 ¦ 전2권 ¦ 각 392, 384면

167 **풀잎** 월트 휘트먼 시집 ¦ 허현숙 옮김 ¦ 280면

168 **표류자들의 집** 기예르모 로살레스 장편소설 ¦ 최유정 옮김 ¦ 216면

169 **배빗** 싱클레어 루이스 장편소설 ¦ 이종인 옮김 ¦ 520면

170 **이토록 긴 편지** 마리아마 바 장편소설 ¦ 백선희 옮김 ¦ 192면

171 **느릅나무 아래 욕망** 유진 오닐 희곡 ¦ 손동호 옮김 ¦ 168면

172 **이방인** 알베르 카뮈 장편소설 ¦ 김예령 옮김 ¦ 208면

173 **미라마르** 나기브 마푸즈 장편소설 ¦ 허진 옮김 ¦ 288면

174 **지킬 박사와 하이드 씨** 로버트 루이스 스티븐슨 소설선집 ¦ 조영학 옮김 ¦ 320면

175 **루진** 이반 뚜르게네프 장편소설 ¦ 이항재 옮김 ¦ 264면

176 **피그말리온** 조지 버나드 쇼 희곡 ¦ 김소임 옮김 ¦ 256면

177 **목로주점** 에밀 졸라 장편소설 ¦ 유기환 옮김 ¦ 전2권 ¦ 각 336면

179 **엠마** 제인 오스틴 장편소설 ¦ 이미애 옮김 ¦ 전2권 ¦ 각 336, 360면

181 **비숍 살인 사건** S. S. 밴 다인 장편소설 ¦ 최인자 옮김 ¦ 464면

182 **우신예찬** 에라스무스 풍자문 ¦ 김남우 옮김 ¦ 296면

183 **하자르 사전** 밀로라드 파비치 장편소설 ¦ 신현철 옮김 ¦ 488면

184 **테스** 토머스 하디 장편소설 ¦ 김문숙 옮김 ¦ 전2권 ¦ 각 392, 336면

186 **투명 인간** 허버트 조지 웰스 장편소설 ¦ 김석희 옮김 ¦ 288면

187 **93년** 빅토르 위고 장편소설 ¦ 이형식 옮김 ¦ 전2권 ¦ 각 288, 360면

189 **젊은 예술가의 초상** 제임스 조이스 장편소설 ¦ 성은애 옮김 ¦ 384면

190 **소네트집** 윌리엄 셰익스피어 연작시집 ¦ 박우수 옮김 ¦ 200면

191 **메뚜기의 날** 너새니얼 웨스트 장편소설 ¦ 김진준 옮김 ¦ 280면

192 **나사의 회전** 헨리 제임스 중편소설 ¦ 이승은 옮김 ¦ 256면

193 **오셀로** 윌리엄 셰익스피어 희곡 ¦ 권오숙 옮김 ¦ 216면

194 **소송** 프란츠 카프카 장편소설 ¦ 김재혁 옮김 ¦ 376면

195 **나의 안토니아** 윌라 캐더 장편소설 ¦ 전경자 옮김 ¦ 368면

196 **자성록** 마르쿠스 아우렐리우스 명상록 ¦ 박민수 옮김 ¦ 240면

197 **오레스테이아** 아이스킬로스 비극 | 두행숙 옮김 | 336면

198 **노인과 바다** 어니스트 헤밍웨이 소설선집 | 이종인 옮김 | 320면

199 **무기여 잘 있거라** 어니스트 헤밍웨이 장편소설 | 이종인 옮김 | 464면

200 **서푼짜리 오페라** 베르톨트 브레히트 희곡선집 | 이은희 옮김 | 320면

201 **리어 왕** 윌리엄 셰익스피어 희곡 | 박우수 옮김 | 224면

202 **주홍 글자** 너새니얼 호손 장편소설 | 곽영미 옮김 | 360면

203 **모히칸족의 최후** 제임스 페니모어 쿠퍼 장편소설 | 이나경 옮김 | 512면

204 **곤충 극장** 카렐 차페크 희곡선집 | 김선형 옮김 | 360면

205 **누구를 위하여 종은 울리나** 어니스트 헤밍웨이 장편소설 | 이종인 옮김 | 전2권 | 각 416, 400면

207 **타르튀프** 몰리에르 희곡선집 | 신은영 옮김 | 416면

208 **유토피아** 토머스 모어 소설 | 전경자 옮김 | 288면

209 **인간과 초인** 조지 버나드 쇼 희곡 | 이후지 옮김 | 320면

210 **페드르와 이폴리트** 장 라신 희곡 | 신정아 옮김 | 200면

211 **말테의 수기** 라이너 마리아 릴케 장편소설 | 안문영 옮김 | 320면

212 **등대로** 버지니아 울프 장편소설 | 최애리 옮김 | 328면

213 **개의 심장** 미하일 불가꼬프 중편소설집 | 정연호 옮김 | 352면

214 **모비 딕** 허먼 멜빌 장편소설 | 강수정 옮김 | 전2권 | 각 464, 488면

216 **더블린 사람들** 제임스 조이스 단편소설집 | 이강훈 옮김 | 336면

217 **마의 산** 토마스 만 장편소설 | 윤순식 옮김 | 전3권 | 각 496, 488, 512면

220 **비극의 탄생** 프리드리히 니체 | 김남우 옮김 | 320면

221 **위대한 유산** 찰스 디킨스 장편소설 | 류경희 옮김 | 전2권 | 각 432, 448면

223 **사람은 무엇으로 사는가** 레프 똘스또이 소설선집 | 윤새라 옮김 | 464면

224 **자살 클럽** 로버트 루이스 스티븐슨 소설선집 | 임종기 옮김 | 272면

225 **채털리 부인의 연인** 데이비드 허버트 로런스 장편소설 | 이미선 옮김 | 전2권 | 각 336, 328면

227 **데미안** 헤르만 헤세 장편소설 | 김인순 옮김 | 264면

228 **두이노의 비가** 라이너 마리아 릴케 시 선집 | 손재준 옮김 | 504면

229 **페스트** 알베르 카뮈 장편소설 | 최윤주 옮김 | 432면

230 **여인의 초상** 헨리 제임스 장편소설 | 정상준 옮김 | 전2권 | 각 520, 544면

232 **성** 프란츠 카프카 장편소설 | 이재황 옮김 | 560면

233 **차라투스트라는 이렇게 말했다** 프리드리히 니체 산문시 | 김인순 옮김 | 464면

234 **노래의 책** 하인리히 하이네 시집 | 이재영 옮김 | 384면

235 **변신 이야기** 오비디우스 서사시 | 이종인 옮김 | 632면

236 **안나 까레니나** 레프 똘스또이 장편소설 | 이명현 옮김 | 전2권 | 각 800, 736면

238 **이반 일리치의 죽음 · 광인의 수기** 레프 똘스또이 중단편집 | 석영중 · 정지원 옮김 | 232면

239 **수레바퀴 아래서** 헤르만 헤세 장편소설 | 강명순 옮김 | 272면

240 **피터 팬** J. M. 배리 장편소설 | 최용준 옮김 | 272면

241 **정글 북** 러디어드 키플링 중단편집 | 오숙은 옮김 | 272면

242 **한여름 밤의 꿈** 윌리엄 셰익스피어 희곡 | 박우수 옮김 | 160면

243 **좁은 문** 앙드레 지드 장편소설 | 김화영 옮김 | 264면

244 **모리스** E. M. 포스터 장편소설 | 고정아 옮김 | 408면

245 **브라운 신부의 순진** 길버트 키스 체스터턴 단편집 | 이상원 옮김 | 336면

246 **각성** 케이트 쇼팽 장편소설 | 한애경 옮김 | 272면

247 **뷔히너 전집** 게오르크 뷔히너 지음 | 박종대 옮김 | 400면

248 **디미트리오스의 가면** 에릭 앰블러 장편소설 | 최용준 옮김 | 424면

249 **베르가모의 페스트 외** 옌스 페테르 야콥센 중단편 전집 | 박종대 옮김 | 208면

250 **폭풍우** 윌리엄 셰익스피어 희곡 | 박우수 옮김 | 176면

251 **어센든, 영국 정보부 요원** 서머싯 몸 연작 소설집 | 이민아 옮김 | 416면

252 **기나긴 이별** 레이먼드 챈들러 장편소설 | 김진준 옮김 | 600면

253 **인도로 가는 길** E. M. 포스터 장편소설 | 민승남 옮김 | 552면

254 **올랜도** 버지니아 울프 장편소설 | 이미애 옮김 | 376면

255 **시지프 신화** 알베르 카뮈 지음 | 박언주 옮김 | 264면

256 **조지 오웰 산문선** 조지 오웰 지음 | 허진 옮김 | 424면

257 **로미오와 줄리엣** 윌리엄 셰익스피어 희곡 | 도해자 옮김 | 200면

258 **수용소군도** 알렉산드르 솔제니찐 기록문학 | 김학수 옮김 | 전6권 | 각 460면 내외

264 **스웨덴 기사** 레오 페루츠 장편소설 | 강명순 옮김 | 336면

265 **유리 열쇠** 대실 해밋 장편소설 | 홍성영 옮김 | 328면

266 **로드 짐** 조지프 콘래드 장편소설 | 최용준 옮김 | 608면

267 **푸코의 진자** 움베르토 에코 장편소설 | 이윤기 옮김 | 전3권 | 각 392, 384, 416면

270 **공포로의 여행** 에릭 앰블러 장편소설 | 최용준 옮김 | 376면

271 **심판의 날의 거장** 레오 페루츠 장편소설 | 신동화 옮김 | 264면

272 **에드거 앨런 포 단편선** 에드거 앨런 포 지음 | 김석희 옮김 | 392면

273 **수전노 외** 몰리에르 희곡선집 | 신정아 옮김 | 424면

274 **모파상 단편선** 기 드 모파상 지음 | 임미경 옮김 | 400면

275 **평범한 인생** 카렐 차페크 장편소설 | 송순섭 옮김 | 280면

276 **마음** 나쓰메 소세키 장편소설 | 양윤옥 옮김 | 344면

277 **인간 실격·사양** 다자이 오사무 소설집 | 김난주 옮김 | 336면

278 **작은 아씨들** 루이자 메이 올컷 장편소설 | 허진 옮김 | 전2권 | 각 408, 464면

280 **고함과 분노** 윌리엄 포크너 장편소설 | 윤교찬 옮김 | 520면

281 **신화의 시대** 토머스 불핀치 신화집 | 박중서 옮김 | 664면

282 **셜록 홈스의 모험** 아서 코넌 도일 단편집 | 오숙은 옮김 | 456면

283 **자기만의 방** 버지니아 울프 지음 | 공경희 옮김 | 216면

284 **지상의 양식·새 양식** 앙드레 지드 지음 | 최애영 옮김 | 360면

285 **전염병 일지** 대니얼 디포 지음 | 서정은 옮김 | 368면

286 **오이디푸스왕 외** 소포클레스 비극 | 장시은 옮김 | 368면